Collection dirigée par
Henriette Joël et Isabelle Laffont

JOHN GRISHAM

LA FIRME

roman

traduit de l'américain par Patrick Berthon

ROBERT LAFFONT

Titre original : THE FIRM
© John Grisham, 1991
Traduction française : Éditions Robert Laffont, S.A., Paris, 1992

ISBN 2-221-07241-3
(Édition originale :
ISBN 0-385-41634-2 Doubleday, New York)

Pour Renée

1

L'associé en charge du recrutement relut le curriculum vitae pour la centième fois. Il ne trouvait décidément rien qui lui déplût chez ce Mitchell Y. McDeere, du moins sur le papier. Le jeune homme avait tout pour lui : intelligence, ambition et même le physique. Il était avide de réussir, ce qui, vu le milieu dont il était issu, n'avait rien d'étonnant. Comme il se devait, Mitchell McDeere était marié ; la firme n'avait jamais recruté un avocat célibataire et il était très mal vu de divorcer, de courir le jupon et de lever le coude. Pour la drogue, le contrat stipulait qu'il devrait se soumettre à des analyses. McDeere, titulaire d'un diplôme d'expert-comptable, voulait se spécialiser dans le droit fiscal, la moindre des choses pour travailler dans un cabinet d'audit. Il était naturellement de race blanche. La firme n'avait jamais recruté un seul Noir, ce qui lui permettait de demeurer « immaculée ». Un cabinet très discret, très fermé, pouvait se le permettre. De plus, son siège se trouvait à Memphis et les meilleurs étudiants de race noire étaient attirés par New York, Washington ou Chicago. Enfin, McDeere était du sexe masculin, car la société ne recrutait aucune femme. Cette erreur n'avait été commise qu'une seule fois : au milieu des années 70, ils avaient recruté le major de Harvard, un génie de la fiscalité, qui se trouvait être une femme. Au bout de quatre années de relations orageuses, elle avait péri dans un accident de la circulation.

Sur le papier, McDeere semblait avoir le profil idéal. Le choix s'était porté sur lui pour l'année en cours ; en fait, il n'avait aucun rival. La liste était on ne peut plus courte : c'était McDeere ou personne.

Royce McKnight, le responsable, avait un dossier intitulé : « Mitchell Y. McDeere – Harvard ». Épais de trois centimètres, écrit en petits caractères, contenant quelques photographies, il avait été préparé par d'anciens agents de la C.I.A. travaillant pour une agence privée de renseignements de Bethesda. C'étaient des clients du cabinet qui, tous les ans, se chargeaient gracieusement de l'enquête, simple formalité, affirmaient-ils, sur des étudiants qui ne se doutaient de rien.

Ils avaient ainsi appris que McDeere préférait quitter le Nord-Est, qu'il était très sollicité et avait reçu trois offres, deux à New York et une à Chicago, que le salaire le plus élevé qu'on lui eût proposé était de soixante-seize mille dollars et le plus bas de soixante-huit mille. Il avait eu l'occasion, en deuxième année, de tricher à un examen, mais avait refusé de le faire et obtenu la meilleure note de sa promotion. Deux mois plus tôt, on lui avait offert de la cocaïne à l'occasion d'une soirée entre étudiants en droit. Là encore, il avait refusé et s'était retiré en voyant tout le monde se mettre à sniffer. Il buvait une bière de temps en temps, mais l'alcool était cher et il n'avait pas un sou vaillant. Le total des prêts d'étudiant qui lui avaient été consentis se montait à vingt-trois mille dollars. Il était pressé de réussir.

Royce McKnight acheva de parcourir le dossier en souriant. McDeere était leur homme.

Lamar Quin n'avait que trente-deux ans et il n'était pas encore associé. Il avait été convoqué, ce jour-là, pour incarner la jeunesse et donner une image dynamique du cabinet Bendini, Lambert & Locke qui, en réalité, était une firme jeune, puisque, dans leur grande majorité, les associés se retiraient, fortune faite, autour de la cinquantaine. Lamar serait bientôt promu associé et, avec un revenu annuel garanti de plus de cent mille dollars jusqu'à la fin de ses jours, il pouvait s'offrir les costumes sur mesure à douze cents dollars qui convenaient à sa haute silhouette athlétique. Lamar traversa d'un pas nonchalant la suite à mille dollars la journée pour aller se servir une autre tasse de décaféiné. Il regarda sa montre et lança un coup d'œil en coin vers les deux associés assis à la petite table de conférence, entre les fenêtres.

A 14 h 30 précises, on frappa à la porte. Lamar tourna la tête vers les associés qui glissèrent le CV et le dossier dans une serviette. Les trois hommes saisirent leur veste. Lamar boutonna la sienne et alla ouvrir.

– Mitchell McDeere ? lança-t-il, la main tendue, le sourire éclatant.

– Oui.

Les deux hommes échangèrent une poignée de main énergique.

– Lamar Quin. Ravi de vous connaître, Mitchell.

– Tout le plaisir est pour moi, vous pouvez m'appeler Mitch.

McDeere franchit la porte et lança un regard circulaire dans la pièce spacieuse.

– D'accord, Mitch.

Lamar le prit par l'épaule et le conduisit au fond de la pièce où les associés se présentèrent. Ils se montrèrent d'une grande cordialité et lui offrirent du café. Assis autour de la table d'acajou verni, ils échangèrent des plaisanteries. McDeere déboutonna sa veste et croisa les jambes. Il avait acquis assez d'expérience dans ce genre de situation pour savoir qu'ils voulaient le recruter. Il pouvait paraître détendu : avec des propositions de trois des plus prestigieuses sociétés du pays, il n'avait pas besoin d'eux. Il pouvait se permettre de se comporter avec assurance. Il était venu par simple curiosité... et pour l'attrait d'une ville au climat réputé pour sa clémence.

Oliver Lambert, l'associé principal, prit en charge les préliminaires. Disert et charmeur, il avait une voix de baryton. A soixante et un ans, doyen du cabinet, il passait le plus clair de son temps à flatter et à tenir en équilibre l'«ego» dilaté de quelques-uns des plus riches avocats du pays. C'était le mentor des nouveaux venus qui lui faisaient part de leurs difficultés. Lambert avait également la responsabilité du recrutement, et sa mission était d'engager McDeere.

– Vous devez en avoir assez de ces entretiens, dit Oliver Lambert.

– Pas vraiment. Cela fait partie du jeu.

Tous trois acquiescèrent. Ils se souvenaient, comme si c'était hier, de ces entretiens, des curriculum vitae envoyés, de leur terreur à l'idée de ne pas trouver de poste et de voir tous leurs espoirs à l'eau après trois ans de labeur acharné. Ils savaient tout ce que McDeere était en train d'endurer.

– Puis-je poser une question ? demanda ce dernier.

– Naturellement.

– Bien sûr.

– Tout ce que vous voulez.

– Pourquoi l'entretien a-t-il lieu dans cette chambre d'hôtel ? Les autres cabinets le font sur le campus, par l'intermédiaire du bureau de l'école.

– Excellente question.

Ils se mirent à hocher la tête en se regardant et en répétant que c'était une excellente question.

– Je vais essayer d'y répondre, Mitch, dit Royce McKnight. Il y a certaines choses que vous devez comprendre. Notre société est différente et nous sommes fiers de cette différence. Nous ne sommes que quarante et un avocats, un petit cabinet en comparaison des autres. Nous recrutons très peu de jeunes diplômés, un tous les deux ans, en moyenne. Nous offrons les salaires et les avantages en nature les plus élevés de la profession, et, croyez-moi, je n'exagère pas. C'est pourquoi notre recrutement est très sélectif et c'est vous qui avez été choisi. La lettre que vous avez reçue, le mois dernier, vous a été adressée après que plus de deux mille étudiants de troisième année de droit inscrits dans les meilleures écoles ont été soumis à un tri sévère. Nous avons envoyé une seule lettre. Nous ne faisons aucune publicité quand un poste est vacant et nous ne sollicitons pas les candidatures. Nous évitons d'attirer l'attention et nous agissons différemment. Voilà votre explication.

– Très bien, dit Mitch. Quelle est votre spécialité ?

— Fiscalité. Un peu de gestion de patrimoine, quelques opérations de banque, mais, à quatre-vingts pour cent, de la fiscalité. Voilà pourquoi nous étions si désireux de vous rencontrer, Mitch. Vous avez obtenu des notes excellentes dans cette matière.

— Pourquoi avez-vous choisi l'université de Western Kentucky ? demanda Oliver Lambert.

— C'est simple. Ils m'ont offert une bourse pour jouer au football. Si je n'avais pas eu cette chance, jamais je n'aurais pu poursuivre mes études.

— Parlez-nous de votre famille.

— En quoi cela peut-il vous intéresser ?

— C'est très important pour nous, Mitch, fit Royce McKnight d'une voix pleine de sollicitude.

Ils disent tous la même chose, songea McDeere.

— Bon... Mon père est mort à la mine quand j'avais sept ans. Ma mère s'est remariée et elle vit en Floride. J'avais deux frères : l'un, Rusty, a été tué au Viêt-nam ; l'autre s'appelle Ray.

— Où est-il ?

— Je pense que cela ne vous regarde pas, répondit Mitch en plongeant dans ceux de McKnight des yeux brillants de colère contenue.

— Excusez-moi, dit McKnight d'une voix douce.

Le dossier McDeere était avare de renseignements sur Ray.

— Le siège de notre société est à Memphis, fit Lamar. Est-ce un problème pour vous, Mitch ?

— Pas le moins du monde. Je n'aime pas le froid.

— Êtes-vous déjà allé à Memphis ?

— Non.

— Vous viendrez bientôt nous y voir. Je suis sûr que la ville vous plaira.

Mitch inclina la tête en souriant. Il allait jouer le jeu, mais il se demanda si les trois hommes étaient vraiment sérieux. Comment pourrait-il accepter d'entrer dans un cabinet si modeste et de travailler dans une si petite ville quand Wall Street lui tendait les bras ?

— Quel est votre rang actuel ? demanda Lambert.

— Dans les cinq premiers.

Il n'avait pas dit dans les cinq pour cent de tête, mais dans les cinq premiers. La réponse était plus que satisfaisante ; dans les cinq meilleurs élèves sur trois cents. Il aurait pu être plus précis, dire troisième, à quelques fractions de point du deuxième et non loin du premier, mais il ne l'avait pas fait. Les trois hommes étaient issus d'écoles peu cotées, Chicago, Columbia et Vanderbilt, comme le lui avait appris le répertoire des avocats du « Martindale-Hubbell Legal Directory », et il savait qu'ils n'insisteraient pas trop sur ses résultats.

— Pourquoi avez-vous choisi Harvard ?

– C'est plutôt Harvard qui m'a choisi. J'ai posé ma candidature dans plusieurs écoles et j'ai été accepté partout. Harvard me proposait les meilleures conditions financières et je considérais que c'était la meilleure école de droit. Je n'ai pas changé d'avis.

– Vous vous êtes très bien débrouillé, Mitch, dit Lambert avec une moue admirative devant le curriculum vitae.

Le dossier était dans sa serviette, sous la table.

– Merci. J'ai travaillé dur.

– Vous avez eu en particulier d'excellentes notes en droit fiscal et en finance.

– C'est ce qui m'intéresse le plus.

– Nous avons examiné un échantillon de vos écrits et nous avons été impressionnés.

– Merci. J'aime la recherche.

Les trois hommes hochèrent la tête sans relever ce mensonge éhonté qui faisait partie du rituel. Aucun étudiant en droit, aucun juriste ayant toute sa raison n'aimait passer des heures dans la bibliothèque et pourtant tous les collaborateurs potentiels, sans exception, professaient une passion immodérée pour les travaux de recherche.

– Parlez-nous de votre femme, glissa Royce McKnight d'une voix très douce.

Ils se préparèrent à essuyer une nouvelle rebuffade, mais c'était un domaine ouvert, sans tabou, exploré par toutes les firmes.

– Elle s'appelle Abby et elle a un diplôme d'enseignement primaire délivré par l'université de Western Kentucky. Nous nous sommes mariés une semaine après avoir obtenu notre diplôme et depuis trois ans elle enseigne dans une école maternelle privée, près de Boston College.

– Et votre mariage est...

– Nous sommes très heureux. Nous nous connaissions depuis le lycée.

– A quel poste jouiez-vous ? demanda Lamar, abordant un sujet moins sensible.

– Quarterback. J'étais très demandé, jusqu'au jour où je me suis bousillé un genou. C'était mon dernier match pour le lycée et tout le monde m'a laissé tomber, sauf Western Kentucky. J'ai joué plus ou moins régulièrement pendant quatre ans, mais mon genou n'a jamais bien tenu.

– Comment arriviez-vous à avoir des résultats aussi brillants en jouant au football ?

– Je donnais la priorité aux études.

– Je ne pense pas que le niveau soit particulièrement élevé à l'université de Western Kentucky, glissa Lamar avec un sourire bête.

Il regretta aussitôt ses paroles. La mine renfrognée de Lambert et McKnight signifia qu'il aurait mieux fait de tenir sa langue.

– Pas moins qu'au Kansas State College, répliqua Mitch.

Les trois hommes demeurèrent pétrifiés et échangèrent des regards incrédules. McDeere savait que Lamar Quin était diplômé de Kansas State. Il n'avait jamais rencontré Lamar et ignorait l'identité des représentants délégués par l'entreprise pour mener l'entretien. Il avait donc consulté le « Martindale-Hubbell » pour connaître leurs carrières, lu la notice biographique des quarante et un avocats du cabinet et s'était instantanément souvenu que Lamar Quin avait fait ses études à Kansas State. Impressionnant.

– Je pense que je me suis mal exprimé, fit Lamar, piteux.

– Pas de problème, dit Mitch avec un sourire chaleureux. N'en parlons plus.

Oliver Lambert se racla la gorge et redonna à la conversation un tour plus personnel.

– Vous devez savoir, Mitch, que notre firme réprouve la boisson et les aventures féminines. Nous ne sommes pas des bigots à l'esprit étroit, mais nous faisons passer les affaires avant tout. Nous ne nous mettons pas en évidence, nous travaillons très dur et nous gagnons beaucoup d'argent.

– Cela me paraît tout à fait normal.

– Nous nous réservons le droit de faire subir à tout le personnel de la firme des tests de dépistage de drogue.

– Je ne me drogue pas.

– Parfait. Quelle est votre confession ?

– Méthodiste.

– Bien. Vous trouverez au sein du cabinet des catholiques, des baptistes, des épiscopaux... Cela ne nous regarde pas vraiment, mais nous aimons savoir. Nous voulons que chacun ait une vie familiale stable : un avocat heureux travaille mieux. C'est pour cette raison que nous posons toutes ces questions.

Mitch inclina la tête en souriant. C'était un discours qu'il avait déjà entendu.

Les trois hommes échangèrent un regard, puis leurs yeux convergèrent sur Mitch. Il comprit que cela signifiait qu'ils avaient atteint le stade de l'entretien où le candidat est censé poser une ou deux questions intelligentes. Mitch croisa les jambes. L'argent, telle était la grande question, la comparaison de leurs propositions avec les autres. Si ce n'est pas assez, messieurs, songea Mitch, il ne me restera plus qu'à prendre congé de vous. Si les conditions financières sont attrayantes, et seulement en ce cas, nous pourrons parler famille, mariage, football et religion. Mais il savait qu'ils tourneraient autour du pot jusqu'à ce qu'une certaine gêne s'installe et qu'il devienne évident que tous les sujets avaient été abordés, sauf celui de la rémunération. Il valait donc mieux les surprendre en commençant par une question anodine.

– En quoi consisterait mon travail, au début?

Un triple hochement de tête approbateur accueillit la question. Lambert et McKnight se tournèrent vers Lamar pour lui laisser la parole.

– Vous aurez, les deux premières années, ce que nous pourrions appeler une période de formation. Nous vous enverrons assister à des séminaires de fiscalité dans tout le pays. Votre éducation est loin d'être terminée. L'hiver prochain, vous irez passer deux semaines à Washington, à l'Institut américain de fiscalité. La compétence dont nous nous glorifions passe, pour chacun d'entre nous, par la formation continue. Si vous désirez obtenir votre doctorat, nous paierons vos études. Pour ce qui est de la pratique juridique proprement dite, ces deux premières années ne seront pas très passionnantes; vous ferez beaucoup de recherches et le travail sera fastidieux. Mais vous serez confortablement payé.

– Combien?

Lamar se tourna vers Royce McKnight qui considéra longuement Mitch.

– Nous aborderons la question de la rémunération et des avantages annexes quand vous viendrez à Memphis.

– Si je n'ai pas un chiffre approximatif, je n'irai peut-être pas à Memphis.

Il leur adressa le sourire arrogant mais cordial de celui qui peut se permettre de choisir parmi plusieurs propositions.

Les trois hommes échangèrent à leur tour un sourire et Lambert reprit la parole.

– Très bien, dit-il. Le salaire de base est de quatre-vingt mille dollars la première année, plus les primes. Quatre-vingt-cinq mille la deuxième année, primes non comprises. Un prêt à taux réduit pour acquérir une maison. Une carte de membre pour deux country-clubs. Et une B.M.W. neuve dont vous choisirez la couleur.

Le regard des trois hommes demeura fixé sur le visage de McDeere. Il essaya de réprimer un sourire, mais n'y parvint pas.

– C'est incroyable, murmura-t-il, avec un petit rire.

Quatre-vingt mille dollars à Memphis équivalaient à cent vingt à New York! Plus une B.M.W. neuve! Sa vieille Mazda avait deux cent mille kilomètres au compteur et il était obligé de la démarrer à la manivelle!

– A cela, il convient d'ajouter quelques autres avantages dont nous parlerons tranquillement à Memphis.

Mitch eut soudain très envie de visiter cette ville. Était-elle bien arrosée par le Mississippi?

Son sourire s'effaça et il recouvra sa maîtrise de soi. Il lança un regard grave vers Oliver Lambert.

– Parlez-moi de votre firme, dit-il, comme si l'argent, la maison et la B.M.W. étaient déjà sortis de sa mémoire.

– Nous sommes quarante et un avocats. Chacun a gagné l'an dernier plus que nos confrères de tous les cabinets juridiques de taille comparable ou plus importants que le nôtre. Y compris les plus grosses entreprises des États-Unis. Nous n'acceptons que de riches clients, grosses sociétés, banques et particuliers fortunés qui paient nos honoraires sans rechigner. Nous nous sommes spécialisés dans la fiscalité internationale, un domaine à la fois passionnant et hautement rentable. Nous ne travaillons qu'avec des gens qui peuvent payer.

– Combien de temps faut-il pour devenir associé?

– En moyenne, dix ans. Dix ans de labeur acharné. Il n'est pas rare que nos associés gagnent un demi-million de dollars par an et la plupart se retirent avant cinquante ans. Pour cela, il faut donner le meilleur de soi-même, faire des semaines de quatre-vingts heures, mais, au bout du compte, cela vaut la peine.

– Il est possible de gagner plus de cent mille dollars sans être associé, glissa Lamar en se penchant en avant. Cela fait sept ans que je suis entré dans l'entreprise et j'ai dépassé ce cap depuis quatre ans.

Mitch réfléchit un instant et calcula qu'à l'âge de trente ans, il gagnerait plus de cent mille dollars, peut-être près du double. A trente ans!

Les trois hommes ne le quittaient pas des yeux. Ils savaient exactement ce qu'il était en train de chiffrer.

– Pourquoi un cabinet juridique spécialisé dans la fiscalité internationale a-t-il son siège à Memphis? demanda Mitch.

La question amena un sourire sur les lèvres des trois juristes. Lambert enleva ses lunettes et les fit tourner autour de son doigt.

– Excellente question. Quand M. Bendini a fondé la société en 1944, il avait travaillé comme fiscaliste à Philadelphie et déniché quelques clients fortunés dans le Sud. Puis il est venu s'installer à Memphis. Pendant vingt-cinq ans, il n'a recruté que des fiscalistes et la firme a prospéré. Aucun de nous n'est originaire de Memphis, mais nous nous sommes tous attachés à cette vieille ville du Sud. A propos, M. Bendini est mort en 1970.

– Combien d'associés y a-t-il en ce moment?

– Vingt en activité. Nous nous efforçons de conserver le même nombre d'associés et de collaborateurs. C'est beaucoup pour notre branche, mais nous y tenons. Là encore, nous ne faisons pas comme tout le monde.

– Et tous les associés de la firme sont multimillionnaires à l'âge de quarante-cinq ans, ajouta Royce McKnight.

– Tous?

– Sans exception. Nous ne pouvons pas le garantir, mais si vous devenez un des nôtres et si vous travaillez durement pendant dix ans comme collaborateur, puis dix ans de plus comme associé sans être devenu millionnaire à quarante-cinq ans, ce sera la première fois que cela se produira depuis vingt ans.

– Ce sont des chiffres impressionnants.

– Tout est impressionnant chez nous, Mitch, dit Oliver Lambert. Nous formons une équipe très unie. C'est une petite société et nous travaillons la main dans la main. Vous n'aurez pas à souffrir chez nous de la compétition acharnée qui caractérise les grands cabinets juridiques. Nous choisissons soigneusement nos nouveaux collaborateurs et notre objectif est que chacun soit promu associé aussi vite que possible. Pour atteindre ce but, nous consacrons énormément de temps et d'argent aux nouveaux venus. Il est rare, extrêmement rare, qu'un avocat nous quitte. Tellement rare que cela ne s'est jamais produit. Nous faisons tout ce qu'il faut pour faciliter les carrières. Nous voulons des collaborateurs heureux, car nous estimons que c'est la solution la plus rentable.

– Je dispose d'autres chiffres éloquents, ajouta Royce McKnight. Pour des entreprises de la taille de la nôtre ou plus importante, les départs, en moyenne, l'an dernier, chez les collaborateurs s'élevaient à vingt-huit pour cent. Chez Bendini, Lambert & Locke, il n'y en a pas eu un seul. Même chose l'année précédente. Cela fait très longtemps qu'un avocat a quitté notre firme.

Ils l'observèrent attentivement afin de s'assurer qu'il avait bien compris. Chaque terme, chaque condition était important, mais le caractère permanent, définif de son engagement l'emportait sur tout le reste. Ils s'efforçaient, pour l'instant, de lui présenter les choses d'une manière aussi claire que possible ; d'autres explications viendraient en temps utile.

Il allait sans dire qu'ils savaient bien des choses dont ils ne pouvaient parler. Par exemple, que sa mère vivait dans une caravane à Panama City, en Floride, et qu'elle s'était remariée avec un ancien camionneur alcoolique chronique. Ils savaient qu'elle avait reçu quarante et un mille dollars de la direction de la mine, après le décès de son mari, et qu'elle en avait dilapidé la plus grande partie avant de perdre à moitié la raison en apprenant que son fils aîné avait péri au Viêt-nam. Ils savaient que Mitch avait été un enfant délaissé, élevé chichement par son autre frère, Ray – dont ils n'avaient pu retrouver la trace – et des parents charitables. La pauvreté était douloureuse et ils supposaient, à juste titre, qu'elle avait engendré un désir farouche de réussite. Mitch avait travaillé de nuit, trente heures par semaine, tout en jouant au football et en poursuivant de brillantes études. Ils savaient qu'il n'avait pas besoin de beaucoup de sommeil et qu'il était pressé de se faire une place au soleil. Il était l'homme qu'il leur fallait.

– Aimeriez-vous nous rendre visite ? demanda Oliver Lambert.

– Quand ? dit Mitch tandis que l'image d'une B.M.W. noire, avec toit ouvrant, lui passait dans l'esprit.

L'antique Mazda au pare-brise étoilé et qui avait perdu un enjoliveur était garée dans le caniveau, les roues avant tournées vers le trottoir pour l'empêcher de descendre la rue en pente. Abby saisit la poignée, tira un coup sec et s'y reprit à deux fois pour ouvrir la portière. Elle mit le contact, enfonça la pédale d'embrayage et tourna le volant. La Mazda commença lentement à descendre la pente. Quand le véhicule eut pris de la vitesse, Abby embraya en retenant son souffle et en se mordant les lèvres jusqu'à ce qu'elle entende le moteur.

Avec les trois offres d'emploi de Mitch, l'achat d'une voiture neuve n'était qu'une question de temps, l'affaire de quelques mois. Elle pouvait attendre. Pendant trois ans, ils avaient vécu chichement dans un deux pièces du campus où abondaient les Porsche et les cabriolets Mercedes. Ils avaient réussi, eux, péquenauds du Kentucky, à ne pas trop souffrir du mépris affiché par leurs condisciples dans ce bastion du snobisme de la côte Est. Malgré le manque d'amis, ils avaient tout supporté et s'étaient accommodés de la situation.

Elle préférait Chicago à New York, même si le salaire y était moins élevé, essentiellement parce que c'était plus loin de Boston et plus près du Kentucky. Mais Mitch ne s'engageait pas, pesant, soigneusement et seul, le pour et le contre, comme à son habitude. Elle n'avait pas été invitée à se rendre à New York ni à Chicago avec lui et elle en avait assez de se perdre en conjectures. Elle voulait une réponse.

Elle laissa la voiture en stationnement interdit, dans une rue en pente, le plus près possible de chez eux, et fit à pied le reste du trajet jusqu'à l'immeuble, un rectangle de brique rouge de deux étages, comportant trente appartements. Abby s'arrêta devant la porte et fouilla dans son sac à main pour trouver la clé. La porte s'ouvrit brusquement, il la saisit aux épaules, l'entraîna à l'intérieur, la jeta sur le canapé et commença à lui couvrir le cou de baisers. Elle se débattit en criant et en riant. Ils s'étreignirent et échangèrent un long baiser mouillé, un de ces baisers dont ils étaient si friands du temps de leur adolescence, ce temps où un baiser représentait un aboutissement.

– Seigneur ! s'écria-t-elle quand il la lâcha. Qu'est-ce que nous fêtons ?

– Tu ne sens rien ? demanda Mitch.

– Si, répondit-elle en humant l'odeur qui se répandait dans l'appartement. Qu'est-ce que c'est ?

– Poulet chow mein et œufs foo yung. De chez Wong.

– Très bien, mais que célébrons-nous ?

– Il y a aussi une bouteille de chablis.

– Qu'as-tu fait, Mitch ?

– Suis-moi.

Sur la petite table de la cuisine, au milieu des dossiers et des recueils de jurisprudence, trônaient une bouteille de vin blanc et un sac de nourriture chinoise. Ils écartèrent toute la paperasse et mirent le couvert. Mitch ouvrit la bouteille et versa du vin dans deux gobelets en plastique.

– J'ai eu un entretien très intéressant aujourd'hui, dit-il.

– Avec qui ?

– Tu te souviens du cabinet de Memphis qui m'a envoyé une lettre le mois dernier ?

– Oui. Tu n'avais pas semblé enthousiasmé.

– Eh bien, j'ai changé d'avis. Ils ne font que de la fiscalité et c'est intéressant au point de vue fric.

– Très intéressant ?

Il répartit cérémonieusement sur les deux assiettes le contenu de la barquette de poulet chow mein, puis ouvrit les petits récipients de sauce au soja. Elle attendit sa réponse. Mais il ouvrit une autre barquette, servit les œufs foo yung, puis but une gorgée de vin en faisant claquer sa langue.

– Combien ? demanda-t-elle.

– Mieux que Chicago. Mieux que Wall Street.

Elle prit son gobelet et but à son tour, longuement, lentement, en lui lançant un regard soupçonneux. Ses yeux bruns brillèrent derrière les paupières mi-closes, ses sourcils se froncèrent, son front se plissa. Elle attendait.

– Combien ? répéta-t-elle.

– Quatre-vingt mille la première année, primes non comprises. Quatre-vingt-cinq la deuxième, toujours sans les primes.

Il avait prononcé ces chiffres d'un ton négligent tout en observant les morceaux de céleri dans son assiette de chow mein.

– Quatre-vingt mille ? répéta-t-elle.

– Oui, ma chérie. Et quatre-vingt mille dollars à Memphis, Tennessee, représentent l'équivalent de cent vingt mille à New York.

– New York ne m'intéresse pas.

– Et un prêt immobilier à un taux d'intérêt réduit.

Ce sujet n'avait pas été abordé depuis longtemps. En fait, elle ne se rappelait pas de quand datait leur dernière discussion sur une maison ou ce qu'il était convenu d'appeler un foyer. Il était entendu depuis des mois qu'ils seraient locataires en attendant le jour lointain, difficile à imaginer, où ils deviendraient assez riches pour obtenir un prêt à long terme pour l'achat d'une maison.

– Je ne suis pas sûre d'avoir bien entendu, dit-elle d'un ton détaché en reposant son gobelet de vin.

– J'ai parlé d'un prêt immobilier à intérêt réduit. La firme nous avancerait de quoi acheter une maison. Comme il est important pour eux que leurs collaborateurs donnent tous les signes de la prospérité, ils avancent de l'argent à un taux très bas.

– Tu parles d'une vraie maison, avec une pelouse et quelques arbustes ?

– Absolument. Pas un appartement ruineux à Manhattan, mais une maison dans un quartier résidentiel, avec trois chambres et une allée menant à un grand garage pour abriter une B.M.W.

La réaction ne fut pas immédiate. Il s'écoula deux ou trois secondes avant qu'elle demande :

– Une B.M.W. ? Quelle B.M.W. ?

– La nôtre, ma chérie. La société achète en leasing une B.M.W. neuve et nous en remet les clés. C'est une sorte de prime à la signature qui représente cinq mille dollars de plus par an. Il va sans dire que nous choisissons la couleur. Une B.M.W. noire me plaîrait bien... Qu'en penses-tu ?

– Plus de tacots, plus d'occasions, plus de fripes, murmura-t-elle en secouant lentement la tête.

Il engloutit une grosse bouchée de nouilles chinoises en lui souriant. Il savait qu'elle était en train de rêver d'un mobilier neuf, de papier peint, peut-être même d'une piscine... Et de petits enfants aux yeux noirs et aux cheveux châtain clair.

– Il y a encore quelques avantages dont nous parlerons plus tard.

– Je ne comprends pas, Mitch. Pourquoi cette générosité ?

– Je leur ai posé la question. Leur recrutement est extrêmement sélectif et ils s'enorgueillissent de payer les salaires les plus élevés de la profession. Ils choisissent les meilleurs et n'hésitent pas à casquer. Personne ne quitte la boîte et je pense qu'ils ne lésinent pas sur les dépenses pour attirer à Memphis les étudiants les plus doués.

– Ce serait plus près de la maison, murmura-t-elle sans le regarder.

– Je n'ai pas de maison. Tu veux dire que ce serait plus près de chez tes parents et cela m'inquiète.

Elle éluda la remarque, comme elle éludait tout ce qu'il disait sur sa famille.

– Tu serais plus près de Ray, glissa-t-elle.

Il acquiesça d'un petit signe de tête en mordant dans un rouleau chinois. Il se représenta la première visite de ses beaux-parents, le moment délicieux où leur vieille Cadillac s'engagerait dans l'allée et où ils ouvriraient des yeux incrédules devant une maison de style colonial et un garage abritant deux voitures neuves. Ils seraient rongés par l'envie et se demanderaient comment un jeune homme pauvre et sans famille ni situation, frais émoulu d'une école de droit, pouvait s'offrir tout cela à vingt-cinq ans. Ils se forceraient à lui adresser des sourires et multiplieraient les compliments, mais M. Sutherland ne pourrait résister longtemps avant de demander combien la maison avait coûté. Mitch lui dirait de s'occuper de ses affaires, ce qui mettrait le beau-père hors de lui. La visite serait brève et ils repartiraient dans le Kentucky où ils s'empresseraient de faire à leurs amis le récit détaillé de la réussite sociale de leur fille et de leur gendre. Abby serait encore une fois désespérée de constater qu'il leur était impossible de communiquer, mais elle ne dirait rien. Depuis le début, ses parents avaient traité Mitch comme un lépreux, un être indigne de leur fille, au point qu'ils n'avaient même pas assisté à leur mariage.

  – Es-tu déjà allée à Memphis? demanda-t-il.

  – Une fois, j'étais toute petite. A l'occasion d'une convention religieuse. Le seul souvenir que j'en ai gardé, c'est le Mississippi.

  – Ils veulent que nous nous rendions là-bas.

  – Nous? Tu veux dire que je suis invitée?

  – Oui. Ils tiennent à ce que tu m'accompagnes.

  – Quand?

  – Dans une quinzaine de jours. Nous descendrons en avion le jeudi après-midi et nous y passerons le week-end.

  – Je sens que je vais aimer cette boîte.

2

Le bâtiment de cinq étages avait été construit un siècle auparavant par un négociant en coton et ses fils, pendant la Reconstruction, à l'époque de la reprise des affaires. Il se dressait au cœur du quartier du coton, sur Front Street, l'artère longeant le fleuve. Des balles de coton, achetées par millions dans les deltas du Mississippi et de l'Arkansas, avaient transité par les vastes salles de la grande bâtisse avant d'être expédiées dans le monde entier. Abandonné, dégradé, le bâtiment avait été rénové à plusieurs reprises depuis la Première Guerre mondiale jusqu'à ce qu'un avocat spécialisé dans la fiscalité, du nom d'Anthony Bendini, en fasse l'acquisition en 1951. Après une nouvelle rénovation, le propriétaire des lieux avait commencé à y installer des juristes et l'avait rebaptisé immeuble Bendini.

Le spécialiste de droit fiscal choyait son bâtiment, le dorlotait, y ajoutant d'année en année de nouvelles et luxueuses améliorations. Il avait fortifié la place, condamné des portes et des fenêtres, engagé des gardes armés pour la protéger, elle et ses occupants. Il avait fait installer des ascenseurs, un matériel de surveillance électronique, des codes de sécurité, la télévision en circuit fermé, une salle d'haltérophilie, un sauna, des vestiaires et, au dernier étage, une salle à manger d'où les associés avaient une vue imprenable sur le fleuve.

En vingt ans, il avait mis sur pied le plus riche cabinet juridique de Memphis et, indiscutablement, le plus discret. Anthony Bendini avait la passion du secret. On inculquait aussitôt à chacun des nouveaux collaborateurs recrutés par la firme les vertus de la discrétion et les dangers du bavardage. Tout était confidentiel : salaires, augmentations et, tout particulièrement, ce qui avait trait aux clients. Les jeunes collaborateurs étaient avertis que la divulgation des affaires de la société était susceptible de retarder l'obtention de la récompense suprême : l'accession au statut d'associé. Rien ne devait filtrer de la forteresse de Front Street. Les nouveaux venus demandaient à leur épouse de ne pas poser de questions ou bien ils mentaient. On attendait d'eux qu'ils travaillent dur, qu'ils restent muets comme des carpes et qu'ils dépensent tranquillement leur confortable salaire. Tous, sans exception, se conformaient à ces règles. Avec ses quarante et un juristes, ce cabinet était le quatrième de Memphis. Ses membres ne recherchaient pas la publicité et n'en faisaient aucune. Ils avaient l'esprit de clan et ne fraternisaient pas avec leurs confrères rivaux. Leurs épouses jouaient au tennis et au bridge ensemble, elles faisaient du lèche-vitrines entre elles. La firme Bendini, Lambert & Locke formait une grande famille; une grande famille fortunée.

Un vendredi, à 10 heures, la limousine de la société s'arrêta devant l'immeuble de Front Street et Mitchell Y. McDeere en descendit. Il remercia poliment le chauffeur et regarda le luxueux véhicule s'éloigner. C'était la première fois qu'il montait dans une limousine. Debout sur le trottoir, près d'un réverbère, il admira le bâtiment, au charme désuet mais à l'aspect imposant, qui abritait la firme Bendini. On était bien loin des constructions cyclopéennes de verre et d'acier des cabinets les plus réputés de New York ou du gigantesque cylindre qu'il avait visité à Chicago. Mais Mitch sentit d'emblée qu'il allait s'y plaire : le bâtiment était moins prétentieux, il lui ressemblait davantage.

Lamar Quin franchit la porte d'entrée et descendit les marches du perron. Il appela Mitch et lui fit signe de le rejoindre. C'est Lamar qui était allé les chercher à l'aéroport, la veille au soir, et les avait conduits au Peabody, surnommé le « grand hôtel du Sud ».

– Bonjour, Mitch! Avez-vous passé une bonne nuit ?

Ils se serrèrent la main comme deux vieux amis contents de se retrouver.

– Très agréable. C'est un excellent hôtel.

– Nous étions sûrs qu'il vous plaîrait. Tout le monde aime le Peabody. Les deux hommes pénétrèrent dans le hall où un panneau d'affichage souhaitait la bienvenue à Mitchell Y. McDeere, l'invité du jour. Une réceptionniste vêtue avec élégance, mais sans charme, lui adressa un sourire chaleureux, lui annonça qu'elle s'appelait Sylvia et déclara que, s'il avait besoin de quoi que ce soit pendant son séjour à Memphis, il n'avait qu'à le lui faire savoir. Mitch la remercia et Lamar l'entraîna vers un long couloir pour une visite guidée. Il décrivit la disposition du bâtiment et présenta Mitch aux secrétaires et aux assistants juridiques qu'ils croisaient. Ils poussèrent la porte de la bibliothèque du deuxième étage où, assis autour de la gigantesque table de conférences, un groupe dégustait des pâtisseries en buvant du café. Le silence se fit à l'entrée de l'invité.

Oliver Lambert salua Mitch et le présenta à l'assemblée. Il y avait une vingtaine d'avocats, guère plus âgés que Mitch pour la plupart. Lamar lui avait expliqué que les associés avaient trop de travail et qu'ils feraient sa connaissance un peu plus tard, à l'occasion d'un déjeuner privé. Mitch demeura au bout de la table pendant que Lambert demandait le silence.

– Messieurs, je vous présente Mitchell McDeere. Vous avez tous entendu parler de lui, le voici en chair et en os. Il est l'heureux élu, celui sur lequel notre choix s'est porté cette année. Les gros cabinets de New York, de Chicago, et j'en passe, lui font les yeux doux ; il nous incombe donc de lui vanter les mérites de notre firme et les charmes de Memphis.

Il y eut des sourires et des hochements de tête approbateurs qui embarrassèrent profondément l'invité.

– Dans deux mois, reprit Lambert, Mitch sera diplômé de l'école de droit de Harvard, avec mention. Il est actuellement éditeur adjoint de la *Harvard Law Review*.

Mitch constata que cela produisait une forte impression sur l'assemblée.

– Il a obtenu sa licence avec mention très bien à l'université de Western Kentucky, poursuivit Lambert ; il a également joué au football pendant quatre ans et a même occupé le poste de quarterback en troisième année.

Cette fois, certains le regardèrent avec des yeux ronds, comme s'ils se trouvaient en face de Joe Namath en personne.

De plus en plus gêné, Mitch écoutait l'associé principal poursuivre son monologue en rappelant que la firme choisissait avec soin ses collaborateurs et que McDeere ferait parfaitement l'affaire. Au bout d'un moment, il enfonça les mains dans ses poches et porta son attention sur le groupe des collaborateurs. Ils donnaient une impression de jeunesse, d'énergie et d'aisance. Le code vestimentaire semblait strict, mais pas très différent de celui qui avait cours à New York : complet pure laine, gris foncé ou marine, chemise blanche ou bleue, légèrement empesée, cravate de soie. Rien d'osé, rien d'original ; deux ou trois nœuds papillons représentaient le comble de l'audace. Tout le monde était soigné de sa personne : ni barbe, ni moustache, ni cheveux sur les oreilles. A une ou deux exceptions près, ils étaient tous assez séduisants.

Lambert commençait à s'essouffler.

– Lamar fera avec Mitch la tournée de nos bureaux, ce qui vous donnera l'occasion d'échanger quelques mots avec lui en particulier. Réservez-lui le meilleur accueil. Ce soir, Mitch et Abby, sa charmante épouse – je n'exagère pas, elle est vraiment charmante –, iront manger une grillade au Rendez-vous et vous êtes tous invités chez moi demain soir, pour le dîner de la société. Mitch, ajouta-t-il en souriant, si vous vous lassez de Lamar, faites-le-moi savoir et nous vous trouverons quelqu'un de plus qualifié.

Mitch serra la main des avocats qui se retiraient l'un après l'autre, s'efforçant de garder le plus de noms possible en mémoire.

– Commençons la tournée, dit Lamar quand la salle se fut vidée.

Comme vous le voyez, nous sommes dans une des bibliothèques et il y a, à chacun des quatre premiers étages, une salle identique à celle-ci, que nous utilisons pour toutes les réunions importantes. Les ouvrages sont différents à chaque étage et vous ne saurez jamais où vos recherches vous conduiront. Nous employons deux bibliothécaires à plein temps et nous travaillons fréquemment sur microfiches et microfilms. En règle générale, nous ne faisons pas de recherches à l'extérieur. Nous disposons ici de plus de cent mille volumes qui comprennent toutes les publications sur la fiscalité ; certaines écoles de droit n'en ont pas autant que nous. S'il vous arrivait d'avoir besoin d'un ouvrage que nous ne possédons pas, demandez-le à un bibliothécaire.

– Cent mille volumes, murmura Mitch, tandis que les deux hommes longeaient la table de conférences et passaient devant les dizaines de rangées de livres.

– Oui. Nous dépensons près d'un demi-million de dollars par an en renouvellement ou acquisition de publications récentes. Les associés renâclent devant ces dépenses, mais il n'est pas question de réduire les achats. Nous avons l'une des plus importantes bibliothèques privées de droit de tout le pays et nous en tirons une juste fierté.

– Je dois avouer que c'est impressionnant.

– Nous nous efforçons de rendre les recherches aussi peu contraignantes que possible, poursuivit Lamar. Vous savez à quel point le travail de routine peut être fastidieux et combien de temps on peut gaspiller à chercher une documentation. Vous passerez beaucoup de temps ici pendant les deux premières années et nous faisons en sorte que ce soit aussi agréable que possible.

Un bibliothécaire assis au fond de la salle, derrière un bureau encombré, se présenta et leur fit rapidement faire le tour de la salle des ordinateurs. Une douzaine de terminaux y mettaient à la disposition des juristes les plus récents programmes de recherche. Il leur proposa une démonstration du dernier logiciel aux performances véritablement incroyables, mais Lamar refusa en disant qu'ils repasseraient plus tard.

– Il est sympa, dit Lamar tandis qu'ils sortaient de la bibliothèque. Nous lui donnons quarante mille dollars par an uniquement pour se tenir au courant des nouvelles parutions. Incroyable, non ?

En effet, songea Mitch. Vraiment incroyable.

Le deuxième étage était pratiquement identique aux premier, troisième et quatrième. Le centre de chaque étage était occupé par les secrétaires, des classeurs, des photocopieurs et du matériel de bureau. D'un côté se trouvait la bibliothèque et de l'autre une suite de petites salles de conférences et des bureaux.

– Vous ne verrez pas un seul joli minois chez les secrétaires, glissa Lamar à mi-voix en les regardant travailler. C'est une règle tacite de la maison. Oliver Lambert se donne beaucoup de mal pour dénicher les plus vieilles et les plus laides. Mais il faut dire que certaines d'entre elles sont là depuis vingt ans et en savent beaucoup plus que ce que nous avons appris à l'école de droit.

– C'est curieux, fit Mitch à mi-voix, comme s'il parlait tout seul. Elles sont toutes bien en chair.

– Oui, cela fait partie de la stratégie d'ensemble visant à éviter les mains qui traînent. Toute aventure est strictement interdite et, à ma connaissance, cela ne s'est jamais produit.

– Et si cela devait arriver ?

– Comment savoir ce qui se passerait ? La secrétaire serait naturellement renvoyée et je suppose que le juriste serait sévèrement tancé. Cela pourrait même l'empêcher de devenir associé. Personne n'a essayé de savoir, surtout avec une pareille collection de grosses dondons.

– Elles sont fort bien habillées.

– Ne vous méprenez pas. Nous n'engageons que les meilleures secrétaires juridiques, même si elles ne sont pas les plus jolies, et elles sont mieux payées que n'importe où à Memphis. Nous exigeons d'elles expérience et maturité ; Lambert n'engage personne de moins de trente ans.

– Chaque avocat a sa secrétaire ?

– Oui, jusqu'à ce qu'il devienne associé. Il en prend alors une seconde et, croyez-moi, il faut bien cela. Nathan Locke en a trois ; malgré vingt ans d'expérience, elles n'ont pas le temps de se tourner les pouces.

– Où est son bureau ?

– Quatrième étage. Mais c'est une zone interdite.

Mitch voulut demander des précisions, mais il préféra s'abstenir.

Lamar lui expliqua que les bureaux d'angle, de cinquante mètres carrés de surface, étaient occupés par les associés ayant le plus d'ancienneté. Il ajouta d'un air gourmand qu'on les appelait les bureaux directoriaux. Ils étaient décorés au goût de chacun, sans considération de prix, et n'étaient libérés qu'après le départ à la retraite ou le décès de l'occupant, ce qui donnait lieu à une farouche bataille entre confrères.

Lamar alluma le lustre d'un bureau et ils pénétrèrent dans la vaste pièce dont ils refermèrent la porte.

– Jolie vue, n'est-ce pas ? dit Quin tandis que Mitch s'avançait vers les fenêtres surplombant Riverside Drive derrière laquelle coulait le fleuve indolent.

– Comment faire pour occuper ce bureau ? demanda Mitch en contemplant une péniche qui glissait lentement sous le pont menant vers l'Arkansas.

– Cela prend du temps. Quand votre tour viendra, vous serez déjà très riche et trop occupé pour admirer la vue.

– Qui l'occupe en ce moment ?

– Victor Milligan. C'est notre chef fiscaliste, un homme charmant. Il est originaire de la Nouvelle-Angleterre, mais il vit ici depuis vingt-cinq ans et considère Memphis comme sa patrie.

Les mains dans les poches, Lamar fit le tour de la pièce.

– Les parquets et les plafonds sont d'origine et ont plus d'un siècle, reprit-il. La majeure partie des sols est recouverte de moquette, mais, dans certains bureaux, le parquet est encore en bon état. A vous de choisir, quand vous vous installerez ici, si vous préférez des tapis.

– J'aime bien le bois. Et ce tapis, là-bas ?

– C'est un tapis ancien. De Perse, me semble-t-il, mais je ne connais pas son histoire. Le bureau est celui de son arrière-grand-père, un juge de Rhode Island, s'il faut l'en croire. Victor ne cesse de raconter des conneries et on ne sait jamais à quoi s'en tenir.

– Où est-il ?

– Il doit être en vacances. On vous a parlé des vacances ?

– Non.

– Vous aurez droit à deux semaines par an pendant les cinq premières années, puis à trois semaines jusqu'à ce que vous deveniez associé. Ensuite, vous prendrez tout ce que vous voulez. La firme possède un chalet à Vail, une maison au bord d'un lac du Manitoba et deux appartements donnant sur la plage de Seven Mile, sur l'île de Grande Caïman. Il convient de les retenir à l'avance et les associés sont prioritaires. Après eux, c'est au premier qui a réservé... et les Caïmans sont très demandées. C'est un paradis fiscal et, le plus souvent, les appartements sont occupés. Milligan doit être là-bas, sans doute en train de s'adonner aux joies de la plongée sous-marine sous couvert d'un voyage professionnel.

Mitch avait entendu parler des îles Caïmans dans un cours de fiscalité et savait qu'elles se trouvaient dans la mer des Antilles. Il s'apprêtait à demander des précisions, mais il décida de se renseigner par lui-même.

– Seulement deux semaines ? fit-il.

– Euh ! oui... Cela vous pose un problème ?

– Non, pas vraiment. Mais il se trouve que les cabinets de New York en offrent au moins trois.

Il se posait en critique averti des vacances de luxe, ce qui était loin d'être le cas. A l'exception d'un week-end prolongé avec Abby, baptisé lune de miel, et de quelques rares balades en voiture en Nouvelle-Angleterre, il ne savait pas ce qu'étaient de vraies vacances et n'était jamais sorti des États-Unis.

– Vous pouvez avoir une semaine supplémentaire, mais à vos frais.

Mitch hocha la tête en silence, comme si les conditions devenaient acceptables. Les deux hommes quittèrent le bureau de Milligan et poursuivirent la visite. Le couloir formait un rectangle à l'extérieur duquel se trouvaient les bureaux des avocats avec de grandes fenêtres, la lumière du soleil, une belle vue sur la ville. Lamar expliqua que ceux dont les fenêtres donnaient sur le Mississippi, les plus recherchés, étaient pour la plupart occupés par des associés. Il y avait même des listes d'attente.

Les salles de conférences, les bibliothèques et les bureaux des secrétaires se trouvaient de l'autre côté du couloir, loin des fenêtres et des distractions.

Les bureaux des collaborateurs étaient plus modestes – vingt mètres carrés seulement – mais richement décorés et beaucoup plus imposants que ceux que Mitch avait vus à New York et à Chicago. Lamar lui confia que la société dépensait une petite fortune en frais de décoration. Décidément, l'argent semblait couler à flots. Les jeunes avocats que rencontra Mitch étaient aimables et loquaces, et semblaient ravis d'être interrompus dans leur travail. Ils chantèrent, pour la plupart, les louanges de la firme et de Memphis, affirmant que le charme de la vieille ville finissait par opérer sur tout le monde, mais qu'il fallait un peu de temps. Eux aussi avaient reçu des propositions des grands cabinets de New York et de Chicago, mais ils ne regrettaient pas leur choix.

Les associés étaient moins disponibles, mais tout aussi accueillants. Mitch s'entendit dire à maintes reprises qu'il avait été soigneusement sélectionné, que ce genre de cabinet lui convenait et qu'il s'y intégrerait aisément. La plupart promirent de parler plus longuement pendant le déjeuner.

Une heure plus tôt, Kay Quin avait laissé les enfants sous la garde de la nourrice et de la bonne pour se rendre au Peabody où elle devait retrouver Abby pour un brunch. Originaire, elle aussi, d'une petite ville, elle avait épousé Lamar pendant ses études et passé trois ans à Nashville tandis que son mari suivait les cours de droit de l'université Vanderbilt. Lamar gagnait tellement d'argent qu'elle avait cessé de travailler pour avoir deux enfants en quatorze mois. Elle en avait terminé avec la maternité et partageait maintenant son temps entre les œuvres de charité, le country-club, l'association des parents enseignants et l'église. Malgré sa situation de fortune et la réussite de son mari, Kay était restée d'abord facile, et elle semblait résolue à ne pas changer. Abby sentit qu'une amitié était en train de naître.

Après les croissants et les œufs pochés au jambon, elles prirent le café dans le hall de l'hôtel et regardèrent les canards nager autour de la fontaine. Kay avait suggéré une rapide visite de Memphis avant d'aller déjeuner près de chez elle. Et peut-être un peu de lèche-vitrines, si elles avaient le temps.

– Vous a-t-on parlé du prêt à taux réduit ? demanda Kay.

– Oui, répondit Abby. Pendant le premier entretien.

– Ils veulent que vous achetiez une maison dès votre arrivée à Memphis. La plupart des jeunes diplômés n'ayant pas les moyens de le faire, c'est la société qui prête l'argent et devient le créancier hypothécaire.

– A quel taux ?

– Je ne sais pas, mais nous sommes ici depuis sept ans et nous avons déjà acquis une autre maison. Croyez-moi, vous ferez une bonne affaire.

La firme fera en sorte que vous soyez propriétaire de votre maison ; disons que c'est une règle tacite.

– Pourquoi est-ce si important ? demanda Abby.

– Il y a plusieurs raisons. Tout d'abord, ils tiennent absolument à ce que vous veniez vous installer ici. Ils sont exigeants et, en règle générale, ils arrivent à leurs fins. Mais, comme Memphis n'est pas vraiment sous le feu des projecteurs, il leur faut proposer plus qu'ailleurs. Vous devez aussi savoir que la société est très envahissante, surtout avec les collaborateurs ; il y a la tension, le surmenage, les semaines de quatre-vingts heures et le foyer déserté. Ce ne sera facile et ils ne l'ignorent pas. L'idée de base est qu'un mariage solide fait un avocat heureux et qu'un avocat heureux est productif. Tout cela se résume une fois de plus à une question de gros sous. Mais il y a une autre raison, poursuivit Kay après un silence. Tous ces hommes – car il n'y a pas une seule femme – sont fiers de l'argent qu'ils gagnent et ils tiennent à ce que l'apparence comme le comportement de ceux qui font partie de l'entreprise dénotent l'aisance. Ils trouveraient insultant qu'un jeune collaborateur vive dans un appartement. Il veulent vous voir habiter une maison et, au bout de cinq ans, vous installer dans une autre, plus cossue. Si nous avons un peu de temps après le déjeuner, je vous montrerai quelques-unes des maisons des associés. Quand vous les verrez, vous ne regretterez pas les semaines de quatre-vingts heures qu'elles ont coûtées.

– C'est un rythme auquel je me suis habituée.

– Tant mieux. Mais on ne peut comparer l'université avec le travail dans un cabinet. Il leur arrive, à l'époque des déclarations d'impôts, de faire jusqu'à cent heures par semaine.

Abby secoua la tête en souriant, comme si cela l'impressionnait.

– Vous travaillez ? demanda-t-elle.

– Non. Très peu d'épouses travaillent. Nous n'avons pas de soucis financiers et nos maris ne nous aident guère avec les enfants. Mais il ne nous est pas interdit de travailler.

– Interdit par qui ?

– Par la firme.

– J'espère que non.

« Interdit », se répéta Abby *in petto*, mais elle garda le silence.

Kay but une gorgée de café en tournant les yeux vers les canards. Un petit garçon s'écarta de sa mère et s'arrêta devant la fontaine.

– Avez-vous l'intention de fonder une famille ? demanda-t-elle.

– Dans deux ou trois ans, peut-être.

– L'arrivée d'un bébé est vue d'un bon œil.

– Par qui ?

– La firme.

– En quoi le fait d'avoir ou non des enfants concerne-t-il le cabinet Bendini ?

– C'est un facteur de stabilité. La naissance d'un bébé est saluée comme il se doit. La mère reçoit des fleurs et des cadeaux à la maternité, et elle est traitée comme une reine. Le père a droit à une semaine de congé, mais il a en général trop de travail pour en profiter. La firme fait don de mille dollars pour les études de l'enfant. C'est une vraie fête.

– Une véritable fraternité.

– Disons plutôt une grande famille. Notre vie sociale tourne autour de Bendini et c'est important, car aucun de nous n'est originaire de Memphis. Nous sommes tous déracinés.

– Certes, mais personne ne me dira si je dois travailler ou cesser de travailler et quand je dois avoir des enfants.

– Ne vous en faites pas. Ils se protègent mutuellement, mais ils ne s'immiscent pas dans la vie privée des gens.

– Je commençais à me le demander.

– N'ayez aucune crainte, Abby. La firme est une famille. Ils sont tous merveilleux et Memphis est une vieille ville où il fait bon vivre et élever des enfants. Le coût de la vie y est moins élevé et le rythme moins trépidant que dans les grandes cités. Votre première idée était probablement de vous installer dans une métropole, comme ce fut la nôtre, mais, maintenant, je choisirais Memphis sans la moindre hésitation.

– Ai-je droit à la visite complète ?

– Je suis ici pour cela. Je pensais que nous pourrions commencer par le centre ville, puis aller nous balader dans les beaux quartiers de l'est, regarder quelques maisons et revenir déjeuner dans mon restaurant préféré.

– Le programme me semble excellent.

Kay paya le café comme elle avait réglé le brunch et elles quittèrent le Peabody pour monter dans la Mercedes flambant neuve des Quin.

La salle à manger s'étendait sur toute la partie ouest du cinquième étage et dominait Riverside Drive et le fleuve. Une rangée de hautes fenêtres offraient une vue magnifique sur les quais et les ponts, sur la flottille des remorqueurs, péniches et bateaux à aubes.

La salle à manger était un territoire réservé, le sanctuaire des juristes assez talentueux et ambitieux pour être associés du cabinet Bendini. Ils s'y retrouvaient tous les jours à l'heure du déjeuner, préparé par Jessie Frances, vieille matrone noire d'humeur instable, et servi par Roosevelt, son mari, ganté de blanc et vêtu d'un vieux smoking passé que lui avait offert M. Bendini en personne, peu avant sa mort. On s'y réunissait parfois aussi le matin pour discuter des affaires du cabinet devant un café et des toasts, et, de temps en temps, en fin d'après-midi, pour fêter avec un verre de vin un mois exceptionnel ou des honoraires particulièrement élevés. La salle était réservée aux associés et n'y étaient admis de loin en loin qu'un gros client privilégié ou une recrue potentielle. Les collaborateurs

de la société pouvaient y dîner deux fois par an, mais pas plus – leur présence était consignée – et uniquement sur l'invitation de l'un des associés.
Jessie Frances officiait dans une petite cuisine contiguë à la salle à manger. C'est là que, vingt-six ans auparavant, elle avait préparé son premier repas pour M. Bendini et la poignée de collaborateurs qui l'entouraient. Depuis vingt-six ans, elle cuisinait des plats du Sud sans tenir compte des demandes pressantes qu'on lui faisait d'essayer des plats nouveaux dont elle avait du mal à prononcer le nom. « Si vous n'aimez pas, vous n'en mangez pas » : telle était sa réponse. A en juger par les maigres reliefs que Roosevelt rapportait, les mets qu'elle préparait avaient toujours du succès. Jessie affichait le lundi matin le menu de la semaine, elle exigeait que les réservations soient faites avant 10 heures et nourrissait des rancunes éternelles contre ceux qui se décommandaient ou sautaient un déjeuner. Jessie et Roosevelt travaillaient quatre heures par jour pour mille dollars par mois.
Mitch prit place à la table de Lamar Quin, Oliver Lambert et Royce McKnight. Le plat principal était une entrecôte accompagnée de gombos frits et de courgettes bouillies.
– Elle n'a pas forcé sur les graisses aujourd'hui, fit observer Lambert.
– C'est délicieux, déclara Mitch.
– Votre organisme est habitué aux matières grasses?
– Oui. C'est le même genre de cuisine que dans le Kentucky.
– Je suis entré dans cette maison en 1955, dit McKnight, et je viens du New Jersey. Je me méfiais des plats du Sud et les évitais autant que possible. Vous savez, tout est enrobé de pâte à frire et cuit dans la graisse animale. Puis M. Bendini a décidé d'ouvrir ce petit restaurant. Il a engagé Jessie Frances et, depuis plus de vingt ans, j'ai des brûlures d'estomac. Tomates frites, tomates vertes frites, aubergines frites, gombos frits, courgettes frites, tout est frit, impossible d'y échapper. Un jour, Victor Milligan, qui est originaire du Connecticut, en a eu assez. Jessie avait préparé des pickles au fenouil frits. Vous imaginez? Milligan a dit quelque chose de désagréable à Roosevelt qui s'est empressé de le rapporter à Jessie. Elle a quitté sa cuisine en disant qu'elle rendait son tablier et elle n'est pas venue d'une semaine. Roosevelt voulait travailler, mais elle l'obligeait à rester à la maison. M. Bendini a réussi à arranger les choses et elle a accepté de revenir à condition qu'il n'y ait plus de critiques. Depuis cet incident, elle utilise moins de graisse et j'espère que nous vivrons dix ans de plus.
– C'est délicieux, fit Lamar en beurrant un nouveau petit pain.
– Comme toujours, déclara Oliver Lambert au moment où Roosevelt passait devant leur table. La nourriture est riche et elle fait grossir, mais nous sautons rarement le déjeuner.
Mitch mangeait lentement en suivant avec nervosité la conversation à bâtons rompus. Il essayait de paraître détendu, mais ce n'était pas facile.

Entouré d'éminents juristes, tous millionnaires, dans une salle à manger privée, luxueusement décorée, il avait le sentiment d'être en terre consacrée. La seule présence réconfortante était celle de Lamar. Et aussi celle de Roosevelt.

Quand Mitch eut terminé son plat, Oliver Lambert s'essuya la bouche, se leva lentement et frappa sur son verre de thé avec sa petite cuillère.

– Messieurs, puis-je avoir votre attention ?

Le silence se fit aussitôt dans la salle tandis que la vingtaine d'associés présents se tournaient vers la table d'honneur. Ils posèrent leur serviette et fixèrent les yeux sur l'invité du jour. Sur le bureau de chacun d'eux se trouvait une copie du dossier de ce dernier ; deux mois auparavant, ils avaient voté et leur choix unanime s'était porté sur McDeere. Ils savaient tous qu'il courait six kilomètres par jour et qu'il ne fumait pas, qu'il était allergique aux sulfites et avait été opéré des amygdales, qu'il avait une Mazda bleue, que sa mère avait le cerveau dérangé et qu'il avait, un jour, réussi trois interceptions en un quart temps. Ils n'ignoraient pas que Mitch ne prenait jamais rien de plus fort que de l'aspirine et qu'il était assez avide de réussir pour travailler cent heures par semaine, si besoin était. Ils étaient bien disposés à l'égard de ce jeune homme séduisant, au corps d'athlète et à l'esprit vif.

– Comme vous le savez, messieurs, poursuivit Lambert, nous avons le plaisir d'accueillir aujourd'hui Mitchell McDeere qui sera bientôt diplômé en droit de Harvard...

– Hourra ! s'écrièrent deux anciens de Harvard.

– Merci, merci... Mitch et son épouse, Abby, sont nos invités au Peabody pour le week-end. Mitch finira dans les cinq premiers de sa promotion et il a reçu plusieurs propositions. Nous tenons à ce qu'il soit des nôtres et je sais que vous aurez l'occasion de vous entretenir avec lui avant son départ. Il dînera ce soir avec Lamar et Kay Quin, et, demain soir, c'est chez moi que vous êtes tous conviés.

Mitch se tourna vers les associés avec un sourire contraint tandis qu'Oliver Lambert continuait de discourir sur la grandeur de la société. Quand son laïus fut terminé, Roosevelt servit le pudding et le café.

Le restaurant favori de Kay était le rendez-vous très chic d'une clientèle jeune et aisée. Une profusion de fougères décorait l'établissement et le juke-box ne jouait que des airs du début des années soixante. Les deux femmes commandèrent des daiquiris qui leur furent servis dans de grands verres à cocktail.

– Un seul suffit, déclara Kay en guise d'avertissement.

– Vous savez, je ne bois pas beaucoup.

Elles commandèrent deux quiches et sirotèrent leur daiquiri.

– Mitch boit de l'alcool ?

– Très peu. Il fait beaucoup de sport et entretient sa condition physique. Il se permet de temps en temps une bière ou un verre de vin, mais rien de plus fort. Et Lamar ?

– C'est à peu près pareil. Il n'avait jamais bu de bière avant l'université et il a tendance à prendre de l'embonpoint. De plus, la firme réprouve la boisson.

– C'est très louable, mais en quoi cela les concerne-t-il ?

– Parce que l'alcool est le talon d'Achille des juristes. La plupart boivent comme des trous et l'alcool est le fléau de la profession. Je pense que cela commence à l'école de droit ; à Vanderbilt, il y avait toujours un tonnelet de bière en perce. Je suppose que c'est la même chose à Harvard. La tension est terrible dans ce métier, cela incite à boire plus que de raison. Ce qu'il faut, c'est éviter les abus, un avocat en bonne santé est un avocat productif. Toujours une question d'argent.

– Cela me paraît raisonnable. Mitch m'a dit que personne ne quittait jamais le cabinet.

– C'est vrai. Depuis sept ans que nous sommes ici, je n'ai vu personne partir. Les salaires sont très élevés et les nouveaux collaborateurs triés sur le volet. Ils ne recrutent jamais un fils de famille.

– Je ne vous suis plus.

– Jamais ils ne choisissent un diplômé ayant d'autres sources de revenus. Ils les prennent jeunes et ambitieux. C'est une question de loyauté ; quand tout l'argent gagné vient d'une seule source, on travaille loyalement pour cette source. Et la firme exige une loyauté absolue. Lamar m'a dit que personne n'envisageait d'aller voir ailleurs ; ils sont tous heureux et bâtissent progressivement leur fortune. Si l'un d'eux décidait d'aller voir ailleurs, il n'obtiendrait jamais un salaire équivalent. Ils offriront à Mitch tout ce qui est nécessaire pour se l'attacher. Ils tirent une grande fierté d'offrir plus que les concurrents.

– Mais pourquoi n'y a-t-il aucune femme ?

– Ils ont essayé une fois. C'était une garce et elle a mis la pagaille dans la firme. La plupart des avocates sont peu commodes, toujours prêtes à en découdre. Lamar m'a dit qu'ils redoutent d'en recruter, car ils ne pourraient se débarrasser d'elles, si les choses tournent mal.

La quiche arriva et elles refusèrent un second daiquiri. Des centaines de personnes, jeunes membres des professions libérales, se pressaient sous les cascades de fougères et un joyeux brouhaha emplissait la salle. La voix affaiblie de Smokey Robinson s'élevait du juke-box.

– J'ai une idée, s'écria Kay. Je connais la directrice d'une agence immobilière. Nous pourrions l'appeler et regarder quelques maisons.

– Quel genre de maisons ?

– Des maisons pour vous et Mitch. Pour le nouveau collaborateur du cabinet Bendini, Lambert & Locke. Elle pourra vous en montrer quelques-unes dans votre éventail de prix.

– Je ne sais pas quel est notre éventail de prix.

— De l'ordre de cent à cent cinquante mille dollars. Le dernier collaborateur en a acheté une à Oakgrove et il a dû la payer dans ces eaux-là.

— A combien s'élèveraient les mensualités ? chuchota Abby en se penchant sur la table.

— Je ne sais pas, mais cela ne vous posera aucun problème. Disons mille dollars par mois, peut-être un peu plus.

Abby la regarda fixement en déglutissant. Un petit appartement à Manhattan se louait le double de cette somme.

— Téléphonons-lui, dit-elle.

Comme Mitch s'y attendait, le bureau de Royce McKnight était l'un des mieux situés, la vue y était magnifique. Il se trouvait dans un coin particulièrement recherché du quatrième étage, dans le même couloir que celui de Nathan Locke. Lamar s'excusa et l'associé invita Mitch à prendre un siège devant une petite table placée près du canapé. Il appela une secrétaire et lui demanda d'apporter du café.

McKnight demanda à Mitch quelles étaient ses premières impressions, et celui-ci répondit qu'elles étaient positives.

— Mitch, je tiens à revenir sur les détails de notre proposition.

— Je vous écoute.

— Le salaire de base est de quatre-vingt mille dollars la première année. Quand vous aurez passé l'examen du barreau, vous recevrez une augmentation de cinq mille dollars. Pas une prime, une augmentation. L'examen a lieu au mois d'août et vous passerez la majeure partie de l'été à réviser. Nous avons notre programme de révision et quelques associés vous aideront à préparer les différentes matières. Cela se fera surtout sur votre temps de travail. Vous n'ignorez pas que, dans la plupart des cabinets, vous êtes censé travailler en dehors des heures de travail. Pas chez nous. Aucun collaborateur de notre firme n'a jamais échoué à l'entrée au barreau et nous n'avons pas la moindre crainte en ce qui vous concerne. Quatre-vingt mille dollars pour commencer et quatre-vingt-cinq mille dans six mois. A la fin de votre première année, une nouvelle augmentation vous amènera à quatre-vingt-dix mille dollars, sans compter la prime, versée chaque année au mois de décembre, calculée d'après les bénéfices et vos résultats des douze mois précédents. L'an dernier, la prime moyenne versée à nos collaborateurs s'est élevée à neuf mille dollars. Vous savez que l'intéressement aux bénéfices est extrêmement rare dans les cabinets juridiques. Avez-vous des questions à poser ?

— Que se passe-t-il après la deuxième année ?

— Vous avez une augmentation de votre salaire de base d'à peu près dix pour cent par an jusqu'à ce que vous deveniez associé. Ni ces augmentations ni les primes ne sont garanties. Elles dépendent de vos résultats.

— Cela me paraît juste.

— Vous savez qu'il est très important pour nous que vous fassiez l'acquisition d'une maison. C'est un facteur de stabilité et une marque de prestige, deux choses qui comptent, surtout pour nos nouveaux collaborateurs. La firme vous obtient un prêt hypothécaire sur trente ans, à intérêt réduit et taux fixe, qui vous laisse la possibilité de revendre la maison dans quelques années. C'est une offre unique, valable pour votre première maison. Après cela, vous vous débrouillez.

– Quel taux ?

– Aussi bas que possible, sans se mettre le fisc à dos. Le taux actuel du marché varie entre dix et dix et demi pour cent. Nous devrions pouvoir vous obtenir un taux de l'ordre de sept à huit pour cent. Nous représentons plusieurs banques et elles nous donnent un coup de pouce à l'occasion. Avec votre salaire, vous n'aurez aucune difficulté à remplir les conditions. De plus, la firme vous donnera sa caution, si nécessaire.

– La proposition est très généreuse, monsieur McKnight.

– C'est important à nos yeux ; nous ne perdrons pas d'argent dans l'affaire. Quand vous aurez trouvé la maison, notre service immobilier se chargera de tout. Il ne vous restera plus qu'à emménager.

– Et la B.M.W. ?

– C'est une idée que nous avons eue il y a une dizaine d'années, répondit McKnight avec un petit rire, et elle s'est révélée très attrayante. C'est simple : vous choisissez un modèle bas de gamme, nous payons la voiture en leasing sur trois ans et nous vous remettons les clés. Nous réglons les contraventions, l'assurance et l'entretien. Au bout de trois ans, vous pouvez la racheter à la société de leasing, au prix de l'argus. C'est également une offre unique.

– Extrêmement tentante.

– Nous le savons, dit McKnight. Nous assurons la couverture des dépenses médicales et des soins dentaires pour toute votre famille, poursuivit-il en consultant ses notes. Grossesses, bilans de santé, appareils dentaires, tout est payé par l'entreprise.

Mitch hocha la tête sans commentaires. Tous les cabinets juridiques offraient les mêmes avantages.

– Notre plan de retraite est sans pareil. Pour chaque dollar économisé, la société en ajoute deux, à condition toutefois que vous placiez sur ce compte au moins dix pour cent de votre salaire de base. Imaginons qu'avec vos quatre-vingt mille dollars, vous en mettiez huit mille de côté la première année. Le cabinet en ajoute seize, ce qui vous fait vingt-quatre mille dollars d'épargne-retraite au bout d'un an. Nous confions cet argent à un professionnel de New York et, l'an dernier, l'épargne-retraite a rapporté du dix-neuf pour cent. Pas mal, n'est-ce pas ? Épargnez pendant vingt ans et, à l'âge de quarante-cinq ans, juste avant la retraite, vous serez millionnaire en dollars. Une seule condition : si vous reprenez vos billes avant que vingt ans se soient écoulés, vous perdez tout, sauf le montant de vos dépôts et cet argent ne vous rapportera pas un centime.

– Cela semble dur.

– Pas du tout. En réalité, c'est très généreux. Trouvez-moi une autre société qui verse deux dollars pour un dollar de dépôt. A ma connaissance, il n'y en a pas ! C'est une manière de préparer nos vieux jours. La plupart des associés prennent leur retraite à cinquante ans, certains à quarante-cinq. Mais nous n'avons pas de limite d'âge, quelques-uns travaillent au-delà de soixante ans, voire soixante-dix. Chacun est libre de faire ce qu'il veut. Notre unique objectif est d'assurer une pension confortable et de permettre de prendre une retraite précoce.

– Combien avez-vous d'associés en retraite ?

– Une vingtaine. Vous les verrez de temps en temps. Ils aiment venir faire un tour et déjeuner ici, et certains ont conservé un bureau. Lamar vous a parlé des vacances ?

– Oui.

– Parfait. Je vous conseille de réserver le plus tôt possible, surtout pour Vail et les îles Caïmans. Vous payez le voyage, les appartements sont mis gracieusement à votre disposition. Nous traitons de nombreuses affaires dans les Caïmans et nous vous y enverrons de temps en temps pour deux ou trois jours, sans que ces séjours soient pris en compte pour vos vacances. Nous travaillons dur, Mitch, et nous connaissons la valeur des loisirs.

Mitch approuva d'un petit signe de tête et se prit à rêver d'une plage ensoleillée aux Antilles. Un verre de pina colada à la main, il admirerait les beautés locales en bikini.

– Lamar vous a-t-il parlé de la prime à la signature ?

– Non, mais cela me paraît intéressant.

– Dès votre entrée dans la maison, nous vous remettrons un chèque de cinq mille dollars. Je ne saurais trop vous conseiller d'en dépenser la majeure partie pour renouveler votre garde-robe. Après sept ans en jean et chemise de flanelle, celle-ci ne peut être que très limitée. Mais, pour nous, l'apparence compte. Nous demandons à nos avocats d'être vêtus avec une élégance classique. Il n'y a pas de code vestimentaire strict, mais vous saurez très vite à quoi vous en tenir.

Il avait bien dit cinq mille dollars ? Pour acheter des vêtements ? Mitch, qui possédait deux complets dont celui qu'il avait sur le dos, s'efforça de garder un visage impassible.

– Avez-vous des questions ?

– Oui... Les grands cabinets ont la fâcheuse réputation d'exploiter les jeunes collaborateurs qui sont accablés de travaux de recherche fastidieux et passent les trois premières années cloîtrés dans une bibliothèque. Je ne veux pas de cela. J'accepte volontiers de faire ma part de recherches et je sais que je serai le petit nouveau, mais il n'est pas question de recherches et de rédaction de mémos pour tous les avocats du cabinet. J'aimerais travailler avec de vrais clients, sur de vrais dossiers.

McKnight l'écouta attentivement avant de lui servir sa réponse toute prête.

– Je comprends, Mitch. Vous avez raison, c'est un problème dans les grands cabinets juridiques. Mais pas chez nous. Vos trois premiers mois seront presque exclusivement consacrés à la préparation de l'examen d'entrée au barreau. Celui-ci passé, vous commencerez à travailler en collaboration avec un associé et ses clients deviendront vos clients. Vous ferez la majeure partie de ses recherches, en plus des vôtres, bien entendu, et nous vous demanderons à l'occasion de donner un coup de main en rédigeant des mémos ou en effectuant quelques recherches. Nous voulons que vous vous sentiez heureux. Nous sommes fiers de ne jamais avoir eu à déplorer le départ d'un collaborateur et nous ferons tout ce qu'il faut pour vous mettre le pied à l'étrier. Si vous ne vous entendez pas avec l'associé que vous assisterez, nous vous en trouverons un autre. Si vous découvrez que vous n'aimez pas la fiscalité, vous pourrez essayer la finance ou la banque. La décision vous appartiendra. La firme s'apprête à miser gros sur Mitch McDeere et nous tenons à ce qu'il réussisse.

Mitch sirota son café en réfléchissant à une autre question tandis que McKnight parcourait la liste qu'il avait établie.

– Nous payons également votre déménagement jusqu'à Memphis, ajouta-t-il.

– Il n'y aura pas grand-chose. Juste une camionnette de location.

– Une autre question, Mitch?

– Non, monsieur, rien d'autre.

McKnight plia la liste et la glissa dans le dossier. Il posa les coudes sur la table et se pencha sur le bureau.

– Nous ne voulons pas vous bousculer, Mitch, mais il nous faut une réponse rapide. Si vous décidez d'aller ailleurs, il nous faudra organiser d'autres entretiens. Cela demande un certain temps et nous aimerions que notre nouveau collaborateur prenne ses fonctions le 1er juillet.

– Une réponse sous dix jours, cela vous convient?

– Parfait. Disons le 30 mars.

– D'accord, mais je vous appellerai avant.

Mitch se retira et trouva Lamar qui l'attendait dans le couloir, devant le bureau de McKnight. Ils prirent rendez-vous pour le dîner.

3

Au cinquième étage de l'immeuble Bendini, la salle à manger des associés et la cuisine attenante occupaient la partie ouest, quelques pièces vides et fermées à clé se trouvaient au centre, et un mur épais fermait l'accès au dernier tiers de l'étage. Une petite porte blindée surmontée d'une caméra et sur le chambranle de laquelle se trouvait un bouton était ménagée au milieu du mur et s'ouvrait sur une pièce dans laquelle un garde armé surveillait la porte et une batterie d'écrans de télévision en circuit fermé. Un couloir zigzaguait au milieu d'un dédale de bureaux exigus et de petites salles où d'étranges individus vaquaient secrètement à des travaux de surveillance et d'investigation. Les fenêtres étaient peintes et munies de stores, de sorte que le soleil n'avait aucune chance de pénétrer dans cette forteresse.

DeVasher, le chef de la sécurité, occupait le plus grand de ces bureaux austères. Sur un des murs nus de la pièce, un diplôme encadré attestait de trente ans de bons et loyaux services dans la police municipale de La Nouvelle-Orléans. C'était un homme trapu et pansu, large d'épaules, à la tête énorme et ronde que n'éclairaient que de rares sourires. Sa chemise froissée, au col déboutonné, montrait un torse velu. Une grosse cravate de Tergal était suspendue au portemanteau, à côté d'une veste avachie.

Le lundi matin, après la visite de McDeere, Oliver Lambert se présenta devant la porte blindée du cinquième étage et leva la tête vers la caméra. Il appuya à deux reprises sur le bouton et attendit que le garde lui ouvre la porte. Il suivit d'un pas rapide le couloir étroit et pénétra dans le bureau en désordre. DeVasher souffla la fumée de son Dutch Masters et repoussa des papiers dans tous les sens jusqu'à ce que le bois du bureau apparaisse.

— Bonjour, Ollie. Je suppose que vous êtes venu parler du jeune McDeere.

DeVasher était le seul occupant de l'immeuble Bendini à oser l'appeler ouvertement Ollie.

– Oui, entre autres choses.

– Eh bien, je peux vous dire qu'il a passé un excellent week-end, que la société lui a fait une bonne impression, que la ville lui a plu et qu'il va probablement signer.

– Où étaient vos gars ?

– Dans les deux chambres d'hôtel adjacentes. Le téléphone était sur écoute et nous avions placé des micros dans leur chambre et dans la limousine. La routine, Ollie.

– J'aimerais quelques détails.

– Très bien. Le jeudi soir, ils sont rentrés tard et se sont couchés tout de suite. Petite discussion. Le vendredi soir, il lui a raconté par le menu ce qu'il avait vu, l'immeuble, les bureaux, les gens. Il lui a même dit qu'il vous trouvait sympa... Je suis sûr que cela vous fait plaisir.

– Continuez.

– Il lui a parlé de la belle salle à manger et du déjeuner avec les associés. Il lui a détaillé vos propositions et ils se sont extasiés tous les deux. Vos conditions sont très supérieures aux autres offres. Elle veut une maison avec une allée, des arbres et un jardin. Il lui a dit qu'elle aurait tout cela.

– Des problèmes à propos du cabinet ?

– Rien de particulier. Il a mentionné l'absence de Noirs et de femmes, mais sans paraître y attacher d'importance.

– Et elle ?

– Elle était ravie. La ville lui plaît beaucoup et elle s'est bien entendue avec la femme de Quin. Elle sont allées voir des maisons le vendredi et elle en a trouvé deux qui lui plaisent.

– Vous avez les adresses ?

– Bien sûr, Ollie. Le samedi matin, ils ont fait le tour de la ville en limousine. Très impressionnés par la limousine, ces jeunes gens. Notre chauffeur a pris soin d'éviter les mauvais quartiers. Ils ont continué à regarder les maisons, et je pense qu'ils se sont décidés pour celle du 1231 East Meadowbrook. Elle est vide et l'agent immobilier, une certaine Betsy Bell, la leur a fait visiter. Elle demande cent quarante mille dollars, mais elle baissera son prix, car elle est pressée de conclure.

– C'est un quartier agréable. Quand la maison a-t-elle été construite ?

– Il y a dix ou quinze ans. Deux cent quatre-vingts mètres carrés, architecture d'inspiration coloniale. Parfaite pour un de vos chers collaborateurs, Ollie.

– Vous êtes sûr que c'est bien celle qu'ils veulent ?

– Pour l'instant, oui. Ils ont envisagé de repasser dans un mois poursuivre leurs recherches. Je suppose que vous les ferez venir dès qu'il aura accepté. C'est ce qui se passe d'habitude, non ?

– Oui, oui, nous nous en occuperons. Que pense-t-il du salaire ?

– Le plus grand bien. C'est le plus élevé qu'on lui ait proposé jusqu'à présent. Ils ont longuement parlé de l'aspect pécuniaire : salaire, retraite, emprunt, B.M.W., primes, etc. Ils n'en revenaient pas ; ils doivent vraiment être fauchés.

– Ils le sont. Alors, vous croyez que c'est dans la poche ?

– Je suis prêt à le parier. Il a dit à sa femme que la société n'était peut-être pas aussi prestigieuse que les grands cabinets de Wall Street, mais que les avocats étaient tout aussi compétents et infiniment plus sympathiques. Oui, je pense qu'il va accepter.

– Il soupçonne quelque chose ?

– Pas vraiment. Quin lui a recommandé de rester à l'écart du bureau de Locke et il a dit à sa femme que personne n'y entrait, sauf quelques secrétaires et une poignée d'associés. Il lui a également confié que, d'après Quin, Locke était bizarre et pas très aimable. Non, je ne pense pas qu'il ait des soupçons ; sa femme lui a pourtant dit que la firme semblait s'occuper de choses qui ne la regardaient pas.

– Quelles choses ?

– Des questions personnelles : les enfants, le travail des épouses, etc. Elle paraissait assez agacée, mais je ne pense pas que cela tire à conséquence. Elle a aussi dit à Mitch le samedi matin qu'il ferait beau voir que des avocats se permettent de décider à sa place si elle devait travailler et quand elle pourrait avoir des enfants. Mais je pense qu'il n'y a rien à craindre.

– A-t-il bien compris que son engagement serait définitif ?

– Je crois. Ils n'envisagent ni l'un ni l'autre de passer quelques années à Memphis et d'aller voir ailleurs. Je crois qu'il a compris. Il veut devenir associé, comme tous les autres. Il est sans le sou et l'argent l'intéresse.

– Et le dîner que j'ai donné chez moi ?

– Ils étaient un peu tendus, mais ils ont passé une bonne soirée. Ils ont été très impressionnés par votre maison et votre femme leur a beaucoup plu.

– Des relations sexuelles ?

– Tous les soirs. C'était comme une sorte de lune de miel pour eux.

– Que font-ils ?

– N'oubliez pas que nous ne pouvions pas voir. Mais tout semblait normal, pas de goûts spéciaux. J'ai pensé à vous, vous savez, et à votre faible pour les photos et les films érotiques, et j'ai regretté de ne pas avoir installé une ou deux caméras pour ce bon vieil Ollie.

– Taisez-vous, DeVasher !

– La prochaine fois, je vais essayer d'y penser. C'est promis.

Pendant le silence qui suivit, DeVasher consulta son bloc-notes, puis il écrasa son cigare dans le cendrier en esquissant un petit sourire.

– L'un dans l'autre, reprit-il, c'est un mariage solide. Ils semblent vraiment très unis et notre chauffeur m'a dit qu'ils se sont tenus par la main pendant tout le week-end. Pas un seul nuage en trois jours... Pas mal, non ? Et je sais de quoi je parle, moi qui ai déjà été marié trois fois.

– Rien d'étonnant à cela. Ont-ils parlé d'avoir des enfants ?

– Dans deux ou trois ans. Elle aimerait travailler un peu avant d'être enceinte.

– Quelle est votre opinion sur lui ?

– Excellente : c'est un jeune homme très bien. Très ambitieux aussi. Je pense qu'il est motivé et qu'il fera tout pour arriver au sommet. Il n'hésitera pas à prendre des risques et à enfreindre les règles, si nécessaire.

– C'est ce que je voulais entendre de votre bouche, dit Lambert avec un petit sourire.

– Elle a téléphoné deux fois, poursuivit le chef de la sécurité. Les deux fois à sa mère, qui habite dans le Kentucky. Rien de particulièrement intéressant.

– Et sa famille, à lui ?

– Pas un mot.

– Rien de nouveau sur Ray ?

– Nous poursuivons nos recherches, Ollie. Laissez-nous un peu de temps.

DeVasher referma le dossier McDeere et en ouvrit un autre, beaucoup plus épais. Lambert se frotta les tempes en gardant les yeux fixés sur le sol.

– Quelles sont les dernières nouvelles ? demanda-t-il.

– Rien de très bon, Ollie. J'ai maintenant la conviction que Hodge et Kozinski sont de mèche. En fin de semaine dernière, le F.B.I. a obtenu un mandat et a perquisitionné chez Kozinski. Ils ont découvert nos micros, mais ne savent pas qui les a posés. Kozinski a tout raconté à Hodge vendredi dernier, dans la bibliothèque du troisième étage où ils s'étaient retrouvés en cachette. Il y avait un micro qui nous a permis de surprendre des bribes de conversation. Pas grand-chose, mais nous savons quand même qu'ils ont parlé de la perquisition. Ils sont persuadés qu'il y a des micros partout et ils nous soupçonnent. Ils choisissent soigneusement les endroits où ils peuvent s'entretenir.

– Mais pourquoi le F.B.I. s'est-il donné la peine de demander un mandat de perquisition ?

– Excellente question. Probablement pour nous, afin que les choses soient parfaitement légales. Ils nous respectent.

– Quel est l'agent qui a fait la perquisition ?

– Tarrance. C'est manifestement lui qui s'occupe de l'affaire.

– Il est bon ?

– Pas mauvais. Encore jeune, inexpérimenté, plein de zèle, mais compétent, même s'il n'est pas de taille.

– Combien de fois a-t-il parlé à Kozinski ?

– Impossible de le savoir. Comme ils craignent les écoutes, ils prennent énormément de précautions. Nous savons qu'ils se sont vus quatre fois depuis un mois, mais je soupçonne qu'il y a eu d'autres rencontres.

– Que leur a-t-il révélé ?

– Pas grand-chose, du moins je l'espère. Ils ne se sont pas encore engagés à fond. La dernière conversation surprise remonte à une semaine et Kozinski ne lui a presque rien dit, parce qu'il a la trouille. Ils essaient de l'entortiller, mais sans grand succès : il n'a pas encore pris la décision de coopérer avec eux. N'oubliez pas que ce sont eux qui sont entrés en contact. Ils l'ont sérieusement ébranlé et il était prêt à passer un marché avec eux. Il est plus hésitant maintenant, mais il n'a pas rompu le contact, c'est ce qui m'inquiète le plus.

– Sa femme est-elle au courant ?

– Je ne pense pas. Elle se rend compte de sa conduite bizarre, mais il essaie de lui faire croire que c'est à cause du travail.

– Et Hodge ?

– A ma connaissance, il n'a pas encore rencontré les fédéraux. Il parle beaucoup, je devrais plutôt dire il chuchote, avec Kozinski. Hodge répète qu'il a une peur bleue du F.B.I., qu'on ne peut pas compter sur eux, qu'ils ne sont pas réglos. Il ne fera rien sans Kozinski.

– Et si Kozinski était éliminé ?

– Hodge rentrerait dans le rang. Mais nous n'en sommes pas encore là, Ollie. Ce n'est quand même pas un truand dangereux dont il faut se débarrasser à tout prix. C'est un type comme il faut, qui a une femme et des gosses.

– Votre compassion me touche. Vous vous imaginez peut-être que cette perspective m'enchante ? N'oubliez pas que je les connais depuis qu'ils sont entrés dans la maison.

– Eh bien, arrangez-vous pour les mettre au pas avant que les choses n'aillent trop loin. On commence à s'inquiéter à New York, Ollie. On pose beaucoup de questions.

– Qui ?

– Lazarov.

– Que leur avez-vous raconté, DeVasher ?

– Tout : c'est mon boulot. Vous êtes convoqué à New York après-demain, pour analyser la situation.

– Que veulent-ils ?

– Des réponses. Et des plans d'action.

– Pourquoi des plans ?

– Pour préparer l'élimination de Kozinski, Hodge et même de Tarrance, si nécessaire.

– Éliminer Tarrance ? Vous êtes cinglé, DeVasher ! On ne peut pas éliminer un flic ! Ils enverront la troupe !

– Lazarov est stupide, Ollie, vous le savez aussi bien que moi. C'est un idiot, mais je ne pense pas qu'il soit prudent de le lui dire en face.

– C'est pourtant ce que je vais faire. Je pense que je vais lui dire, quand je le verrai à New York, qu'il est complètement idiot.

– Essayez, Ollie. Essayez donc.

Oliver Lambert se leva d'un bond et se dirigea d'un pas vif vers la porte.

– Continuez à surveiller McDeere pendant le mois qui vient.

– Bien sûr, Ollie, comptez sur moi. Il signera, ne vous en faites pas.

4

La Mazda fut vendue deux cents dollars et la majeure partie de cette somme, qui devait leur être remboursée à Memphis, fut investie dans la location d'une camionnette pour le déménagement. La moitié du mobilier dépareillé fut distribuée ou jetée au rebut. Lorsqu'ils prirent la route, la camionnette contenait un réfrigérateur, un lit, un buffet, une commode, un petit téléviseur, quelques cartons de vaisselle, des vêtements, du bric-à-brac et un vieux canapé qu'ils n'avaient pu se 1 ésoudre à abandonner, mais dont les jours seraient comptés dans la nouvelle maison.

Abby tenait Cancan, le corniaud, sur ses genoux tandis que Mitch conduisait. Ils traversèrent Boston et prirent la route du Sud, ce Sud chargé de promesses. Ils roulèrent trois jours sur de petites routes de campagne, admirant le paysage, chantant en accompagnant la radio, dormant dans des motels bon marché et parlant sans se lasser de la maison, de la B.M.W., du nouveau mobilier, d'enfants et d'argent. Les vitres baissées, ils se laissaient griser par le vent tandis que la camionnette dévorait le bitume en poussant des pointes à soixante-dix kilomètres à l'heure. Pendant la traversée de la Pennsylvanie, Abby suggéra de passer par le Kentucky pour rendre une brève visite à ses parents. Mitch ne réagit pas, mais il choisit un itinéraire qui traversait les deux Caroline et la Géorgie, sans jamais s'aventurer à moins de trois cents kilomètres de la frontière du Kentucky. Abby ne souffla mot.

Ils arrivèrent à Memphis un jeudi matin et trouvèrent, comme convenu, la 318i noire garée sous l'auvent. Mitch contempla la B.M.W., puis la maison. La pelouse était épaisse, d'un vert éclatant et soigneusement tondue, les haies impeccablement taillées, et les soucis en fleur.

Comme convenu, ils trouvèrent les clés sous un seau, dans la remise.

Après avoir essayé la voiture, ils déchargèrent rapidement la camionnette, avant que les voisins n'aient le temps d'inventorier leurs maigres possessions. Puis ils rendirent le véhicule à l'agence la plus proche et s'offrirent un petit tour en voiture.

Une décoratrice d'intérieur, celle qui devait se charger du bureau de Mitch, arriva sur le coup de midi, les bras chargés d'échantillons de moquette, de revêtements de sol, de rideaux, de tentures et de papiers peints. Abby trouvait comique l'idée de faire venir une décoratrice trois jours après avoir quitté leur minuscule appartement de Cambridge, mais elle joua le jeu. Mitch s'ennuya très rapidement et il s'excusa pour aller faire une nouvelle balade en voiture. Il circula dans les rues tranquilles et ombragées de ce quartier résidentiel qui était maintenant le sien. Il se prit à sourire quand des gamins à bicyclette s'arrêtèrent avec un sifflement d'admiration en regardant passer sa voiture. Il fit un signe de la main au facteur qui marchait sur un trottoir en transpirant. Il avait vingt-cinq ans, son diplôme en poche depuis à peine une semaine et il était arrivé, lui, Mitchell Y. McDeere.

A 15 heures, la décoratrice les emmena dans un magasin d'ameublement dont le directeur les informa courtoisement que M. Oliver Lambert avait déjà pris toutes les dispositions utiles pour l'ouverture de leur crédit, s'ils choisissaient cette formule, et qu'aucune limite n'était fixée à leurs achats. Ils prirent de quoi meubler toute la maison. Mitch renâcla de temps en temps et, à deux reprises, mit son veto, trouvant un prix trop élevé. Mais c'est Abby qui décida. La décoratrice, qui la complimentait sans relâche sur son goût merveilleux, annonça à Mitch qu'elle le verrait dès le lundi, pour s'occuper de son bureau.

– Merveilleux, lui répondit-il.

Munis d'un plan de la ville, ils se rendirent chez les Quin. Abby avait vu la maison lors de sa première visite, mais elle ne se souvenait plus comment y aller. Les Quin habitaient à Chickasaw Gardens, un quartier chic où elle avait admiré les propriétés boisées, les vastes demeures et les jardins bien tenus. Ils garèrent la voiture dans l'allée, derrière les deux Mercedes, la neuve et l'ancienne.

La bonne inclina poliment la tête, mais sans sourire. Elle les conduisit dans le séjour et les laissa seuls. La maison était sombre et silencieuse... Pas d'enfants, pas de bruits de voix, personne. Ils attendirent en admirant le mobilier et en échangeant quelques mots à mi-voix, puis l'impatience les gagna. Pourtant, c'était bien ce soir-là, le jeudi 25 juin, qu'ils avaient été invités à dîner. Mitch regarda une nouvelle fois sa montre et marmonna une phrase où il était question d'impolitesse. Ils continuèrent à attendre.

Kay déboucha dans la pièce, un sourire forcé sur les lèvres. Elle avait les yeux gonflés et brillants, bordés de traînées de Rimmel. Les larmes coulaient sur ses joues et elle pressait un mouchoir sur sa bouche. Elle serra Abby dans ses bras et se laissa tomber à côté d'elle, sur le canapé. Elle mordit son mouchoir mais ne put retenir ses pleurs.

– Kay ? demanda Mitch en s'agenouillant devant elle. Que s'est-il passé ?

Elle mordit son mouchoir de plus belle en secouant la tête. Abby posa la main sur un de ses genoux tandis que Mitch tapotait l'autre. Ils l'observèrent avec appréhension, redoutant le pire. Était-ce Lamar ou un des enfants ?

– Il y a eu un accident tragique, articula-t-elle entre deux sanglots étouffés.

– Qui ? demanda Mitch.

Elle s'essuya les yeux et respira profondément.

– Deux des collaborateurs de la firme, Marty Kozinski et Joe Hodge sont morts aujourd'hui. Nous étions très liés.

Mitch s'assit sur la table basse. Il se souvenait de Marty Kozinski qu'il avait vu en avril, lors de sa seconde visite. Il était venu les rejoindre, Lamar et lui, dans la brasserie de Front Street où ils déjeunaient. Marty était le premier sur la liste des futurs associés, mais il n'avait pas semblé vraiment emballé par cette perspective. Quant à Joe Hodge, Mitch n'avait gardé aucun souvenir de lui.

– Que s'est-il passé ? demanda-t-il.

Kay avait cessé de sangloter, mais quelques larmes coulaient encore. Elle s'essuya de nouveau le visage et leva les yeux vers Mitch.

– Nous ne savons pas très bien. Ils étaient à Grande Caïman où ils faisaient de la plongée sous-marine. Il y a eu une explosion sur un bateau et nous pensons qu'ils sont morts noyés. Lamar m'a dit qu'il n'avait pas de détails. Il vient de sortir d'une réunion des membres de la société où on leur a annoncé la nouvelle et il a eu beaucoup de mal à rentrer à la maison.

– Où est-il en ce moment ?

– Au bord de la piscine. Il vous attend.

Lamar était assis dans un fauteuil de jardin, à côté d'une petite table munie d'un parasol, juste devant la piscine. Près d'un parterre de fleurs un arroseur circulaire projetait avec force crachotements des gerbes d'eau décrivant un arc qui atteignait la table, le parasol, le fauteuil et Lamar Quin. L'eau dégoulinait de son visage et de ses cheveux. Sa chemise de coton bleue et son pantalon de flanelle étaient trempés. Il ne portait ni chaussures ni chaussettes.

Il demeurait rigoureusement immobile, sans réagir aux douches successives qu'il recevait. Il semblait absent. Son attention paraissait fixée sur un objet lointain, vers la clôture du jardin. Une bouteille de Heineken intacte était posée au pied du fauteuil, au milieu d'une flaque d'eau qui s'était formée sur le ciment.

Mitch tourna la tête vers le fond du jardin, en partie pour s'assurer que les voisins ne pouvaient rien voir. Une clôture de cyprès de plus de deux mètres garantissait l'intimité des lieux. Mitch contourna la piscine et s'arrêta à la lisière de la zone sèche. Lamar remarqua sa présence, inclina la tête, esquissa un pauvre sourire et lui fit signe de prendre un siège mouillé. Mitch écarta le fauteuil et s'assit juste à temps pour éviter le rideau liquide qui s'abattait de nouveau.

Le regard de Lamar revint se poser sur la clôture ou sur une chose invisible, au fond du jardin. Pendant ce qui parut à Mitch une éternité, ils demeurèrent immobiles, écoutant les chuintements et les crachotements de l'arroseur. De loin en loin, Lamar secouait la tête et marmonnait quelques sons inintelligibles. Mitch répondait par un sourire gêné, ne sachant que dire, ou même s'il fallait dire quelque chose.

– Je suis désolé, hasarda-t-il enfin.

Lamar hocha la tête et tourna les yeux vers lui.

– Moi aussi, murmura-t-il.

– Je ne sais pas quoi dire, poursuivit Mitch.

Lamar inclina la tête sur le côté sans quitter Mitch des yeux. L'eau dégoulinait de ses cheveux bruns, retombant sur ses yeux rouges et larmoyants. Le regard fixe, il attendit la fin de la pluie dispensée par l'arrosage.

– Je sais, fit-il, mais il n'y a rien à dire. Je regrette que ce soit arrivé aujourd'hui... Nous n'avons pas eu le courage de préparer un repas.

– Je comprends que ce soit le cadet de vos soucis. Je n'ai pas grand appétit non plus.

– Vous souvenez-vous d'eux ? demanda Lamar en soufflant pour chasser l'eau qui coulait sur ses lèvres.

– Je me souviens de Kozinski, mais pas de Hodge.

– Marty Kozinski était un de mes meilleurs amis. Il venait de Chicago... Il est entré dans la société trois ans avant moi, c'est lui qui devait être le prochain associé. Un avocat de talent, admiré de tous et à qui nous demandions conseil. Probablement le meilleur négociateur du cabinet... Très calme, beaucoup de sang-froid dans les moments difficiles.

Il s'essuya les sourcils et baissa les yeux vers le ciment de la terrasse. Puis il reprit la parole, gêné par l'eau qui dégoulinait le long de son nez.

– Trois enfants. Les jumelles ont un mois de plus que notre fils et ils ont toujours joué ensemble.

Lamar ferma les yeux, se mordit les lèvres et se mit à sangloter. Mitch détourna la tête; il aurait voulu être loin.

– Je suis sincèrement désolé, Lamar. Très sincèrement.

Au bout de quelques minutes, les pleurs cessèrent, mais l'arroseur les aspergeait toujours. Mitch parcourut du regard l'étendue de la pelouse pour chercher le robinet d'arrêt. Par deux fois, il rassembla son courage pour demander s'il pouvait couper l'arrosage automatique et, par deux fois, il décida que, si Lamar pouvait supporter cette douche, il la supporterait lui aussi. Peut-être l'eau lui faisait-elle du bien. Mitch regarda discrètement sa montre : encore une heure et demie avant la tombée de la nuit.

– Avez-vous des détails sur l'accident ? demanda-t-il enfin.

– On ne nous a pas dit grand-chose. Ils étaient partis en mer pour plonger quand une explosion s'est produite sur leur bateau. Il y a eu une troisième victime, le pilote, originaire des îles. Nous nous efforçons de faire rapatrier les corps.

– Où étaient leurs épouses ?

– Elles étaient restées à Memphis. C'était un voyage d'affaires.

– Je ne me souviens pas du visage de Hodge.

– C'était un grand blond qui ne parlait pas beaucoup. Le genre de type dont on oublie facilement les traits. Il venait de Harvard, comme vous.

– Quel âge avait-il ?

– Ils avaient trente-quatre ans tous les deux. Joe serait devenu associé après Marty. Ils étaient très amis... Comme nous le sommes tous, surtout en de telles circonstances.

Il plongea ses dix doigts dans ses cheveux et les ramena en arrière, puis il se leva et s'avança jusqu'à la limite du sol sec. L'eau dégoulinait de sa chemise et de ses revers de pantalon. Il s'arrêta devant Mitch et leva les yeux vers la cime des arbres du jardin voisin.

– Content de la B.M.W. ?

– Enchanté ! C'est une superbe voiture. Merci d'avoir pensé à la faire livrer.

– Quand êtes-vous arrivés ?

– Ce matin. J'ai déjà cinquante kilomètres au compteur.

– Vous avez vu la décoratrice ?

– Oui. Elle a réussi, avec la complicité d'Abby, à me faire dépenser une année de salaire.

– Très bien, vous aurez une jolie maison. Nous sommes heureux que vous soyez des nôtres, Mitch. Je regrette que vous arriviez dans de telles circonstances, mais je suis sûr que vous vous plairez ici.

– Vous n'avez pas à vous excuser.

– Je n'arrive toujours pas à y croire. Je me sens engourdi, paralysé. Je tremble à l'idée de voir la femme et les enfants de Marty et je préférerais mille fois être fouetté jusqu'au sang plutôt que de me trouver en face d'eux.

Les femmes apparurent et traversèrent le patio au sol recouvert de lattes de bois. Elles descendirent les marches menant à la piscine. Kay se dirigea vers le robinet et mit fin à l'arrosage.

Ils quittèrent Chickasaw Gardens et prirent la direction de l'ouest, vers le centre ville, face au soleil couchant. Ils se tenaient la main mais n'échangeaient que de rares paroles. Mitch fit coulisser le toit ouvrant et baissa les vitres. Abby fouilla dans une boîte de vieilles cassettes et en choisit une de Bruce Springsteen. La stéréo était d'excellente qualité. La musique de « Hungry Heart » s'échappait par les vitres tandis que la voiture rutilante se dirigeait vers le fleuve. A la tombée d'un jour d'été à Memphis, l'air devenait soudain humide et poisseux.

Des terrains de soft-ball défilaient le long des rues et des hommes bedonnants, moulés dans des pantalons de Tergal et des chemises vert acide ou jaune fluo, traçaient des lignes à la craie et se préparaient à d'implacables affrontements. Des voitures bourrées d'adolescents s'agglutinaient autour des fast-foods où ils buvaient de la bière en reluquant les jeunes du sexe opposé. Mitch esquissa un sourire. Il essayait d'oublier Lamar, Kozinski et Hodge; pour quelle raison devrait-il être triste? Ce n'étaient pas ses amis. Il était désolé pour leurs familles, mais il les connaissait à peine. Pour lui, Mitchell Y. McDeere, le gamin pauvre, sans famille, les raisons de se réjouir ne manquaient pas. Une épouse ravissante, une maison et une voiture neuves, une carrière qui s'ouvrait devant lui, un diplôme de Harvard tout frais. Un esprit brillant, un corps robuste qui n'avait pas tendance à grossir et n'exigeait pas beaucoup de sommeil. Et déjà quatre-vingt mille dollars par an. Il atteindrait le cap des cent mille dans deux ans et, pour cela, il lui suffirait de travailler quatre-vingt-dix heures par semaine. Du gâteau.

Il arrêta la voiture devant la pompe d'une station-service et prit soixante litres de super. Il paya dans la boutique et en ressortit avec un pack de six bouteilles de Michelob. Abby en ouvrit deux et ils repartirent. Un large sourire s'épanouit sur les lèvres de Mitch.

– Allons manger quelque chose, dit-il.

– Nous ne sommes pas habillés pour aller au restaurant, objecta Abby.

Il baissa les yeux vers ses longues jambes hâlées. Elle portait une jupe de coton blanc qui s'arrêtait au-dessus du genou et un chemisier de coton blanc. Il était vêtu d'un short, de chaussures de bateau et d'un polo d'un noir fané.

– Avec des jambes comme les tiennes, on nous accepterait dans n'importe quel restaurant de New York.

– Si nous allions au Rendez-vous? Je n'ai pas le souvenir qu'il fallait être habillé.

– Excellente idée.

Ils laissèrent la voiture dans un parking du centre ville et firent à pied le reste du chemin jusqu'à la ruelle où se trouvait le restaurant. Des odeurs de barbecue se répandaient dans l'air chaud du soir et flottaient près du sol comme un brouillard. Elles remontaient dans les narines, la bouche, les yeux et provoquaient d'agréables contractions de l'estomac. La fumée s'élevant dans la ruelle sortait des conduits d'aération qui couraient sous terre et communiquaient avec d'énormes barbecues où grillaient les meilleures côtelettes de porc du meilleur restaurant d'une ville renommée pour ses grillades. Le Rendez-vous était un restaurant en sous-sol, en contrebas de la ruelle, dans un bâtiment de brique rouge qui aurait dû être rasé depuis des décennies n'était le célèbre établissement qui occupait le sous-sol.

Il y avait toujours foule... et une file d'attente. On les conduisit à travers la salle immense et bruyante du restaurant jusqu'à une petite table couverte d'une nappe à carreaux rouges. De nombreux regards les suivirent. Certains cessèrent de manger, la bouche ouverte, une côtelette à la main, en voyant Abby McDeere se glisser entre les tables avec la grâce d'un mannequin dans un défilé de haute couture. Il lui était arrivé d'arrêter la circulation en marchant sur un trottoir de Boston et des sifflets admiratifs l'accompagnaient partout. Son mari y était habitué; il était très fier de la beauté de sa femme.

Un serveur noir à la mine renfrognée se dressa devant eux.

– Monsieur désire?

La carte, inscrite sur les dessous-de-plat, était parfaitement inutile. N'y figuraient que des côtelettes.

– Deux plats garnis, assiette de fromage, pichet de bière, répondit Mitch du tac au tac.

Sans noter, le serveur se retourna vers l'entrée.

– Deux garnis, un fromage, un pichet! lança-t-il d'une voix tonitruante.

Dès qu'il eut tourné le dos, Mitch glissa une main sous la table et la referma sur la jambe d'Abby qui lui donna une petite tape.

– Tu es très belle, fit-il. Cela fait combien de temps que je ne te l'avais pas dit?

– A peu près deux heures.

– Deux heures! Pourras-tu me pardonner ce manque d'égards?

– J'espère que cela ne se reproduira plus.

Il reposa la main sur la jambe et caressa le genou. Cette fois, elle ne repoussa pas. Elle fixa sur lui le regard doux et brillant de ses yeux noisette et lui adressa un sourire enjôleur qui creusa deux fossettes parfaites dans ses joues et découvrit des dents éclatantes. Ses cheveux châtain foncé étaient raides et descendaient de quelques centimètres au-dessous de la ligne des épaules.

La bière arriva et le serveur remplit deux chopes sans desserrer les lèvres. Abby but une petite gorgée et son sourire s'effaça.

– Crois-tu que Lamar soit remis? demanda-t-elle.

– Je n'en sais rien. Au début, j'ai cru qu'il était complètement soûl et je me sentais idiot de le regarder en silence pendant qu'il se faisait doucher.

– Le pauvre! Kay m'a dit que les obsèques ont lieu lundi, si les corps peuvent être rapatriés à temps.

– Parlons d'autre chose, veux-tu ? Je n'aime pas les enterrements, même ceux auxquels j'assiste par simple respect, sans avoir connu le défunt. J'en ai gardé de trop mauvais souvenirs.

On leur apporta les côtelettes, servies sur des assiettes de carton recouvertes d'une feuille d'aluminium destinée à recueillir la graisse. Un petit plat de salade de chou cru et un autre de haricots blancs à la sauce tomate encadraient les côtelettes, généreusement arrosées d'une sauce maison dont la composition demeurait secrète. Ils commencèrent à manger avec les doigts.

– De quoi veux-tu parler ? demanda-t-elle.

– De notre bébé.

– Je croyais que tu préférais attendre quelques années.

– Oui, nous allons attendre, mais je pense que nous devons nous entraîner assidûment.

– Nous nous sommes entraînés dans tous les motels où nous avons dormi depuis Boston.

– Je sais, mais nous ne l'avons pas encore fait dans notre nouvelle maison.

Mitch sépara deux côtelettes qui étaient restées attachées et projeta de la sauce dans ses sourcils.

– Nous n'y sommes que depuis ce matin.

– C'est bien ce que je dis. Je me demande ce que nous attendons.

– Mitch, on dirait que je te néglige !

– Oui, depuis ce matin. Je te suggère de le faire ce soir, dès que nous serons rentrés, pour baptiser notre nouveau foyer.

– Nous verrons.

– Dois-je prendre cela pour une promesse ? Tiens, regarde ce type là-bas... Il va se tordre le cou à force de reluquer tes jambes. Je pense que je devrais aller lui dire deux mots.

– Oui, c'est une promesse. Et ne t'inquiète pas pour les hommes. En fait, c'est toi qu'ils regardent, ils te trouvent mignon.

– Très drôle.

Mitch dévora ses côtelettes et mangea la moitié de la part d'Abby. Quand la bière fut terminée, l'addition réglée, ils regagnèrent la ruelle. Ils traversèrent lentement la ville et Mitch reconnut le nom d'une rue où il était passé dans la journée, pendant l'une de ses nombreuses promenades en voiture. Après avoir fait deux fois demi-tour, il parvint à trouver Meadowbrook et la maison de M. et Mme Mitchell Y. McDeere.

Le matelas et le sommier à ressorts trônaient au milieu des cartons, dans la chambre principale. Cancan se cacha derrière une lampe et les observa avec curiosité pendant qu'ils s'entraînaient.

51

Quatre jours plus tard, le matin même où il devait prendre ses fonctions dans son nouveau bureau, Mitch, accompagné de sa charmante épouse, se joignit aux trente-neuf avocats de la société et à leurs charmantes épouses pour rendre les derniers devoirs à Martin S. Kozinski. La cathédrale était pleine à craquer. Oliver Lambert fit un éloge funèbre si vibrant et si émouvant que Mitchell, qui avait déjà enterré un père et un frère, ne put s'empêcher d'avoir la chair de poule. Les larmes montèrent aux yeux d'Abby au spectacle de la veuve et des enfants éplorés.

L'après-midi du même jour, tout le monde se retrouva à l'église presbytérienne d'East Memphis pour accompagner Joseph M. Hodge à sa dernière demeure.

5

Quand Mitch arriva, à 8 h 30 précises, la petite pièce attenante au bureau de Royce McKnight était vide. Il commença par fredonner, puis se força à tousser et attendit avec une anxiété croissante. Une secrétaire d'âge mûr, aux cheveux bleus, surgit entre deux hauts classeurs et lança un regard noir dans sa direction. Quand il fut évident qu'il n'était pas le bienvenu, il se présenta et expliqua qu'il avait rendez-vous avec M. McKnight. La femme se dérida et lui apprit qu'elle s'appelait Louise et qu'elle était depuis trente et un ans la secrétaire particulière de M. McKnight. Elle lui proposa du café et il accepta en précisant qu'il le buvait noir. Elle disparut et revint avec une tasse et une soucoupe. Elle avait informé son patron de l'arrivée de Mitch à qui elle indiqua un siège. Maintenant, elle le reconnaissait et se souvenait qu'une de ses collègues avait attiré son attention sur le jeune homme au cimetière.

Elle s'excusa de l'atmosphère lugubre qui régnait dans la maison et expliqua que personne n'avait le cœur à travailler, et qu'il faudrait plusieurs jours avant que les choses reviennent à la normale. Des gens si charmants, si jeunes... Le téléphone sonna et elle expliqua que M. McKnight était en réunion et qu'elle ne pouvait le déranger. La sonnerie se fit de nouveau entendre, elle écouta en silence et accompagna Mitch dans le bureau directorial.

Oliver Lambert et Royce McKnight le saluèrent à son entrée et le présentèrent à Victor Milligan et Avery Tolar, deux autres associés qu'il ne connaissait pas encore. Les cinq hommes prirent place autour d'une table et Louise retourna chercher du café. Mitch apprit que Milligan avait la charge du service fiscal et que Tolar, à l'âge de quarante et un ans, était l'un des plus jeunes associés.

– Sachez, Mitch, commença McKnight, que nous regrettons sincèrement de vous accueillir en de si tristes circonstances. Nous sommes très

53

touchés de votre présence aux obsèques et nous déplorons que le jour de votre arrivée dans notre maison soit un jour de deuil.

– Je n'ai pas hésité, dit Mitch. Ma place était là-bas.

– Nous sommes fiers de vous et nous avons de grands projets en ce qui vous concerne. Nous venons de perdre deux de nos meilleurs avocats qui s'occupaient exclusivement de fiscalité. En conséquence, nous exigerons un peu plus de vous. Chacun devra fournir un effort supplémentaire.

Louise entra avec un plateau : cafetière en argent et tasses en porcelaine.

– Nous sommes encore sous le choc, déclara Oliver Lambert, et nous vous demanderons un peu d'indulgence.

Les têtes s'inclinèrent et les visages se rembrunirent autour de la table. Royce McKnight consulta ses notes.

– J'aimerais revenir sur certains points que nous avons déjà abordés, dit-il. Dans notre cabinet, chaque collaborateur seconde un associé qui supervise son travail et fait office de mentor. Ces rapports sont de la plus haute importance. Nous nous efforçons de désigner aux nouveaux venus un associé avec lequel ils s'entendront bien et auront d'étroites relations de travail. Même si nous ne nous trompons pas souvent, il nous arrive de commettre des erreurs. S'il devient évident qu'il y a incompatibilité d'humeur, ou pour toute autre raison, nous vous proposerons un autre associé. C'est avec Avery Tolar que vous commencerez à travailler.

Mitch adressa un sourire embarrassé à son futur mentor.

– Vous travaillerez sur ses affaires et ses dossiers, et sous sa direction, poursuivit McKnight. Il s'agira presque uniquement de fiscalité.

– Parfait.

– Avant que j'oublie, dit Tolar, j'aimerais que nous déjeunions ensemble aujourd'hui.

– Volontiers, acquiesça Mitch.

– Prenez ma limousine, suggéra Lambert.

– C'est bien ce que je comptais faire, dit Tolar.

– Quand aurai-je droit à une limousine ? demanda Mitch.

Tout le monde sourit et sembla apprécier cette tentative pour détendre l'atmosphère.

– Dans une vingtaine d'années, répondit Lambert.

– Je saurai être patient.

– A propos, demanda Victor Milligan, comment avez-vous trouvé la B.M.W. ?

– Parfaite! Elle est prête pour la révision des cinq mille kilomètres.

– Votre emménagement s'est bien passé ?

– Oui, tout va très bien. Je tiens à dire que j'apprécie énormément l'aide que la société m'a apportée. Vous nous avez très bien accueillis et nous vous en sommes reconnaissants.

McKnight cessa de sourire et revint à ses notes.

– Comme je vous l'ai déjà dit, Mitch, c'est votre examen qui a la priorité. Vous aurez six semaines pour le préparer et nous vous fournirons toute l'aide possible. Notre propre programme de révisions est assuré par nos membres. Chaque matière sera vue en détail et tout le monde suivra vos progrès, plus particulièrement Avery. Vous consacrerez au moins la moitié de la journée de travail et la majeure partie de votre temps libre à ces révisions. Jamais un seul collaborateur de la société n'a échoué à l'examen du barreau.

– Je ne serai pas le premier.

– Si vous vous faites recaler, nous reprenons la B.M.W., lança Tolar avec un petit sourire.

– Votre secrétaire s'appelle Nina Huff, poursuivit McKnight. Elle est dans la maison depuis plus de huit ans. Un caractère de cochon, un physique assez ingrat, mais très compétente. Elle a de bonnes connaissances juridiques et une tendance à donner des conseils, surtout aux nouveaux venus. Il vous appartiendra de la remettre à sa place. Si vous ne vous entendez pas avec elle, vous en prendrez une autre.

– Où est mon bureau ?

– Deuxième étage, juste après celui d'Avery. La décoratrice passera dans l'après-midi choisir le mobilier. Suivez ses conseils dans la mesure du possible.

Le bureau de Lamar était aussi au deuxième étage et Mitch trouva cette pensée réconfortante. Il le revit, assis au bord de la piscine, trempé par l'arroseur, marmonnant en sanglotant des phrases incohérentes.

– A propos, Mitch, reprit McKnight, je crains d'avoir oublié un point que nous aurions dû aborder lors de votre première visite.

– Bon, fit Mitch après un silence. De quoi s'agit-il ?

– Jamais nous n'avons laissé un de nos nouveaux collaborateurs commencer sa carrière en traînant le boulet d'un emprunt, répondit McKnight, le regard de ses trois confrères fixé sur lui. Nous préférons que vous ayez d'autres sujets de préoccupation et d'autres manières de dépenser votre salaire. Combien avez-vous emprunté ?

Mitch finit sa tasse de café en faisant un rapide calcul.

– Près de vingt-trois mille dollars.

– Demain matin, à la première heure, vous déposerez les documents sur le bureau de Louise.

– Vous... vous voulez dire que le cabinet Bendini rembourse l'emprunt ?

– C'est notre politique. Si vous n'y voyez pas d'objection.

– Aucune objection... Mais je ne sais que dire.

– Vous n'avez rien à dire. Nous avons fait la même chose pour tous depuis quinze ans. N'oubliez pas d'apporter les papiers à Louise.

– C'est vraiment très généreux, monsieur McKnight.

Avery Tolar parlait sans discontinuer dans la limousine ralentie par la circulation difficile de l'heure du déjeuner. Il disait à Mitch qu'il avait l'impression de se revoir au même âge. Gamin pauvre, issu d'un foyer brisé, élevé dans plusieurs familles adoptives de l'État du Texas, il s'était retrouvé à la rue à l'âge de dix-huit ans. Il avait travaillé de nuit dans une fabrique de chaussures pour payer ses études supérieures, puis une bourse octroyée par l'université du Texas à El Paso lui avait changé la vie. Il avait obtenu son diplôme avec mention, posé sa candidature dans onze écoles de droit et choisi Stanford. Reçu deuxième de sa promotion, il avait refusé les offres des grands cabinets de la côte Ouest. Il voulait faire de la fiscalité et rien d'autre. Oliver Lambert l'avait recruté seize ans auparavant, à une époque où le cabinet comptait moins de trente juristes.

Il avait maintenant une femme et deux enfants, dont il ne parlait guère. Sa passion, comme il disait, c'était l'argent. Son premier million de dollars était déjà sur son compte en banque, le deuxième viendrait dans deux ans. A quatre cent mille dollars brut par an, il ne lui faudrait pas longtemps pour y parvenir. Son rôle consistait à trouver des commanditaires pour acheter des supertankers. Il était le meilleur dans sa spécialité et travaillait à trois cents dollars de l'heure, à raison de soixante heures, parfois soixante-dix, par semaine.

Mitch commencerait à cent dollars de l'heure, au moins cinq heures par jour, jusqu'à ce qu'il soit reçu à l'examen du barreau. Puis il passerait à huit heures par jour, à cent cinquante dollars de l'heure. Toute la vie professionnelle tournait autour des honoraires. Promotions, augmentations, primes, réussite, tout dépendait de la facturation. Surtout pour les nouveaux venus. Le plus sûr moyen de s'attirer un blâme était de négliger de dresser l'état quotidien des notes d'honoraires. Avery n'avait pas souvenir d'un seul blâme encouru pour cette raison, car jamais cela ne s'était produit.

La moyenne des honoraires des collaborateurs était de cent soixante-quinze dollars de l'heure. Pour les associés, elle s'élevait à trois cents. Milligan atteignait quatre cents avec deux de ses clients et Nathan Locke s'était fait payer cinq cents dollars de l'heure pour une opération fiscale entraînant des échanges de biens dans différents pays. Cinq cents dollars de l'heure! Ce chiffre laissait Avery rêveur. En multipliant cinq cents dollars par cinquante heures de travail, à raison de cinquante semaines par an, on arrivait au total d'un million deux cent cinquante mille dollars! Voilà comment on faisait fortune dans ce métier! On réunissait un groupe de juristes et l'argent coulait à flots; plus les juristes étaient nombreux, plus les associés s'enrichissaient.

Ne jamais négliger la facturation : telle était la première règle. Si Mitch n'avait pas de dossier susceptible de produire des honoraires, qu'il vienne immédiatement le lui signaler ; son bureau en était plein. Le dix de chaque mois, les associés se réunissaient à l'occasion d'un de leurs déjeuners privés pour passer en revue la facturation du mois précédent. C'était une grande cérémonie au cours de laquelle Royce McKnight lisait le nom de chacun des membres de l'entreprise et annonçait le total de ses honoraires du mois. La concurrence entre associés était âpre, mais loyale. Tout le monde fait fortune, n'est-ce pas ? Et quoi de plus motivant ? Aucun reproche n'était adressé au collaborateur ayant les moins bons résultats, sauf si cela se produisait deux mois de suite. Dans ce cas, Oliver Lambert lui glissait quelques mots. Personne n'avait terminé en dernière position trois mois d'affilée. Des primes pouvaient être octroyées aux collaborateurs ayant facturé des honoraires exceptionnellement élevés. Tous ces résultats étaient pris en compte pour accéder au statut d'associé.

– Je le répète, Mitch, n'oubliez surtout pas vos honoraires. Ce doit être pour vous une priorité... après votre examen, bien entendu.

Cet examen était une corvée à laquelle on ne pouvait se soustraire, une sorte de rite initiatique, mais il n'avait pas de quoi effrayer un diplômé de Harvard. Il lui suffirait de se concentrer sur le programme des révisions et d'essayer de se souvenir de ce qu'il avait appris pendant ses études.

La limousine tourna dans une rue transversale bordée par deux hauts bâtiments et s'arrêta devant un dais étroit qui allait du bord du trottoir à une petite porte métallique noire. Avery regarda sa montre et se tourna vers le chauffeur.

– Revenez à 14 heures.

Deux heures pour déjeuner, songea Mitch. Cela représente six cents dollars d'honoraires. Quel gaspillage !

Le Manhattan Club occupait le dixième et dernier étage d'un immeuble de bureaux désaffecté depuis le début des années cinquante. Avery qualifia la construction de taudis, mais s'empressa d'ajouter que le club était le restaurant le plus chic et le plus fermé de la ville. La nourriture était excellente, la clientèle composée de Blancs aisés et le cadre luxueux. Des repas fins pour les puissants du moment. Banquiers, juristes, cadres supérieurs, chefs d'entreprise, quelques politiciens et une poignée d'aristocrates. Un ascenseur aux parois en plaqué or montait directement au dixième étage. Le maître d'hôtel salua Tolar et s'enquit de ses amis, Oliver Lambert et Nathan Locke, puis il exprima ses condoléances pour le décès de MM. Kozinski et Hodge. Avery le remercia et lui présenta la dernière recrue de la firme. Sa table habituelle l'attendait dans un angle de la salle. Un serveur noir et élégant du nom d'Ellis leur tendit les menus.

– La firme interdit les boissons alcoolisées au déjeuner, annonça Avery en ouvrant sa carte.

– Je ne bois pas au déjeuner.
– Parfait. Que prenez-vous ?
– Du thé glacé.
– Un thé glacé, dit Avery au serveur. Et pour moi un martini Bombay avec des glaçons et trois olives.

Mitch se mordit la langue en souriant derrière sa carte dépliée.

– Nous avons trop de règles, marmonna Avery.

Le premier martini fut bientôt suivi d'un second, mais Avery en resta là. Il choisit pour eux deux le plat du jour, un poisson grillé, et affirma à Mitch qu'il surveillait sa ligne et qu'il fréquentait tous les jours un club de gymnastique dont il était propriétaire. Il y invita Mitch qui lui répondit qu'ils en reparleraient après son examen. Vinrent ensuite les sempiternelles questions sur le football et les habituelles réponses empreintes de modestie.

Mitch l'interrogea sur ses enfants. Il répondit qu'ils vivaient avec leur mère.

Le poisson était cru, la pomme de terre au four trop dure. Mitch mangea du bout des dents, prit son temps pour finir sa salade et écouta Tolar qui passait en revue la moitié des clients de la salle.

Le maire était assis à une grande table avec un petit groupe de Japonais. L'un des banquiers du cabinet était à la table voisine. Il y avait aussi plusieurs juristes connus et des cadres supérieurs qui, tous, mangeaient d'un air important, dans une atmosphère guindée. A en croire Avery, tous les membres du club étaient des sommités, des personnages influents dans leur domaine comme dans la cité. Avery était dans son élément.

Ils refusèrent le dessert et commandèrent un café. Avery expliqua en allumant un Montesino que Mitch devrait impérativement être dans son bureau tous les matins à 9 heures, car les secrétaires arrivaient à 8 h 30. Les horaires étaient donc 9 heures – 17 heures, mais personne ne se limitait à huit heures par jour. Il arrivait personnellement à 8 heures et ne repartait jamais avant 18 heures. Il pouvait facturer douze heures par jour, quel que soit le nombre d'heures de travail effectif. Douze heures par jour, cinq jours par semaine, cinquante semaines par an, à trois cents dollars de l'heure. Neuf cent mille dollars ! Tel était son objectif. L'année précédente, il n'en avait totalisé que sept cent mille, en raison de problèmes personnels. Peu importait que Mitch arrive à 6 heures ou à 9 heures, du moment que le travail était fait.

– A quelle heure les portes sont-elles ouvertes ? demanda Mitch.

Avery expliqua que tout le monde avait une clé et pouvait entrer et sortir librement. Les mesures de sécurité étaient rigoureuses, mais les gardiens étaient habitués aux horaires de ces bourreaux de travail dont certains avaient des manies légendaires. Les premières années, Victor Milligan avait travaillé seize heures par jour, sept jours par semaine, jusqu'à ce qu'il devienne associé. Puis il avait cessé de travailler le dimanche. Une crise cardiaque l'avait contraint à renoncer au samedi. Son médecin lui avait ensuite imposé un maximum de dix heures par jour, cinq jours par semaine, et, depuis, il était malheureux. Marty Kozinski appelait tous les gardiens par leur prénom. Il ne venait qu'à 9 heures, car il tenait à prendre le petit déjeuner avec ses enfants, mais repartait à minuit. Nathan Locke prétendait ne pas pouvoir travailler dans de bonnes conditions après l'arrivée des secrétaires et il était là à 6 heures. Ce serait une honte pour lui de commencer sa journée plus tard. A l'âge de soixante et un ans, avec dix millions de dollars en banque, il travaillait de 6 heures à 20 heures, cinq jours par semaine, plus le samedi matin. Le jour où il prendrait sa retraite, il signerait sa condamnation à mort.

Avery expliqua qu'on ne pointait pas. Chacun entrait et sortait à sa guise. Du moment que le travail était fait.

Mitch affirma qu'il avait bien reçu le message. Seize heures par jour ne lui faisaient pas peur.

Avery le complimenta pour son complet neuf. Il semblait évident que Mitch avait saisi les subtilités du code vestimentaire tacite de la firme. Lui-même avait son tailleur attitré, un vieux Coréen qu'il lui recommanderait quand sa situation pécuniaire serait plus florissante, car un complet coûtait quinze cents dollars. Mitch déclara qu'il attendrait un ou deux ans.

Un avocat de l'un des plus grands cabinets de la ville les interrompit pour présenter ses condoléances et prendre des nouvelles des familles. Il avait travaillé l'année précédente avec Joe Hodge sur un dossier et il refusait encore de croire à sa disparition, même s'il avait assisté aux obsèques. Avery lui présenta Mitch et ils attendirent qu'il parte, mais le confrère continua à répéter sur tous les tons que c'était une grande perte. Il était manifeste qu'il voulait des détails. Mais Avery ne lui apprit rien de nouveau et il finit par se retirer.

A 14 heures, les déjeuners d'affaires touchaient à leur fin, la salle commença à se vider. Avery signa l'addition et le maître d'hôtel les reconduisit à la porte. Le chauffeur attendait patiemment dans la limousine. Mitch monta à l'arrière et s'enfonça dans la moelleuse banquette de cuir. Il regarda les immeubles et les voitures; il observa les piétons pressés sur les trottoirs brûlés de soleil et se demanda combien d'entre eux avaient eu l'occasion de s'asseoir dans une limousine ou de pénétrer à l'intérieur du Manhattan Club et combien d'entre eux auraient fait fortune dans dix ans. Il se sentait bien. Harvard était à des années-lumière, l'université du Kentucky était sur une autre planète, le passé était oublié. Il était arrivé.

La décoratrice l'attendait dans son bureau. Avery s'excusa, demandant à Mitch de le rejoindre une heure plus tard. Mitch examina les catalogues de mobilier de bureau et toutes sortes d'échantillons. Il sollicita les conseils de la jeune femme, écouta ses suggestions, puis dit qu'il s'en remettait à son jugement et qu'elle pouvait choisir ce qui lui semblerait convenir le mieux. Elle penchait pour un bureau en merisier massif, sans tiroirs, des fauteuils à oreillettes en cuir bordeaux et un tapis d'Orient coûteux. Mitch lui dit qu'il trouvait cela merveilleux.

Elle partit et il se retrouva seul, derrière le vieux bureau qui lui plaisait et lui aurait parfaitement convenu, mais qui, parce qu'il avait déjà servi à quelqu'un d'autre, n'était pas assez bien pour un jeune avocat de chez Bendini, Lambert & Locke. La pièce faisait vingt mètres carrés et les deux hautes fenêtres orientées au nord donnaient directement sur le deuxième étage du vieil immeuble voisin. Pas vraiment ce qu'il était convenu d'appeler une belle vue. En tordant un peu le cou, il apercevait le fleuve, au nord-est. Pour habiller les murs nus, la décoratrice avait choisi quelques tableaux. Mitch décida que le mur de l'Ego, sur lequel seraient accrochés ses diplômes et autres parchemins encadrés ferait face au bureau, derrière les fauteuils. Pour un jeune collaborateur, la pièce était vaste, plus vaste en tout cas que les cagibis réservés aux novices dans les cabinets de New York ou Chicago. Il s'en contenterait pendant les deux premières années, puis chercherait à en obtenir un autre, avec une plus belle vue. L'objectif suivant serait un bureau d'angle, un des bureaux directoriaux.

Mlle Nina Huff frappa à la porte, entra et se présenta. C'était une robuste femme de quarante-cinq ans et, au premier coup d'œil, on devinait pourquoi elle était restée célibataire. N'ayant pas à subvenir aux besoins d'une famille, elle dépensait ce qu'elle gagnait en toilettes et produits de beauté, mais sans résultat. Mitch se demanda pourquoi elle n'avait pas recours à une esthéticienne. Nina l'informa d'emblée qu'elle était employée par le cabinet depuis huit ans et demi et qu'elle connaissait tout le travail de bureau sur le bout du doigt. S'il avait une question, il suffisait de la lui poser. Mitch la remercia courtoisement. Elle ajouta qu'elle était ravie de quitter le pool des secrétaires pour être attachée à un des membres du cabinet. Mitch hocha gravement la tête, comme s'il la comprenait parfaitement. Elle lui demanda s'il savait comment fonctionnait le dictaphone. Il avait travaillé l'année précédente dans un gros cabinet de Wall Street employant trois cents juristes et avait eu l'occasion de se familiariser avec le matériel de bureau dernier cri. Mais il lui promit de s'adresser à elle s'il rencontrait la moindre difficulté.

– Quel est le prénom de votre femme ? demanda Nina.

– En quoi est-ce important ?

– J'aimerais connaître son prénom pour être aussi aimable que possible quand elle téléphonera.

– Abby.

– Comment buvez-vous votre café?
– Noir, mais je le préparerai moi-même.
– Ne vous donnez pas cette peine. Cela fait partie de mon travail.
– Je le préparerai moi-même.
– Mais toutes les secrétaires s'en chargent.
– Si jamais vous touchez à mon café, je demanderai que l'on vous affecte au service du courrier pour coller des timbres.
– Nous avons une machine pour cela. On les colle encore à la main à Wall Street?
– C'était une façon de parler.
– Bon, j'ai retenu le prénom de votre femme et la question du café est réglée. Je pense que je suis prête à commencer.
– Demain matin. A 8 h 30.
– Bien, patron.

Elle sortit et Mitch eut un petit sourire. Bien sûr, elle était effrontée, mais ce serait facile de travailler avec elle.

Quelques instants plus tard, Lamar entra à son tour. Il avait rendez-vous avec Nathan Locke et était en retard, mais il avait tenu à passer voir son ami pour s'assurer que tout allait bien. Il était ravi que leurs bureaux soient proches et réitéra ses excuses pour le dîner du jeudi précédent. Il viendrait ce soir à 19 heures, sans faute, avec Kay et les enfants, pour voir la nouvelle maison et admirer le mobilier.

Hunter Quin avait cinq ans, deux de moins que sa sœur Holly. Il mangèrent tous deux leurs spaghettis sur la table toute neuve, comme des enfants bien élevés qui ne prêtent pas attention à la conversation des adultes. Abby les observa et se prit à rêver. Mitch les trouva mignons, mais cela ne lui donna pas d'idées. Il était trop occupé à récapituler les événements de la journée.

Les femmes mangèrent rapidement, puis quittèrent la table pour aller discuter de l'ameublement et de la décoration de la maison. Les enfants emmenèrent Cancan dans le jardin.

– Je suis un peu étonné qu'ils t'aient mis avec Tolar, dit Lamar en s'essuyant la bouche.
– Pourquoi?
– A ma connaissance, il n'a jamais encore supervisé le travail d'un collaborateur.
– Y a-t-il une raison particulière à cela?
– Je ne pense pas. C'est un type très fort, mais il n'a pas vraiment l'esprit d'équipe. Plutôt un solitaire. Il a des problèmes avec sa femme et le bruit court qu'ils sont séparés. Mais il n'en parle jamais.

Mitch repoussa son assiette et prit son verre de thé glacé.
– C'est un bon avocat? demanda-t-il.
– Oui, très bon. Tous ceux qui deviennent associés le sont. Il a plu-

61

sieurs clients richissimes qui cherchent à mettre des millions de dollars hors de portée du fisc. Tolar monte des sociétés en commandite, mais l'évasion fiscale est toujours aléatoire et il a la réputation de foncer et de s'arranger après avec le fisc. La plupart de ses clients ont l'habitude de prendre des risques. Tu vas avoir un tas de recherches à faire sur les différentes manières de tourner la législation. Ce sera très amusant.

– Il a passé la moitié du déjeuner à me parler de la facturation des honoraires.

– C'est essentiel. Il est indispensable de facturer toujours plus. La seule chose que nous ayons à vendre est notre temps. Dès que tu auras été reçu à ton examen, tes honoraires seront contrôlés toutes les semaines par Tolar et McKnight. Tout est calculé par ordinateur et ils peuvent savoir au centime près ce que tu rapportes à la société. On te demandera d'assurer trente à quarante heures par semaine les six premiers mois. Puis cinquante heures pendant les deux années suivantes. Avant qu'ils envisagent de faire de toi un associé, il faudra que tu atteignes soixante heures hebdomadaires, pendant plusieurs années encore. Aucun associé en activité ne facture moins de soixante heures... la plupart au tarif maximum.

– Cela fait beaucoup.

– C'est l'impression que ça donne, mais les apparences sont trompeuses. Un bon avocat peut travailler huit à neuf heures et en facturer douze. Ce n'est pas très honnête envers le client, mais c'est une pratique courante. Les grands cabinets se sont bâtis à coups d'honoraires gonflés. C'est la règle du jeu.

– Oui, mais cela paraît immoral.

– Pas plus que lorsque les avocats de la victime d'un accident incitent leur client à réclamer des dommages-intérêts. Il est immoral pour un avocat travaillant sur une affaire de drogue d'accepter des honoraires en liquide s'il a des raisons de croire que c'est de l'argent sale. Bien des choses sont contraires à la morale. Que penser du médecin qui reçoit cent patients dans la journée ? Ou de celui qui pratique un acte chirurgical superflu ? J'ai connu parmi mes propres clients certains des êtres les plus immoraux qu'il m'ait été donné de rencontrer. Il est facile de gonfler les honoraires d'un client qui ne cherche qu'à frauder l'État et qui exige que ce soit fait légalement. Tout le monde accepte.

– Cela ne s'enseigne pas ?

– Non, on apprend sur le tas. Tu commenceras à travailler comme un forçat, mais tu ne pourras pas continuer indéfiniment. Crois-moi, Mitch, au bout d'un an dans la maison tu sauras comment travailler dix heures et en facturer le double. C'est une sorte de sixième sens que tous acquièrent.

– Que vais-je acquérir d'autre ?

Lamar fit tinter les glaçons dans son verre et réfléchit quelques secondes.

– Une certaine dose de cynisme. Ce métier finit par déteindre sur les hommes. Étudiants, nous nous faisons une haute idée du rôle de l'avocat, ce champion des droits individuels, protecteur de la Constitution, défenseur des opprimés, apôtre du bon droit de ses clients. Mais, au bout de six mois d'exercice, nous nous rendons compte que nous ne sommes que des larbins, des porte-parole vendus au plus offrant, des sbires au service de n'importe qui, escroc ou ordure assez fortunée pour régler nos honoraires exorbitants. Plus rien ne nous choque. Notre profession est censée être honorable, mais tu y rencontreras tant d'avocats pourris que tu auras envie de tout laisser tomber pour chercher un boulot honnête. Hé oui, Mitch, tu deviendras cynique, c'est bien triste.

– Tu ne devrais pas me dire ça au début de ma carrière.

– L'argent fait avaler la pilule. Il est étonnant de voir les saloperies que l'on peut supporter moyennant deux cent mille dollars par an.

– Saloperies ? Tu veux me faire peur ?

– Excuse-moi, ce n'est pas si grave que ça. Mais ma vision des choses a changé radicalement jeudi dernier.

– Tu veux faire le tour du propriétaire ?

– Une autre fois. Pour l'instant, j'ai envie de parler.

6

A 5 heures, retentit la sonnerie du réveil posé sur la table de nuit neuve, sous la lampe neuve. Elle fut immédiatement interrompue. Mitch traversa d'un pas mal assuré la maison plongée dans l'obscurité et trouva Cancan à la porte de derrière. Il fit sortir le chien et alla prendre une douche. Vingt minutes plus tard, il embrassa sa femme blottie sous les couvertures. Elle n'eut aucune réaction.

Dans les rues désertes du petit matin, le trajet jusqu'au bureau ne prenait pas plus de dix minutes. Mitch avait décidé de commencer sa journée de travail à 5 h 30. Si quelqu'un faisait mieux, il arriverait encore plus tôt, à l'heure qu'il faudrait pour être le premier. Le sommeil n'était qu'un mal nécessaire. Il serait, ce matin-là, le premier arrivé et il en irait de même tous les jours, jusqu'à ce qu'il soit devenu associé. S'il fallait dix ans aux autres, sept lui suffiraient. Il avait décidé de devenir le plus jeune associé de l'histoire de la société.

Le parking contigu à l'immeuble Bendini était entouré d'une clôture à mailles métalliques, haute de trois mètres, et fermé par une barrière. Mitch avait une place de stationnement réservée, avec son nom peint sur le sol entre deux lignes jaunes. Il arrêta la voiture devant la barrière et attendit. Un gardien en uniforme sortit de l'ombre et s'avança vers la portière du conducteur. Mitch actionna le lève-glace et lui tendit une carte plastifiée portant sa photo.

— Vous devez être le nouveau, fit le gardien en examinant la carte.

— Oui. Mitchell McDeere.

— Merci, je sais lire. De toute façon, il suffit de voir la voiture.

— Et vous, demanda Mitch, comment vous appelez-vous ?

— Dutch Hendrix. Trente-trois ans de service dans la police de Memphis.

— Ravi de vous connaître, Dutch.

— Ouais, moi aussi. Vous aimez commencer tôt, hein ?

– Non, dit Mitch avec un sourire, en reprenant sa carte. Je croyais que tout le monde serait déjà là.

– Vous êtes le premier, fit Dutch en esquissant un sourire. Mais M. Locke ne va pas tarder.

La barrière s'ouvrit et Dutch lui fit signe de passer. Mitch trouva son nom en lettres blanches sur l'asphalte et il gara la B.M.W. rutilante dans la troisième rangée. Il prit sur le siège arrière l'attaché-case grenat en peau d'anguille encore vide et referma doucement la portière. Un autre gardien se tenait près de la porte de derrière. Mitch se présenta et le regarda ouvrir la porte. Il consulta sa montre : 5 h 30 précises. Il était soulagé de savoir qu'il n'aurait pas à arriver plus tôt et que tout le monde dormait encore.

Dans son bureau, il alluma la lumière, déposa l'attaché-case et se dirigea vers la cafétéria en éclairant à mesure qu'il avançait dans le couloir. Le percolateur était l'un de ces gros appareils industriels multifonctions, qui préparait plusieurs tasses à la fois, mais sur lequel aucune notice d'utilisation n'était visible. Il étudia la machine tout en vidant un paquet de café dans le filtre. Il versa de l'eau dans l'un des orifices et sourit en la voyant commencer à couler à l'endroit voulu...

Dans un angle de son bureau étaient empilés trois cartons de livres, dossiers, fiches et notes qu'il avait accumulés depuis trois ans. Il posa le premier sur le bureau et commença à en vider le contenu, à classer le matériel et à le disposer en piles bien nettes sur le dessus du meuble.

Il trouva dans le dernier carton et après sa deuxième tasse de café tous les documents se rapportant à son examen. Il s'avança vers la fenêtre et leva le store : il faisait encore nuit. Il ne remarqua pas la silhouette qui venait de s'encadrer dans le chambranle de la porte.

– Bonjour !

Mitch se retourna d'un bloc et resta bouche bée.

– Vous m'avez fait peur, dit-il en expirant profondément.

– Toutes mes excuses. Je suis Nathan Locke. Je ne pense pas avoir eu le plaisir de vous rencontrer.

– Mitch McDeere... Je suis le nouveau.

Ils échangèrent une poignée de main.

– Oui, je sais. Je regrette de ne pas vous avoir rencontré plus tôt, mais j'étais occupé lors de vos précédentes visites. Je crois vous avoir aperçu lundi, à l'enterrement.

Mitch acquiesça de la tête. Il était absolument certain de ne s'être jamais trouvé à moins de cent mètres de Nathan Locke. Il s'en serait souvenu. A cause de ses yeux, noirs et froids, entourés de plis sombres et concentriques. Des yeux étonnants, inoubliables. L'homme avait des cheveux blancs, fournis autour des oreilles, clairsemés au sommet du crâne, et cette blancheur contrastait vivement avec le reste du visage. Quand il parlait, les yeux se plissaient et les pupilles brillaient d'un éclat intense. Des yeux sinistres, rusés.

– Peut-être, dit Mitch, fasciné par ce visage, le plus démoniaque qu'il lui eût jamais été donné de voir. Peut-être.

– Vous êtes matinal.

– En effet, monsieur.

– Très bien. Je suis content que vous soyez des nôtres.

Nathan Locke fit deux pas en arrière et disparut. Mitch scruta le couloir vide puis referma la porte de son bureau. Pas étonnant qu'il reste cloîtré au quatrième étage, loin des regards, songea-t-il. Il comprenait maintenant pourquoi il n'avait pas rencontré Nathan Locke avant de signer : il aurait pu hésiter. On devait le tenir à l'écart de toutes les recrues éventuelles. C'était la présence la plus sinistre, la plus malfaisante qu'il eût jamais sentie. Ce sont les yeux, se répéta-t-il en posant les pieds sur le bord du bureau et en buvant une gorgée de café. Oui, les yeux.

Comme Mitch s'y attendait, Nina, quand elle se présenta, à 8 h 30, avait apporté des beignets. Elle lui en offrit un ; il en prit deux. Elle lui demanda si elle devait apporter quelque chose le matin et il lui dit que ce serait très gentil de sa part.

– Qu'est-ce que c'est ? demanda-t-elle en montrant les piles de notes et de dossiers sur le bureau.

– Notre programme de la journée. Nous allons mettre de l'ordre dans tout cela.

– Vous n'avez rien à dicter ?

– Pas encore. J'ai rendez-vous avec Avery dans quelques minutes et je veux que tout ce bazar soit classé.

– Passionnant, fit-elle en se dirigeant vers la porte pour aller à la cafétéria.

Avery Tolar attendait avec un gros classeur à soufflets qu'il tendit à Mitch.

– Voici le dossier Capps, dit-il. Une partie, pour être précis. Notre client s'appelle Sonny Capps. Il habite à Houston, mais il est originaire de l'Arkansas. Il pèse à peu près trente millions de dollars et il est très près de ses sous. Son père lui a légué, juste avant sa mort, un vieux train de péniches dont il a fait la plus grande entreprise de remorquage sur le Mississippi. Il possède maintenant des navires – des bateaux, comme il dit –, dans le monde entier. Nous nous chargeons de quatre-vingts pour cent de ses affaires sur le plan juridique, sauf le contentieux. Il veut monter une nouvelle société en commandite simple pour l'achat d'une flotte de pétroliers appartenant à la famille d'un Chinois de Hong Kong qui vient de passer l'arme à gauche. Capps sera comme d'habitude l'associé principal et il réunira vingt-cinq commanditaires pour répartir les risques et mettre en commun leurs ressources. C'est une opération de soixante-cinq millions de dollars. J'ai déjà monté plusieurs sociétés pour lui, c'est toujours différent, toujours compliqué. Il est extrêmement difficile de travailler avec Capps, c'est un perfectionniste et il s'imagine toujours en savoir plus long que moi. Vous ne serez pas directement en rapport avec lui. Personne d'autre que moi ne le sera. Ce dossier contient un résumé du dernier montage financier que j'ai réalisé pour Capps. Vous y trouverez, entre autres choses, un descriptif, le projet de création d'une société en commandite simple et l'acte de création de société proprement dit. Lisez tout de bout en bout. Puis vous me préparerez un premier projet de contrat pour cette opération.

Le dossier devint soudain plus lourd entre les mains de Mitch. Tout compte fait, 5 h 30, ce n'était peut-être pas assez tôt.

– D'après Capps, poursuivit Tolar, nous disposons d'une quarantaine de jours : nous sommes donc déjà en retard. C'est Marty Kozinski qui m'assistait pour ce dossier et, dès que j'aurai revu ce qu'il a fait, je vous le transmettrai. Des questions ?

– Parlez-moi des recherches.

– La plus grande partie sera de la routine, mais il vous faudra les mettre à jour. Capps a gagné l'an dernier plus de neuf millions de dollars et le montant de son imposition a été ridiculement bas. Il est contre l'impôt et me rend personnellement responsable de chaque dollar qu'il est tenu de verser au fisc. Tout est parfaitement légal, cela va sans dire, mais vous devez comprendre que vous allez être sous pression. Plusieurs millions de dollars d'investissements et d'impôts sont en jeu. L'opération sera examinée à la loupe par l'administration d'au moins trois pays. Soyez prudent.

– Combien d'heures par jour devrai-je travailler sur ce dossier ? demanda Mitch en feuilletant les documents.

– Le maximum. Je sais que l'examen du barreau est important, mais Sonny Capps l'est aussi. Il nous a versé l'an dernier près d'un demi-million en honoraires.

– Je ferai ce qu'il faut.

– Je n'en doute pas. Comme je vous l'ai déjà dit, votre tarif est de cent cinquante dollars de l'heure. Vous verrez tout cela avec Nina dans la journée. Et n'oubliez surtout pas la facturation des honoraires.

– Comment pourrais-je l'oublier ?

Oliver Lambert et Nathan Locke se tenaient devant la porte blindée du cinquième, les yeux levés vers l'objectif de la caméra. Il y eut un déclic, la porte s'ouvrit et le garde inclina la tête. DeVasher attendait dans son bureau.

– Bonjour, Ollie, dit-il d'un ton suave sans saluer l'autre associé.

– Quelles sont les nouvelles ? demanda sèchement Locke sans regarder le chef de la sécurité.

– Les nouvelles d'où ? demanda posément DeVasher.

– De Chicago.

– Ils sont très inquiets là-bas, Nat. Quoi que vous en pensiez, ils n'aiment pas se salir les mains. Et, pour ne rien vous cacher, ils ne comprennent pas pourquoi ils devraient le faire.

– Que voulez-vous dire ?

– Ils posent des questions embarrassantes, du genre : pourquoi n'arrivons-nous pas à mieux tenir nos collaborateurs ?

– Et que leur dites-vous ?

– Que tout va bien, que tout baigne. Le grand cabinet Bendini est toujours debout. Les fuites ont été colmatées. Les affaires ont repris leur cours, il n'y a aucun problème.

– Nous ont-ils vraiment nui ?

– Nous ne pouvons pas le savoir. Nous ne le saurons jamais, mais je ne crois pas qu'ils aient mangé le morceau. Ils avaient décidé de le faire, c'est certain, mais je ne pense pas qu'ils soient passés aux actes. Nous savons de source sûre que des agents du F.B.I. étaient en route pour l'île le jour de l'accident, ce qui nous donne à penser qu'ils avaient rendez-vous avec eux.

– Comment pouvez-vous le savoir ? demanda Locke.

– Allons, Nat, nous avons nos sources. Et puis nous avions des hommes à nous dans l'île. Nous ne laissons rien au hasard, vous savez.

– C'est bien évident.

– Vous trouvez que le travail a été salopé ?

– Non, non. Très professionnel.

– Pourquoi le plongeur se trouvait-il là ?

– Il fallait que cela paraisse naturel, Ollie.

– Et les autorités locales ?

– Quelles autorités, Ollie ? C'est une petite île, très paisible. L'an dernier, ils ont eu en tout et pour tout un meurtre et quatre accidents de plongée. Pour eux, ce ne sont que trois décès accidentels de plus, trois noyades tragiques.

– Et le F.B.I. ? demanda Locke.

– Je ne sais pas.

– Je croyais que vous aviez une source.

– Nous en avons une, mais nous ne pouvons pas mettre la main sur lui. Hier, nous n'avions toujours pas de nouvelles. Nos hommes sont restés dans l'île et n'ont rien remarqué de particulier.

– Combien de temps y resteront-ils ?

– Une quinzaine de jours.

– Que se passera-t-il si les agents du F.B.I. débarquent ?

– Nous les surveillerons de près. Nous les repérerons à leur descente d'avion, nous les suivrons jusqu'à leur hôtel et nous mettrons peut-être leur téléphone sur écoute. Nous saurons ce qu'ils prennent au petit déjeuner, ce qu'ils se disent et quand ils vont aux toilettes. Nous mettrons trois de nos hommes sur chacun d'eux. Ils ne trouveront rien, Nat. Je vous l'ai dit : le boulot a été très propre, très professionnel. Il n'y a pas un indice... Détendez-vous.

– Tout cela me dégoûte, DeVasher, lança Lambert.

– Vous croyez que ça me plaît, Ollie ? Que pouvions-nous faire d'autre ? Nous croiser les bras en attendant qu'ils vident leur sac ? Moi, je ne voulais pas, c'est Lazarov qui a donné l'ordre. Si vous voulez vous opposer à Lazarov, ne vous gênez pas... On repêchera votre corps dans le fleuve un de ces quatre matins. Ces gars-là allaient nous faire une crasse. Ils auraient dû la boucler, se contenter de frimer au volant de leur belle voiture et jouer au grand avocat. Au lieu de cela, ils ont joué les moralisateurs.

Nathan Locke alluma une cigarette et souffla une épaisse volute de fumée dans la direction de DeVasher. Les trois hommes gardèrent le silence tandis que la fumée retombait autour du chef de la sécurité qui foudroya du regard l'homme aux yeux de jais.

Oliver Lambert se leva et regarda le pan de mur nu près de la porte.

– Pourquoi désiriez-vous nous voir ? demanda-t-il.

DeVasher inspira profondément avant de répondre.

– Chicago veut mettre sur écoute le téléphone personnel de tous les collaborateurs.

– Je vous l'avais dit, fit Lambert en se tournant vers Locke.

– L'idée n'est pas de moi, mais ils insistent. Ils sont très nerveux et tiennent à prendre des précautions supplémentaires. On ne peut pas leur en vouloir.

– Vous ne croyez pas que c'est aller un peu trop loin ? demanda Lambert.

– Si, je pense que c'est totalement inutile, mais Chicago n'est pas de cet avis.

– C'est pour quand ? demanda Locke.

– Dans le courant de la semaine prochaine. Nous avons besoin de quelques jours.

– Pour tout le monde ?

– Oui. C'est ce qu'ils ont dit.

– Même McDeere ?

– Oui, même McDeere. Je pense que Tarrance fera une nouvelle tentative et, cette fois, il s'attaquera peut-être au dernier arrivé.

– Je l'ai vu ce matin, dit Locke. Il était là avant moi.

– 5 h 32, annonça DeVasher.

La documentation juridique fut posée par terre pour laisser de la place sur le bureau au volumineux dossier Capps. Nina apporta un sandwich au poulet que Mitch dévora sans interrompre sa lecture tandis qu'elle classait les documents. Peu après 13 heures, Wally Hudson – J.

69

Walter Hudson, d'après le papier à en-tête de la société – arriva pour préparer les révisions de l'examen. C'était le spécialiste des contrats. Il travaillait dans le cabinet depuis cinq ans et était le seul membre venant de Virginie, ce qu'il trouvait bizarre, car, à son avis, l'école de droit de cet État était la meilleure de tout le pays. Il avait mis au point pendant les deux dernières années un programme de révision dans sa spécialité, qu'il était très désireux de tester. Mitch était l'heureux élu. Hudson lui tendit un cahier épais d'au moins dix centimètres et aussi lourd que le dossier Capps.

Wally expliqua que l'examen durait quatre jours et était composé de trois parties distinctes. Le premier jour, un examen de quatre heures portait sur la déontologie professionnelle, une matière dont se chargerait le spécialiste maison, un associé du nom de Gill Vaughn. Le deuxième jour était consacré à un examen de huit heures englobant la plupart des domaines juridiques communs à tous les États, un test aux options multiples, truffé de questions-pièges. Puis on passait aux choses sérieuses. Pendant les troisième et quatrième jours, on abordait quinze domaines du droit : contrats, code commercial uniforme, propriété immobilière, délits civils, droit de la famille, successions, droit de propriété, fiscalité, dédommagements au personnel, droit constitutionnel, procédure auprès des tribunaux fédéraux, procédure pénale, droit des sociétés, assurances et contentieux. Tous les sujets seraient traités sous forme d'essai et les questions mettraient l'accent sur la législation du Tennessee. L'entreprise avait un programme de révisions pour chacune des quinze matières.

– Vous voulez dire qu'il y aura quinze fois ça ? demanda Mitch en soupesant le classeur.

– Oui, répondit Wally avec un sourire. Nous sommes méticuleux. Jamais aucun membre de la société n'a été collé à...

– Je sais, je sais... Je ne serai pas le premier.

– Nous nous retrouverons une fois par semaine pendant les six semaines à venir pour passer en revue la documentation. Chaque séance durera à peu près deux heures ; vous pourrez donc établir votre programme en conséquence. Je vous suggère le mercredi à 3 heures.

– Du matin ou de l'après-midi ?

– De l'après-midi.

– Très bien.

– Comme vous le savez, les contrats et le code commercial sont complémentaires. Je l'ai donc intégré à ces documents. Nous étudierons les deux, mais cela prendra un peu plus de temps. L'examen est en général truffé d'exemples de transactions commerciales qui fournissent matière à d'excellentes questions et ce cahier vous sera très utile. J'ai joint un certain nombre de questions des sessions précédentes, avec des corrigés. Vous verrez, c'est une lecture passionnante.

– Je meurs d'impatience.

– Apprenez les quatre-vingts premières pages pour la semaine prochaine. Vous y trouverez quelques questions de cours auxquelles il vous faudra répondre.

– Comme un devoir ?

– Absolument. Je le noterai la semaine prochaine. Il est très important de le faire régulièrement, chaque semaine.

– Ce sera peut-être encore pire que la fac...

– C'est en tout cas beaucoup plus important et nous le faisons avec le plus grand sérieux. Une commission suivra attentivement vos progrès jusqu'au jour où vous vous présenterez à l'examen.

– Quels sont les membres de cette commission ?

– Avery Tolar, Royce McKnight, Randall Dunbar, Kendall Mahan et moi-même. Nous nous réunirons le vendredi pour évaluer vos progrès.

Wally sortit un carnet qu'il posa sur le bureau.

– Voici le carnet sur lequel vous allez noter quotidiennement les heures passées à réviser l'examen et les matières étudiées. Je passerai le prendre le vendredi matin avant la réunion de la commission. Des questions ?

– Il ne m'en vient aucune à l'esprit, répondit Mitch en posant le carnet sur le dossier Capps.

– Parfait. Rendez-vous mercredi, à 15 heures.

Moins de dix secondes après, Randall Dunbar entra avec un gros cahier qui ressemblait étonnamment à celui de Wally. En fait, il était identique, quoique un peu moins épais. Dunbar était le chef du service immobilier et c'est lui qui s'était occupé au mois de mai de l'achat de la maison des McDeere. Il tendit à Mitch le cahier portant sur la couverture : « Droit foncier » et lui expliqua que sa spécialité était une matière cruciale à l'examen, car tout ramenait à la propriété. Il avait soigneusement préparé sa documentation au fil des dix dernières années et avoua qu'il avait souvent envisagé de la publier comme un ouvrage de référence sur les droits de la propriété et le financement des acquisitions immobilières. Il aurait besoin d'une heure par semaine, de préférence le mardi après-midi. Pendant une heure, il parla des différences entre l'examen d'aujourd'hui et ce qu'il était trente ans auparavant, à l'époque où il l'avait passé.

Kendall Mahan, qui lui succéda, voulait que le rendez-vous hebdomadaire ait lieu le samedi matin. De bonne heure, à 7 h 30, par exemple.

– Pas de problème, fit Mitch en prenant le nouveau cahier et en le plaçant à côté des autres.

Celui-ci traitait de droit constitutionnel, une des spécialités de Kendall qui avait pourtant rarement l'occasion de le pratiquer. C'était à ses

71

yeux la matière la plus importante, du moins elle l'était quand il avait passé l'examen, cinq ans plus tôt. Kendall avait publié un article sur les droits du Premier Amendement, dans la *Columbia Law Review*. Une copie de l'article était jointe à la documentation, pour le cas où Mitch aimerait en prendre connaissance. Mitch promit de le lire aussi vite que possible.

Le défilé se poursuivit tout l'après-midi, jusqu'à ce que la moitié des membres du cabinet soit passée lui remettre des cahiers, lui donner des devoirs ou fixer un rendez-vous hebdomadaire. Six d'entre eux, pas un de moins, lui rappelèrent que jamais un membre du cabinet n'avait été collé.

A 17 heures, quand Nina partit, le bureau de Mitch était couvert d'un amoncellement de documents qui eussent suffi à occuper dix juristes. Incapable de parler, il lui adressa un pâle sourire et revint à l'étude du droit des contrats, selon Wally. Une heure plus tard, l'idée de nourriture lui traversa l'esprit. Pour la première fois depuis douze heures, il pensa à Abby et composa le numéro de téléphone de la maison.

– Je ne rentre pas tout de suite, dit-il.

– Mais je suis en train de préparer le dîner.

– Laisse-le dans le four, répliqua-t-il assez sèchement.

– A quelle heure seras-tu à la maison? demanda Abby après un silence en détachant nettement les syllabes.

– Dans quelques heures.

– Quelques heures? Mais tu as déjà passé la journée au bureau.

– C'est vrai. Et il me reste encore beaucoup à faire.

– Mais c'est ton premier jour.

– Tu ne me croirais pas si je te disais ce que j'ai à faire.

– Cela s'est bien passé?

– Oui, oui. Je rentrerai un peu plus tard.

Le bruit du moteur réveilla Dutch Hendrix et le fit sursauter. Il leva la barrière et regarda la dernière voiture quitter le parking. La B.M.W. s'arrêta à sa hauteur.

– Bonsoir, Dutch, dit Mitch.

– Vous partez seulement?

– Oui. J'ai eu une longue journée.

Dutch dirigea le faisceau de sa torche électrique vers son poignet pour regarder sa montre. Il était 23 h 30.

– Conduisez prudemment, marmonna-t-il.

– Oui. A plus tard... Dans quelques heures.

La B.M.W. s'engagea dans Front Street et s'éloigna dans la nuit. Dans quelques heures, songea Dutch. Décidément, les nouveaux étaient incroyables. Dix-huit, vingt heures par jour, six jours par semaine, quand ce n'était pas sept! Ils étaient tous résolus à devenir le meilleur avocat du monde et à gagner un million de dollars du jour au lendemain. Il arrivait même à certains d'entre eux de travailler vingt-quatre heures d'affilée et de s'endormir dans leur bureau. Dutch les avait vus faire, mais il savait aussi que cela ne pouvait pas durer. Le corps humain n'est pas fait pour supporter un tel traitement. Au bout de six mois, le rythme commençait à baisser. Ils réduisaient leurs horaires à quinze heures par jour, six jours par semaine. Puis cinq jours et demi. Puis douze heures par jour...

Personne ne pouvait travailler cent heures par semaine plus de six mois.

7

Une secrétaire fouillait dans un classeur, à la recherche d'un document dont Avery avait un besoin urgent. L'autre se tenait devant le bureau, un bloc à la main, prenant en sténo les instructions qu'il lui dictait quand il cessait de hurler dans le combiné collé à son oreille. Trois lumières rouges clignotaient sur le socle de l'appareil. Dès qu'il parlait au téléphone, les deux secrétaires échangeaient des propos aigres-doux.

– Silence! hurla Avery.

Celle qui fouillait dans le classeur le referma violemment et s'avança vers le meuble voisin dont elle ouvrit le tiroir du bas. Avery claqua des doigts pour attirer l'attention de l'autre et lui montra son agenda, puis il raccrocha sans prendre congé de son correspondant.

– Où est mon emploi du temps de la journée? demanda-t-il en sortant un dossier de sa bibliothèque.

– 10 heures : rendez-vous à l'Hôtel des Impôts. 13 heures : réunion avec Nathan Locke pour le dossier Spinosa. 15 h 30 : réunion des associés. Vous devez passer toute la journée de demain au Palais de Justice et vous êtes censé préparer votre dossier aujourd'hui.

– Parfait... Annulez tout! Cherchez-moi les horaires des vols pour Houston samedi après-midi. Retour lundi dans la matinée.

– Bien, monsieur.

– Mitch! Où est le dossier Capps?

– Sur mon bureau.

– Où en êtes-vous?

– J'en ai parcouru la plus grande partie.

– Il va falloir accélérer le mouvement. C'est Sonny Capps que j'avais au téléphone. Il veut me voir samedi à Houston et exige un avant-projet du contrat de commandite simple.

Mitch sentit se crisper son estomac vide. Si la mémoire ne lui faisait pas défaut, le contrat faisait plus de cent quarante pages.

– Juste un avant-projet, poursuivit Avery en indiquant quelque chose du doigt à sa secrétaire.

– Pas de problème, fit Mitch en s'efforçant de mettre autant d'assurance que possible dans sa voix. Ce ne sera peut-être pas parfait, mais vous aurez un avant-projet.

– Je le veux pour samedi midi, aussi parfait que possible. Une de mes secrétaires indiquera à Nina où sont les contrats types dans la banque de données. Cela vous fera gagner du temps. Je sais que je ne devrais pas vous imposer cela, mais il s'agit de Sonny Capps. C'est un client particulièrement exigeant et il m'a dit que si l'affaire n'était pas conclue dans les vingt jours, elle capotait. Tout dépend de nous.

– Ce sera fait.

– Très bien. Rendez-vous samedi matin, à 8 heures, pour voir où nous en sommes.

Avery enfonça une des touches clignotantes, saisit le combiné et se lança dans une discussion animée. Mitch regagna son bureau et chercha le dossier Capps sous les quinze cahiers de révisions. Nina passa la tête dans l'embrasure de la porte.

– Oliver Lambert veut vous voir.

– Quand?

– Tout de suite.

Mitch regarda sa montre. Trois heures au bureau et il en avait déjà par-dessus la tête.

– Ça ne peut pas attendre?

– Je ne pense pas. M. Lambert n'a pas pour habitude d'attendre.

– Je vois.

– Vous feriez mieux d'y aller.

– Que me veut-il?

– Sa secrétaire ne m'a rien dit.

Mitch prit sa veste, rectifia son nœud de cravate et se précipita au quatrième étage où la secrétaire d'Oliver Lambert l'attendait. Elle se présenta et l'informa qu'elle travaillait dans la société depuis trente et un ans. Pour être tout à fait précise, elle était la deuxième secrétaire engagée par M. Anthony Bendini depuis l'ouverture du cabinet. Elle s'appelait Ida Renfroe, mais tout le monde disait Mme Ida.

Elle le fit entrer dans le vaste bureau et referma la porte derrière lui.

Lambert se leva et enleva ses lunettes. Un sourire chaleureux s'épanouit sur son visage tandis qu'il posait sa pipe dans le cendrier de cuivre.

– Bonjour, Mitch, dit-il doucement, comme si le temps ne comptait pas. Asseyez-vous là-bas, poursuivit-il en indiquant un canapé d'un petit signe de la main. Voulez-vous un café?

– Non, merci.

Mitch s'enfonça dans le canapé tandis que Lambert prenait place dans un fauteuil, près de lui mais plus haut. Mitch déboutonna sa veste, puis il croisa les jambes et son regard s'attarda sur ses chaussures flambant neuves à deux cents dollars. Une heure de travail pour un collaborateur dans cette usine à faire de l'argent. Il essaya de se détendre, mais il se remémorait la panique dans la voix d'Avery et le désarroi dans ses yeux pendant sa conversation avec Capps. Dès le deuxième jour à son nouveau poste, il avait mal au crâne et des crampes d'estomac.

Oliver Lambert baissa la tête et adressa un sourire bienveillant et paternel à Mitch qui sentit venir un sermon. Lambert portait une chemise blanche à col boutonné, en pur coton, avec une cravate de soie sombre qui lui donnait un air d'intelligence et de grande sagesse. Comme toujours, son hâle était parfait et ses dents étincelaient comme des diamants. Un mannequin de soixante ans.

– J'ai cru comprendre, Mitch, commença-t-il, que vous étiez déjà très occupé.

– En effet, monsieur.

– L'affolement est de règle dans les grands cabinets juridiques et des clients comme Sonny Capps peuvent provoquer des ulcères. Nos clients étant notre seul capital, nous nous tuons à la tâche pour eux.

Mitch plissa le front et ébaucha un sourire.

– Deux choses, Mitch. Premièrement, mon épouse et moi-même souhaitons vous inviter à dîner samedi. Nous dînons souvent en ville et nous aimons avoir nos amis autour de nous. J'apprécie la bonne chère et les vins fins. Nous réservons en général une table dans l'un de nos restaurants préférés et nous invitons nos amis; nous passons la soirée devant un repas de neuf plats, arrosé de grands crus. Serez-vous libres tous deux samedi soir?

– Naturellement.

– Kendall Mahan, Wally Hudson, Lamar Quin et leurs épouses seront des nôtres.

– Nous en serons ravis.

– Parfait... Mon restaurant préféré à Memphis est le Justine's, un vieux restaurant français; la cuisine y est raffinée et la carte des vins somptueuse. Disons à 19 heures?

– Nous y serons.

– Deuxièmement, il y a un sujet que je tiens à aborder avec vous. Je suis sûr que vous en avez conscience, mais il n'est pas inutile de revenir dessus, car c'est très important pour nous. Je sais que l'on vous a enseigné à Harvard qu'il existe une relation confidentielle entre l'avocat et son client. Rien ni personne ne peut vous obliger à dire ce qu'un client vous a confié sous le sceau du secret. Toute discussion à l'extérieur des affaires d'un client est une violation de notre déontologie. Cela s'applique à tous les avocats, mais, dans notre cabinet, nous prenons très au sérieux cette règle professionnelle. Nous ne parlons à personne des affaires d'un client, ni à nos confrères, ni à nos épouses. Dans la mesure du possible, nous n'en parlons pas entre nous. Nous avons pour principe de ne jamais évoquer notre travail à la maison, nos épouses ont appris à ne pas poser de questions. Moins on en dit, mieux on se porte. M. Bendini était partisan convaincu du secret professionnel et il nous a formés en ce sens. Jamais vous n'entendrez un membre de notre cabinet ne fût-ce que prononcer le nom d'un client à l'extérieur de ces murs. Vous voyez à quel point c'est important pour nous.

Où veut-il en venir? se demanda Mitch en songeant que n'importe quel étudiant de deuxième année aurait pu tenir ce genre de discours.

– Je comprends parfaitement, monsieur. Vous n'avez aucune inquiétude à avoir.

– «A trop parler, on perd son procès.» Telle était la devise de M. Bendini, il l'appliquait en toutes circonstances. Nous refusons de parler des affaires de nos clients avec quiconque. Nous sommes discrets et même secrets, et nous nous en félicitons. Il vous arrivera de rencontrer des confrères d'autres cabinets juridiques et, tôt ou tard, ils vous poseront des questions sur la société ou sur un client. Pas un mot, c'est bien compris?

– Entendu, monsieur.

– Très bien. Sachez que nous sommes fiers de vous, Mitch. Vous deviendrez un grand avocat... et un avocat très riche. A samedi soir.

Mme Ida avait un message pour Mitch : M. Tolar avait besoin de lui immédiatement. Mitch la remercia, dévala l'escalier, s'engouffra dans le couloir, passa devant son bureau et entra dans celui du fond. Trois secrétaires y fouillaient partout et se parlaient à voix basse tandis que leur patron hurlait au téléphone. Mitch se glissa dans un fauteuil, près de la porte, pour observer le cirque. Les trois femmes sortaient des dossiers et des classeurs en échangeant de brefs propos dans un jargon bizarre. De loin en loin, Avery claquait des doigts en indiquant tel ou tel endroit et elles bondissaient comme des lapins apeurés.

Au bout de quelques minutes, il écrasa le combiné sur son support, cette fois encore sans un mot d'adieu, et tourna vers Mitch un regard flamboyant de colère.

– C'était encore Sonny Capps! Les Chinois demandent soixante-quinze millions de dollars et il a accepté de payer. Il y aura quarante et un commanditaires au lieu de vingt-cinq. Nous disposons de vingt jours, sinon l'affaire ne se fera pas.

Deux des secrétaires s'avancèrent vers Mitch et tendirent de gros classeurs à soufflet.

– Vous sentez-vous capable de le faire? demanda Avery avec un petit sourire sarcastique.

Mitch prit les dossiers et se dirigea vers la porte, suivi par le regard des secrétaires.

– Bien sûr que je m'en sens capable. Ce sera tout ?

– C'est déjà beaucoup. Je ne veux pas que vous travailliez sur autre chose que ce dossier d'ici à samedi. Compris ?

– Oui, patron.

De retour dans son bureau, Mitch prit les quinze cahiers du programme de révisions de son examen et les empila dans un coin. Le dossier Capps ouvert et étalé sur son bureau, il prit une longue inspiration. Au moment où il commençait sa lecture, on frappa à la porte.

– Qui est-ce ?

Nina passa la tête.

– Excusez-moi de vous déranger maintenant, mais on vient d'apporter votre nouveau mobilier.

Mitch se frotta les tempes et marmonna quelques mots incompréhensibles.

– Vous pourriez peut-être aller travailler une ou deux heures dans la bibliothèque.

– Peut-être.

Le dossier Capps refermé, ils transportèrent les quinze cahiers dans le couloir où deux Noirs costauds attendaient près d'une rangée de grands cartons sur lesquels était roulé un tapis d'Orient. Nina suivit Mitch jusqu'à la bibliothèque du deuxième étage.

– Je suis censé voir Lamar Quin à 14 heures pour mon examen. Appelez-le et annulez le rendez-vous. Dites-lui que je lui expliquerai plus tard.

– A 14 heures, vous avez rendez-vous avec Gill Vaughn, dit-elle.

– Annulez aussi.

– C'est un associé...

– Annulez. J'arrangerai cela plus tard.

– Ce n'est pas très prudent.

– Faites ce que je vous dis.

– C'est vous le patron.

– Je vous remercie.

La tapissière était une petite boulotte d'âge mûr, mais habituée à travailler dur et très habile. Elle expliqua à Abby que, depuis près de quarante ans, elle tapissait des plus coûteux papiers peints les plus belles demeures de Memphis. Elle parlait sans arrêt, mais sans un geste inutile, découpant ses lés avec la précision d'un chirurgien et les encollant avec le soin d'un artiste. Pendant que la colle séchait, elle sortit son mètre à ruban de sa ceinture de cuir et étudia méthodiquement le dernier angle de la salle de séjour en marmonnant des nombres auxquels Abby ne comprit rien. Elle mesura la hauteur et la largeur en quatre endroits différents, en mémorisa les dimensions, puis grimpa sur l'escabeau et demanda à Abby de lui passer un rouleau de papier. Il était parfaitement ajusté et elle l'appliqua avec force contre le mur en s'extasiant pour la centième fois sur la beauté du papier peint, si coûteux, mais qui durerait si longtemps et sans se faner. Elle aimait décidément beaucoup cette couleur qui s'accordait avec les rideaux et le tapis. Abby était depuis longtemps fatiguée de la remercier. Elle se contenta de hocher la tête et regarda sa montre : il était l'heure de préparer le dîner.

Quand le mur fut terminé, Abby déclara que cela suffisait pour la journée et demanda à la tapissière de revenir le lendemain matin, à 9 heures. La petite femme acquiesça et commença à tout ranger. Elle se faisait payer douze dollars de l'heure, en liquide, et acceptait presque tout ce qu'on lui demandait. Abby admira la pièce ; elle serait terminée le lendemain et toute la maison serait tapissée, à l'exception de deux salles de bains et du petit salon. La peinture était prévue pour la semaine suivante. La colle du papier peint, la laque encore humide de la tablette de la cheminée et l'odeur du mobilier neuf se mêlaient pour composer un délicieux arôme. Comme dans une maison neuve.

Abby alla dans sa chambre où elle se déshabilla avant de s'étendre sur le lit. Elle appela son mari et apprit par Nina qu'il était en réunion. La secrétaire ajouta que ce serait assez long et qu'il la rappellerait plus tard. Abby étira ses longues jambes endolories et se massa les épaules. Le ventilateur tournait lentement au plafond. Mitch finirait bien par rester un peu à la maison. Il travaillerait cent heures par semaine un certain temps, puis il réduirait à quatre-vingts. Elle n'avait qu'à s'armer de patience.

Elle se réveilla, une heure plus tard, et se leva d'un bond. Il était près de 18 heures. Le veau piccata ! Elle enfila un short kaki et un polo blanc, puis se précipita dans la cuisine où il ne manquait plus qu'un peu de peinture et des rideaux. Elle trouva sa recette dans un livre de cuisine italienne et disposa les ingrédients sur le plan de travail. Ils avaient rarement eu de la viande au menu pendant la durée de leurs études. Un hamburger de temps en temps, beaucoup de sandwichs et de hot dogs. Sa cuisine, quand elle en faisait, se limitait à différentes recettes de poulet.

Mais, avec l'argent dont ils disposaient maintenant, il était temps d'apprendre à mijoter de bons petits plats. La première semaine, elle avait préparé tous les soirs quelque chose de nouveau en attendant le retour de Mitch pour dîner avec lui. Elle étudiait des livres de cuisine et expérimentait des sauces. Sans qu'il pût l'expliquer, Mitch aimait la cuisine italienne. Après avoir essayé et perfectionné les spaghettis et les capellinis, il était temps de passer au veau piccata. Elle aplatit les escalopes jusqu'à ce qu'elle les trouve assez minces, puis les roula dans la farine, sala et poivra. Elle fit chauffer une casserole d'eau pour les linguine, se versa un verre de chablis et alluma la radio. Elle avait téléphoné deux fois au bureau depuis le déjeuner, et Mitch n'avait pas trouvé le temps de la rappeler. Elle hésita à appeler une nouvelle fois et s'abstint. C'était à lui de le faire. Le dîner serait prêt et ils mangeraient quand il rentrerait.

Il fallait faire sauter les escalopes dans l'huile trois minutes, puis les retirer. Abby vida l'huile de la poêle, y ajouta le vin et le jus d'un citron et porta à ébullition. Elle remua la sauce pour l'épaissir, puis remit les escalopes dans la poêle, ajouta les champignons, les cœurs d'artichaut et une noix de beurre. Elle couvrit la poêle et laissa mijoter.

Elle fit frire du bacon, coupa des tomates, fit cuire les linguine et se versa un autre verre de vin. A 19 heures, le dîner était prêt : bacon et salade de tomates, veau piccata et pain à l'ail dans le four. Il n'avait toujours pas appelé. Elle emporta son verre de chablis dans le patio et se dirigea vers le jardin où Cancan bondit d'un bosquet. Ils se promenèrent tous deux, vérifiant l'état de la pelouse, et s'arrêtèrent sous les deux grands chênes. Les vestiges d'une cabane étaient visibles dans les branches médianes du plus gros des deux arbres et, sur son tronc, étaient gravées des initiales. Un bout de corde pendait d'une branche basse. Abby trouva une balle en caoutchouc, la lança et regarda le chien courir après ce nouveau jouet. Elle se tournait de temps en temps vers la fenêtre ouverte de la cuisine pour écouter, mais le téléphone ne sonnait pas.

Cancan s'immobilisa, puis se mit à gronder en direction du jardin voisin. M. Rice sortit d'une haie de buis impeccablement taillée. La sueur coulait le long de son nez, son tricot de corps était trempé. Il retira ses gants de jardinage et découvrit Abby sous le chêne. Il lui sourit et, quand il baissa les yeux vers ses jambes hâlées, son sourire s'élargit. Il s'essuya le front de son avant-bras et s'avança vers la clôture.

– Comment allez-vous ? demanda-t-il, le souffle court, son épaisse chevelure grise plaquée sur le crâne.

– Très bien, et vous-même ?

– J'ai très chaud. C'est la canicule.

Abby s'avança vers la clôture pour bavarder avec ce voisin dont elle surprenait les regards admiratifs depuis une semaine. Cela ne la gênait pas, car il avait au moins soixante-dix ans et devait être inoffensif. Il pouvait la reluquer tout son soûl. C'était un être humain qui bougeait, qui transpirait, qui était capable de lui faire la conversation. Depuis que Mitch partait avant l'aube, elle n'avait discuté qu'avec la tapissière.

– Votre pelouse est magnifique, dit-elle.

Il s'essuya de nouveau le front et cracha par terre.

– Magnifique ? C'est tout ce que vous trouvez à dire ? Elle est digne de figurer dans une revue de jardinage ! Je n'ai jamais vu de gazon anglais aussi beau ! On devrait me décerner le prix du plus beau jardin du mois ! Où est votre mari ?

– Au bureau. Il travaille tard.

– Il est bientôt 8 heures et il part avant le lever du soleil. Quand je sors faire ma promenade matinale, à 6 h 30, il a déjà filé. Qu'est-ce qui lui arrive ?

– Il aime travailler.

– Moi, si j'avais une femme comme vous, je resterais à la maison. Rien ne pourrait m'obliger à sortir.

– Comment va Mme Rice ? demanda Abby en acceptant le compliment avec un petit sourire.

Il se rembrunit et arracha une mauvaise herbe prise dans le grillage.

– Pas très bien, malheureusement. Pas très bien.

Il détourna les yeux. Mme Rice souffrait d'un cancer dans sa phase terminale et les médecins lui accordaient un an. Un an au plus. On lui avait enlevé la plus grande partie de l'estomac, ses poumons étaient atteints. Elle ne pesait guère plus de quarante kilos et quittait rarement son lit. Lors de leur première rencontre, il avait eu les larmes aux yeux en parlant de sa femme qui, après cinquante et un ans de vie commune, allait le laisser seul.

– Non, reprit-il, jamais mon jardin ne sera élu plus beau jardin du mois. Notre quartier n'est pas assez chic. C'est réservé à ces richards qui font faire tout le travail par des jardiniers pendant qu'ils se prélassent au bord de leur piscine en sirotant un daiquiri. Et pourtant il est beau, mon gazon, non ?

– Merveilleux. Combien de fois par semaine passez-vous la tondeuse ?

– Trois ou quatre ; cela dépend de la pluie. Vous voulez que je tonde le vôtre ?

– Non, merci. Je tiens à ce que Mitch le fasse.

– J'ai bien l'impression qu'il n'aura pas le temps. Je jetterai un coup d'œil de temps en temps et, s'il faut passer un petit coup de tondeuse, je m'en occuperai.

Abby tourna brusquement la tête vers la fenêtre de la cuisine.

– Vous entendez la sonnerie du téléphone ? lança-t-elle en commençant à s'éloigner tandis que M. Rice montrait du doigt son sonotone.

Abby se précipita vers la maison. La sonnerie s'arrêta au moment où elle décrocha. Il était 20 h 30, la nuit tombait. Elle appela le bureau, mais personne ne répondit. Peut-être était-il en route.

Le téléphone sonna à 23 heures, brisant le silence du bureau du deuxième étage où ne se faisait entendre qu'un ronflement léger. Mitch avait les jambes croisées sur son bureau, ankylosées par l'immobilité prolongée. Le reste de son corps était affalé dans l'épais fauteuil de cuir. Affaissé sur un côté, il émettait par intermittence des ronflements témoignant d'un profond sommeil. Les feuilles du dossier Capps étaient éparpillées sur le bureau et il tenait fermement contre son estomac un document à l'aspect imposant. Ses chaussures étaient à terre, près du bureau et d'une pile de documents du même dossier Capps et d'un sachet de chips vide.

A la douzième sonnerie, il sursauta et se jeta sur le combiné : c'était sa femme.

– Pourquoi n'as-tu pas appelé ? demanda-t-elle d'un ton froid, mais où perçait une pointe d'inquiétude.

– Excuse-moi, je m'étais endormi. Quelle heure est-il ?

Il se frotta les yeux et regarda sa montre.

– 11 heures. J'aurais aimé que tu appelles.

– J'ai appelé, mais personne n'a répondu.

– A quelle heure ?

– Entre 8 et 9. Où étais-tu ?

Elle ne répondit pas et attendit quelques instants avant de demander :

– Tu vas rentrer ?

– Non, il faut que je travaille toute la nuit.

– Toute la nuit ? Tu ne peux pas travailler toute la nuit, Mitch.

– Bien sûr que si. Cela arrive tout le temps dans cette boîte... C'est ce qu'on attend de nous.

– C'est à la maison que je t'attendais, Mitch, et tu aurais au moins pu appeler. Le dîner est encore chaud.

– Excuse-moi, mais j'ai énormément de travail à terminer et j'ai perdu la notion du temps. Pardonne-moi, Abby.

Il y eut un silence au bout du fil, comme si elle hésitait à accepter ses excuses.

– Est-ce que cela va devenir une habitude, Mitch ?

– C'est possible.

– Je vois. Vers quelle heure penses-tu rentrer ?

– Tu as peur ?

– Non, je n'ai pas peur. Je vais me coucher.

– Je passerai vers 7 heures pour prendre une douche.

– Très bien. Si je dors, ne me réveille pas.

Elle raccrocha. Il regarda le combiné, puis le reposa sur son support. Au cinquième étage, un agent de la sécurité étouffa un gloussement.

– « Ne me réveille pas. » Elle est bonne, celle-là, dit-il en enfonçant une touche du magnétophone.

Il appuya sur trois autres touches et approcha un petit micro de sa bouche.

– Hé! Dutch! Réveille-toi un peu!

Tiré du sommeil, Dutch se pencha vers l'interphone.

– Oui? Que se passe-t-il?

– C'est Marcus. Je t'appelle de là-haut. Je crois que notre jeune ami a l'intention de passer la nuit ici.

– Quel est son problème?

– Pour l'instant, c'est sa femme. Elle lui avait préparé un bon petit dîner et il a oublié de l'appeler.

– Dommage pour lui. Mais c'est une situation que nous connaissons bien, non ?

– Oui, c'est ce que font tous les nouveaux la première semaine. En tout cas, il lui a dit qu'il ne rentrerait pas avant le début de la matinée. Tu peux dormir tranquille.

Marcus enfonça encore quelques touches et reprit sa revue.

Abby était dehors quand le soleil commença à poindre entre les deux chênes. Elle prit la première gorgée de son café en caressant le chien et en écoutant les bruits assourdis du voisinage qui s'éveillait lentement. Elle avait eu un sommeil agité et une douche brûlante n'avait pas réussi à dissiper sa fatigue. Ses cheveux encore mouillés étaient tirés en arrière et elle ne portait rien sous le peignoir blanc emprunté à Mitch.

Une portière claqua et le chien se tourna vers la maison. Abby entendit la clé tourner dans la serrure de la porte de la cuisine et, quelques secondes plus tard, la porte coulissante du patio s'ouvrit. Mitch posa sa veste sur un banc, près de la porte, et s'avança vers elle.

– Bonjour, dit-il en s'asseyant derrière la table en osier.

– Bonjour, répondit-elle avec un sourire forcé.

– Tu es debout de bonne heure, poursuivit-il en s'appliquant à faire montre d'une cordialité qui sonnait faux.

Elle lui adressa un nouveau sourire et but une gorgée. Il soupira profondément et son regard se perdit au fond du jardin.

– Je vois que tu m'en veux encore pour hier soir.

– Pas vraiment. Je ne suis pas rancunière.

– Je t'ai dit que j'étais désolé et c'est vrai. J'ai quand même appelé une fois...

– Tu aurais pu recommencer.

– Je t'en prie, Abby, ne demande pas le divorce ! Je te jure que cela ne se reproduira plus. Ne me quitte pas !

Cette fois, c'est un franc sourire qu'il lui arracha.

– Tu as vu ta tête ? dit-elle.

– Qu'est-ce qu'il y a sous ton peignoir ?

– Rien.

– Voyons cela de plus près.

– Pourquoi ne te reposes-tu pas un peu ? Tu as l'air hagard.

– C'est gentil, mais j'ai rendez-vous à 9 heures avec Lamar. Après cela, j'ai rendez-vous à 10 heures avec Avery.

– Ils vont essayer de te tuer dès la première semaine ?

– Oui, mais ils ne réussiront pas. Je suis un homme, un vrai. Si on allait prendre une douche ?

– J'en ai déjà pris une.

– Toute nue ?

– Bien sûr.

– Raconte... Donne-moi tous les détails.

– Si tu rentrais à une heure décente, tu ne serais pas aussi dépravé.

– Je suis sûr que cela arrivera bien d'autres fois, ma chérie. Il y en aura beaucoup, des nuits passées au bureau. Tu ne te plaignais pas quand je travaillais jour et nuit, à la fac.

– Ce n'est pas pareil. J'ai supporté tes horaires, parce que je savais que cela ne durerait qu'un temps. Mais maintenant, tu es avocat et tu le resteras une grande partie de ta vie. Faut-il vraiment en passer par là ? Travailleras-tu toujours mille heures par semaine ?

– Abby, c'est ma première semaine !

– C'est bien ce qui m'inquiète. Les choses ne peuvent qu'empirer.

– Bien sûr. On ne peut pas faire autrement, Abby. La compétition est acharnée dans ce métier : les plus faibles disparaissent et les plus forts s'enrichissent. C'est comme un marathon ; la victoire va à celui qui a le plus d'endurance.

– Et qui meurt en franchissant la ligne d'arrivée.

– Je ne le crois pas. Nous ne sommes là que depuis une semaine et tu t'inquiètes déjà pour ma santé.

Elle finit son café et caressa le chien. Elle était belle. Sans maquillage, avec ses yeux cernés et ses cheveux mouillés, elle était belle. Il se leva, passa derrière elle et l'embrassa sur la joue.

– Je t'aime, murmura-t-il.

– Va prendre une douche, dit-elle en serrant la main qu'il avait posée sur son épaule. Je vais préparer le petit déjeuner.

La table était magnifiquement dressée. Elle avait sorti le service en porcelaine de sa grand-mère, qu'elle utilisait pour la première fois depuis leur arrivée. Elle avait versé du jus de pamplemousse dans les verres en cristal et posé sur les assiettes des serviettes de table assorties à la nappe. Mitch prit sa douche, se changea et émit un sifflement admiratif en entrant dans la salle à manger.

– En quel honneur ? demanda-t-il.

– C'est un petit déjeuner très particulier pour un mari très particulier.

Il prit place à la table et admira la porcelaine. La nourriture était tenue au chaud dans une jardinière d'argent.

– Qu'est-ce que tu as préparé ? fit-il en se passant la langue sur les lèvres.

Sans répondre, elle souleva le couvercle et Mitch écarquilla les yeux.

– Qu'est-ce que c'est ? demanda-t-il sans oser la regarder.

– Du veau piccata.

– Comment ?

– Du veau piccata.

84

– Je croyais que c'était l'heure du petit déjeuner, dit-il en regardant sa montre.

– C'est notre dîner d'hier soir et je te conseille d'en manger.

– Du veau piccata au petit déjeuner ?

Elle eut un petit sourire inflexible et hocha légèrement la tête. Mitch baissa de nouveau les yeux vers le contenu du plat et analysa la situation en quelques secondes.

– Ça sent bon, dit-il.

8

Le samedi, après avoir passé la nuit chez lui, il n'arriva au bureau qu'à 7 heures du matin. Pas rasé, vêtu d'un jean et d'une vieille chemise à col boutonné, pieds nus dans des mocassins : sa tenue d'étudiant. Le contrat Capps avait déjà été imprimé deux fois, la veille, en fin d'après-midi. Après quelques retouches, Nina avait tiré une nouvelle version à 20 heures. Supposant qu'elle n'avait pas ou presque pas de vie privée, Mitch n'hésitait pas à lui demander de rester tard au bureau. Comme elle lui avait affirmé qu'elle ne refusait pas les heures supplémentaires, il lui avait également demandé de venir ce samedi matin.

Elle arriva à 9 heures, flottant dans un jean trop grand pour elle. Il lui tendit le document de deux cent six pages, avec les dernières corrections, et lui demanda un quatrième tirage. Son rendez-vous avec Avery était à 10 heures.

Tout était différent le samedi. La totalité des collaborateurs était là ainsi que la plupart des associés et quelques secrétaires. Comme il n'y avait pas de clients, chacun venait dans une tenue plus décontractée. Il y avait assez de toile de jean pour ouvrir un ranch, mais pas une seule cravate en vue. Les plus guindés portaient une veste et une chemise empesée, à col boutonné, et ils semblaient émettre des craquements à chaque pas.

Mais la tension ne se relâchait pas, du moins pour Mitchell McDeere, la nouvelle recrue de la société. Il avait annulé les trois dernières réunions prévues pour ses révisions et les quinze cahiers qui attendaient sur une étagère en prenant la poussière lui rappelaient qu'il allait être le premier du cabinet à échouer à l'examen du barreau.

A 10 heures, la quatrième version était terminée et Nina la posa cérémonieusement sur le bureau de Mitch avant de se rendre à la cafétéria. Le document comptait maintenant deux cent dix-neuf pages. Il l'avait lu mot à mot, quatre fois de suite et appris les dispositions du Code des impôts jusqu'à ce qu'elles soient gravées dans sa mémoire. Il suivit le couloir pour aller rejoindre Avery et posa le document sur son bureau. Une secrétaire était en train de fermer un énorme cartable pendant que son patron parlait au téléphone.

– Combien de pages? demanda Tolar dès qu'il eut raccroché.

– Plus de deux cents.

– Parfait. Avez-vous bien dégrossi le travail?

– Pas mal. C'est la quatrième version depuis hier matin et elle est presque parfaite.

– Nous verrons cela. Je la lirai dans l'avion, puis ce sera à Capps de l'examiner à la loupe. S'il découvre une seule erreur, il hurlera comme un malade pendant une heure et menacera de ne pas nous payer. Combien d'heures avez-vous facturées?

– Cinquante-quatre et demie, depuis mercredi.

– Je sais que je vous ai beaucoup demandé et je m'en excuse. Votre première semaine n'a pas été de tout repos, mais nos clients sont parfois très exigeants et il nous arrivera encore de nous donner à fond pour un type qui nous paie deux cents dollars de l'heure. Cela fait partie du boulot.

– Ça ne me gêne pas. J'ai pris du retard dans mes révisions, mais je rattraperai le temps perdu.

– Est-ce que cette andouille de Hudson vous bouscule?

– Non.

– Si cela devait arriver, faites-le-moi savoir. Il n'est dans la maison que depuis cinq ans, mais il adore jouer au professeur. Je n'ai guère de sympathie pour lui.

– Il n'y a pas de problème.

– Où sont le descriptif et les autres documents? demanda Avery en glissant le contrat dans sa grosse serviette.

– Je n'ai fait qu'un premier jet. Vous m'avez dit que nous disposions de vingt jours.

– C'est vrai, mais il faut quand même le faire. Capps commence à demander les choses bien avant la date-butoir. Vous travaillez demain?

– Je n'avais pas prévu de le faire. En fait, ma femme insiste pour que nous allions à l'église.

– Les femmes peuvent être bien gênantes parfois, répliqua Avery en secouant la tête, mais sans attendre de réponse.

Mitch garda le silence.

– Il faudrait que le dossier Capps soit terminé pour samedi prochain, reprit Avery.

– D'accord. Pas de problème.

– Avons-nous parlé de Koker-Hanks? demanda Tolar en fourrageant dans un autre dossier.

– Non.

– Eh bien, le voici. C'est un gros entrepreneur de Kansas City. Il a des contrats pour cent millions de dollars dans tout le pays. Une boîte de Denver du nom de Holloway Brothers a proposé de le racheter. Ils veulent récupérer des actions, une partie des avoirs et des contrats, et injecter de l'argent frais. C'est une affaire assez compliquée. Familiarisez-vous avec le dossier et nous en reparlerons mardi matin, à mon retour.

– Combien de temps avons-nous ?

– Trente jours.

Le dossier n'était pas tout à fait aussi épais que celui de Capps, mais quand même imposant.

– Trente jours, murmura Mitch.

– C'est une opération de l'ordre de quatre-vingts millions de dollars qui nous en rapportera deux cent mille en honoraires. Une somme appréciable. Chaque fois que vous jetterez un coup d'œil au dossier, facturez une heure. Travaillez dessus dès que vous avez le temps. En fait, chaque fois que le nom Koker-Hanks vous viendra à l'esprit, même si c'est en venant au bureau, en voiture, comptez une heure de travail. Il n'y a pas de limite.

Avery se délectait à l'idée d'un client payant sans se soucier du travail effectif. Mitch prit congé de lui et regagna son bureau.

Au moment où l'apéritif touchait à sa fin, au moment où ils se penchaient sur la carte des vins et écoutaient Oliver Lambert disserter sur les qualités, les nuances et les subtilités des vins français, au moment où Mitch et Abby commençaient à se dire qu'ils auraient été beaucoup mieux à la maison, devant une pizza et la télévision, deux hommes munis de la bonne clé ouvraient la portière de la B.M.W. dans le parking de Justine's. En costume et cravate, ils passaient inaperçus. Ils mirent discrètement la voiture en marche, quittèrent le parking et traversèrent le centre ville jusqu'à la nouvelle maison des McDeere. Ils garèrent la B.M.W. à sa place, sous l'abri. Le conducteur sortit une autre clé de sa poche et les deux hommes entrèrent. Cancan fut enfermé dans un placard de la salle de bains.

L'un des deux hommes posa dans l'obscurité un petit attaché-case sur la table de la salle à manger. Il en sortit deux paires de gants de caoutchouc jetables et deux torches électriques.

– Commençons par les téléphones, dit l'autre homme.

Ils se mirent au travail, avec rapidité et précision, toujours dans l'obscurité. Le combiné du téléphone de la cuisine fut débranché et posé sur la table, puis le microphone dévissé et examiné. Un émetteur miniaturisé, de la taille d'un raisin sec, fut collé dans la cavité et pressé pendant dix secondes. Quand la colle eut pris, le microphone fut revissé et le combiné reposé sur son support mural. Les voix, ou les signaux, seraient transmis à un petit récepteur qui devait être installé dans le grenier. Un émetteur plus puissant, placé à côté du récepteur, retransmettrait les signaux à l'autre bout de la ville, jusqu'à une antenne fixée sur le toit de l'immeuble Bendini. Alimentés par le courant alternatif, les petits émetteurs placés dans les combinés pouvaient fonctionner indéfiniment.

– Occupe-toi de celui du petit salon.

L'attaché-case fut posé sur un canapé. Ils enfoncèrent un petit clou dans un lambris et le retirèrent, puis glissèrent dans le trou un minuscule cylindre noir d'un millimètre de diamètre et deux centimètres de long qui fut fixé avec une goutte de résine noire. Le microphone était invisible. Un fil fin comme un cheveu fut ensuite délicatement tiré le long du joint entre deux panneaux, jusqu'au plafond, pour être relié au récepteur du grenier.

Des micros identiques furent posés dans les chambres. Les hommes déplièrent l'escalier escamotable du couloir et montèrent dans le grenier. L'un d'eux sortit le récepteur et l'émetteur de l'attaché-case tandis que l'autre tirait avec application les fils presque invisibles. Il les enroula ensemble, les réunit sous une gaine isolante, jusqu'à un angle des combles où son collègue plaçait l'émetteur dans une vieille boîte en carton. Un fil électrique fournissant l'alimentation fut relié au dispositif de transmission et une petite antenne élevée jusqu'à la charpente du toit.

Leur respiration se faisait de plus en plus pénible dans la chaleur étouffante du grenier obscur. Ils placèrent l'émetteur dans l'enveloppe en plastique d'un vieux transistor et disséminèrent tout autour des bouts de gaine isolante et des vieux vêtements. Dans un recoin des combles, au milieu de ce tas de vieilleries, l'émetteur ne serait probablement pas découvert avant plusieurs mois, voire plusieurs années. Au pis, le vieux transistor serait ramassé et jeté au rebut sans éveiller les soupçons. Ils admirèrent leur œuvre un instant, puis redescendirent l'escalier.

Ils effacèrent méticuleusement toute trace de leur passage et, dix minutes plus tard, tout était terminé.

Les deux hommes firent sortir le chien de son placard et quittèrent discrètement la maison. La voiture fit une marche arrière sur l'allée et disparut dans la nuit.

Au moment où l'on servait le poisson, un pompano au four, la B.M.W. se gara dans le parking du restaurant. Le conducteur fouilla dans sa poche et en sortit la clé d'une Jaguar bordeaux appartenant à Kendall Mahan. Les deux techniciens refermèrent les portières de la B.M.W. et se glissèrent dans la Jaguar. Les Mahan habitaient beaucoup plus près que les McDeere et, d'après les plans de la maison, le travail y serait bien plus rapide.

Au cinquième étage de l'immeuble Bendini, les yeux fixés sur un panneau où clignotaient des lumières, Marcus attendait un signal du

1231 East Meadowbrook. Le dîner était terminé depuis une demi-heure et il était temps d'écouter. En voyant une petite lumière jaune se mettre à clignoter faiblement, Marcus coiffa son casque, enfonça la touche d'enregistrement et attendit. Une lumière verte sous laquelle était inscrit McD6 clignota ; c'était le micro du mur de la chambre. Les voix, d'abord faibles, devinrent beaucoup plus distinctes. Il augmenta le volume et écouta.

– Jill Mahan est une garce, dit la femme, Mme McDeere. Et plus elle buvait, plus elle devenait garce.

– Je crois qu'elle a du sang bleu, déclara l'homme.

– Son mari est sympa, mais, elle, quelle bêcheuse !

– Tu es soûle ? demanda l'homme.

– Un peu. Je suis prête à subir tes assauts fougueux.

Marcus augmenta encore le volume et se pencha vers les lumière clignotantes.

– Déshabille-toi, ordonna la femme.

– Cela fait un bon bout de temps que nous n'avons pas eu l'occasion...

Marcus se leva et se pencha sur son tableau de contrôle.

– A qui la faute ? demanda la femme.

– Mais je n'ai pas oublié comment m'y prendre. Tu es belle...

– Mets-toi dans le lit, dit-elle.

Marcus tourna le bouton du volume jusqu'à ce qu'il se bloque. Il sourit devant les lumières et sa respiration se fit plus rapide. Il aimait bien ces jeunes collaborateurs, frais émoulus de leur école de droit et bourrés d'énergie. Il continua de sourire en écoutant les bruits de l'amour, puis il ferma les yeux et les imagina dans leur lit.

9

Le dossier Capps fut clos quinze jours plus tard et sans drame, grâce à une succession de journées de dix-huit heures effectuées par la dernière recrue du cabinet, un jeune diplômé, pas encore inscrit au barreau et trop occupé par ses activités professionnelles pour s'en soucier. En juillet, Mitch avait facturé en moyenne cinquante-neuf heures d'honoraires par semaine, nouveau record pour un membre de l'entreprise qui ne fût pas avocat à part entière. Avery informa avec fierté ses co-associés, lors de leur réunion mensuelle, que le travail de McDeere était exceptionnel pour un débutant. Le dossier Capps avait été bouclé trois jours avant l'échéance. Après un travail méticuleux de recherches, le document comportait quatre cents pages dans sa version définitive. Le dossier Koker-Hanks serait bouclé en moins d'un mois, cette fois encore grâce à McDeere, et rapporterait près d'un quart de million de dollars. Ce jeune homme était une véritable machine.

Oliver Lambert fit part de son inquiétude au sujet des révisions. L'examen devait avoir lieu trois semaines plus tard et il était manifeste pour tout le monde que McDeere n'était pas prêt. Il avait annulé la moitié des séances de révisions du mois de juillet et n'y avait consacré que vingt heures. Avery lui affirma qu'il n'y avait pas à s'inquiéter : le jeune homme serait prêt.

Quinze jours avant l'examen, Mitch rua pour la première fois dans les brancards. Pendant un déjeuner au Manhattan Club, il expliqua à Avery qu'il risquait d'être recalé s'il ne disposait pas d'assez de temps pour ses révisions. De beaucoup de temps. Il pouvait encore tout ingurgiter pendant les quinze jours qui restaient, mais il fallait qu'on lui fiche la paix. Plus de dates-butoirs, plus de travail urgent, plus de nuits passées au bureau. Il plaida sa cause avec éloquence. Avery l'écouta avec la plus grande attention, s'excusa et promit de ne plus rien lui demander pendant quinze jours. Mitch le remercia.

Le premier lundi du mois d'août, une réunion des membres du cabinet eut lieu dans la bibliothèque du premier étage. C'était la plus vaste des quatre bibliothèques, la grande salle de réunion. La moitié des juristes avait pris place autour de la table de conférences en merisier, l'autre moitié se tenait devant les étagères garnies d'épais volumes de droit reliés de cuir que nul n'avait ouverts depuis des décennies. Tout le monde était présent, y compris Nathan Locke. Il arriva en retard et resta seul, près de la porte. Il ne parla à personne et personne ne se retourna vers lui. Mitch lui lançait de loin en loin un regard en coin.

L'atmosphère était funèbre; pas un seul sourire dans l'assistance. Beth Kozinski et Laura Hodge entrèrent, escortées d'Oliver Lambert. Il les conduisit jusqu'à leur siège, face à un mur auquel étaient accrochés deux portraits recouverts d'un voile. Les deux veuves se tenaient la main et s'efforçaient de faire bonne figure. Le dos au mur, Lambert se retourna vers l'assistance.

Il parla d'une voix de baryton pleine de compassion, une voix qui, au début, n'était guère qu'un murmure, mais dont le timbre rendait chaque son, chaque syllabe parfaitement audible jusqu'au fond de la salle. Les yeux fixés sur les deux femmes, il leur fit part de la profonde tristesse dans laquelle tout le monde était plongé et affirma que leur avenir était assuré aussi longtemps que l'entreprise existerait. Il parla de Marty et de Joe, de leurs premières années, de leur place importante au sein du cabinet, de l'énorme vide causé par leur disparition. Il parla de l'amour et du dévouement qu'ils avaient manifestés pour leur famille.

Il s'exprimait avec aisance, comme si son discours n'était pas préparé, comme s'il ignorait où chaque phrase allait le conduire. Les veuves sanglotaient doucement et s'essuyaient les yeux. Puis certains des meilleurs amis des disparus, Lamar Quin et Doug Turney entre autres, se mirent à renifler avec insistance.

Quand Oliver Lambert eut fini, il dévoila le portrait de Martin Kozinski. Ce fut un moment très émouvant et ils étaient nombreux à avoir les larmes aux yeux. Une bourse à son nom serait créée à l'école de droit de Chicago. L'entreprise pourvoirait à l'éducation de ses enfants et aux besoins de sa famille. Beth se mordit les lèvres, mais ses pleurs redoublèrent. Les négociateurs chevronnés et endurcis de la firme Bendini déglutissaient rapidement en évitant de se regarder. Seul Nathan Locke restait de marbre. Ses yeux noirs, perçants comme des lasers, demeuraient obstinément fixés sur le mur, comme s'il refusait de participer à la cérémonie.

Lambert passa au portrait de Joe Hodge – une véritable hagiographie –, à la bourse et au legs pour l'éducation des enfants. Mitch avait entendu dire que Hodge, quatre mois avant sa mort, avait souscrit à une assurance-vie pour un montant de deux millions de dollars.

Dès la fin des éloges funèbres, Nathan Locke s'éclipsa. Les avocats entourèrent les veuves et les serrèrent dans leurs bras avec des paroles apaisantes. Mitch ne les connaissait pas et n'avait rien à leur dire. Il s'avança vers le mur et examina les tableaux. A côté de ceux de Kozinski et Hodge se trouvaient trois portraits, légèrement plus petits mais tout aussi solennels. Celui d'une femme attira son attention. Sur une plaque de cuivre était inscrit : ALICE KNAUSS 1948-1977.

— Jamais elle n'aurait dû être là, murmura Avery en s'approchant de son jeune collaborateur.

— Que voulez-vous dire ? demanda Mitch.

— C'était le type même de l'avocate ! Diplômée de Harvard, sortie en tête de sa promotion et terriblement aigrie d'être une femme. Pour elle, tout homme ne pouvait être qu'un phallocrate et sa mission sur Terre était l'éradication de la discrimination sexuelle. Une garce de la plus belle eau ! Au bout de six mois, tout le monde la détestait, mais il était impossible de se débarrasser d'elle. Elle a contraint deux associés à prendre une retraite anticipée et Milligan, avec qui elle travaillait, l'accuse encore d'avoir été la cause de son infarctus.

— Était-elle une bonne avocate ?

— Bien sûr, mais il nous a toujours été impossible d'apprécier ses qualités, tellement elle était hargneuse.

— Que lui est-il arrivé ?

— Un accident de voiture. Tuée par un conducteur ivre... Une mort tragique.

— Était-elle la première femme à travailler dans la société ?

— Oui, et la dernière. A moins que la justice ne nous y contraigne.

— Et lui ? demanda Mitch en indiquant de la tête le portrait voisin.

— Robert Lamm... J'avais de l'amitié pour lui. Diplômé de l'école de droit d'Atlanta, il était là trois ans avant moi.

— Que lui est-il arrivé ?

— Personne ne le sait. C'était un chasseur passionné. Un hiver, nous sommes allés chasser l'élan dans le Wyoming. En 1972, il est parti chasser le cerf dans l'Arkansas et il a disparu. Un mois plus tard, dans un ravin, on a retrouvé son corps avec un gros trou dans la tête. L'autopsie a établi que la balle avait pénétré par l'arrière du crâne et lui avait déchiqueté le visage. On suppose que le coup a été tiré par un fusil de gros calibre à longue portée. Il s'agit probablement d'un accident, mais nous ne saurons jamais la vérité. Je ne peux imaginer que quelqu'un ait voulu tuer Bobby Lamm.

— Et lui ? demanda Mitch en indiquant le dernier portrait, celui de John Mickel, 1950-1984.

— Peut-être la fin la plus tragique de tous. Il n'était pas très costaud et n'a pas pu résister à la charge de travail. Il buvait beaucoup et a même tâté de la drogue. Sa femme l'a quitté et leur divorce s'est très mal passé. La situation était délicate pour la société et, au bout de dix ans, il a commencé à redouter de ne jamais devenir associé. Il s'est mis à boire de plus en plus. Nous avons dépensé une petite fortune en traitements et en séances de psychanalyse, mais sans résultats. De dépressif, il est devenu suicidaire et s'est fait sauter la cervelle en laissant une lettre de huit pages.

– C'est horrible.

– Vous pouvez le dire.

– Où l'a-t-on trouvé ?

Avery s'éclaircit la gorge et lança rapidement un regard circulaire.

– Dans votre bureau.

– Quoi !

– Oui, mais tout a été nettoyé.

– Vous vous fichez de moi !

– Non, je suis très sérieux. Cela s'est passé il y a plusieurs années et le bureau a été occupé depuis. Il n'y a pas de problème.

Mitch en restait interloqué.

– Vous n'êtes pas superstitieux, tout de même ! lança Avery avec un sourire narquois.

– Bien sûr que non.

– J'aurais dû vous avertir, c'est vrai, mais ce sont des choses dont nous n'aimons pas parler.

– Pourrai-je changer de bureau ?

– Bien sûr. Il vous suffira d'être collé à votre examen et nous vous donnerons un des bureaux des assistants, au sous-sol.

– Si je suis collé, ce sera de votre faute.

– Oui, mais vous serez reçu...

De 5 heures à 7 heures, l'immeuble Bendini était désert et silencieux. Nathan Locke arrivait vers 6 heures, mais il se rendait directement dans son bureau où il s'enfermait à clé. A 7 heures, les premiers collaborateurs apparaissaient et des voix s'élevaient dans les couloirs. Une demi-heure plus tard, ils étaient presque au complet et une poignée de secrétaires prenaient leur service. A 8 heures, les couloirs grouillaient de monde, la frénésie commençait à battre son plein. La concentration devenait difficile, car les téléphones sonnaient sans relâche. A 9 heures, tout le monde était au travail ou excusé.

Mitch chérissait la solitude du petit matin. Il avança la sonnerie de son réveil d'une demi-heure et commença à tirer Dutch du sommeil à 5 heures au lieu de 5 h 30. Après avoir vidé deux cafetières, il parcourait les couloirs obscurs, allumant des lumières et inspectant les lieux. De temps en temps, il lui arrivait de se planter devant la fenêtre du bureau de Lamar pour regarder le jour se lever sur le Mississippi. Il comptait les péniches alignées derrière les remorqueurs remontant lentement le fleuve. Il suivait au loin la lente progression des camions sur le pont.

Mais il ne perdait pas beaucoup de temps. Il dictait des lettres, des résumés, des notes, des mémos, toutes sortes de documents que Nina taperait à son arrivée pour les soumettre à Avery. Il préparait aussi son examen.

Le lendemain de la cérémonie en souvenir des juristes, il se trouvait dans la bibliothèque du premier étage, à la recherche d'un traité, quand son regard fut attiré par les cinq portraits. Il s'avança vers le mur pour les étudier de près. Les brèves nécrologies d'Avery lui revinrent en mémoire. Cinq morts en vingt ans : on vivait dangereusement dans la firme Bendini. Il griffonna sur un bloc-notes les noms et la date de leur décès. Il était 5 h 30.

Mitch entendit un bruit dans le couloir et tourna vivement la tête vers la droite. Il surprit dans la pénombre le regard noir de Nathan Locke braqué sur lui. L'associé aux yeux de jais s'avança jusqu'à la porte.

– Que faites-vous là ? demanda-t-il.

Mitch pivota sur lui-même avec un sourire contraint.

– Bonjour, monsieur, dit-il. Je suis en train de réviser mon examen.

Le regard de Locke se posa sur les portraits puis revint se fixer sur Mitch.

– Je vois, dit-il. Pourquoi vous intéressez-vous tant à eux ?

– Simple curiosité. La société a eu son lot d'événements tragiques.

– Ils sont tous morts, mais, pour éviter une autre tragédie, vous avez intérêt à être reçu à votre examen.

– C'est bien mon intention.

– Ce n'est pas ce que j'ai entendu dire. La manière dont vous travaillez n'est pas sans éveiller l'inquiétude chez les associés.

– Les associés s'inquiètent-ils également du total trop élevé des honoraires que je facture ?

– Ne faites pas le malin. On vous a averti que l'examen avait priorité sur tout le reste. Un collaborateur non inscrit au barreau n'est d'aucune utilité pour notre cabinet.

Mitch envisagea plusieurs répliques cinglantes, mais il choisit de se taire. Locke recula dans le couloir et disparut. Quand il eut regagné son bureau et refermé la porte, Mitch dissimula dans un tiroir la feuille sur laquelle il avait inscrit les noms et les dates des décès, puis il ouvrit un traité de droit constitutionnel.

10

Le samedi qui suivit les épreuves de l'examen, Mitch passa la matinée à jardiner. Les travaux de décoration achevés et la maison enfin présentable, les premiers invités ne pouvaient être que les parents d'Abby. Depuis une semaine, elle astiquait les meubles et briquait la maison du sol au plafond. Le grand jour était arrivé. Elle avait promis à Mitch qu'ils ne resteraient pas longtemps, au plus quelques heures; de son côté, il s'était engagé à se montrer aussi aimable que possible.

Il avait lavé et lustré les deux voitures qui paraissaient juste sortir du garage. La pelouse avait été soigneusement tondue par un gamin du voisinage. M. Rice avait pulvérisé de l'engrais pendant un mois et, selon son expression favorite, elle ressemblait à un green de golf.

Quand ils arrivèrent à midi, Mitch abandonna ses plates-bandes à contrecœur. Un sourire plaqué sur les lèvres, il alla accueillir ses beaux-parents et s'éclipsa aussitôt pour monter se laver. Mais il avait eu le temps de remarquer qu'ils étaient mal à l'aise et cela lui convenait parfaitement. Il prit une longue douche tandis qu'Abby leur montrait tout le mobilier et leur faisait admirer chaque centimètre carré de papier peint. Ce genre de choses insignifiantes impressionnait les Sutherland. Ils attachaient de l'importance à ce que les autres avaient ou n'avaient pas. Le père d'Abby était le directeur d'une petite banque régionale qui, depuis dix ans, avait toutes les peines du monde à se maintenir à flot. Sa mère était trop chic pour travailler et elle avait passé sa vie en quête d'une reconnaissance sociale dans une petite ville où la vie sociale était réduite au minimum. Elle avait fait remonter son ascendance à la famille royale d'un pays d'Europe, ce qui avait toujours fait une vive impression sur les mineurs de Danesboro, Kentucky. Avec tout le sang bleu qui coulait dans ses veines, elle ne pouvait décemment que jouer au bridge en buvant du thé, parler de l'argent de son mari, juger de haut les moins favorisés et se dépenser sans compter pour son Garden Club. Le banquier guindé, qui sursautait chaque fois que son épouse glapissait, vivait dans la crainte permanente d'un accès de colère de sa compagne. Ils avaient poussé leur fille depuis sa plus tendre enfance à devenir la meilleure, à faire les plus brillantes études et surtout à chercher le meilleur parti. Elle s'était naturellement révoltée et avait épousé un sans-le-sou, un jeune homme ayant une folle pour mère et un criminel pour frère.

– C'est là une jolie maison, Mitch, fit M. Sutherland pour rompre la glace tandis que le plat de hors-d'œuvre circulait.

– Merci.

Rien d'autre, juste merci. Il concentrait son attention sur ce qu'il y avait dans son assiette. Il ne ferait pas un seul sourire de tout le déjeuner. Moins il parlerait, plus ils seraient mal à l'aise et il voulait les voir gênés, confus, repentants. Il allait leur faire payer le mal qu'ils lui avaient infligé; ils avaient snobé son mariage, ils en portaient l'entière responsabilité.

– Tout est si beau chez vous, lança la mère à son adresse.

– Merci.

– Nous en sommes fiers, maman, s'empressa d'ajouter Abby.

La conversation s'engagea aussitôt sur la décoration. Les hommes mangeaient en silence tandis que les femmes disséquaient le travail de la décoratrice en passant toutes les pièces en revue. A certains moments, Abby était obligée de combler les silences en lançant tout ce qui lui passait par la tête. Mitch était désolé pour elle, mais il gardait obstinément les yeux baissés sur la table dans cette atmosphère à couper au couteau.

– Alors, tu as trouvé du travail? dit Mme Sutherland à sa fille.

– Oui, je commence lundi en huit. Je ferai la classe à des enfants de huit ans, à l'école épiscopale St. Andrew.

– L'enseignement ne paie pas, grommela le père.

Décidément, songea Mitch, il est incorrigible.

– L'argent ne me préoccupe pas, papa. Je suis enseignante et, pour moi, c'est le plus beau métier du monde. Si j'avais voulu gagner de l'argent, j'aurais fait ma médecine.

– Huit ans, glissa la mère. Ils sont si mignons à cet âge-là. Tu ne tarderas pas à avoir envie d'un enfant, toi aussi.

Mitch avait déjà songé que, si quelque chose devait attirer d'une manière régulière ses beaux-parents à Memphis, ce serait un ou des petits-enfants. Il avait donc décidé de retarder ce moment aussi longtemps que possible. Il n'avait jamais eu d'enfants autour de lui, ni nièces, ni neveux, à moins que Ray n'eût des rejetons inconnus aux quatre coins du pays. Et il n'avait pas d'attirance particulière pour les enfants.

– Peut-être, dans quelques années, maman.

Peut-être quand ils seront morts tous les deux, songea Mitch.

– Vous voulez avoir des enfants, n'est-ce pas, Mitch ? demanda la belle-mère.

– Peut-être, dans quelques années.

M. Sutherland repoussa son assiette et alluma une cigarette. La question de la fumée de cigarette avait fait l'objet de nombreuses discussions pendant les jours précédant la visite. Pour Mitch, il était hors de question de fumer dans la maison, surtout s'il s'agissait de ses beaux-parents. Les discussions avaient été véhémentes, mais Abby avait fini par l'emporter.

– Comment s'est passé votre examen ? demanda le banquier.

– Exténuant, répondit Mitch en se disant que la conversation prenait un tour intéressant tandis qu'Abby mastiquait nerveusement sa viande.

– Pensez-vous être reçu ?

– Je l'espère.

– Quand aurez-vous les résultats ?

– Dans quatre à six semaines.

– Combien de temps ont duré les épreuves ?

– Quatre jours.

– Depuis notre arrivée, il n'a fait qu'étudier et travailler, dit Abby. Je ne l'ai pas beaucoup vu de l'été.

Mitch se tourna en souriant vers sa femme. La question du temps passé au bureau était devenue épineuse et cela l'amusait de voir Abby feindre de ne pas y attacher d'importance.

– Que se passera-t-il si vous êtes collé ? demanda le banquier.

– Je ne sais pas. Je ne me suis pas posé la question.

– Aurez-vous une augmentation en cas de réussite ?

Il serait gentil jusqu'au bout, puisqu'il l'avait promis à Abby.

– Oui, répondit-il. Une bonne augmentation et une jolie prime.

– Combien êtes-vous de juristes dans votre cabinet ? poursuivit le banquier.

– Quarante.

– Bonté divine ! s'écria Mme Sutherland en allumant à son tour une cigarette. Il n'y en a même pas autant dans tout notre comté.

– Où se trouve votre bureau ? demanda son mari.

– En ville.

– Pourrons-nous le voir ? lança la belle-mère.

– Une autre fois, peut-être. Le bâtiment est interdit au public le samedi.

Mitch réprima un sourire. « Interdit au public », comme s'il s'agissait d'un musée.

Pressentant un désastre, Abby lança la conversation sur leur nouvelle paroisse. Elle comptait quatre mille membres et mettait à leur disposition une salle de gymnastique et un bowling. Abby faisait partie du chœur et catéchisait des enfants de huit ans. Mitch allait la rejoindre quand il ne travaillait pas, mais, jusqu'à présent, il avait travaillé tous les dimanches ou presque.

— Je suis heureux de savoir que tu as trouvé ta place dans l'Église, déclara avec componction le beau-père.

Depuis de longues années, à l'église méthodiste de Danesboro, il dirigeait la prière pendant l'office dominical. Les six autres jours de la semaine, il s'adonnait à l'usure et à la spéculation. S'il fallait en croire Ray, il ne crachait pas non plus, avec toute la discrétion de rigueur, sur les femmes et le whisky.

Ce sujet épuisé, un silence gêné s'installa. Le beau-père alluma une autre cigarette. Fume, mon vieux, songea Mitch. Fume donc.

— Nous allons prendre le café dans le patio, dit Abby en commençant à débarrasser.

Ils louèrent les qualités de jardinier de Mitch, qui accepta les compliments sans mot dire. Le gamin qui tondait la pelouse avait également désherbé, élagué les arbres et taillé les haies. Les compétences de Mitch se limitaient à l'arrachage des mauvaises herbes et au ramassage des crottes du chien. Il était aussi capable de faire fonctionner l'arroseur automatique, mais laissait en général ce plaisir à M. Rice.

Abby servit une tarte aux fraises et le café. Elle lançait des regards implorants à son mari dont le visage demeurait impénétrable.

— Vous avez vraiment une jolie maison, répéta le banquier pour la troisième fois en contemplant le jardin.

Mitch imaginait son cerveau fonctionnant à toute vitesse. Il avait évalué la maison et le quartier, sa curiosité devenait irrépressible. Combien cela avait-il coûté ? C'est ce qu'il voulait absolument savoir. Combien pour le premier versement ? Combien par mois ? Il voulait tout connaître et il allait tourner autour du pot jusqu'à ce qu'il réussisse à placer la question.

— Une maison ravissante, répéta pour la dixième fois la belle-mère en minaudant.

— Quand a-t-elle été construite ? demanda le beau-père.

Mitch reposa son assiette et s'éclaircit la gorge.

— Il y a une quinzaine d'années, répondit-il.

— Quelle surface habitable ?

— Deux cent quatre-vingts mètres carrés, répondit nerveusement Abby.

Mitch la foudroya du regard ; il commençait à perdre son calme.

— C'est un quartier très agréable, glissa obligeamment la belle-mère.

— C'est un emprunt nouveau ou bien une reprise ? poursuivit le banquier comme s'il questionnait un client désireux de contracter un emprunt, mais dont le cautionnement était insuffisant.

— Un emprunt nouveau, répondit Mitch.

Puis il attendit la suite, Abby aussi, en priant pour que le pire ne se réalise pas.

– Combien l'avez-vous payée ? demanda le beau-père, incapable de se contenir plus longtemps.

Mitch prit une longue inspiration et s'apprêtait à répondre : « Trop cher.» Mais Abby le devança.

– Pas trop cher, papa, déclara-t-elle d'une voix ferme, le visage grave. Nous sommes tout à fait capables de gérer notre budget.

Mitch parvint à sourire tout en se mordant la langue.

– Et si nous allions faire un tour en voiture ? suggéra Mme Sutherland en se levant brusquement. J'aimerais voir le fleuve et la nouvelle pyramide construite juste à côté. Vous êtes d'accord ? Allez, viens, Harold.

Harold aurait encore voulu des détails sur la maison, mais sa femme le tirait par le bras pour le faire lever.

– Excellente idée, dit Abby.

Ils montèrent dans la B.M.W. rutilante et allèrent voir le fleuve. Abby demanda à ses parents de ne pas fumer dans la voiture. Mitch conduisit en silence.

11

Nina entra précipitamment, portant une pile de paperasses qu'elle posa sur le bureau de son patron.

– Il me faut des signatures, dit-elle en lui tendant son stylo.

– Qu'est-ce que c'est que tout ça? demanda Mitch en apposant consciencieusement son nom au bas de la première feuille.

– Ne posez pas de questions. Faites-moi confiance.

– J'ai trouvé un mot mal orthographié dans le contrat Landmark Partners.

– C'est l'ordinateur.

– Bon, faites la correction sur l'ordinateur.

– Vous allez travailler tard ce soir?

Mitch parcourut rapidement un document avant de signer.

– Je ne sais pas, répondit-il. Pourquoi?

– Vous avez l'air fatigué. Vous pourriez peut-être rentrer chez vous de bonne heure, vers 22 heures, pour vous reposer un peu. Vos yeux commencent à ressembler à ceux de Nathan Locke.

– Merci du compliment.

– Votre femme a téléphoné.

– Je vais la rappeler dans une minute.

Quand Mitch eut terminé, Nina reprit la pile de lettres et de documents.

– Il est 5 heures et je vais partir, dit-elle. Oliver Lambert vous attend dans la bibliothèque du premier étage.

– Lambert! Il m'attend?

– C'est ce que je viens de dire. Il a appelé il y a cinq minutes et m'a dit que c'était très important.

Mitch arrangea sa cravate et s'élança dans le couloir. Il descendit l'escalier quatre à quatre, mais c'est d'un pas nonchalant qu'il pénétra dans la bibliothèque. Lambert, Avery et une grande partie des associés étaient assis autour de la table de conférences. Les collaborateurs présents se tenaient derrière les associés. Le siège en bout de table était vide et semblait l'attendre. Les visages étaient recueillis, presque solennels. Pas un sourire. Lamar détournait ostensiblement les yeux, Avery, l'air penaud, paraissait gêné, Wally Hudson tripotait son nœud papillon en secouant lentement la tête.

— Asseyez-vous, Mitch, déclara Lambert d'une voix grave tandis que Doug Turney fermait la porte. Nous avons quelque chose à vous annoncer.

Il s'assit en quêtant du regard le plus petit signe d'encouragement. En vain. Les associés firent pivoter leur fauteuil dans sa direction tout en se rapprochant les uns des autres. Les collaborateurs l'entouraient en fixant sur lui des regards sans aménité.

— Que s'est-il passé ? demanda Mitch d'une voix faible en lançant à Avery un regard implorant.

De petites gouttes de sueur se formaient au-dessus de ses sourcils, sa respiration se faisait de plus en plus courte et son cœur battait très fort.

Oliver Lambert se pencha vers lui et enleva ses lunettes. Une grimace tordit son visage, comme si des instants difficiles s'annonçaient.

— Nous venons de recevoir un coup de téléphone de Nashville, Mitch, et nous voulons en discuter avec vous.

Son examen ! L'examen du barreau ! Il laisserait son nom dans l'histoire : pour la première fois, un collaborateur de la firme Bendini avait été collé à cet examen ! Il lança un regard noir à Avery en réprimant le cri qui lui montait aux lèvres : « C'est de votre faute ! » Sans lever les yeux, Avery pressa les doigts sur son front, comme si une migraine venait de l'assaillir. Lambert tourna un regard soupçonneux vers ses co-associés avant de le reporter sur McDeere.

— Ce que nous redoutions est arrivé, Mitch.

Il avait envie de se justifier, d'expliquer qu'il méritait une seconde chance, qu'il y aurait une nouvelle session dans six mois, qu'il serait reçu haut la main et qu'il ne les mettrait plus dans cette situation inconfortable.

— Oui, monsieur, articula-t-il humblement, l'air abattu.

Lambert reprit la parole pour porter le coup de grâce.

— Nous ne sommes pas censés être au courant, dit-il, mais nos amis de Nashville nous ont appris que vous avez obtenu la meilleure note de tous les candidats. Toutes nos félicitations, mon cher confrère !

Une explosion de rires et des acclamations firent trembler la salle. Tout le monde se pressa autour de Mitch pour lui serrer la main ou lui taper dans le dos d'un air moqueur. Avery s'approcha avec un mouchoir et lui essuya le front. Kendall Mahan posa trois bouteilles de champagne sur la table, fit sauter les bouchons et remplit des gobelets de plastique. Mitch réussit à reprendre sa respiration, un sourire s'épanouit sur son visage. Il vida son verre de champagne et on lui en versa un autre.

– Nous sommes fiers de vous, Mitch, dit Oliver Lambert en passant délicatement le bras autour de ses épaules. Vous avez bien mérité une petite prime. J'ai sur moi un chèque de deux mille dollars que je suis heureux de vous remettre à titre de récompense pour votre excellent résultat...

La fin de sa phrase fut noyée sous les sifflements et les vivats.

– Il va sans dire, reprit Lambert, que cette prime s'ajoute à l'augmentation substantielle que vous venez d'obtenir.

Une nouvelle ovation salua ses paroles. Mitch prit le chèque sans le regarder. Puis Oliver Lambert leva la main pour réclamer le silence.

– Au nom de l'entreprise, j'aimerais maintenant vous remettre ceci.

Lamar tendit un paquet enveloppé dans du papier kraft. Lambert l'ouvrit et posa l'objet qu'il contenait sur la table.

– C'est une plaque que nous avons fait faire en prévision de ce jour. Comme vous le voyez, il s'agit d'une réplique en bronze du papier à lettres du cabinet sur lequel figurent tous les noms de nos membres. Vous constaterez que celui de Mitchell Y. McDeere a été ajouté à la liste.

Mitch se leva avec une certaine gêne pour recevoir sa récompense. Il avait repris des couleurs, le champagne commençait à faire son effet.

– Merci, dit-il doucement.

Trois jours plus tard, les quotidiens de Memphis publièrent la liste des reçus à l'examen d'entrée au barreau de l'État du Tennessee. Abby découpa l'article pour leur album et en envoya une copie à ses parents et à Ray.

Mitch avait découvert un snack à trois pâtés de maisons de l'immeuble Bendini, entre Front Street et Riverside Drive, tout près du Mississippi, une petite boutique obscure et peu fréquentée où l'on vendait des hot dogs au chili. Il aimait s'y installer discrètement et relire un document en mangeant. Depuis qu'il était devenu un collaborateur à part entière, il pouvait déjeuner d'un hot dog et facturer son temps cent cinquante dollars de l'heure.

Une semaine après la publication des résultats de l'examen, il était assis, seul, à une table du fond et mangeait à la fourchette un hot dog au chili en lisant une épaisse brochure. La salle était vide, le Grec qui tenait l'établissement somnolait derrière sa caisse.

Un inconnu s'avança vers sa table et s'arrêta à deux mètres de lui. Il déballa aussi bruyamment que possible une confiserie, mais, comme Mitch ne lui prêtait aucune attention, il vint directement s'asseoir à sa table. Mitch leva la tête et posa sa brochure sur la nappe à carreaux, près de sa tasse de thé glacé.

– Que puis-je faire pour vous? demanda-t-il.

L'homme lança un coup d'œil vers le comptoir, parcourut du regard la salle vide et se retourna pour s'assurer qu'il n'y avait personne derrière lui.

– Vous êtes bien McDeere? dit-il avec un accent irlandais prononcé, indiscutablement celui de Brooklyn.

Mitch l'étudia attentivement. Une quarantaine d'années, une coupe militaire, les cheveux très courts sur les tempes, et une mèche grisonnante qui tombait presque aux sourcils. L'inconnu portait un complet bleu marine en Tergal et une cravate imitation soie. Ce n'était assurément pas un dandy, mais il était soigné de sa personne. Et très sûr de lui.

– Oui, répondit Mitch. A qui ai-je l'honneur?

L'homme glissa la main dans sa poche et en sortit prestement une plaque de police.

– Wayne Tarrance. Agent spécial du F.B.I.

Les sourcils haussés, il attendit une réaction.

– Asseyez-vous, je vous en prie.

– Merci.

– Vous voulez me fouiller?

– Pas pour l'instant. J'avais seulement envie de vous rencontrer. J'ai vu votre nom dans le journal et j'ai appris que vous étiez le petit nouveau du cabinet Bendini, Lambert & Locke.

– En quoi cela concerne-t-il le F.B.I.?

– Nous surveillons de près cette société.

Mitch repoussa son hot dog au milieu de la table et mit de la saccharine dans son thé.

– Voulez-vous boire quelque chose? demanda-t-il.

– Non, merci.

– Pourquoi surveillez-vous le cabinet Bendini?

Tarrance sourit en coulant un regard discret vers le Grec.

– Je ne peux pas encore vous donner des explications. Nous avons de bonnes raisons de le faire, mais ce n'est pas de cela que je suis venu vous parler. Je voulais simplement faire votre connaissance et vous mettre en garde.

– Me mettre en garde?

– Oui, vous mettre en garde contre le cabinet.

– Je vous écoute.

– J'ai trois choses à vous dire. Premièrement, ne faites confiance à personne. Il n'y a pas un individu dans toute l'entreprise à qui vous pouvez vous confier. Surtout ne l'oubliez jamais. Deuxièmement, chaque mot que vous prononcez, chez vous, dans votre bureau ou n'importe quelle pièce de l'immeuble, est vraisemblablement enregistré. Ils vous écoutent peut-être même dans votre voiture.

Mitch écoutait avec attention, sans détacher les yeux du visage de Tarrance.

– Et le troisièmement ? demanda Mitch.

– Troisièmement, l'argent ne se trouve pas sous les sabots d'un cheval.

– Pouvez-vous être plus clair ?

– Non, je ne peux pas encore, mais je crois que nous allons devenir très liés. Je veux que vous m'accordiez votre confiance, je sais qu'il me faudra la gagner. C'est pourquoi je ne tiens pas à brûler les étapes. Nous ne pourrons nous rencontrer ni dans votre bureau ni dans le mien, et nous ne pourrons pas parler au téléphone. Aussi, je prendrai contact avec vous quand ce sera possible. En attendant, n'oubliez pas ce que je vous ai dit : soyez prudent.

Tarrance se leva et sortit son portefeuille.

– Voici ma carte, dit-il. Mon téléphone personnel est écrit au dos. Ne m'appelez que d'une cabine téléphonique.

– Pourquoi vous appellerais-je ? demanda Mitch en examinant la carte.

– Vous n'aurez pas à le faire pendant un certain temps. Mais conservez la carte.

Mitch la glissa dans la poche de sa chemise.

– Encore une chose, ajouta Tarrance. Nous vous avons vu aux obsèques de Hodge et Kozinski. Ce qui leur est arrivé est bien triste, mais sachez que leur mort n'est pas accidentelle.

Il enfonça les deux mains dans ses poches et regarda Mitch en souriant.

– Je ne comprends pas...

– Passez-moi donc un coup de fil un de ces jours, fit Tarrance en se dirigeant vers la porte. Mais soyez prudent : il y a des micros partout.

Quelques minutes après 4 heures, un coup de klaxon déchira le silence et Dutch se dressa d'un bond. En pestant, il s'avança dans la lumière des phares de la voiture.

– Bon Dieu, Mitch ! Il est 4 heures ! Qu'est-ce que vous faites ici ?

– Désolé, Dutch, je n'arrivais pas à dormir. J'ai eu une nuit agitée.

La barrière s'ouvrit et la B.M.W. entra dans le parking.

A 7 h 30, il avait dicté assez de travail à Nina pour l'occuper deux jours. Elle la ramenait moins quand elle devait garder le nez sur son écran. Le prochain objectif de Mitch était de devenir le premier collaborateur à qui une deuxième secrétaire serait indispensable.

A 8 heures, il s'installa dans le bureau de Lamar et attendit. Il relut un contrat, but du café et envoya paître la secrétaire. Lamar arriva à 8 h 15.

– J'ai quelque chose à te raconter, fit Mitch pendant qu'il refermait la porte.

S'il fallait en croire Tarrance, il y avait des micros dans le bureau et leur conversation devait être enregistrée. Mais il ne savait pas à quoi s'en tenir.

– Tu as l'air grave, dit Lamar.

– As-tu entendu parler d'un certain Tarrance? Wayne Tarrance?

– Non.

– Un type du F.B.I.

– Le F.B.I., murmura Lamar en fermant les yeux.

– Oui, il avait sa plaque et tout.

– Où l'as-tu rencontré?

– Chez Lansky, le Grec d'Union Street. Il savait qui j'étais et que je venais d'être inscrit au barreau. Il m'a dit qu'il était très bien renseigné sur l'entreprise et qu'il nous tenait à l'œil.

– En as-tu parlé à Avery?

– Non, à personne d'autre qu'à toi. Je ne sais pas quoi faire.

– Il faut en parler à Avery, déclara Lamar en prenant le téléphone. Je crois que ce n'est pas la première fois.

– Que se passe-t-il, Lamar?

Lamar expliqua à la secrétaire d'Avery que c'était une urgence et l'associé vint au bout du fil en quelques secondes.

– Nous avons un petit problème, Avery. Un agent du F.B.I. a pris contact avec Mitch qui est avec moi, dans mon bureau.

Lamar écouta la réponse, puis se tourna vers Mitch.

– Il m'a mis en attente. Il a dit qu'il appelait Lambert.

– J'ai l'impression que c'est assez sérieux, fit Mitch.

– Oui, mais ne t'inquiète pas. Il y a une explication. Ce n'est pas la première fois qu'ils font ça.

Lamar plaqua le récepteur contre son oreille pour écouter les instructions d'Avery.

– Nous avons rendez-vous dans le bureau de Lambert dans dix minutes, annonça-t-il en raccrochant.

Quand ils entrèrent, Avery Tolar, Royce McKnight, Oliver Lambert, Harold O'Kane et Nathan Locke les attendaient. Debout autour de la petite table de conférences, ils s'efforcèrent de masquer leur nervosité quand Mitch entra.

– Asseyez-vous, dit Nathan Locke avec un petit sourire forcé, et racontez-nous tout.

– Qu'est-ce que c'est? demanda Mitch en montrant le magnétophone posé au milieu de la table.

– Nous voulons être sûrs de ne négliger aucun détail, expliqua Locke en indiquant de la main un siège libre.

Mitch s'assit en face de l'homme aux yeux de jais tandis qu'Avery prenait place entre eux. Tout le monde demeura silencieux.

– Allons-y, dit Mitch. Hier midi, je déjeunais chez Lansky, dans

106

Union Street, quand un type est entré et est venu s'asseoir à ma table. Il connaissait mon nom. Il m'a montré sa plaque et m'a dit qu'il s'appelait Wayne Tarrance et qu'il était agent spécial du F.B.I. Il m'a dit qu'il voulait faire ma connaissance et que nous serions amenés à nous revoir. Il m'a également dit que le F.B.I. surveille la société de très près et que je ne devais faire confiance à personne. Je lui ai demandé pourquoi et il a répondu qu'il n'avait pas le temps de m'expliquer, qu'il le ferait une autre fois et qu'il me recontacterait. En se levant pour partir, il m'a dit qu'il m'avait vu aux obsèques de Hodge et Kozinski, et que leur mort n'était pas accidentelle. Puis il est parti. Notre conversation a duré moins de cinq minutes.

Ses yeux noirs plantés dans ceux de Mitch, Nathan Locke n'avait pas perdu un mot du récit.

– Aviez-vous déjà vu cet homme ? demanda-t-il.

– Jamais.

– A qui en avez-vous parlé ?

– Seulement à Lamar. Je suis allé le voir ce matin, dès son arrivée.

– Et à votre femme ?

– Pas un mot.

– Vous a-t-il laissé un numéro de téléphone pour l'appeler ?

– Non.

– Je veux que vous me répétiez mot pour mot tout ce que vous avez dit.

– Je vous ai dit ce dont je me souvenais, mais je ne peux pas vous rapporter textuellement la conversation.

– En êtes-vous certain ?

– Accordez-moi quelques instants.

Mitch était décidé à garder deux ou trois choses pour lui. Il affronta le regard implacable des yeux de jais et comprit que Locke le soupçonnait de lui cacher une partie de la vérité.

– Il a commencé en disant qu'il avait vu mon nom dans le journal et qu'il savait que j'étais le petit nouveau du cabinet. Voilà, c'est tout. Je pense ne rien avoir oublié. La conversation fut très brève, vous savez.

– Essayez de vous remémorer tous les détails, insista Locke.

– Je lui ai demandé s'il voulait boire quelque chose, mais il a refusé.

Le magnétophone fut stoppé et les associés semblèrent se détendre.

– Mitch, commença Nathan Locke en s'avançant vers la fenêtre, il faut que vous sachiez que nous avons déjà eu des ennuis avec le F.B.I. ainsi qu'avec le fisc et que cela dure depuis plusieurs années. Certains de nos clients vivent sur un grand pied... Des gens richissimes qui gagnent des millions de dollars et dépensent des fortunes ne veulent pas payer d'impôts ou aussi peu que possible. Ils nous versent des milliers de dollars pour se soustraire à l'impôt en toute légalité. Nous avons la réputation d'être des battants et, si nos clients nous le demandent, nous n'hésitons pas à prendre des risques. N'oubliez pas qu'il s'agit d'hommes d'affaires particulièrement roués qui n'ont pas peur. Ils paient cher notre inventivité. Certaines des échappatoires fiscales que nous leur avons concoctées depuis vingt ans ont été contestées par les services fiscaux. Ils ne nous ont pas à la bonne, nous le leur rendons bien. Certains de nos clients, qui n'ont pas toujours été d'une moralité irréprochable, ont fait l'objet d'enquêtes et de tracasseries de la part du F.B.I. Tracasseries que nous subissons également depuis trois ans. Tarrance est un nouveau venu qui brûle de se faire un nom, il nous a pris dans son collimateur. Vous ne devez plus jamais lui parler, Mitch. Votre brève conversation d'hier a probablement été enregistrée et cet homme est dangereux, extrêmement dangereux. Il ne joue pas franc jeu et vous apprendrez rapidement que c'est la règle chez les fédéraux.

– Combien de vos clients ont été condamnés pour fraude fiscale?

– Pas un seul. Et nous avons gagné notre part de litiges avec les impôts.

– Si nous parlions de Kozinski et Hodge?

– Bonne idée, fit Oliver Lambert. Nous ignorons ce qui s'est passé. Au début, cela avait toutes les apparences d'un accident, mais nous commençons à avoir des doutes. Un jeune homme du pays était à bord du bateau qui transportait Marty et Joe : il était à la fois le capitaine et le moniteur de plongée. Les autorités locales nous ont confié qu'il était soupçonné d'appartenir à une bande de trafiquants de drogue de la Jamaïque et qu'il pouvait avoir été visé par l'explosion qui a coûté la vie à nos collaborateurs.

– Je ne pense pas que nous connaîtrons un jour la vérité, ajouta Royce McKnight, car la police de ces îles n'est pas très efficace. Nous avons choisi d'apporter notre soutien aux familles et, pour ce qui nous concerne, il s'agit d'un accident. Pour être tout à fait franc, nous ne savons pas très bien ce qu'il convient de faire.

– Surtout pas un mot à quiconque, lança Locke. Tenez-vous à l'écart de Tarrance et, s'il devait vous recontacter, prévenez-nous immédiatement. C'est compris?

– Oui, monsieur.

– Pas même à votre femme, glissa Avery.

Mitch acquiesça de la tête.

Le visage d'Oliver Lambert retrouva son masque débonnaire. Il sourit en faisant tourner ses lunettes entre ses doigts.

– Nous savons que cela a de quoi vous inquiéter, Mitch, mais nous, nous sommes habitués à ce genre d'histoire. Laissez-nous faire et ayez confiance. Nous n'avons rien à craindre de ce M. Tarrance, du F.B.I., et du fisc, car nous n'avons rien à nous reprocher. Anthony Bendini a rendu cette entreprise prospère par la seule force de son travail et de son talent, et grâce à une moralité sans faille. Son exemple est gravé dans notre esprit. Certains de nos clients n'ont pas toujours été de petits saints, mais il n'appartient pas à un avocat de faire la morale à ses clients. Nous ne voulons pas que ce soit pour vous un sujet de préoccupation. Tenez-vous à l'écart de ce type... Il est vraiment très dangereux. Si vous l'encouragez, il va s'enhardir et vous ne pourrez plus vous en débarrasser.

– Tout nouveau contact avec Tarrance mettrait en péril votre avenir dans la société, lança Nathan Locke en pointant le doigt vers Mitch.

– J'ai compris.

– Il a compris, répéta Avery en prenant la défense de son poulain, ce qui lui valut un regard noir de Locke.

– C'est tout ce que nous avons à vous dire, Mitch, conclut Lambert. Soyez prudent.

Mitch et Lamar sortirent et se dirigèrent vers l'escalier.

– Appelez DeVasher, dit Locke à Lambert qui était déjà au téléphone.

Deux minutes plus tard, les deux associés avaient franchi la porte blindée et s'asseyaient devant le bureau encombré du chef de la sécurité.

– Vous avez écouté ? demanda Locke.

– Bien sûr, Nat. Nous n'avons pas raté un seul mot de son récit. Vous avez fait exactement ce qu'il fallait ; je crois qu'il a la trouille et qu'il évitera Tarrance.

– Et Lazarov ?

– Il faut que je le mette au courant : c'est lui le patron. Nous ne pouvons pas faire comme s'il ne s'était rien passé.

– Que vont-ils décider ?

– Rien de radical. Nous allons le placer sous surveillance permanente et rester à l'écoute de toutes ses conversations téléphoniques. Mais ce n'est pas lui qui fera le premier geste ; c'est Tarrance qui établira le contact. Il essaiera de le revoir, mais, la prochaine fois, nous serons là. Faites en sorte qu'il reste autant que possible dans le bâtiment et, quand il sortira, tâchez de nous prévenir. Mais je ne pense pas qu'il y ait péril en la demeure.

– Pourquoi auraient-ils fixé leur choix sur McDeere ? demanda Locke.

– Il doit s'agir d'une nouvelle stratégie. N'oubliez pas que Hodge et Kozinski se sont adressés à eux. Peut-être en ont-ils dit plus que nous ne le pensons... Je ne sais pas. Peut-être s'imaginent-ils que McDeere est le plus vulnérable, parce qu'il est fraîchement diplômé et encore pétri d'idéalisme. Et de valeurs morales... comme notre ami Lambert. C'était bien, Ollie, vraiment très bien.

– Bouclez-la, DeVasher !

Le sourire s'effaça du visage du chef de la sécurité. Il se mordit la lèvre inférieure, mais parvint à se dominer.

– Vous n'ignorez pas ce que sera la phase suivante, reprit-il en s'adressant à Locke. Si Tarrance insiste, cet idiot de Lazarov me passera un coup de fil un beau matin pour me dire de l'éliminer. De le réduire définitivement au silence. De fourrer son corps dans un tonneau et de le larguer dans le golfe du Mexique. Le jour où cela arrivera, je connais un tas d'honorables avocats qui prendront une retraite anticipée et quitteront précipitamment le pays.

– Il n'oserait pas ordonner l'élimination d'un agent du F.B.I.?

– Ce serait une décision absurde, mais Lazarov n'est pas très malin. Il est extrêmement préoccupé par la situation à Memphis. Il téléphone souvent pour poser toutes sortes de questions. Je fais de mon mieux pour lui fournir des réponses; tantôt il m'écoute, tantôt il jure comme un charretier. Il dit aussi de temps en temps qu'il va en parler au conseil. Mais, s'il m'ordonne de supprimer Tarrance, ce sera fait.

– Ça me donne envie de vomir, dit Lambert.

– Ne vous gênez pas, Ollie. Si l'un de vos sémillants juristes en mocassins Gucci s'avise de se lier avec Tarrance et de vendre la mèche, vomir vous semblera un moindre mal. Ce que je vous suggère, c'est de donner tellement de travail à McDeere qu'il n'aura plus le temps de penser à Tarrance.

– Bon sang, DeVasher, il fait déjà vingt heures par jour! Dès son arrivée, il s'est mis à travailler comme un forçat et il n'a pas réduit son rythme!

– Tenez-le à l'œil en tout cas. Dites à Lamar Quin de devenir assez intime avec lui pour qu'il lui confie tout ce qui le tracasse.

– Bonne idée, dit Locke. Nous allons avoir une longue discussion avec Quin, ajouta-t-il à l'adresse de Lambert. Ils sont déjà très amis, mais leurs liens peuvent devenir encore plus étroits.

– Écoutez, fit DeVasher, il est évident que McDeere a peur et qu'il ne bougera pas. Si Tarrance reprend contact avec lui, il agira comme il l'a fait aujourd'hui, c'est-à-dire qu'il se précipitera dans le bureau de Lamar Quin. Il nous a clairement montré à qui il se confiera.

– En a-t-il parlé à sa femme, cette nuit? demanda Locke.

– Nous sommes en train d'écouter les bandes; nous en avons encore pour une heure. Nous avons posé tant de micros dans cette foutue ville qu'il nous faut au moins une demi-douzaine d'ordinateurs pour nous y retrouver.

Planté devant la fenêtre du bureau de Lamar, Mitch choisissait soigneusement ses mots chaque fois qu'il ouvrait la bouche. Il restait aussi laconique que possible. Et si Tarrance avait dit vrai, si tout ce qu'il disait était enregistré?

– Tu te sens mieux maintenant? demanda Lamar.

– Je suppose que oui. Tout cela tient debout.

– Locke te l'a dit, ce n'est pas la première fois.

– Avec qui ? Qui a été contacté précédemment ?

– Je ne m'en souviens pas. Si ma mémoire est bonne, cela remonte à trois ou quatre ans.

– Mais tu ne te rappelles pas qui c'était ?

– Non. C'est important ?

– J'aimerais juste le savoir. Ce que je ne comprends pas, c'est pourquoi ils m'ont choisi, moi, le nouveau, celui qui, des quarante juristes du cabinet, en connaît le moins sur son fonctionnement et ses clients. Pourquoi moi ?

– Je ne sais pas, Mitch. Essaie donc de faire ce que Locke a suggéré. Essaie d'oublier toute cette histoire et envoie promener Tarrance. Tu n'es pas obligé de répondre à ses questions s'il n'a pas de mandat. Si jamais tu le revois, envoie-le sur les roses. Il est dangereux.

– Oui, je suppose que tu as raison, fit Mitch avec un sourire contraint en se dirigeant vers la porte. Le dîner tient toujours, pour demain soir ?

– Bien sûr. Kay a envie de faire des steaks grillés et de manger devant la piscine. Vous pouvez venir assez tard, disons 19 h 30.

– D'accord. A demain.

12

Le gardien cria son nom et le fouilla avant de le conduire dans le parloir, une grande pièce où les visiteurs assis dans une rangée de boxes parlaient à voix basse à travers des grilles métalliques.

– Numéro quatorze, annonça le gardien.

Mitch s'avança vers le box indiqué et s'assit. Une minute plus tard, Ray apparut et prit place entre les cloisons, derrière la grille. Sans la cicatrice qui traversait le front de Ray et les rides creusées autour de ses yeux, ils auraient pu passer pour des jumeaux. Ils mesuraient tous deux un mètre quatre-vingt-sept, pesaient un peu plus de quatre-vingts kilos et avaient les cheveux châtain clair, de petits yeux bleus, des pommettes saillantes et le menton carré. On leur avait toujours dit qu'il y avait du sang indien dans la famille, mais la coloration de la peau s'était estompée au fil des années passées par leurs aïeux au fond des mines de charbon.

Mitch n'était pas venu à Brushy Mountain depuis trois ans. Trois ans et trois mois, pour être précis. Cela faisait maintenant huit ans qu'il entretenait avec son frère une correspondance régulière de deux lettres par mois.

– Comment va le français ? demanda Mitch.

Les tests d'aptitude de l'armée avaient révélé chez Ray un don extraordinaire pour les langues. Il avait servi deux ans au Viêt-nam comme interprète auprès des autorités locales. Affecté en Allemagne, il possédait parfaitement la langue au bout de six mois. L'espagnol lui avait demandé quatre ans, mais il lui avait fallu l'apprendre dans la bibliothèque de la prison. L'acquisition du français était son dernier objectif.

– Je pense parler couramment, répondit Ray, mais c'est difficile à dire. Je n'ai pas souvent l'occasion de m'exercer. Comme tu peux t'en douter, on n'enseigne pas le français dans les cités et la plupart des gars d'ici sont monolingues. Mais c'est indiscutablement la plus belle des langues.

– C'est facile ?

– Pas autant que l'allemand. Il est vrai que ce n'était pas pareil, puisque je vivais là-bas. Savais-tu que notre langue dérive pour moitié de l'allemand via le vieil anglais ?

– Non, je ne savais pas.

– C'est pourtant vrai. L'anglais et l'allemand sont cousins germains.

– Quelle sera la prochaine étape ?

– Probablement l'italien. C'est un langage romantique, comme le français, l'espagnol et le portugais. Ou le russe. Ou bien le grec... J'ai lu des trucs sur les îles grecques et je compte y aller bientôt.

Mitch ne put s'empêcher de sourire. Ray en avait encore au moins pour sept ans avant sa libération conditionnelle.

– Tu crois que je te raconte des blagues, hein ? Je vais sortir d'ici, Mitch, et ça ne va pas tarder.

– Tu as un plan ?

– Je ne peux rien te dire, mais je prépare quelque chose.

– Ne fais pas ça, Ray.

– J'aurai besoin d'aide à l'extérieur et d'assez d'argent pour quitter le pays. Avec mille dollars, cela devrait aller. Tu pourras te débrouiller, hein ? Je te promets que tu ne risques rien.

– Est-ce qu'ils écoutent les conversations ?

– Parfois.

– Alors, parlons d'autre chose.

– D'accord. Comment va Abby ?

– Très bien.

– Où est-elle ?

– En ce moment, elle est à l'église. Elle voulait venir, mais je lui ai dit qu'elle ne pourrait pas te voir.

– Moi, j'aimerais bien la voir. D'après tes lettres, tout va drôlement bien pour vous. Nouvelle maison, voitures neuves et le toutim... Je suis très fier de toi, tu sais. Tu es le premier McDeere depuis deux générations à faire quelque chose de bien.

– Nos parents n'ont rien à se reprocher, Ray. Ils n'ont pas eu de chance, c'est tout. Mais ils ont fait tout leur possible.

– Ouais, fit Ray en détournant les yeux avec un petit sourire, je suppose que tu as raison. As-tu vu maman ?

– Pas depuis un bout de temps.

– Elle est toujours en Floride ?

– Je crois.

Ils baissèrent le nez et considérèrent leurs doigts en silence. Ils pensaient à leur mère. Des souvenirs douloureux, mais quelques moments de bonheur, quand ils étaient tout petits, du vivant de leur père. Leur mère ne s'était jamais remise de sa disparition et, après la mort de Rusty, les oncles et les tantes avaient décidé de la confier à un établissement hospitalier.

Ray suivit du doigt un des fils métalliques de la grille.

— Parlons d'autre chose, veux-tu?

Mitch acquiesça de la tête. Ce n'étaient pas les sujets de conversation qui manquaient, mais ils appartenaient tous au passé. Ils n'avaient plus que ce passé en commun et il était préférable de ne pas trop le remuer.

— Tu as mentionné dans une de tes lettres que l'un de tes anciens compagnons de cellule est détective privé à Memphis.

— Eddie Lomax. Il a été flic à Memphis pendant neuf ans, avant d'être condamné pour viol.

— Pour viol?

— Oui, et il en vu de toutes les couleurs ici. Les violeurs ne sont pas bien vus en prison et il y a toujours la haine des flics. Eddie a failli être tué, mais je suis intervenu. Cela fait à peu près trois ans qu'il est sorti et il m'écrit encore. Il fait surtout des enquêtes pour des clients en instance de divorce.

— Son numéro est dans l'annuaire?

— 969-3838. Pourquoi, as-tu besoin de lui?

— J'ai un confrère qui est trompé par sa femme mais qui n'arrive pas à la prendre en flagrant délit. C'est un bon privé?

— D'après ce qu'il dit, oui. En tout cas, il gagne bien sa vie.

— Je peux avoir confiance en lui?

— Tu veux rire? Il suffit que tu lui dises que tu es mon frère et il sera prêt à tuer pour toi. Il va m'aider à sortir d'ici, mais il ne le sait pas encore. Si tu pouvais lui en glisser un mot.

— J'aimerais que tu cesses de parler de ça.

Un gardien s'approcha et s'arrêta derrière Mitch.

— Trois minutes, annonça-t-il.

— Que veux-tu que je t'envoie? demanda Mitch.

— Je vais te dire ce qui me ferait vraiment plaisir.

— Tout ce que tu veux.

— Va dans une librairie et achète-moi un de ces cours de langues étrangères sur cassettes pour apprendre le grec en vingt-quatre heures. Avec un dictionnaire grec-anglais, ce serait parfait.

— Je t'envoie tout cela la semaine prochaine.

— Et la même chose pour l'italien?

— Pas de problème.

— J'hésite encore entre la Sicile et les îles grecques et je suis vraiment très partagé. J'en ai parlé à l'aumônier, mais il ne m'a été d'aucun secours. Je pourrais demander au directeur. Qu'est-ce que tu en dis?

Mitch eut un petit rire et secoua lentement la tête.

— Pourquoi n'essaies-tu pas l'Australie?

– Bonne idée! Envoie-moi donc des cassettes d'australien et un dictionnaire!

Ils échangèrent un rapide sourire, puis reprirent leur sérieux et s'observèrent en silence, attendant que le gardien vienne annoncer la fin de la visite. Le regard de Mitch se posa sur la cicatrice qui barrait le front de son frère et il songea aux innombrables bagarres de bistrot qui avaient inéluctablement conduit au drame. Légitime défense, avait toujours soutenu Ray. Pendant des années, Mitch avait eu envie d'injurier son frère pour sa stupidité, mais la colère n'était plus qu'un souvenir. Maintenant, il avait envie de le serrer dans ses bras, de le faire sortir de là et de l'aider à trouver du travail.

– Ne sois pas triste pour moi, dit Ray.

– Abby m'a dit qu'elle voulait t'écrire.

– Cela me ferait plaisir. Je me souviens à peine d'elle, de la petite fille qui traînait autour de la banque de son père, à Danesboro. Dis-lui de m'envoyer une photo. J'aimerais aussi en avoir une de votre maison... Tu es le premier McDeere depuis un siècle à être propriétaire.

– Je ne pouvais pas faire autrement.

– J'ai encore quelque chose à te demander. Je crois qu'il faut que tu essaies de trouver maman, juste pour être sûr qu'elle est encore vivante. Maintenant que tu as terminé tes études, ce serait gentil de lui faire signe.

– J'y ai songé.

– Fais-le, d'accord?

– D'accord. Je reviendrai te voir dans un mois.

DeVasher tira sur son Roi-Tan et souffla la fumée vers le purificateur d'air.

– Nous avons découvert où est Ray McDeere, annonça-t-il fièrement.

– Où? demanda Oliver Lambert.

– Au pénitencier de Brushy Mountain. Reconnu coupable de meurtre sans préméditation à Nashville, il y a huit ans, et condamné à quinze ans de détention. Raymond McDeere de son vrai nom. Trente et un ans, célibataire, trois ans dans l'armée d'où il a été exclu. Un raté.

– Comment l'avez-vous trouvé?

– Il a reçu hier la visite de son petit frère, nous étions là. N'oubliez pas que nous avons décidé de surveiller Mitch jour et nuit.

– Cette condamnation n'avait rien de secret. Pourquoi ne l'avez-vous pas découvert plus tôt?

– Nous l'aurions fait, si cela avait eu de l'importance, Ollie. Nous faisons ce que nous avons à faire.

– Alors, il en a pris pour quinze ans. Qui a-t-il tué?

– Une affaire banale. Une rixe entre ivrognes dans un bar, à propos d'une femme. Personne n'a fait usage d'une arme. D'après le rapport de police et le résultat de l'autopsie, il a envoyé deux fois son poing dans la figure de la victime qui a eu le crâne fracassé.

— Pourquoi a-t-il été viré de l'armée ?

— Insubordination répétée et voies de fait contre un officier. J'ignore comment il a réussi à échapper au conseil de guerre. Il m'a tout l'air d'un drôle d'oiseau.

— Vous avez raison, ce n'était pas très important. Qu'avez-vous appris d'autre ?

— Pas grand-chose, et pourtant sa maison est truffée de micros. Il n'a pas parlé de Tarrance à sa femme. Nous écoutons ce qu'il dit vingt-quatre heures sur vingt-quatre, il n'a jamais mentionné cette rencontre à quiconque.

Ollie eut un petit sourire d'approbation. Il était fier de McDeere. Ce jeune homme irait loin.

— Et sa vie sexuelle ?

— Tout ce que nous pouvons faire, Ollie, c'est écouter. Nous écoutons donc attentivement et je ne pense pas qu'ils aient fait l'amour depuis quinze jours. Il faut dire qu'il passe seize heures d'affilée ici et qu'il est complètement abruti par le rythme du travail que vous imposez à tous les nouveaux. J'ai l'impression qu'elle commence à se lasser : le syndrome de l'épouse du nouveau. Elle téléphone souvent à sa mère... en P.C.V., afin qu'il n'en sache rien. Elle raconte à sa maman qu'il est en train de changer, tout ce genre de choses, elle a peur qu'il ne se tue à la tâche. Voilà ce que nous entendons, Ollie. Mais je n'ai pas de photos et je le regrette, car je sais à quel point vous aimez ça. Dès que l'occasion se présentera, j'en ferai prendre pour vous.

Lambert fixa le mur d'un air furieux, mais garda le silence.

— Écoutez, Ollie, je pense que ce serait une bonne idée d'envoyer McDeere à Grande Caïman avec Avery, en voyage d'affaires. Voyez si vous pouvez arranger cela.

— Ça ne pose aucun problème. Puis-je vous demander pourquoi ?

— Pas pour l'instant. Je vous expliquerai plus tard.

L'immeuble se trouvait dans un quartier bon marché du centre ville, à quelques pâtés de maisons de tours d'acier et de verre, serrées les unes contre les autres comme si le terrain était hors de prix à Memphis. Un panneau sur une porte indiquait que le bureau d'Eddie Lomax, détective privé, se trouvait au premier étage et qu'il ne recevait que sur rendez-vous. Sur le panneau de la porte de l'étage on pouvait lire enquêtes en tout genre, divorce, accident, disparition, filature. L'annonce de l'annuaire faisait état d'une expérience dans la police, sans autre précision. Suivait une liste : « Écoutes, matériel antiécoutes, garde d'enfants, photographies, dépositions en justice, analyses vocales, recherches de biens, indemnisation des sinistres, enquêtes prénuptiales. Contrat, assurance, licence, disponible vingt-quatre heures sur vingt-quatre. Sérieux, consciencieux, discrétion garantie. »

Mitch avait rendez-vous à 17 heures et il était arrivé quelques minutes en avance. Une blonde platinée, joliment roulée, sanglée dans une jupe de cuir et chaussée de bottes noires lui demanda son nom et indiqua du doigt une chaise recouverte de vinyle orange, près de la fenêtre. Eddie serait prêt dans une minute. Mitch inspecta la chaise d'un regard soupçonneux, remarqua une fine couche de poussière et plusieurs taches d'apparence graisseuse, et refusa de s'asseoir en prétextant un dos douloureux. La secrétaire haussa les épaules et revint à la lettre qu'elle était en train de taper en mâchouillant son chewing-gum. Mitch se demanda s'il s'agissait d'une enquête prénuptiale ou d'un rapport de filature. Le cendrier de son bureau était rempli de filtres tachés de rouge à lèvres. Tout en continuant à taper de la main gauche, la secrétaire saisit prestement une nouvelle cigarette dans son paquet. Avec une coordination de mouvements exceptionnelle, elle actionna quelque chose de la main gauche et une flamme jaillit jusqu'à l'extrémité de la cigarette extraordinairement longue et fine. Quand la flamme disparut, les lèvres se contractèrent instinctivement tandis que le corps tout entier commençait à inhaler la fumée. Les lettres devinrent des mots, puis des phrases et des paragraphes, et elle continua avec voracité d'emplir ses poumons de fumée. Enfin, quand deux bons centimètres de tabac furent réduits en cendres, elle déglutit, prit la cigarette entre deux ongles d'un rouge éclatant et exhala. La fumée s'éleva en volutes vers le plafond taché où elle chassa un nuage antérieur avant de s'enrouler autour d'une lampe fluorescente. La secrétaire se mit à tousser, une toux saccadée, irritante, qui fit affluer le sang à son visage et ballotter ses seins généreux qui se rapprochèrent dangereusement de son clavier. Elle prit une tasse sur son bureau, but une gorgée et replaça entre ses lèvres la cigarette sur laquelle elle continua de tirer.

Au bout de deux minutes, Mitch commença à redouter les effets de l'oxyde de carbone. Il aperçut un petit trou dans une vitre que les araignées, sans raison apparente, n'avaient pas encore tapissée de leurs toiles. Il s'approcha du rideau effrangé et poussiéreux pour essayer de respirer un peu d'air frais. Il avait la nausée. Il entendit derrière lui le bruit d'une autre quinte de toux et essaya d'ouvrir la fenêtre, mais des couches superposées de peinture l'avaient depuis longtemps scellée.

Le tapotement et la toux cessèrent soudain.

– Vous êtes avocat ?

Mitch se retourna vers la secrétaire. Elle était assise sur le bord de son bureau, les jambes croisées, la jupe de cuir noir remontée sur les cuisses et elle sirotait un Pepsi light.

– Oui.

– Dans une grosse boîte ?

– Oui.

– C'est bien ce qu'il me semblait. Ça se voit à votre costume, à la chemise et à la cravate. Très chic. Je distingue toujours les avocats des grosses boîtes des minables qui traînent autour du Palais de Justice. La fumée se dissipait et Mitch respirait plus facilement. Il regarda des jambes orientées juste comme il fallait et qui ne demandaient qu'à être admirées. Elle baissa les yeux vers les chaussures du visiteur.

– Alors, mon costume vous plaît ?

– C'est de la bonne qualité, ça se voit. La cravate aussi. Pour la chemise et les chaussures, je suis moins sûre.

Le regard de Mitch remonta le long des bottes de cuir, des jambes, de la jupe et du tricot comprimant la poitrine plantureuse en s'efforçant de trouver quelque chose de gentil à dire. Elle semblait prendre plaisir à suivre son regard et but une autre gorgée de Pepsi.

Quand elle en eut assez, elle indiqua de la tête la porte du bureau.

– Vous pouvez y aller, dit-elle. Eddie vous attend.

Le détective privé était au téléphone et s'efforçait de convaincre un malheureux correspondant que son fils était homosexuel. Un homosexuel très actif. Il indiqua une chaise à Mitch qui s'assit, satisfait de voir que les deux fenêtres ouvertes allaient lui permettre de respirer plus facilement.

Eddie couvrit le microphone de la main en prenant un air dégoûté.

– Il chiale, murmura-t-il à Mitch qui lui adressa un sourire complaisant.

Le privé était chaussé de boots de lézard bleues à bout pointu et portait une chemise couleur pêche, bien amidonnée et ouverte sur une forêt de poils noirs ornée de deux lourdes chaînes d'or et d'une troisième qui semblait faite de turquoise. Il s'inspirait à l'évidence de Tom Jones, d'Humperdinck ou d'un autre de ces chanteurs aux cheveux en bataille, aux yeux de braise et à la mâchoire carrée.

– J'ai des photos en ma possession, eut-il le temps de dire avant d'écarter vivement le combiné de son oreille quand le père outragé se mit à hurler.

Eddie sortit d'un dossier cinq clichés de format 20 × 25, sur papier brillant, et les fit glisser sur le bureau d'où ils tombèrent sur les genoux de Mitch. Il n'y avait aucun doute, il s'agissait bien d'homosexuels. Les corps enlacés étaient étendus sur une scène, probablement dans un club d'homos. Eddie eut un sourire empreint de fierté. Mitch reposa les photos sur le bureau où elles reçurent la lumière de la fenêtre. Elles étaient d'excellente qualité et en couleurs. L'opérateur avait dû se trouver à l'intérieur du club. Cela rappela à Mitch la condamnation pour viol ; un flic purgeant une peine pour viol.

Eddie raccrocha violemment.

– Alors, c'est vous, Mitchell McDeere! Heureux de vous connaître.

– Tout le plaisir est pour moi, répondit Mitch en lui serrant la main par-dessus le bureau. J'ai vu Ray dimanche dernier.

– J'ai l'impression de vous connaître depuis des années. Vous lui ressemblez tellement! Il me l'avait dit... Je sais tout de vous. Je suppose qu'il vous a aussi parlé de moi; mon passé de flic, la condamnation, le viol. Vous a-t-il expliqué que c'était un viol sur une mineure, qui avait dix-sept ans mais en paraissait vingt-cinq et qu'il s'agissait d'un coup monté?

– Il m'en a vaguement parlé. Mais vous connaissez Ray, il n'est pas bavard.

– C'est un type merveilleux. Je lui dois la vie, littéralement. Les autres ont failli me tuer quand ils ont découvert que j'étais un ancien flic. Ray a décidé de me protéger et même les Noirs se sont écrasés. Il peut faire très mal quand il cogne.

– Je n'ai pas d'autre famille que lui...

– Oui, je sais. Quand on passe des années avec un mec dans une cellule de neuf mètres carrés, on n'ignore pas grand-chose de sa vie. Il m'a parlé de vous pendant des heures. Quand j'ai bénéficié d'une libération conditionnelle, vous envisagiez de faire du droit.

– J'ai terminé au mois de juin et je suis entré chez Bendini, Lambert & Locke.

– Jamais entendu parler.

– C'est un cabinet juridique de Front Street, spécialisé dans la fiscalité des entreprises.

– Je travaille beaucoup avec des avocats pour des affaires de divorce. Faire des filatures, prendre des photos comme celles que voyez, patauger dans la fange pour les tribunaux.

Eddie parlait vite, en phrases courtes et saccadées. Il avait délicatement posé ses boots sur le bord de son bureau et les contemplait avec satisfaction.

– Il y a aussi quelques avocats avec qui je suis en cheville, poursuivit-il. Quand je tombe sur un accident de voiture juteux ou une demande de dommages-intérêts, je me renseigne pour savoir qui m'offrira la meilleure commission. C'est comme ça que j'ai réussi à acheter cet immeuble. Les dommages-intérêts, c'est là qu'il y a de l'argent à rafler. Les avocats touchent quarante pour cent de la somme. Quarante pour cent, vous vous rendez compte?

Il secoua la tête d'un air dégoûté comme s'il n'arrivait pas à croire que des êtres aussi cupides puissent vivre dans la même ville et respirer le même air que lui.

– Vous êtes payé à l'heure? demanda Mitch.

– Trente dollars, plus les frais. Cette nuit, j'ai passé six heures dans ma camionnette, devant un Holiday Inn, en attendant pour prendre des photos que le mari de ma cliente quitte sa chambre avec une putain. Cela me fait cent quatre-vingts dollars pour être resté tranquillement assis sur mon siège, à lire des revues porno. J'ai aussi compté un dîner.

Mitch l'écoutait attentivement, comme si son plus cher désir eût été de faire la même chose.

La secrétaire passa la tête par la porte et annonça qu'elle partait. Une odeur de tabac s'insinua dans le bureau et Mitch se tourna vers la fenêtre. Il entendit la porte claquer.

— Tammy est une fille super, dit Eddie, mais elle a des ennuis avec son mari, un camionneur qui se prend pour Elvis. Il a les cheveux noirs et des rouflaquettes, et il porte les mêmes grosses lunettes de soleil dorées. Quand il n'est pas sur la route, il traîne dans sa caravane et écoute les albums d'Elvis à longueur de journée ou bien regarde les navets qu'il a tournés. Ils sont venus spécialement de l'Ohio pour que ce gugusse soit près de la tombe du King. Vous ne devinerez jamais comment il s'appelle.

— Je n'en ai pas la moindre idée.

— Il s'appelle Elvis! Elvis Aaron Hemphill. Il a légalement changé de prénom après la mort du King. Il fait un numéro d'imitateur dans des boîtes de nuit minables. Je l'ai vu un soir, engoncé dans une combinaison blanche collante qu'il portait ouverte jusqu'au nombril. Il avait tout l'estomac à l'air, comme une pastèque décolorée. Le spectacle était affligeant et je me suis marré en entendant sa voix; on aurait dit un de ces vieux chefs indiens qui chantent des mélopées, le soir, autour du feu de camp.

— Bon, mais où est le problème?

— Les femmes. Vous ne pouvez pas imaginer le nombre de fans d'Elvis qui viennent à Memphis. Il y a foule pour regarder ce guignol imiter Elvis. Les femmes lui lancent leurs culottes, des culottes de grande taille, faites pour loger d'énormes culs. Alors, il s'essuie le front et les relance dans le public. Elles lui donnent le numéro de leur chambre et je le soupçonne de leur rendre de petites visites et de jouer au fier étalon, comme le faisait Elvis, mais je n'ai pas encore réussi à le prendre sur le fait.

Mitch ne trouva absolument rien à dire après ce discours. Il sourit comme un idiot, comme si on venait de lui raconter une histoire incroyable. Eddie Lomax interpréta parfaitement son attitude.

— Vous avez des ennuis avec votre femme?

— Non, pas du tout. J'ai simplement besoin de renseignements sur quatre personnes. Trois sont mortes, la quatrième est bien vivante.

— Je vous écoute.

— Je suppose que ce que je vais vous dire restera strictement confidentiel, dit Mitch en sortant ses notes d'une poche.

— Bien entendu. Aussi confidentiel que ce que vous apprenez de vos clients.

Mitch hocha lentement la tête, mais il songea à Tammy et à Elvis et se demanda pourquoi Lomax lui avait raconté cette histoire.

– Je tiens absolument à ce que cela reste confidentiel.

– Je vous l'ai promis. Vous pouvez me faire confiance.

– Trente dollars de l'heure ?

– Vingt pour vous, puisque c'est Ray qui vous envoie.

– Merci.

– Qui sont ces gens ?

– Les trois défunts sont d'anciens juristes de ma boîte. Robert Lamm a été tué en 1970 ; un accident de chasse, quelque part dans l'Arkansas, dans les montagnes. Il n'a pas donné signe de vie pendant une quinzaine de jours et on a retrouvé son corps avec une balle dans la tête. Une autopsie a été ordonnée. Je n'en sais pas plus. Alice Knauss est morte en 1977, à Memphis, dans un accident de voiture qui aurait été provoqué par un conducteur sous l'empire de l'alcool. John Mickel s'est suicidé en 1984. On a découvert son corps dans son bureau, ainsi qu'un revolver et une lettre.

– C'est tout ce que vous savez ?

– C'est tout.

– Que cherchez-vous exactement ?

– Je veux toutes les précisions possibles sur la mort de ces personnes, dans quelles circonstances celle-ci a eu lieu, qui fut chargé de l'enquête dans les trois affaires... Je cherche des questions sans réponses, des détails suspects.

– Que soupçonnez-vous ?

– Rien de particulier pour l'instant. Simple curiosité.

– Ce n'est pas seulement de la curiosité.

– C'est vrai, il y a autre chose. Mais je préfère ne pas en dire plus pour le moment.

– Très bien. Qui est la quatrième personne ?

– Un type du nom de Wayne Tarrance. C'est un agent du F.B.I., en poste à Memphis.

– Du F.B.I.!

– Cela pose problème ?

– Évidemment. Je prends quarante dollars de l'heure pour un flic.

– D'accord pour quarante.

– Que voulez-vous savoir ?

– Renseignez-vous sur lui. Depuis combien de temps il est ici et s'il travaille vraiment pour le F.B.I., quelle est sa réputation.

– Ce n'est pas très difficile.

– Combien de temps vous faudra-t-il ? demanda Mitch en repliant le papier et en le glissant dans sa poche.

– A peu près un mois.

– Parfait.

- A propos, quel est le nom de votre cabinet juridique ?
- Bendini, Lambert & Locke.
- Les deux types qui sont morts pendant l'été...
- Ils travaillaient pour le cabinet.
- Vous avez des soupçons ?
- Aucun.
- C'était juste histoire de me renseigner.
- Surtout soyez prudent, Eddie. Ne téléphonez pas au bureau ni chez moi. C'est moi qui vous appellerai. Je pense que l'on surveille tous mes faits et gestes.
- Qui ?
- J'aimerais bien le savoir.

13

Un sourire s'épanouit sur les lèvres d'Avery, penché sur un listing.
– Pour le mois d'octobre, annonça-t-il, vous avez facturé une moyenne de soixante et une heures par semaine.
– Tiens, dit Mitch, je croyais que c'était soixante-quatre.
– C'est déjà très bien. En fait, jamais un collaborateur n'a atteint une telle moyenne pendant sa première année. Tout est justifié?
– Je n'ai absolument pas gonflé les chiffres, mais j'aurais facilement pu le faire.
– Combien d'heures travaillez-vous, en ce moment?
– Entre quatre-vingt-cinq et quatre-vingt-dix. J'aurais pu facturer soixante-quinze heures, si j'avais voulu.
– Je ne vous le conseille pas, du moins pas tout de suite. Cela risquerait de susciter des jalousies dans la maison. Les plus jeunes collaborateurs vous ont à l'œil.
– Voulez-vous que je lève un peu le pied?
– Bien sûr que non. Nous avons un mois de retard pour nos dossiers. Ce qui m'inquiète un peu, un peu seulement, ce sont vos heures de travail. La plupart des nouveaux collaborateurs partent à fond de train, avec des semaines de quatre-vingt, quatre-vingt-dix heures, mais ils s'essoufflent au bout de deux ou trois mois et leur moyenne tombe à soixante-cinq, soixante-dix heures. Mais vous semblez avoir une endurance exceptionnelle.
– J'ai la chance de ne pas avoir besoin de beaucoup de sommeil.
– Qu'en pense votre femme?
– En quoi est-ce important?
– Elle ne vous en veut pas pour toutes ces heures passées au bureau?
Mitch lança un regard noir à Avery et l'altercation de la veille avec Abby, parce qu'il était rentré pour dîner à minuit moins trois, lui revint à l'esprit. Il n'y avait pas eu de mots irréparables, mais c'était la dispute

la plus vive depuis leur arrivée à Memphis et elle en annonçait d'autres. Chacun était resté sur ses positions et Abby lui avait même lancé qu'elle se sentait plus proche de son voisin, le vieux Rice, que de son mari.

– Elle comprend. Je lui ai dit que je deviendrai associé d'ici deux ans et que je cesserai de travailler à trente ans.

– C'est ce que vous semblez essayer de faire.

– Vous n'allez quand même pas vous en plaindre ? Toutes les heures facturées le mois dernier l'ont été sur vos dossiers et je n'ai pas eu l'impression que vous cherchiez à en faire plus que moi.

Avery reposa le listing et tourna vers Mitch un regard préoccupé.

– Tout ce que je veux, c'est que vous ne vous usiez pas à la tâche et que vous ne négligiez pas votre foyer.

Cela semblait curieux de voir un homme qui avait abandonné sa femme se poser en conseiller conjugal.

– Vous n'avez pas à vous préoccuper de ce qui se passe chez moi, dit Mitch en lançant à Avery un regard chargé de mépris. Tant que je suis productif, vous devriez être content.

– Écoutez, Mitch, fit Avery en se penchant sur son bureau, je suis assez maladroit quand on aborde ce genre de sujet, mais cela vient de plus haut : Lambert et McKnight se demandent si vous n'en faites pas un peu trop. Enfin, quoi, 5 heures du matin, tous les jours, parfois même le dimanche ! C'est un rythme exténuant !

– Que vous ont-ils dit ?

– Rien de précis, mais, croyez-moi, ils s'inquiètent pour vous et votre ménage. Ils veulent des juristes heureux et des épouses épanouies. Quand tout se passe bien, les juristes sont productifs. Lambert, en particulier, voit les choses avec un regard paternaliste. Il compte prendre sa retraite dans deux ans et essaie de revivre la gloire de ses jeunes années à travers vous et les derniers arrivés. S'il vous pose trop de questions ou se laisse aller à faire des sermons, acceptez-le. Il a bien gagné le droit de jouer au grand-père.

– Dites-leur que je suis bien dans ma peau, qu'Abby l'est aussi, que nous sommes heureux et que je suis un élément très productif.

– Parfait. Maintenant que cette affaire est réglée, je vous annonce que, dans huit jours, nous partons tous deux à Grande Caïman. Il faut que je voie quelques banquiers pour les affaires de Sonny Capps et de trois autres clients. Nous irons pour le boulot, mais nous nous débrouillerons pour faire un peu de plongée sous-marine. J'ai affirmé à Royce McKnight que j'avais besoin de vous et il m'a donné le feu vert. Il m'a dit qu'un peu de détente ne vous ferait pas de mal. Alors, c'est d'accord ?

– Bien sûr, mais je suis un peu surpris.

– Comme il s'agit d'un voyage d'affaires, nos femmes ne nous accompagneront pas. Lambert se demandait avec une pointe d'inquiétude si cela ne risquait pas de vous créer des ennuis domestiques.

– Je pense que M. Lambert se préoccupe beaucoup trop de ma vie privée. Dites-lui que j'ai la situation en main et qu'il n'y a aucun problème.

– Alors, vous y allez ?

– Évidemment que j'y vais. Combien de temps resterons-nous ?

– A peu près deux jours. Nous nous installerons dans un des appartements de la société et Sonny Capps prendra l'autre. Je vais essayer d'avoir notre avion, mais nous serons peut-être obligés de prendre un vol commercial.

– Cela ne me dérange pas le moins du monde.

Au départ de Miami, seuls deux passagers du 727 de Caïman Airlines portaient une cravate et, après le premier punch offert par la compagnie, Avery dénoua la sienne et la fourra dans la poche de sa veste. Le punch était servi par de ravissantes hôtesses aux yeux bleus et au sourire avenant. Avery répéta à plusieurs reprises que les femmes des îles étaient d'une grande beauté.

Assis près du hublot, Mitch essayait de dissimuler l'excitation que lui procurait son premier voyage à l'étranger. Il avait déniché un livre sur les Caïmans et appris qu'il y avait trois îles, Grande Caïman, Petite Caïman et Caïman Brac. Ces deux dernières, les plus petites, étaient peu peuplées et n'attiraient guère les touristes. Grande Caïman comptait dix-huit mille habitants. Trois cents banques et douze mille sociétés y avaient établi leur siège. La population était composée de vingt pour cent de Blancs et vingt pour cent de Noirs ; quant aux soixante pour cent restants, on ne savait pas très bien ce qu'ils étaient. Georgetown, la capitale, était devenue un paradis fiscal international peuplé de banquiers aussi secrets que leurs homologues suisses. Il n'y avait pas d'impôt sur les revenus, ni sur les sociétés, pas de taxe sur les plus-values, ni sur les donations, pas de droits de succession. Certaines sociétés, certains investisseurs recevaient l'assurance d'être exemptés de toutes taxes pendant cinquante ans. Les îles Caïmans étaient une colonie britannique dotée d'un gouvernement d'une exceptionnelle stabilité. Les revenus des taxes à l'importation et les devises procurées par le tourisme suffisaient à remplir les caisses d'un lieu où criminalité et chômage étaient inconnus.

Vue d'avion, Grande Caïman – trente-cinq kilomètres de long sur douze à l'endroit le plus large –, paraissait beaucoup plus petite. Elle ressemblait à un rocher isolé au milieu d'une mer de saphir.

L'atterrissage semblait devoir s'effectuer au milieu d'une lagune, mais, à la dernière seconde, la langue d'asphalte d'une étroite piste s'avança pour accueillir l'appareil. Les passagers débarquèrent et passèrent la douane en chantant. Un jeune Noir saisit les bagages de Mitch et les lança avec ceux d'Avery dans le coffre d'une Ford LTD, modèle 1972. Mitch lui remit un généreux pourboire.

– Plage de Seven Mile! ordonna Avery.

– C'est parti, fit le chauffeur d'une voix traînante.

Il écrasa l'accélérateur en laissant une traînée de gomme sur la chaussée. La radio hurlait du reggae et le chauffeur se dandinait en battant la mesure sur son volant. Le taxi roulait du mauvais côté de la route, les autres voitures aussi. Mitch se fit tout petit dans le siège défoncé et croisa les jambes. Il n'y avait pas de climatisation dans la voiture, l'air chaud et humide qui entrait par les vitres ouvertes faisait voler ses cheveux. C'était là une sensation agréable.

La route de Georgetown, plate et poussiéreuse, était encombrée de petites voitures de marques européennes, de scooters et de bicyclettes. Les maisons basses et pimpantes, au toit en tôle ondulée, peintes de couleurs gaies, étaient entourées de jardins minuscules à l'herbe rare, mais dont la terre battue était soigneusement balayée. En se rapprochant de la ville apparurent des boutiques, des constructions blanches de deux ou trois étages, à charpente de bois, munies d'auvents sous lesquels les touristes se protégeaient du soleil. Le chauffeur tourna brusquement à angle droit et ils se trouvèrent au cœur du quartier des affaires, avec des immeubles modernes abritant les banques.

– Il y a ici des banques du monde entier, allemandes, françaises, anglaises, canadiennes, espagnoles, japonaises, danoises et même saoudiennes et israéliennes, expliqua Avery qui faisait office de guide. Plus de trois cents, selon les derniers chiffres officiels. L'île est devenue un paradis fiscal important et les banquiers sont si discrets qu'en comparaison les Suisses passent pour d'incorrigibles bavards.

– Je vois beaucoup de banques canadiennes, observa Mitch.

– Ce bâtiment devant vous est celui de la Banque royale de Montréal. Nous y avons rendez-vous demain matin, à 10 heures. La plupart des affaires que nous traiterons le seront avec des banques canadiennes.

– Y a-t-il une raison particulière ?

– Ce sont des établissements sûrs, où la discrétion est garantie.

La rue qu'ils suivaient était encombrée de véhicules. A l'arrière-plan, les flots de la mer des Caraïbes étiraient leur nappe bleue jusqu'à l'horizon. Un paquebot était mouillé dans la baie.

– C'est la baie Hogsty, poursuivit Avery. Les pirates y amenaient leur navires, il y a trois siècles. Le célèbre Barbe-Noire a écumé ces côtes et y a enterré son trésor. On a retrouvé une partie de son butin dans une grotte, il y a quelques années, près de Boden Town.

Mitch hocha la tête comme s'il croyait cette fable et il vit dans le rétroviseur le chauffeur sourire.

– Cet endroit a toujours attiré les pirates, reprit Avery en s'épongeant le front. Aujourd'hui, Barbe-Noire a été remplacé par des pirates modernes qui fondent des sociétés et viennent cacher leur argent ici. Pas vrai ? ajouta-t-il à l'adresse du taxi.

– C'est vrai, répondit le Noir.
– Et voici la plage de Seven Mile, fit Avery. L'une des plus belles et des plus renommées de toute la planète. Pas vrai ?
– C'est vrai.
– Un sable blanc comme du sucre ; une eau limpide et chaude ; des femmes belles et chaudes, elles aussi. Pas vrai ?
– C'est vrai.
– Est-ce qu'il y a un buffet en plein air, ce soir, aux Palmiers ?
– Oui, à 18 heures.
– C'est juste à côté de notre appartement, expliqua Avery. L'hôtel des Palmiers est très connu et propose les soirées les plus animées en bordure de la plage.

Mitch sourit et regarda la ribambelle d'hôtels sur le front de mer. Il se remémorait l'entretien de Harvard au cours duquel Oliver Lambert avait affirmé avec force que l'entreprise réprouvait le divorce, les aventures galantes et l'alcool. Avery avait peut-être échappé à ces sermons, mais rien n'était moins sûr.

Les appartements se trouvaient au milieu de la plage de Seven Mile, séparés de l'hôtel des Palmiers par une autre résidence. Comme il fallait s'y attendre, les duplex étaient spacieux et luxueusement décorés. Avery affirma qu'ils valaient au moins un demi-million de dollars pièce, mais ils n'étaient pas à vendre. Pas à louer non plus. C'étaient des sanctuaires réservés aux juristes surmenés du cabinet Bendini, Lambert & Locke. Et à quelques clients privilégiés.

Du balcon de sa chambre, Mitch observa les petites embarcations qui dérivaient mollement sur les eaux calmes. Le soleil commençait à descendre vers l'horizon et les rides de la mer reflétaient ses rayons dans toutes les directions. Un paquebot s'éloignait lentement du rivage. Des grappes de touristes arpentaient la plage, pataugeaient dans l'eau, s'amusaient à attraper des crabes, buvaient du punch ou de la Red Stripe, la bière de la Jamaïque. Quelques mesures de reggae s'échappaient des Palmiers où un vaste patio au bar couvert d'un toit de paille attirait les oisifs comme un aimant. Dans une cabane voisine, on pouvait louer du matériel de plongée, des catamarans et des ballons de volley.

Avery déboucha sur le balcon, vêtu d'un bermuda à fleurs orange et jaune sur son corps mince et musclé, sans une once de graisse. Il avait des intérêts dans un club de gymnastique qu'il fréquentait tous les jours et s'était offert quelques séances d'U.V. Mitch le regarda avec une certaine admiration.

– Comment trouvez-vous ma tenue ? demanda-t-il.
– Très seyante. C'est tout à fait ce qu'il vous faut.
– Je peux vous trouver la même, si vous voulez.
– Merci beaucoup. Je vais rester fidèle à mon vieux short.

Avery admira le paysage en sirotant un verre.

– Je suis déjà venu une douzaine de fois, dit-il à mi-voix, mais j'éprouve toujours la même excitation. J'ai pensé prendre ma retraite ici.

– Ce serait très agréable. Vous pourriez déambuler sur la plage et attraper de petits crabes.

– Et puis jouer aux dominos en buvant de la Red Stripe. Vous connaissez cette bière ?

– Je n'en ai pas conservé le souvenir.

– Eh bien, allons en boire une.

Le bar en plein air s'appelait la Rhumerie. Il était bourré de touristes assoiffés et une poignée d'autochtones assis autour d'une table en bois jouaient aux dominos. Avery se fraya un chemin à travers la foule et revint avec deux bouteilles de bière. Ils trouvèrent des sièges près des joueurs de dominos.

– Voilà ce que j'aimerais faire quand je me serai installé ici. Je gagnerai ma vie aux dominos et je boirai de la Red Stripe toute la journée.

– C'est une bonne bière.

– Quand j'en aurai assez des dominos, je jouerai aux fléchettes.

Il indiqua de la tête un groupe d'Anglais éméchés qui faisaient une partie de fléchettes en s'insultant copieusement.

– Et quand j'en aurai assez des fléchettes, eh bien, je trouverai autre chose. Excusez-moi, Mitch.

Avery se dirigea vers une table du patio où deux femmes en bikini venaient de prendre place. Il se présenta et elles l'invitèrent à s'asseoir. Mitch commanda une autre bière et se dirigea vers la plage. Il vit au loin les immeubles modernes de Georgetown et commença à marcher dans leur direction.

Le buffet était composé de tables pliantes disposées autour de la piscine. Mérou grillé, requin au barbecue, pompano, grosses crevettes frites, tortue, huîtres, homards. Tout venait de la mer. Les clients se pressaient et des serveurs allaient et venaient parmi eux avec des litres de punch. Des petites tables disposées dans le patio donnaient sur la mer. Un orchestre de reggae fit entendre quelques accords au moment où le soleil plongea derrière un nuage avant de basculer au-dessous de l'horizon.

Mitch suivit Avery qui le conduisit, comme il l'avait imaginé, à une table où les deux femmes les attendaient. C'étaient des sœurs, âgées d'une trentaine d'années, toutes deux divorcées et déjà à moitié ivres. Celle qui s'appelait Carrie avait jeté son dévolu sur Avery et l'autre, Julia, commença sans délai à faire des avances à Mitch qui se demanda ce qu'Avery avait bien pu leur raconter.

– Je vois que vous êtes marié, susurra Julia en se rapprochant de lui.

– Oui, et très heureux.

Elle sourit comme pour signifier qu'elle relevait le défi tandis qu'Avery et sa conquête échangaient un clin d'œil. Mitch prit un verre de punch et le vida d'un trait.

Il commença à manger du bout des lèvres, incapable de penser à autre chose qu'à Abby. Comment pourrait-il s'y prendre, si une explication devenait nécessaire ? Un dîner en compagnie de deux jolies jeunes femmes à moitié nues. Il ne pourrait lui donner une explication satisfaisante. La conversation devenait languissante et Mitch ne fit rien pour dissiper la gêne qui s'installait. Un serveur posa sur la table un grand pichet qui fut rapidement vidé. Avery commençait à devenir insupportable. Il raconta aux femmes que Mitch avait joué au football dans l'équipe des New York Giants, qu'il avait remporté deux fois le Super Bowl et qu'il gagnait un million de dollars par an avant qu'une blessure au genou ne mette un terme à sa carrière. Mitch secouait la tête et continuait à boire. Julia le dévorait des yeux et se rapprochait insensiblement.

L'orchestre augmenta le volume sonore pour indiquer que l'heure était venue de danser. La moitié de l'assistance se dirigea vers la piste en bois sous deux grands arbres, entre piscine et plage.

– Allons danser ! s'écria Avery en tirant sa cavalière par le bras.

Ils se faufilèrent entre les tables et se fondirent rapidement dans la foule de touristes qui se tortillaient à qui mieux mieux.

Mitch sentit Julia se serrer contre lui, puis une main se posa sur sa cuisse.

– Tu veux danser ?

– Non.

– Bon, moi non plus. Qu'est-ce que tu as envie de faire ?

Elle gratifia Mitch de son sourire le plus enjôleur, à quelques centimètres de son visage.

– Je n'ai pas l'intention de faire quoi que ce soit, répondit-il en enlevant la main qu'elle avait posée sur sa cuisse.

– Allons ! On va rire un peu ! Ta femme ne le saura pas.

– Écoutez, vous êtes tout à fait charmante, mais vous perdez votre temps. Il est tôt et vous avez largement le temps de vous trouver un partenaire.

– Oui, mais je te trouve mignon.

Mitch sentit la main revenir et il poussa un soupir excédé.

– Allez vous faire voir !

– Je te demande pardon, fit-elle en retirant sa main.

– Je vous ai dit d'aller vous faire voir.

– Qu'est-ce qui vous prend ? demanda-t-elle en s'écartant.

– J'ai horreur des maladies sexuellement transmissibles. Disparaissez !

– Disparaissez vous-même!

– Excellente idée. Je vais disparaître... Merci pour cet agréable dîner.

Mitch prit un verre de punch et se dirigea vers le bar. Il commanda une Red Stripe et alla s'asseoir seul à une table, dans un coin sombre du patio. La portion de plage qui s'étendait devant lui était déserte. Les feux d'une dizaine de bateaux dansaient sur les flots. Il entendait derrière lui la musique des Va-nu-pieds et les rires de la nuit tropicale. C'est beau, songea-t-il, mais ce serait encore mieux avec Abby. Peut-être pourraient-ils venir passer ici des vacances l'été suivant. Ils avaient besoin d'être ensemble, seuls, loin de Memphis et du bureau. Une certaine distance s'était établie entre eux... une distance qu'il avait du mal à définir, dont ils ne pouvaient pas parler, mais dont ils avaient tous deux conscience. Une distance qui lui faisait peur.

– Qu'est-ce que vous regardez?

La voix le fit sursauter. Elle précédait une créature à la peau sombre, aux yeux bleus ou bien noisette – impossible de le voir dans l'obscurité – mais magnifiques et provocants. Ses cheveux noirs et bouclés, coiffés en arrière, descendaient presque jusqu'à sa taille. Elle offrait un mélange exotique des races noire et blanche, avec, probablement, quelques gouttes de sang latin dans ses veines. Elle portait un haut de bikini blanc échancré, qui contenait à grand-peine sa poitrine généreuse, et une longue jupe aux couleurs vives, fendue à la taille. Elle était pieds nus.

– Rien de particulier, répondit Mitch.

Elle était jeune et un sourire encore enfantin découvrit des dents parfaites.

– D'où venez-vous? demanda-t-elle.

– Des États-Unis.

– Bien sûr, reprit-elle avec un petit gloussement. Mais d'où, aux États-Unis?

Elle parlait l'anglais des Caraïbes avec douceur, aisance et précision.

– De Memphis.

– Il y a beaucoup de gens qui viennent de Memphis. Beaucoup de plongeurs.

– Vous vivez ici? demanda Mitch.

– Oui. Ma mère est née ici et mon père est anglais. Il est parti, il est retourné chez lui.

– Voulez-vous boire quelque chose?

– Oui. Un rhum soda.

Debout au bar, en attendant qu'on lui apporte les boissons, Mitch éprouva une sorte de contraction nerveuse, sourde et lancinante, au creux de l'estomac. Il pouvait toujours se fondre dans l'obscurité, disparaître dans la foule et regagner la sécurité de l'appartement. Il donnerait un tour de clé à la porte et se plongerait dans la lecture d'un ouvrage sur les paradis fiscaux. Une perspective qui n'avait rien de réjouissant. En outre, Avery était déjà rentré avec sa conquête peu farouche. La jeune fille n'était pas dangereuse; ils allaient prendre un ou deux verres et se sépareraient bons amis.

Il revint avec les boissons et s'assit en face de la jeune femme, aussi loin d'elle que possible. Ils étaient seuls dans leur coin du patio.

– Vous faites de la plongée? demanda-t-elle.

– Non. Vous n'allez pas me croire, mais je suis en voyage d'affaires. Je suis avocat et je dois rencontrer des banquiers demain matin.

– Combien de temps restez-vous?

– Deux jours.

Il était courtois, mais laconique. Moins il en dirait, plus il serait tranquille. Elle croisa derechef les jambes avec un sourire candide; il sentit une faiblesse l'envahir.

– Quel âge avez-vous? demanda-t-il.

– Vingt ans. Je m'appelle Eilene.

– Moi, c'est Mitch.

Son estomac continuait à se contracter et il se sentait légèrement étourdi. Il but rapidement une gorgée de bière et regarda sa montre.

– Vous êtes séduisant, dit-elle en l'observant avec un sourire ensorcelant.

Tout allait trop vite pour Mitch. Garde la tête froide, se dit-il. Surtout garde la tête froide.

– Merci.

– Vous êtes sportif?

– Euh! oui. Pourquoi me demandez-vous cela?

– Vous avez un corps d'athlète. Bien musclé et ferme.

Il réagit de nouveau en l'entendant prononcer le mot «ferme». Il admirait lui aussi le corps de sa voisine et essaya de trouver un compliment qui ne fût pas équivoque. Rien ne lui vint à l'esprit.

– Où travaillez-vous? demanda-t-il, désireux de déplacer la conversation sur un terrain moins périlleux.

– Je suis employée dans une bijouterie.

– Où habitez-vous?

– A Georgetown. Et vous, vous êtes à l'hôtel?

– Non, dans un appartement, près d'ici.

Il tourna la tête dans la direction de la résidence et elle suivit son regard. Il sentait qu'elle avait envie de voir l'appartement. Elle prit son verre et but une petite gorgée.

– Pourquoi ne dansez-vous pas avec les autres? demanda-t-elle.

– Je n'aime pas beaucoup ce genre de soirée.

– Et la plage, vous aimez?

– Elle est magnifique.

– Encore plus belle au clair de lune.

131

Elle lui adressa un nouveau sourire et il ne trouva rien à répondre.
– Il y a un bar bien mieux que celui-ci à un kilomètre, en suivant la plage, poursuivit-elle. Voulez-vous faire une promenade ?
– Je ne sais pas... Il faudrait que je rentre. J'ai du travail à faire avant demain matin.
– Personne ne rentre de si bonne heure aux îles Caïmans, répliqua-t-elle en riant. Venez, ajouta-t-elle en se levant, je vous dois un verre.
– Non. Il vaut mieux que je reste ici.
Elle lui prit la main et l'entraîna vers la plage. Ils marchèrent en silence jusqu'à ce que les lumières des Palmiers aient disparu et que la musique se soit assourdie. La lune brillait de tout son éclat et la plage était déserte. Mitch entendit un bruit sec et vit la jupe glisser jusqu'aux chevilles d'Eilene, découvrant un string retenu par deux cordelettes. Elle roula sa jupe et la plaça autour du cou de Mitch avant de lui prendre la main.
« Va-t'en, soufflait une voix intérieure. Jette la bouteille de bière dans l'océan et la jupe sur le sable. Prends tes jambes à ton cou et cours jusqu'à l'appartement. Ferme la porte à double tour, ferme les fenêtres. Va-t'en ! Va-t'en ! »
Une autre voix lui conseilla de se laisser aller. Tout cela ne tirait pas à conséquence. Bois encore quelques bières et, s'il doit se passer quelque chose, profites-en. Personne ne le saura ; tu es à quinze cents kilomètres de Memphis. De toute façon, que pourrait dire Avery ? Tout le monde le fait, non ?
Cela lui était arrivé une fois, quand il était à l'université, avant son mariage, mais après ses fiançailles. Il avait mis cela sur le compte de la bière et l'aventure n'avait pas laissé de cicatrice. Le temps se chargeait de tout effacer. Abby n'en saurait rien.
Va-t'en ! Va-t'en ! Va-t'en !
Ils parcoururent plus d'un kilomètre, mais il n'y avait toujours pas de bar en vue. La plage était devenue plus sombre : un nuage complice masquait la lune. Ils n'avaient pas rencontré âme qui vive. Elle l'entraîna vers deux fauteuils en plastique placés au bord de l'eau.
– Reposons-nous.
Mitch vida sa bière.
– Vous ne parlez pas beaucoup, reprit-elle.
– Que voulez-vous que je dise ?
– Est-ce que vous me trouvez belle ?
– Vous êtes très belle. Vous avez un corps magnifique.
Elle s'assit au bord du fauteuil et remua les orteils dans l'eau.
– Si nous allions nager ?
– Je... je n'ai pas vraiment envie.
– Venez, Mitch. J'adore me baigner.
– Allez-y. Je vous regarde.

Elle s'agenouilla près lui, sur le sable, et leva la tête vers son visage. Avec des gestes très lents, elle passa la main derrière son dos pour dégrafer le haut de son bikini qui glissa, découvrant ses seins, qui paraissaient encore plus pleins dans leur nudité.

– Voulez-vous me tenir ça? dit-elle en lui tendant l'étoffe douce et blanche, aussi légère qu'une plume.

Mitch était paralysé par l'émotion et il retint son souffle. Elle s'avança lentement dans l'océan. De dos, le string blanc ne couvrait rien. Sa longue chevelure brune atteignait le creux de ses reins. Quand elle eut de l'eau jusqu'aux genoux, elle se retourna vers la plage.

– Venez, Mitch. L'eau est délicieuse.

Elle lui adressa un sourire si éclatant qu'il vit ses dents briller dans la pénombre. Il roula dans sa main le haut du bikini en songeant que c'était sa dernière chance de s'enfuir. Mais la tête lui tournait et il se sentit faiblir. Jamais il n'aurait la force de rentrer en courant. Il allait rester assis et elle finirait par s'en aller. Ou par se noyer. A moins que la mer ne monte brusquement et qu'une grosse vague ne l'entraîne au loin.

– Viens, Mitch.

Il enleva sa chemise et s'avança à son tour dans l'eau. Elle l'observait en souriant et, quand il la rejoignit, elle lui prit la main et ils firent encore quelques pas vers le large. Puis elle s'arrêta et passa les bras autour de son cou. Ils s'embrassèrent. Les doigts de Mitch commencèrent à jouer avec les cordelettes tandis que le baiser se prolongeait.

Elle se dégagea brusquement et, sans un mot, s'élança vers la grève. Il la suivit du regard et la vit s'asseoir sur le sable, entre les deux fauteuils, et enlever le bas de son bikini. Il plongea la tête sous l'eau pendant ce qui lui sembla être une éternité. Quand il remonta à la surface, elle était allongée sur le sable, appuyée sur les coudes. Mitch scruta la grève; évidemment il n'y avait personne. A cet instant précis, la lune se cacha de nouveau. Sur l'eau non plus il n'y avait rien : pas une embarcation, pas le plus petit canot pneumatique, ni nageur ni plongeur. Absolument rien ni personne.

– Je ne peux pas faire ça, murmura-t-il, la mâchoire serrée.

– Qu'est-ce que tu dis, Mitch?

– Je ne peux pas faire ça! hurla-t-il.

– Mais j'ai envie de toi.

– Je ne peux pas!

– Viens, Mitch. Personne ne le saura.

Personne ne le saura. Personne ne le saura. Il s'avança lentement vers elle. Personne ne le saura.

Le silence était total à l'arrière du taxi qui roulait vers le centre ville. Les deux avocats, très en retard, ne s'étaient pas réveillés et avaient sauté le petit déjeuner. Ils ne se sentaient pas très bien. Surtout Avery, pas rasé, les yeux injectés de sang, le visage terreux, qui avait une mine hagarde.

Le chauffeur gara la voiture devant la Banque royale de Montréal. La chaleur et l'humidité étaient déjà oppressantes.

Le banquier, Randolph Osgood, au front large et luisant, au nez pointu, avait le genre Anglais guindé, avec son complet marine à veste croisée et ses lunettes à monture d'écaille. Il accueillit Avery comme un ami de longue date et se présenta à Mitch, puis il les conduisit au deuxième étage, dans un bureau spacieux dominant la baie, où deux secrétaires les attendaient.

– De quoi avez-vous besoin exactement, Avery ? demanda Osgood d'une voix nasillarde.

– Je crois que je vais commencer par du café. Ensuite, il me faudra un relevé de tous les comptes de Sonny Capps, Al Coscia, Dolph Hemmba, Ratzlaff Partners et du groupe Greene.

– Très bien. Jusqu'à quand voulez-vous remonter ?

– Six mois. Pour tous les comptes.

Osgood fit claquer ses doigts à l'intention de l'une des secrétaires qui sortit et revint quelques instants plus tard avec du café et des pâtisseries tandis que sa collègue prenait des notes.

– Il va sans dire, Avery, reprit le banquier, que nous aurons besoin d'une autorisation et d'un pouvoir pour chacun de ces clients.

– Vous avez tout cela dans le dossier, répliqua Avery en ouvrant son porte-documents.

– Oui, mais la date de validité est dépassée. Il nous faut des documents valides pour chaque compte.

– Très bien, dit Avery en faisant glisser une chemise sur la table. Vous trouverez tout là-dedans et parfaitement valide.

Les secrétaires étalèrent les papiers sur la table et examinèrent minutieusement les pouvoirs, puis Osgood les étudia en personne tandis que les deux avocats buvaient leur café.

– Tout semble en ordre, déclara enfin le banquier en se redressant, le visage souriant. Nous allons vous chercher les relevés. Avez-vous besoin d'autre chose ?

– Je dois constituer trois sociétés. Deux pour le compte de Sonny Capps, une pour le groupe Greene. Nous suivrons la procédure habituelle. La banque les représentera pour l'inscription au registre du commerce, etc.

– Je vais vous fournir les documents nécessaires, dit Osgood en faisant un petit signe à une secrétaire. Autre chose ?

– C'est tout pour le moment.

– Très bien. Nous devrions avoir les relevés dans une demi-heure. Nous déjeunons ensemble ?

134

– Désolé, Randolph, Mitch et moi avons un engagement antérieur. Peut-être demain.

Mitch n'avait aucune idée de ce que pouvait être cet engagement antérieur, du moins en ce qui le concernait.

– Peut-être, dit Osgood avant de quitter la pièce, escorté par ses secrétaires.

Avery ferma la porte et enleva sa veste. Puis il se dirigea vers la fenêtre en sirotant son café.

– Je tiens à vous dire, Mitch, que je suis désolé pour ce qui s'est passé hier soir. Sincèrement désolé. J'avais trop bu et je n'avais plus les idées nettes. Je regrette de vous avoir jeté cette femme dans les bras.

– N'en parlons plus. J'espère que cela ne se reproduira pas.

– Je vous le promets.

– C'était un bon coup ?

– Je crois. Mes souvenirs sont assez flous. Qu'avez-vous fait avec sa sœur ?

– Elle m'a envoyé promener. Alors, je suis allé me balader sur la plage.

Avery mordit dans son gâteau et s'essuya la bouche avant de poursuivre.

– Vous savez que ma femme et moi sommes séparés et que nous allons probablement divorcer dans les mois qui viennent. Je reste très discret sur ce chapitre, car le divorce pourrait me coûter cher, mais il existe une règle tacite dans l'entreprise : ce que nous faisons loin de Memphis reste ignoré à Memphis. Vous avez compris ?

– Allons, Avery, vous savez bien que je ne dirai rien.

– Je sais, je sais.

Mitch fut soulagé d'apprendre l'existence de cette règle, même s'il s'était réveillé avec le sentiment d'avoir commis le crime parfait. Il avait pensé à elle au lit, sous la douche, dans le taxi et il avait encore du mal à se concentrer. En traversant Georgetown, il s'était surpris à regarder les bijouteries.

– J'ai une question à vous poser, dit-il.

Avery hocha la tête en finissant son gâteau.

– Quand j'ai eu mes premiers entretiens avec Lambert, McKnight et les autres, on m'a fait comprendre de la manière la plus claire que la société réprouvait le divorce, les femmes, l'alcool et la drogue et que les deux seules choses admises étaient travailler d'arrache-pied et gagner beaucoup d'argent. C'est pour cela que j'ai accepté le poste. J'ai goûté au travail et à l'argent, et maintenant je découvre autre chose. Qu'est-ce qui vous a fait quitter le droit chemin ? Ou bien tout le monde agit-il comme vous ?

– Je n'aime pas votre question.

– Cela ne m'étonne pas. Mais je voudrais une réponse. J'y ai droit, car j'ai le sentiment d'avoir été trompé.

– Et alors, que comptez-vous faire ? Quitter le cabinet parce que j'ai bu un coup de trop et passé la nuit avec une femme ?

– Il ne m'est jamais venu à l'esprit de partir.

– Très bien. Ne le faites pas.

– Mais j'ai droit à une réponse.

– D'accord. Je suis le plus dépravé de la boîte et je vais être cloué au pilori quand la nouvelle de mon divorce sera connue. Il m'arrive de temps en temps de lever une femme, mais personne n'est au courant. Du moins, on ne me prend jamais sur le fait. Je suis sûr que d'autres associés font la même chose, mais ils ne se font pas surprendre. Quelques-uns seulement. La plupart ont une vie de famille stable et vouent à leur épouse une fidélité absolue. J'ai toujours été la brebis galeuse, mais on a toléré mes frasques, parce que j'étais doué. Ils savent que je bois au déjeuner et parfois au bureau. Ils savent que je viole plusieurs autres de leurs sacro-saintes règles, mais ils m'ont pris comme associé, car ils ont besoin de moi. Et maintenant que je suis associé, ils ne peuvent plus faire grand-chose. Mais je ne suis pas un mauvais bougre, Mitch.

– Je n'ai jamais dit cela.

– Je ne suis pas parfait, contrairement à certains d'entre eux. Des machines, des robots qui vivent, mangent et dorment pour Bendini, Lambert & Locke. Moi, j'aime bien m'amuser de temps en temps.

– Vous êtes donc l'exception...

– Celle qui confirme la règle, oui. Et je n'ai pas à m'en excuser.

– Je ne vous ai pas demandé des excuses. Juste quelques éclaicissements.

– C'est assez clair ?

– Oui. Et sachez que j'ai toujours admiré votre franc-parler.

– Et moi votre discipline. Il faut être fort pour rester fidèle et ne pas succomber à toutes les tentations auxquelles vous avez été soumis hier soir. Moi, je n'ai pas cette force de caractère et je ne tiens pas à l'avoir.

« Les tentations », songea Mitch qui avait envisagé de faire la tournée des bijouteries du centre ville pendant l'heure du déjeuner.

– Écoutez, Avery, je n'ai rien d'un parangon de vertu et je ne suis pas scandalisé par votre conduite. Il ne m'appartient pas de vous juger... moi qui ai été jugé toute ma vie. Je voulais simplement que les règles soient claires.

– Les règles sont immuables. Elles sont sculptées dans le marbre, gravées dans le granit, inscrites à jamais dans le roc. Celui qui en viole trop prend la porte. Mais on peut les violer à loisir à condition de ne pas se faire prendre.

– J'ai compris.

Osgood revint avec plusieurs employés portant des listings et des documents qu'ils disposèrent soigneusement en piles classées par ordre alphabétique.

– Voilà de quoi vous occuper pendant un ou deux jours, dit le banquier avec un sourire forcé.

Il claqua des doigts et les employés disparurent.

– Si vous avez besoin de quelque chose, ajouta-t-il, je serai dans mon bureau.

– Merci, fit Avery en se penchant sur la première pile de documents tandis que Mitch enlevait sa veste et desserrait sa cravate.

– Que faisons-nous exactement ? demanda-t-il.

– Deux choses. D'abord, nous passons en revue toutes les opérations de ces comptes. Nous nous intéressons plus particulièrement au montant des intérêts versés, à leur taux, etc. Nous allons faire un audit sommaire de chaque compte afin de nous assurer que les intérêts vont réellement là où ils sont censés aller. Prenons l'exemple de Dolph Hemmba qui les envoie dans neuf banques différentes, aux Bahamas. C'est stupide, mais cela lui fait plaisir. Et personne, à part moi, n'est en mesure de suivre ces mouvements de capitaux. Comme Hemmba a près de douze millions de dollars dans cette banque, cela vaut la peine de s'en occuper. Il pourrait le faire lui-même, mais il préfère m'en charger. A deux cent cinquante dollars de l'heure, je n'ai rien contre. Nous allons donc vérifier le montant des intérêts versés par cette banque sur chacun des neuf comptes. Le taux est fonction d'un certain nombre de facteurs, mais il est laissé à la discrétion de cet établissement, ce qui est un bon moyen de s'assurer qu'ils restent honnêtes.

– Je croyais qu'ils l'étaient.

– Ils le sont, mais n'oubliez pas que nous parlons de banquiers. Nous avons une trentaine de comptes à décortiquer, Mitch, et, quand nous partirons, nous connaîtrons leur solde exact, le montant des intérêts et leur destination. Il nous faut également fonder trois sociétés dont le siège social sera établi aux îles Caïmans. Cela ne pose aucun problème particulier et nous aurions pu le faire à Memphis, mais nos clients tiennent à ce que nous soyons sur place. N'oubliez pas que ce sont des gens qui ont des millions de dollars à investir et pour qui des honoraires de quelques milliers de dollars représentent une somme négligeable.

Mitch commença à parcourir le listing de la première pile.

– Qui est ce Hemmba ? demanda-t-il. Je n'ai jamais entendu ce nom-là.

– J'ai un certain nombre de clients dont vous n'avez jamais entendu le nom. Hemmba est un riche fermier de l'Arkansas, l'un des plus grands propriétaires terriens de cet État.

– Et il a douze millions de dollars ?

– Uniquement dans cette banque.

– Cela représente d'énormes quantités de coton et de soja.

– Disons qu'il a d'autres affaires.

– Quel genre ?

– Je ne peux pas vous répondre.

– Licites ou illicites ?

– Disons simplement qu'il dissimule au fisc vingt millions de dollars, sans compter les intérêts, qui sont déposés dans plusieurs banques des Caraïbes.

– Et nous l'aidons ?

Avery étala les documents sur un bout de la table et commença à vérifier les comptes. Mitch l'observa en attendant une réponse. Le silence se fit plus pesant, il devint manifeste qu'il n'y aurait pas de réponse. Il pouvait insister, mais il avait posé assez de questions pour la journée. Il retroussa ses manches et se mit au travail.

Il apprit à midi quel était l'engagement antérieur d'Avery : sa conquête de la veille l'attendait dans l'appartement pour un tête-à-tête amoureux. Il suggéra à Mitch de faire une pause de deux heures et lui conseilla un petit restaurant en ville.

Sans s'occuper du restaurant, Mitch se rendit à la bibliothèque municipale de Georgetown, à quelques pâtés de maisons de la banque. Au deuxième étage, on lui indiqua le rayon des périodiques. Il y trouva des piles d'anciens numéros du *Daily Caymanian*. Il remonta six mois en arrière, sortit le numéro daté du 27 juin et posa le quotidien sur une petite table, devant une fenêtre qui donnait sur la rue. En regardant distraitement par la fenêtre son attention fut attirée par un homme qu'il avait vu en sortant de la banque. L'inconnu était au volant d'une vieille Chevette jaune, toute cabossée, garée dans une allée, en face de la bibliothèque. Brun et trapu, il portait une chemise vert et orange, aux tons criards, et le genre de lunettes de soleil qui font partie de la panoplie du parfait touriste.

Quelques minutes plus tôt, la Chevette jaune, avec le même conducteur au volant, était garée devant la boutique de souvenirs contiguë à la banque et il la retrouvait maintenant quatre rues plus loin. Un autochtone à bicyclette s'arrêta devant la voiture et le conducteur lui offrit une cigarette, puis montra du doigt la bibliothèque. L'homme abandonna sa bicyclette et traversa tranquillement la rue.

Mitch replia le journal et le glissa dans la poche intérieure de sa veste. Il longea les rayons, prit au passage un numéro du *National Geographic* et s'installa à une table. Il fit semblant de s'absorber dans la lecture de la revue et entendit un bruit de pas dans l'escalier. L'homme s'immobilisa quelques instants en le voyant, s'approcha de lui par-derrière, ralentit pour prendre le temps de vérifier ce qu'il lisait, puis redescendit. Mitch attendit un moment, puis repartit à la fenêtre. L'homme prenait une autre cigarette en discutant avec le conducteur de la Chevette. Il alluma la cigarette et s'éloigna sur sa bicyclette.

Mitch ouvrit le journal. En première page un article relatait le mystérieux accident dans lequel avaient péri deux avocats américains et leur moniteur de plongée sous-marine. Il grava le récit dans sa mémoire et alla remettre le journal à sa place.

La Chevette était toujours là. Il passa devant elle et reprit la direction de la banque. Le quartier commerçant était coincé entre les immeubles des banques et le front de mer. Les rues étroites grouillaient de touristes à pied, en scooter ou au volant de petites voitures de location. Mitch enleva sa veste et entra dans une boutique de tee-shirts, avec un café à l'étage. Il grimpa l'escalier, commanda un Coca et s'installa sur le balcon.

Trois minutes plus tard, l'autochtone, au bar, buvait une bière en l'observant du coin de l'œil derrière une carte des consommations.

Mitch sirota tranquillement son Coca en laissant son regard courir sur les voitures encombrant la chaussée. Aucun signe de la Chevette, mais il savait qu'elle n'était pas loin. Un homme s'arrêta sur le trottoir, leva les yeux vers lui et disparut. Puis une femme. Était-il en train de devenir parano ? A ce moment précis, la Chevette déboucha d'une rue transversale et se dirigea lentement dans sa direction.

Mitch descendit dans la boutique de tee-shirts et acheta des lunettes de soleil. Il suivit le trottoir sur une centaine de mètres, puis se jeta dans une ruelle. Il courut dans l'ombre jusqu'à la rue suivante et s'engouffra dans une boutique de souvenirs. Il ressortit par la porte de derrière qui donnait dans une autre ruelle. Il vit un grand magasin de vêtements pour touristes et entra par une porte latérale derrière laquelle il s'arrêta pour surveiller la rue. Personne ne l'avait suivi. Les rayons regorgeaient de bermudas et de chemises bariolées, le genre de vêtements dont les Américains raffolaient. Mitch choisit quelque chose d'assez classique : short blanc et tricot rouge. Il trouva des espadrilles plus ou moins bien assorties à un chapeau qui lui plaisait. La vendeuse le conduisit en gloussant vers un salon d'essayage. Il prit le temps de s'assurer encore une fois que personne ne l'avait suivi. Les vêtements lui allaient, il demanda à la vendeuse s'il pouvait laisser son complet et ses chaussures dans le fond du magasin pendant deux petites heures.

– Pas de problème, répondit la jeune employée.

Il paya en liquide et lui glissa dans la main un billet de dix dollars en lui demandant d'appeler un taxi. Elle le remercia et ajouta qu'il était très séduisant.

Mitch scruta nerveusement la rue en attendant l'arrivée du taxi. Dès que la voiture s'arrêta, il traversa le trottoir d'un bond et se jeta sur la banquette arrière.

– Club de plongée Abanks, dit-il.

– C'est loin, monsieur.

Mitch posa un billet de vingt dollars sur le siège avant.

– En route, ordonna-t-il. Et regardez dans votre rétroviseur. Si quelqu'un nous suit, dites-le-moi.

— Bien, monsieur.

Mitch s'enfonça dans la banquette du taxi et rabattit son chapeau sur son visage tandis que le chauffeur suivait Shedden Road. Le taxi sortit du quartier commerçant, longea Hogsty Bay, continua vers l'est et Red Bay, puis quitta Georgetown et s'engagea sur la route de Boden Town.

— A qui voulez-vous échapper, monsieur ?

— Au fisc, répondit Mitch avec un sourire, en baissant sa vitre.

Il trouvait sa réponse astucieuse, mais le chauffeur, l'air perplexe, garda le silence. Mitch se souvint qu'il n'y avait ni impôts ni services fiscaux aux Caïmans.

D'après l'article du journal, le moniteur de plongée, Philip Abanks, était le fils de Barry Abanks, le propriétaire du club. Le jeune homme, âgé seulement de dix-neuf ans, et les deux avocats qu'il accompagnait avaient été tués par une explosion qui avait détruit leur bateau. Une explosion mystérieuse. Les corps, avec leur équipement complet de plongée, avaient été retrouvés par vingt-cinq mètres de fond. L'explosion n'avait pas eu de témoin, nul n'avait pu expliquer pourquoi elle avait eu lieu à trois kilomètres de la côte, à un endroit où la plongée sous-marine n'était pas pratiquée. L'article indiquait que de nombreuses questions demeuraient sans réponse.

Boden Town était un petit village, à vingt minutes de la capitale. Le club de plongée se trouvait à l'écart du village, sur une langue de sable isolée.

— Personne ne nous a suivis ? demanda Mitch.

Le chauffeur de taxi secoua la tête.

— Félicitations, dit Mitch. Voici quarante dollars. Il est presque 1 heure, ajouta-t-il en regardant sa montre. Pouvez-vous être là à 2 h 30 précises ?

— Pas de problème, monsieur.

La route s'achevait à la lisière de la plage pour former un parking de gravier blanc, ombragé de dizaines de grands palmiers. Le bâtiment principal, baptisé la Grande Maison, était une construction spacieuse de deux étages, au toit de zinc. Un escalier extérieur donnait accès au premier étage. La façade bleu ciel, ornée de moulures blanches, était en partie cachée par des magnolias. La ferronnerie était peinte en rose et les volets en bois massif en vert olive. Cette demeure abritait les bureaux et la salle à manger du club de plongée. Sur la droite, bordée de palmiers plus clairsemés, une petite allée contournait la Grande Maison et descendait vers un vaste terrain découvert autour duquel s'élevaient une douzaine de huttes au toit de paille servant à loger les plongeurs. Un réseau de caillebotis partait des huttes et convergeait vers le point central : le bar en plein air installé au bord de la plage.

Mitch se dirigea vers le bar, accompagné de la musique familière d'un reggae mêlé de rires. Le cadre ressemblait à celui de la Rhumerie, la foule en moins. Il commanda une Red Stripe qu'un barman du nom d'Henry lui apporta rapidement.

– Où puis-je trouver Barry Abanks ?

Le barman indiqua l'océan d'un signe de tête et s'éloigna aussitôt pour vaquer à ses occupations. A huit cents mètres du rivage, un bateau s'approchait de la plage sur la mer tranquille. Mitch mangea un cheeseburger en suivant la partie de dominos de ses voisins de table. Le bateau accosta le long d'une jetée qui s'avançait dans l'eau entre le bar et une hutte. Sur une pancarte on pouvait lire : boutique de plongée. Les plongeurs sautèrent du bateau avec le sac contenant leur équipement et se dirigèrent en groupe vers le bar. Un homme de petite taille, au corps noueux, resté près du bateau, commença à aboyer des ordres à l'adresse des matelots qui déchargeaient des bouteilles à air comprimé vides. Il portait une casquette de base-ball blanche, un petit cache-sexe noir lui couvrait le bas-ventre et une partie des fesses. A en juger par l'aspect tanné de sa peau, il vivait à moitié nu depuis des décennies. Il passa à la boutique, lança quelques ordres à ses hommes et se dirigea vers le bar. Sans un regard pour les clients, il fonça directement vers le réfrigérateur, sortit une Heineken qu'il décapsula et vida d'un trait. Le barman lui glissa quelques mots à l'oreille en faisant un petit signe de tête dans la direction de Mitch. Abanks ouvrit une autre Heineken et s'avança vers sa table.

– Vous vouliez me voir ? demanda-t-il avec un sourire grimaçant.

– Vous êtes Barry Abanks ?

– Oui. Que me voulez-vous ?

– J'aimerais que vous m'accordiez quelques minutes.

Abanks but une longue goulée de bière en tournant les yeux vers l'océan.

– Je suis trop occupé, marmonna-t-il. J'ai un bateau qui part dans quarante minutes.

– Je m'appelle Mitch McDeere et je suis avocat à Memphis.

Abanks plissa le front et fixa sur lui le regard dur de ses petits yeux bruns. Mitch avait retenu toute son attention.

– Et alors ?

– Alors, les deux hommes qui ont péri avec votre fils étaient des amis à moi. Je ne vous demande que quelques minutes.

Abanks s'assit sur un tabouret et s'accouda à la table.

– Ce n'est pas un sujet dont j'aime parler.

– Je sais. Croyez bien que je regrette de vous importuner.

– La police m'a demandé de ne rien dire à quiconque.

– Notre conversation restera confidentielle. Vous avez ma parole.

Les yeux plissés, Abanks tourna de nouveau la tête vers le large. Son visage et ses bras portaient les cicatrices d'une vie passée sur la mer ou par vingt mètres de fond, à guider des novices au milieu des récifs de corail et des épaves.

– Que voulez-vous savoir ? demanda-t-il d'une voix radoucie.

– Pouvons-nous aller parler ailleurs ?

– Bien sûr, fit Abanks. Marchons un peu.

Il lança un ordre à Henry et dit quelques mots en passant à une table de plongeurs, puis les deux hommes commencèrent à longer la plage.

– J'aimerais parler de l'accident, commença Mitch.

– Vous pouvez poser des questions, mais je ne vous garantis pas des réponses.

– Qu'est-ce qui a provoqué l'explosion ?

– Je n'en sais rien. Peut-être un compresseur, peut-être le carburant. Nous n'avons aucune certitude. Le bateau a été très endommagé et les quelques indices possibles sont partis en flammes.

– Il vous appartenait ?

– Oui. C'était un neuf mètres, l'un de mes plus petits. Vos amis l'avaient affrété pour la matinée.

– Où a-t-on découvert les corps ?

– Dans un endroit où la profondeur est de vingt-cinq mètres. La seule chose qui pouvait éveiller des soupçons, c'est que les corps ne portaient aucune trace de brûlures ni de blessures indiquant qu'ils avaient été victimes de l'explosion. Je suppose que l'on peut trouver cela suspect.

– D'après le rapport d'autopsie, ils sont morts noyés.

– Oui, ils se sont noyés. Mais vos amis avaient tout leur équipement de plongée que j'ai fait examiner par l'un de mes moniteurs. Il était en parfait état de marche... Et c'étaient de bons plongeurs.

– Et votre fils ?

– Il n'était pas en tenue de plongée, mais il nageait comme un poisson.

– Où l'explosion s'est-elle produite ?

– Ils avaient prévu de plonger le long d'une formation corallienne, près de la pointe de l'Épave. Vous connaissez l'île ?

– Non.

– C'est de l'autre côté d'East Bay, à la pointe nord-est. Vos amis n'avaient jamais plongé là-bas et mon fils leur a proposé d'y aller. Nous les connaissions bien, vous savez. Ils étaient tous deux des plongeurs expérimentés et faisaient cela très sérieusement. Ils voulaient toujours avoir un bateau pour eux deux et payaient sans discuter. Ils tenaient aussi à ce que Philip les accompagne. Nous ne savons pas s'ils ont plongé là-bas. Le bateau brûlait encore quand il a été retrouvé à trois kilomètres au large, loin de tous nos sites de plongée.

– Peut-être a-t-il dérivé ?

– Impossible. S'il y avait eu un problème mécanique, Philip aurait lancé un appel radio. Nous avons un matériel ultramoderne, nos moniteurs sont en contact permanent avec la boutique. L'explosion ne peut en aucun cas s'être produite à la Pointe. Personne n'a vu ni entendu quoi que ce soit et il y a toujours quelqu'un dans les parages. Par ailleurs, un bateau désemparé n'aurait pu dériver sur une telle distance. Mais le plus important, c'est que les corps ne se trouvaient pas à bord. Comment expliquer qu'ils aient été retrouvés par vingt-cinq mètres de fond, à vingt mètres du bateau ?

– Qui les a trouvés ?

– Mes hommes. Dès que la radio nous a appris la nouvelle, j'ai envoyé une équipe sur les lieux. Nous savions que c'était notre bateau et mes plongeurs ont immédiatement commencé les recherches. Il ne leur a fallu que quelques minutes pour trouver les corps.

– Je sais que ce doit être difficile de parler de cela.

Abanks finit sa bière et lança la bouteille vide dans une boîte à ordures.

– Oui, c'est difficile, mais la douleur s'estompe avec le temps. Pourquoi cette histoire vous intéresse-t-elle tant ?

– Les familles des victimes se posent beaucoup de questions.

– Je suis vraiment navré pour les deux veuves. Elles ont passé une semaine ici, l'an dernier. Des femmes charmantes.

– Est-il possible qu'ils aient été en train d'explorer un site encore inconnu quand l'explosion s'est produite ?

– Possible, mais peu vraisemblable. Nos bateaux signalent leurs déplacements d'un site de plongée à l'autre. C'est la procédure de sécurité et elle ne souffre aucune exception. Il m'est arrivé de virer un moniteur de plongée qui avait oublié de demander l'autorisation de quitter un site pour un autre. Mon fils était le meilleur de l'île. Il a grandi dans ces eaux et jamais il n'aurait omis de signaler un déplacement. C'est aussi simple que cela. La police croit à la version de l'accident, mais il lui faut bien croire quelque chose.

– Mais comment explique-t-elle l'état des corps ?

– Elle ne l'explique pas. Pour elle, ce n'est qu'un accident de plongée comme les autres.

– Et, à votre avis, c'était un accident ?

– Je ne crois pas.

Les deux hommes firent demi-tour et repartirent vers le bar.

– Si ce n'est pas un accident, reprit Mitch, de quoi s'agit-il ?

Abanks continua de marcher en fixant la grève de sable fin. Un sourire se dessina pour la première fois sur son visage.

– Y a-t-il d'autres possibilités ?

– Le bruit court à Memphis que cela pourrait cacher une affaire de drogue.

– Quel genre d'affaire ?

– On murmure que votre fils aurait fait partie d'un réseau de trafiquants, qu'il aurait peut-être pris le bateau ce jour-là pour un contact en mer avec un fournisseur, qu'une querelle aurait éclaté et que mes amis seraient devenus des témoins gênants.

Abanks eut un nouveau sourire.

— Pas Philip, dit-il en secouant la tête. A ma connaissance, il n'a jamais pris la moindre saloperie et je suis certain qu'il ne faisait pas de trafic. L'argent ne l'intéressait pas. Il n'y avait que deux choses dans sa vie : les femmes et la plongée.

— Il n'y a pas la moindre possibilité ?

— Pas la moindre. Cette rumeur ne m'est jamais venue aux oreilles et je doute qu'on en sache plus long à Memphis. Nous vivons sur une petite île et j'aurais déjà entendu parler de quelque chose. C'est faux.

Les deux hommes s'arrêtèrent près du bar ; la conversation était terminée.

— Je vais vous demander quelque chose, ajouta Abanks. Ne dites pas un mot de tout cela aux familles des victimes. Je ne suis pas en mesure de prouver ce que je crois être la vérité. Il est donc préférable que personne ne soit au courant, surtout les familles.

— Je ne dirai rien. Et je vous demande de garder le silence sur notre conversation. Il est possible que l'on m'ait suivi jusqu'ici et que l'on pose des questions sur moi. Dites simplement que nous avons parlé de plongée.

— Comme vous voulez.

— Ma femme et moi, nous viendrons en vacances ici, au printemps. Je ne manquerai pas de passer vous voir.

14

L'école épiscopale St. Andrew s'élevait derrière l'église du même nom, dans une propriété de deux hectares, boisée et parfaitement entretenue, au centre de Memphis. Quelques portions de mur blanc et jaune étaient visibles aux endroits que le lierre avait dédaignés, sans raison apparente. Des rangées symétriques de buis bordaient les allées et la petite cour de récréation. L'école formait un bâtiment en L, à un seul étage, ombragé par une douzaine de chênes séculaires. St. Andrew était un établissement d'enseignement primaire, le mieux fréquenté et le plus coûteux de Memphis. Les familles aisées inscrivaient leur progéniture sur une liste d'attente dès la naissance.

Mitch gara la B.M.W. sur le parking entre l'église et l'école. Trois voitures plus loin, il reconnut la Peugeot bordeaux d'Abby. Il n'avait pas prévenu sa femme. Son avion était arrivé avec une heure d'avance et il avait pris le temps de passer chez lui mettre des vêtements plus adaptés à la vie citadine. Après avoir vu Abby, il irait au bureau quelques heures.

Il voulait la voir là, à l'école, en arrivant à l'improviste. Une attaque-surprise. Il allait lui dire bonjour, lui dire qu'elle lui avait manqué et qu'il était tellement impatient de la voir qu'il s'était arrêté en allant au bureau. Il ne resterait pas longtemps pour ce premier contact, ces premiers mots après l'incident de la plage. Aurait-elle des soupçons rien qu'en le regardant ? Percevrait-elle une légère tension dans sa voix ? Non, pas si elle était surprise, pas si cette visite la prenait au dépourvu...

Les mains crispées sur le volant, il tenait les yeux fixés sur la voiture d'Abby. Il s'était conduit comme un idiot, comme un imbécile! Pourquoi ne s'était-il pas enfui ? Il lui aurait suffi de jeter la jupe sur le sable et de prendre ses jambes à son cou... Mais il ne l'avait pas fait! Il s'était dit que personne n'en saurait jamais rien. Et maintenant, il ne lui restait plus qu'à faire comme si c'était une aventure banale et sans conséquence.

Il avait dressé ses batteries dans l'avion : attendre la fin de la soirée avant de faire l'aveu de sa faute. Il ne mentirait pas, car il ne voulait pas vivre avec un mensonge. Il dirait la vérité et raconterait exactement ce qui s'était passé. Peut-être Abby comprendrait-elle ? La plupart des hommes auraient succombé... Oui, tout le monde ou presque. Tout dépendrait ensuite de sa réaction. Si elle gardait son sang-froid et se montrait magnanime, il lui dirait qu'il regrettait, qu'il regrettait profondément, et lui promettrait de ne jamais recommencer. Si, au contraire, elle éclatait en sanglots, il implorerait son pardon – à genoux, s'il le fallait – et jurerait sur la Bible qu'il ne recommencerait jamais. Il lui dirait qu'il l'aimait passionnément et il la supplierait de lui accorder une autre chance. Et si elle commençait à faire sa valise, il ne lui resterait plus qu'à regretter de ne pas avoir gardé le silence.

Nier, nier, nier en bloc ! Son professeur de droit pénal à Harvard était un radical du nom de Moskowitz qui avait acquis une certaine réputation en défendant des terroristes, des criminels et même des salopards coupables d'attentats à la pudeur sur des enfants. Sa ligne de défense était simple : nier, nier, nier en bloc ! Ne jamais reconnaître un seul fait. Rien.

Au moment où l'avion s'était posé à Miami, Mitch avait commencé à élaborer un autre plan, la visite-surprise à l'école et un dîner romantique dans le restaurant préféré de sa femme. Et ne lui parler de rien d'autre que du travail aux îles Caïmans. En ouvrant la portière de la voiture, il se représenta son sourire lumineux, son visage confiant et sentit un dégoût de lui-même l'envahir. Une douleur sourde et profonde qui rayonnait dans tout son corps. Il frissonna en sentant l'air frais de la fin de l'automne et s'avança d'un pas lent vers la porte d'entrée.

Le hall était vide et silencieux. Il vit sur sa droite la porte du bureau du directeur et attendit que quelqu'un remarque sa présence. Mais il n'y avait personne. Il s'engagea dans un couloir et, en s'approchant de la troisième salle de classe, il reconnut la voix de sa femme. Elle faisait répéter une table de multiplication quand il passa la tête dans l'entrebâillement de la porte, un sourire aux lèvres. La surprise la figea sur place, puis un petit rire lui échappa. Elle s'excusa, demanda à ses élèves de rester assis et de lire la page suivante, puis elle sortit et referma la porte derrière elle.

– Qu'est-ce que tu fais là ? demanda-t-elle en surveillant nerveusement le couloir tandis que Mitch la prenait dans ses bras et la plaquait contre le mur.

– Tu m'as tellement manqué, dit-il avec conviction.

Il la serra contre lui pendant une bonne minute, l'embrassa dans le cou et huma goulûment son parfum. Puis l'image de la fille revint le hanter. Petit salaud, pourquoi n'es-tu pas parti en courant ?

– Quand es-tu arrivé? demanda-t-elle en arrangeant ses cheveux et en jetant un coup d'œil vers le fond du couloir.

– Il y a à peu près une heure. Tu es resplendissante!

Ses yeux humides étaient pleins de candeur.

– Comment s'est passé le voyage?

– Très bien. Tu m'as manqué, tu sais. Ce n'est pas drôle quand tu n'es pas là.

Son sourire s'épanouit et elle détourna les yeux.

– Toi aussi, tu m'as manqué.

Ils se prirent par la main et commencèrent à marcher dans le couloir.

– J'aimerais que nous sortions ensemble ce soir, dit-il.

– Tu ne travailles pas?

– Non, pas ce soir. J'emmène ma femme dîner dans son restaurant préféré. Nous allons bien manger, boire du bon vin, rentrer tard et nous mettre tout nus dès que nous arriverons à la maison.

– Tu m'as vraiment manqué.

Elle l'embrassa encore une fois, sur les lèvres, puis s'assura vivement que le couloir était toujours vide.

– Mais tu ferais mieux de partir tout de suite, avant que quelqu'un ne te voie.

Mitch emplit ses poumons d'air frais et se dirigea vers sa voiture. Il avait réussi! Il était parvenu à la regarder dans les yeux, à la serrer contre lui et à l'embrasser comme avant. Elle n'avait aucun soupçon. Elle avait été profondément émue par sa visite.

DeVasher allait et venait derrière son bureau en tirant nerveusement sur son cigarillo. Il se laissa tomber dans son fauteuil pivotant et s'efforça de se concentrer sur la lecture d'une note. Mais il se releva d'un bond et recommença à marcher comme un fauve en cage. Il regarda sa montre; il appela sa secrétaire, puis celle d'Oliver Lambert; il recommença à marcher de long en large.

Enfin, dix-sept minutes après l'heure à laquelle il était censé arriver, Ollie se présenta devant la porte blindée et entra dans le bureau du chef de la sécurité.

– Vous êtes en retard! lança DeVasher, debout derrière son bureau, en le fusillant du regard.

– J'avais beaucoup à faire, répliqua Ollie en s'asseyant dans un fauteuil défraîchi. Qu'y a-t-il de si important?

La physionomie de DeVasher se transforma instantanément et il esquissa un sourire de méchanceté sournoise. Il ouvrit théâtralement un tiroir de son bureau et en sortit une grosse enveloppe de papier bulle qu'il lança fièrement sur le bureau et qui glissa sur les genoux de Lambert.

– Vous allez voir, c'est vraiment du beau travail.

Lambert ouvrit l'enveloppe et écarquilla les yeux devant les photos en noir et blanc, de format 20 x 25. Il les étudia avidement l'une après l'autre, les rapprochant à quelques centimètres de son nez, gravant chaque détail dans sa mémoire. DeVasher l'observait avec fierté.

Lambert examina une deuxième fois les photos et sa respiration se fit de plus en plus bruyante.

– C'est incroyable.

– Hé oui! Je vous l'avais bien dit.

– Qui est la fille? demanda Ollie, incapable de détacher les yeux de la photo qu'il regardait.

– Une prostituée. Elle a de l'allure, non? Nous n'avions encore jamais fait appel à ses services, mais je peux vous garantir que nous recommencerons.

– Je veux la rencontrer. Et vite!

– Pas de problème. Je pensais qu'elle vous plairait.

– C'est incroyable. Comment s'y est-elle pris?

– L'affaire était mal engagée. Il a envoyé balader une première fille. Il est parti s'asseoir tout seul à une table, au bord de la plage, et c'est là que notre belle indigène est apparue. C'est une vraie professionnelle.

– Où étaient vos hommes?

– Il y en avait partout. Les photos que vous avez devant les yeux ont été prises de derrière un palmier, à vingt-cinq mètres. Elles sont réussies, non?

– Très réussies. Vous pouvez donner une prime au photographe. Combien de temps se sont-ils vautrés dans le sable?

– Assez longtemps.

– Il a dû se donner du bon temps.

– Nous avons eu beaucoup de chance. La plage était déserte et le moment parfaitement choisi.

Lambert leva une photo au plafond en la tenant devant son visage.

– Vous m'en avez fait faire un jeu? demanda-t-il.

– Bien sûr, Ollie. Je sais à quel point vous raffolez de ce genre de chose.

– Je croyais que McDeere serait plus coriace.

– Pour être coriace, il n'en est pas moins homme. Et il est loin d'être idiot. Nous n'en sommes pas certains, mais nous pensons que le lendemain, à l'heure du déjeuner, il s'est douté qu'il était sous surveillance. Il avait l'air méfiant et il a parcouru en tous sens le quartier commercial. Et puis il a disparu. Il est arrivé avec une heure de retard au rendez-vous fixé par Avery à la banque.

– Où est-il allé?

– Nous n'en savons rien. Nous le filions par simple curiosité, sans y attacher d'importance. Il était peut-être simplement dans un bar du centre ville, mais, en tout cas, il a disparu un certain temps.

– Exercez une surveillance vigilante. Il m'inquiète.

– Ne vous faites pas de mauvais sang, Ollie, dit DeVasher en brandissant une autre enveloppe de papier bulle. Nous le tenons maintenant! Il fera n'importe quoi pour nous quand il saura ce que contiennent ces enveloppes.

– Des nouvelles de Tarrance?

– Absolument rien. McDeere n'a parlé de lui à personne, du moins dans les conversations que nous avons écoutées. Tarrance n'est pas facile à suivre, mais je pense qu'il reste tranquille.

– Tenez-le à l'œil.

– Laissez-moi faire mon boulot, Ollie. Vous êtes l'avocat, le juriste distingué et vous avez vos photos cochonnes. Vous dirigez la société, moi je me charge de la surveillance.

– Comment vont les choses chez les McDeere?

– Pas trop bien. Elle a vu ce voyage d'un très mauvais œil.

– Qu'a-t-elle fait pendant son absence?

– Elle n'est pas du genre à rester devant la télé. Elle est allée dîner deux soirs avec la femme de Quin dans de bons restaurants, puis au cinéma. Le troisième soir, elle est sortie avec une de ses collègues de l'école. A part cela, elle a fait un peu de lèche-vitrines et elle a aussi téléphoné à sa mère, toujours en P.C.V. A l'évidence, McDeere bat froid à ses beaux-parents et elle voudrait arranger les choses. Elle est très liée à sa mère, elle regrette beaucoup de ne pas pouvoir former avec ses parents une grande famille unie. Elle veut aller passer les fêtes de Noël dans le Kentucky et craint que Mitch ne soit pas d'accord. Les frictions et les sujets de désaccord sont nombreux. Elle dit à sa mère qu'il travaille trop et sa mère lui répond qu'il le fait pour leur en mettre plein la vue. Je n'aime pas cela, Ollie. J'ai un mauvais pressentiment.

– Continuez à écouter. Nous avons essayé de le freiner, mais il est increvable.

– Oui, à cent cinquante dollars de l'heure. Je sais que vous voulez qu'il lève le pied. Pourquoi ne limitez-vous pas les heures de travail de tous les collaborateurs à quarante par semaine pour leur permettre de passer plus de temps en famille? Par la même occasion, vous pourriez réduire votre salaire, vendre une ou deux Jaguar, mettre au clou les bijoux de votre digne épouse, vendre votre résidence et acheter quelque chose d'un peu moins luxueux, à proximité du country-club.

– La ferme, DeVasher!

Furieux, Oliver Lambert sortit en trombe du bureau. DeVasher fut pris d'un immense éclat de rire qui lui fit monter le sang au visage. Quand il eut retrouvé son calme, il mit les photos en lieu sûr, dans le tiroir d'un classeur qu'il ferma à clé.

– Maintenant, nous vous tenons, Mitchell McDeere, murmura-t-il avec un grand sourire dans le silence de son bureau.

15

Un vendredi, à midi, quinze jours avant Noël, Abby prit congé de ses jeunes élèves et quitta St. Andrew pour les vacances. A 1 heure, elle gara sa Peugeot sur le parking rempli de Volvo, de B.M.W. et de Saab, et gagna en courant, sous une pluie froide, le restaurant bondé où la jeunesse dorée se réunissait pour manger des pizzas au milieu d'une abondance de plantes vertes. C'était le lieu favori de Kay Quin pour l'année et leur deuxième déjeuner en moins d'un mois. Kay était en retard, comme à son habitude.

Leur amitié n'en était encore qu'à ses débuts. Prudente par nature, Abby n'avait jamais aimé se jeter à la tête de ceux qu'elle ne connaissait pas. Elle ne s'était pas fait une véritable amie pendant ses trois années d'études à Harvard et avait acquis une grande indépendance. Depuis six mois qu'elle était à Memphis, elle avait éprouvé de la sympathie pour une poignée de jeunes femmes rencontrées à l'église et pour une de ses collègues, mais elle avançait avec prudence.

D'emblée, Kay Quin s'était montrée amicale, faisant à la fois office de cicérone, de conseillère en habillement et même de décoratrice. Mais Abby avait pris soin de ne pas brûler les étapes, elle observait attentivement sa nouvelle amie et elle en apprenait un peu plus à chacune de leurs rencontres. Elles avaient partagé plusieurs repas chez les Quin ; elles s'étaient vues à l'occasion de dîners ou de réceptions offerts par la société, mais toujours en public ; elles avaient eu le temps de s'apprécier pendant quatre longs déjeuners dans les endroits à la mode de la ville. Kay s'y connaissait en voitures, en maisons et en vêtements, mais elle feignait de ne pas y attacher d'importance. Kay voulait à toute force devenir une amie proche, intime, une confidente. Abby gardait ses distances, mais elle se laissait approcher petit à petit.

Elle vit Kay se frayer un chemin dans la foule de l'entrée et lever les yeux vers le balcon. Elle agita la main en souriant.

Les deux femmes s'étreignirent et s'embrassèrent sur les joues en prenant garde de ne pas laisser de traces de rouge à lèvres.

– Pardonne-moi mon retard, dit Kay.

– Ce n'est pas grave, j'ai l'habitude.

– Il y a un monde fou ici, poursuivit Kay en parcourant la salle d'un regard étonné comme s'il n'y avait pas toujours un monde fou. Alors, l'école est finie?

– Oui, depuis une heure. Je suis en vacances jusqu'au 6 janvier.

Elles s'admirèrent, se trouvèrent agréablement minces et, plus généralement, jeunes et belles.

La conversation roula rapidement sur les achats de Noël, elles parlèrent chiffons, soldes et enfants jusqu'à ce que le vin arrive. Abby commanda une cassolette de scampi, Kay resta fidèle à la quiche aux brocolis.

– Quels sont tes projets pour Noël? demanda-t-elle.

– Je n'en ai pas encore, répondit Abby. J'aimerais passer les fêtes en famille, dans le Kentucky, mais je crains que Mitch ne soit pas d'accord. J'ai fait deux allusions discrètes, mais il n'a eu aucune réaction.

– Il n'aime toujours pas tes parents?

– Rien de nouveau dans ce domaine. En fait, nous ne parlons jamais d'eux et je ne sais vraiment pas comment les choses pourraient s'arranger.

– Avec beaucoup de doigté, j'imagine.

– Oui, et beaucoup de patience. Mes parents se sont mal conduits, mais, moi, j'ai encore besoin d'eux. C'est dur de savoir que le seul homme que j'aie jamais aimé ne peut pas souffrir mes parents. Je prie tous les jours pour qu'il se produise un petit miracle.

– A mon avis, c'est plutôt un gros miracle qu'il te faudrait. Mitch travaille-t-il vraiment autant que le dit Lamar?

– Je ne vois pas comment on pourrait travailler plus. Il fait dix-huit heures par jour du lundi au vendredi, huit heures le samedi et, comme le dimanche est un jour de repos, il n'en fait que cinq ou six pour me réserver un tout petit peu de temps.

– Est-ce une pointe de frustration que je perçois dans ce discours?

– Une profonde frustration, Kay. J'ai été très patiente jusqu'à présent, mais les choses ne font qu'empirer. J'ai un peu l'impression d'être veuve et j'en ai assez de m'endormir sur le canapé en attendant que monsieur daigne rentrer à la maison.

– Tu n'es là que pour la bouffe et le sexe, hein?

– Même pas! Il est trop fatigué pour me faire l'amour; ce n'est vraiment plus essentiel pour lui. Quand je pense qu'il était insatiable. Maintenant, quand j'ai de la chance, c'est une fois par semaine. Il rentre à la maison, il mange s'il a la force de le faire et va directement se coucher. Quand j'ai vraiment beaucoup de chance, il me parle quelques minutes avant de s'écrouler. Je suis sevrée de conversations d'adultes. Je passe sept heures par jour avec des gamins de huit ans et j'ai besoin d'entendre des mots de plus de trois syllabes. Quand j'essaie de le lui expliquer, il ronfle déjà. As-tu vécu cela avec Lamar?

– A peu de chose près. Il a travaillé soixante-dix heures par semaine la première année. Je pense qu'ils le font tous : c'est une sorte de rite d'initiation qui leur sert à prouver leur virilité. Mais ils s'essoufflent pour la plupart au bout d'un an et réduisent leurs semaines à soixante ou soixante-cinq heures. Ils continuent à travailler dur, mais ce n'est plus le rythme suicidaire de la première année.

– Est-ce que Lamar travaille encore le samedi?

– Le plus souvent, mais seulement quelques heures. Jamais le dimanche, parce j'y ai mis le holà. Mais, bien sûr, s'il y a un dossier à boucler ou bien à l'époque des déclarations fiscales, ils travaillent comme des fous. Je crois que Mitch est une énigme pour eux.

– Il ne ralentit pas son rythme. C'est bien simple, on dirait un possédé. Il lui arrive même de ne pas rentrer avant l'aube, ce qui lui laisse juste le temps de prendre une douche avant de repartir.

– Lamar m'a dit qu'il s'est déjà taillé une jolie célébrité dans l'entreprise.

Abby but une gorgée de vin et se pencha pour regarder par-dessus la balustrade.

– C'est merveilleux! J'ai épousé une célébrité!

– Avez-vous envisagé d'avoir des enfants?

– N'oublie pas qu'il faut avoir des relations sexuelles pour cela!

– Allons, Abby, ce n'est quand même pas si grave.

– Je ne suis pas prête à avoir des enfants. Je ne me sens pas capable de les élever seule. J'aime mon mari, mais, avec la vie qu'il mène, il aurait probablement une réunion importante qui l'obligerait à me laisser seule en salle de travail, avec une dilatation du col de huit centimètres. Il est incapable de penser à autre chose qu'à cette foutue société!

Kay se pencha et prit doucement la main d'Abby.

– Tout ira bien, dit-elle d'un air avisé en lui adressant un sourire rassurant. C'est la première année qui est la plus dure. Après, tout s'arrange, crois-moi.

– Excuse-moi, fit Abby avec un pauvre sourire.

Le serveur apporta leur commande. Les scampi mijotaient encore dans leur sauce à l'ail qui dégageait une odeur suave. La quiche froide, posée sur un lit de feuilles de salade, voisinait tristement avec une rondelle de tomate.

– Tu sais, Abby, que la société voit les enfants d'un bon œil, dit Kay en piquant une tête de brocoli qu'elle commença à mâcher distraitement.

– Je m'en contrefiche... Tu vois, en ce moment, je n'aime pas la société. Je suis en concurrence avec elle et je perds. Alors, peu m'importe ce qu'ils veulent. Je ne les laisserai pas planifier ma famille pour moi et je ne comprends pas pourquoi ils s'intéressent tant à ce qui ne les regarde pas. Ils me font frissonner, Kay. Je ne sais pas pourquoi, mais ils me donnent la chair de poule.

– Ils veulent que leurs avocats aient une vie de famille stable et qu'ils soient heureux.

– Et moi, je veux que mon mari me revienne. Ils sont en train de me le prendre et ce n'est pas la meilleure solution pour assurer la stabilité d'un foyer. S'ils le laissaient un peu respirer, nous pourrions peut-être vivre normalement et avoir une ribambelle d'enfants. Mais, pour l'instant, c'est hors de question.

Abby attaqua les scampi. Kay cherchait un sujet de conversation moins délicat.

– Lamar m'a dit que Mitch était allé aux îles Caïmans.

– Oui, il y a passé trois jours avec Avery. Uniquement pour le boulot, d'après ce qu'il m'a dit. Y es-tu déjà allée?

– Tous les ans. C'est un endroit de rêve, avec des plages magnifiques et une mer tiède. Nous choisissons le mois de juin, au début des vacances scolaires. La société possède deux grands appartements donnant sur la mer.

– Mitch aimerait que nous y allions en mars, quand je serai en vacances.

– C'est une bonne idée. Avant d'avoir les enfants, nous passions nos journées à nous prélasser sur la plage, à boire du rhum et à faire l'amour. Voilà pourquoi la firme offre le logement et, avec un peu de chance, le voyage en avion. Ils ont conscience que les loisirs sont indispensables.

– Ne me parle plus d'eux, Kay. Je ne veux pas savoir ce qu'ils aiment et ce qui leur déplaît, ce qu'ils font ou ne font pas, ce qu'ils voient d'un bon ou d'un mauvais œil.

– Je te promets que tout s'arrangera, Abby. Il faut que tu comprennes que nos maris sont d'excellents juristes, mais qu'ils ne gagneraient pas aussi bien leur vie s'ils travaillaient ailleurs. Et nous deux, nous devrions nous contenter d'une Buick à la place d'une Peugeot ou d'une Mercedes.

Abby coupa un scampi en deux et le plongea dans la sauce. Elle en piqua une moitié avec sa fourchette, puis repoussa son assiette. Son verre était vide.

– Je sais, Kay, je sais. Mais il y a quand même autre chose dans la vie qu'un jardin et une voiture. Personne, ici, ne semble s'en rendre compte. J'ai vraiment l'impression que nous étions plus heureux dans notre deux-pièces de Cambridge.

– Tu n'es là que depuis quelques mois, répliqua Kay. Mitch finira bien par lever le pied et tu t'habitueras à ce rythme de vie. Dans quelque temps, des petits McDeere joueront dans votre jardin et Mitch deviendra associé. Crois-moi, Abby, tout s'arrangera. Tu vis une période difficile que nous avons tous connue et nous nous en sommes sortis.

— Merci, Kay. J'espère de tout cœur que l'avenir te donnera raison.

C'était un petit parc, guère plus d'un hectare sur une butte dominant le Mississippi. Une rangée de canons et deux statues de bronze honoraient la mémoire des Confédérés qui s'étaient courageusement battus pour sauver la ville. Un clochard était recroquevillé sous le monument représentant un général à cheval. Un carton et une couverture en lambeaux lui offraient une protection dérisoire contre le froid mordant et les bourrasques de grêle qui balayaient le parc. Cinquante mètres en contrebas, les voitures filaient sur Riverside Drive. Il faisait très sombre.

Mitch s'avança jusqu'à la rangée de canons et baissa les yeux vers le fleuve dont les ponts menaient vers l'Arkansas. Il tira la fermeture Éclair de son blouson et remonta le col sur ses oreilles. Puis il lança un coup d'œil à sa montre et attendit.

Au loin, il distinguait presque l'immeuble Bendini. Il avait mis sa voiture dans un parking et pris un taxi pour revenir vers le fleuve. Il était sûr de ne pas avoir été suivi.

Le vent glacé cinglait son visage rougi et lui rappelait les hivers du Kentucky, après le départ de ses parents. Des hivers âpres, rigoureux. Des hivers de solitude et de désolation. Les manteaux qu'il portait venaient toujours d'un cousin ou d'un ami et n'étaient jamais assez chauds. Il s'efforça de chasser de son esprit ces souvenir amers.

La grêle se transforma en neige fondue dont les flocons s'accrochaient à ses cheveux et couvraient le sol autour de lui. Il regarda de nouveau sa montre.

Il perçut soudain un bruit de pas et vit une silhouette s'avancer rapidement vers la rangée de canons. L'homme s'arrêta, puis se dirigea lentement vers lui.

— Mitch?

C'était Eddie Lomax, vêtu d'un jean et d'un manteau en peau de lapin. Avec sa grosse moustache et son chapeau blanc de cow-boy, on eût dit une publicité pour une marque de cigarettes. L'homme de Marlboro.

— Oui, c'est moi.

Lomax fit encore quelques pas, jusqu'aux canons. On eût dit deux sentinelles de l'armée des Confédérés montant la garde devant le fleuve.

— Personne ne vous a suivi? demanda Mitch.

— Non, je ne pense pas. Et vous?

— Non.

Mitch gardait les yeux fixés sur les voitures roulant le long du Mississippi. Lomax enfonça les mains dans ses poches.

— Avez-vous vu Ray, ces derniers temps? demanda-t-il.

– Non.

La réponse fut sèche, comme pour signifier : « Je ne vais pas rester sous cette neige fondue pour papoter. »

– Qu'avez-vous découvert ? reprit Mitch sans tourner la tête vers le détective privé.

Lomax alluma une cigarette comme s'il voulait encore accentuer sa ressemblance avec l'homme de Marlboro.

– J'ai quelques renseignements sur les trois avocats. Alice Knauss est morte en 1977, dans un accident de voiture. D'après le rapport de police, elle a été victime d'un conducteur ivre, mais, curieusement, ce conducteur n'a jamais été retrouvé. L'accident a eu lieu un mercredi, vers minuit. Elle rentrait chez elle après avoir travaillé très tard au bureau. En regagnant Sycamore View, où elle habitait, sa voiture a été percutée de plein fouet par un pick-up d'une tonne. Cela s'est passé sur la route de New London. Elle conduisait une petite Fiat qui a été littéralement pulvérisée. Pas de témoins. Quand la police est arrivée, le pick-up était vide ; le conducteur s'était envolé. Les plaques minéralogiques ont révélé que le véhicule avait été volé trois jours plus tôt, à Saint Louis. Il n'y avait naturellement ni empreintes ni indices.

– Ils ont recherché des empreintes ?

– Oui. Je connais le flic qui a été chargé de l'enquête. Ils avaient des soupçons, mais pas l'ombre d'une piste. Comme ils ont trouvé une bouteille de whisky vide, ils ont conclu que le conducteur était ivre et l'affaire a été classée.

– Y a-t-il eu une autopsie ?

– Non. Les causes de la mort ne faisaient aucun doute.

– Cela me paraît louche.

– C'est le moins qu'on puisse dire. Les trois accidents sont louches. Robert Lamm était parti chasser le cerf dans l'Arkansas avec quelques amis, comme ils le faisaient deux ou trois fois pendant la saison. Ils avaient un rendez-vous de chasse dans le comté d'Izard, dans les monts Ozarks. Après une partie de chasse matinale, tout le monde a regagné le campement, sauf Lamm. Les policiers ont battu les bois pendant quinze jours avant de retrouver son corps dans un ravin, partiellement recouvert de feuilles mortes. Une balle lui avait traversé le crâne. Ils ont écarté l'hypothèse d'un suicide, mais il n'y avait absolument aucun indice pour mener une enquête.

– C'était donc un assassinat ?

– Selon toute vraisemblance. L'autopsie a révélé que la balle avait pénétré à la base du crâne et avait déchiqueté le visage en ressortant. Le suicide était à écarter.

– C'était peut-être un accident.

– Pas impossible. Peut-être a-t-il reçu une balle destinée à un cerf, mais c'est peu vraisemblable. Le corps a été retrouvé à une certaine distance du campement, dans une zone peu fréquentée par les chasseurs. Ses amis ont déclaré n'avoir ni vu ni entendu d'autres chasseurs le matin de sa disparition. J'ai parlé au shérif, maintenant à la retraite, et il est persuadé qu'il s'agit d'un assassinat. Il affirme que le corps avait été volontairement recouvert de feuilles.

— C'est tout?

— Pour Lamm, oui.

— Et Mickel?

— Sale histoire. Il s'est suicidé en 1984, à l'âge de trente-quatre ans. Il s'est tiré une balle dans la tempe droite avec un Smith & Wesson .357. Il a laissé une longue lettre d'adieux dans laquelle il demandait à son ex-femme de lui pardonner et prenait congé de ses enfants et de sa mère. Très émouvant.

— Une lettre manuscrite?

— Pas exactement. Elle était dactylographiée, ce qui n'avait rien d'étonnant pour un type qui tapait beaucoup à la machine. Il avait une I.B.M. dans son bureau et c'est cette machine qui a servi pour la lettre d'adieu. Il faut dire qu'il écrivait comme un cochon.

— Alors, qu'y a-t-il de louche?

— Le revolver. Jamais il n'avait acheté une arme de sa vie. Personne ne sait d'où provenait ce revolver. Pas de permis, pas de numéro de série, rien. Un collègue de sa boîte aurait affirmé que Mickel lui avait confié avoir acheté une arme pour se protéger. A l'évidence, il avait des problèmes affectifs.

— Qu'en pensez-vous?

Lomax jeta sa cigarette sous la pluie glacée, puis il mit ses mains autour de sa bouche et souffla sur ses doigts.

— A vrai dire, je ne sais pas. Je n'arrive pas à comprendre comment un avocat ne connaissant rien en armes pourrait se procurer un revolver sans permis ni numéro de série. Si un type comme ça voulait une arme, il entrerait dans la première armurerie, remplirait tous les papiers nécessaires et en ressortirait avec un beau joujou tout neuf. Le revolver avait au moins dix ans et avait été maquillé par des professionnels.

— Les flics ont ouvert une enquête?

— Si l'on peut dire... Aussitôt ouverte, l'affaire a été classée.

— A-t-il signé la lettre?

— Oui, mais je ne sais pas qui a vérifié la signature. Il avait divorcé depuis un an et son ex était repartie à Baltimore.

Mitch secoua la glace qui s'était déposée sur son col. La neige fondue tombait de plus en plus fort. De petits glaçons commençaient à se former au bout du tube des canons. Sur Riverside Drive, les voitures, dont les roues patinaient, avaient ralenti.

— Alors, demanda Mitch, le regard tourné vers le fleuve, que pensez-vous de notre petite entreprise?

156

– Je pense qu'il est dangereux d'y travailler. Cinq juristes ont disparu en quinze ans; la moyenne est assez élevée.

– Cinq?

– Si l'on compte Hodge et Kozinski. J'ai une source qui m'a confié que bien des questions restaient sans réponse.

– Je ne vous paie pas pour faire des recherches sur ces deux-là.

– Et moi, je ne vous demande rien. Disons simplement que tout cela a éveillé ma curiosité.

– Combien vous dois-je?

– Six cent vingt.

– Je vous réglerai en liquide. Il vaut mieux qu'il ne reste pas de traces.

– Parfait. Je préfère aussi.

Le regard de Mitch s'écarta du fleuve pour aller se fixer sur les grands immeubles qui se dressaient devant le parc. Il avait froid, mais n'était pas pressé de partir. Lomax l'observait du coin de l'œil.

– Vous devez avoir des problèmes, hein?

– Vous devez comprendre pourquoi, répliqua Mitch.

– Je n'aimerais pas travailler dans cette boîte. Je n'en sais certainement pas aussi long que vous et je vous soupçonne même de me cacher pas mal de choses. Nous sommes obligés de nous retrouver ici, sous cette saloperie de neige, pour ne pas être vus ensemble. Nous ne pouvons pas parler au téléphone ni nous rencontrer dans votre bureau. Et vous ne voulez même plus venir me voir dans le mien. Vous avez l'impression d'être suivi en permanence. Vous me recommandez d'être prudent et de surveiller mes arrières parce qu'il n'est pas impossible que de mystérieux ennemis me filent le train. Il y a déjà cinq juristes de votre cabinet qui sont morts dans des circonstances troublantes et tout dans votre attitude indique que vous redoutez d'être le sixième. Oui, je pense que vous avez des problèmes. De gros problèmes.

– Du nouveau sur Tarrance?

– C'est un des meilleurs agents du F.B.I. Il a été muté à Memphis il y a à peu près deux ans.

– D'où venait-il?

– New York.

Le clochard roula de dessous le cheval de bronze et tomba sur le trottoir. L'homme poussa un grognement, se releva en vacillant, récupéra son carton et sa couverture, puis s'éloigna d'une démarche titubante. Lomax tourna vivement la tête dans sa direction et le suivit d'un œil inquiet.

– Ce n'est qu'un clodo, dit Mitch d'une voix rassurante.

– A la surveillance de qui devons-nous échapper? demanda Lomax.

– J'aimerais bien le savoir.

– Je crois que vous le savez, répliqua le détective privé en étudiant attentivement le visage de Mitch.

Mitch garda le silence.

— Écoutez, Mitch, reprit Lomax, vous ne me payez pas pour me faire courir des risques. Je le comprends parfaitement. Mais mon instinct me souffle que vous avez des ennuis et je pense que vous avez besoin d'un ami, de quelqu'un en qui vous ayez confiance. Si vous avez besoin de moi, je peux vous aider. Je ne sais pas qui sont les méchants, mais je suis persuadé qu'ils sont très dangereux.

— Merci, dit doucement Mitch, mais sans tourner la tête, comme si le moment était venu pour Lomax de le quitter et de le laisser seul sous la neige fondue.

— S'il le fallait, reprit Eddie, je me jetterais dans le fleuve pour Ray McDeere. Et je suis sûr que je peux venir en aide à son petit frère.

Mitch inclina légèrement la tête, mais il demeura silencieux. Lomax alluma une cigarette et nettoya la neige qui s'était déposée sur ses chaussures en lézard.

— Appelez-moi quand vous voulez, dit-il. Et soyez prudent. Ils sont là et ils ne plaisantent pas.

16

A l'intersection de Madison et de Cooper Street, de vieux immeubles de deux étages avaient été rénovés pour créer des bars, des boîtes de nuit, des boutiques de luxe et quelques bons restaurants. Ce carrefour, baptisé Overton Square, était ainsi devenu le centre de la vie nocturne de Memphis. Un théâtre et une librairie lui apportaient même une note culturelle. Le week-end, l'afflux d'étudiants et de marins de la base navale engendrait une bruyante animation, mais, les soirs de semaine, les restaurants, bien que très fréquentés, restaient calmes. Un bâtiment à la façade de stuc blanc abritait un restaurant français typique, Paulette's, réputé pour sa carte des vins, ses desserts et la voix mélodieuse du pianiste. Avec le confortable salaire de Mitch, les cartes de crédit s'étaient multipliées et les McDeere en faisaient usage pour découvrir les meilleurs restaurants de la ville. Pour l'heure, la palme allait à Paulette's.

Mitch, assis au fond du bar devant un café, le regard rivé sur la porte d'entrée, était en avance, mais c'était volontaire. Quand il avait appelé Abby dans l'après-midi pour lui demander de le rejoindre à 19 heures, elle lui avait demandé pourquoi et il avait répondu qu'il lui expliquerait plus tard. Il savait que, depuis son retour des Caïmans, il était suivi, épié, écouté. Cela faisait un mois qu'il prenait des précautions au téléphone, qu'il lançait de fréquents coups d'œil dans son rétroviseur quand il était en voiture et que, même chez lui, il pesait chaque mot. Il avait la certitude d'être surveillé.

Abby poussa la porte et chercha son mari dans la salle. Il vint à sa rencontre et l'embrassa sur les joues. Elle enleva son manteau et ils suivirent le maître d'hôtel qui les conduisit à une petite table coincée entre d'autres tables serrées les unes contre les autres et toutes occupées. Mitch parcourut la salle du regard pour chercher un endroit plus tranquille, mais il n'y avait pas d'autre place. Il remercia le maître d'hôtel et s'installa en face de sa femme.

159

– Que fêtons-nous ? demanda-t-elle d'un ton soupçonneux.

– Ai-je besoin d'une raison particulière pour inviter ma femme à dîner ?

– Assurément. Il est 19 heures, un lundi soir, tu n'es pas au bureau. Il doit s'agir d'un événement exceptionnel.

Un serveur se glissa difficilement entre deux tables pour leur demander s'ils désiraient prendre un apéritif. Mitch commanda deux verres de vin blanc, puis laissa de nouveau son regard courir dans la salle. Son attention fut attirée par un homme seul, assis à quelques tables de la leur, dont le visage lui sembla familier. Quand, quelques secondes plus tard, Mitch regarda de nouveau dans sa direction, le visage se dissimula derrière un menu.

– Que se passe-t-il, Mitch ?

– Il faut que je te parle, Abby, répondit-il, l'air soucieux, en posant la main sur celle de sa femme.

Il sentit la main tressaillir sous la sienne et vit le sourire s'effacer des lèvres d'Abby.

– De quoi ? demanda-t-elle.

– De quelque chose de grave.

– Pouvons-nous attendre que le vin arrive, dit-elle avec un long soupir. J'ai l'impression que je vais en avoir besoin.

Mitch lança un coup d'œil vers l'homme qui se cachait derrière le menu.

– Nous n'allons pas parler ici, murmura-t-il.

– Alors, pourquoi m'as-tu demandé de venir ?

– Écoute-moi, Abby. Tu te rappelles où se trouvent les toilettes ? Au fond de ce couloir, sur la droite.

– Oui.

– Il y a au fond du couloir une entrée de service qui donne sur une petite rue, derrière le restaurant. Je veux que tu ailles aux toilettes et que tu sortes par cette porte. Je te retrouverai dans la rue.

Elle ne dit rien, mais ses sourcils se froncèrent, ses yeux se plissèrent et sa tête s'inclina légèrement vers la droite.

– Fais-moi confiance, Abby, je t'expliquerai tout. Je te retrouve dehors et nous irons dîner ailleurs, je ne peux pas parler ici.

– Tu commences à me faire peur.

– Je t'en prie, fit-il avec fermeté, en lui serrant la main. Ne t'inquiète pas. Je prendrai ton manteau.

Elle se leva et sortit en prenant son sac à main. Mitch regarda pardessus son épaule l'homme au visage familier : il se levait pour accueillir à sa table une dame d'âge mûr et ne remarqua pas le départ d'Abby.

Quand ils se retrouvèrent derrière le restaurant, Mitch posa son manteau sur les épaules de sa femme et l'entraîna dans la rue en répétant qu'il allait tout lui expliquer. Une trentaine de mètres plus loin, ils s'engagèrent dans un passage entre deux maisons et arrivèrent devant le Bombay Bicycle Club, un club pour célibataires avec restaurant et orchestre de blues. Mitch appela le maître d'hôtel, fouilla du regard les deux salles de restaurant et indiqua une table dans l'angle le plus éloigné.

– Là-bas, dit-il.

Il alla s'asseoir, le dos au mur, face à la porte de la salle. Le coin qu'il avait choisi était sombre et des bougies éclairaient la table. Ils commandèrent du vin.

Abby demeurait immobile, attendant sans le quitter des yeux que Mitch se décide à parler.

– Te souviens-tu de Rick Acklin, que nous avons connu à l'université ?

– Non, répondit-elle sans remuer les lèvres.

– Il jouait au base-ball et ne quittait jamais le campus. Tu as dû le rencontrer une fois. Un type très chouette, très sain, assez brillant. Je crois qu'il était originaire de Bowling Green. Sans être très liés, nous avions de bons rapports.

Elle secoua la tête et attendit la suite en silence.

– Peu importe, dit Mitch. Il a obtenu son diplôme un an avant nous et a fait l'école de droit de Wake Forest. Maintenant, il fait partie du F.B.I. et il est en poste à Memphis.

Il l'observa attentivement pour voir si elle réagissait au nom de F.B.I. Mais elle demeura impassible.

– Je continue, dit-il. J'étais donc à midi en train de manger un hot dog chez Obleo, dans Main Street, quand je vois arriver Rick. Il me dit bonjour et fait comme si notre rencontre était une pure coïncidence. Nous discutons quelques minutes, puis un autre agent du F.B.I., un certain Tarrance, vient s'asseoir à notre table. C'est la deuxième fois que j'ai affaire à ce Tarrance depuis que j'ai été reçu à l'examen du barreau.

– La deuxième... ?

– Oui, nous nous sommes déjà rencontrés au mois d'août.

– Et ce sont des... agents du F.B.I. ?

– Oui, oui, avec la plaque et tout. Tarrance est un agent expérimenté venu de New York qui a été nommé à Memphis il y a deux ans. Acklin, lui, débute et il ne travaille ici que depuis trois mois.

– Que te voulaient-ils ?

Un serveur apporta le vin et Mitch en profita pour regarder de nouveau autour de lui. Un petit orchestre accordait ses instruments sur une scène nichée au fond de la salle. Autour du bar s'agglutinait une foule bon chic bon genre, qui buvait en papotant. Le serveur tendit la main vers les cartes qu'ils n'avaient pas encore ouvertes. Mitch lui demanda sèchement de revenir un peu plus tard.

— Je ne sais pas ce qu'ils me veulent, Abby, reprit-il quand le serveur se fut éloigné. La première rencontre a eu lieu au mois d'août, juste après la parution dans le journal des résultats de l'examen.

Il goûta son vin et entreprit de lui raconter par le menu sa première conversation avec Tarrance chez Lansky, ses mises en garde, puis la réunion avec Locke, Lambert et les autres. Il donna à Abby leur version de l'intérêt très vif que le F.B.I. portait à la firme et ajouta qu'il en avait discuté avec Lamar, et qu'il croyait ce que les associés lui avaient dit. Abby buvait ses paroles, mais elle attendit pour poser des questions.

— Mais aujourd'hui, reprit Mitch, alors que j'étais tranquille dans mon coin, en train de manger un hot dog géant à l'oignon, je vois débarquer ce type que j'ai connu à l'université et il m'apprend que le F.B.I. a la certitude que mon téléphone est sur écoute et que ma propre maison est truffée de micros au point que quelqu'un de chez Bendini, Lambert & Locke sait immédiatement quand j'éternue ou quand je vais pisser. Or, il se trouve que Rick Acklin a été muté ici juste après que j'ai été reçu à mon examen. Étrange coïncidence, non ?

— Mais que veulent-ils ?

— Ils ne veulent pas le dire, ils ne peuvent pas encore le dire. Mais ils me demandent de leur faire confiance et tout le baratin habituel. Je ne sais pas ce qu'il faut faire, Abby. Je n'ai pas la moindre idée de ce qu'ils cherchent, mais en tout cas, c'est moi qu'ils ont choisi.

— As-tu parlé à Lamar de cette rencontre ?

— Non, je n'en ai parlé à personne, à part toi. Et je n'ai pas l'intention de le faire.

— Alors, notre téléphone serait sur écoute ? poursuivit Abby en vidant son verre d'un trait.

— C'est ce qu'affirment les gars du F.B.I. Mais comment peuvent-ils le savoir ?

— Ils ne sont pas idiots, Mitch. Si des agents du F.B.I. me disaient que mon téléphone est sur écoute, je les croirais. Pas toi ?

— Je ne sais pas qui croire. Locke et Lambert étaient très persuasifs quand ils m'ont expliqué pourquoi la société était en butte aux tracasseries du fisc et du F.B.I. Je ne demande qu'à leur faire confiance, mais il y a un certain nombre de choses qui ne sont pas claires. Imaginons que le cabinet ait un gros client dont les activités louches aient attiré l'attention du F.B.I. Pourquoi me choisirait-on et me suivrait-on, moi, le petit nouveau, celui qui est le moins bien renseigné de toute la boîte ? Je ne sais rien du tout ! Je travaille sur des dossiers que quelqu'un d'autre me prépare. Je n'ai pas de clients attitrés et je me contente de faire ce qu'on me demande. Pourquoi n'ont-ils pas choisi un des associés ?

— Peut-être veulent-ils que tu dénonces des clients.

— Hors de question ! Un avocat est tenu au secret professionnel. Tout ce que j'apprends sur les affaires d'un client demeure strictement confidentiel et les fédéraux le savent parfaitement. Il est illusoire d'espérer qu'un avocat divulgue quoi que ce soit sur ses clients.

– As-tu remarqué des actions illégales ?

Il fit craquer les jointures de ses doigts et lui sourit en parcourant distraitement la salle du regard. Les effets du vin commençaient à se faire sentir.

– Je ne suis pas censé répondre à cette question, même à toi, Abby. Mais la réponse est non. J'ai travaillé sur les dossiers de vingt clients d'Avery, plus quelques autres, et je n'ai rien remarqué de louche. Peut-être deux ou trois cas d'évasions fiscales hasardeuses, mais rien de véritablement illégal. J'aimerais avoir quelques éclaircissements sur les relevés de comptes que j'ai vus dans les Caïmans, mais il n'y a rien de très grave.

Les Caïmans ! Il sentit son estomac se nouer au souvenir de la fille de la plage.

En voyant le serveur qui attendait à proximité de leur table, le regard rivé sur les menus, Mitch montra son verre.

– La même chose, dit-il.

Abby se pencha vers lui, aussi près que le permettaient les bougies.

– Alors, qui a mis notre téléphone sur écoute ? demanda-t-elle, l'air perplexe.

– En admettant que ce soit vrai, je n'en ai pas la moindre idée. Lors de notre première rencontre, Tarrance a laissé entendre que c'était quelqu'un de la société. Disons plutôt que c'est ce que j'ai compris. Il m'a recommandé de ne faire confiance à personne et m'a révélé que tout ce que je disais était susceptible d'être écouté et enregistré. J'en ai conclu que cela ne pouvait être qu'eux.

– Qu'est-ce que Locke a répondu à ces accusations ?

– Rien... Je n'en ai pas parlé. J'ai préféré garder certaines choses pour moi.

– Quelqu'un a donc mis notre ligne téléphonique sur écoute et placé des micros dans la maison ?

– Et peut-être dans nos voitures. Rick Acklin a beaucoup insisté aujourd'hui. Il m'a demandé de faire très attention à ce que je disais, car toutes mes conversations pouvaient être enregistrées.

– Mais c'est incroyable ! Pourquoi ?

Il secoua lentement la tête en regardant son verre vide.

– Je n'en sais rien, ma chérie. Je n'en sais vraiment rien.

Le serveur apporta les deux verres de vin et resta debout près de la table, les mains derrière le dos.

– Voulez-vous commander ?

– Dans quelques minutes, répondit Abby.

– Nous vous appellerons quand nous serons prêts, ajouta Mitch.

– Qu'est-ce que tu en penses, Mitch ?

– Je pense qu'il se prépare quelque chose, que cette histoire n'est pas finie.

Abby croisa lentement les mains sur la table et fixa sur son mari un regard empreint d'anxiété. Il lui raconta toute l'histoire de Hodge et Kozinski, depuis sa première conversation avec Tarrance en passant par la filature qu'il avait réussi à déjouer aux îles Caïmans et sa rencontre avec Abanks. Il lui répéta tout ce qu'Abanks lui avait confié. Puis il lui parla d'Eddie Lomax et des décès suspects d'Alice Knauss, de Robert Lamm et de John Mickel.

– Tu m'as coupé l'appétit, dit-elle quand il eut terminé.

– Je n'ai pas faim non plus, mais cela m'a fait du bien de tout te raconter.

– Pourquoi ne m'en as-tu pas parlé plus tôt ?

– J'espérais que les choses se tasseraient. J'espérais que Tarrance me laisserait tranquille et qu'il trouverait quelqu'un d'autre à harceler. Mais il ne lâchera pas prise. C'est pour m'amadouer qu'ils ont muté Rick Acklin à Memphis. J'ai été choisi par le F.B.I. pour accomplir une mission dont j'ignore absolument tout.

– J'ai peur, Mitch.

– Nous devons faire très attention, Abby, et continuer à vivre comme si de rien n'était.

– Je n'en crois pas mes oreilles. Je suis assise ici, avec toi, je t'écoute, mais je ne crois pas ce que j'entends. Ça ne peut pas être vrai, Mitch... Tu me demandes de continuer à vivre dans une maison bourrée de micros, où le téléphone est sur écoute, en sachant que quelqu'un, quelque part, ne perd pas un mot de tout ce que nous disons ?

– Que faire d'autre ?

– Nous n'avons qu'à engager ce Lomax pour qu'il vienne inspecter la maison.

– J'y ai pensé. Mais réfléchis : que ferons-nous s'il trouve quelque chose et si nous avons la certitude qu'il y a des micros partout ? Que se passera-t-il s'il détruit un des appareils qu'on y a cachés ? Ils comprendront immédiatement que nous sommes au courant. Non, c'est trop dangereux, du moins pour l'instant. Nous verrons plus tard.

– C'est de la folie, Mitch. Je présume que nous allons être obligés de nous réfugier dans le jardin, pour avoir des conversations privées.

– Pas nécessairement. Nous pourrons aller dans la rue.

– Je trouve le moment mal choisi pour faire de l'humour.

– Excuse-moi. Écoute, Abby, essayons quelque temps de mener une vie normale et d'être patients. Tarrance m'a convaincu qu'il était sérieux et je sais qu'il ne me lâchera pas. Je ne peux rien faire, c'est lui qui vient me chercher. Je crois aussi qu'ils me suivent et qu'ils attendent le moment favorable. Pour l'instant, il est essentiel de continuer à vivre normalement.

— Normalement ? Quand j'y pense, les conversations sont assez rares à la maison, ces temps-ci. Ils seront déçus s'ils espèrent surprendre des dialogues compromettants. La plupart du temps, c'est à Cancan que je fais la conversation.

17

La neige fondit avant Noël, laissant le sol détrempé et annonçant la pluie froide et le ciel plombé qui accompagnaient traditionnellement les fêtes de fin d'année dans le Sud. Memphis n'avait connu que deux Noël sous la neige depuis quatre-vingt-dix ans et les météorologues n'en attendaient pas d'autre d'ici la fin du siècle.

Il y avait de la neige dans le Kentucky, mais les routes étaient dégagées. Abby téléphona à ses parents le matin du 25 décembre pour leur annoncer qu'elle arrivait, mais seule. Ils lui dirent qu'ils étaient déçus et lui proposèrent de rester à Memphis si cela devait créer des problèmes. Elle insista en affirmant qu'il n'y avait que dix heures de route, que la circulation serait fluide et qu'elle arriverait en début de soirée.

Mitch ne parlait pas beaucoup. Il étala le journal par terre, à côté du sapin de Noël, et s'allongea en feignant d'être absorbé par sa lecture pendant qu'Abby chargeait la voiture. Le chien s'était caché sous une chaise, comme pour se protéger d'une explosion imminente. Ils avaient déballé leurs cadeaux, bien alignés sur le canapé. Des vêtements, une eau de toilette et quelques livres d'art pour lui, une veste en renard pour elle. Pour la première fois depuis leur mariage, le couple avait pu s'offrir des cadeaux de Noël.

Abby prit la fourrure sur son bras et s'avança vers le journal déplié.

– Je pars, dit-elle d'une voix douce, mais d'un ton ferme.

Mitch se releva lentement et la regarda.

– J'aimerais que tu m'accompagnes, ajouta-t-elle.

– Peut-être l'année prochaine.

C'était un mensonge, ils le savaient. Mais cela ne pouvait pas faire de mal, c'était plutôt encourageant.

– Sois prudente, je t'en prie.

– Prends soin de mon chien.

– Ne t'inquiète pas pour nous.

Il la prit par les épaules et plaqua un baiser sur sa joue, puis il fit un pas en arrière et la regarda en souriant. Elle était belle, beaucoup plus qu'à l'époque de leur mariage : les années ne faisaient que l'embellir. Il l'accompagna jusqu'à l'abri et l'aida à monter en voiture. Ils s'embrassèrent encore, puis elle passa la marche arrière et la Peugeot recula dans l'allée.

Joyeux Noël, songea Mitch. Puis il se tourna vers le chien et lui souhaita également un joyeux Noël.

Après avoir passé une heure à regarder les murs, il emporta des vêtements de rechange dans la B.M.W., posa Cancan sur le siège avant et quitta la maison. Il prit la direction du Sud, par l'autoroute I 55 et pénétra dans le Mississippi. Il y avait peu de circulation, mais il regardait fréquememnt dans le rétroviseur. Le chien gémissait à intervalles réguliers. Mitch arrêtait alors la voiture sur le bas-côté, de préférence derrière une élévation de terrain. Pendant que Cancan faisait ses besoins, il essayait de trouver un bouquet d'arbres derrière lequel il se cachait pour observer les voitures qui passaient. Il ne remarqua rien d'anormal. Après le cinquième arrêt, il était sûr de n'avoir pas été suivi. A l'évidence, le jour de Noël était férié pour ceux qui s'intéressaient à lui.

Il lui fallut six heures pour arriver à Mobile. Deux heures plus tard, il traversait la baie de Pensacola, en Floride, pour prendre la direction de la côte d'Émeraude. La Nationale 98 traversait de petites villes côtières, Navarre, Fort Walton Beach, Destin et Sandestin, elle longeait des grappes d'immeubles résidentiels et des motels, de gigantesques centres commerciaux, une kyrielle de petits parcs d'attractions et de boutiques fermées pour la plupart depuis le début septembre. Puis le ruban d'asphalte se déroulait sur des kilomètres et des kilomètres, sans circulation ni constructions, offrant une vue à couper le souffle sur des plages d'un blanc de neige et le miroitement des flots verts du golfe du Mexique. A l'est de Sandestin, la route se réduisit à deux voies et s'éloigna de la côte. Pendant une heure, Mitch roula, seul, sans rien d'autre à regarder que les bois bordant l'accotement et, de loin en loin, une station-service ou une épicerie.

A la nuit tombante, au sommet d'une longue côte, un panneau annonça que Panama City Beach était distant de treize kilomètres. La route revint vers la côte et un embranchement lui offrit le choix entre une voie filant vers le nord et l'itinéraire touristique baptisé la chaussée des Merveilles, qui longeait la plage – une langue de sable longue de vingt-cinq kilomètres –, bordée des deux côtés par une suite ininterrompue d'immeubles, de motels bon marché, de campings, de résidences secondaires, de fast-foods et de boutiques de vêtements. C'était Panama City Beach.

La majorité de la myriade d'appartements était inoccupée, mais il vit de-ci de-là une voiture en stationnement et en conclut que quelques familles étaient venues passer les vacances de Noël au bord de la mer. Au moins il fait chaud et ils sont réunis, se dit-il. Le chien aboya et il gara la voiture près d'une jetée où des vacanciers de Pennsylvanie, de l'Ohio ou du Canada pêchaient dans des eaux sombres.

Il suivit lentement la chaussée des Merveilles. Cancan regardait par la vitre et semblait admirer le paysage, il aboyait de temps en temps à la vue d'une l'enseigne clignotante signalant un établissement ouvert. Seul un petit nombre de cafés et de motels refusaient obstinément de fermer à cette époque de l'année.

Mitch fit le plein d'essence dans une station-service Texaco ouverte jour et nuit. Le pompiste paraissait aimable.

– Vous connaissez la rue San Luis ? lui demanda Mitch.

– Oui, oui, répondit-il avec un accent du Sud en tendant la main vers l'ouest. Deuxième feu à droite, puis première à gauche.

Mitch arriva dans un quartier de la ville pullulant de caravanes, mobiles à l'origine, certes, mais qui n'avaient pas bougé depuis des décennies. Elles étaient serrées les unes contre les autres comme des rangées de dominos. Les allées, courtes et étroites, étaient encombrées de vieux tacots et de tondeuses à gazon rouillées. Des motocyclettes et des bicyclettes étaient appuyées contre les caravanes. Un panneau indiquait qu'il s'agissait d'un village pour retraités : Lotissement San Pedro – A huit cents mètres de la côte d'Émeraude. Cela ressemblait plutôt à des taudis sur roues.

Il trouva la rue San Luis et son appréhension s'accrut. C'était une voie sinueuse et étroite, bordée de remorques encore plus délabrées que la majorité de celles qu'il avait vues. Il roulait lentement, suivant avec anxiété les numéros et remarquant la multitude de plaques d'immatriculation des autres États. La rue était vide.

La caravane du n° 486 de la rue San Luis était une des plus vétustes et des plus petites. La couleur d'origine devait être un gris argenté, mais la peinture s'était écaillée et une couche de moisissure vert sombre la recouvrait jusqu'aux fenêtres. Il n'y avait pas de rideaux, la vitre arrière, fêlée sur toute sa hauteur, était bricolée avec du ruban adhésif gris. La porte était ouverte et Mitch distingua un petit téléviseur couleur et la silhouette d'un homme qui se déplaçait.

Ce n'était pas ce qu'il voulait. Il avait toujours refusé de rencontrer le second mari de sa mère et le moment n'était pas propice. Il poursuivit sa route, regrettant d'être venu.

Il trouva sur la chaussée des Merveilles l'enseigne familière d'un hôtel Holiday Inn qui était vide, mais ouvert. Il gara la B.M.W. et s'inscrivit sous le nom d'Eddie Lomax, de Danesboro, Kentucky. Il paya en espèces sa chambre avec vue sur l'océan.

Dans l'annuaire de Panama City Beach, il y avait l'adresse de trois Palais de la Gaufre sur la chaussée des Merveilles. Allongé en travers du lit de sa chambre, Mitch composa le premier numéro. Pas de chance. Il composa le deuxième et demanda de nouveau à parler à Eva Ainsworth. On lui demanda de patienter un instant et il raccrocha. Il était 23 heures ; il avait dormi deux heures.

Il fallut dix minutes au taxi pour arriver à l'hôtel ; le chauffeur expliqua de but en blanc qu'il était chez lui, en train de manger les restes de la dinde avec sa femme, ses gosses et quelques parents, quand le standard avait appelé. Il ajouta que c'était Noël et qu'il aurait souhaité passer la journée en famille sans penser une seule seconde au boulot. Mitch posa un billet de vingt dollars sur le siège avant et lui demanda de se calmer.

– Qu'est-ce qu'il y a au Palais de la Gaufre ? demanda le chauffeur.

– Contentez-vous de me conduire là-bas.

– Eh bien, il y a des gaufres !

Le bonhomme se mit à rire et murmura quelques mots incompréhensibles. Il régla le volume de la radio et chercha sa station préférée. Puis il jeta un coup d'œil dans le rétroviseur et regarda par la vitre de sa portière en sifflotant.

– Qu'est-ce qui vous amène par ici pour Noël ?

– Je cherche quelqu'un.

– Qui ?

– Une femme.

– Nous en sommes tous là. Vous cherchez quelqu'un en particulier ?

– Une vieille amie.

– Elle est au Palais de la Gaufre ?

– Je pense.

– Vous ne seriez pas un privé, par hasard ?

– Non.

– Ça me semble bien louche, votre histoire.

Le Palais de la Gaufre était une construction rectangulaire, petite boîte comprenant une douzaine de tables et un long comptoir disposé devant le grill où tout cuisait en plein air. De grandes baies vitrées bordaient un côté de la salle afin que les clients puissent admirer la chaussée des Merveilles et les résidences à l'arrière-plan tout en savourant leur gaufre à la noix de pécan servie avec du bacon. Le petit parking était presque plein et Mitch indiqua au chauffeur du taxi une place libre à proximité du bâtiment.

– Vous ne descendez pas ?

– Non. Laissez tourner le compteur.

– De plus en plus bizarre.

– Vous serez payé.

– Et comment!

Mitch se pencha et posa les bras sur le dossier du siège avant. Il scruta l'intérieur de la salle tout en percevant le tic-tac discret du compteur. Le chauffeur secoua la tête et s'enfonça dans son siège, mais il continua de regarder par curiosité.

Dans un angle, près du distributeur de cigarettes, une tablée de touristes ventripotents, affublés de chemises bariolées et de chaussettes noires contrastant avec la peau blafarde de leurs jambes, buvaient du café en consultant la carte. Le chef de la bande, dont la chemise déboutonnée exhibait une poitrine velue ornée d'une lourde chaîne d'or, portait d'épaisses rouflaquettes grisonnantes et une casquette de base-ball de l'équipe de Philadelphie. Il se tournait sans arrêt vers le grill, cherchant à l'évidence une serveuse.

– Vous la voyez? demanda le chauffeur de taxi.

Mitch ne répondit pas, mais il se pencha un peu plus en avant, les yeux plissés. Elle venait d'apparaître comme par enchantement et se tenait devant la table, son stylo et son carnet à la main. Le chef de la bande dit quelque chose de drôle et toute la tablée se mit à rire grassement. Elle prit la commande sans un sourire. Elle semblait frêle et maigre. Presque trop maigre dans son uniforme noir et blanc ajusté, qui dessinait sa taille de guêpe. Ses cheveux poivre et sel, coiffés en arrière, étaient à moitié dissimulés par sa coiffe. Elle avait cinquante et un ans et, de loin, paraissait son âge. Quand elle eut fini d'écrire, elle arracha les menus des mains des clients en ébauchant un sourire et disparut. Elle se déplaçait rapidement entre les tables, versait du café, apportait des bouteilles de ketchup et passait des commandes au cuisinier.

Mitch se détendit. Le compteur continuait à tourner.

– C'est elle? demanda le chauffeur.

– Oui.

– Et maintenant?

– Je ne sais pas.

– Eh bien, nous l'avons trouvée, c'est déjà ça.

Mitch continuait à suivre ses mouvements sans rien dire. Elle versa du café à un homme seul à une table. Le client dit quelque chose et elle sourit. Un sourire merveilleux, un sourire qu'il avait revu des centaines de fois dans la nuit, en regardant le plafond. Le sourire d'une mère.

Une légère brume commençait à envelopper la voiture et les essuie-glaces se déclenchaient toutes les dix secondes pour nettoyer le pare-brise. C'était Noël, il était presque minuit.

Le chauffeur commença à pianoter nerveusement sur son volant. Il s'enfonça un peu plus et entreprit de changer de station.

– Combien de temps allons-nous rester ici?

– Pas longtemps.

– Vous êtes vraiment bizarre.

170

- Vous serez largement payé.
- Il n'y a pas que l'argent dans la vie, mon vieux. C'est Noël, j'ai les enfants à la maison et de la famille. Il y a du vin et de la dinde, et je suis coincé ici pendant que vous regardez une vieille femme à travers les vitres de ce boui-boui.
- C'est ma mère.
- Quoi ?
- Vous avez entendu.
- Ça alors! Décidément, j'aurai tout vu dans ce métier!
- Taisez-vous maintenant.
- Bon, bon... Vous n'allez pas lui parler ? Enfin, quoi, c'est Noël et vous avez retrouvé votre mère. Vous pouvez quand même aller l'embrasser, non ?
- Non, pas maintenant.

Mitch s'enfonça dans son siège et tourna la tête de l'autre côté de la route, vers la plage plongée dans l'obscurité.

- Allons-y, dit-il doucement.

A l'aube, il enfila un jean et un sweat-shirt et sortit, pieds nus, promener Cancan sur la plage. Ils partirent vers l'est, où les premières lueurs orangées commençaient à poindre à l'horizon. Les vagues éclataient mollement sur la grève et venaient mourir sur le sable frais et humide. Dans le ciel déjà clair, des nuées de mouettes s'agitaient. Cancan s'élança bravement mais battit en retraite en jappant dès qu'il vit fondre sur lui une vague frangée d'écume. Pour un chien d'appartement, tant de sable et tant d'eau exigeaient une exploration approfondie, et Cancan galopait à cent mètres devant Mitch.

Au bout de deux kilomètres, ils arrivèrent devant une jetée, une longue construction de béton qui s'avançait d'une soixantaine de mètres dans l'océan. Cancan s'engagea intrépidement sur la jetée et courut jusqu'à un seau rempli d'appât, posé entre deux hommes qui se tenaient immobiles, le regard fixé sur les flots. Mitch passa derrière eux et gagna l'extrémité de la jetée où une douzaine de pêcheurs échangeaient de rares paroles en attendant une touche. Le chien se frotta contre la jambe de Mitch et s'assit. Le lever du soleil était imminent et, à perte de vue, l'océan virait du noir au vert.

Les pieds glacés, Mitch s'appuya au garde-fou et frissonna dans la fraîcheur du petit matin. Dans les deux directions, bordant la plage déserte sur des kilomètres, il ne voyait qu'une perspective infinie d'hôtels et d'immeubles, brisée au loin par la ligne perpendiculaire d'une autre jetée.

Les pêcheurs avaient le parler bref et précis des gens du Nord. Mitch écouta assez longtemps en observant l'océan pour comprendre que le poisson ne mordait pas. Quand son regard se porta vers le sud-est, il pensa aux îles Caïmans et à Abanks. Et très fugitivement à la fille de la plage. Il retournerait là-bas, au mois de mars, passer des vacances avec sa femme. Il ne reverrait certainement pas cette fille qu'il ne parvenait pas à chasser de son esprit. Il irait faire de la plongée avec Abanks ; peut-être se lieraient-ils d'amitié ? Ils boiraient des Heineken et des Red Stripe au bar en parlant de Hodge et de Kozinski. Il suivrait à son tour ceux qui étaient chargés de le filer. Abby lui prêterait main-forte, maintenant qu'elle partageait son secret.

L'homme attendait dans l'ombre près de la Lincoln, un Town Car. Il regarda nerveusement sa montre et lança un coup d'œil vers le trottoir mal éclairé. Au deuxième étage du bâtiment, une lumière s'éteignit. Une minute plus tard, le détective privé sortit et se dirigea vers sa voiture. L'homme s'avança à sa rencontre.

– Êtes-vous Eddie Lomax ? demanda-t-il d'un ton anxieux.

Lomax ralentit, puis s'arrêta. Les deux hommes étaient face à face.

– Oui, c'est moi. Et vous, qui êtes-vous ?

L'homme garda les mains enfoncées dans ses poches. Il faisait froid et humide, et il tremblait comme une feuille.

– Je m'appelle Al Kilbury et j'ai besoin de vous, monsieur Lomax. J'ai de l'argent. Je vous donne ce que vous voulez, tout de suite, en liquide. Mais il faut que vous m'aidiez.

– Écoutez, mon vieux, il est tard.

– Je vous en prie ! J'ai l'argent sur moi. Fixez votre prix, mais aidez-moi, monsieur Lomax !

L'homme sortit une liasse de billets de la poche gauche de son pantalon et s'apprêta à les compter.

Lomax regarda les billets, puis jeta un coup d'œil par-dessus son épaule.

– Quel est votre problème ? demanda-t-il.

– C'est ma femme... Elle doit rencontrer un homme dans une heure, dans un motel de Memphis Sud. Je connais le numéro de la chambre et tout. Je vous demande seulement de m'accompagner pour prendre des photos quand ils entreront et sortiront.

– Comment savez-vous tout cela ?

– J'ai surpris une conversation au téléphone. Elle travaille avec ce type et j'ai eu des soupçons. Je suis riche, monsieur Lomax, il faut absolument que le divorce soit prononcé en ma faveur. Je vous donne mille dollars pour commencer.

Il compta rapidement dix billets de cent dollars qu'il tendit au privé.

– D'accord, dit Lomax en prenant l'argent. Je vais chercher mon appareil.

– Faites vite. Vous aurez tout en liquide, d'accord ? Comme ça, il n'y aura pas de traces.

– Ça me va, fit Lomax en repartant vers son bureau.

Vingt minutes plus tard, la Lincoln s'engagea lentement sur le parking bien rempli d'un Days Inn. Kilbury montra une fenêtre au deuxième étage, à l'arrière du motel, puis il indiqua à Lomax une place libre, près d'un break Chevrolet marron. Lomax gara en marche arrière son Town Car à côté du break. Kilbury lui montra de nouveau la fenêtre, regarda de nouveau sa montre et redit une fois encore à Lomax sa reconnaissance. Le détective pensait à l'argent. Mille dollars pour deux heures de travail : pas mal. Il ouvrit l'appareil photo, chargea la pellicule et mesura la lumière. Kilbury ne perdait pas un de ses gestes et son regard allait nerveusement de l'appareil photo à la fenêtre du motel. Il avait l'air meurtri. Il parla de sa femme, des années merveilleuses passées ensemble et répéta qu'il ne comprenait pas comment elle pouvait lui faire cela.

Lomax écoutait tout en surveillant les rangées de voitures garées devant la sienne. Il leva son appareil photo.

Il ne vit pas, un mètre derrière son dos, la portière du break marron s'ouvrir silencieusement. Un homme en col roulé noir, aux mains gantées de noir, était tapi à l'intérieur du véhicule. Quand il n'y eut plus un seul mouvement sur le parking, l'homme sauta, ouvrit prestement la portière arrière gauche de la Lincoln et tira trois balles dans la nuque d'Eddie. Les coups de feu, étouffés par un silencieux, ne firent aucun bruit à l'extérieur.

Eddie s'affaissa sur le volant, mort. Kilbury descendit de la Lincoln, sauta dans le break et prit la fuite avec le tueur en noir.

18

Après trois jours improductifs, sans facturation d'honoraires, trois jours loin de leur sanctuaire, trois jours consacrés à la dinde et à l'assemblage des jouets de Noël en kit, les associés de Bendini, Lambert & Locke, reposés, requinqués, regagnèrent la forteresse de Front Street, résolus à travailler d'arrache-pied pour rattraper le temps perdu. A 7 h 30, le parking était plein. Confortablement installés derrière leurs imposants bureaux, ces messieurs avalèrent quelques litres de café, dépouillèrent pensivement leur pile de correspondance et de documents avant de marmonner des phrases incohérentes et de hurler rageusement dans leur dictaphone. Ils lancèrent des salves d'ordres aux secrétaires, aux assistants, aux employés et à leurs propres confrères. Il y eut bien quelques : « Avez-vous passé un bon Noël ? » dans les couloirs et les cafétérias, mais ces banalités d'usage sonnaient faux et ne rapportaient pas un sou. Les voix des secrétaires, les bruits des machines à écrire et des interphones se fondaient et s'harmonisaient en un brouhaha à la gloire de la fortune retrouvée après la funeste interruption de Noël. Oliver Lambert arpentait les couloirs, le visage éclairé par un sourire de satisfaction, tendant l'oreille pour ne rien manquer des bruits indiquant que l'argent recommençait à rentrer à flots.

A midi, Lamar fit irruption dans le bureau et se pencha vers Mitch, plongé dans l'étude d'un contrat d'exploitation de pétrole et de gaz naturel en Indonésie.

– On déjeune ?

– Non, merci, répondit Mitch. J'ai du retard.

– Qui n'en a pas ? Je pensais que nous pourrions descendre dans Front Street manger un chili en vitesse.

– Je vais sauter le déjeuner. Merci quand même.

Lamar se retourna, lança un coup d'œil vers la porte et se rapprocha de Mitch comme s'il avait une nouvelle extraordinaire à lui apprendre.

174

– Sais-tu quel jour nous sommes ?

– Le vingt-huit, répondit Mitch en consultant sa montre.

– Exact. Et sais-tu ce qui se passe le vingt-huit décembre, chaque année ?

– Je donne ma langue au chat. Que se passe-t-il ?

– En ce moment même, dans la salle à manger du cinquième, les associés sont réunis pour partager le traditionnel canard rôti, arrosé d'un bon bordeaux.

– Du vin au déjeuner ?

– Oui, c'est une occasion exceptionnelle.

– Je t'écoute.

– Après le repas, qui dure une heure, Roosevelt et Jessie Frances se retirent, Lambert va donner un tour de clé à la porte. Les associés se retrouvent entre eux et Lambert distribue le bilan financier de l'année. Il comporte une liste de tous les associés et en regard de chaque nom est inscrit le total des honoraires facturés pendant les douze derniers mois. La page suivante présente le bénéfice net, tous frais déduits, et ils se partagent le gâteau en fonction de la productivité de chacun !

– Et alors ? demanda Mitch, suspendu à ses lèvres.

– Et alors, l'an dernier, la moyenne de ces parts s'élevait à trois cent trente mille dollars. Il va sans dire que les résultats devraient être encore meilleurs cette année. D'une année sur l'autre, le bénéfice est plus élevé.

– Trois cent trente mille, répéta lentement Mitch.

– Oui, et ce n'est qu'une moyenne. Locke touchera près d'un million et Victor Milligan ne sera pas loin derrière.

– Et nous ?

– Nous avons notre quote-part, mais toute petite. L'an dernier, elle était en moyenne de l'ordre de neuf mille dollars. Le montant dépend de l'ancienneté et de la productivité.

– Est-il possible d'assister à cette réunion ?

– Même si le président des États-Unis le demandait, il resterait à la porte ! La réunion est censée être secrète, mais tout le monde est au courant de ce qui s'y dit. Les détails commenceront à filtrer en fin d'après-midi.

– Quand a lieu le vote pour choisir le prochain associé ?

– En principe, ce doit être aujourd'hui, mais le bruit court qu'il n'y aura peut-être personne, à cause de Marty et Joe. Je crois que Marty tenait la corde, juste devant Joe. Il se pourrait qu'ils attendent un ou deux ans avant d'opérer un choix.

– Et qui sera le suivant ?

Lamar se redressa de toute sa taille et un sourire de fierté éclaira son visage.

– Dans un an, jour pour jour, mon cher ami, je deviendrai associé de

175

la firme Bendini, Lambert & Locke. Je suis le premier sur la liste et je te demande de ne pas me mettre de bâtons dans les roues d'ici là.

– J'avais entendu dire que c'était Massengill... un diplômé de Harvard, si je ne me trompe.

– Massengill n'a pas l'ombre d'une chance. Je compte facturer cent quarante heures par semaine pendant les cinquante-deux semaines à venir et ils me supplieront à genoux de devenir l'un des leurs. Je monterai au quatrième étage, Massengill descendra au sous-sol, avec les assistants juridiques.

– Je suis quand même disposé à parier sur lui.

– C'est une lavette et je l'écraserai comme un moucheron! Viens manger un chili et je te dévoilerai ma stratégie.

– Merci, Lamar, mais je dois travailler.

Lamar sortit fièrement, croisant Nina qui arrivait avec une pile de documents qu'elle posa sur un coin encombré du bureau.

– Je vais déjeuner, dit-elle. Voulez-vous quelque chose?

– Non, merci. Si, un Coca light!

Le silence gagnait les couloirs à l'heure du déjeuner, les secrétaires se dispersaient dans les brasseries et les snacks du quartier. La moitié des juristes étant occupés à compter leurs gains au cinquième étage, les affaires marquaient une pause.

Mitch trouva une pomme sur le bureau de Nina et l'essuya pour la manger. Il ouvrit un manuel sur les dispositions en matière de fiscalité fédérale, le posa sur le photocopieur derrière le bureau de sa secrétaire et enfonça la touche verte d'impression. Une lumière rouge s'alluma et un message clignotant apparut : « indiquer le numéro du dossier ». Il recula et étudia la machine. Bien sûr, c'était un nouveau modèle! A côté de la touche d'impression, une autre portait l'indication : accès direct. Il posa son pouce et appuya. Un signal sonore strident s'éleva de la machine et tout le panneau de commande se couvrit de lumières rouges. Mitch regarda autour de lui, mais, ne voyant personne, il se jeta frénétiquement sur le manuel d'instructions.

– Qu'est ce qui se passe? s'écria une voix qui couvrit le bruit strident.

– Je ne sais pas, hurla Mitch en agitant le manuel.

Leila Pointer, une secrétaire qui déjeunait sur place, passa la main derrière la machine et actionna un interrupteur. Le signal sonore cessa aussitôt.

– Qu'est-ce que c'est que ce bazar? demanda Mitch, encore haletant.

– Vous n'êtes pas au courant? fit la secrétaire en lui arrachant le manuel pour le remettre à sa place.

Elle fixa sur lui un regard perçant comme une vrille, comme si elle venait de le prendre la main dans le sac.

– Vous voyez bien que non. Qu'y a-t-il de spécial?

– Nous avons un nouveau système de photocopie, expliqua-t-elle doctement, d'un air pincé, qui a été installé le lendemain de Noël. L'appareil ne fonctionnera que si vous entrez le numéro de code du dossier. Votre secrétaire aurait déjà dû vous fournir ces explications.

– Vous voulez dire que cette machine ne marchera que si je compose un numéro à dix chiffres?

– Exactement.

– Et les copies de documents qui n'appartiennent pas à un dossier particulier?

– Impossible! M. Lambert a dit que nous gaspillons trop d'argent pour des copies qui ne sont pas facturées. En conséquence, chaque copie sera désormais automatiquement facturée avec un dossier. Vous composez d'abord le numéro. La machine enregistre le nombre d'exemplaires et l'envoie au terminal où il est ajouté au compte du client.

– Et les copies de documents personnels?

– Je ne peux pas croire que votre secrétaire ne vous ait rien dit, répondit Leila Pointer en secouant la tête d'un air exaspéré.

– Puisqu'elle ne m'a rien dit, pourquoi ne voulez-vous pas m'aider?

– Vous avez un code d'accès personnel à quatre chiffres. A la fin de chaque mois, vous remboursez vos copies personnelles.

Mitch regarda fixement la machine en secouant la tête à son tour.

– Et à quoi sert ce fichu signal d'alarme?

– M. Lambert a dit que les alarmes seront coupées au bout de trente jours. Pour l'instant, elles sont nécessaires pour des gens comme vous. Vous savez, il prend tout cela très au sérieux. Il a dit que nous avons gaspillé des milliers de dollars.

– Bon, d'accord. Je suppose que tous les photocopieurs ont été remplacés à tous les étages?

– Oui, répondit-elle avec un sourire de satisfaction. Les dix-sept photocopieurs.

– Merci, dit Mitch avant de regagner son bureau pour chercher un numéro de dossier.

A 15 heures, la réunion du cinquième s'acheva dans la joie et les associés, sensiblement plus riches et légèrement éméchés, sortirent à la file de la salle à manger pour regagner leurs bureaux. Avery Tolar, Oliver Lambert et Nathan Locke suivirent le couloir qui s'achevait devant la porte blindée et enfoncèrent le bouton. DeVasher les attendait.

Il les invita à s'asseoir en indiquant trois sièges d'un geste vague de la main. Lambert fit circuler une boîte de cigares du Honduras, roulés à la main, et tout le monde alluma le sien.

– Eh bien, ricana DeVasher, je vois que nous sommes tous de joyeuse humeur. Combien? Trois cent quatre-vingt-dix mille en moyenne?

– Exact, DeVasher, répondit Lambert. Ce fut une excellente année.

Il tira lentement sur son cigare et des ronds de fumée s'élevèrent au plafond.

– Et nous avons tous passé de merveilleuses vacances ? poursuivit DeVasher.

– Qu'est-ce qui vous tracasse ? demanda Locke.

– Joyeux Noël à vous aussi, Nat... J'ai juste deux ou trois choses à vous dire. Il se trouve que j'ai vu Lazarov il y a deux jours, à La Nouvelle-Orléans et, comme vous le savez, il ne commémore pas la naissance du Christ. Je lui ai fait un topo sur la situation, en insistant sur McDeere et le F.B.I. Je lui ai assuré qu'il n'y avait pas eu d'autre contact depuis la première rencontre. Il ne m'a cru qu'à moitié et m'a dit qu'il vérifierait auprès de ses sources au Bureau. Je ne sais pas ce que cela implique, mais je n'ai pas à lui poser de questions. Il m'a donné l'ordre de surveiller les faits et gestes de McDeere, jour et nuit, pendant six mois. Je lui ai dit que nous le faisions déjà plus ou moins. Il ne veut pas que l'affaire Hodge-Kozinski se reproduise et il est dans tous ses états. McDeere ne doit en aucun cas quitter Memphis pour des raisons professionnelles sans être accompagné par deux d'entre nous.

– Il doit se rendre à Washington dans quinze jours, dit Avery.

– Quoi faire ?

– Un séminaire de quatre jours, organisé par l'Institut américain de fiscalité, auquel nous demandons à nos nouveaux collaborateurs d'assister. Nous avons promis de l'y envoyer et l'annulation du voyage éveillerait ses soupçons.

– Il est inscrit depuis le mois de septembre, ajouta Ollie.

– Je vais voir si je peux obtenir le feu vert de Lazarov, dit DeVasher. Donnez-moi les dates, les numéros des vols et les réservations d'hôtel. Mais il ne va pas aimer ça.

– Que s'est-il passé pendant les vacances ? demanda Locke.

– Pas grand-chose. Sa femme est allée passer les fêtes dans sa famille, dans le Kentucky, mais elle n'est toujours pas revenue. McDeere a pris sa voiture et son chien, et il est allé à Panama City Beach, en Floride. Nous pensons, sans en être certains, qu'il voulait voir sa mère. Il a passé une nuit dans un Holiday Inn, seul avec son chien. Un Noël pas très réjouissant. Puis il a repris la route jusqu'à Birmingham et a passé la nuit dans un autre Holiday Inn avant de rendre visite à son frère au pénitencier de Brushy Mountain, hier matin. Un voyage anodin.

– Qu'a-t-il dit à sa femme ? demanda Avery.

– Rien, du moins à notre connaissance. Il est difficile d'écouter toutes les conversations.

– Qui d'autre avez-vous mis sur écoute ? poursuivit Avery.

– Tout le monde. Nous les écoutons au coup par coup, si je puis dire. Il n'y a pas d'autres suspects que McDeere, et uniquement à cause de Tarrance. Pour l'instant, rien à signaler.

– Il faut qu'il aille à Washington, DeVasher, insista Avery.

– D'accord, d'accord. Je m'arrangerai avec Lazarov, mais il nous obligera à envoyer cinq hommes pour assurer la surveillance !

Le Café de l'aéroport se trouvait effectivement à proximité de l'aéroport. Mitch le trouva à sa troisième tentative et gara sa voiture entre deux véhicules tout terrain, à quatre roues motrices, aux pneus et aux phares couverts de boue séchée. En jetant un coup d'œil autour de lui, il vit que le parking était plein de voitures de ce type et il enleva instinctivement sa cravate. Il était près de 23 heures. La salle du café était sombre et profonde. Des enseignes publicitaires brillaient aux fenêtres. Il relut le message, juste pour être sûr. « Cher monsieur McDeere. Je vous attendrai au Café de l'aéroport ce soir, tard. C'est au sujet d'Eddie Lomax. Très important. Tammy Hemphill, sa secrétaire. »

Il avait trouvé en rentrant le message punaisé sur la porte de la cuisine. Il se rappelait avoir vu la secrétaire d'Eddie au mois de novembre, la seule fois où il était allé chez le privé. Il se souvenait de sa jupe de cuir moulante, de sa poitrine plantureuse, de ses cheveux décolorés, de ses lèvres vermillon et de la fumée qu'elle rejetait par le nez. Il se souvenait de ce qu'Eddie lui avait raconté sur Elvis, son mari

Il poussa la porte et se glissa dans la salle. La moitié gauche était occupée par une rangée de tables de billard. Dans la pénombre et la fumée opaque, il distingua au fond une piste de danse. Sur la droite, le long d'un bar de saloon, des cow-boys et des cow-girls buvaient des Budweiser à long col. Personne ne sembla lui prêter la moindre attention. Il se dirigea vers une extrémité du bar et prit place sur un tabouret.

– Une Budweiser à long col, demanda-t-il au barman.

Tammy arriva avant la bière. Elle avait attendu près des tables de billard. Elle portait un jean serré et délavé, une chemise de coton et des talons aiguilles.

– Merci d'être venu, dit-elle en approchant son visage de celui de Mitch. Cela fait quatre heures que j'attends, mais je ne savais pas comment vous joindre autrement.

Mitch hocha la tête en souriant, comme pour dire : « C'est très bien. Vous avez fait ce qu'il fallait. »

– Que se passe-t-il ? demanda-t-il.

– Il faut que je vous parle, mais pas ici, fit-elle en se retournant pour regarder derrière elle.

– Que proposez-vous ?

– Nous pourrions peut-être faire un tour en voiture.

– D'accord, mais pas dans la mienne. Disons que je ne crois pas que ce soit une bonne idée.

– J'ai la mienne. Elle est vieille, mais elle fera l'affaire.

Mitch paya sa bière et la suivit jusqu'à la sortie, la bouteille à la main.

– Jamais vu ça, fit un quidam coiffé d'un chapeau de cow-boy, assis près de la porte. Un type en costard se pointe et ressort trente secondes plus tard avec une super nana.

Mitch lui sourit et sortit rapidement. Une vieille Volkswagen était garée au milieu d'une armée de véhicules tout terrain, écrasée par ses voisins. Tammy ouvrit les portières, Mitch se plia en deux pour monter dans la voiture et réussit à se glisser sur le siège avant. Tammy enfonça cinq fois la pédale d'accélérateur avant de mettre le contact. Mitch retint son souffle en attendant que le moteur daigne se mettre en marche.

– Où voulez-vous aller ? demanda-t-elle.

Là où personne ne pourra nous voir, songea-t-il.

– C'est vous qui conduisez.

– Vous êtes marié, n'est-ce pas ? poursuivit-elle.

– Oui, et vous ?

– Oui. Mon mari ne comprendrait pas comment nous nous trouvons dans cette situation. C'est pourquoi j'ai choisi ce boui-boui où nous ne mettons jamais les pieds.

Elle avait parlé comme si son mari et elle se posaient en critiques avertis des lieux de perdition des péquenauds du Sud.

– Je ne pense pas non plus que ma femme comprendrait, dit Mitch, mais elle n'est pas là en ce moment.

– J'ai une idée, dit nerveusement Tammy, les mains crispées sur le volant, en prenant la direction de l'aéroport.

– Si vous me disiez ce qui vous tracasse.

– Vous êtes au courant, pour Eddie ?

– Oui.

– Quand l'avez-vous vu pour la dernière fois ?

– Nous nous sommes rencontrés une dizaine de jours avant Noël. Disons secrètement.

– C'est bien ce qu'il me semblait. Il n'a noté nulle part ce qu'il faisait pour vous, comme vous le lui aviez demandé. Il ne me disait pas grand-chose, mais Eddie et moi, nous étions... euh ! disons que nous étions très liés.

Mitch ne trouva rien à dire.

– Nous étions intimes, reprit-elle. Vous voyez ce que je veux dire ?

Mitch poussa un grognement et but une gorgée de bière.

– Il me confiait certaines choses dont il n'était pas censé parler. Il m'a dit comme ça que votre affaire était bizarre, que plusieurs des avocats de votre boîte étaient morts dans des circonstances louches. Et que vous aviez l'impression qu'on vous suivait et qu'on écoutait vos conversations. Ce sont des pratiques inhabituelles pour un cabinet juridique.

Bravo pour la discrétion ! songea Mitch.

– C'est le moins qu'on puisse dire, approuva-t-il.

Tammy prit la sortie de l'aéroport et se dirigea vers les gigantesques parcs de stationnement.

– Après avoir terminé son enquête pour vous, il m'a révélé un jour, ou plutôt un soir, au lit, qu'il avait l'impression d'être filé à son tour. C'était trois jours avant Noël. Je lui ai demandé par qui et il m'a répondu qu'il ne savait pas, mais il a mentionné votre affaire et m'a laissé entendre que c'étaient peut-être les mêmes que ceux qui vous suivaient.

Elle gara la voiture dans la zone de stationnement à durée limitée, près du terminal.

– Qui d'autre aurait pu le suivre? demanda Mitch.

– Je ne vois personne. Eddie était un bon enquêteur, il ne laissait pas de traces. Avec son expérience de flic et de taulard, il avait l'habitude de la rue. Il était payé pour filer les gens et fouiner. Jamais on ne le suivait. Jamais.

– Alors, qui l'a tué?

– Ceux qui le filaient. D'après le journal, il se serait fait descendre parce qu'il s'intéressait de trop près aux affaires d'un type plein aux as. Ce n'est pas vrai.

Elle ficha brusquement au coin de ses lèvres une cigarette. Mitch baissa aussitôt la vitre.

– J'espère que la fumée ne vous gêne pas, dit-elle.

– Non, mais soufflez-la dans cette direction, répliqua-t-il en montrant la portière de gauche.

– J'ai peur, vous savez, reprit-elle. Eddie avait la conviction que ceux qui ne vous lâchent pas d'une semelle sont dangereux et très intelligents. Il employait le mot « raffinés ». Et, s'ils l'ont tué, que va-t-il m'arriver, à moi? Ils s'imaginent peut-être que je sais quelque chose. Je ne suis pas allée au bureau depuis le jour de sa mort. Et je n'ai pas l'intention d'y retourner.

– A votre place, je n'irais pas non plus.

– Je ne suis pas idiote, vous savez. J'ai travaillé avec lui deux ans et j'ai appris un certain nombre de choses. Il y a des tas de cinglés partout et nous avons vu de drôles de numéros.

– Comment est-il mort?

– Eddie avait un ami à la brigade criminelle. Il m'a confié qu'Eddie a reçu trois balles dans la nuque, tirées à bout portant par un pistolet de calibre .22. Il m'a aussi avoué que la police n'avait pas le moindre indice, que c'était un travail de professionnel.

Mitch termina sa Budweiser et posa la bouteille sur le plancher, à côté d'une demi-douzaine de boîtes de bière vides. Un travail de professionnel.

– Cela ne rime à rien, poursuivit Tammy. Comment le tueur

aurait-il pu se glisser à l'arrière de la voiture d'Eddie et lui tirer trois balles dans la nuque ? Et il n'avait aucune raison de se trouver là-bas.

— Il s'est peut-être endormi et s'est fait surprendre.

— Impossible ! Quand il devait travailler la nuit, il prenait des amphés pour être sûr de rester éveillé.

— Avez-vous un dossier au bureau ?

— Un dossier sur vous ?

— Oui, sur moi.

— J'en doute. A ma connaissance il n'a rien mis par écrit. Comme vous le lui aviez demandé.

— C'est exact, fit Mitch avec soulagement.

Ils regardèrent un 727 décoller, cap au nord, et perçurent des vibrations dans la voiture.

— J'ai vraiment peur, Mitch. Je peux vous appeler Mitch ?

— Pourquoi pas ?

— Je crois qu'il s'est fait tuer à cause de ses recherches pour votre compte. Je ne vois pas d'autre explication. Et s'ils se sont débarrassés de lui parce qu'il avait appris quelque chose, ils doivent supposer que je suis également au courant. Qu'en pensez-vous ?

— A votre place, je ne prendrais pas de risques.

— Je pourrais disparaître quelque temps. Mon mari travaille dans des night-clubs et nous pouvons prendre la route, si nécessaire. Je ne lui ai encore rien dit, mais je suppose qu'il va falloir lui raconter toute l'histoire. C'est une bonne idée, à votre avis ?

— Où iriez-vous ?

— Little Rock, Saint Louis, Nashville. Comme il vient de se faire virer, ce ne sera pas difficile de se balader...

Elle laissa sa phrase en suspens et alluma une autre cigarette.

« Un travail de professionnel », se répéta encore une fois Mitch. Il leva les yeux vers le visage de Tammy et vit une larme rouler sur sa joue. Elle n'était pas laide, mais commençait à être marquée par les années passées dans les bars et les boîtes de nuit. Avec ses traits bien dessinés, sans la teinture et la couche de maquillage, elle aurait été assez séduisante pour une femme d'une quarantaine d'années.

Tammy tira longuement sur sa cigarette et un nuage de fumée jaillit de la Volkswagen.

— Je suppose que nous sommes embarqués dans la même galère, reprit-elle. Ils veulent notre peau à tous les deux. Ils ont tué tous ces avocats, puis Eddie et je suppose que maintenant c'est notre tour.

N'hésite pas, songea Mitch, dis-moi tout ce que tu as sur le cœur.

— Voici ce que nous allons faire, dit-il. Nous devons absolument rester en contact, mais vous ne pouvez pas me téléphoner et il ne faut pas qu'on nous voie ensemble. Ma femme sait tout et je la mettrai au courant de notre conversation. Il n'y aura pas de problèmes avec elle.

Une fois par semaine, vous m'enverrez un petit mot pour me dire où vous êtes. Quel est le prénom de votre mère ?

– Doris.

– Très bien, ce sera votre nom de code. Chaque fois que vous m'écrirez, vous signerez Doris.

– Vous croyez qu'ils lisent aussi votre courrier ?

– Probablement, Doris. Probablement.

19

A 17 heures, Mitch éteignit la lumière de son bureau, prit ses deux attachés-cases et s'arrêta devant le bureau de Nina. Le combiné collé à l'oreille, elle travaillait sur son I.B.M. En le voyant, elle ouvrit un tiroir d'où elle sortit une enveloppe.

– Voici la confirmation de votre réservation au Capital Hilton.

– Le courrier est sur mon bureau, dit-il. A lundi.

Il prit l'escalier pour monter au quatrième étage et pénétra dans le bureau d'Avery. L'atmosphère y était à l'émeute. Une secrétaire fourrait des dossiers dans un énorme porte-documents; une autre s'adressait avec virulence à Avery qui hurlait au téléphone; un assistant lançait rageusement des ordres à la première secrétaire.

– Vous êtes prêt? demanda Avery en écrasant le combiné sur son support.

– Je vous attends.

– Je ne trouve pas le dossier Greenmark, lança une secrétaire d'un ton hargneux.

– Il était avec le dossier Rocconi! répliqua l'assistant.

– Je n'ai pas besoin du dossier Greenmark! hurla Avery. Combien de fois faudra-t-il vous le répéter? Vous êtes sourde!

– Non, riposta la secrétaire, j'entends fort bien. Et je me rappelle fort bien vous avoir entendu dire : « Préparez-moi le dossier Greenmark. »

– La limousine attend, glissa la seconde secrétaire.

– Je n'ai pas besoin de ce foutu dossier! rugit Avery.

– Et Rocconi? demanda l'assistant juridique.

– Oui! Oui! Pour la dixième fois, il me faut le dossier Rocconi!

– L'avion attend aussi, ajouta la secrétaire.

Un porte-documents se ferma avec un bruit sec et la clé tourna dans la serrure tandis qu'Avery fourrageait dans une pile de papiers posés sur son bureau.

– Où est passé le dossier Fender ? Où sont mes dossiers, bon Dieu ?
Pourquoi je ne peux rien trouver ?

– Voilà Fender, annonça la première secrétaire en fourrant le dossier
dans un autre porte-documents.

– Très bien, soupira Avery en consultant un feuillet de bloc-notes.
Ai-je bien pris Fender, Rocconi, Cambridge Partners, le groupe Greene,
Sonny Capps et Otaki, Burton Brothers, Galveston Freight et
McQuade ?

– Oui, oui, oui ! affirma la première secrétaire.

– Ils sont tous là, ajouta l'assistant.

– Je n'arrive pas à y croire, fit Avery en prenant sa veste. En route !

Il sortit du bureau à grandes enjambées, les deux secrétaires, l'assistant et Mitch sur ses talons. Mitch avait pris deux porte-documents,
l'assistant deux autres et une secrétaire le dernier. Sa collègue griffon-
nait des notes tandis qu'Avery lui donnait ses instructions pour ce qu'il
y aurait à faire pendant son absence. Le petit groupe se tassa dans
l'ascenseur jusqu'au rez-de-chaussée. Devant l'entrée du bâtiment, le
chauffeur s'activa et chargea les bagages dans le coffre.

Mitch et Avery s'installèrent à l'arrière.

– Détendez-vous, dit Mitch. Vous allez passer trois jours aux îles
Caïmans. Détendez-vous donc.

– C'est ça, vous avez raison ! J'ai emporté du travail pour un mois, j'ai
des clients qui veulent ma peau, qui menacent de m'attaquer devant les
tribunaux pour faute professionnelle ! J'ai deux mois de retard et vous me
laissez tomber pour aller suivre un séminaire soporifique à Washington !
Vous avez bien choisi votre moment, McDeere ! Je vous félicite !

Avery ouvrit un petit meuble et commença à se préparer un cocktail.
Il en proposa un à Mitch, qui refusa. La limousine s'engagea dans
Riverside Drive où la circulation était dense. Après trois gorgées de gin,
Avery poussa un profond soupir.

– La formation continue est une douce plaisanterie, dit-il.

– Vous avez fait la même chose quand vous avez débuté, répliqua
Mitch. D'autre part, s'il m'en souvient bien, vous avez passé une
semaine à Honolulu, il n'y a pas très longtemps, pour assister à un
séminaire de fiscalité internationale. Mais vous avez peut-être oublié.

– J'ai travaillé, je n'ai fait que ça. Avez-vous emporté vos dossiers ?

– Bien sûr, Avery. Je suis probablement censé suivre ce séminaire
huit heures par jour, me mettre au courant des dernières dispositions
votées par le Congrès et, pendant mes moments de loisir, facturer cinq
heures par jour.

– Si vous pouviez pousser jusqu'à six... Nous avons du retard, Mitch.

– Nous avons toujours du retard. Préparez-vous donc un autre verre ;
vous avez besoin de décompresser.

– Je compte décompresser à la Rhumerie.

Mitch revit le bar, la Red Stripe, les joueurs de dominos et de flé-chettes, les bikinis... et la fille de la plage.

– C'est la première fois que vous allez prendre le Lear? demanda Avery, un peu plus détendu.

– Oui. Je travaille ici depuis sept mois et je n'ai pas encore vu l'avion. Si j'avais su, en mars dernier, j'aurais choisi un cabinet de Wall Street.

– Vous n'êtes pas fait pour Wall Street. Vous savez comment ils travaillent, là-bas? Il y a trois cents juristes par cabinet et, tous les ans, trente nouveaux collaborateurs sont engagés, parfois plus. Tout le monde veut y aller, parce que c'est Wall Street. Un mois après leur arrivée, on réunit les trente nouveaux dans une grande salle et on leur annonce qu'il leur faudra travailler quatre-vingt-dix heures par semaine pendant cinq ans et que, au bout de ces cinq ans, la moitié d'entre eux seront partis. Le turn-over est incroyablement élevé. Ils essaient de démolir les nouveaux, de les faire travailler à cent ou cent cinquante dollars de l'heure, de les pressurer et de se débarrasser d'eux. C'est ça, Wall Street. Les petits nouveaux n'ont jamais l'occasion de voir le jet ni la limousine de la compagnie. Vous avez beaucoup de chance, Mitch, et vous devriez rendre grâces au Seigneur d'avoir été choisi par notre bonne vieille société.

– Quatre-vingt-dix heures par semaine, c'est de la rigolade. Je pourrais profiter du reste de mon temps.

– Vos efforts seront payants à la longue. Savez-vous à combien s'est élevé mon dividende pour l'année?

– Non.

– Quatre cent quatre-vingt-cinq mille. Pas mal, hein? Et ce n'est que le dividende.

– Moi, j'ai eu six mille dollars, dit Mitch.

– Restez à mes côtés, vous toucherez bientôt le gros lot.

– Oui, mais il faut d'abord que je me préoccupe de la formation continue.

Dix minutes plus tard, la limousine s'engagea dans une allée menant à une rangée de hangars. Un Lear 55 au fuselage argenté roulait lentement vers le terminal.

– Voilà l'engin, fit Avery.

Les bagages personnels et les porte-documents furent rapidement chargés à bord et, cinq minutes plus tard, ils recevaient l'autorisation de décoller. Mitch attacha sa ceinture en parcourant d'un regard admiratif la cabine de cuir et de cuivre. Elle était sobre et luxueuse, et il n'en attendait pas moins. Avery se prépara un autre cocktail avant de boucler à son tour sa ceinture.

Une heure et quinze minutes plus tard, le Lear amorça sa descente vers la piste de l'aéroport international de Baltimore-Washington. Dès que l'appareil fut arrêté, Avery et Mitch descendirent et récupérèrent leurs bagages. Avery montra à Mitch un homme en uniforme près d'une barrière.

– Voilà votre chauffeur. La limousine est devant. Suivez-le et il vous conduira au Capital Hilton. Vous y serez dans quarante minutes.

– Une autre limousine ? demanda Mitch.

– Oui. On ne ferait pas cela pour vous à Wall Street.

Ils se séparèrent sur une poignée de main et Avery remonta dans l'avion. Le ravitaillement en carburant prit une demi-heure et, lorsque l'appareil décolla cap au sud, il dormait profondément.

Trois heures plus tard, le Lear se posait sur la piste de Georgetown, capitale de Grande Caïman. L'appareil pénétra dans un petit hangar où il allait passer la nuit. Un garde escorta Avery jusqu'au terminal pour les formalités de douane. Le rituel d'arrivée satisfait, le pilote et le copilote y furent accompagnés à leur tour.

A minuit passé, les lumières s'éteignirent dans le hangar et l'obscurité enveloppa la demi-douzaine de petits appareils qu'il abritait. Une porte latérale s'ouvrit et trois hommes, au nombre desquels se trouvait Avery Tolar, se glissèrent à l'intérieur et se dirigèrent vivement vers le Lear 55. Avery ouvrit la soute à bagages et les trois hommes déchargèrent de lourds cartons. Sous la chaleur tropicale suffocante, le hangar ressemblait à un four. Ils transpiraient abondamment, mais n'échangèrent pas un mot avant d'avoir déchargé tous les cartons.

– Comptez, il devrait y en avoir vingt-cinq, dit Avery à un robuste indigène en débardeur, un pistolet à la ceinture.

Le troisième homme, un bloc-notes à la main, surveillait la scène avec attention, comme un réceptionnaire dans un entrepôt. L'indigène compta rapidement les cartons sur lesquels s'écrasaient des gouttes de sueur.

– C'est ça, vingt-cinq.

– Combien ? demanda le troisième homme.

– Six millions et demi.

– En espèces ?

– Tout en espèces. Dollars américains en billets de cent et de vingt. Allons charger tout cela.

– Quelle destination ?

– Banque du Québec. Ils nous attendent.

Chacun saisit un carton et ils traversèrent le hangar dans l'obscurité, jusqu'à la petite porte gardée par un guetteur armé d'un Uzi. Tout fut chargé dans une camionnette délabrée portant sur le flanc une inscription en lettres grossières : Produits des Caïmans. Les indigènes gardèrent l'arme au poing tandis que le véhicule, conduit par le réceptionnaire, s'éloignait du hangar et prenait la direction du quartier des affaires de Georgetown.

Les inscriptions commençaient à 8 heures, devant la salle du Centenaire, à l'entresol. Mitch arriva tôt, se fit inscrire et prit la grosse chemise à son nom, renfermant la documentation. Il entra et choisit un siège au centre de la vaste salle. Une brochure signalait que les inscriptions étaient limitées à deux cents. Un huissier lui apporta du café et il ouvrit le *Washington Post*. La plupart des articles, dithyrambiques, étaient consacrés aux Redskins, l'équipe de football locale, qui s'était une fois encore qualifiée pour la finale du Super Bowl.

La salle se remplit lentement de fiscalistes venus des quatre coins du pays s'informer des modifications apportées à la législation fiscale qui changeait perpétuellement. Quelques minutes avant 9 heures, un avocat tiré à quatre épingles, le visage juvénile, prit place à la gauche de Mitch sans lui adresser la parole. Mitch lui lança un coup d'œil distrait et se replongea dans la lecture du journal. Quand la salle fut pleine à craquer, le président remercia les participants et présenta le premier orateur, un parlementaire de l'Oregon, président d'une quelconque sous-commission de la Chambre des représentants. Tandis que le politicien montait à la tribune pour un discours de présentation censé durer une heure d'horloge, son voisin de gauche se pencha vers Mitch, la main tendue.

– Bonjour, Mitch, murmura-t-il en lui faisant passer une carte. Je me présente : Grant Harbison, F.B.I.

Le parlementaire commença son discours par une plaisanterie qui échappa à Mitch. Il étudia la carte en la gardant collée sur sa poitrine. Cinq de ses confrères étaient assis à moins d'un mètre de lui. Il ne connaissait personne dans l'assistance, mais il serait embarrassant d'être surpris en possession d'une carte du F.B.I. Au bout de cinq minutes, il se tourna vers Harbison et le dévisagea d'un regard sans expression.

– Il faut que je vous parle quelques minutes, poursuivit l'agent fédéral à voix basse.

– Et si j'étais trop occupé ? demanda Mitch.

Harbison sortit une enveloppe blanche de la chemise contenant sa documentation et la tendit à Mitch qui l'ouvrit en la tenant contre sa poitrine. L'en-tête, en lettres de petite taille mais imposant le respect, indiquait simplement : Bureau du directeur – F.B.I. Le texte était le suivant :

« Cher monsieur McDeere,

J'aimerais m'entretenir avec vous à l'heure du déjeuner. Ayez l'obligeance de suivre les instructions de l'agent Harbison. Ce ne sera pas long. Nous apprécions votre coopération.

Merci d'avance.

F. Denton Voyles »

Mitch plia la feuille et la remit dans l'enveloppe qu'il glissa dans sa chemise cartonnée. Nous apprécions votre coopération. Et les remerciements du directeur du F.B.I. Il comprit l'importance de ne rien laisser paraître des pensées qui se bousculaient dans son esprit et de conserver un visage calme et impassible, comme si de rien n'était. Mais il baissa la tête et se massa les tempes en regardant droit devant lui. Il ferma les yeux, un vertige le gagna. Un agent du F.B.I., assis à côté de lui, attendait sa réponse. Le directeur du F.B.I. en personne désirait le voir. Et Tarrance ne devait pas être loin.

Un grand éclat de rire secoua l'assistance, en réponse à une boutade du parlementaire. Harbison se pencha vivement vers Mitch.

– Retrouvez-moi dans dix minutes, dans les toilettes pour hommes, au bout du couloir.

L'agent fédéral laissa son dossier sur la table et quitta la salle qui bruissait encore de rires.

Mitch ouvrit sa chemise cartonnée et feignit d'en étudier le contenu. Le parlementaire avait entrepris de narrer le combat courageux qu'il menait pour préserver l'évasion fiscale des riches tout en allégeant le fardeau des impôts pour les classes laborieuses. Sous sa conduite éclairée, la sous-commission avait refusé de se prononcer sur une législation limitant les déductions fiscales pour l'exploration des gisements de pétrole et gaz naturel. A lui seul, il incarnait au Capitole la vaillance d'une armée.

Mitch attendit quinze minutes, puis encore cinq autres. Il se mit à tousser. La main sur la bouche, il se glissa entre les sièges jusqu'au fond de la salle et sortit par la porte de derrière. Dans les toilettes, Harbison se lavait les mains pour la dixième fois.

Mitch s'avança jusqu'au lavabo voisin et ouvrit le robinet d'eau froide.

– Qu'est-ce que vous mijotez encore ? demanda-t-il.

– Je ne fais que suivre les ordres, déclara l'agent fédéral en le regardant dans le miroir. M. Voyles tient à vous rencontrer en personne et on m'a envoyé vous chercher.

– Que me veut-il ?

– Je ne voudrais pas lui couper l'herbe sous le pied, mais je suis sûr que c'est important.

Mitch promena autour de lui un regard inquiet pour s'assurer qu'il n'y avait personne dans les toilettes.

– Imaginons que j'aie trop à faire pour aller à ce rendez-vous.

– Il faut regarder les choses en face, Mitch, répliqua Harbison en fermant le robinet avant de secouer ses mains au-dessus du lavabo. Cette rencontre est inévitable. Quand viendra la pause de midi, vous sortirez et, juste sur la gauche de l'entrée principale, vous trouverez un taxi, numéro 8667. Il vous conduira au monument des anciens combattants du Viêt-nam. On vous y attendra. Soyez prudent, car il y en a deux qui vous ont suivi depuis Memphis.

– Deux quoi?

– Deux de la bande de Memphis. Faites ce que je vous ai dit et ils ne remarqueront rien.

Le président remercia le deuxième orateur, un professeur de fiscalité de l'université de New York, et invita l'assistance à aller déjeuner.

Mitch monta dans le taxi sans échanger un mot avec le chauffeur qui démarra en trombe. Au bout d'un quart d'heure, la voiture s'arrêta près du monument.

– Ne descendez pas tout de suite, lança le chauffeur d'un ton sans réplique.

Mitch ne bougea pas. Il resta dix minutes sans un mot, sans un geste. Enfin, une Ford Escort blanche vint se ranger à côté du taxi. Un coup de klaxon retentit et la Ford repartit.

– C'est bon, fit le chauffeur en regardant droit devant lui. Avancez jusqu'au Mur et attendez cinq minutes. Quelqu'un va venir.

Mitch descendit et commença à marcher sur le trottoir tandis que le taxi démarrait. Il enfonça les mains dans les poches de son pardessus et s'avança jusqu'au monument. Une bise aigre faisait voler les feuilles mortes. Mitch frissonna et remonta le col de son manteau jusqu'à ses oreilles.

Un pèlerin solitaire, raide dans son fauteuil roulant, enroulé dans une grosse couverture, avait les yeux fixés sur le Mur. Des lunettes d'aviateur se devinaient sous un énorme béret. Il était assis à l'extrémité du monument commémoratif, là où s'alignaient les noms des victimes de l'année 1972. Mitch continua de suivre le trottoir et s'arrêta près du fauteuil roulant, scrutant la liste des noms, sans s'occuper de l'invalide.

Il respira profondément et sentit ses jambes flageoler. Juste devant lui, vers le pied du monument, gravé en lettres lisibles et discrètes au milieu de tous les autres, le nom de Rusty McDeere lui sauta aux yeux.

Une corbeille de fleurs flétries gisait à quelques centimètres du nom. Mitch l'écarta délicatement et s'agenouilla. Il posa les doigts sur les lettres gravées. Rusty McDeere, âgé de dix-huit ans pour l'éternité. Sept semaines après son arrivée au Viêt-nam, il avait posé le pied sur une mine. La mort avait été instantanée. D'après Ray, c'est ce qu'on disait toujours. Mitch essuya une larme et se releva pour contempler la longueur du monument. Il songea aux cinquante-huit mille familles à qui l'on avait affirmé que la mort avait été instantanée et que personne n'avait souffert là-bas.

– Ils attendent, Mitch.

Il se retourna vers l'invalide dans son fauteuil, le seul être humain en vue. Les lunettes d'aviateur demeuraient fixées sur le Mur. Mitch tourna la tête dans toutes les directions.

– Détendez-vous, Mitch, le secteur est bouclé. Personne ne vous observe.

– Et vous, qui êtes-vous ?

– Un agent parmi d'autres. Vous devez nous faire confiance, Mitch. Le directeur a des choses importantes à vous dire, qui peuvent vous sauver la vie.

– Où est-il ?

L'homme au fauteuil roulant tourna la tête en lui indiquant le trottoir.

– Avancez dans cette direction et ils viendront à votre rencontre.

Les yeux de Mitch revinrent se poser sur le nom de son frère, puis il s'éloigna du fauteuil roulant. Il passa devant la statue des trois soldats, d'un pas lent, sur ses gardes, les mains dans les poches de son manteau. Cinquante mètres après le monument, Wayne Tarrance surgit de derrière un arbre et arriva à sa hauteur.

– Continuez à marcher, dit-il.

– Je ne peux pas dire que je sois étonné de vous voir ici, dit Mitch.

– Ne vous arrêtez pas. Nous savons qu'au moins deux gangsters de Memphis vous ont précédé à Washington. Ils logent dans le même hôtel que vous, dans la chambre contiguë. Mais ils ne vous ont pas suivi ici ; nous les avons semés.

– Allez-vous m'expliquer ce qui se passe, Tarrance !

– Vous allez bientôt le savoir. Continuez à marcher. Mais détendez-vous, personne ne vous surveille à part une vingtaine de nos agents.

– Une vingtaine ?

– Oui. Je vous l'ai dit, nous avons bouclé le secteur. Nous voulons avoir l'assurance que ces salauds de Memphis ne viennent pas mettre leur nez par ici.

– Qui sont ces types ?

– Le directeur vous expliquera.

– Pourquoi intervient-il en personne ?

– Vous posez beaucoup de questions, Mitch.

– Et vous, vous n'avez pas beaucoup de réponses.

Tarrance tendit le bras vers la droite. Ils quittèrent le trottoir pour se diriger vers un banc de ciment, près d'une passerelle menant à un petit bois. L'eau de la mare qu'elle enjambait était gelée.

– Asseyez-vous, dit Tarrance.

Ils prirent place sur le banc massif et virent deux hommes s'avancer sur la passerelle. Mitch reconnut le plus petit du premier coup d'œil. F. Denton Voyles, directeur du F.B.I. sous trois présidents successifs, un homme au parler carré et à la poigne de fer, qui avait la réputation de réprimer le crime sans pitié.

Quand les deux hommes s'arrêtèrent devant le banc, Mitch se leva avec respect. Voyles lui tendit une main glacée en levant vers lui son visage rond et plein, connu dans le monde entier. Ils échangèrent une poignée de main et Voyles lui intima du doigt l'ordre de se rasseoir. Tarrance et son collègue s'éloignèrent vers la passerelle et fixèrent les yeux sur l'horizon. Mitch découvrit de l'autre côté de la mare deux hommes aux cheveux courts, en trench-coat noir, adossés à un arbre, qui ne pouvaient être que d'autres agents.

Voyles prit place à côté de Mitch, si près que leurs jambes se touchaient. Son feutre brun, légèrement incliné sur le côté de son crâne rond, n'arrivait pas à cacher sa calvitie. Il avait au moins soixante-dix ans, mais rien ne semblait échapper à ses yeux vifs et pétillants d'un vert soutenu. Les deux hommes avaient les mains enfoncées dans les poches de leur pardessus.

– Je vous remercie d'être venu, commença Voyles.

– Je ne pense pas qu'on m'ait vraiment laissé le choix. Vos hommes ont été pressants.

– En effet. L'affaire est d'importance pour nous.

Mitch inspira longuement.

– Savez-vous à quel point cette histoire me perturbe et m'effraie ? Je ne sais plus que penser et j'aimerais avoir quelques explications.

– Puis-je vous appeler Mitch, monsieur McDeere ?

– Bien sûr.

– Très bien. Sachez, Mitch, que je n'aime pas les discours. Ce que je vais vous dire va vous donner un choc et vous allez être horrifié. Vous refuserez peut-être de me croire, mais je vous assure que c'est la vérité. Si vous collaborez avec nous, vous pourrez vous en sortir sain et sauf.

Mitch attendit, se préparant au pire.

– Pour commencer, sachez que pas un seul avocat n'a quitté votre cabinet juridique vivant. Les trois qui ont essayé ont été assassinés. Deux autres, qui s'apprêtaient à le faire, sont morts l'été dernier. Quand on entre chez Bendini, Lambert & Locke, on ne part pas avant la retraite et seulement à condition de rester muet comme la tombe. Et ceux qui partent en retraite font partie de la conspiration et ont accepté de garder le silence. Votre firme dispose au cinquième étage de ses locaux d'un centre de surveillance sophistiqué. Il y a des micros dans votre maison, votre voiture et votre bureau. Vos téléphones sont sur écoute. Chaque mot que vous prononcez dans une journée est écouté et enregistré au cinquième étage. Ils vous suivent partout, et même votre femme. Au moment où nous parlons, ils sont ici, à Washington. Il faut que vous le sachiez, Mitch, ce cabinet juridique n'est pas comme les autres. C'est la filiale d'une entreprise lucrative et illégale. Cette société n'est pas dirigée par les associés.

Mitch tourna la tête et observa avec attention le directeur du F.B.I. qui poursuivit ses explications, les yeux fixés sur la mare gelée.

– La réalité, Mitch, est que le cabinet Bendini, Lambert & Locke appartient à la famille Morolto, de Chicago. A la mafia, si vous préférez. C'est elle qui prend les décisions et c'est pourquoi nous sommes là.

Il referma la main sur le genou de Mitch et approcha son visage à quelques centimètres en le regardant droit dans les yeux.

– C'est la mafia, Mitch.

– Je ne vous crois pas, murmura Mitch d'une voix faible et étouffée.

– Mais si, vous me croyez, répliqua le directeur en souriant. Vous me croyez. Cela fait déjà quelque temps que vous avez des soupçons. C'est pourquoi vous êtes allé voir Abanks aux îles Caïmans, c'est pourquoi vous avez engagé le privé qui s'est fait supprimer. Vous savez très bien que cette société pue.

Mitch se pencha en avant, les coudes sur les genoux, le regard fixé entre ses chaussures.

– Je ne vous crois pas, répéta-t-il d'une voix à peine audible.

– Pour autant que nous puissions en juger, reprit Voyles, un quart seulement des clients traitent avec eux des affaires légales. Il y a dans cette firme d'excellents juristes spécialisés dans la fiscalité et la gestion de portefeuille qui travaillent pour des gens fortunés. C'est une très bonne façade. La plupart des dossiers sur lesquels vous avez travaillé jusqu'à présent appartiennent à cette catégorie. C'est ainsi qu'ils procèdent : dès qu'ils engagent un nouveau collaborateur, il lui font miroiter la fortune, lui achètent une B.M.W., une maison et tout le tralala. Bonnes tables, grands crus, séjours aux Caïmans. Ils l'écrasent de travail, mais d'un travail tout à fait légal. De vrais clients, un vrai boulot de juriste. Cela dure quelques années et le nouveau venu ne se doute de rien. Une firme fantastique, des confrères merveilleux. Il ramasse de l'argent à la pelle et tout va pour le mieux dans le meilleur des mondes juridiques. Mais, au bout de cinq ou six ans, quand il commence vraiment à gagner beaucoup d'argent, qu'il a une femme et des enfants à nourrir, les traites de la maison à payer, ils lui assènent la vérité qui éclate comme une bombe. Pas moyen d'en sortir. C'est la mafia, Mitch, et ces gars-là ne plaisantent pas. Ils n'hésiteraient pas à tuer une femme ou un enfant. Le nouveau gagne plus d'argent qu'il ne pourrait le faire ailleurs et il est soumis à un chantage parce qu'il a une famille dont la vie n'a aucune valeur pour la mafia. Alors, que fait-il ? Il reste, il ne peut pas partir. S'il reste, il gagnera un million de dollars par an et se retirera jeune pour couler une retraite heureuse, entouré de l'affection des siens. S'il cherche à partir, tout se terminera avec son portrait accroché au mur de la bibliothèque du premier étage. Ils ont des arguments très persuasifs.

Mitch se massa les tempes et se mit à trembler.

– Vous devez avoir un tas de questions à me poser, poursuivit Voyles, je vais donc vous dire tout ce que je sais. Les cinq juristes qui ont perdu la vie ont tous voulu partir quand ils ont appris la vérité. Nous n'avons jamais eu de rapports avec les trois premiers, car nous ne soupçonnons les activités de la société que depuis sept ans. Ils excellent à rester discrets et à ne pas laisser de traces. Il est probable que les trois premières victimes voulaient simplement partir. Alors, ils sont partis, pour de bon, dans un cercueil. Pour Hodge et Kozinski, c'est différent. Ce sont eux qui ont pris contact avec nous et, en un an, nous avons eu plusieurs entrevues secrètes. Ils ont révélé la vérité à Kozinski au bout de sept ans et il a mis Hodge au courant. Ils ont passé un an à en parler entre eux. Kozinski était sur le point d'être choisi comme associé et il voulait abandonner le navire avant. Hodge et lui ont donc pris d'un commun accord la décision fatale de partir. Il ne leur est jamais venu à l'idée que leurs trois confrères avaient été tués, du moins ils n'y ont jamais fait la moindre allusion. Nous avons envoyé Wayne Tarrance à Memphis pour s'occuper de l'affaire. Tarrance est un spécialiste de la lutte contre le crime organisé. Il était parvenu à établir des liens assez étroits avec les deux juristes quand a eu lieu le drame des Caïmans. Ils sont très forts, Mitch, surtout ne l'oubliez jamais ! Et très riches ! Ils recrutent les meilleurs professionnels. Après la disparition de Hodge et Kozinski, j'ai décidé de m'attaquer au cabinet. Si nous réussissons à l'abattre, nous aurons la possibilité de mettre en accusation tous les membres de la famille Morolto et leurs proches. Nous pourrions poursuivre plus de cinq cents personnes pour évasion fiscale, blanchiment de fonds d'origine illicite, racket, et autres bricoles. Nous pourrions anéantir la famille Morolto et porter au crime organisé le coup le plus dur de ces trente dernières années. Et la clé de l'opération se trouve dans les dossiers d'un discret cabinet juridique de Memphis.

– Pourquoi ont-ils choisi Memphis ?

– Excellente question ! Qui soupçonnerait un modeste cabinet juridique de Memphis, Tennessee ? L'activité de la mafia y est inexistante. C'est une jolie ville paisible nichée au bord de son fleuve. Ils auraient pu s'installer à Durham, Topeka ou Wichita Falls, mais c'est Memphis qu'ils ont choisi. Un choix judicieux, car la ville est quand même assez grande pour y fonder une société de quarante juristes.

– Vous voulez dire que tous les associés..., commença Mitch sans achever sa phrase.

– Oui, ils sont tous au courant et ils jouent le jeu. Nous soupçonnons aussi la plupart des collaborateurs, mais c'est difficile à savoir. Il y a tant de choses que nous ignorons, Mitch. Je ne peux pas vous dire précisément comment ils opèrent et qui se charge du travail, mais nous soupçonnons des activités criminelles sur une grande échelle.

– Lesquelles ?

– Fraude fiscale. Ils s'occupent des impôts de toute la famille Morolto. Ils remplissent tous les ans des déclarations irréprochables qui ne prennent en compte qu'une fraction des revenus. Ils blanchissent des sommes colossales. Ils créent le plus légalement du monde des entreprises avec de l'argent sale. Prenez cette banque de Saint Louis, un gros client. Comment s'appelle-t-elle déjà ?

– Commercial Guaranty.

– C'est ça. Elle appartient à la mafia. Bendini s'occupe de toutes les questions juridiques. On estime à trois cents millions de dollars par an ce que rapportent aux Morolto les jeux, la drogue, les loteries clandestines et tout le reste. En espèces, bien entendu. La majeure partie de cette fortune part dans les banques des îles Caïmans. Comment l'argent est-il acheminé de Chicago vers les Antilles ? Vous avez une idée ? Nous pensons qu'ils pourraient utiliser l'avion. Le Lear que vous avez pris pour venir ici fait à peu près une fois par semaine le trajet jusqu'à Georgetown.

Mitch se redressa et regarda Tarrance, hors de portée de voix, qui se tenait maintenant au milieu de la passerelle.

– Qu'est-ce qui vous empêche de démanteler tout le réseau et de les traîner en justice ?

– C'est impossible pour l'instant, mais je vous assure que nous le ferons. J'ai mis cinq agents sur l'affaire à Memphis et trois à Washington. Je vous promets que je les aurai, Mitch, mais il nous faut quelqu'un qui nous aide de l'intérieur. Ils sont très rusés et ont de gros moyens. Ils sont infiniment prudents et ne commettent pas d'erreurs. Je suis convaincu que nous ne réussirons pas sans l'aide de vous-même ou d'un autre membre de la société. Il nous faut des copies des dossiers et des relevés de comptes, des copies de tonnes de documents qui ne peuvent venir que de l'intérieur. Sinon, ce sera impossible.

– Et c'est moi que vous avez choisi.

– Oui, c'est vous. Si vous refusez, vous pourrez poursuivre votre carrière et ramasser de l'argent à la pelle. Mais nous n'abandonnerons pas ; nous attendrons la venue du prochain collaborateur et nous essaierons de le convaincre de nous aider. Si cela ne marche pas, nous nous tournerons vers un collaborateur ayant un peu plus d'ancienneté. Un homme ayant assez de courage et de sens moral pour nous aider. Tôt ou tard, nous trouverons cet homme, Mitch, et, le jour venu, nous vous traînerons devant les tribunaux avec tous les autres et vous finirez derrière les barreaux malgré votre fric. Croyez-moi, nous finirons par gagner.

Il y avait une telle conviction dans sa voix que Mitch le crut.

– J'ai froid, dit-il. Pouvons-nous faire quelques pas ?

– Bien sûr.

Ils se dirigèrent lentement vers le trottoir et s'éloignèrent dans la direction du monument aux anciens combattants du Viêt-nam. Mitch tourna discrètement la tête pour regarder par-dessus son épaule. Tarrance et l'autre agent les suivaient à distance. Un homme tout de brun vêtu était assis un peu loin, sur un banc.

– Qui était Anthony Bendini ? demanda Mitch.

– Il a épousé une fille Morolto en 1930 et est devenu le gendre du parrain de l'époque. Après avoir travaillé à Philadelphie pour la famille, on l'a envoyé à Memphis dans les années quarante monter son cabinet d'avocats. D'après ce que nous savons sur lui, c'était un excellent juriste.

Une infinité de questions se bousculaient dans l'esprit de Mitch et ne demandaient qu'à sortir, mais il s'efforçait de paraître aussi calme, aussi posé que possible et même de laisser transparaître une pointe de scepticisme.

– Que savez-vous sur Oliver Lambert ?

– Un être d'une intelligence exceptionnelle, l'associé principal idéal. Mais n'oubliez surtout pas qu'il savait à quoi s'en tenir sur Hodge et Kozinski, et qu'il était parfaitement au courant du plan destiné à les éliminer. La prochaine fois que vous verrez M. Lambert, rappelez-vous que c'est un assassin dénué de scrupules. Il est vrai qu'il n'a pas le choix et que, s'il refuse de coopérer, on retrouvera son corps flottant sur le fleuve. Et ils sont tous dans la même situation, Mitch, ils ont tous commencé comme vous. Jeunes, intelligents, ambitieux, ils se sont trouvés un beau jour mouillés jusqu'au cou et sans possibilité de fuir. Alors, ils jouent le jeu, ils se tuent à la tâche, ils font ce qu'ils peuvent pour entretenir la façade respectable de leur petit cabinet juridique. Tous les ans ou presque, ils engagent une nouvelle recrue, un jeune et brillant diplômé d'une école de droit, d'origine modeste, sans le sou, dont la femme désire ardemment avoir des enfants, à qui ils offrent plus d'argent qu'il n'en a jamais rêvé.

Mitch songea à ce qu'il gagnait, au salaire excessif pour une firme si modeste, à la voiture, aux conditions de son emprunt. Il se destinait à Wall Street, mais s'était laissé prendre par l'appât du gain. Uniquement par l'appât du gain.

– Et Nathan Locke ?

– C'est une tout autre histoire, répondit le directeur du F.B.I. en souriant. Locke était un gamin pauvre de Chicago qui, à dix ans, rendait de menus services au vieux Morolto et qui a vécu comme un voyou depuis son plus jeune âge. Quand il a réussi à obtenir son diplôme, le vieux l'a envoyé dans le Sud pour travailler avec Anthony Bendini. Il a toujours été le chouchou du vieux Morolto.

– Quand est-il mort ?

– Il y a onze ans, à quatre-vingt-huit ans. Il a eu deux fils, deux ordures : Mickey le Bavard et Joey le Prêtre. Mickey vit à Las Vegas et ne joue qu'un rôle limité dans les affaires de la famille. Le patron, c'est Joey.

Le trottoir sur lequel ils marchaient en croisait un autre. Au loin, sur la gauche, le monument à Washington se dressait dans le vent âpre. Sur la droite, le trottoir menait au Mur. Une poignée de visiteurs, plantés devant le monument, cherchaient le nom d'un fils, d'un mari ou d'un ami disparu. Mitch choisit cette direction et ils continuèrent d'avancer d'un pas lent.

— Ce que je ne comprends pas, reprit Mitch d'une voix douce, c'est comment ils peuvent faire tant d'opérations illicites sans éveiller les soupçons. L'immeuble grouille de secrétaires, d'employés et d'assistants.

— Très juste, acquiesça Voyles, et je ne peux vous donner qu'une réponse fragmentaire. Nous pensons qu'ils opèrent à deux niveaux, l'un parfaitement légal, avec les plus jeunes collaborateurs, la plupart des secrétaires et les assistants. D'autre part, les associés et les collaborateurs les plus anciens se chargent du sale boulot. Hodge et Kozinski étaient décidés à nous fournir des renseignements très détaillés, mais on ne leur en a pas laissé le temps. Hodge a confié un jour à Tarrance qu'il y avait au sous-sol un groupe d'assistants dont il ne savait pas grand-chose. Ils travaillent directement pour Locke, Milligan, McKnight et quelques autres associés, mais personne ne sait exactement en quoi consistent leurs activités. Les secrétaires sont souvent au courant de tout et nous pensons que certaines d'entre elles connaissent la vérité. Si c'est le cas, je suis sûr qu'elle sont très bien payées et trop effrayées pour parler. Si vous travaillez là-bas en gagnant beaucoup d'argent et en sachant que, si vous posez trop de questions ou si vous êtes bavard, vous finirez dans le Mississippi, que faites-vous ? Eh bien, vous la fermez et vous vous en mettez plein les poches !

Ils s'arrêtèrent au début du Mur, à l'endroit où le granit noir commence à s'élever du sol sur une longueur de soixante-quinze mètres avant d'atteindre la hauteur à laquelle apparaît la deuxième rangée de plaques commémoratives. A une vingtaine de mètres d'eux, un couple âgé, les yeux fixés sur le monument, pleurait en silence en se serrant l'un contre l'autre pour trouver un peu de chaleur et de réconfort. La femme se baissa pour poser au pied du mur une photographie dans un cadre. L'homme plaça une boîte à chaussures remplie de souvenirs près de la photo en noir et blanc. Programmes de matches de football, photos de classe, lettres d'amour, porte-clefs et une chaîne en or. Les deux vieux éplorés se redressèrent et leurs larmes redoublèrent.

Mitch tourna le dos au mur et dirigea son regard vers le monument à Washington. Voyles ne le quittait pas des yeux.

— Alors, qu'attendez-vous de moi ? demanda Mitch.

— Pour commencer, restez aussi discret que possible. Si vous vous mettez à poser des questions, votre vie sera en danger. La vôtre et celle de votre femme. Faites en sorte de ne pas avoir d'enfants dans un avenir proche, ce sont des cibles faciles. Le mieux serait de faire l'innocent, comme si vous meniez une existence merveilleuse et que vous espériez toujours devenir un éminent associé. Ensuite, il vous appartiendra de prendre une décision. Pas tout de suite, mais bientôt. Il vous faudra décider si vous acceptez de coopérer avec nous. Si c'est non, nous continuerons à exercer une surveillance vigilante en attendant de prendre contact avec un autre collaborateur. Tôt ou tard, nous trouverons quelqu'un qui aura assez de cran pour nous permettre d'envoyer au trou cette bande de pourris. Et c'en sera fini de la famille Morolto, du moins sous sa forme actuelle. Nous vous protégerons, Mitch, et vous n'aurez plus jamais besoin de travailler de votre vie.

– Quelle vie ? Si je vis, ce sera dans la terreur permanente d'une vengeance. J'ai entendu un certain nombre d'histoires sur des témoins à qui le F.B.I. était censé assurer une protection à vie. Dix ans plus tard, leur voiture explose quand ils sortent de chez eux pour se rendre au travail et leur corps est réduit en miettes. La mafia n'oublie jamais, monsieur le directeur, et vous devriez le savoir.

– C'est vrai, Mitch, ils n'oublient jamais. Mais je vous promets que vous serez protégés, vous et votre femme. Il vaut mieux que vous repartiez maintenant, ajouta-t-il en regardant sa montre, sinon ils soupçonneront quelque chose. Tarrance vous contactera. Faites-lui confiance : il est là pour sauver votre vie. Il aura toute autorité pour agir, tout ce qu'il vous dira viendra de moi et il aura le pouvoir de négocier.

– Négocier quoi ?

– Les conditions de votre accord, Mitch. Ce que nous vous offrirons en échange de ce que vous ferez pour nous. Nous voulons la famille Morolto et vous pouvez la faire tomber. Fixez votre prix et le gouvernement vous récompensera par l'intermédiaire du F.B.I. Dans des limites raisonnables, bien entendu. Je m'en porte garant, Mitch.

Ils se remirent à marcher lentement le long du Mur et s'arrêtèrent près de l'agent dans son fauteuil roulant.

– Un taxi vous attend là où vous êtes arrivé, dit Voyles en lui tendant la main. Voiture 1073, même chauffeur. Partez maintenant. Nous ne nous reverrons plus, mais Tarrance prendra contact avec vous dans une quinzaine de jours. Réfléchissez bien à ce que je vous ai dit. N'essayez pas de vous convaincre que le cabinet Bendini est invincible et qu'il continuera à agir impunément, car je ne le permettrai pas. Je peux vous promettre que nous passerons bientôt à l'action et il ne me reste qu'à espérer que vous serez de notre côté.

– Je ne comprends pas ce que vous me demandez de faire exactement.

– Tarrance connaît notre stratégie. Sa réussite dépendra en grande partie de vous et de ce que vous apprendrez une fois que vous vous serez mouillé.

– Comment cela, mouillé ?

– C'est le mot qui convient, Mitch. Quand vous vous serez mouillé, plus question de faire machine arrière. Ils peuvent être absolument impitoyables.

– Pourquoi m'avez-vous choisi ?

– Il fallait bien choisir quelqu'un... Non, ce n'est pas vrai. Nous vous avons choisi parce que vous avez du cran. Pas de liens, pas de racines, pas d'autre famille que votre femme. A part elle, tous ceux à qui vous vous êtes attaché vous ont fait souffrir. Vous vous êtes débrouillé seul, vous avez appris à ne compter que sur vous-même et cela vous a permis de devenir indépendant. Vous n'avez pas besoin du cabinet Bendini, vous pouvez le quitter. Vous vous êtes endurci, cuirassé, beaucoup plus qu'on ne l'est habituellement à votre âge. Et vous êtes assez intelligent pour vous en sortir, Mitch. Vous ne vous ferez pas prendre. Voilà pourquoi nous vous avons choisi. Bonne journée, merci d'être venu. Rentrez, vous n'avez plus de temps à perdre.

Voyles se retourna et s'éloigna d'un pas vif. Tarrance, qui attendait à l'extrémité du monument, salua Mitch d'un rapide signe de tête, comme pour lui dire : « Au revoir... et à bientôt. »

20

Après l'escale obligatoire à Atlanta, le DC-9 Delta se posa sous une pluie glacée sur la piste de l'aéroport international de Memphis. L'appareil s'arrêta devant la porte 19 et les passagers, des hommes d'affaires, débarquèrent rapidement et se dirigèrent en rangs serrés vers le terminal. Mitch ne portait que sa serviette et un magazine sous le bras. Abby l'attendait près des cabines téléphoniques et il accéléra le pas au milieu des passagers. Il lança la serviette et la revue au pied du mur et prit sa femme dans ses bras pour la serrer de toutes ses forces contre lui. Ces quatre jours passés à Washington lui semblaient avoir duré un mois. Ils s'embrassèrent avec gourmandise, en se chuchotant des mots doux à l'oreille.

– Vous êtes libre ce soir? demanda-t-il.

– Le dîner est sur la table et le vin au frais, répondit-elle.

La main dans la main, ils suivirent la foule qui avançait dans le hall vers le lieu de livraison des bagages.

– Il va falloir que nous parlions, dit-il doucement, et nous ne pouvons pas le faire à la maison.

– Vraiment? fit-elle.

– Oui, c'est même une longue conversation que nous devons avoir.

– Que s'est-il passé?

– J'en ai pour un certain temps à tout te raconter.

– Je me sens nerveuse, tout à coup.

– Calme-toi et continue à sourire. On nous observe.

– Qui nous observe? demanda-t-elle en tournant légèrement un visage souriant vers la droite.

– Je t'expliquerai tout à l'heure.

Mitch l'entraîna brusquement sur la gauche. Ils se frayèrent un passage dans le flot humain et se glissèrent rapidement dans une salle de bar sombre et bondée, où des hommes d'affaires, assis devant un verre, regardaient le téléviseur installé au-dessus du comptoir en attendant l'heure de départ de leur vol. Une petite table ronde, couverte de chopes vides, venait de se libérer. Ils y prirent place, le dos au mur, le regard tourné vers le comptoir et le hall. Ils se serraient l'un contre l'autre, à moins d'un mètre de la table voisine. Mitch ne quittait pas la porte des yeux et il dévisageait tous ceux qui entraient.

– Combien de temps allons-nous rester ici? demanda-t-elle.

– Pourquoi?

Abby enleva sa veste de renard et la plia sur la chaise qui lui faisait face.

– Qu'attends-tu exactement?

– Continue à sourire, fais comme si je t'avais énormément manqué. Viens, embrasse-moi.

Il posa un baiser sur ses lèvres et ils se regardèrent dans les yeux en souriant, puis il l'embrassa sur la joue avant de se retourner vers la porte. Un garçon s'avança vers eux et débarrassa la table. Ils commandèrent du vin.

– Comment s'est passé ton séjour? demanda-t-elle.

– Pénible. Huit heures de travail par jour, pendant quatre jours. Après la première journée, je n'ai presque pas mis le nez hors de l'hôtel. Ils ont groupé l'équivalent de six mois de cours en trente-deux heures.

– As-tu eu l'occasion de visiter la ville?

– Tu m'as manqué, Abby, fit-il en la regardant d'un air songeur. Plus que personne ne m'a jamais manqué. Je t'aime et, pour moi, tu es la plus belle femme du monde. Je n'aime pas voyager seul ni me réveiller sans toi dans une chambre d'hôtel. Mais j'ai quelque chose de terrible à te dire.

Le sourire s'effaça des lèvres d'Abby. Mitch parcourut lentement du regard la salle devenue très bruyante. Devant le bar, des hommes sur trois rangs hurlaient en regardant le match de basket qui opposait les Knicks de New York aux Lakers de Los Angeles.

– Je vais tout te raconter, poursuivit-il, mais il y a beaucoup de chances pour que quelqu'un dans cette salle soit en train de nous surveiller. On ne peut pas nous entendre, mais on peut nous observer. Essaie de sourire de temps en temps, même si c'est difficile.

Le vin arriva et Mitch commença son récit. Il ne lui cacha rien et elle ne l'interrompit qu'une seule fois. Il lui répéta ce qu'il avait appris sur Anthony Bendini et le vieux Morolto, sur la jeunesse de Nathan Locke à Chicago, sur Lambert et l'équipe de surveillance du cinquième étage.

Abby buvait nerveusement de petites gorgées de vin en s'efforçant courageusement de se conduire comme une épouse amoureuse, heureuse de retrouver son mari et prenant un immense plaisir à écouter le récit de son séminaire dans la capitale. Elle regardait les gens assis au comptoir, trempait les lèvres dans son verre et esquissait un petit sourire tandis que Mitch lui parlait du blanchiment de l'argent de la mafia et des juristes assassinés. Sa peur était si forte que tout son corps lui faisait mal et sa respiration était saccadée, mais elle écoutait en s'efforçant de ne rien laisser paraître.

Le garçon leur apporta un autre verre de vin tandis que la salle se vidait lentement. Une heure après avoir commencé son histoire, Mitch l'acheva dans un murmure.

– Et Voyles m'a dit avant de me quitter que Tarrance entrerait en contact avec moi dans une quinzaine de jours pour savoir si j'accepte de coopérer.

– Cela s'est donc passé mardi ? demanda-t-elle.

– Oui, le premier jour.

– Qu'as-tu fait le reste de la semaine ?

– J'ai peu dormi, peu mangé et j'ai passé le reste du temps avec une sorte de mal de tête diffus.

– Je pense que je vais bientôt ressentir la même chose.

– Je suis désolé, Abby. J'avais envie de rentrer immédiatement pour tout te raconter. Je ne me suis pas encore remis de ce choc.

– Je comprends, j'éprouve la même chose. Je n'arrive pas à y croire, Mitch. J'ai l'impression que c'est un cauchemar, pire encore qu'un cauchemar.

– Et cela ne fait que commencer. Le F.B.I. prend cette affaire très au sérieux. Sinon, pourquoi le directeur en personne aurait-il voulu rencontrer un juriste débutant de Memphis, par un froid de chien, sur le banc glacé d'un parc ? Il a mis cinq agents sur l'affaire à Memphis et trois autres à Washington, et il m'a dit qu'il réussirait, quel que soit le prix à payer. Si je fais la sourde oreille, si je décide de continuer à travailler loyalement pour la société, ils se présenteront un jour avec des mandats d'arrêt et ils embarqueront tout le monde. Si je choisis de coopérer, nous quitterons précipitamment Memphis dès que j'aurai livré le cabinet Bendini aux fédéraux et nous irons couler des jours tranquilles à Boise, Idaho, sous une autre identité. Nous serons très riches, mais il nous faudra travailler afin de ne pas éveiller les soupçons. Après mon opération de chirurgie esthétique, je trouverai un emploi de manutentionnaire dans un entrepôt et tu pourras travailler à mi-temps dans une crèche. Nous aurons deux enfants, peut-être trois, et nous prierons tous les soirs pour que des gens que nous n'avons jamais vus oublient notre existence. Nous passerons chaque heure de notre vie dans la terreur d'être découverts.

– C'est parfait, Mitch, fit-elle en retenant ses larmes. Absolument parfait.

Mitch regarda autour de lui d'un air dégagé.

– Il reste une troisième solution, reprit-il. Nous pouvons franchir cette porte, acheter deux billets pour San Diego, passer discrètement la frontière et manger des tortillas jusqu'à la fin de nos jours.

– Allons-y.

– Mais ils nous suivraient probablement. Avec la chance que j'ai, Oliver Lambert nous attendra à Tijuana avec une bande de tueurs. Non, cela ne marchera pas, ce n'était qu'une idée en l'air.

– Et Lamar?

– Je ne sais pas. Comme il est là depuis six ou sept ans, il doit être au courant. Quant à Avery, comme tous les associés, il est évident qu'il est dans le coup.

– Et Kay?

– Qui sait? Il est très probable que les épouses ne sont pas dans le secret. Cela fait quatre jours que j'y réfléchis, Abby, et je trouve que c'est une merveilleuse façade. L'apparence de la société est exactement ce qu'elle est censée être et tout le monde s'y laisserait prendre. Comment quelqu'un de l'extérieur ou même une recrue éventuelle pourraient-ils soupçonner leurs activités? Le camouflage est parfait, mais il se trouve que le F.B.I. a découvert le pot aux roses.

– Et maintenant ils te demandent de faire le sale boulot à leur place. Pourquoi t'ont-ils choisi, Mitch? Il y a quarante avocats dans cette société.

– Parce qu'ils étaient sûrs que je ne savais rien et que j'étais le choix idéal. Comme ils ignorent à quel moment les associés révèlent la vérité aux nouveaux venus, ils ne pouvaient courir le risque de poser des jalons avec un autre. J'étais le dernier arrivé, ils ont commencé à tendre leurs filets dès que les résultats de l'examen ont été connus.

Abby se mordit les lèvres pour contenir ses larmes et fixa un regard vide dans la direction de la porte.

– Et ils écoutent tout ce que nous disons, fit-elle d'une petite voix.

– Non, pas tout. Seulement les appels téléphoniques et les conversations que nous avons dans la maison et les voitures. Nous pouvons parler librement ici ou au restaurant et il nous reste toujours le patio. Mais je pense qu'il vaudrait mieux nous éloigner de la porte coulissante. Pour ne courir aucun risque, il faudra se glisser derrière la remise et parler à voix basse.

– C'est de l'humour que tu fais? J'espère que non; le moment me paraît mal choisi. Je suis terrifiée et furieuse, je ne sais plus où j'en suis, je ne sais pas quoi faire. J'ai peur de parler sous mon propre toit, je surveille toutes mes paroles au téléphone, même quand il s'agit d'un faux numéro. A chaque sonnerie, je sursaute et j'attends avant de décrocher. Et maintenant, toute cette histoire que tu viens de me raconter...

– Je crois que tu as besoin d'un autre verre.

– Il m'en faudrait bien dix.

Mitch lui prit le poignet et le serra fermement.

– Une seconde, murmura-t-il. Je vois un visage qui m'est familier. Ne te retourne pas.

– Où ? demanda-t-elle en retenant son souffle.

– Au bout du comptoir. Souris et regarde-moi.

Assis sur un tabouret, le regard rivé sur le téléviseur, se trouvait un homme blond au teint hâlé, vêtu d'un pull-over de ski bleu vif et blanc. Retour des sports d'hiver. Mais Mitch avait déjà vu ce hâle, cette moustache et ces mèches blondes à Washington. Protégé par l'obscurité, il observa attentivement l'homme au visage éclairé par la lumière bleue d'un tube au néon. Il le vit prendre sa bouteille de bière et, après une hésitation presque imperceptible, couler furtivement un regard vers le coin sombre où les McDeere étaient serrés l'un contre l'autre.

– Tu en es sûr ? demanda Abby sans remuer les lèvres.

– Oui, il était à Washington, mais je ne me souviens plus où je l'ai vu. En fait, je l'ai déjà vu deux fois.

– Tu crois qu'il fait partie de la bande ?

– Comment veux-tu que je le sache ?

– Allons-nous-en.

Mitch posa un billet de vingt dollars sur la table et ils sortirent.

Au volant de la Peugeot d'Abby, Mitch traversa le parc de stationnement et prit la direction de la ville. Après cinq minutes de silence, Abby se pencha vers lui et approcha la bouche de son oreille.

– Pouvons-nous parler ? murmura-t-elle.

Mitch secoua lentement la tête.

– Quel temps a-t-il fait pendant mon absence ? demanda-t-il à voix haute.

Abby leva les yeux au plafond et tourna la tête pour regarder par la vitre.

– Froid, répondit-elle. Il pourrait bien neiger pendant la nuit.

– Il a gelé toute la semaine à Washington.

Abby parut sidérée par cette révélation.

– As-tu eu de la neige ? poursuivit-elle, les sourcils levés et en ouvrant de grands yeux comme si la conversation la captivait.

– Non, juste un froid de canard.

– Quelle coïncidence! Il a fait aussi froid là-bas qu'ici!

Mitch étouffa un petit rire et ils poursuivirent le trajet en silence sur l'autoroute.

– Alors, demanda-t-il brusquement, qui va remporter le Super Bowl ?

– Les Oilers de Houston.

– Tu crois ? Moi, je suis plutôt pour les Redskins. Tout le monde ne parlait que de cela à Washington.

– Vraiment ? Qu'est-ce qu'on doit s'amuser dans cette ville!

Le silence retomba dans la voiture. Abby appliqua le dos de sa main sur sa bouche et concentra son attention sur les feux arrière des véhicules qui les précédaient. Elle était encore sous le choc et se sentait prête à courir le risque de se réfugier à Tijuana. Son mari, troisième de sa promotion à Harvard, courtisé par plusieurs cabinets de Wall Street et qui aurait pu être engagé n'importe où, son mari avait été recruté par... la mafia! Ayant déjà eu la peau de cinq juristes, ils n'hésiteraient certainement pas à en liquider un sixième. Son mari! Les conversations qu'elle avait eues avec Kay lui revenaient en mémoire. La société voit d'un bon œil l'arrivée de bébés; la société permet aux épouses de travailler, mais seulement un certain temps; la société ne recrute aucun diplômé issu d'une famille fortunée; la société exige une loyauté absolue; la société a un taux de renouvellement du personnel extrêmement bas. Et pour cause!

Mitch la regardait du coin de l'œil. Vingt minutes après avoir quitté l'aéroport, la Peugeot se garait sous l'auvent, à côté de la B.M.W. La main dans la main, ils se dirigèrent vers la porte de la maison.

– Cette histoire est complètement dingue, Mitch.

– Oui, mais elle est bien réelle. Elle ne s'évanouira pas comme un mauvais rêve.

– Qu'allons-nous faire?

– Je ne sais pas, ma chérie. Mais il va falloir agir vite et surtout ne pas commettre d'erreur.

– J'ai très peur.

– Je suis absolument terrifié.

Tarrance ne perdit pas de temps. Une semaine après avoir quitté Mitch devant le monument aux anciens combattants du Viêt-nam, il le guetta et l'aperçut, marchant rapidement dans Main Street, la grand-rue de Memphis, en direction du Palais de Justice, à quelques centaines de mètres de l'immeuble Bendini. Il le suivit jusqu'au troisième carrefour et entra dans un petit café dont la façade, tout en baies vitrées, donnait sur la grand-rue, également appelée le Mail, où la circulation des voitures était interdite et la chaussée pavée transformée en une promenade réservée aux piétons. De loin en loin un arbre, triste et solitaire, étendait ses maigres branches entre les immeubles. Clochards et vagabonds erraient d'un bout à l'autre de la promenade ou s'installaient pour y faire la manche.

Tarrance choisit une table donnant sur la rue, d'où il vit, au loin, Mitch pénétrer dans le Palais de Justice. Il était 10 heures et, d'après le rôle, McDeere avait une brève audition à cette heure précise. Le greffier lui ayant affirmé que ce ne serait pas long, Tarrance attendit patiemment.

Rien n'est rapide en matière de justice. Une heure plus tard, Tarrance s'approcha de la vitre et observa les rares passants qui se hâtaient au loin. Il vida sa troisième tasse de café, posa deux dollars sur la table et alla se tapir dans le renfoncement de l'entrée. Quand il vit Mitch s'approcher de l'autre côté du Mail, l'agent du F.B.I. s'élança à sa rencontre.

En le voyant, Mitch ralentit son allure.

– Bonjour, Mitch. Cela vous ennuie si je fais quelques pas avec vous ?

– Oui, Tarrance, cela m'ennuie. Vous ne trouvez pas que c'est dangereux ?

Ils continuèrent à marcher côte à côte, d'un bon pas, les yeux fixés droit devant eux.

– Regardez là-bas, fit Tarrance en indiquant un magasin sur la droite. Je crois que j'ai besoin d'une nouvelle paire de chaussures.

Les deux hommes s'engouffrèrent dans le Palais de la chaussure de Don Pang. Tarrance s'avança jusqu'au fond de l'étroite boutique et s'arrêta entre deux présentoirs de fausses Reebok, à quatre dollars quatre-vingt-dix-neuf cents les deux paires. Mitch le suivit et prit une paire de chaussures de sport, taille 44. Un Coréen, peut-être Don Pang en personne, leur lançait des regards soupçonneux, mais sans s'approcher d'eux. A travers les présentoirs, ils pouvaient surveiller la porte d'entrée.

– Le directeur m'a appelé hier, dit Tarrance, sans remuer les lèvres. Il m'a parlé de vous et m'a dit qu'il était temps de prendre une décision.

– Je suis encore en train de réfléchir.

– En avez-vous parlé à quelqu'un au bureau ?

– Non, je réfléchis.

– Très bien. Je pense que vous ne devriez rien dire à personne. Prenez ça, poursuivit-il en tendant une carte à Mitch. Il y a deux numéros au dos ; vous pouvez appeler l'un ou l'autre d'une cabine téléphonique. Comme vous tomberez sur un répondeur, laissez simplement un message pour dire avec précision où et quand nous pouvons nous rencontrer.

Mitch glissait la carte dans sa poche quand Tarrance se baissa brusquement.

– Que se passe-t-il ?

– Je crois que nous avons été repérés. Un de leurs hommes de main est passé devant le magasin et a regardé à l'intérieur. Écoutez, Mitch, voici ce que nous allons faire : nous allons sortir tout de suite et, dès que nous aurons franchi la porte, vous me hurlerez de foutre le camp et vous me bousculerez en me repoussant. Je ferai semblant de résister et vous filerez en direction de votre bureau.

– Vous allez me faire tuer, Tarrance !

– Faites ce que je viens de vous dire. Dès que vous arriverez au bureau, présentez-vous chez les associés pour leur faire part de l'incident. Expliquez-leur que je vous ai coincé dans le magasin et que vous avez tout de suite essayé de m'échapper.

En débouchant sur le trottoir, Mitch repoussa l'agent du F.B.I. d'un violent coup d'épaule et se mit à hurler.

– Fichez le camp d'ici! Et foutez-moi donc la paix!

Il courut jusqu'à Union Avenue, puis se remit à marcher jusqu'à l'immeuble Bendini où il entra dans les toilettes du premier étage reprendre son souffle. Il se regarda dans le miroir du lavabo et prit dix longues inspirations avant de ressortir.

Avery était au téléphone, deux lumières rouges clignotaient sur le support. Une secrétaire, assise sur le canapé du bureau, un bloc et un stylo à la main, était prête à noter en sténo des ordres qui allaient jaillir en rafales.

– Voudriez-vous sortir, je vous prie, lui dit Mitch. Il faut que je parle avec Avery.

La secrétaire se leva et Mitch l'accompagna jusqu'à la porte qu'il referma derrière elle.

Avery raccrocha et observa avec attention Mitch qui s'était arrêté devant le canapé.

– Que se passe-t-il?

– Je me suis fait accoster par un type du F.B.I. en revenant du Palais de Justice.

– Merde! Qui était-ce?

– Le même agent. Celui qui m'a dit s'appeler Tarrance.

– Où cela s'est-il passé? demanda Avery en saisissant le combiné.

– Sur le Mail, près d'Union Avenue. Je revenais seul, à pied.

– Est-ce le premier contact depuis votre précédente rencontre?

– Oui. Il m'a fallu quelques instants pour le reconnaître.

Avery approcha le combiné de sa bouche.

– Avery Tolar à l'appareil, dit-il. Passez-moi immédiatement Oliver Lambert... Je me fous qu'il soit au téléphone! Interrompez sa communication!

– Que se passe-t-il, Avery? demanda Mitch.

– Oliver? C'est Avery. Excusez-moi de vous avoir interrompu. Mitch McDeere est dans mon bureau et il vient de me raconter qu'il revenait du Palais de Justice quand un agent du F.B.I. l'a abordé sur le Mail... Comment? Oui, il vient juste de me prévenir. D'accord, rendez-vous dans cinq minutes. Détendez-vous, Mitch, ajouta-t-il en raccrochant, nous sommes déjà passés par là.

– Je sais, Avery, mais j'avoue que je n'y comprends rien. Pourquoi s'intéressent-ils tant à moi? Je suis le dernier arrivé.

– Ce sont des tracasseries de la police, Mitch, de simples tracasseries. Prenez donc un siège.

Mitch s'avança jusqu'à la fenêtre et son regard se porta sur le fleuve. Avery mentait avec facilité et on allait lui réserver le même couplet que l'autre fois : « Calmez-vous, Mitch, le F.B.I. nous harcèle, c'est tout. »

Comment rester calme en sachant que huit agents travaillaient sur cette affaire et que Denton Voyles en personne se tenait quotidiennement au courant ? Comment rester calme alors qu'il venait de se faire surprendre en train de comploter avec un agent du F.B.I. au fond d'un magasin de chaussures ? Et il se trouvait maintenant obligé d'assumer le rôle du pion ignorant, en butte aux tracasseries du gouvernement fédéral. De simples tracasseries ? Dans ce cas, pourquoi leur homme de main le suivait-il lors d'une visite de routine au Palais de Justice ? Qu'avez-vous à répondre à cela, Avery ?

– Vous avez peur, n'est-ce pas ? demanda Avery en le rejoignant devant la fenêtre pour passer le bras autour de ses épaules.

– Pas vraiment. Locke m'a tout expliqué la dernière fois. Mais j'aimerais qu'ils me laissent tranquille.

– L'affaire est grave, Mitch, et il ne faut surtout pas la prendre à la légère. Allons voir Lambert.

Mitch suivit Avery jusqu'au bout du couloir. Un homme en complet noir, qu'il n'avait jamais vu, ouvrit la porte et la referma derrière eux. Oliver Lambert, Nathan Locke et Royce McKnight se tenaient près de la petite table de conférences sur laquelle, comme la fois précédente, était posé un magnétophone. Mitch s'assit devant l'appareil et Locke prit place au bout de la table.

Un regard noir braqué sur Mitch, le front barré par des plis menaçants, il prit la parole.

– Tarrance ou un autre agent du F.B.I. a-t-il pris contact avec vous depuis la première tentative remontant au mois d'août ?

– Non.

– En êtes-vous sûr ?

– Bon Dieu ! s'écria Mitch en écrasant son poing sur la table. Je viens de vous dire non ! Vous devriez me faire prêter serment !

Locke fut surpris par sa réaction. Ils furent tous surpris, un silence pesant et tendu régna trente secondes. Mitch affronta hardiment le regard de Locke qui eut un imperceptible mouvement de recul.

Lambert, le plus diplomate de tous, se posa en médiateur.

– Écoutez, Mitch, nous savons qu'il y a de quoi prendre peur...

– Et comment ! Je n'aime pas du tout cela ! Je ne veux pas me mêler de ce qui ne me regarde pas, je m'abrutis de travail, j'essaie simplement d'être un bon juriste et de faire le maximum pour la société, mais, pour des raisons qui m'échappent, je ne cesse de recevoir de petites visites du F.B.I. J'aimerais comprendre, messieurs.

– Nous verrons cela plus tard, fit Locke en enfonçant la touche d'enregistrement. Racontez-nous d'abord en détail ce qui s'est passé.

– C'est très simple, monsieur Locke. Je devais comparaître à 10 heures au Palais de Justice devant le juge Koffer, pour l'affaire Malcolm Delaney. J'y suis resté à peu près une heure et j'ai repris la direction du bureau, sans musarder en route, car il gèle dehors. A deux ou trois cents mètres d'Union Avenue, ce Tarrance est apparu d'un seul coup, m'a pris par le bras et m'a poussé dans une boutique. Je me suis débattu vigoureusement, mais c'est quand même un agent du F.B.I. et je ne voulais pas faire un scandale. Il a eu le temps de me dire qu'il voulait juste discuter avec moi pendant une minute, mais j'ai réussi à me dégager et je me suis précipité vers la porte. Il m'a suivi et a essayé de me prendre par le bras, mais je l'ai repoussé. Puis j'ai couru jusqu'ici et je suis directement allé voir Avery dans son bureau. Voilà l'histoire.

– De quoi voulait-il vous parler?

– Je ne lui ai pas laissé le temps de le dire, monsieur Locke. Je n'ai nullement l'intention de parler avec un agent du F.B.I., sauf s'il a une citation à comparaître.

– Vous êtes certain qu'il s'agit du même agent?

– Je pense. Je ne l'ai pas reconnu tout de suite, car je ne l'avais pas vu depuis le mois d'août. A l'intérieur du magasin, il a sorti sa plaque et m'a donné le même nom. C'est à ce moment-là que j'ai réussi à lui échapper.

Locke appuya sur une autre touche et s'enfonça dans son fauteuil. Assis derrière lui, Lambert adressa à Mitch un sourire chaleureux.

– Nous vous avons déjà tout expliqué la dernière fois, dit-il, mais les fédéraux deviennent de plus en plus audacieux. Le mois dernier, ils ont abordé Jack Aldrich pendant qu'il déjeunait dans un grill-room de Second Street. Nous ne savons pas exactement ce qu'ils mijotent, mais ce Tarrance a perdu la tête pour vous harceler de la sorte.

Mitch regardait remuer les lèvres de Lambert sans prêter beaucoup d'attention à ce qu'il disait. Il pensait à Hodge et à Kozinski, à leurs veuves et aux orphelins qu'il avait vus aux obsèques.

– L'affaire est grave, Mitch, déclara Locke après s'être éclairci la voix, mais nous n'avons rien à cacher. S'ils soupçonnent des pratiques illicites, ils feraient mieux de consacrer leur temps à enquêter sur nos clients. Nous sommes des avocats et il peut nous arriver de représenter des clients qui sont aux frontières de la légalité, mais nous n'avons rien fait de mal et nous ne comprenons pas cette attitude.

Mitch ébaucha un sourire en levant les mains.

– Que voulez-vous que je fasse? demanda-t-il avec un accent de sincérité.

– Vous n'avez rien de particulier à faire, Mitch, répondit Lambert. Tenez-vous simplement à l'écart de ce type et fuyez-le comme la peste. Si jamais il vous arrivait de croiser son regard, signalez-le nous immédiatement.

– C'est ce qu'il a fait, glissa Avery, sur la défensive, pendant que Mitch prenait un air tout à fait navré.

– Vous pouvez partir, Mitch, dit Lambert. Et tenez-nous au courant.

Mitch se leva et sortit.

DeVasher marchait de long en large sans un regard pour les associés.

– Il ment. Je suis sûr qu'il ment! Ce petit salaud nous ment, je le sais!

– Que dit votre homme? demanda Locke.

– Il a vu autre chose. Quelque chose de légèrement différent, mais la différence est de taille. Il affirme que McDeere et Tarrance sont entrés d'un pas nonchalant dans le magasin de chaussures. Aucune intimidation de la part de Tarrance. Tarrance s'est approché de lui, ils ont échangé quelques mots et sont entrés discrètement dans le magasin. D'après notre homme, ils se sont cachés au fond où ils sont restés trois ou quatre minutes. Un autre de nos hommes est passé devant la porte et a jeté un coup d'œil à l'intérieur, mais il n'a rien vu. Il est manifeste qu'ils l'ont reconnu, car, quelques secondes plus tard, ils sont sortis en trombe et McDeere s'est mis à gesticuler et à hurler. Croyez-moi, il y a quelque chose de louche!

– Tarrance l'a-t-il pris par le bras pour l'obliger à entrer dans le magasin? demanda Locke d'une voix lente et précise.

– Absolument pas et c'est bien le problème. McDeere est entré de son plein gré et, s'il affirme que l'autre l'a tiré par le bras, c'est un mensonge. Notre homme pense qu'ils seraient certainement restés plus longtemps dans le magasin si son collègue n'avait pas été repéré.

– Mais vous n'en êtes pas certain? insista Locke.

– Comment voulez-vous que je le sois? Ils ne m'ont pas invité à les suivre au fond du magasin!

Tandis que les juristes gardaient les yeux baissés, DeVasher se remit à arpenter son bureau.

– Écoutez, DeVasher, reprit enfin Oliver Lambert, il est tout à fait possible que McDeere ait dit la vérité et que votre homme ait mal interprété la situation. Je crois que nous pouvons lui accorder le bénéfice du doute.

Pour toute réponse, le chef de la sécurité poussa un grognement.

– Avez-vous eu connaissance d'une autre prise de contact depuis le mois d'août? demanda Royce McKnight.

– Nous n'avons rien remarqué, mais cela ne signifie pas qu'ils ne se sont pas parlé. Nous n'avons eu connaissance qu'au dernier moment des deux autres rencontres. Il est impossible de surveiller tous leurs faits et gestes. Absolument impossible.

Il continua d'aller et venir devant la table en réfléchissant à toute vitesse.

– Il faut que je lui parle, dit-il enfin.

– A qui?

– A McDeere. Le moment est venu d'avoir une petite conversation avec lui.
– A quel sujet ? demanda Lambert avec une pointe d'inquiétude dans la voix.
– Laissez-moi m'en occuper, d'accord ? Ne vous mêlez pas de cela.
– Je pense que c'est un peu prématuré, objecta Locke.
– Ce que vous pensez m'est parfaitement égal. Si vous étiez responsables de la sécurité, vous seriez déjà tous derrière les barreaux.

Assis à son bureau, Mitch regardait fixement le mur quand on frappa à la porte. Il commençait à avoir très mal à la base du crâne et ne se sentait pas bien.
– Entrez, dit-il doucement.
Avery passa d'abord la tête dans l'embrasure, puis s'avança jusqu'au bureau.
– On déjeune ?
– Non, merci. Je n'ai pas faim.
– Je sais bien que vous êtes préoccupé, Mitch, insista Avery en fourrant les mains dans ses poches. Changez-vous les idées. J'ai une réunion à l'extérieur et nous pourrions nous retrouver au Manhattan Club, disons à 13 heures. Nous déjeunerons tranquillement en discutant. J'ai réservé la limousine pour vous ; elle vous attendra à moins le quart.
Mitch lui adressa un pauvre sourire, comme s'il était touché par ces témoignages d'attention.
– D'accord, Avery.
– Parfait. Rendez-vous à 13 heures.
A 12 h 45, Mitch franchit la porte de l'immeuble Bendini pour se diriger vers la limousine. Le chauffeur lui ouvrit la portière et Mitch monta. Mais quelqu'un attendait dans la voiture.
Un homme corpulent, au cou de taureau, confortablement installé dans l'angle de la banquette arrière, lui tendit la main.
– Je m'appelle DeVasher, Mitch. Ravi de vous rencontrer.
– Je me suis trompé de limousine ? demanda Mitch.
– Mais non, mais non, fit DeVasher tandis que la voiture démarrait. Détendez-vous.
– Que puis-je faire pour vous ? demanda Mitch.
– M'écouter. Nous allons avoir une petite conversation.
La limousine tourna dans Riverside Drive et prit la direction du pont Hernando de Soto.
– Où allons-nous ?
– Juste faire une petite promenade. Détendez-vous donc.
Mon tour est donc venu, songea Mitch, je serai le sixième. Non, ce n'était pas possible... Ils avaient fait montre de beaucoup plus d'imagination pour les assassinats précédents.
– Je peux vous appeler Mitch ?

– Si vous voulez.

– Très bien, Mitch. Je suis le chef du service de sécurité de la société et...

– Pourquoi la société a-t-elle besoin d'un service de sécurité ?

– Contentez-vous de m'écouter. Je vais vous expliquer. Grâce à son fondateur, Anthony Bendini, notre société dispose d'un système de sécurité très sophistiqué. Il était obsédé par la sécurité et le secret. Mon travail consiste à assurer la protection de notre société et, pour ne rien vous cacher, cette affaire avec le F.B.I. nous inquiète beaucoup.

– Moi aussi.

– Je comprends. Nous avons acquis la conviction que le F.B.I. est résolu à nous infiltrer dans l'espoir de réunir des renseignements compromettants sur certains de nos clients.

– Quels clients ?

– Des clients au train de vie luxueux, qui ont des avantages fiscaux, disons discutables.

Mitch acquiesça en silence de la tête et regarda le fleuve en contrebas. Ils venaient de passer dans l'Arkansas, laissant derrière eux les silhouettes des immeubles de Memphis. DeVasher avait interrompu ses explications et il était assis comme un crapaud, les mains croisées sur sa bedaine. Mitch attendit jusqu'à ce qu'il devienne évident qu'une conversation coupée de silences gênés ne dérangeait nullement DeVasher. Cinq ou six kilomètres après le fleuve, le chauffeur quitta l'autoroute pour suivre une route de campagne cahoteuse qui décrivait un demi-cercle pour revenir vers l'est. Puis la limousine s'engagea sur un chemin de gravier qui traversait pendant un kilomètre et demi des labours en se rapprochant du fleuve. Memphis réapparut brusquement, sur l'autre rive du Mississippi.

– Où allons-nous ? demanda Mitch, de l'appréhension dans la voix.

– Ne vous inquiétez pas. Je veux vous montrer quelque chose.

Le lieu de mon exécution, se dit Mitch quand la limousine s'arrêta au bord d'un à-pic dominant de quatre mètres un banc de sable. Sur la rive opposée du fleuve, parmi les tours de la ville, on pouvait repérer le toit de l'immeuble Bendini.

– Faisons quelques pas, suggéra DeVasher.

– Pour aller où ?

– Venez, vous ne risquez rien.

DeVasher ouvrit sa portière et contourna la limousine. Mitch le suivit à contrecœur.

– Comme je vous l'ai dit, les manœuvres du F.B.I. nous préoccupent énormément. Si vous leur parlez, ils ne pourront que s'enhardir et qui sait ce que ces imbéciles essaieront ensuite ? Il vous est formellement interdit d'adresser encore une fois la parole à l'un d'eux. C'est compris ?

– Oui. J'ai parfaitement compris depuis la première fois.

DeVasher approcha brusquement le visage du sien, à le toucher.

– Je suis en possession de quelque chose qui m'assurera de votre loyauté, lança-t-il avec un rictus malveillant.

Il fouilla dans la poche de sa veste et en sortit une enveloppe de papier bulle.

– Jetez donc un coup d'œil là-dessus, ricana-t-il en faisant un pas en arrière.

Mitch s'adossa à la limousine et ouvrit nerveusement l'enveloppe. Elle contenait quatre photographies en noir et blanc, de format 20 x 25, très nettes. Des photos de la plage, avec la fille.

– Bon Dieu! rugit Mitch. Qui a pris ça?

– Quelle importance? C'est bien vous, non?

La question resta sans réponse. Mitch déchira les photos en petits morceaux qu'il lança dans la direction de DeVasher.

– Nous en avons d'autres au bureau, déclara posément le chef de la sécurité. Des tas d'exemplaires. Nous n'avons pas l'intention de les utiliser, mais si nous surprenons le moindre échange de paroles avec M. Tarrance ou n'importe quel autre agent, nous en enverrons un jeu à votre femme. Qu'est-ce que vous en dites? Imaginez votre ravissante épouse allant chercher dans la boîte aux lettres son *Redbook* et des catalogues, et découvrant une étrange enveloppe qui lui est adressée. Vous imaginez la scène? La prochaine fois que vous déciderez avec Tarrance d'aller acheter des godasses, pensez à nous, car nous serons là.

– Qui d'autre est au courant, pour les photos? demanda Mitch.

– Le photographe et nous deux. Personne de la société n'est au courant et je n'ai pas l'intention de les montrer à quiconque. Mais si vous déconnez encore une fois, il se pourrait qu'elles circulent entre vos confrères à l'heure du déjeuner. Je ne vous ferai pas de cadeau.

Mitch s'assit sur le coffre en se massant les tempes. DeVasher s'avança vers lui.

– Écoutez-moi. Vous êtes un jeune homme plein d'avenir et vous ferez rapidement fortune. Ne gâchez pas tout cela. Contentez-vous de travailler en respectant les règles, de changer de voiture tous les ans, d'acheter des maisons de plus en plus grandes comme le font tous les autres. N'essayez pas de jouer au héros. Je ne veux pas me servir de ces photos.

– D'accord, j'ai compris.

21

Pendant dix-sept jours et dix-sept nuits, la vie des McDeere s'écoula paisiblement, compte tenu des circonstances, sans intrusion de Wayne Tarrance ni d'aucun autre de ses collègues du F.B.I. Ils retrouvèrent leurs habitudes : Mitch travaillait dix-huit heures par jour, sept jours sur sept, mangeait sur le pouce au bureau, ne quittait l'immeuble que pour rentrer chez lui. Avery envoyait d'autres jeunes collaborateurs au tribunal. Mitch ne sortait presque pas de son bureau, sanctuaire de vingt mètres carrés où il se savait hors d'atteinte de Tarrance. Il évitait dans la mesure du possible les couloirs, les toilettes et la cafétéria, car il était persuadé qu'on l'observait. Il ignorait qui, mais il ne doutait pas qu'un certain nombre de gens épiaient avec la plus grande attention ses faits et gestes. Il restait donc dans son bureau, la porte le plus souvent close, travaillant avec zèle et accumulant les heures d'honoraires pour essayer d'oublier qu'au cinquième étage de l'immeuble un immonde salaud du nom de DeVasher était en possession de clichés qui pouvaient briser sa vie.

Chaque jour passé sans incident poussait Mitch à se cloîtrer davantage dans son refuge et lui permettait d'espérer que l'épisode du magasin de chaussures avait effrayé Tarrance ou lui avait valu d'être déchargé de l'affaire. Peut-être Voyles s'était-il résigné à oublier toute l'opération et Mitch pourrait-il continuer dans la voie qui devait le mener à la fortune et au partenariat. Mais il n'était pas dupe.

Pour Abby, la maison était devenue une prison, même si elle pouvait en sortir et y rentrer à son gré. Son emploi du temps à l'école était plus chargé, elle allongeait ses promenades en ville et allait au moins une fois par jour à l'épicerie. Elle se méfiait de tous, en particulier des hommes en costume sombre qui la dévisageaient dans la rue, et portait, même quand il pleuvait, des lunettes noires pour mieux cacher ses yeux. Le soir, après avoir dîné seule et en attendant le retour de Mitch, elle fouillait les murs du regard en résistant à la tentation de chercher le matériel utilisé pour les espionner. Elle se disait que les micros n'étaient certainement pas invisibles. Elle fut tentée à plusieurs reprises d'acheter un ouvrage répertoriant ce genre d'équipements afin d'être en mesure de le reconnaître. Mais Mitch s'y opposa. Il lui affirma qu'il y en avait dans la maison et que toute tentative pour les découvrir pourrait se révéler désastreuse.

Elle passait donc silencieusement d'une pièce à l'autre, supportant de moins en moins le viol de son intimité. Elle savait que cette situation ne pourrait pas s'éterniser. Ils avaient tous deux conscience qu'il importait de se conduire normalement et ils s'efforçaient de parler d'une voix normale de leurs activités, du bureau et des élèves, du temps et des mille petites choses de la vie quotidienne. Mais ces conversations étaient plates, souvent contraintes et gauches. Leurs relations sexuelles, aussi fréquentes que fougueuses à l'époque où Mitch faisait son droit, étaient devenues quasi inexistantes. Ils ne pouvaient oublier qu'on écoutait tout ce qu'ils faisaient.

Ils prirent l'habitude de sortir en pleine nuit faire le tour du pâté de maisons. Après avoir avalé en hâte un sandwich, ils répétaient les mêmes répliques bien huilées sur la nécessité de prendre un peu d'exercice et sortaient dans la rue. La main dans la main, ils bravaient le froid en parlant de la firme et du F.B.I., et passaient en revue les diverses possibilités qui s'offraient à eux pour arriver toujours à la même conclusion : la situation était sans issue. Il en alla ainsi pendant dix-sept jours et dix-sept nuits.

Le dix-huitième jour, coup de théâtre! A 21 heures, Mitch se sentit tellement épuisé qu'il décida de rentrer chez lui. Il avait travaillé quinze heures et demie d'affilée, à deux cents dollars de l'heure. Il suivit comme à l'accoutumée le couloir du deuxième étage, puis monta l'escalier jusqu'au troisième. Il regarda discrètement dans chaque bureau pour voir qui était encore au travail. Plus personne au troisième. Il reprit l'escalier jusqu'au quatrième et s'engagea dans le couloir où une seule lumière brillait, celle du bureau de Royce McKnight. Mitch passa devant sans se faire voir et s'arrêta devant la porte du bureau d'Avery. Il tourna le bouton : la porte était fermée à clé. Il avança jusqu'au fond du couloir pour aller chercher dans la bibliothèque un livre dont il n'avait pas besoin. Quinze jours d'inspections nocturnes discrètes lui avaient permis de constater que la surveillance était uniquement assurée par des micros et qu'il n'y avait pas de caméras dans les couloirs ni les bureaux.

Il salua Dutch Hendrix devant la barrière et rentra chez lui. Abby ne l'attendait pas si tôt. Il ouvrit doucement la porte de communication du garage et de la cuisine, se glissa dans la pièce et alluma. Abby était dans leur chambre. Dans le vestibule où donnait la cuisine se trouvait un bureau à cylindre sur lequel sa femme laissait le courrier du jour.

Quand Mitch posa sans bruit son porte-documents sur le meuble, son regard tomba sur une grande enveloppe brune adressée à Mme Abby McDeere. Il n'y avait pas de nom d'expéditeur. L'enveloppe portait une inscription au feutre noir, en grosses lettres tracées à la hâte : photographies – ne pas plier. Mitch eut l'impression que son cœur cessait de battre, que sa respiration s'arrêtait net. Il saisit vivement l'enveloppe : elle avait été décachetée.

Son front se couvrit de sueur et il avait la bouche sèche au point de ne pouvoir déglutir. Son cœur se remit à battre avec la violence d'un marteau-pilon. Sa respiration était lente et difficile, et il dut contenir un haut-le-cœur. L'enveloppe à la main, il s'écarta lentement du bureau. Elle est couchée, songea-t-il, malheureuse, blessée, prostrée et sans doute folle de colère. Il s'essuya le front et tenta de reprendre ses esprits. Allez, conduis-toi comme un homme !

Abby était au lit, en train de lire devant la télé allumée. Le chien se promenait encore dans le jardin. Quand Mitch ouvrit la porte de la chambre, Abby bondit de surprise et faillit pousser un hurlement de terreur.

– Tu m'as fait une peur, Mitch !

Une étincelle d'amusement apparut très vite dans ses yeux brillants de frayeur. Ils n'étaient pas gonflés par les larmes, ils avaient leur aspect habituel et n'exprimaient ni chagrin ni colère. Mais Mitch était incapable de dire un mot.

– Pourquoi es-tu rentré ? demanda-t-elle avec un sourire.

– J'habite ici, non ? articula-t-il d'une toute petite voix.

– Pourquoi n'as-tu pas appelé ?

– Ai-je besoin de téléphoner avant de rentrer chez moi ?

La respiration de Mitch était redevenue normale. Tout allait bien !

– Oui, cela me ferait plaisir. Viens m'embrasser.

Il se pencha au-dessus du lit et posa un baiser sur ses lèvres, puis il lui tendit l'enveloppe.

– Qu'est-ce que c'est ? demanda-t-il d'un ton dégagé.

– Comment veux-tu que je le sache ? L'enveloppe m'est adressée, mais il n'y avait rien à l'intérieur. Absolument rien.

Elle referma son livre et posa l'enveloppe sur la table de chevet. Absolument rien ! Il lui sourit et l'embrassa derechef.

– Quelqu'un doit t'envoyer des photos ? demanda-t-il avec une fausse candeur.

– Pas à ma connaissance. Non, ce doit être une erreur.

Il imagina DeVasher écroulé de rire dans son repaire du cinquième étage. Assis dans l'obscurité, au milieu d'un fouillis de fils et d'appareils électriques, un casque posé sur sa tête ronde comme une boule de bowling, le gros plein de soupe riait à gorge déployée.

– C'est bizarre, dit-il.

En enfilant un jean, Abby indiqua la direction du jardin. Mitch acquiesça en silence. Le signal était simple : un petit geste, un signe de la tête pour montrer le jardin et ils sortaient.

Mitch posa l'enveloppe sur le bureau et laissa ses doigts courir sur l'encre noire. Probablement l'écriture de DeVasher. Il l'entendait ricaner ; il voyait sa face adipeuse et son rictus vicieux. Les photos avaient dû circuler au déjeuner dans la salle à manger des associés. Il imaginait Lambert, McKnight et même Avery, leur tasse de café à la main, béats d'admiration devant le corps nu de la fille.

Qu'ils en profitent ! Comme ils avaient intérêt à profiter des quelques mois qui leur restaient à mener leur existence brillante et heureuse d'avocats fortunés.

Abby s'avança et lui prit tendrement la main.

– Qu'y a-t-il à manger ? demanda Mitch à voix haute, pour ceux qui écoutaient.

– Nous pourrions aller au restaurant, suggéra Abby. Pour une fois que tu rentres à une heure décente, il faut fêter cela.

– Bonne idée.

Ils traversèrent le salon et sortirent discrètement par la porte de derrière pour s'enfoncer dans l'obscurité.

– Qu'y a-t-il ? demanda Mitch.

– Tu as reçu une lettre de Doris. Elle dit qu'elle est à Nashville, mais qu'elle sera de retour à Memphis le vingt-sept février. Elle dit aussi qu'elle doit absolument te voir et que c'est important. La lettre est très courte.

– Le vingt-sept ? Mais c'était hier !

– Je sais. Je suppose qu'elle est déjà arrivée. Je me demande bien ce qu'elle veut.

– Oui. Et moi, je me demande où elle est.

– Elle dit que son mari a un engagement dans un établissement de Memphis.

– Parfait, dit Mitch. Elle saura bien où nous trouver.

Nathan Locke referma la porte de son bureau et indiqua à DeVasher la petite table près de la fenêtre. Les deux hommes se détestaient et ne faisaient pas mystère de leurs sentiments, mais les affaires étaient les affaires et ils recevaient leurs ordres du même patron.

– Lazarov a insisté pour que je vous voie en tête à tête, dit le chef de la sécurité. Je viens de passer deux jours avec lui à Las Vegas et il ne cache pas son inquiétude. Vous êtes celui en qui on a le plus confiance dans cette maison.

– C'est compréhensible, répliqua Locke sans l'esquisse d'un sourire, en plissant la multitude de fines rides qui entouraient ses yeux braqués sur DeVasher.

– Il y a plusieurs choses dont il veut que nous parlions ensemble.

– Je vous écoute.

– McDeere nous a menti. Vous savez que Lazarov s'est toujours vanté d'avoir une taupe au F.B.I. Je dois avouer que je ne l'ai jamais cru et que j'ai encore beaucoup de peine à le croire. Mais Lazarov m'a affirmé que cette source bien placée lui avait confié qu'une rencontre secrète avait eu lieu entre McDeere et un des pontes du F.B.I. pendant le séjour de notre jeune homme à Washington. Nous avions nous-mêmes des gens sur place, mais ils n'ont rien remarqué d'anormal et il est impossible de pister quelqu'un vingt-quatre heures sur vingt-quatre sans attirer son attention. Il se peut donc qu'il ait réussi à s'éclipser pendant un moment à l'insu de nos hommes.

– Vous le croyez vraiment ?

– Peu importe ce que je crois. La seule chose qui compte, c'est que Lazarov en est persuadé. En tout cas, il m'a demandé de commencer à prendre toutes les dispositions nécessaires pour nous débarrasser de McDeere.

– Enfin, DeVasher ! On ne peut pas continuer à éliminer des gens !

– Il s'agit seulement de prendre des dispositions ! J'ai dit à Lazarov que c'était prématuré et que, à mon avis, ce serait une erreur. Mais ils sont vraiment très inquiets, Locke.

– Cela ne peut pas continuer, DeVasher ! Enfin, merde ! Il faut songer à la réputation de la société. Nous avons un taux d'accidents plus élevé que celui d'une plate-forme pétrolière et cela va faire jaser. Nous allons en arriver au point où plus un seul étudiant en droit sain d'esprit ne voudra venir travailler ici.

– Je ne pense pas qu'il faille s'en inquiéter. Lazarov a décidé de suspendre tout recrutement et il m'a demandé de vous en informer. Il veut aussi savoir combien de collaborateurs vous n'avez pas encore affranchis.

– Je crois qu'il en reste cinq. Voyons... Lynch, Sorrell, Buntin, Myers et McDeere.

– Laissons McDeere de côté. Lazarov est persuadé qu'il en sait beaucoup plus long que nous ne l'imaginons. Êtes-vous certain que les quatre autres ne sont au courant de rien ?

– Nous, nous ne leur avons rien dit, marmonna Locke après quelques instants de réflexion, mais c'est vous qui les écoutez et les suivez. Avez-vous remarqué quelque chose ?

– Rien chez les quatre que vous venez de nommer. Rien dans leurs paroles ni leur attitude n'indique qu'ils soupçonnent quelque chose. Pouvez-vous les virer ?

– Les virer ? Ce sont des avocats, DeVasher ! On ne vire pas des avocats qui sont en outre fidèles à la société !

– La société doit changer, Locke. Lazarov veut se débarrasser de ceux qui ne savent rien et ne plus engager quiconque. Il est manifeste que les fédéraux ont changé de stratégie et que le moment est venu pour nous de changer aussi. Lazarov veut que l'on serre les rangs et que l'on colmate les brèches. On ne peut pas rester les bras croisés pendant qu'ils les retournent l'un après l'autre.

– Les virer? répéta Locke en secouant la tête. Jamais la société ne s'est séparée d'un seul de ses membres.

– C'est très touchant, Locke! Pas un seul n'a été viré, mais nous en avons éliminé cinq. Vous disposez d'un mois pour le faire, alors commencez à chercher une bonne raison. Je vous suggère de les virer tous en même temps. Dites-leur que vous avez perdu un gros compte et que vous dégraissez.

– Nous avons des clients, pas des comptes.

– Comme vous voulez. Votre plus gros client vous demande de virer Lynch, Sorrell, Buntin et Myers. Commencez à prendre vos dispositions.

– Comment voulez-vous que je vire ces quatre-là sans faire de même avec McDeere?

– Vous trouverez bien une solution, Nat. Vous avez un mois devant vous. Débarrassez-vous d'eux et n'engagez plus personne. Lazarov veut avoir un groupe soudé, où tout le monde sera digne de confiance. Il a la trouille. Il a la trouille et il est en rogne. Je n'ai pas besoin de vous dire ce qui se passerait si un de vos gars mangeait le morceau.

– Non, vous n'avez pas besoin de me le dire. Que compte-t-il faire de McDeere?

– Pour l'instant, rien de plus. Nous écoutons toutes ses conversations et il n'a jamais dit un mot à sa femme ni à personne d'autre. Pas un seul mot! Il s'est fait coincer deux fois par Tarrance et vous l'a immédiatement signalé, mais, comme je persiste à croire qu'il y a quelque chose de louche dans cette seconde rencontre, nous restons très vigilants. Lazarov, de son côté, affirme qu'il y a eu une troisième rencontre à Washington et il essaie d'en obtenir confirmation. Il m'a dit que sa source n'avait pas de détails, mais qu'elle faisait des recherches. S'il est vrai que McDeere a rencontré quelqu'un du F.B.I. à Washington et a omis de le signaler, je suis sûr que Lazarov me demandera de prendre très vite les mesures qui s'imposent. C'est pour cela qu'il veut que nous commencions à nous pencher sur la question.

– Comment allez-vous faire?

– C'est encore trop tôt. Je n'y ai pas vraiment réfléchi.

– Vous savez qu'il doit partir en vacances dans quinze jours aux îles Caïmans, avec sa femme. Ils logeront dans un de nos appartements, celui que nous utilisons d'habitude.

– Il ne faut pas agir là-bas, car cela éveillerait les soupçons. A propos, Lazarov m'a dit qu'il fallait qu'elle soit enceinte.

– La femme de McDeere?

– Oui. Il veut qu'ils aient un bébé, pour avoir prise sur eux. Comme elle prend la pilule, nous pourrions entrer en douce dans l'appartement, prendre sa petite boîte et remplacer les pilules par un placebo.

A ces mots, un voile de tristesse passa fugitivement sur les grands yeux noirs de Locke, tournés vers la fenêtre.

– Que se passe-t-il, DeVasher? demanda-t-il d'une voix douce.

– Un certain nombre de choses vont changer ici, Nat. Il semble que les fédéraux s'intéressent de très près à nous et ils ne vont pas cesser de nous harceler. Il faut se dire qu'un jour l'un des collaborateurs mordra peut-être à l'hameçon et que vous serez tous obligés de faire vos bagages en pleine nuit.

– Je ne peux pas croire cela, DeVasher. Aucun des nôtres ne serait assez fou pour risquer sa vie et celle de sa famille contre de vagues promesses des fédéraux. Je ne peux pas croire que cela puisse arriver. Ils sont trop intelligents et ils gagnent beaucoup trop d'argent.

– J'espère que vous êtes dans le vrai.

22

L'agent immobilier recula au fond de la cabine de l'ascenseur pour mieux admirer la minijupe de cuir noir qui s'arrêtait à mi-cuisses, puis les bas de soie et les escarpins noirs extravagants, avec de petits nœuds rouges sur le dessus. Son regard refit le trajet en sens inverse, des chaussures aux bas et à la jupe, avec une halte pour admirer la rondeur du postérieur avant de remonter jusqu'au pull de cachemire rouge qui, s'il ne dévoilait rien de dos, était, par-devant, fort suggestif, comme il l'avait remarqué dans le hall. La blondeur des cheveux tombant à mi-dos contrastait vivement avec le rouge du cachemire. Il savait qu'ils étaient décolorés, mais leur éclat, la minijupe, les bas à couture, les talons hauts et le pull en cachemire, bref, l'ensemble était stimulant... Une femme pareille, il aimerait bien l'avoir dans l'immeuble. Elle ne voulait qu'un petit bureau et le montant du loyer était à débattre.

L'ascenseur s'arrêta, la porte s'ouvrit et il la suivit dans le couloir étroit.

– Par là..., fit-il.

A l'angle du couloir, il passa devant elle et glissa une clé dans la serrure d'une porte de bois en piteux état.

– Il n'y a que deux pièces, annonça-t-il en allumant la lumière, un peu moins de vingt mètres carrés.

Elle se dirigea droit vers la fenêtre.

– Jolie vue, dit-elle en regardant au loin.

– Oui, la vue est belle. La moquette est neuve, la peinture remonte à l'automne dernier. C'est très agréable. Tout l'immeuble a été rénové depuis huit ans.

Ses yeux ne quittaient pas les coutures des bas.

– Pas mal du tout, reprit Tammy, continuant de regarder par la fenêtre et sans paraître s'occuper de ce que l'homme disait. Comment s'appelle votre immeuble ?

– La Bourse du coton. C'est l'une des plus anciennes constructions de Memphis, une adresse prestigieuse.

– Le loyer aussi est prestigieux ?

Il se racla la gorge en avançant une chemise cartonnée qu'il ne regardait pas, les yeux fixés sur les chevilles et les talons hauts.

– C'est un tout petit bureau, vous savez. Que comptez-vous y faire, déjà ?

– Du secrétariat, répondit-elle. Du secrétariat indépendant.

Elle se dirigea vers l'autre fenêtre sans lui adresser un regard. Il suivait avidement ses mouvements.

– Je vois, dit-il. Et combien de temps comptez-vous l'occuper ?

– Six mois, avec une option pour un an.

– Bon, pour six mois, nous pouvons le louer à trois cent cinquante.

Elle n'eut aucune réaction, ne détourna pas les yeux de la fenêtre. Elle fit glisser la chaussure de son pied droit pour se frotter le mollet gauche. Il remarqua que la couture des bas se poursuivait sous la plante du pied. Les orteils étaient... rouges ! Elle s'accouda à l'appui de la fenêtre. La chemise cartonnée était agitée de tremblements.

– Je paierai deux cent cinquante par mois, déclara-t-elle d'un ton définitif.

Il s'éclaircit la gorge. A quoi bon être trop gourmand ? Les deux petites pièces étaient de l'espace perdu, elles n'intéressaient personne et n'avaient pas été utilisées depuis des lustres. L'immeuble pouvait accueillir une secrétaire indépendante. Lui-même pouvait avoir besoin d'une secrétaire indépendante !

– Trois cents, dernier prix. Cet immeuble est très recherché ; le taux d'occupation est actuellement de quatre-vingt-dix pour cent. A trois cents dollars par mois, vous faites une affaire. Nous couvrons à peine nos frais, à ce prix-là.

Elle se retourna d'un bloc et il les vit. Ils étaient braqués sur lui et tendaient le pull-over de cachemire à le faire craquer.

– Votre publicité affirmait qu'il y avait des bureaux meublés à louer, dit-elle.

– Nous pouvons meubler celui-ci, fit-il, désireux de montrer sa bonne volonté. Que vous faut-il ?

– Je voudrais un bureau, répondit-elle en laissant son regard errer dans la petite pièce. Quelques classeurs, une table basse et deux sièges pour les clients. Rien d'extraordinaire. L'autre pièce n'a pas besoin d'être meublée. J'y mettrai un photocopieur.

– Pas de problème, fit-il en souriant.

– D'accord pour trois cents dollars par mois, avec le mobilier.

– Parfait, dit-il en ouvrant une chemise dans laquelle il prit un formulaire de bail.

Il posa la feuille sur une table pliante et s'apprêta à la remplir.

– Votre nom ?

– Doris Greenwood.

C'était le nom de sa mère, celui qu'elle portait du temps où elle s'appelait encore Tammy Inez Greenwood, avant de rencontrer Buster Hemphill qui, par la suite, avait pris légalement le nom d'Elvis Aaron Hemphill. Depuis cette époque, la vie n'avait pas toujours été rose.

– Très bien, Doris, dit-il d'un ton mielleux, comme si le fait de l'appeler par son prénom était le prélude à des relations plus intimes. Adresse personnelle ?

– Pourquoi voulez-vous le savoir ? demanda-t-elle sans cacher son irritation.

– Eh bien, c'est un renseignement dont nous avons besoin pour le contrat.

– Cela ne vous regarde pas.

– Bon, bon. Pas de problème.

Il biffa la ligne d'un geste théâtral et se pencha sur le formulaire.

– Voyons, nous le datons d'aujourd'hui, le 2 mars, pour six mois, c'est-à-dire jusqu'au 2 septembre. Cela vous convient ?

Elle acquiesça de la tête et alluma une cigarette.

– Nous exigeons un dépôt de garantie de trois cents dollars et un mois de loyer d'avance, poursuivit-il en lisant le paragraphe suivant.

D'une poche de sa jupe collante, elle extirpa une liasse de billets de banque. Elle en compta six de cent dollars, qu'elle posa sur la table.

– Un reçu, s'il vous plaît.

– Bien sûr, fit-il en continuant à écrire.

– A quel étage sommes-nous ? demanda-t-elle en repartant vers la fenêtre.

– Neuvième. Il y a une pénalité de retard de dix pour cent passé le quinze du mois. Nous nous réservons le droit de pénétrer dans les locaux, à une heure raisonnable, pour une inspection. Ils ne peuvent pas être utilisés pour des activités illégales. L'électricité, l'eau et le téléphone sont à votre charge et il vous incombe d'assurer les murs et le mobilier. Vous disposez d'une place de stationnement sur le parking situé de l'autre côté de la rue et voici deux clés. Avez-vous des questions ?

– Oui. Ai-je le droit de travailler à des horaires inhabituels ? Pendant la nuit, très tard ?

– Pas de problème. Vous faites ce que bon vous semble. Le soir, l'agent de la sécurité qui sera à l'entrée donnant sur Front Street vous laissera passer.

Tammy ficha la cigarette entre ses lèvres et revint vers la table. Elle regarda le bail, eut un instant d'hésitation, puis se pencha pour signer du nom de Doris Greenwood.

Ils sortirent et il la suivit lentement dans le couloir menant à l'ascenseur.

Le lendemain à midi, le mobilier avait été installé et Doris Greenwood, de Greenwood Services, disposa l'un à côté de l'autre sur le bureau la machine à écrire et le combiné du téléphone. Assise devant la machine à écrire, il lui suffisait de tourner légèrement la tête sur la gauche pour regarder par la fenêtre la circulation dans Front Street. Elle remplit les tiroirs de papier, de blocs-notes, de stylos et de tout un assortiment de fournitures de bureau. Elle finissait de disposer quelques revues sur les classeurs et sur la petite table coincée entre les deux sièges où ses clients prendraient place quand on frappa à la porte.

– Qui est là?

– C'est le copieur, répondit une voix.

Elle ouvrit la porte et un bonhomme débordant d'énergie entra et parcourut la pièce d'un œil exercé.

– Je m'appelle Gordy, dit-il. Où voulez-vous le mettre?

– Là-bas, répondit Tammy en indiquant la pièce vide, de huit mètres carrés, dont la porte avait été retirée.

Deux jeunes gens en combinaison bleue entrèrent avec le chariot qui servait à transporter le photocopieur.

– C'est une grosse bécane pour un si petit bureau, fit Gordy en posant un tas de paperasses sur le bureau. Quatre-vingt-dix copies à la minute, avec trieuse et alimentation automatique. Une grosse machine.

– Où dois-je signer? demanda-t-elle sans s'occuper de ce qu'il disait.

Il indiqua une case de la pointe de son stylo.

– Location pour six mois, à deux cent quarante dollars par mois. Le prix comprend l'entretien et les réparations ainsi qu'une rame de papier pendant les deux premiers mois. Format standard ou papier à lettres?

– Standard.

– Premier règlement le dix, même chose pour les cinq mois suivants. Le manuel d'instructions est sur la machine. Appelez-moi si vous avez des problèmes.

Les deux livreurs quittèrent lentement le bureau à reculons, en dévorant Tammy des yeux. Gordy détacha le double jaune et le lui tendit.

– Avec les remerciements de la maison, dit-il.

Elle referma la porte derrière eux, puis se dirigea vers la fenêtre la plus proche du bureau et regarda vers le nord. A deux pâtés de maisons, de l'autre côté de Front Street, les quatrième et cinquième étages de l'immeuble Bendini étaient visibles.

Il restait seul dans son bureau, plongé dans les livres et des montagnes de documents, trop occupé pour voir quelqu'un d'autre que Lamar. Ayant pleinement conscience que ce repli sur lui-même ne passait pas inaperçu, il travaillait encore plus dur. Peut-être leurs soupçons seraient-ils apaisés s'il facturait vingt heures par jour. Peut-être l'argent le mettrait-il à l'abri.

Nina était sortie mais lui avait laissé une pizza qu'il mangea en mettant de l'ordre sur son bureau, puis il appela Abby pour lui dire au revoir avant de partir voir Ray et lui rappeler qu'il serait de retour le dimanche soir. Il sortit par la porte de derrière donnant sur le parking. Pendant trois heures et demie, il roula sur l'autoroute 40, en jetant constamment des coups d'œil dans le rétroviseur. Il ne remarqua rien, ne vit personne. Il songea qu'ils devaient se contenter de prévenir des guetteurs sur son passage. Arrivé à Nashville, il prit au dernier moment la sortie conduisant au centre ville. A l'aide d'une carte sur laquelle il avait griffonné son itinéraire, il se glissa dans la circulation, opérant des demi-tours aussi souvent que possible et conduisant comme un fou. Au sud de la ville, il s'engagea dans une résidence et roula à vitesse réduite entre les immeubles. Le cadre était agréable, les parkings propres et les visages des passants blancs. Tous blancs. Il gara la B.M.W. devant la piscine couverte et verrouilla les portières. La cabine téléphonique fonctionnait. Il appela un taxi et donna l'adresse de l'un des immeubles résidentiels proches, puis il partit en courant entre les bâtiments, coupa par une rue transversale et arriva en même temps que le taxi.

– A la gare routière! dit-il au chauffeur. Faites vite, je n'ai que dix minutes!

– Calmez-vous, ce n'est pas loin.

Mitch s'enfonça dans les coussins et observa les voitures. Le chauffeur conduisait avec assurance, et, sept minutes plus tard, la voiture s'arrêta devant la gare routière. Mitch lança deux billets de cinq dollars sur le siège avant et se précipita dans le hall. Il acheta un aller simple pour le Greyhound de 16 h 30, à destination d'Atlanta. L'horloge murale indiquait 16 h 31.

– C'est le 454, dit l'employée en lui montrant la porte donnant sur les quais. Le départ est imminent.

Le chauffeur claqua la porte du compartiment des bagages, prit le billet de Mitch et monta après lui dans le car. Les trois premiers rangs étaient occupés par des Noirs âgés et une douzaine d'autres passagers étaient éparpillés à l'arrière. Mitch suivit lentement l'allée, scrutant chaque visage, sans reconnaître personne. Il choisit un siège côté fenêtre, au quatrième rang à partir du fond. Il mit ses lunettes de soleil et tourna la tête pour regarder derrière lui. Personne! Merde! S'était-il trompé de car? Il regarda à travers la vitre teintée tandis que le car s'engageait rapidement dans le flot de la circulation. Il y avait un arrêt à Knoxville; peut-être son contact l'y attendrait-il.

Une fois sur l'autoroute, le véhicule prit sa vitesse de croisière. Un homme en blue-jeans et chemise de madras apparut brusquement et se glissa dans le siège voisin de celui de Mitch. C'était Tarrance. Mitch se sentit soulagé.

– Où étiez-vous caché? demanda-t-il.

– Dans les toilettes. Vous avez réussi à les semer ?

Tarrance parlait à voix basse en observant la nuque des passagers devant eux. Personne n'écoutait, personne ne pouvait les entendre.

– Je ne les vois jamais, Tarrance. Je ne peux donc pas vous dire si je les ai semés. Mais je pense que, cette fois, il leur aurait fallu des pouvoirs surnaturels pour ne pas perdre ma trace.

– Avez-vous vu notre agent dans la gare routière ?

– Oui. Près des cabines téléphoniques, avec une casquette rouge des Falcons. Un Noir.

– C'est bien cela. Il vous aurait fait signe si vous aviez été suivi.

– Il m'a fait signe que tout allait bien.

Tarrance portait des lunettes à verres argentés réfléchissants sous une casquette de base-ball verte de l'université du Michigan. Mitch sentait son haleine parfumée à l'orange.

– Je vois que vous avez laissé tomber l'uniforme, dit-il sans sourire. Voyles vous autorise à vous déguiser de la sorte ?

– J'ai oublié de le lui demander, mais je lui en parlerai demain matin.

– Dimanche matin ?

– Bien sûr. Il voudra tout savoir sur notre petit voyage en car. Je lui en ai parlé pendant une heure avant de quitter Washington.

– Commençons par le commencement. Qu'allez-vous faire de ma voiture ?

– Nous allons passer la chercher dans quelques minutes et nous en prendrons le plus grand soin. Ne vous inquiétez pas, vous la trouverez à Knoxville quand vous en aurez besoin.

– Vous ne craignez pas qu'ils nous retrouvent ?

– Impossible. Personne ne vous a suivi quand vous avez quitté Memphis et nous n'avons rien remarqué à Nashville. Vous ne risquez rien.

– Ne m'en veuillez pas d'être méfiant, mais, après le fiasco du magasin de chaussures, je sais que vous n'êtes pas incapable de vous conduire stupidement.

– Vous avez raison, c'était une erreur. Nous...

– Une grave erreur qui aurait pu me coûter cher.

– Vous vous êtes fort bien débrouillé. Croyez-moi, cela ne se reproduira pas.

– Promettez-le-moi, Tarrance. Promettez-moi qu'aucun de vous ne cherchera plus à m'aborder en public.

L'agent du F.B.I. regarda vers le bout de l'allée en hochant la tête.

– Non, Tarrance, je veux l'entendre de votre bouche. Promettez-le-moi.

– Bon, d'accord... Je vous promets que cela ne se reproduira plus.

– Merci. Je vais peut-être enfin pouvoir manger au restaurant sans craindre que l'on me saute dessus.

– Ça va, j'ai compris!

Un vieux Noir marchant avec une canne sourit en arrivant à leur hauteur et poursuivit lentement son chemin dans l'allée. La porte des toilettes claqua. Le car prit la file de gauche pour dépasser des conducteurs respectueux de la limitation de vitesse.

Tarrance commença à feuilleter une revue tandis que Mitch regardait le paysage. Le vieillard à la canne sortit des toilettes et regagna péniblement son siège au premier rang.

– Alors, demanda Tarrance en tournant les pages, pourquoi êtes-vous venu?

– Je n'aime pas l'avion. Je voyage toujours en car.

– Je vois. Par où voulez-vous commencer?

– Voyles m'a dit que vous aviez élaboré une stratégie.

– C'est vrai. Ce qui me manque, c'est un allié pour la mener à bien.

– Un bon allié coûte très cher.

– Nous avons de l'argent.

– Cela vous coûtera beaucoup plus que vous ne l'imaginez. De la manière dont je vois les choses, je serai contraint de sacrifier une carrière s'étalant sur quarante ans, à une moyenne d'un demi-million de dollars par an.

– Ce qui fait vingt millions de dollars.

– Je sais, mais nous pouvons négocier.

– Cela fait plaisir à entendre. Vous supposez donc que vous allez travailler, ou exercer, comme vous dites, pendant quarante ans. C'est une hypothèse pour le moins fragile. Imaginons, juste pour le plaisir, que dans cinq ans, nous réussissions à réunir les preuves nécessaires contre la firme Bendini et à vous inculper, vous et vos petits copains. Imaginons encore que vous soyez condamné à passer quelques années derrière les barreaux. Ils ne vous garderont pas longtemps, vous avez des diplômes et vous n'ignorez pas que les pénitenciers fédéraux sont des endroits par trop désagréables. Mais vous serez radié, vous perdrez votre maison, votre petite B.M.W. et probablement votre femme. Quand vous sortirez de prison, vous n'aurez plus qu'à ouvrir une agence, comme votre ami Lomax. C'est un boulot facile, mais il faut bien regarder où l'on met les pieds.

– Je vous ai dit que l'on pouvait discuter.

– Très bien, discutons. Combien voulez-vous?

– Pour quoi exactement?

Tarrance referma sa revue, la plaça sous son siège et ouvrit un gros livre broché.

– C'est une très bonne question, dit l'agent du F.B.I. d'une voix juste assez forte pour couvrir le bruit étouffé du diesel. Que voulons-nous de vous? Sachez d'abord que vous serez obligé de tirer un trait sur votre carrière d'avocat pour avoir violé le secret professionnel et divulgué des renseignements confidentiels sur vos clients. Cela suffira pour vous faire rayer du tableau de l'ordre, mais ce n'est pas le plus important. Nous devons, vous et moi, nous mettre d'accord pour que vous nous apportiez le cabinet Bendini sur un plateau d'argent. Quand cet accord sera conclu, s'il l'est, tout le reste se mettra en place. Deuxièmement, et c'est l'essentiel, vous nous fournirez assez de documents pour inculper les membres de votre cabinet ainsi que la plupart des gros bonnets de la famille Morolto. Les documents se trouvent dans l'immeuble de Front Street.

– Comment le savez-vous?

– Parce que nous dépensons des milliards de dollars pour lutter contre la mafia, répondit Tarrance avec un sourire. Parce que nous essayons de coincer les Morolto depuis vingt ans. Parce que nous avons nos sources à l'intérieur de la famille. Parce que Hodge et Kozinski avaient commencé à faire des révélations quand ils ont été assassinés. N'essayez pas de tricher avec nous, Mitch.

– Et vous croyez que je pourrai faire sortir ces renseignements de l'immeuble?

– Oui, maître. Vous pouvez préparer de l'intérieur un dossier qui anéantira la société et brisera l'une des plus puissantes organisations criminelles de tout le pays. Vous devez nous donner tous les détails possibles. Qui occupe quel bureau? Le nom de toutes les secrétaires et des assistants. Qui travaille sur quel dossier et avec quels clients? Quels sont les degrés de la hiérarchie? Qui occupe le cinquième étage et que s'y passe-t-il? Où sont conservées les archives? Quel est le pourcentage de documents sur disquettes et sur microfilms? Mais le plus important consistera à faire sortir ces documents et à nous les remettre. Dès que nous disposerons d'assez d'éléments pour procéder à des inculpations, nous enverrons une petite armée pour saisir tout ce que nous pourrons. Ce ne sera pas une mince affaire. Il nous faudra un dossier très fourni et très solide pour débarquer avec un mandat de perquisition.

– C'est tout ce que vous voulez?

– Non. Il vous faudra aussi témoigner contre vos confrères et les procès pourront traîner des années.

Mitch poussa un long soupir et ferma les yeux. Le car fut ralenti par un convoi de caravanes. Le crépuscule était proche : l'un après l'autre, les véhicules roulant en sens inverse allumaient leurs feux. Témoigner en justice! Voilà une chose à laquelle il n'avait pas pensé. Avec les millions de dollars dont ils disposaient pour s'offrir les meilleurs avocats au criminel, les procès risquaient de s'éterniser.

Tarrance ouvrit son livre et commença à lire. Il régla l'orientation de la liseuse au-dessus de leur tête, comme un vrai passager, faisant un vrai voyage en car. Au bout de cinquante kilomètres sans qu'un mot eût été échangé, sans que les négociations eussent avancé d'un pouce, Mitch enleva ses lunettes noires et se tourna vers Tarrance.

– Et moi, demanda-t-il, qu'est-ce que je deviens ?

– Vous aurez touché une coquette somme, ce qui n'a que la valeur qu'on lui attache, et, si vous avez tant soit peu de sens moral, vous pourrez vous regarder en face tous les matins dans votre miroir. Il vous sera possible de vivre où vous voulez sur le territoire américain, avec une nouvelle identité, cela va sans dire. Nous vous trouverons du travail, nous vous ferons refaire le portrait, tout ce que vous voulez.

Mitch essayait de garder les yeux fixés sur la route, mais il en était incapable.

– Sens moral ? lança-t-il en dardant un regard noir sur l'agent du F.B.I. Je ne veux plus jamais entendre cela, Tarrance ! Je suis une victime innocente et vous le savez fort bien !

Tarrance poussa un grognement et esquissa un sourire cynique. Le silence retomba.

– Et ma femme ?

– Oui, vous pouvez la garder.

– Très drôle.

– Excusez-moi. Elle aura tout ce qu'elle veut. Que sait-elle exactement ?

– Tout... presque tout, rectifia-t-il, quand l'image de la fille de la plage passa fugitivement devant ses yeux.

– Nous lui trouverons un poste bien payé à la Sécurité sociale, dans la ville de votre choix. Ce ne sera pas si mal, Mitch.

– Ce sera merveilleux. Jusqu'au jour où quelqu'un de chez vous ouvrira sa grande gueule à mauvais escient et où vous apprendrez par les journaux ma disparition ou celle de ma femme. La mafia n'oublie jamais, Tarrance. Ils ont plus de mémoire que les éléphants et savent garder un secret bien mieux que vous. Ne le niez pas, vous avez déjà perdu des gens que vous étiez censés protéger !

– Je ne le nie pas. Et je vous concède qu'ils peuvent être ingénieux quand ils ont décidé de se débarrasser de quelqu'un.

– Merci. Alors, où faudra-t-il que je me cache ?

– A vous de choisir. Nous avons à l'heure actuelle près de deux mille témoins vivant dans tout le pays sous une nouvelle identité, dans une nouvelle maison et avec un nouveau boulot. Vous avez toutes les chances de vous en sortir.

– C'est donc cette carte que je dois jouer ?

– Oui. Soit vous prenez l'argent et vous disparaissez, soit vous continuez à jouer au brillant avocat en priant pour que nous ne parvenions pas à infiltrer la société.

– Drôle de choix que vous me proposez là, Tarrance.

– C'est vrai et je préfère ne pas être dans votre peau.

La compagne du vieux Noir à la canne se leva péniblement de son siège et commença à se rapprocher d'eux d'une démarche titubante, en prenant appui sur le dossier de chaque fauteuil. Tarrance se pencha vers Mitch au moment où elle arrivait à leur hauteur. Il n'osait pas parler avec une inconnue à portée de voix. Elle avait au moins quatre-vingt-dix ans, était à moitié impotente et probablement illettrée, et se fichait éperdument de ce que pouvait dire Tarrance, mais l'agent fédéral devint aussitôt muet comme une carpe.

Un quart d'heure plus tard, la porte des toilettes s'ouvrit et ils perçurent le gargouillement de l'eau s'écoulant dans les entrailles du car. La vieille femme alla reprendre sa place d'un pas traînant.

– Connaissez-vous Jack Aldrich? demanda Mitch d'un ton soupçonneux en observant du coin de l'œil la réaction de Tarrance.

L'agent du F.B.I. leva les yeux de son livre et les garda fixés sur le dossier du siège de devant.

– Ce nom me dit quelque chose, mais je n'arrive pas à le situer.

Mitch tourna la tête vers la vitre; Tarrance savait quelque chose. Il avait tressailli avant de répondre. Mitch continua de regarder en silence les voitures roulant vers l'ouest.

– Alors? demanda Tarrance. Qui est ce type?

– Vous ne le connaissez pas?

– Si je le connaissais, je ne vous demanderais pas qui il est.

– C'est un des membres de notre cabinet. Vous devriez le savoir, Tarrance.

– Il y a des tas d'avocats à Memphis. Je suppose que vous les connaissez tous.

– Je connais ceux de chez Bendini, Lambert & Locke, le discret petit cabinet juridique que vous surveillez avec attention depuis sept ans. Aldrich travaille dans la maison depuis six ans et le bruit court que le F.B.I. est entré en contact avec lui il y a deux mois. Vrai ou faux?

– Totalement faux. Qui vous a raconté cela?

– Peu importe. C'est une rumeur qui circule dans la boîte.

– Elle est dénuée de tout fondement. Depuis le mois d'août, nous n'avons parlé à personne d'autre que vous. Je vous en donne ma parole. Et nous n'avons aucunement l'intention de nous adresser à un autre, à moins, naturellement, que votre refus de coopérer ne nous oblige à chercher ailleurs.

– Vous n'avez jamais rencontré Aldrich?

– C'est ce que je viens de vous dire.

Mitch hocha la tête à plusieurs reprises et prit une revue. Le voyage se poursuivit en silence pendant une demi-heure.

– Écoutez, Mitch, dit enfin Tarrance en refermant son livre, dans une heure, nous serons arrivés à Knoxville. Si nous devons nous mettre d'accord, c'est maintenant. Voyles aura mille questions à me poser demain matin, à la première heure.

– Combien me proposez-vous?

– Un demi-million de dollars.

Tout négociateur digne de ce nom savait que la première offre devait être déclinée. Cette règle ne souffrait aucune exception. Mitch avait vu Avery ouvrir la bouche de saisissement et secouer furieusement la tête d'un air totalement incrédule et dégoûté en prenant connaissance d'une première offre, même si elle était tout à fait raisonnable. De nouvelles offres suivaient, les négociations se poursuivaient mais, dans tous les cas, la première offre était rejetée.

En secouant lentement la tête toujours tournée vers la vitre, Mitch déclina en souriant, comme s'il ne s'était pas attendu à un chiffre aussi dérisoire, l'offre d'un demi-million de dollars.

– J'ai dit quelque chose de drôle ? s'enquit le non-juriste, si peu versé dans l'art de la négociation.

– C'est ridicule, Tarrance. Vous ne croyez pas sérieusement que je vais renoncer à une mine d'or pour un demi-million de dollars ? Après impôts, il m'en restera au mieux trois cent mille.

– Et si nous fermons cette mine d'or et jetons en prison tous ces beaux messieurs tirés à quatre épingles ?

– Que de si, Tarrance ! Si vous en savez aussi long que cela, pourquoi n'avez-vous encore rien fait ? Voyles m'a dit que vous les avez à l'œil et que vous attendez de les coincer depuis sept ans. Bravo, Tarrance. Êtes-vous toujours aussi rapides ?

– Vous voulez courir ce risque, McDeere ? Imaginons qu'il nous faille encore, disons cinq ans pour débarquer en force et envoyer tout le monde en taule. Ce jour-là, le temps qu'il nous aura fallu pour passer à l'action n'aura plus d'importance. Seul le résultat sera là, Mitch.

– Je croyais que vous étiez venu négocier, non user de menaces.

– Je vous ai fait une offre.

– Votre offre est très insuffisante. Vous me demandez de constituer un dossier qui vous permettra de lancer plusieurs centaines d'inculpations contre une bande d'odieux criminels. Cela pourrait facilement me coûter la vie et vous me proposez une misère... Trois millions, au minimum.

Tarrance n'eut aucune réaction. Il prit connaissance de la contre-proposition avec le visage impassible d'un jouer de poker et Mitch, le négociateur averti, comprit qu'il n'était pas loin de ce qu'il pouvait espérer.

– Cela fait une grosse somme, murmura Tarrance, presque pour lui-même. Je ne pense pas que nous ayons déjà versé autant.

– Mais vous avez les moyens, non ?

– J'en doute. Il faudra que j'en parle au directeur.

– Le directeur ! Je croyais qu'il vous avait donné carte blanche pour traiter cette affaire. Allons-nous le consulter sans arrêt en attendant que le marché soit conclu ?

– Que demandez-vous d'autre ?

– Deux ou trois choses me viennent à l'esprit, mais nous n'en parlerons que lorsque la question pécuniaire sera réglée.

Le vieillard à la canne avait apparemment des problèmes de vessie. Il quitta de nouveau son siège pour entreprendre le périlleux trajet jusqu'à l'arrière du car. Tarrance rouvrit son livre et Mitch se plongea dans la lecture d'un vieux numéro de *Field and Stream.*

Quand le car quitta l'autoroute à 19 h 58 pour entrer dans Knoxville, Tarrance se pencha vers Mitch.

– Sortez de la gare routière par la porte principale, lui murmura-t-il à l'oreille. Vous verrez un jeune homme en survêtement orange de l'université du Tennessee qui attendra près d'une Bronco blanche. Il fera semblant de vous reconnaître et vous appellera Jeffrey. Conduisez-vous comme si c'était un vieil ami et montez avec lui dans la Bronco. Il vous conduira à votre voiture.

– Où est-elle ? demanda Mitch sans élever la voix.

– Sur le campus, derrière un dortoir.

– Vos collègues ont-ils vérifié s'il y avait des micros ?

– Je crois. Demandez-le au conducteur de la Bronco. S'ils vous ont suivi quand vous avez quitté Memphis, ils doivent commencer à se poser des questions. Je vous conseille de rouler jusqu'à Cookeville, cent cinquante kilomètres avant Nashville. Il y a un Holiday Inn où vous pourrez passer la nuit avant d'aller demain voir votre frère. Nous vous suivrons et, si quelque chose nous semble louche, je vous verrai lundi matin.

– A quand le prochain voyage en car ?

– C'est mardi l'anniversaire de votre femme. Réservez une table à 20 heures chez Grisanti, le restaurant italien. A 21 heures précises, allez au distributeur de cigarettes du bar, mettez six pièces d'un quart de dollar dans la machine et prenez un paquet de n'importe quelle marque. Dans le bac où tombent les cigarettes, vous trouverez une cassette. Achetez un de ces petits lecteurs de cassettes que les joggers portent avec un casque et écoutez la cassette dans votre voiture. Pas chez vous et surtout pas au bureau. Utilisez le casque et faites-la écouter à votre femme. C'est ma voix que vous entendrez et je vous communiquerai notre dernier prix. Je vous expliquerai également un certain nombre de choses. Dès que vous aurez écouté plusieurs fois la cassette, détruisez-la.

– Vous ne trouvez pas que c'est assez compliqué ?

– Si, mais cela nous évitera de nous rencontrer pendant une quinzaine de jours. Ils surveillent tous vos faits et gestes, Mitch, et ce sont des professionnels. Ne l'oubliez jamais.

– N'ayez aucune crainte.

– Quel était le numéro de votre maillot quand vous jouiez au football, au lycée ?

– Le quatorze.

– Et à l'université ?

– Le quatorze.

– Très bien. Votre numéro de code sera 1-4-1-4. Jeudi soir, vous appellerez d'une cabine téléphonique et vous composerez le numéro suivant : 757 60 00. Un répondeur vous demandera votre numéro de code. Dès que vous l'aurez donné, vous entendrez un enregistrement de ma voix et je vous poserai une série de questions.

– Pourquoi ne me laisse-t-on pas travailler tranquillement ? soupira Mitch.

La car pénétra dans la gare routière et s'arrêta.

– Je continue jusqu'à Atlanta, dit Tarrance. Je ne vous verrai pas avant une quinzaine de jours. En cas d'urgence, appelez l'un des deux numéros que je vous ai donnés la première fois.

Mitch gagna l'allée et baissa les yeux vers l'agent fédéral.

– Trois millions, Tarrance, et pas un sou de moins. Puisque vous dépensez des milliards de dollars dans votre lutte contre les organisations criminelles, il ne devrait pas vous être trop difficile de trouver trois millions pour moi. Et n'oubliez pas qu'il me reste une troisième possibilité. Je peux prendre mes cliques et mes claques et disparaître dans la nature. Si cela arrive, vous pourrez lutter contre les Morolto jusqu'à la fin de vos jours pendant que je jouerai aux dominos aux Caraïbes.

– Bien sûr, Mitch. Vous aurez le temps de faire quelques parties, mais ils retrouveront votre piste en quelques jours et nous ne serons plus là pour vous protéger. A un de ces jours, maître.

Mitch descendit de l'autocar et s'engouffra dans le hall de la gare routière.

23

Dès 8 h 30, le mardi matin, Nina entreprit de mettre en piles le fouillis de paperasses encombrant le bureau de son patron. Elle aimait ce rituel matinal qui lui permettait de ranger le bureau et d'organiser la journée de Mitch dont l'agenda était ouvert sur un angle dégagé du bureau.

– Vous avez une journée très chargée, monsieur McDeere.

– Toutes les journées sont chargées, répliqua Mitch sans lever la tête et en continuant de feuilleter un dossier.

– Vous avez rendez-vous à 10 heures dans le bureau de M. Mahan pour l'appel de Delta Shipping.

– Je meurs d'impatience, marmonna Mitch.

– Vous avez ensuite rendez-vous à 11 h 30 avec M. Tolar pour la dissolution de Greenbriar. Sa secrétaire m'a informé que vous en aviez pour deux heures.

– Pourquoi deux heures ?

– Je ne suis pas payée pour poser ce genre de question, monsieur McDeere. Cela pourrait me coûter ma place. Autre chose : Victor Milligan aimerait vous rencontrer à 15 h 30.

– A quel sujet ?

– Je vous répète que je ne suis pas censée poser des questions. Je vous rappelle que Frank Mulholland vous attend dans quinze minutes.

– Oui, je sais. Où se trouve son bureau ?

– A la Bourse du coton. A quatre ou cinq rues, en remontant Front Street. Vous êtes déjà passé au moins cinquante fois devant.

– Bon. Quoi d'autre ?

– Faudra-t-il que je vous rapporte quelque chose à manger ?

– Non, j'achèterai un sandwich en revenant.

– Parfait. Avez-vous pris tout ce qu'il faut pour M. Mulholland ?

Il montra du doigt en silence une grosse serviette noire. Dès qu'elle fut sortie, Mitch la suivit, descendit l'escalier et quitta l'immeuble. Il s'arrêta une seconde sous un réverbère, puis se remit en marche sur le trottoir. Il tenait de la main droite la serviette noire et de la gauche l'attaché-case grenat. Le signal.

Devant un immeuble vert aux fenêtres condamnées, il s'arrêta près d'une bouche d'incendie. Il attendit une seconde, puis traversa Front Street. Autre signal.

Au neuvième étage de la Bourse du coton, Tammy Greenwood, de Greenwood Services, s'écarta de la fenêtre et mit son manteau. Elle donna un tour de clé à la porte du bureau, appela l'ascenseur et attendit. Elle allait rencontrer un homme dont la fréquentation pouvait lui coûter la vie.

Mitch entra dans le hall et se dirigea directement vers les ascenseurs sans rien remarquer d'anormal. Une demi-douzaine d'hommes d'affaires allaient et venaient en discutant. Une femme parlait à voix basse dans une cabine téléphonique. Un garde chargé de la sécurité était planté près de l'entrée d'Union Avenue. Mitch appela l'ascenseur et attendit, seul. Quand la porte s'ouvrit, un jeune homme bon chic bon genre, en complet noir et chaussures vernies étincelantes, entra au grand dam de Mitch qui espérait monter seul.

Le bureau de Mulholland était au septième étage. Mitch enfonça le bouton portant le chiffre sept sans s'occuper de l'inconnu. Quand l'ascenseur se mit en marche, les deux passagers fixèrent en silence les numéros s'allumant successivement au-dessus de la porte. Mitch gagna le fond de la petite cabine et posa la lourde serviette près de son pied droit. La porte s'ouvrit au quatrième étage et Tammy, nerveuse, entra dans la cabine. Le jeune homme lui lança un coup d'œil. Contrairement à son habitude, elle était habillée sagement d'une robe de tricot, courte et simple, sans décolleté plongeant. Pas de chaussures extravagantes ; les cheveux teints, d'un auburn peu voyant. Le jeune homme lui lança un second coup d'œil plus appuyé.

Tammy était entrée dans la cabine avec une grosse serviette noire, identique à celle de Mitch. Elle évita de croiser son regard et posa doucement sa serviette à côté de l'autre. Au septième étage, Mitch prit la serviette de Tammy et sortit de l'ascenseur. Au huitième étage, le petit jeune homme en noir sortit à son tour et, au neuvième, Tammy souleva la lourde serviette de cuir noir, bourrée de dossiers du cabinet Bendini, Lambert & Locke, qu'elle emporta dans son bureau. Elle referma la porte à clé, se débarrassa de son manteau et pénétra dans la pièce où le photocopieur ronronnait déjà. La serviette contenait sept dossiers, épais de trois centimètres. Elle les disposa sur la table pliante à côté de la machine et prit celui portant la mention : « Koker-Hanks/East Texas Pipe. » Elle retira tout le contenu du dossier et plaça soigneusement la pile de documents et de lettres dans le chargeur automatique. Elle enfonça la touche « Impression » et regarda sortir de la machine deux copies parfaites de chacun des documents.

Trente minutes plus tard, les sept dossiers étaient rangés dans la serviette, les nouveaux dossiers, au nombre de quatorze, mis en lieu sûr dans un classeur métallique ignifugé, dissimulé à l'intérieur d'un petit placard fermé à double tour. Tammy alla poser la serviette près de la porte et attendit.

Frank Mulholland était l'un des associés d'une société financière spécialisée dans les opérations de banque et les valeurs mobilières. Son client était un vieux monsieur qui avait fondé et développé une chaîne de magasins de bricolage, dont la valeur était estimée à dix-huit millions de dollars, avant que son fils, soutenu par des administrateurs ingrats, ne prenne le contrôle de l'affaire et ne lui impose une retraite prématurée. Le vieux monsieur avait intenté un procès; la société avait fait de même. Tout le monde poursuivait tout le monde et on était au point mort depuis dix-huit mois. Les avocats des deux parties ayant eu tout le temps de s'engraisser, le moment était venu de trouver un arrangement. Le cabinet Bendini, Lambert & Locke agissait en tant que conseiller fiscal pour le fils et le nouveau conseil d'administration, et, deux mois auparavant, Avery avait lancé Mitch dans la bataille. L'idée était de proposer au vieux monsieur un dédommagement forfaitaire de cinq millions de dollars en actions ordinaires et obligations convertibles.

Mulholland accueillit cette offre sans enthousiasme. Il répéta à maintes reprises que son client n'était pas cupide et qu'il savait pertinemment ne jamais pouvoir reprendre les rênes de la société. De sa propre société, il ne fallait pas l'oublier. Mais cinq millions étaient très insuffisants. Il était manifeste que n'importe quelle juridiction serait bien disposée envers un fondateur évincé et il aurait fallu être très borné pour ne pas comprendre que le dédommagement devait au moins s'élever à... disons vingt millions!

Après une heure de propositions et de contre-propositions échangées par-dessus le bureau de Mulholland, Mitch avait placé la barre à huit millions de dollars et le conseil du vieux monsieur estimait que son client pourrait transiger à quinze. Mitch referma courtoisement son attaché-case et Mulholland le raccompagna tout aussi courtoisement jusqu'à la porte de son bureau. Ils promirent de se revoir la semaine suivante et se séparèrent en se serrant la main comme deux vieux amis.

L'ascenseur s'arrêta au cinquième étage et Tammy entra d'un air dégagé dans la cabine où Mitch était seul.

– Des problèmes ? demanda-t-il dès que la porte se fut refermée.

– Aucun. J'ai mis deux copies en lieu sûr.

– Combien de temps vous a-t-il fallu ?

– Une demi-heure.

L'ascenseur s'arrêta au quatrième étage et elle prit la serviette vide.

– Demain, à midi ? demanda-t-elle.

– Oui.

La porte s'ouvrit et Tammy disparut dans le couloir. Mitch descendit seul jusqu'au rez-de-chaussée, traversa le hall désert et passa devant le garde posté près de la porte. Une lourde serviette dans une main, un attaché-case dans l'autre, maître Mitchell McDeere, avocat, reprit d'un pas rapide et d'un air important la direction de son bureau.

Une atmosphère pour le moins étrange régna pendant le dîner d'anniversaire d'Abby McDeere. Dans un coin sombre de chez Grisanti, à la lumière dansante d'une bougie, ils parlaient bas et s'efforçaient de garder un visage souriant. C'était difficile, car ils savaient qu'au même moment, quelque part dans le restaurant, un agent invisible du F.B.I. était en possession d'une cassette qu'il allait déposer dans le distributeur de cigarettes du bar à 21 heures précises. Mitch était censé arriver devant l'appareil quelques secondes plus tard pour récupérer la cassette sans se faire prendre la main dans le sac par les méchants inconnus qui s'étaient mêlés aux clients de l'établissement. La cassette devait apprendre aux McDeere quelle somme ils recevraient en espèces sonnantes et trébuchantes, en échange d'un témoignage et d'une existence de fugitifs.

Ils mangeaient du bout des lèvres, essayaient de sourire et de relancer la conversation, mais ils avaient beaucoup de mal à tenir en place et surveillaient leur montre. Le dîner fut expédié et, à 20 h 45, ils avaient terminé. Mitch se leva, se dirigea vers les toilettes et tourna la tête vers le bar mal éclairé en passant devant la porte. Le distributeur de cigarettes était là où il devait être.

Ils commandèrent un café et, à 21 heures précises, Mitch repartit vers le bar, s'arrêta devant le distributeur de cigarettes, glissa nerveusement six pièces d'un quart de dollar dans la fente et tira la poignée sous les Marlboro light, en souvenir d'Eddie Lomax. Il plongea vivement la main dans le bac, prit les cigarettes et tâtonna jusqu'à ce que ses doigts se referment sur la cassette. La sonnerie du téléphone mural placé à côté de la machine le fit sursauter. Il se retourna et parcourut la salle du regard. Elle était presque vide et seuls deux hommes, au bar, regardaient la télévision. Un rire aviné retentit dans un recoin obscur.

Abby ne le quitta pas des yeux jusqu'à ce qu'il ait repris sa place en face d'elle.

– Alors ? demanda-t-elle en haussant les sourcils.

– Je l'ai. Une minicassette Sony noire, tout ce qu'il y a de plus banal.

Mitch sirota son café avec un sourire niais tout en surveillant du coin de l'œil la salle de restaurant bondée. Personne ne les regardait, personne ne leur prêtait la moindre attention.

Il tendit l'addition et sa carte American Express au serveur.

– Nous sommes pressés, fit-il avec brusquerie.

Le serveur revint quelques secondes plus tard et Mitch signa avant de se lever.

Comme prévu, la B.M.W. était truffée de micros. Les hommes de Tarrance l'avaient examinée à la loupe pendant le voyage en car de Mitch. Elle était bourrée d'un matériel sophistiqué et coûteux, installé par des professionnels et capable de percevoir et d'enregistrer le plus léger toussotement, le moindre reniflement. Mais les micros ne permettaient que d'écouter et d'enregistrer, pas de suivre les déplacements du véhicule. Mitch avait été très sensible à cette attention.

Ils quittèrent en silence le parking du restaurant. Abby ouvrit tout doucement le lecteur de cassettes portable et glissa la minicassette dans l'appareil. Elle tendit le casque à Mitch, qui le plaça sur ses oreilles pendant qu'elle enfonçait la touche « Marche ». Elle ne le quitta pas des yeux pendant qu'il écoutait en conduisant lentement dans la direction de l'autoroute.

– Bonjour, Mitch, commença la voix de Tarrance. Nous sommes le mardi 9 mars et il est un peu plus de 21 heures. Permettez-moi d'abord de souhaiter un joyeux anniversaire à votre ravissante épouse. Cet enregistrement dure à peu près dix minutes. Je vous conseille de l'écouter une ou deux fois, très attentivement, avant de détruire la cassette. J'ai eu dimanche, avec le directeur du F.B.I., un entretien en tête à tête au cours duquel j'ai fait le point de la situation. A propos, je tiens à vous dire que j'ai gardé de bons souvenirs de notre voyage en car. M. Voyles est ravi de la tournure que prennent les choses, mais il pense que les discussions ont assez duré. Il désire conclure aussi rapidement que possible. Il m'a affirmé en des termes on ne peut plus clairs que nous n'avons jamais versé trois millions de dollars à quiconque et que nous n'étions pas à la veille de le faire. Il a juré comme un charretier, mais, en résumé, M. le directeur m'a dit que nous pouvions aller jusqu'à un million de dollars en espèces. Pas un sou de plus. L'argent sera déposé sur un compte suisse et personne, surtout pas les services fiscaux, ne sera au courant. Un million de dollars, net d'impôt. C'est notre dernier prix et M. Voyles m'a dit que vous pouviez aller au diable si vous refusez. Nous aurons le cabinet Bendini, Mitch, avec ou sans votre aide.

Mitch fit une petite grimace et regarda les voitures qui les dépassaient sur la bretelle d'accès à l'autoroute I 240. Abby attendait en silence un signe, un signal, un grognement ou un gloussement, quelque chose qui lui indiquât si les nouvelles étaient bonnes ou mauvaises.

– Nous prendrons soin de vous, Mitch, poursuivit la voix enregistrée. La protection du F.B.I. vous sera assurée chaque fois que vous l'estimerez nécessaire. Si vous le souhaitez, nous vérifierons régulièrement si tout va bien. Et si vous désirez changer de ville au bout de quelques années, nous ferons le nécessaire. Vous pouvez déménager tous les cinq ans, si vous voulez, nous nous chargerons des frais et vous trouverons du travail. Des postes intéressants dans l'administration. Voyles m'a dit que nous pourrions même vous dénicher un boulot très bien payé dans le privé, chez un des fournisseurs de l'État. Ce sera à vous de choisir, Mitch. Il va de soi que nous vous fournirons une nouvelle identité à tous deux et vous pourrez en changer tous les ans, si vous le désirez. Tout est possible. Si vous avez une meilleure idée, nous sommes disposés à vous écouter. Si vous préférez vivre en Europe ou en Australie, il vous suffira de le dire. Vous y serez bien traités. Je sais que cela fait beaucoup de promesses, Mitch, mais nous sommes on ne peut plus sérieux et disposés à tout mettre par écrit. Vous recevez un million de dollars, net d'impôt, et vous vous installez où vous voulez : voilà le marché que je vous propose. En échange, vous nous livrez le cabinet Bendini et les Morolto. Nous reparlerons de cela, mais, pour l'instant, nous attendons votre réponse. Voyles me harcèle et tout doit se décider très vite. Téléphonez-moi jeudi soir, à 21 heures, de la cabine près des toilettes pour hommes de Houston, dans Poplar Street. A bientôt, Mitch.

Il fit passer un doigt sur sa gorge et Abby enfonça la touche « Arrêt », puis elle rembobina la bande. Mitch lui tendit le casque et elle commença à écouter à son tour.

C'était une promenade innocente dans le parc, deux tourtereaux se tenant par la main et déambulant au clair de lune, dans la nuit froide de l'hiver. Ils s'arrêtèrent près d'un canon pour contempler le fleuve majestueux roulant ses flots indolents vers La Nouvelle-Orléans. C'était précisément le canon devant lequel Eddie Lomax s'était tenu un soir de tempête pour faire l'un de ses tout derniers rapports à un client.

La cassette à la main, Abby gardait les yeux fixés sur le fleuve. Elle l'avait écoutée à deux reprises et refusait de la laisser dans la voiture où n'importe qui pouvait mettre la main dessus. Après toutes ces semaines de silence prolongée, de conversations limitées aux moments passés en plein air, les mots ne venaient pas facilement.

– Tu sais, Abby, dit enfin Mitch en laissant courir sa main sur une roue du canon, j'ai toujours eu envie de travailler à la poste. Un de mes oncles était facteur rural et cela me plaisait bien.

Il essayait de faire de l'humour comme on tente un coup de poker. Et cela marcha. Elle eut trois secondes d'hésitation, puis se mit à rire doucement et il comprit qu'elle trouvait cela vraiment amusant.

– Et moi, je pourrais nettoyer les sols dans un hôpital pour anciens combattants.

– Tu ne serais pas obligée de nettoyer les sols. Tu pourrais vider les bassins, faire quelque chose de discret et d'utile à la fois. Nous habiterions une petite maison blanche, à charpente de bois, à Omaha, dans le

Nebraska. Je m'appellerais Harvey, toi Thelma et nous aurions choisi un patronyme court et banal.

– Poe ? suggéra Abby.

– Parfait ! Harvey et Thelma Poe. La famille Poe. Nous aurions un million de dollars en banque, mais nous ne pourrions pas y toucher, car tous nos voisins l'apprendraient et cela ferait de nous des gens différents, ce qu'il faudrait éviter à tout prix.

– Je me ferais refaire le nez.

– Mais ton nez est parfait.

– Le nez d'Abby est parfait, mais peut-être pas celui de Thelma. Tu ne penses pas qu'il faudrait l'arranger un peu ?

– Oui, tu dois avoir raison.

Il commençait à se lasser du jeu et resta silencieux. Abby vint se placer devant lui et il passa les bras autour de ses épaules. Ils suivirent la lente progression d'un remorqueur tirant un interminable train de péniches sous le pont. La lune jouait à cache-cache avec les nuages et un vent d'ouest glacial soufflait par rafales.

– Est-ce que tu crois Tarrance ? demanda Abby en rompant le silence.

– Que veux-tu dire exactement ?

– Imaginons que tu décides de ne rien faire. Crois-tu qu'ils finiront un jour par infiltrer la société ?

– Je le redoute.

– Alors, nous prenons l'argent et nous disparaissons.

– Ce sera facile pour moi, Abby, car je ne laisserai personne derrière moi. Mais, pour toi, c'est différent. Cela veut dire que tu ne reverras pas tes parents.

– Où irions-nous ?

– Je ne sais pas. Mais je préférerais ne pas rester aux États-Unis, car on ne peut faire entièrement confiance au F.B.I. Je ne le dirai pas à Tarrance, mais je me sentirais plus en sécurité à l'étranger.

– Qu'allons-nous faire maintenant ?

– Nous passons le marché, puis nous nous mettons sans perdre de temps à réunir les renseignements nécessaires pour couler le navire. Je ne sais pas exactement ce qu'ils veulent, mais je le trouverai. Dès que Tarrance aura ce qu'il lui faut, nous disparaissons dans la nature. Nous empochons l'argent, une petite intervention de chirurgie esthétique et adieu !

– Combien aurons-nous ?

– Plus d'un million. Ils se font tirer l'oreille, mais tout est négociable.

– Combien obtiendrons-nous, à ton avis ?

– Deux millions en espèces, net d'impôt.

– Tu crois qu'ils paieront ?

– Oui, mais la question n'est pas là. La question est de savoir si nous voulons prendre l'argent et disparaître dans la nature.

Il la vit frissonner et il la serra contre lui.

– C'est une sale affaire, Mitch, mais nous aurons au moins la consolation de rester ensemble.

– Je m'appelle Harvey, pas Mitch.

– Crois-tu que nous serons en sécurité, Harvey ?

– Nous ne le sommes pas ici.

– Je me sens très mal ici. Je suis seule et je meurs de peur.

– Et moi, j'en ai soupé de la vie d'avocat.

– Prenons l'argent et foutons le camp loin d'ici.

– Tope là, Thelma !

Elle lui tendit la cassette. Il la regarda un instant, puis la lança de toutes ses forces, au-delà de Riverside Drive, dans la direction du fleuve. La main dans la main, ils rebroussèrent chemin et regagnèrent rapidement Front Street où était garée la B.M.W.

24

Pour la deuxième fois depuis son arrivée, Mitch fut invité à déjeuner dans la luxueuse salle à manger du cinquième étage. En l'invitant, Avery lui expliqua que les associés étaient impressionnés par sa moyenne de soixante-dix heures hebdomadaires facturées au mois de février et qu'ils étaient désireux de lui offrir un déjeuner comme modeste récompense. Quels que fussent les rendez-vous, les exigences des clients, les échéances, les contraintes urgentes et vitales pour la bonne marche de sa carrière dans le cabinet Bendini, Lambert & Locke, il était hors de question de décliner cette invitation. Cela ne s'était jamais vu dans l'histoire de la société, car chacun n'en recevait au mieux que deux par an.

Mitch eut deux jours pour se préparer. Sa première réaction, quand Avery lui transmit l'invitation, fut de refuser et une demi-douzaine d'excuses plus mauvaises les unes que les autres lui traversèrent l'esprit. Manger, sourire, papoter, fraterniser avec ces criminels, aussi riches et bien élevés qu'ils fussent, lui paraissait infiniment moins souhaitable que de partager un bol de soupe avec un sans-abri sur l'esplanade de la gare routière. Mais un refus eût été une atteinte impardonnable à la tradition et son comportement éveillait déjà assez les soupçons.

Il prit donc place à table, le dos à la fenêtre, un sourire forcé sur les lèvres, et échangea des banalités avec Avery, Royce McKnight et Oliver Lambert. Il savait qu'il partagerait la table de ces trois-là. Il le savait depuis deux jours. Il savait aussi qu'ils ne cesseraient de l'épier avec un détachement feint pour déceler la moindre baisse d'enthousiasme, la plus petite trace de cynisme, les premiers signes de découragement. Il savait qu'ils ne perdraient pas un mot de ce qu'il dirait, qu'ils le couvriraient de louanges et de promesses.

Jamais Oliver Lambert ne s'était montré plus charmant. Il annonça, au moment où Roosevelt servait la côte de bœuf, que soixante et onze heures d'honoraires par semaine pour un mois de février constituaient un nouveau record pour un de leurs collaborateurs. Il expliqua d'une voix douce en faisant le tour de la salle du regard que tous les associés étaient stupéfaits et ravis. Mitch se força à sourire et entama sa viande. Les autres associés, par admiration ou indifférence, poursuivaient leurs conversations à bâtons rompus et se concentraient sur le contenu de leur assiette. Mitch en compta dix-huit en activité, plus sept retraités qui, en pull-over et pantalon kaki, avaient l'air plus décontractés.

– Vous avez une résistance exceptionnelle, Mitch, articula McKnight, la bouche pleine.

Il acquiesça poliment de la tête. Oui, oui, songea-t-il, c'est parce que je m'entraîne tout le temps. Il s'efforçait dans la mesure du possible de ne pas penser à Joe Hodge, Marty Kozinski et à ceux dont le portrait ornait le mur de la bibliothèque, en revanche il lui était impossible de chasser l'image de la fille de la plage et il se demandait si tout le monde était au courant. Avaient-ils tous vu les photos ? Les avaient-ils fait circuler au cours d'un de ces déjeuners réservés aux associés ? DeVasher lui avait promis de ne pas les montrer, mais quelle valeur attacher à la parole d'un truand ? Bien sûr qu'ils les avaient vues ! Voyles ne lui avait-il pas dit que tous les associés et la plupart des collaborateurs étaient de mèche ?

Pour quelqu'un qui n'avait pas d'appétit, il fit honneur à la nourriture. Il prit même un petit pain supplémentaire qu'il beurra et dévora à belles dents. Juste pour montrer que tout était normal, que rien ne lui coupait l'appétit.

– Alors, vous partez aux Caïmans avec Abby, la semaine prochaine ? demanda Oliver Lambert.

– Oui, pour ses vacances de printemps. Nous avons réservé depuis deux mois un des appartements. J'ai hâte d'y être.

– Le moment ne pourrait pas être plus mal choisi, protesta Avery avec une moue de dégoût. Nous avons un mois de retard.

– Nous avons toujours un mois de retard, Avery. Alors, une semaine de plus ou de moins... Je présume que vous aimeriez que j'emporte mes dossiers.

– Ce n'est pas une mauvaise idée. Personnellement, c'est toujours ce que je fais.

– Ne l'écoutez pas, Mitch, lança Oliver Lambert en faisant mine de protester. L'immeuble Bendini sera toujours debout à votre retour et vous avez bien mérité de passer une semaine en tête à tête avec votre femme.

– Vous verrez, vous serez enchanté, ajouta McKnight.

Comme si Mitch n'y était jamais allé, comme s'il ne s'était rien passé sur la plage et que personne n'avait vu de photos compromettantes.

– Quand partez-vous? demanda Lambert.
– Dimanche matin, de bonne heure.
– Vous prenez le Lear?
– Non. Delta, non-stop.
Lambert et McKnight échangèrent un regard rapide que Mitch
n'était pas censé remarquer. Il avait surpris depuis son entrée d'autres
regards venus des autres tables, des regards rapides et curieux. Il était
le centre de l'attention générale.
– Vous faites de la plongée? demanda Lambert qui s'interrogeait
encore sur le choix d'un vol Delta sans escale au lieu du Lear.
– Non, mais nous aimerions faire un peu de nage sous-marine, avec
un tuba et un masque.
– Il y a un type à la pointe du Rhum, un certain Adrian Bench, qui
a un club de plongée et qui vous délivrera un brevet en une semaine.
L'initiation est difficile, mais cela vaut la peine.
En d'autres termes, songea Mitch, ne vous approchez pas d'Abanks.
– Comment s'appelle ce club? demanda-t-il.
– Les Plongeurs de la pointe du Rhum. Un endroit merveilleux,
vous verrez.
Mitch plissa les yeux en prenant un air concentré, comme s'il
essayait de graver le nom dans sa mémoire. Un voile de tristesse obs-
curcit fugitivement le regard d'Oliver Lambert.
– Faites bien attention, Mitch. Cela éveille en moi des souvenirs de
Marty et Joe.
Avery et McKnight plongèrent le nez dans leur assiette, en hom-
mage aux chers disparus. Mitch déglutit et retint un ricanement de
mépris. Mais son visage demeura impassible et parvint même à expri-
mer la tristesse, comme ceux qui l'entouraient. Marty et Joe, leurs
veuves si jeunes et les petits orphelins. Marty et Joe, deux jeunes
juristes prospères, habilement éliminés avant d'avoir pu parler. Marty
et Joe, deux requins pleins de promesses, dévorés par leurs congénères.
Voyles lui avait recommandé de penser à eux chaque fois qu'il verrait
Lambert.
Et maintenant, pour un petit million de dollars, on lui demandait
d'accomplir ce que Marty et Joe allaient se décider à accomplir, mais
sans se faire prendre. Peut-être que dans un an, le nouveau collaborateur de la société serait assis à la même table et écouterait les associés
évoquer avec tristesse le jeune Mitchell McDeere et son étonnante
résistance qui lui aurait permis de devenir un juriste hors pair, si un
affreux accident ne le leur avait pas enlevé. Combien en tueraient-ils
encore?
Mais il voulait deux millions. Plus deux ou trois petites choses.
Après une heure de graves conversations égayées par la qualité de la
nourriture, les associés commencèrent à se retirer en échangeant au

244

passage quelques mots aimables avec Mitch. Ils lui affirmèrent qu'ils étaient fiers de lui et qu'ils fondaient sur lui les plus grands espoirs. Il était l'avenir du cabinet Bendini, Lambert & Locke. Mitch les remercia en souriant.

A l'heure où Roosevelt servait la tarte à la banane et le café, Tammy Greenwood-Hemphill garait sa Rabbit marron et poussiéreuse derrière une Peugeot rutilante, sur le parking de l'église épiscopale St. Andrew. Elle laissa le moteur tourner, fit quatre pas jusqu'à la Peugeot, glissa une clé dans la serrure du coffre et en sortit une lourde serviette noire. Elle referma le coffre et quitta rapidement le parking.

Debout devant une petite fenêtre de la salle des professeurs, Abby buvait un café en regardant les arbres, la cour de récréation et, au loin, le parking sur lequel elle distinguait à peine sa voiture. Elle sourit en regardant sa montre : 12 h 30, comme prévu.

Tammy roula prudemment en prenant la direction du centre ville. Rien de plus désagréable que de conduire en gardant les yeux collés au rétroviseur. Mais elle ne remarqua rien d'anormal. Elle gara sa voiture sur la place de parking qui lui était réservée, en face de la Bourse du coton.

Cette fois, il y avait neuf dossiers. Elle les disposa soigneusement sur la table pliante et commença à les copier. Sigalas Partners, Lettie Plunk Trust, HandyMan Hardware et deux dossiers retenus par un gros élastique, portant l'inscription : Dossiers Avery. Elle fit deux copies de chaque document et les remit méticuleusement en place. Elle nota dans un cahier la date, l'heure et le nom de chaque dossier. Elle arrivait à un total de vingt-neuf. Mitch lui avait dit qu'il y en aurait en tout une quarantaine. Tammy rangea un exemplaire de chaque copie de dossier dans le classeur dissimulé dans le placard, puis elle remplit la serviette avec les originaux et le second exemplaire.

Conformément aux instructions de Mitch, elle avait loué la semaine précédente un box de treize mètres carrés au Mini-stockage de Summer Avenue, à une vingtaine de kilomètres du centre ville. Une demi-heure plus tard, elle y arrivait et ouvrit la porte 38C. Elle rangea dans un carton le second exemplaire des neuf dossiers et écrivit la date sur le couvercle. Puis elle posa le carton à côté des trois autres.

A 15 heures précises, Tammy entra dans le parking de l'église épiscopale, gara sa voiture derrière la Peugeot, ouvrit le coffre et remit la serviette noire là où elle l'avait prise.

Quelques instants plus tard, Mitch franchit l'entrée principale de l'immeuble Bendini et s'étira. Les bras étendus, comme pour saluer la belle journée de printemps, il inspira profondément en laissant son regard courir dans Front Street. Trois pâtés de maisons au nord et neuf étages plus haut, il remarqua que le store d'une fenêtre était entièrement baissé. Le signal indiquant que tout allait bien. Il eut un petit sourire et regagna son bureau.

Le lendemain matin, à 3 heures, Mitch se leva et enfila silencieusement un jean délavé, une vieille chemise de flanelle, des chaussettes blanches et ses vieux brodequins. Il voulait ressembler à un camionneur. Il embrassa sans un mot Abby qui venait d'ouvrir les yeux et quitta la maison. East Meadowbrook était déserte, comme toutes les rues jusqu'à l'entrée de l'autoroute. Ils n'allaient probablement pas le suivre à cette heure-là.

Il prit l'autoroute I 55 pendant quarante kilomètres, jusqu'à Senatobia, dans le Mississippi. Les lumières d'un restaurant de routiers ouvert toute la nuit brillaient à quelques dizaines de mètres de l'autoroute. La B.M.W. zigzagua entre les camions pour gagner l'arrière de l'établissement où une centaine de semi-remorques étaient garés pour la nuit. Il s'arrêta près du portique de lavage. Une douzaine de mastodontes se déplaçaient pesamment autour des pompes.

Un Noir coiffé d'une casquette de football des Falcons d'Atlanta apparut, les yeux fixés sur la B.M.W. Mitch le reconnut : c'était l'agent qu'il avait vu dans la gare routière de Nasville. Il coupa le moteur et descendit de voiture.

– McDeere ? demanda l'agent fédéral.

– Évidemment. Qui voulez-vous que ce soit ? Où est Tarrance ?

– Dans un box, près de la baie vitrée. Il vous attend.

Mitch ouvrit la portière et tendit les clés de la voiture à l'agent.

– Où l'emmenez-vous ?

– Faire un tour sur l'autoroute. J'en prendrai soin. Vous pouvez vous détendre, personne ne vous a suivi depuis Memphis.

L'agent du F.B.I. se mit au volant et la voiture prit la direction de l'autoroute en passant entre deux pompes de gas-oil. Mitch regarda sa petite B.M.W. disparaître, puis entra dans le restaurant. Il était 3 h 45.

La salle bruyante était bondée de costauds qui buvaient du café. Des cure-dents de couleur dans la bouche, ils se racontaient des histoires de pêche et les derniers potins. Ils étaient nombreux à parler avec les accent nasillards du Nord, accompagnés par la voix plaintive de Merle Haggard qui s'élevait du juke-box.

Mitch avança lentement vers le fond de la salle, jusqu'à ce qu'il découvre dans un recoin mal éclairé un visage familier à moitié dissimulé sous une visière d'aviateur et surmonté de la casquette de baseball de l'université du Michigan. Un sourire éclaira le visage de Tarrance qui surveillait la porte, un menu à la main. Mitch se glissa dans le box.

– Salut, collègue, lança l'agent du F.B.I. Comment va le bahut ?

– Super, mais je crois que je préfère le car.
– Eh bien, la prochaine fois nous essaierons le train, histoire de changer. Laney a pris votre voiture ?
– Qui est Laney ?
– Mon collègue de couleur. C'est un bon agent, vous savez.
– Nous n'avons pas été présentés dans les règles. En effet, Laney a pris ma voiture et je me demande où il l'emmène.
– Sur l'autoroute. Il sera de retour dans une heure. J'aimerais que vous repartiez à 5 heures pour être au bureau à 6 heures. Je ne voudrais pas gâcher votre journée de travail.
– Elle est déjà foutue, ma journée !

Une serveuse se traîna jusqu'à leur table en claudiquant et demanda avec brusquerie ce qu'ils désiraient. Ils commandèrent deux cafés au moment où une escouade de camionneurs s'engouffrait par la porte et remplissait la salle, couvrant presque entièrement de leurs exclamations la musique du juke-box.

– Comment vont les petits copains, au bureau ? demanda Tarrance d'un ton jovial.
– Tout va bien. Le compteur tourne en ce moment même et l'argent rentre dans les caisses. Merci de votre sollicitude.
– Je vous en prie.
– Et comment va mon vieil ami Voyles ? demanda Mitch.
– En fait, il est assez inquiet. Il m'a téléphoné à deux reprises pour me rappeler pour la centième fois qu'il tenait absolument à avoir votre réponse. Il m'a dit que vous aviez eu tout le temps de réfléchir. Je lui ai demandé de se calmer et, quand je lui ai parlé de notre petit rendez-vous nocturne, il s'est montré très excité. Je dois l'appeler tout à l'heure, à 8 heures, pour être précis.
– Dites-lui qu'un million de dollars ne suffit pas, Tarrance. Puisque vous vous vantez de consacrer des milliards à la lutte contre le crime organisé, je vous demande de me réserver quelques miettes. Que représentent deux millions de dollars en espèces pour le gouvernement ?
– Vous en êtes donc à deux millions ?
– Absolument, Tarrance, et pas un sou de moins. Je veux un million tout de suite et un autre quand tout sera terminé. Je suis en train de copier tous mes dossiers et j'aurai fini dans quelques jours. Je pense que ce sont des dossiers tout à fait légaux et, en divulguant leur contenu, j'encours la radiation à vie. Je veux que le premier million me soit versé quand je vous les remettrai. Disons qu'il s'agira d'un gage de votre bonne foi.
– Comment voulez-vous que l'argent vous arrive ?
– Sur un compte bancaire à Zurich. Mais nous réglerons les détails plus tard.

La serveuse fit glisser deux soucoupes sur la table et y posa deux tasses dépareillées. A un mètre au-dessus de la table, elle versa le café qui éclaboussa partout.

– Vous avez droit à une tournée gratuite, marmonna-t-elle en s'éloignant.

– Et le second million ? interrogea Tarrance sans même regarder sa tasse.

– Je toucherai la première moitié quand nous aurons décidé d'un commun accord que je vous ai fourni des documents assez probants pour lancer les inculpations. L'autre moitié me sera versée quand j'aurai fini de témoigner en justice. On ne fait pas plus équitable, Tarrance.

– C'est vrai. Vous avez ma parole.

Mitch se sentit soulagé. Enfin un marché, un contrat, un accord. Qui ne pourrait jamais être mis par écrit, mais qui serait respecté. Il but une gorgée de café sans en sentir le goût. Ils s'étaient mis d'accord sur l'argent. Puisqu'il avait le vent en poupe, il fallait continuer.

– Il y a autre chose.

La tête de Tarrance se baissa et se tourna légèrement vers la droite.

– Oui.

Mitch se pencha sur la table en prenant appui sur les coudes.

– Quelque chose qui ne vous coûtera rien et que vous pouvez obtenir sans difficulté.

– J'écoute.

– Mon frère Ray est au pénitencier de Brushy Mountain. Il lui reste sept ans à tirer avant sa libération conditionnelle. Je veux qu'il sorte.

– C'est ridicule, Mitch. Nous pouvons faire des tas de choses, mais nous ne pouvons obtenir la libération conditionnelle d'un détenu dans une prison d'État. S'il s'agissait d'un établissement fédéral, ce serait peut-être possible, mais une prison d'État. Rien à faire !

– Écoutez, Tarrance, et ouvrez bien vos oreilles. Si je dois prendre la fuite avec la mafia à mes trousses, je veux que mon frère m'accompagne. Cela fait partie du contrat. Je suis sûr que si Voyles décide de le faire sortir de prison, il sortira. Maintenant, à vous de vous débrouiller pour que cela marche.

– Mais nous ne pouvons absolument rien faire pour un détenu d'une prison d'État.

– James Earl Ray s'est évadé de Brushy Mountain, dit Mitch avec un sourire en reprenant sa tasse de café. Et il n'a bénéficié d'aucune aide extérieure.

– Une idée de génie ! Nous lançons un raid de commandos contre le pénitencier pour faire évader votre frère. Bravo !

– Ne faites pas l'imbécile, Tarrance. Cette condition n'est pas négociable.

– Bon, bon, je verrai ce que je peux faire. Y a-t-il autre chose ? Avez-vous encore d'autres surprises ?

– Non, juste des questions pour savoir où nous irons et ce que nous ferons. Où nous cacherons-nous au début ? Où nous cacherons-nous pendant les procès ? Où vivrons-nous le reste de notre vie ? Questions insignifiantes, vous voyez.

– Nous aurons l'occasion d'en discuter plus tard.

– Que vous ont appris Hodge et Kozinski ?

– Pas grand-chose. Nous disposons d'un cahier, assez épais, dans lequel nous avons réuni et répertorié tout ce que nous savons sur les Morolto et la société. La plupart des renseignements ont trait aux Morolto : l'organisation, les hommes clés, les activités illégales, etc. Il faudra que vous en preniez connaissance avant que nous nous mettions au travail.

– Ce qui veut dire après que l'on m'aura versé le premier million.

– Bien sûr. Quand pourrons-nous voir vos dossiers ?

– Dans une huitaine de jours. Je me suis débrouillé pour copier quatre dossiers appartenant à un associé. Il me sera peut-être possible de mettre la main sur quelques autres.

– Qui se charge de photocopier les dossiers ?

– Ce ne sont pas vos oignons.

Tarrance réfléchit quelques instants et décida de ne pas insister.

– Combien de dossiers y aura-t-il en tout ?

– Entre quarante et cinquante. Je ne peux en sortir en douce qu'un petit nombre à la fois. Sur certains, j'ai travaillé huit mois, sur d'autres une semaine seulement. Pour autant que je puisse en juger, ce sont des clients parfaitement légitimes.

– Combien d'entre eux avez-vous rencontrés en personne ?

– Deux ou trois.

– Ne soyez pas si sûr que c'étaient des clients réels, Mitch. Hodge nous a parlé de dossiers bidon, comme les nomment les associés, qui circulent depuis de longues années et sur lesquels les nouveaux collaborateurs se font les dents. D'énormes dossiers qui exigent des centaines d'heures de travail et donnent aux novices l'impression d'être de vrais juristes.

– Des dossiers bidon ?

– C'est ce que Hodge m'a raconté. Ne croyez pas que ce sera du gâteau, Mitch. Ils vous tiennent avec l'argent, ils vous écrasent d'un travail ayant toutes les apparences de la légalité et qui l'est en majeure partie, puis, au bout de quelques années, vous vous rendez compte que vous vous êtes placé en marge de la loi à votre corps défendant. Vous êtes coincé, il n'y a plus moyen d'en sortir. Ce sera la même chose pour vous, Mitch. Vous avez commencé à travailler en juillet, il y a huit mois, et vous avez probablement déjà touché des dossiers sales.

Vous ne le saviez pas, vous n'aviez aucune raison de le soupçonner. Mais le filet s'est déjà refermé sur vous.

– Deux millions, Tarrance. Deux millions et mon frère.

Tarrance prit une gorgée de café tiédasse et commanda une tarte à la noix de coco dès que la serveuse passa à portée de voix. Il regarda sa montre et parcourut des yeux la salle remplie de camionneurs.

– Alors, fit-il en rajustant ses lunettes, que vais-je dire à M. Voyles?

– Dites-lui que le marché ne sera conclu que s'il accepte de faire sortir Ray de prison. Je serai intransigeant.

– Nous devrions pouvoir trouver une solution.

– J'en suis persuadé.

– Quand partez-vous pour les îles Caïmans?

– Dimanche matin. Pourquoi?

– Simple curiosité.

– J'aimerais bien savoir combien de personnes vont nous suivre là-bas. Je suis sûr qu'il y aura foule derrière nous alors que, pour ne rien vous cacher, j'espérais une certaine intimité.

– Vous logerez dans l'appartement de la société?

– Bien sûr.

– N'espérez pas la moindre intimité. Il doit être truffé de micros et peut-être même de caméras.

– Voilà qui est réconfortant. Dans ce cas, nous passerons peut-être une ou deux nuits dans le club de plongée d'Abanks. Si vous êtes dans les parages, passez donc prendre un verre.

– Très drôle. Si nous sommes là-bas, ce sera pour une bonne raison. Et vous ne le saurez pas.

Tarrance avala sa tarte en trois bouchées et laissa deux dollars sur la table. Ils sortirent et gagnèrent l'arrière du restaurant. Le bourdonnement incessant des moteurs diesel faisait vibrer l'asphalte sale. Ils s'arrêtèrent et attendirent dans l'obscurité.

– Je vais voir Voyles dans quelques heures, dit Tarrance. Pourquoi ne feriez-vous pas une balade en voiture avec votre femme demain après-midi. C'est samedi.

– Vous pensez à un endroit en particulier?

– Oui. Il y a une petite ville, Holly Springs, à une cinquantaine de kilomètres d'ici. C'est une charmante bourgade, remplie de maisons d'avant la guerre de Sécession, où flotte encore le souvenir des Confédérés. En général, les femmes adorent parcourir les rues en admirant les vieilles demeures. Essayez d'arriver vers 16 heures et nous vous trouverons. Votre cher ami Laney conduira une Chevrolet Blazer rouge vif immatriculée dans le Tennessee. Suivez-le; nous trouverons un endroit tranquille pour discuter.

– Vous croyez que c'est prudent?

– Faites-nous confiance. Si nous remarquons ou sentons quelque chose de louche, nous ne nous montrerons pas. Si, au bout d'une heure de balade dans la ville vous n'avez pas vu Laney, achetez un sandwich et rentrez chez vous. Cela signifiera qu'ils vous suivaient de trop près et nous ne voulons pas courir le moindre risque.

– Je vous remercie. Vous êtes vraiment de chouettes types.

La B.M.W. tourna l'angle du bâtiment et Laney s'avança vers eux.

– Tout va bien. Pas de trace des autres.

– Parfait, dit Tarrance. A demain, Mitch, et vive les routiers!

– Je serai intransigeant, Tarrance, répéta encore une fois Mitch en serrant la main de l'agent fédéral.

– Vous pouvez m'appeler Wayne. A demain.

25

Les gros nuages noirs et la pluie battante avaient depuis longtemps chassé les touristes de la plage de Seven Mile quand les McDeere, trempés et épuisés, arrivèrent au luxueux duplex de la société. La jeep traversa une bande de gazon pour s'arrêter juste devant la porte de l'appartement B. Lors de sa première visite, c'est l'appartement A que Mitch avait occupé, mais, en ouvrant la porte, il remarqua qu'ils étaient identiques, à quelques détails près dans la décoration. Ils lancèrent leurs bagages dans l'entrée au moment où, d'un ciel d'encre, se déversaient des trombes d'eau.

Ils déballèrent leurs affaires dans la chambre dont le balcon, tout en longueur, donnait sur la plage. En surveillant leurs paroles, ils firent le tour du propriétaire. Le réfrigérateur était vide, mais le bar bien garni. Mitch prépara deux cocktails, rhum et coca pour fêter leur arrivée aux Antilles. Ils s'installèrent sur le balcon, malgré les flaques d'eau, et contemplèrent l'océan houleux qui lançait rageusement ses vagues à l'assaut de la plage. Au loin, derrière le rideau de pluie, dans la Rhumerie presque vide, deux indigènes assis au bar buvaient en regardant l'océan.

– Tu vois, là-bas, fit Mitch en tendant la main qui tenait son verre, c'est la Rhumerie.

– La Rhumerie?

– Je t'en ai parlé. Une sorte de boîte en plein air où les touristes vont boire et où les indigènes jouent aux dominos.

– Je vois, fit Abby, qui ne semblait pas intéressée.

Elle bâilla, s'enfonça dans le fauteuil et ferma les yeux.

– Bravo, Abby! C'est notre premier voyage à l'étranger, une espèce de lune de miel, et tu t'endors dès notre arrivée.

– Je suis fatiguée, Mitch. J'ai passé la nuit à faire les valises, pendant que tu dormais.

– Tu as fait huit valises, six pour toi et deux pour moi! Tu as emporté toute notre garde-robe et tu t'étonnes d'y avoir passé la nuit?

– Je ne voulais manquer de rien.

– Manquer? Combien de bikinis as-tu pris? Dix? Douze?

– Six.

– Un par jour. Pourquoi n'en mets-tu pas un tout de suite?

– Comment?

– Tu m'as très bien entendu. Va mettre le bleu, celui qui n'a que deux cordelettes sur le devant. Celui qui pèse un demi-gramme et coûte soixante dollars. Celui qui découvre tes fesses quand tu marches. J'ai envie de le voir sur toi.

– Il pleut, Mitch. Tu m'as amenée ici en pleine saison des pluies. Regarde ces nuages : ils sont noirs, énormes et ils ne bougent pas. Je n'aurai pas besoin de mes tenues de bain de la semaine!

Mitch commença à lui caresser les jambes.

– Moi, j'aime bien la pluie, dit-il en souriant. En fait, j'espère qu'il va pleuvoir! Cela nous permettra de rester au lit, à boire du rhum et à faire un peu d'exercice.

– Je trouve cette idée choquante. Tu veux dire que tu as envie de faire l'amour? Mais nous l'avons déjà fait une fois ce mois-ci!

– Deux fois.

– Je croyais que tu voulais passer la semaine à faire de la plongée et de la nage sous-marines.

– Pas du tout. Je suis sûr qu'il y a un requin qui m'attend quelque part.

Le vent redoubla de violence et des rafales de pluie s'abattirent sur le balcon.

– Nous devrions enlever tous nos vêtements, dit Mitch. Ils sont trempés.

Au bout d'une heure, l'orage s'éloigna. La pluie diminua d'intensité, se réduisit à quelques gouttes, puis cessa de tomber. Le ciel s'éclaircit tandis que les nuages bas s'éloignaient vers le nord-est de la petite île, en direction de Cuba. Peu avant l'heure de son coucher, le soleil apparut à l'horizon dans un dernier flamboiement. Il vida les villas et les résidences, les appartements et les chambres d'hôtel dont les occupants se ruèrent vers la plage. La Rhumerie grouilla, en quelques minutes, de joueurs de fléchettes et d'oisifs assoiffés. Les parties de dominos reprirent là où elles avaient été interrompues. L'orchestre de reggae accorda ses instruments.

Mitch et Abby se promenèrent le long de la grève, dans la direction de Georgetown, en s'éloignant de l'endroit de la baignade nocturne avec la fille de la plage. Mitch pensait à elle de loin en loin, et aux photographies. Il avait fini par comprendre que ce devait être une prostituée payée par DeVasher pour le séduire et l'entraîner devant un photographe à l'affût. Il espérait de tout son cœur ne jamais la revoir.

Comme à un signal, la musique s'arrêta, les promeneurs s'immobilisèrent, le brouhaha de la Rhumerie s'apaisa et tous les yeux se tournèrent vers l'endroit où le soleil se précipitait dans les flots. Des nuages de traîne gris et blanc, à l'horizon, accompagnaient l'astre du jour dans sa chute. Ils se colorèrent de jaune, d'orange et de rouge. Pendant quelques minutes, le ciel parut comme une toile que le soleil éclaboussait à grands traits bariolés. Puis la boule d'un orange intense sembla entrer en contact avec l'eau et disparut. Les nuages noircirent d'un coup avant de se dissiper. C'était cela un coucher de soleil aux îles Caïmans.

Abby manœuvrait la jeep avec précaution dans les petites rues du quartier commerçant. N'ayant jamais quitté les États-Unis, elle roulait à gauche pour la première fois. Mitch lui indiquait la direction à suivre en regardant dans le rétroviseur. Les rues et les ruelles étaient encombrées de touristes avides d'acheter porcelaines et cristaux, parfums, appareils photo et bijoux dans les magasins hors-taxe de la capitale.

Il montra à Abby l'entrée d'une petite rue tandis que la jeep se faufilait entre deux groupes de touristes.

– Je te retrouve ici à cinq heures, dit-il en l'embrassant sur la joue.

– Sois prudent. Je passe à la banque, puis j'irai à la plage, devant l'appartement.

Il claqua la portière et disparut entre deux échoppes, dans la ruelle donnant sur une rue plus importante qui conduisait à Hogsty Bay. Il s'engouffra dans une boutique pour touristes et se glissa entre les rayons de chemises multicolores et les amoncellements de chapeaux de paille et de lunettes de soleil. Il acheta une chemise à fleurs vert et orange, et un panama. Deux minutes plus tard, il sortit en courant de la boutique pour bondir à l'arrière d'un taxi en maraude.

– A l'aéroport, dit-il au chauffeur. Et faites vite. Surveillez le rétroviseur, nous serons peut-être suivis.

Le chauffeur traversa sans un mot le quartier des affaires et sortit de la ville. Dix minutes plus tard, le taxi s'arrêtait devant le terminal de l'aéroport.

– On nous a suivis? demanda Mitch en sortant la monnaie de sa poche.

– Non, monsieur, répondit le chauffeur. Quatre dollars et dix cents.

Mitch lança un billet de cinq dollars sur le siège avant et pénétra dans le hall. Le départ du vol Caïman Airways à destination de Caïman Brac était fixé à 9 heures. Mitch entra dans une boutique de souvenirs et se cacha entre deux rangées de rayons remplis de bibelots. Il surveilla la salle d'attente, mais ne remarqua rien de suspect. Il ignorait évidemment qui pouvait être chargé de le filer, mais personne ne furetait dans tous les coins à la recherche d'un introuvable voyageur. Peut-être étaient-ils en train de suivre la jeep ou de passer au peigne fin le quartier commerçant de Georgetown.

Pour soixante-quinze dollars, en monnaie locale, il avait réservé le dernier siège du trimoteur Trislander transportant dix passagers. Abby s'était chargée de la réservation à partir d'une cabine de téléphone, la veille au soir. Il attendit le dernier instant pour embarquer. Le pilote referma les portes et le trimoteur commença à rouler sur la piste. Il n'y avait qu'un seul petit hangar sur la droite, aucun autre appareil en vue.

Pendant les vingt minutes que dura le vol, les dix touristes admirèrent la mer en n'échangeant que de rares paroles. A l'approche de Caïman Brac, le pilote se transforma en guide et l'appareil survola la petite île en décrivant un large cercle. Il fallait se méfier des hauts promontoires qui s'avançaient sur la côte est, sans lesquels l'île eût été aussi plate que Grande Caïman ; l'appareil se posa en douceur sur un étroit ruban d'asphalte.

Debout près du petit bâtiment blanc en bois baptisé « Aérodrome », un homme de race blanche, vêtu avec élégance, attendait en regardant les passagers débarquer. Il s'appelait Rick Acklin, c'était un agent spécial du F.B.I. La sueur coulait le long de son nez et collait sa chemise sur son dos. Il fit un petit pas en avant.

– Mitch McDeere, dit-il en articulant à peine.

Après une seconde d'hésitation, Mitch s'avança vers lui.

– La voiture est devant, dit Acklin.

– Où est Tarrance ? demanda Mitch en regardant autour de lui.

– Il vous attend.

– La voiture est climatisée ?

– Je crains que non. Désolé.

La voiture n'avait pas plus de climatisation que de clignotants, aucun autre équipement du reste n'était en état de marche. C'était une LTD de 1974 et Acklin expliqua en suivant la route poussiéreuse que le choix des véhicules de location était extrêmement limité sur l'île. Il ajouta que, si Tarrance et lui avaient loué une voiture aux frais du contribuable américain, c'est parce qu'ils n'avaient pas été en mesure de trouver un taxi. Et ils avaient eu beaucoup de chance de dénicher une chambre au dernier moment.

Les petites maisons proprettes se firent plus nombreuses et soudain la mer apparut. Ils garèrent la voiture sur le parking de sable d'un établissement appelé Brac-Plongée. Une vieille jetée de bois à laquelle étaient amarrées une centaine d'embarcations de toute taille s'avançait dans l'eau. A l'ouest, une douzaine de bungalows au toit de chaume, donnant sur la plage, abritaient les plongeurs venus du monde entier. Près de la jetée, dans un bar à ciel ouvert, sans nom, des ventilateurs de chêne et de cuivre accrochés au-dessus du comptoir brassaient silencieusement l'air pour rafraîchir le barman et les joueurs de dominos. Seul à une table, Wayne Tarrance buvait un Coca en regardant l'équipage d'un bateau amarré à la jetée charger des dizaines de bouteilles d'air comprimé. Il était habillé d'une manière extravagante, même pour un touriste : lunettes noires à monture jaune, sandales marron neuves, socquettes noires, chemise hawaïenne cintrée aux couleurs criardes et short doré, qui ne couvrait presque rien de ses jambes d'une blancheur maladive, visibles sous la table. Il indiqua d'un geste rapide les deux sièges libres.

– Jolie chemise, Tarrance, dit Mitch sans chercher à dissimuler son amusement.

– Merci. La vôtre n'est pas mal non plus.

– Joli bronzage aussi.

– Oui, oui. C'est pour faire couleur locale.

Le serveur tournait autour de leur table en attendant la commande. Acklin demanda un Coca et Mitch la même chose avec une goutte de rhum. Puis les trois hommes s'absorbèrent dans la contemplation des plongeurs chargeant leur encombrant équipement.

– Que s'est-il passé à Holly Springs ? demanda Mitch.

– Désolé, nous n'avons rien pu faire. Ils vous ont suivis quand vous avez quitté Memphis et deux voitures vous attendaient à Holly Springs. Nous n'avons pas pu nous approcher de vous.

– Aviez-vous parlé de cette balade avec votre femme, avant votre départ ? demanda Acklin.

– Je crois. Nous avons dû en parler deux ou trois fois à la maison.

Cette réponse sembla satisfaire Acklin.

– Ils étaient sur leurs gardes, c'est certain. Une Skylark verte vous a suivis pendant trente kilomètres, puis elle a décroché. C'est à ce moment-là que nous avons tout annulé.

– Samedi soir, dit Tarrance après avoir bu une gorgée de Coca, le Lear a quitté Memphis pour un vol sans escale jusqu'à Georgetown. Nous pensons que deux ou trois de leurs sbires étaient à bord. L'appareil est reparti dimanche matin, à destination de Memphis.

– Ils sont donc ici et ils nous suivent.

– Bien entendu. Il y en avait probablement un ou deux dans l'avion que vous avez pris. Des hommes, des femmes ou bien les deux. Peut-être un Noir ou une Asiatique. Comment le savoir ? N'oubliez pas qu'ils disposent de tout l'argent nécessaire. Nous en avons reconnu deux. L'un était à Washington quand vous avez assisté à ce séminaire. Un blond d'une quarantaine d'années, un mètre quatre-vingt-cinq, les cheveux courts, en brosse ou presque, type nordique, très costaud. Il marche très vite. Nous l'avons repéré hier, au volant d'une Escort rouge de location.

– Je crois l'avoir déjà vu, dit Mitch.

– Où ? demanda Acklin.

– Dans une salle du bar de l'aéroport de Memphis, le soir où je suis revenu de Washington. J'ai surpris son regard sur moi et j'ai eu l'impression de l'avoir déjà vu à Washington.

– C'est bien lui. Il est ici.

– Et l'autre ?

– Tony Verkler, surnommé Tony la Tonne, un type du milieu au casier très chargé, qui a surtout opéré à Washington. Cela fait des années qu'il travaille pour les Morolto. Un beau bébé de cent trente kilos, spécialisé dans la filature, si gros qu'il ne vient à l'esprit de personne de se méfier de lui.

– Il était à la Rhumerie hier soir, ajouta Acklin.

– Hier soir ? Nous y sommes passés aussi.

Le bateau de plongée s'éloigna de la jetée et mit cap au large. Plus loin, des pêcheurs remontaient leur filet sur leur barque et des catamarans aux spinnakers éclatants filaient sur les flots. Après les premières heures d'indolente rêverie, l'île était réveillée. La moitié des embarcations amarrées à la jetée avaient appareillé ou étaient en train de larguer leurs amarres.

– Quand êtes-vous arrivés ? demanda Mitch.

– Dimanche soir, répondit Tarrance en suivant des yeux le bateau de plongée qui rapetissait lentement.

– Je suis curieux de savoir combien d'agents sont sur l'île, poursuivit Mitch.

– Quatre hommes et deux femmes, répondit Tarrance.

Acklin se taisait et laissait à son supérieur le soin de la conversation.

– Pouvez-vous me dire pourquoi vous êtes venus ?

– Pour plusieurs raisons, répondit Tarrance. Premièrement, nous voulions vous parler et mettre la dernière main à notre marché. Notre directeur tient absolument à arriver à un accord qui vous satisfasse entièrement. Deuxièmement, il est important de surveiller ces hommes afin de savoir combien ils sont. Nous allons essayer, toute cette semaine, de les identifier. Sur une île aussi petite, les choses seront facilitées.

– Troisièmement, vous aviez envie de parfaire votre bronzage ? glissa Mitch.

Acklin étouffa un petit rire et Tarrance sourit avant de reprendre rapidement son sérieux.

– Pas vraiment, dit-il. Nous sommes ici pour assurer votre protection.

– Ma protection ?

– Oui. La dernière fois que je me suis trouvé à cette table, j'étais en compagnie de Joe Hodge et de Marty Kozinski. C'était il y a neuf mois... la veille du jour où ils ont été assassinés, pour être précis.

– Et vous croyez que je risque de subir le même sort ?

– Non, pas tout de suite.

Mitch fit signe au serveur de lui apporter la même chose. Des éclats de voix s'élevèrent du groupe de joueurs de dominos et il les regarda discuter avec véhémence.

– Écoutez, messieurs, reprit-il, ces truands dont vous parlez doivent être en train de suivre ma femme à Grande Caïman et je ne serai pas tranquille avant de l'avoir retrouvée. Alors, venons-en tout de suite à notre marché.

Tarrance plongea les yeux dans ceux de Mitch.

– Pas de problème pour les deux millions, commença-t-il, et...

– J'espère qu'il n'y a pas de problème, le coupa sèchement Mitch. Nous nous sommes mis d'accord sur cette somme, non ?

– Calmez-vous, Mitch. Nous vous verserons le premier million quand vous nous aurez remis tous les dossiers. Il n'est plus possible de revenir là-dessus ; vous êtes dans le bain jusqu'au cou.

– Je comprends, Tarrance, je comprends. N'oubliez pas que c'était mon idée.

– Oui, mais c'est le plus facile. En réalité, ces dossiers ne nous intéressent guère : ce sont de vrais dossiers, des dossiers propres, tout ce qu'il y a de légal. Ce que nous voulons, Mitch, ce sont les dossiers compromettants, ceux qui nous permettront à coup sûr de lancer des inculpations. Et ceux-là, il vous sera plus difficile de mettre la main dessus. Quand nous serons en possession de ces dossiers, nous vous verserons cinq cent mille dollars supplémentaires. Le reste, vous l'aurez après le dernier procès.

– Et mon frère ?

– Nous allons essayer...

– Ce n'est pas suffisant, Tarrance. Je veux un engagement formel.

– Nous ne pouvons pas vous promettre la liberté de votre frère. Vous savez qu'il lui reste au moins sept ans à tirer.

– C'est mon frère, Tarrance ! Même s'il était condamné à mort pour des crimes atroces, ce serait toujours mon frère ! Si vous voulez que je vous aide, il faudra le faire libérer !

– Je vous ai dit que nous allons essayer, je ne peux rien vous promettre. Nous n'avons aucun moyen légal de le faire sortir et cela nous obligera à tenter autre chose. Imaginez qu'il soit abattu pendant une évasion.

– Faites-le sortir, Tarrance, c'est tout ce que je vous demande.

– Nous ferons notre possible.

– Vous emploierez toutes les ressources et l'influence du F.B.I. pour permettre à mon frère de s'évader de son pénitencier. Nous sommes bien d'accord, Tarrance ?

– Vous avez ma parole.

Mitch se renversa dans son fauteuil et but une grande lampée.

L'accord était scellé. Il se sentait soulagé et c'est le sourire aux lèvres qu'il tourna la tête vers la mer étincelante.

– Quand nous remettrez-vous les dossiers ? demanda Tarrance.

– Je croyais que vous n'en vouliez plus, qu'ils étaient trop propres.

– Nous les voulons, Mitch, pour être sûr de vous. Votre engagement sera irréversible dès que vous nous remettrez ces dossiers dont la divulgation vous coûterait l'autorisation d'exercer votre métier.

– Dix à quinze jours.

– Combien de dossiers ?

– Entre quarante et cinquante. Les plus petits ont deux à trois centimètres d'épaisseur, les plus gros ne logent pas sur cette table. Comme il ne m'est pas possible d'utiliser les photocopieurs de la firme, j'ai dû prendre d'autres dispositions.

– Nous pourrions peut-être vous aider à faire ces copies, glissa Acklin.

– Peut-être. Peut-être que si j'avais besoin de votre aide, je vous le ferais savoir. Peut-être.

– Comment comptez-vous nous les faire parvenir ? demanda Tarrance tandis qu'Acklin s'enfermait de nouveau dans le mutisme.

– C'est très simple, Wayne. Dès que tout sera copié et le premier million de dollars arrivé là où je vous l'indiquerai, je vous remettrai la clé d'un box, aux environs de Memphis. Il ne vous restera plus qu'à prendre livraison des documents.

– Je vous ai dit que l'argent serait viré sur un compte, dans une banque suisse.

– Eh bien, j'ai changé d'avis. Je ne veux plus de compte en Suisse. Je vous indiquerai les conditions du transfert de fonds et tout sera fait conformément à mes instructions. C'est ma vie qui est en jeu, c'est moi qui décide !

Tarrance ébaucha un sourire, poussa un grognement et tourna la tête vers la jetée.

– Vous n'avez donc plus confiance dans les banques suisses ?

– Disons simplement que je pense à un autre établissement. N'oubliez pas que je travaille avec des gens dont le métier est de blanchir de l'argent et que je suis devenu expert dans l'art de dissimuler des capitaux à l'étranger.

– Nous verrons bien.

– Quand pourrai-je prendre connaissance des renseignements que vous avez recueillis sur les Morolto ?

– Quand nous aurons eu vos dossiers et que le premier versement aura été effectué. Nous vous communiquerons les renseignements dont nous disposons, mais vous serez seul pour faire le plus gros du travail. Nous serons obligés de nous rencontrer souvent et cela risque d'être assez dangereux. Peut-être faudra-t-il faire d'autres voyages en car.

– D'accord, mais, la prochaine fois, je prendrai le siège du côté de l'allée.

– Comme vous voulez. Un type qui vaut deux millions de dollars est en droit de choisir son siège dans un car.

– Je ne vivrai pas assez longtemps pour profiter de cet argent, Wayne. Et vous le savez bien.

À cinq kilomètres de Georgetown, sur la route étroite et sinueuse menant à Boden Town, Mitch le vit, accroupi derrière une vieille Coccinelle au capot levé, comme si la voiture était en panne. Loin de porter l'accoutrement d'un touriste, l'homme était vêtu comme un habitant de l'île et il aurait facilement pu passer avec son hâle pour un Anglais travaillant dans l'administration ou dans une banque. Il tenait à la main une clé à mollette et leva la tête pour regarder passer la Mitsubishi. C'était le Nordique.

Il croyait ne s'être pas fait remarquer.

Mitch ralentit instinctivement pour l'attendre. Abby se retourna pour surveiller la route étroite qui longeait le littoral pendant huit kilomètres avant de bifurquer vers l'intérieur de l'île. Quelques minutes plus tard, la Volkswagen verte apparut dans une longue courbe, roulant à vive allure. La jeep des McDeere était beaucoup plus proche que le Nordique ne l'avait imaginé, il freina brusquement et s'engagea dans le premier chemin de pierres menant à l'océan.

Mitch écrasa la pédale d'accélérateur et fila jusqu'à Boden Town. À la sortie de la petite agglomération, il prit la direction du sud en suivant pendant un kilomètre une route qui débouchait sur l'océan.

Il était 10 heures et le parking du club de plongée d'Abanks était à moitié plein. Les deux bateaux du matin avaient levé l'ancre depuis une demi-heure. Les McDeere se dirigèrent vers le bar où Henry avait commencé à servir des bières et des cigarettes aux joueurs de dominos.

Adossé à l'un des poteaux soutenant le toit de chaume du bar, Barry Abanks regardait ses bateaux doubler la pointe de l'île. Chacun ferait deux voyages sur les sites de plongée portant des noms comme l'arche de Bonnie, la grotte du Diable, le rocher du Paradis ou encore la pointe de l'Épave, sites qu'il avait explorés de long en large. Il avait même été le premier à en découvrir certains.

Les McDeere s'approchèrent et Mitch présenta discrètement sa femme à Abanks. Ils se dirigèrent tous trois vers la petite jetée où un marin préparait une barque de pêche de neuf mètres. Abanks lança en direction du jeune homme, qui ne semblait pas avoir peur de son patron, un chapelet d'ordres incompréhensibles.

Mitch s'approcha d'Abanks et tendit la main vers le bar, dans le prolongement de la jetée.

– Connaissez-vous tous les clients du bar ? demanda-t-il.

Abanks tourna vers lui un regard perplexe.

– Ils ont essayé de nous suivre jusqu'ici, expliqua Mitch. Je vous posais la question par simple curiosité.

– Il n'y a que les habitués, répondit Abanks. Pas un seul étranger.

– Avez-vous remarqué des gens bizarres ce matin ?

– Écoutez, jeune homme, cet endroit attire les gens bizarres et je ne vais pas m'amuser à faire la différence entre gens bizarres et gens normaux.

– Auriez-vous remarqué un gros Américain, un rouquin, pesant au moins cent vingt kilos ?

Abanks secoua la tête. Le marin poussa la barque pour l'écarter de la jetée. Abby prit place sur un banc et regarda le rivage s'éloigner. Dans un sac posé entre ses pieds se trouvaient deux paires de palmes et deux masques. Tout donnait à penser qu'il s'agissait d'une sortie en mer pour faire de la nage sous-marine, peut-être un peu de pêche. Le grand chef avait accepté de les accompagner, mais Mitch avait dû insister en lui disant qu'il leur fallait discuter d'affaires personnelles ayant trait à la mort de son fils.

Du balcon masqué par des plantes d'une villa donnant sur la plage, le Nordique observa les deux têtes couvertes d'un masque qui disparaissaient et réapparaissaient autour de la barque. Il tendit les jumelles à Tony la Tonne qui les lui rendit au bout de quelques secondes. La belle blonde en maillot une pièce qui se tenait derrière le Nordique saisit les jumelles. Le petit marin l'intéressait particulièrement.

– Je ne comprends pas, dit Tony. S'ils voulaient parler de choses sérieuses, pourquoi ont-ils emmené le petit jeune ? Moins il y a d'oreilles indiscrètes, mieux c'est.

– Peut-être parlent-ils de nage sous-marine et de pêche, suggéra le Nordique.

– Cela m'étonnerait, rétorqua la blonde. Il n'est pas dans les habitudes d'Abanks de perdre du temps sur une barque de pêche. Ce qu'il aime, c'est être en compagnie des plongeurs. Il doit avoir une excellente raison pour gaspiller une demi-journée avec deux néophytes. C'est louche.

– Qui est le petit marin ? demanda Tony.

– Un de ses larbins, répondit la blonde. Il en a une douzaine.

– Tu pourras aller lui parler à son retour ? demanda le Nordique.

– Ouais, fit Tony. Fais-lui du charme et, avec une ligne de coke, il te dira tout ce que tu veux savoir.

– J'essaierai.

– Comment s'appelle-t-il ? poursuivit le Nordique.

– Keith Rook.

Keith Rook amarra le bateau à la jetée de la pointe du Rhum. Abby, Mitch et Abanks débarquèrent et se dirigèrent vers la plage. Keith n'avait pas été invité à se joindre à eux pour le déjeuner. Il entreprit avec nonchalance de laver le pont.

Le bar des Naufrageurs se trouvait à une centaine de mètres de la plage, à l'abri d'un bouquet d'arbres. L'intérieur de l'établissement était sombre et humide, avec des fenêtres treillissées et des ventilateurs grinçants. Ni reggae, ni dominos, ni fléchettes. La clientèle était discrète et chaque table se refermait sur des conversations à voix basse.

Ils avaient une belle vue au nord, sur la mer. Ils commandèrent des cheeseburgers et de la bière, les spécialités locales.

– Ce bar est bien différent, fit observer Mitch à mi-voix.

– C'est le moins qu'on puisse dire, expliqua Abanks, et il y a de bonnes raisons pour cela. Nous sommes dans un repaire de trafiquants de drogue et la plupart des villas et des résidences sur la côte leur appartiennent. Ils voyagent en jet privé, déposent leur argent sale dans nos banques respectables et passent quelques jours ici, le temps de faire le tour de leurs propriétés.

– Des voisins charmants.

– Assurément. Ils ont des millions de dollars et vivent complètement repliés sur eux-mêmes.

La serveuse, une mulâtresse bien en chair, posa sans un mot et avec des gestes brusques trois bouteilles de Red Stripe devant eux. Abanks s'accouda sur la table en baissant la tête pour parler selon la coutume du bar des Naufrageurs.

– Vous croyez que vous réussirez à vous en sortir ? demanda-t-il à Mitch.

– Je m'en sortirai. Il faudra faire très vite, mais je m'en sortirai. Pour cela, j'ai besoin de votre aide.

Abanks réfléchit quelques instants, puis il releva la tête.

– Que voulez-vous que je fasse ? demanda-t-il en portant la bouteille de bière à ses lèvres.

A ce moment précis, Abby la vit. Seule une femme pouvait remarquer le manège d'une autre femme tournant le dos à Abanks, et qui tordait gracieusement le cou pour tenter de surprendre leur conversation. C'était une blonde aux formes pleines et au visage en grande partie dissimulé par d'énormes lunettes de soleil. Seule à une table pour deux, la tête tournée vers l'océan, elle se cambrait pour écouter de toutes ses oreilles quand ils se penchaient tous les trois sur la table.

Abby enfonça les ongles dans la cuisse de son mari et la conversation cessa. N'entendant plus rien, la blonde en noir rapprocha le buste de sa table et prit son verre.

Le vendredi, Wayne Tarrance avait totalement changé d'apparence. Plus de sandales, de short trop court et de lunettes de soleil pour ado branché. Même ses jambes avaient perdu leur blancheur maladive. Elles étaient devenues d'un rose ardent. Après avoir passé trois jours dans l'île, minuscule et isolée, de Caïman Brac, Acklin et Tarrance avaient déniché à Grande Caïman, à un prix abordable pour leur administration, une chambre au Coconut Motel, à plusieurs kilomètres de la plage de Seven Mile. Une chambre à deux petits lits, équipée d'une douche froide, où ils avaient établi un poste de commandement pour surveiller les déplacements des McDeere et de leurs suiveurs. Le mercredi matin, ils avaient pris contact avec le sujet, pour convenir d'un rendez-vous dans les meilleurs délais. McDeere avait refusé en prétextant qu'il était trop occupé, qu'il vivait une nouvelle lune de miel avec sa femme et qu'il n'avait pas le temps de les voir. Peut-être plus tard, avait-il ajouté.

Le jeudi soir, tandis que Mitch et Abby dégustaient un mérou grillé au restaurant du Phare, sur la route de Boden Town, l'agent Laney, en costume local et ressemblant à s'y méprendre à un indigène, s'arrêta à leur table et se montra très ferme : Tarrance tenait absolument à cette rencontre.

Il n'y avait que des poulets d'importation aux îles Caïmans, et pas des produits de luxe. Les volailles, de qualité médiocre, étaient destinées à l'alimentation de touristes américains loin de chez eux et perdus sans leur nourriture de base. Le colonel Sanders avait eu toutes les peines du monde à enseigner aux cuisinières locales à faire frire correctement le poulet. C'était pour elles une préparation inconnue.

L'agent spécial Wayne Tarrance arrangea une rencontre qui devait être rapide et secrète au Kentucky Fried Chicken. L'établissement était franchisé, le seul de ce type dans l'île de Grande Caïman. Tarrance avait imaginé que le lieu serait désert, mais il se trompait lourdement.

Une centaine de touristes affamés, venus de tous les États, Géorgie, Alabama, Texas ou Mississippi, remplissaient le restaurant et se goinfraient de poulet frit, accompagné de salade de chou cru et de pommes de terre à la crème. Ce n'était pas aussi bon qu'à Tupelo mais, faute de grives, on mange bien des merles.

Assis dans un box de la salle bondée, Tarrance et Acklin attendaient en lançant des regards inquiets en direction de la porte. Il n'était pas trop tard pour annuler le rendez-vous à cause de tout ce monde. Ils virent enfin Mitch entrer, seul, et prendre place dans la longue file d'attente du comptoir. Il apporta enfin sa boîte rouge de carton, s'installa à leur table et, sans les saluer, sans un mot, commença à manger. Le poulet d'importation et sa garniture avaient coûté quatre dollars et quatre-vingt-neuf cents, en monnaie locale.

– Où étiez-vous ? demanda Tarrance.

– Dans l'île, répondit Mitch en attaquant une cuisse. C'est idiot d'avoir choisi cet endroit, Tarrance. Il y a beaucoup trop de monde.

– Nous savons ce que nous faisons.

– Bien sûr... Comme dans le magasin de chaussures.

– Merci. Pourquoi avez-vous refusé de nous voir mercredi ?

– J'avais trop à faire et je ne voulais pas vous voir. Personne ne m'a suivi ?

– Bien sûr que non. Si on vous avait suivi, Laney vous aurait arrêté à l'entrée.

– Je me sens mal à l'aise ici, Tarrance.

– Pourquoi êtes-vous allé voir Abanks ?

Mitch s'essuya la bouche sans lâcher l'os du poulet.

– Il a un bateau et, comme j'avais envie de pêcher et de faire de la nage sous-marine, nous nous sommes mis d'accord. Où étiez-vous, Tarrance ? Dans un sous-marin qui nous filait tout autour de l'île ?

– Qu'a dit Abanks ?

– Vous savez, il connaît plein de mots ! Il a dit « bonjour », « donnez-moi une bière », « qui vous suit ? » Des tas de mots.

– Vous savez qu'ils vous ont suivis ?

– Ils ! Lesquels « ils » ? Les vôtres ou les leurs ? Il y a tellement de gens qui me filent le train que cela provoque des embouteillages !

– Je parle des méchants, Mitch. Ceux de Memphis, de Chicago et de New York. Ceux qui n'hésiteront pas à vous tuer si vous continuez à jouer au plus malin.

– Votre sollicitude me touche. Alors, ils m'ont suivi ? Et où les ai-je emmenés ? Nager ? Pêcher ? Arrêtez votre petit jeu, Tarrance. Ils me suivent, vous les suivez, vous me suivez et ils vous suivent ! Dès que je freine un peu trop fort, il y a dix voitures qui pilent derrière moi ! Pourquoi avez-vous choisi cet endroit, Tarrance ? Vous avez vu le monde qu'il y a ?

L'agent fédéral lança autour de lui un regard chargé de dépit.

– Écoutez, Tarrance, lança Mitch en refermant sa boîte, je me sens mal à l'aise et j'ai perdu l'appétit.

– Vous ne risquez rien. Je vous ai dit que personne ne vous avait suivi depuis l'appartement.

– Je ne risque jamais rien, Tarrance, et je suppose que Hodge et Kozinski ne risquaient rien non plus. Ils ne risquaient rien chez Abanks, rien sur le bateau de plongée. Et plus rien à leur enterrement. Ce n'était pas une bonne idée de venir ici, Tarrance. Je vous laisse.

– Très bien. A quel heure est votre vol de retour ?

– Pourquoi ? Vous avez l'intention de me suivre ? De me suivre, moi, ou eux ? Et s'ils vous suivaient aussi ? Imaginez la situation si, de mon côté, je m'amusais à suivre tout le monde.

– Allons, Mitch...

– Départ à 9 h 40. J'essaierai de vous garder un siège. Vous pourrez prendre le siège voisin de Tony la Tonne.

– Quand nous remettez-vous les dossiers ?

– Dans une huitaine de jours, répondit Mitch en se levant. Donnez-moi encore dix jours, Tarrance et, je vous en prie, plus de rendez-vous dans des lieux publics. N'oubliez pas que ce sont des avocats qu'ils liquident, pas des agents bornés du F.B.I.

26

Dès 8 heures, le lundi matin, Oliver Lambert et Nathan Locke franchirent la porte blindée du cinquième étage et traversèrent le dédale de boxes et de petits bureaux jusqu'à celui du chef de la sécurité. De Vasher, qui les attendait avec impatience, referma la porte et leur indiqua deux sièges. Sa démarche n'était pas aussi vive qu'à l'accoutumée ; il avait livré pendant la nuit une rude bataille contre la vodka, bataille qu'il avait fini par perdre. Les yeux rougis, il avait l'impression que son cerveau allait éclater à chaque inspiration.

– J'ai vu Lazarov hier, à Las Vegas, commença-t-il sans préambule. J'ai fait de mon mieux pour lui expliquer pourquoi vous aviez tant de scrupules à virer vos quatre collaborateurs, Lynch, Sorrel, Buntin et Myers, et je lui ai fait part de toutes vos excellentes raisons. Il m'a dit qu'il allait réfléchir, mais qu'en attendant, vous deviez vous assurer qu'ils ne travaillent que sur des dossiers propres. Ne prenez pas de risques et tenez-les à l'œil !

– C'est vraiment un type charmant, bougonna Oliver Lambert.

– Oui, délicieux. Il m'a dit que, depuis un mois et demi, M. Morolto se renseignait toutes les semaines sur le cabinet et qu'ils étaient tous très inquiets.

– Que lui avez-vous répondu ?

– Je lui ai dit que tout allait bien pour le moment et qu'il n'y avait plus de fuites. Mais je ne pense pas qu'il m'ait cru.

– Du nouveau pour McDeere ? demanda Locke.

– Il a passé une semaine de rêve avec sa femme. L'avez-vous déjà vue en bikini ? C'est ce qu'elle a porté pendant toute la semaine... Superbe ! Nous avons pris des photos, juste pour le plaisir.

– Je ne suis pas venu regarder des photos, lança Locke avec aigreur.

– Sans blague ! Ils ont passé une journée entière avec notre ami Abanks, tous les trois en bateau, avec un seul marin. Ils ont joué dans l'eau, ils ont un peu pêché, mais ils ont aussi beaucoup parlé. Nous ne savons pas de quoi, car nous n'avons jamais pu être assez près d'eux. Mais je trouve cela louche, très louche.

– Je ne vois pas pourquoi, objecta Oliver Lambert. De quoi auraient-ils pu parler d'autre que de pêche, de plongée et, bien entendu, de Hodge et Kozinski ? Même s'ils ont parlé de ces deux-là, où est le mal ?

– Il n'a pas connu Hodge ni Kozinski, Oliver, glissa Locke. Pourquoi s'intéresserait-il tant à l'accident ?

– N'oubliez pas, dit DeVasher, que Tarrance lui a révélé lors de leur première rencontre que la mort des deux avocats n'était pas accidentelle. Maintenant, il se prend pour Sherlock Holmes et il cherche des indices.

– Mais il ne trouvera rien, DeVasher, vous en êtes sûr ?

– Rien du tout ! Le travail était irréprochable. Il reste évidemment un certain nombre de questions sans réponse, mais la police locale est incapable de les éclaircir. Et McDeere ne fera pas mieux.

– Alors, insista Lambert, pourquoi êtes-vous inquiet ?

– Parce que nos chefs le sont à Chicago, Ollie, et qu'ils me paient grassement pour rester sur mes gardes à Memphis. Et, jusqu'à ce que le F.B.I. nous foute la paix, tout le monde restera sur ses gardes. C'est clair ?

– Qu'a-t-il fait d'autre aux Caïmans ?

– Comme tout le monde : sexe, soleil et rhum, quelques achats, un peu de tourisme. Nous avions trois des nôtres sur place et ils l'ont perdu deux fois de vue. Mais il n'y a pas lieu de s'inquiéter, du moins je l'espère. J'ai toujours dit qu'il était impossible de filer quelqu'un vingt-quatre heures sur vingt-quatre, jour après jour, sans se faire repérer. Cela nous oblige de temps en temps à prendre un peu de champ.

– Vous croyez que McDeere parle avec Tarrance ? demanda Locke.

– Tout ce que je sais, Nat, c'est qu'il ment. Il a menti à propos du magasin de chaussures. Vous n'avez jamais voulu le croire, mais je suis persuadé qu'il est entré de son plein gré chez le Coréen, parce qu'il voulait parler avec Tarrance. L'un des nôtres a commis une erreur en s'approchant trop près et ils ont rompu le contact. Ce n'est pas la version de McDeere, mais c'est ce qui s'est passé. Pour répondre à votre question, Nat, oui, je crois qu'il parle avec Tarrance. Mais je ne sais pas s'il l'envoie au diable quand il le voit ou bien s'ils fument un joint ensemble. Je n'en sais rien.

– Mais vous n'avez rien de concret, DeVasher, objecta Lambert.

Il avait l'impression que son cerveau s'écrasait contre la boîte crânienne et la douleur était si intense qu'il n'avait plus la force de se mettre en colère.

– Non, Ollie, aucun élément concret, comme avec Hodge et Kozinski, si c'est ce que vous voulez dire. Nous les avions dans notre collimateur et nous savions qu'ils s'apprêtaient à manger le morceau. Ce n'est pas tout à fait la même chose pour McDeere.

– Il est vrai que c'est une nouvelle recrue, dit Locke. Il ne travaille avec nous que depuis huit mois et n'est au courant de rien. Il a passé un millier d'heures sur des dossiers bidon et les seuls clients dont il s'est occupé étaient de vrais clients. Avery n'a confié à McDeere que des dossiers sans risques. Nous en avons déjà parlé.

– Il n'a rien à révéler, parce qu'il ne sait rien, ajouta Lambert. Marty et Joe en savaient très long, mais ils travaillaient avec nous depuis des années.

– Alors, fit DeVasher en se massant doucement les tempes, c'est le dernier des imbéciles que vous avez recruté. Imaginons simplement que le F.B.I. ait sa petite idée sur l'identité de notre plus gros client. Vous me suivez ? Imaginons encore que Hodge et Kozinski aient fourni assez de renseignements pour confirmer l'identité du client en question. Vous voyez où je veux en venir ? Imaginons toujours que les fédéraux aient déballé à McDeere tout ce qu'ils savaient en noircissant un peu le tableau. Votre recrue ignorante devient soudain très bien renseignée. Et très dangereuse.

– Comment comptez-vous en obtenir la preuve ?

– En intensifiant la surveillance, pour commencer. Nous ne lâcherons plus sa femme d'une semelle. J'ai appelé Lazarov pour lui demander de m'envoyer des renforts ; il nous faut de nouvelles têtes. Je pars à Chicago demain faire un rapport à Lazarov et peut-être à Morolto en personne. Lazarov pense que Morolto a une taupe à l'intérieur du F.B.I., un type de l'entourage de Voyles qui accepterait de vendre des renseignements. Mais il paraît que cela coûte très cher et ils veulent évaluer la situation avant de prendre une décision.

– Et vous allez leur dire que McDeere a commencé à manger le morceau ? demanda Locke.

– Je vais leur dire ce que je sais et ce que je soupçonne. Je crains que ne soyons pris de vitesse, si nous continuons à nous tourner les pouces en attendant d'avoir des preuves. Je suis sûr que Lazarov va vouloir dresser des plans pour l'éliminer.

– Des mesures préventives ? demanda Lambert avec une note d'espoir dans la voix.

– Nous avons déjà dépassé ce stade, Ollie.

La taverne du Sablier se trouve sur la 46ᵉ rue, près du carrefour de la 9ᵉ Avenue, à New York. Cet établissement sombre et minuscule, de vingt-deux couverts, est devenu célèbre grâce à son menu onéreux et à la durée limite de cinquante-neuf minutes fixée pour chaque repas. Sur les murs, au-dessus des tables, des sabliers remplis de sable blanc égrènent en silence les secondes et les minutes jusqu'à ce que le grand horloger des lieux, en l'occurrence la serveuse, ses calculs faits, annonce la fin des agapes. Fréquenté par la clientèle de Broadway, le restaurant, presque toujours bondé, a ses fidèles qui font la queue sur le trottoir.

Lou Lazarov aimait le Sablier, car c'était un endroit sombre où il était possible d'avoir des conversations très discrètes. Très courtes aussi, puisqu'elles étaient limitées à cinquante-neuf minutes. Il aimait ce restaurant, car il ne se trouvait pas dans le quartier de Little Italy. N'étant pas italien lui-même, et bien qu'il fût employé par des Siciliens, cela lui évitait d'avoir à manger leurs sempiternelles pâtes. Il aimait enfin cet endroit parce qu'il avait passé les quarante premières années de sa vie dans le quartier des théâtres. Puis le siège de l'organisation avait été transféré à Chicago et il lui avait fallu quitter New York. Mais ses obligations professionnelles l'obligeaient à y revenir au moins deux fois par semaine et, lorsqu'il devait rencontrer un membre d'une autre famille ayant une position équivalente à la sienne, Lazarov proposait toujours un rendez-vous au Sablier. Tubertini, qui avait une position légèrement supérieure, avait accepté en se faisant tirer l'oreille.

Arrivé le premier, Lazarov n'eut pas à attendre une table. L'expérience lui avait appris que la fréquentation de l'établissement diminuait vers 16 heures, surtout le jeudi. Il commanda un verre de vin rouge. La serveuse retourna le sablier au-dessus de sa tête et le compte à rebours commença. Il avait choisi une table proche de l'entrée, donnant sur la rue, et tournait le dos à la petite salle. A cinquante-huit ans, Lazarov était ventru et trapu. Pesant de tout son poids sur la table recouverte d'une nappe rouge à carreaux, il se pencha en avant pour observer le va-et-vient de la 46e rue.

Par bonheur, Tubertini arriva rapidement. A peine un quart du sable blanc avait coulé quand il pénétra dans le restaurant. Les deux hommes échangèrent une poignée de main courtoise et Tubertini parcourut d'un regard chargé de mépris la salle minuscule. Il adressa un sourire figé à Lazarov et considéra d'un regard noir la chaise qui lui était réservée. Il allait devoir tourner le dos à la rue et cette perspective l'irritait. C'était très dangereux. Mais sa voiture était garée devant le restaurant et deux de ses hommes l'y attendaient. Il contourna prestement la petite table et se résigna à prendre place.

Tubertini avait du savoir-vivre. A trente-sept ans, il avait épousé la fille unique du vieux Palumbo et faisait partie de la famille. Mince et hâlé, très séduisant, il avait de beaux cheveux bruns gominés, coupés court et coiffés en arrière. Il commanda aussi un verre de vin rouge.

– Comment va mon ami Joey Morolto? demanda-t-il avec un sourire éclatant.

– Très bien. Et M. Palumbo?

– Il est bien malade et de très méchante humeur. Comme d'habitude.

– Vous lui transmettrez mes respects.

– Je n'y manquerai pas.

La serveuse s'approcha avec un regard menaçant en direction du sablier.

– Je n'ai pas faim, dit Tubertini. Apportez-moi juste du vin.

Lazarov regarda le menu et le tendit à la serveuse.

– Une friture et un autre verre de vin.

Tubertini tourna la tête vers la voiture où ses hommes semblaient sommeiller.

– Alors, quel est le problème à Chicago?

– Il n'y a pas de problème. Nous avons simplement besoin de quelques renseignements. Nous avons entendu dire qu'un homme à vous était infiltré dans les services du F.B.I. et travaillait dans l'entourage de Voyles.

– Admettons que ce soit vrai.

– Cet homme peut nous fournir des renseignements. Nous avons à Memphis une filiale que les fédéraux essaient d'infiltrer par tous les moyens. Nous soupçonnons l'un de nos employés de travailler pour eux, mais nous n'arrivons pas à le prendre sur le fait.

– Et si vous le preniez sur le fait?

– Nous lui arracherions le foie pour le jeter aux rats.

– C'est sérieux?

– Extrêmement sérieux. Quelque chose me dit que les fédéraux ont pris notre filiale dans leur collimateur et je suis très inquiet.

– Disons qu'il s'appelle Alfred et qu'il est très proche de Voyles.

– Parfait. Tout ce que nous demandons à Alfred est une réponse simple. Nous voulons savoir si, oui ou non, notre employé est de mèche avec le F.B.I.

Tubertini considéra pensivement Lazarov en buvant une gorgée de vin.

– Les réponses simples sont la spécialité d'Albert. Il n'aime répondre que par oui ou par non. Nous avons fait appel à lui à deux reprises, dans des situations critiques, et, les deux fois, la question était : « Les fédéraux vont-ils débarquer à tel ou tel endroit? » Il est extraordinairement prudent et je ne pense pas qu'il accepterait de fournir trop de détails.

– Est-il bien renseigné?

– Parfaitement.

– Dans ce cas, il devrait pouvoir nous aider. Si la réponse est oui, nous agissons en conséquence. Si c'est non, notre employé est lavé de tout soupçon et les affaires reprennent.

– Alfred est cher.

– Le contraire m'eût beaucoup étonné. Combien?

– Il a seize ans d'ancienneté et c'est un fonctionnaire de carrière. Il a beaucoup à perdre, c'est ce qui explique sa grande prudence.

– Combien?

– Un demi-million de dollars.

– Quoi?

– Il va sans dire que nous prenons un petit bénéfice dans cette transaction. Il ne faut pas oublier qu'Alfred est des nôtres.

– Un petit bénéfice ?

– Très modique. La plus grosse part va à Alfred. Il voit Voyles tous les jours, vous savez ; leurs bureaux sont presque contigus.

– D'accord. Nous allons payer.

Tubertini le gratifia d'un sourire en levant son verre.

– Je crois que vous m'avez menti, monsieur Lazarov. Vous avez parlé d'une petite filiale à Memphis, mais ce n'est pas vrai ?

– Non.

– Quel est le nom de cette filiale ?

– La firme Bendini.

– La fille du vieux Morolto a épousé un Bendini, s'il m'en souvient bien.

– C'était lui.

– Et quel est le nom de votre employé ?

– Mitchell McDeere.

– Cela prendra peut-être deux ou trois semaines. C'est toujours la croix et la bannière pour rencontrer Alfred.

– Je comprends. Faites pour le mieux.

27

Il était rarissime que l'épouse de l'un de ces messieurs se présente à l'entrée de la petite forteresse de Front Street. Certes, on leur affirmait qu'elles étaient les bienvenues, mais les invitations leur étaient lancées avec parcimonie. Mais Abby McDeere franchit la porte d'entrée, se présenta à la réception sans s'être fait annoncer ni avoir été conviée, et demanda avec insistance à voir son mari. La réceptionniste téléphona à Nina qui apparut quelques secondes plus tard et accueillit chaleureusement la femme de son patron en expliquant que Mitch était en réunion. Abby rétorqua qu'il était toujours en réunion et qu'elle voulait le voir tout de suite. Les deux femmes montèrent au deuxième étage et Abby attendit dans le bureau dont elle referma la porte.

Mitch était en train d'assister à l'un des départs chaotiques d'Avery. Les secrétaires jonglaient avec des porte-documents tandis que leur patron hurlait au téléphone. Un bloc-notes à la main, Mitch attendait sur le canapé. Avery partait deux jours à Grande Caïman. La date du 15 avril était soulignée de rouge sur l'agenda, comme un passage devant un peloton d'exécution, car la situation de certains comptes bancaires était devenue critique et Avery allait avoir du pain sur la planche. Il ne parlait depuis cinq jours que de ce voyage qu'il redoutait et maudissait à la fois, mais qui lui paraissait inévitable. Une secrétaire annonça que le jet était prêt et attendait.

Il attend probablement un gros chargement de billets de banque, songea Mitch.

Avery raccrocha avec sa violence coutumière et saisit son manteau au moment où Nina poussait la porte du bureau.

– Monsieur McDeere, dit-elle avec un regard chargé de réprobation, votre femme est là. Elle veut vous voir et dit que c'est très urgent.

Au tumulte succéda un silence de mort. Mitch regarda Avery d'un air interdit tandis que les secrétaires se figeaient sur place.

– Que se passe-t-il ? demanda Mitch en se dressant d'un bond.

– Elle est dans votre bureau, dit Nina.

– Il faut que je parte, Mitch, lança Avery. Je vous appellerai demain. J'espère que tout va bien.

– D'accord.

Mitch suivit Nina dans le couloir, sans ouvrir la bouche. Abby était assise sur son bureau. Il ferma la porte et donna un tour de clé. Puis il considéra sa femme avec attention.

– Mitch, il faut que j'aille voir mes parents.

– Pourquoi ? Que s'est-il passé ?

– Mon père vient de téléphoner à l'école. On a découvert une tumeur dans un des poumons de maman, on l'opère demain.

– Je suis désolé, dit-il.

Il soupira profondément, mais ne la prit pas dans ses bras. Elle n'avait même pas les larmes aux yeux.

– Il faut que j'y aille, Mitch. J'ai demandé un congé pour convenance personnelle.

– Combien de temps ? demanda Mitch d'une voix chargée d'inquiétude.

– Je ne sais pas, Mitch, répondit-elle sans le regarder. De toute façon, une séparation momentanée est inéluctable. Il y a un certain nombre de choses que je ne supporte plus et il me faut un peu de temps. Cela nous fera du bien à tous les deux.

– Nous pouvons en parler...

– Tu es trop occupé pour cela, Mitch. Depuis six mois j'essaie de te parler, mais tu ne m'écoutes pas.

– Combien de temps vas-tu partir, Abby ?

– Je ne sais pas... Cela dépendra de l'état de santé de maman. Non, cela dépendra d'un tas de choses.

– Tu me fais peur, Abby.

– Je te promets que je reviendrai, mais je ne sais pas quand. Dans une semaine, peut-être un mois. Il faut que j'y voie un peu plus clair.

– Un mois ?

– Je te répète que je ne sais pas. J'ai besoin de recul et il faut que je reste auprès de maman.

– J'espère que tout se passera bien pour elle. Et je suis sincère.

– Je sais. Bon, je passe à la maison faire mes bagages et je partirai dans une heure.

– D'accord. Fais attention à toi.

– Je t'aime, Mitch.

Il hocha la tête et la regarda se diriger vers la porte. Il n'y eut pas de baiser d'adieu.

Au cinquième étage, un technicien rembobina la bande et enfonça le bouton d'appel d'urgence relié au bureau de DeVasher. Le chef de la sécurité apparut quelques secondes plus tard et fixa le casque sur son énorme crâne. Il écouta la bande.

— Revenez en arrière, ordonna-t-il. Quand cette discussion a-t-elle eu lieu ? demanda-t-il après avoir écouté une seconde fois l'enregistrement.

— Il y a deux minutes et quatorze secondes, répondit le technicien en consultant une pendule numérique. Au deuxième étage, dans son bureau.

— Merde de merde ! Alors, elle le quitte ? Il n'y avait jamais eu d'allusion à une séparation ou à un divorce ?

— Non. Vous l'auriez su tout de suite. Il y a déjà eu des discussions à propos de son rythme de travail et il ne peut pas sentir ses beaux-parents, mais pas de scène de rupture.

— Bon... Appelez Marcus et demandez-lui s'il a remarqué quoi que ce soit. Repassez les bandes, au cas où quelque chose nous aurait échappé. Merde de merde !

Abby prit la route du Kentucky, mais elle n'alla pas au bout du trajet. Une centaine de kilomètres avant Nashville, elle quitta l'autoroute I 40 et bifurqua vers le nord en prenant la Nationale 13. Elle n'avait remarqué aucun véhicule suspect derrière elle. Elle roula à cent trente kilomètres à l'heure, puis ralentit et fit quelques kilomètres à quatre-vingts. Toujours rien. A Clarksville, petite ville proche de la frontière du Kentucky, elle bifurqua brusquement vers l'est par la Nationale 12. Une heure plus tard, la Peugeot rouge entrait dans Nashville et se fondait dans le flot de la circulation.

Abby gara la voiture dans le parc de stationnement de longue durée de l'aéroport de Nashville et prit une navette pour le terminal. Elle se changea dans les toilettes du premier étage pour s'habiller d'un short kaki, d'un pull bleu marine et de mocassins. C'était une tenue légère pour la saison, mais elle se rendait dans un pays chaud. Elle ramena ses cheveux longs derrière sa tête en une queue-de-cheval qu'elle rentra dans son col. Elle changea de lunettes de soleil et fourra sa robe, ses chaussures à talons et son collant dans un sac de toile.

Moins de cinq heures après son départ de Memphis, elle se présenta à la porte d'embarquement de Delta Airlines et tendit son billet en demandant un siège côté fenêtre.

Aucun appareil de Delta Airlines ne pouvait se dispenser de l'escale d'Atlanta, mais, par bonheur, elle n'avait pas à changer d'avion. Elle attendit en regardant par le hublot la nuit tomber sur l'aéroport animé. Elle était inquiète, mais s'efforçait de ne pas trop penser. Elle but un verre de vin en feuilletant *Newsweek*.

Deux heures plus tard, l'avion se posait à Miami. Abby traversa l'aéroport d'un pas vif, attirant dans son sillage des regards dont elle se serait bien passée.

Dans la salle d'embarquement de Caïmans Airways, elle présenta son billet aller et retour ainsi que l'extrait de naissance et le permis de conduire exigés. Ces îles accueillantes n'autorisaient le voyageur à pénétrer sur leur territoire qu'à condition qu'il ait en poche son billet de retour. Soyez les bienvenus, venez dépenser votre argent chez nous, mais ayez l'amabilité de rentrer chez vous quand il ne vous restera plus rien.

Abby s'installa dans un coin de la salle d'attente bondée et essaya de se plonger dans sa revue. Un jeune père de famille flanqué d'une épouse ravissante et de deux enfants en bas âge ne cessait de reluquer ses jambes, mais personne d'autre ne lui prêta attention. Il restait trente minutes d'attente avant le départ du vol à destination de Grande Caïman.

Après un début de journée difficile, Avery trouva son rythme et passa sept heures à Georgetown, dans la succursale de la Banque royale de Montréal. Quand il quitta l'établissement à 17 heures, la salle de conférences laissée à sa disposition était remplie de listings et de relevés de comptes. Il terminerait le lendemain. Il avait besoin de McDeere, mais les circonstances avaient contrecarré ses projets de voyage. Avery se sentait épuisé et assoiffé. Et il se passait des tas de choses sur la plage.

Il commanda une bière au bar de la Rhumerie et traversa la foule pour gagner le patio où il chercha une table. Quand il passa, d'une démarche assurée, devant les joueurs de dominos, Tammy Greenwood-Hemphill se mêla à la foule avec une nonchalance feinte et prit place sur un tabouret du bar pour mieux l'observer. Son bronzage n'était pas naturel, avec des zones plus sombres que d'autres, mais, dans l'ensemble, c'était un hâle enviable pour un mois de mars. Ses cheveux n'étaient plus décolorés mais teints, d'un blond cendré très doux, et son maquillage pareillement adouci. Son bikini orange fluo ne pouvait qu'attirer les regards. Sa poitrine ferme et plantureuse tendait le tissu à le rompre et la petite bande disposée à l'arrière était trop étroite pour cacher les détails de son anatomie. Vingt paires d'yeux avides la suivirent jusqu'au bar où elle commanda un soda et alluma une cigarette, le regard tourné vers Avery.

Ce dernier était un tombeur ; il avait de l'allure et le savait. Il buvait sa bière en prenant le temps d'examiner toutes les femmes dans un rayon de cinquante mètres. Il fixa son choix sur l'une d'elles, une jeune blonde, et semblait prêt à passer à l'offensive quand un homme arriva et la prit sur ses genoux. Avery porta son verre à ses lèvres et chercha du regard une autre proie.

Tammy commanda un deuxième soda, avec un zeste de citron vert, et se dirigea vers le patio. Le regard exercé d'Avery se fixa aussitôt sur les seins généreux qui s'approchaient de lui.

– Vous permettez ? dit-elle en s'arrêtant devant sa table.

Il se leva à demi et écarta la chaise.

– Je vous en prie.

Il vivait un moment triomphal. Entre tous les séducteurs réunis dans le patio et au bar de la Rhumerie, c'est lui qu'elle avait choisi ! Il en avait, certes, séduit de plus jeunes, mais, à ce moment précis et à l'endroit où il se trouvait, c'était elle la plus sexy.

– Je m'appelle Avery Tolar et je viens de Memphis.

– Ravie de vous connaître. Moi, c'est Libby. Libby Lox, de Birmingham.

C'était là un nom nouveau. Une de ses sœurs s'appelait Libby, sa mère Doris et elle-même Tammy. Elle espérait de tout cœur ne pas mélanger tous ces noms. Elle ne portait pas d'alliance, mais elle avait un époux légitime prénommé Elvis qui devait se trouver à Oklahoma City où il incarnait le King dans un spectacle et couchait probablement avec des adolescentes portant un tee-shirt avec l'inscription : Love me tender.

– Qu'est-ce qui vous amène ici ? demanda Avery.

– Je suis en vacances. Je suis arrivée ce matin et j'ai pris une chambre aux Palmiers. Et vous ?

– Je suis avocat, et, croyez-moi si vous voulez, je suis en voyage d'affaires. Il est indispensable que je vienne ici plusieurs fois par an et c'est un véritable supplice.

– A quel hôtel êtes-vous descendu ?

– Notre cabinet possède les deux appartements que vous voyez là-bas, dit-il en tendant le bras dans la direction des duplex. Un bon investissement.

– Vous avez de la chance !

L'occasion était trop belle pour qu'un tombeur de cet acabit la laisse passer.

– Avez-vous envie de les voir ?

– Nous en reparlerons plus tard, répondit-elle en gloussant comme une collégienne.

Avery lui sourit : l'affaire se présentait bien. Décidément, il aimait cette île.

– Qu'est-ce que vous buvez ? demanda-t-il.

– Gin-tonic, avec un zeste.

Il se dirigea vers le bar et revint avec deux verres. En s'asseyant, il rapprocha sa chaise de celle de sa nouvelle conquête. Leurs jambes se touchaient ; les seins reposaient confortablement sur le bord de la table où il pouvait les admirer à loisir.

– Êtes-vous seule ?

La réponse allait de soi, mais il lui fallait poser la question.

– Oui, et vous ?

– Moi aussi. Avez-vous prévu quelque chose pour le dîner ?

– Rien de précis.

– Parfait. A partir de 18 heures, il y a un grand buffet en plein air, aux Palmiers. Les meilleurs fruits de mer de toute l'île. La musique est excellente, le punch délicieux. C'est la fête et chacun s'habille comme il veut.

– Je suis partante.

Ils se rapprochèrent un peu plus et elle sentit brusquement une main entre ses genoux tandis qu'un coude venait se nicher contre son sein gauche. Ils échangèrent un sourire. Ce n'est pas vraiment désagréable, se dit-elle, mais je ne suis pas là pour prendre du bon temps.

L'orchestre des « Va-nu-pieds » commença à accorder ses instruments et la fête commença. Tous les traîne-savates du voisinage affluèrent. Des indigènes en veste et short blancs alignèrent des tables pliantes qu'ils entreprirent de recouvrir de lourdes nappes de coton. L'odeur des crevettes, de l'albacore et du requin grillés se répandit sur toute la plage.

Avery et Libby, la main dans la main comme des tourtereaux, se dirigèrent vers les Palmiers et prirent place dans la file d'attente du buffet.

Pendant trois heures, ils mangèrent et dansèrent, burent et dansèrent, et le temps ne fit qu'exacerber le désir qu'ils avaient l'un de l'autre. Dès qu'elle estima qu'il était ivre, elle repassa au soda sans alcool. Le moment d'agir approchait. A 22 heures, il devint d'une sentimentalité larmoyante et elle l'entraîna vers l'appartement. Devant la porte, pendant cinq minutes, ils échangèrent baisers et caresses. Avery parvint à glisser la clé dans la serrure et ils entrèrent.

– Encore un verre, dit-elle, comme si la fête n'était pas finie.

Avery se dirigea vers le bar pour lui préparer un gin-tonic. Lui buvait du scotch à l'eau. Ils s'installèrent sur le balcon de la chambre principale et regardèrent le reflet du croissant de lune sur les flots paisibles.

Il était persuadé qu'elle avait bu autant que lui et, si elle était capable de supporter un autre verre, il n'y avait pas de raison qu'il ne fît pas de même. Mais un besoin pressant l'obligea à s'excuser. Le verre de scotch était posé sur la table, entre leurs deux sièges. Elle ne put retenir un sourire ; ce serait plus facile que prévu. Elle tira de son minislip un petit sachet en plastique et laissa tomber dans le whisky une capsule d'hydrate de chloral. Puis elle prit tranquillement son verre de gin-tonic.

– Finis ton verre, mon chou, dit-elle dès qu'Avery revint. Je suis prête à aller me coucher.

Il saisit le verre de whisky et en but une gorgée, puis une autre. Il commença à se détendre. Après la troisième, sa tête commença à se balancer de droite et de gauche, puis elle s'inclina, son menton se posa sur sa poitrine et sa respiration se fit plus profonde.

Dors bien, mon chou, murmura-t-elle.

Pour un homme de quatre-vingts kilos, une dose d'hydrate de chloral provoquait un profond sommeil de dix heures. Elle prit le verre de whisky pour s'assurer qu'il n'en restait pas. Disons huit heures de sommeil pour ne pas prendre de risques. Tammy fit rouler Avery du fauteuil et le tira jusqu'au lit. D'abord la tête, puis les pieds. Elle fit glisser très doucement le maillot de surf jaune et bleu le long de ses jambes et le posa par terre. Elle le regarda un instant, arrangea les draps et la couverture autour de lui avant de l'embrasser en lui souhaitant une bonne nuit.

Elle trouva sur le vaisselier deux trousseaux, en tout onze clés. Puis elle descendit et, dans le couloir qui séparait la cuisine de la grande pièce donnant sur la plage, elle découvrit la porte mystérieuse que Mitch avait remarquée en novembre. Il avait mesuré chacune des pièces des deux étages et en avait conclu que cette pièce faisait au moins vingt mètres carrés. Ce qui lui avait semblé louche, c'était cette porte métallique, fermée à clé et sur laquelle était fixé un petit écriteau portant : réserve. Pas une seule autre pièce du duplex ne portait d'indication et, la semaine précédente, pendant son séjour avec Abby dans l'autre appartement, ils n'avaient pas trouvé le pendant de cette pièce.

Sur l'un des trousseaux, il y avait la clé d'une Mercedes, deux de l'immeuble Bendini, une clé de porte de maison, deux clés d'appartement et celle d'un tiroir de bureau. Chacune portait une étiquette. Celles du second trousseau n'avaient aucune indication. La quatrième clé de ce trousseau-là était la bonne. Tammy ouvrit la porte en retenant son souffle. Pas de décharge électrique, pas d'alarme, rien. Mitch lui avait recommandé d'attendre cinq minutes après avoir ouvert la porte et, s'il ne s'était rien passé, d'allumer la lumière.

Elle attendit dix minutes. Dix minutes d'angoisse. Mitch supposait que l'appartement A était réservé aux associés et aux invités en qui ils avaient toute confiance alors que l'autre était utilisé par les collaborateurs et les autres invités, ceux qui étaient placés sous surveillance. Il espérait donc que l'appartement A ne serait pas truffé de micros, de caméras, d'appareils d'enregistrement et d'alarmes. Au bout des dix minutes, elle poussa la porte et alluma la lumière. Elle demeura sur le seuil, rien ne se passa. La pièce aux murs et au sol nus était carrée, d'environ quatre mètres cinquante de côté. Elle contenait douze grands classeurs. Tammy s'avança lentement vers le premier et tira le tiroir du haut : il n'était pas fermé à clé.

Elle éteignit la lumière, referma la porte et remonta dans la chambre. Avery dormait profondément et ronflait comme un sonneur. Il était 22 h 30 et elle comptait travailler d'arrache-pied jusqu'à 6 heures. Il lui restait donc un peu moins de huit heures.

Près d'un bureau, dans un angle du salon, trois grosses serviettes étaient alignées. Elle les prit, éteignit les lumières et quitta l'appartement. Du petit parking sombre et vide une allée de gravier menait à la route. Un trottoir longeait les buissons plantés devant les deux appartements et s'arrêtait devant la clôture de bois marquant la limite de la propriété. Un portillon donnait sur un tertre herbeux derrière lequel s'élevaient les premiers bâtiments des Palmiers.

Le trajet du duplex à l'hôtel était très court, mais les serviettes étaient pesantes quand elle atteignit la chambre 188. Celle-ci était au premier étage, sur la façade, et donnait sur la piscine. Le souffle court, trempée de sueur, Tammy frappa à la porte.

Abby ouvrit tout de suite. Elle prit les serviettes et les posa sur le lit.

– Des problèmes? demanda-t-elle.

– Rien à signaler, répondit Tammy. Je me demande s'il n'est pas mort.

Elle s'essuya le visage avec une serviette et ouvrit une boîte de Coca.

– Où est-il? poursuivit Abby d'un air grave, sans même un sourire.

– Dans son lit. A mon avis, nous disposons de huit heures. Disons jusqu'à 6 heures.

– Vous avez pu entrer dans la pièce? poursuivit Abby en tendant à Tammy un short et une chemise de coton épais.

– Oui. Il y a une douzaine de gros classeurs qui ne sont pas fermés à clé, quelques cartons et deux ou trois bricoles sans intérêt.

– Une douzaine?

– Oui, et des grands. Nous aurons de la chance si nous pouvons finir avant 6 heures.

Dans cette chambre d'hôtel banale, au grand lit double, le canapé, la table basse et le lit avaient été poussés contre les murs et un photocopieur Canon 8580 avec trieuse et alimentation automatique trônait au centre. La machine dont le moteur ronronnait avait été louée pour vingt-quatre heures au prix exorbitant de trois cents dollars, livraison et mise en service comprises. Le vendeur avait expliqué qu'il s'agissait du dernier modèle, le plus performant et le plus puissant de l'île. Il était chagriné à l'idée de s'en séparer, ne fût-ce que pour une journée, mais Abby lui avait fait du charme et avait aligné les billets de cent dollars sur le comptoir. Deux cartons de papier de cinq mille feuilles chacun étaient posés au pied du lit.

Elles ouvrirent la première serviette et en retirèrent six dossiers assez minces.

– C'est le même modèle que les autres, marmonna Tammy en desserrant le fermoir et en prenant les papiers.

– Mitch m'a dit qu'ils étaient très méticuleux avec leurs dossiers, expliqua-t-elle en dégrafant un document de dix feuilles. Il prétend que les juristes ont une sorte de sixième sens et qu'ils sentent si une secrétaire ou un employé a mis son nez dans leurs papiers. Faites bien attention et prenez votre temps. Quand vous aurez fini de copier un document, replacez bien les agrafes dans les marques précédentes. Je sais que c'est fastidieux. Il faut copier les documents l'un après l'autre, quel que soit le nombre de pages, puis les remettre en place lentement et dans l'ordre. N'oubliez pas d'agrafer les copies afin que tout soit facile à retrouver.

Avec l'alimentation automatique, la copie des dix feuilles prit exactement huit secondes.

– C'est rapide, dit Tammy.

La première serviette fut terminée en vingt minutes. Tammy tendit les deux trousseaux de clés à Abby et sortit en emportant deux sacs de voyage en toile, neufs et vides.

Abby sortit à son tour et donna un tour de clé à la porte de la chambre. Elle fit le tour de l'hôtel et monta dans la Nissan Stanza louée par Tammy. En faisant attention aux voitures qui roulaient du côté gauche de la route, elle longea la plage de Seven Mile et s'engagea dans Georgetown. Deux rues après l'imposante façade de la Banque de Suisse, dans une ruelle bordée de maisons à charpente de bois, elle trouva le domicile de l'unique serrurier de Grande Caïman. C'était du moins le seul dont elle avait pu dénicher l'adresse sans avoir à demander l'aide de quiconque. Sa maison aux fenêtres ouvertes était peinte en vert, avec une bordure blanche autour des volets et des portes.

Elle gara la voiture dans la rue et suivit une allée jusqu'à la petite véranda où le serrurier et ses voisins buvaient en écoutant Radio-Caïmans qui diffusait un reggae au rythme endiablé. Ils se turent à son approche, mais personne ne se leva. Il était 23 heures. Le serrurier avait dit qu'il ferait le travail dans son atelier, derrière chez lui, et qu'il ne demanderait qu'une somme modique, en précisant qu'il aimerait avoir un litre de rhum Myers en guise d'acompte.

– Pardonnez mon retard, monsieur Dantley, dit-elle en lui tendant la bouteille de rhum. Tenez, je vous ai apporté un petit cadeau.

M. Dantley sortit de la pénombre de la véranda. Il prit la bouteille et regarda l'étiquette.

– Hé! les gars! s'écria-t-il. Une bouteille de Myers!

Abby ne comprit pas un mot aux exclamations qui suivirent, mais à l'évidence la bouteille de rhum était accueillie avec enthousiasme. Dantley la laissa à ses amis et conduisit Abby derrière la maison où se trouvait une resserre remplie d'outils, de petites machines et d'instruments de toutes sortes. Une ampoule nue, suspendue au plafond, attirait les moustiques par centaines. Abby tendit les onze clés au serrurier qui les aligna soigneusement sur une portion dégagée de l'établi.

– Ce sera facile, dit-il sans lever les yeux.

Bien qu'il fût encore en train de boire avec des amis à cette heure tardive, Dantley semblait avoir conservé toute sa lucidité. Peut-être son organisme était-il immunisé contre les méfaits du rhum. Les yeux protégés par de grosses lunettes, il entreprit de reproduire les clés en forant et en découpant le métal des matrices. Vingt minutes plus tard, tout était terminé et il tendit à Abby les deux trousseaux et les copies.

- Merci, monsieur Dantley. Combien vous dois-je ?
- Ce n'était pas bien difficile, articula le serrurier d'une voix traînante. Disons un dollar par clé.

Abby paya et repartit rapidement.

Tammy remplit les deux petites valises avec le contenu du tiroir du haut du premier classeur. Il y avait douze classeurs, et cinq tiroirs par classeur. Cela faisait soixante fois le trajet aller et retour jusqu'au copieur. C'était possible en huit heures. Il y avait des dossiers, des carnets, des listings et autres documents. Mitch lui avait demandé de tout copier, car il ne savait pas précisément ce qu'il cherchait. Elle éteignit la lumière et monta voir Avery. Il n'avait pas bougé, son ronflement avait pris une cadence ralentie.

Les Samsonite devaient bien peser quinze kilos chacune et elle avait mal aux bras quand elle arriva devant la porte de la chambre 188. C'était le premier voyage, il devait y en avoir soixante; jamais elle ne réussirait. Comme Abby n'était pas encore revenue de Georgetown, elle vida le contenu des valises sur le lit, but une gorgée de Coca et repartit avec les Samsonite vides. Retour à l'appartement et ouverture du deuxième tiroir. Elle plaça soigneusement les dossiers dans les valises. Elle transpirait et son souffle était de plus en plus court : quatre paquets de cigarettes par jour, songea-t-elle en se promettant de réduire à deux, peut-être même à un seul. Elle remonta dans la chambre pour aller voir Avery; il n'avait toujours pas bougé.

Quand elle revint dans la chambre d'hôtel, le phtocopieur bourdonnait et cliquetait joyeusement. Abby terminait le deuxième portedocuments et s'apprêtait à passer au troisième.

- Vous avez eu les clés ? demanda Tammy.
- Oui, pas de problème. Que fait votre amoureux ?
- S'il n'y avait pas le bruit du copieur, vous l'entendriez ronfler d'ici.

Tammy vida les valises et fit deux nouvelles piles sur le lit, puis elle s'essuya le visage avec une serviette et reprit le chemin de l'appartement.

Dès qu'elle eut terminé de photocopier le contenu du troisième portedocuments, Abby attaqua les piles de dossiers des classeurs. Elle maîtrisa rapidement l'alimentation automatique et, au bout d'une demiheure, elle travaillait avec l'efficacité d'une secrétaire chevronnée, chargeant les feuilles, dégrafant et agrafant adroitement tandis que la machine crachait inlassablement les reproductions.

Tammy termina son troisième voyage hors d'haleine, la sueur coulant le long de son nez.

- Troisième tiroir, annonça-t-elle en ouvrant les valises dont elle empila soigneusement le contenu sur le lit. Casanova ronfle toujours.

Elle reprit son souffle, s'essuya le visage et fourra dans les valises les documents déjà reproduits du premier tiroir. Elle allait passer le reste de la nuit à faire des aller et retour, chargée comme une mule.

A minuit, les Va-nu-pieds interprétèrent leur dernière chanson et le silence de la nuit tomba sur les Palmiers. Le bourdonnement discret du copieur ne pouvait être perçu à l'extérieur de la chambre 188 dont la porte demeurait fermée à clé, les stores baissés et les lumières éteintes, à l'exception de la lampe de chevet. Nul ne prêta attention à la dame, essoufflée et ruisselante de sueur, qui ne cessait d'aller et venir en transportant deux valises.

A partir de minuit, elles gardèrent le silence. Elles étaient trop fatiguées, trop fébriles et effrayées, et il n'y avait rien d'autre à signaler que d'éventuels mouvements du séducteur toujours endormi. Il n'y en eut aucun avant 1 heure du matin, quand il roula sur le côté. Il resta vingt minutes dans cette position, puis se remit sur le dos. A chacun de ses passages, Tammy montait voir s'il avait bougé; chaque fois, elle se demandait ce qu'elle ferait s'il ouvrait brusquement les yeux et sautait sur elle. Elle avait une petite bombe lacrymogène dans la poche de son short, pour le cas où elle serait obligée de se défendre et de prendre la fuite. Mitch était resté très vague sur ce qu'il conviendrait de faire dans cette situation. Il lui avait simplement recommandé de ne pas entraîner Avery vers la chambre d'hôtel. Elle devait prendre ses jambes à son cou en hurlant au viol.

Mais, après vingt-cinq aller et retour, Tammy avait acquis la conviction qu'Avery ne reprendrait pas connaissance avant plusieurs heures. Il était déjà assez pénible de faire ces voyages chargée comme une bourrique sans avoir en plus à grimper les marches menant à la chambre de Casanova. Elle décida donc de n'aller vérifier si tout allait bien qu'une fois sur deux. Puis elle passa à une fois sur trois.

A 2 heures, la moitié du temps qu'elles s'étaient accordé était écoulée et elles avaient copié le contenu de cinq classeurs. Cela représentait plus de quatre mille feuilles et le lit était couvert de piles soigneusement classées. Les reproductions étaient alignées contre le mur, près du canapé, sur sept rangs s'élevant presque jusqu'à la ceinture.

Elles décidèrent de s'accorder un quart d'heure de repos.

A 5 h 30, les premières lueurs du jour commencèrent à poindre à l'orient et dissipèrent instantanément toute trace de fatigue. Abby accéléra le rythme en espérant que le copieur n'allait pas chauffer. Tammy massa ses mollets parcourus de crampes avant de reprendre en hâte le chemin de l'appartement. Elle devait en être au cinquante et unième ou cinquante-deuxième voyage et elle ignorait qu'il n'y en aurait pas d'autre pendant un certain temps.

Machinalement, elle ouvrit la porte de l'appartement, gagna la réserve, posa les Samsonite sur le sol, puis monta l'escalier de la chambre. Et elle resta pétrifiée sur la dernière marche. Avery était assis sur le bord du lit, du côté du balcon. En l'entendant arriver, il tourna lentement vers elle des yeux gonflés aux prunelles vitreuses et plissa le front.

Tammy déboutonna instinctivement son short kaki et le fit glisser le long de ses jambes.

– Salut, mon chou, lança-t-elle en s'efforçant de contrôler sa respiration et de se comporter comme la fille facile qu'elle était censée être. Tu t'es réveillé tôt, poursuivit-elle en s'avançant vers le côté du lit où il était assis. On devrait dormir encore un peu.

Il tourna sans répondre les yeux vers la fenêtre. Elle s'assit à côté de lui et laissa courir une main sur l'intérieur de sa cuisse. La main remonta vers l'aine, mais il n'eut aucune réaction.

– Tu es réveillé ? demanda-t-elle.

Pas de réponse.

– Dis-moi quelque chose, Avery. Tu ne veux pas dormir un peu ? Il fait encore nuit, tu sais.

Il se laissa tomber sur le côté, la tête sur l'oreiller, et poussa un grognement. Pas même un mot articulé, juste un grognement, avant de fermer les yeux. Elle le prit par les jambes, le fit basculer par-dessus le bord du lit et tira les draps sur lui.

Elle attendit dix minutes sans bouger et, quand les ronflements eurent repris une intensité normale, elle remit son short, descendit et partit en courant vers les Palmiers.

– Il s'est réveillé, Abby ! lança-t-elle tout de go, d'une voix affolée. Il s'est réveillé, puis il est retombé dans les pommes !

Les yeux écarquillés, Abby demeura figée sur place. Les femmes baissèrent un regard consterné vers le lit couvert de documents qui n'avaient pas encore été copiés.

– Bon, déclara calmement Abby, allez donc prendre une douche rapide. Puis mettez-vous au lit avec lui et attendez. N'oubliez pas de refermer la porte de la réserve et appelez-moi dès son réveil, quand il sera dans la salle de bains. Je vais continuer à copier ce qui nous reste et nous essaierons de rapporter les documents plus tard, quand il sera parti travailler.

– C'est affreusement risqué.

– Tout est risqué. Allez, ne perdez pas de temps.

Cinq minutes plus tard, Tammy, devenue pour la nuit une Libby au bikini orange, reprit encore une fois la direction du duplex, mais sans les valises. Elle donna un tour de clé à la porte d'entrée et à celle de la réserve avant de monter dans la chambre. Elle enleva le haut de son bikini et se glissa sous les draps.

Pendant un quart d'heure, les ronflements l'empêchèrent de s'endormir, puis elle somnola quelques minutes. Elle se mit sur son séant pour ne pas succomber au sommeil qui la gagnait. Elle avait peur d'être dans le même lit que cet homme nu, qui n'hésiterait pas à la tuer s'il apprenait ce qu'elle avait fait. Son corps épuisé commença à se détendre et elle glissa insensiblement dans le sommeil contre lequel elle ne pouvait plus lutter.

Casanova sortit de son semi-coma trois minutes après 9 heures. Il poussa un gémissement et roula jusqu'au bord du lit. Ses paupières se décollèrent lentement et un rayon de soleil à l'éclat insupportable lui blessa les yeux. Il gémit derechef. Sa tête, qui pesait une tonne, se balança pesamment de droite et de gauche. Il prit une longue inspiration qui siffla douloureusement dans ses tempes. Son attention se fixa sur sa main droite; il essaya de la soulever, mais les influx nerveux n'étaient pas transmis par le cerveau. Il se redressa lentement et considéra avec perplexité l'organe indocile. Il essaya d'accommoder, d'abord avec l'œil droit, puis avec le gauche. Quelle heure était-il?

Il regarda trente secondes le cadran à affichage numérique du réveil avant de parvenir à lire les chiffres rouges : neuf, zéro, cinq. Merde! Il avait rendez-vous à la banque à neuf heures! Il poussa un nouveau gémissement... La femme!

Elle l'avait senti remuer et avait entendu les sons plaintifs. Rigoureusement immobile, les yeux fermés, priant pour qu'il ne la touche pas, elle sentit son regard se poser sur elle.

Dans sa longue carrière de séducteur et de fêtard, Avery avait eu quantité de gueules de bois, mais jamais rien de comparable à celle-là. En regardant le visage de la femme endormie, il essaya de se remémorer si c'était un bon coup. Même quand il avait oublié tout le reste, il se souvenait toujours de cela. Quelle que fût l'intensité de la gueule de bois, le souvenir de la femme était toujours présent. Il l'observa un instant, puis renonça.

Il se mit debout en vacillant et essaya de marcher. Il avait l'impression d'avoir des semelles de plomb et ses jambes ne semblaient plus lui obéir. Il fut obligé de prendre appui sur la porte coulissante du balcon.

La salle de bains était à six mètres et il décida de tenter la traversée. Le bureau, puis la coiffeuse lui servirent d'appui. Chaque pas mal assuré était une épreuve, mais il finit par arriver et s'arrêta en vacillant au-dessus de la cuvette des cabinets.

Tammy changea de position pour se tourner vers le balcon et, quand il eut fini, elle sentit qu'il s'asseyait sur le bord du lit.

— Réveille-toi, Libby, dit-il en posant doucement la main sur son épaule.

Quand il commença à la secouer, tout son corps se raidit.

— Allons, réveille-toi, veux-tu? insista-t-il.

Elle le gratifia de son plus beau sourire de belle endormie. Le sourire du lendemain matin, après une nuit de passion et d'abandon. Le sourire que Scarlett O'Hara avait adressé à Rhett après avoir succombé à son charme.

– Tu as été merveilleux, roucoula-t-elle sans ouvrir les yeux.

Malgré la douleur et les nausées, malgré ses semelles de plomb et son crâne sur le point d'éclater, il fut inondé par un sentiment de fierté et il lui revint brusquement à l'esprit qu'il avait été un amant merveilleux.

– Écoute, Libby, nous avons trop dormi. Il faut que j'aille travailler et je suis déjà en retard.

– Tu n'as pas envie? gloussa-t-elle en priant pour qu'il n'ait pas envie.

– Non, pas maintenant. Veux-tu que nous nous retrouvions ce soir?

– Je serai là, mon chou.

– Très bien. Je vais aller prendre une douche.

– Réveille-moi quand tu auras fini.

Il marmonna quelque chose d'incompréhensible et s'enferma dans la salle de bains. Elle se glissa jusqu'au téléphone et appela Abby qui décrocha à la troisième sonnerie.

– Il est sous la douche.

– Tout va bien?

– Oui, ça va. Il est bien incapable de faire quoi que ce soit.

– Pourquoi avez-vous attendu si longtemps?

– Il ne se réveillait pas.

– Est-ce qu'il se doute de quelque chose?

– Non. Il ne se souvient de rien et je pense qu'il a mal partout.

– Combien de temps allez-vous rester là-bas?

– Je vais attendre qu'il sorte de la douche pour lui dire au revoir. Mettons dix minutes, un quart d'heure.

– D'accord. Faites vite.

Abby raccrocha et Tammy regagna son côté du lit. Au-dessus de la cuisine, dans les combles, un magnétophone s'arrêta de tourner avec un déclic et se remit en position pour enregistrer l'appel suivant.

A 10 h 30, elles étaient prêtes à lancer le dernier assaut contre l'appartement. Le butin était divisé en trois parts égales pour trois coups de main audacieux en plein jour. Tammy glissa les clés neuves dans la poche de son chemisier et se mit en route avec les valises, marchant d'un pas rapide, les yeux protégés par des lunettes de soleil. Le parking qui s'étendait devant les appartements était vide et la circulation très fluide.

La nouvelle clé tourna aisément dans la serrure et Tammy entra. Elle ouvrit sans difficulté la porte de la réserve et ressortit du duplex cinq minutes plus tard. Les deux voyages suivants furent aussi rapides et tout se passa sans le moindre incident. Avant de refermer pour la dernière fois la porte de la réserve, elle parcourut longuement la pièce du regard. Tout était en ordre, dans l'état où elle avait trouvé les lieux. Elle ferma la porte d'entrée à double tour et regagna sa chambre d'hôtel avec les valises vides.

Les deux femmes restèrent allongées sur le lit pendant près d'une heure en se gaussant d'Avery et de sa gueule de bois. Tout était terminé ou presque et elles avaient commis le crime parfait grâce à Casanova, complice à son corps défendant. Tout avait été comme sur des roulettes ! Une montagne de preuves remplissait onze boîtes de rangement en carton. A 14 h 30, un indigène torse nu, coiffé d'un chapeau de paille, frappa à la porte et annonça qu'il venait de la part de Cayman Storage, une société de stockage. Abby lui indiqua les cartons. Il n'était pas pressé, aussi il saisit un carton et le transporta dans sa camionnette en prenant tout son temps. Comme tous les indigènes, il travaillait tranquillement, au rythme des îles.

Ces dames le suivirent dans la Stanza jusqu'à un entrepôt de Georgetown. Abby inspecta minutieusement le box qu'on lui proposait et paya trois mois d'avance en espèces.

28

Tarrance était assis au fond du Greyhound qui quittait Louisville à 23 h 40, à destination d'Indianapolis et de Chicago. L'agent du F.B.I. se trouvait seul sur la banquette arrière bien que le car du vendredi soir fût plein. Ils avaient quitté Louisville depuis une demi-heure et Tarrance commençait à croire qu'il y avait un problème. Déjà une demi-heure de route et pas un mot, pas un signe de quiconque. Peut-être s'était-il trompé de car ou bien McDeere avait-il changé d'avis. La banquette arrière n'était qu'à quelques centimètres au-dessus du moteur diesel et Wayne Tarrance, originaire du Bronx, commençait à comprendre pourquoi les habitués de la compagnie se battaient pour occuper les sièges placés juste derrière le chauffeur. Une demi-heure et toujours rien.

Il entendit le bruit de la chasse d'eau des toilettes et la porte s'ouvrit. Une odeur désagréable s'échappa et Tarrance détourna la tête vers la vitre pour regarder les voitures roulant en direction du Sud. Sans qu'il en eût conscience, une femme se coula dans le siège bordant l'allée et s'éclaircit la voix. Tarrance tourna vivement la tête vers la droite et la découvrit à côté de lui. Il l'avait déjà vue, mais ne se souvenait plus où.

– Vous êtes M. Tarrance?

Elle portait un jean, des chaussures de tennis blanches et un gros pull vert. Son visage était à moitié dissimulé par des lunettes noires.

– Oui, et vous?

– Abby McDeere, répondit-elle en lui prenant la main et en la serrant vigoureusement.

– C'est votre mari que j'attendais.

– Je sais. Mais il a décidé de ne pas venir et je suis là à sa place.

– Bien sûr, mais c'est à lui que je voulais parler.

– C'est pour cela qu'il m'a envoyée. Considérez-moi comme son émissaire.

– Où est-il ? demanda Tarrance, la tête tournée vers l'autoroute, en se baissant pour poser son livre sous le siège.

– Quelle importance, monsieur Tarrance ? Il m'a envoyée pour parler affaires et c'est pour cela que vous êtes ici. Alors, parlons affaires.

– D'accord, mais à voix basse et, si vous voyez quelqu'un approcher dans l'allée, prenez-moi la main et gardez le silence. Faites comme si nous étions un couple en voyage. Vous avez bien compris ? Bon, je voulais vous dire que M. Voyles... Vous savez qui est M. Voyles, non ?

– Je sais tout, monsieur Tarrance.

– Je disais que M. Voyles est au bord de l'infarctus parce que nous ne sommes toujours pas en possession des dossiers de Mitch. Les dossiers intéressants. Vous comprenez pourquoi ils sont importants, n'est-ce pas ?

– Parfaitement.

– Nous voulons donc ces dossiers.

– Et nous voulons un million de dollars.

– Oui, c'est le marché conclu. Mais il nous faut d'abord les dossiers.

– Non, monsieur Tarrance, ce n'est pas exactement le marché. Le marché est le suivant : quand le million de dollars sera versé là où nous voulons, nous vous remettrons les dossiers.

– Vous ne nous faites pas confiance ?

– Précisément. Nous ne vous faisons pas confiance, pas plus à Voyles qu'à vous ou à un autre. L'argent sera viré sur un compte numéroté dans une banque de Freeport, aux Bahamas. Nous en serons aussitôt avisés et nous ferons transférer l'argent dans un autre établissement. Dès qu'il sera arrivé, les dossiers seront à vous.

– Où sont-ils ?

– Ils sont entreposés à Memphis. Il y a un total de cinquante et un dossiers, emballés proprement et classés. Vous serez étonné par le travail que nous avons fait.

– Pourquoi dites-vous « nous » ? Vous avez vu les dossiers ?

– Naturellement. J'ai même aidé à les emballer. Il y aura des surprises dans la boîte n° 8.

– Je vous écoute.

– Mitch a réussi à copier trois des dossiers d'Avery Tolar et ils semblent très louches. Deux de ces dossiers concernent une société appelée Dunn Lane, Ltd., que nous savons être contrôlée par la mafia et dont les statuts ont été déposés aux Caïmans. Elle a été constituée en 1986 avec dix millions de dollars, de l'argent sale. Les dossiers ont trait à deux programmes immobiliers financés par la société. Vous verrez, c'est une lecture passionnante.

– Comment savez-vous que les statuts ont été déposés aux Caïmans ? Et comment êtes-vous au courant pour les dix millions ? Cela ne doit pas figurer dans les documents.

– En effet. Mais nous disposons d'autres sources.

Tarrance médita pendant dix kilomètres sur ces autres sources. A l'évidence, il ne pourrait rien voir avant que les McDeere aient reçu le premier million. Il décida de changer de sujet.

– Je ne suis pas sûr que nous puissions effectuer le virement à vos conditions sans avoir préalablement reçu les dossiers.

C'était un coup de bluff assez médiocre. Elle lut aisément dans son jeu et lui sourit.

– Faut-il vraiment s'amuser à ces petits jeux, monsieur Tarrance? Pourquoi ne nous versez-vous pas tout simplement l'argent, au lieu de vous faire tirer l'oreille?

Un étudiant étranger, peut-être d'origine arabe, suivit l'allée d'un pas nonchalant et entra dans les toilettes. Tarrance s'immobilisa, la tête vers la vitre. Abby lui tapota le bras avec une apparente tendresse, puis ils attendirent le bruit de la chasse d'eau.

– Dans combien de temps pouvons-nous espérer avoir les dossiers? demanda Tarrance en sentant Abby retirer sa main.

– Ils sont prêts. Dans combien de temps pouvez-vous réunir un million de dollars?

– Dès demain.

Abby tourna la tête vers la vitre et parla en tordant le coin gauche de sa bouche.

– Nous sommes aujourd'hui vendredi. Mardi prochain, à 22 heures, heure de la côte Est et des Bahamas, vous virez un million de dollars de votre compte de la Chemical Bank de Manhattan à un compte numéroté de la Banque de l'Ontario, à Freeport. Un transfert de fonds tout à fait officiel, qui prend une quinzaine de secondes.

Le front plissé, Tarrance ne perdait pas un mot de ce qu'elle disait.

– Qu'est-ce qui vous fait croire que nous avons un compte à la Chemical Bank de Manhattan?

– Vous n'en avez pas aujourd'hui, mais en aurez un lundi. Je suis sûre qu'à Washington, l'un d'entre vous est capable d'effectuer un simple transfert de fonds.

– Je n'en doute pas non plus.

– Parfait.

– Mais pourquoi avez-vous choisi la Chemical Bank?

– Ce sont les instructions de Mitch, monsieur Tarrance. Faites-lui confiance, il sait ce qu'il fait.

– Je vois qu'il n'a rien laissé au hasard.

– Comme d'habitude, monsieur Tarrance. Et il y a autre chose que vous devez toujours garder présent à l'esprit : Mitch est beaucoup plus intelligent que vous.

Tarrance grogna et émit un petit ricanement sans conviction. Ils gardèrent le silence une ou deux minutes, chacun de son côté réfléchissant à la prochaine question et imaginant la réponse.

– Bon, finit par marmonner Tarrance, quand aurons-nous les dossiers ?

– Dès que l'argent aura été viré à Freeport, nous en serons avisés. Le mercredi matin, avant 10 h 30, vous recevrez dans votre bureau de Memphis un colis Federal Express dans lequel vous trouverez une lettre et la clé du box du Mini-stockage.

– Je peux donc annoncer à M. Voyles que nous serons en possession des dossiers mercredi après-midi, au plus tard ?

Elle haussa les épaules et Tarrance se sentit confus d'avoir posé une question aussi bête. Il chercha rapidement quelque chose de plus intelligent à dire.

– Il va nous falloir le numéro du compte de Freeport.

– Je l'ai sur moi. Je vous le donnerai quand nous nous séparerons.

Tous les détails étaient réglés. Tarrance se pencha pour prendre son livre sous le siège. Il tourna quelques pages en faisant semblant de lire.

– Restez encore un peu, dit-il.

– Vous avez d'autres questions ?

– Si nous parlions de ces autres documents que vous avez mentionnés.

– Si vous voulez.

– Où sont-ils ?

– Voilà une bonne question. D'après ce que l'on m'a expliqué, nous devons recevoir le versement suivant, d'un demi-million, si je ne me trompe, en échange de preuves assez concluantes pour vous permettre d'inculper ceux que vous cherchez à atteindre. Les documents dont vous parlez font donc partie de cette deuxième livraison.

– Ce qui signifie, demanda Tarrance en tournant une page, que vous êtes déjà en possession de ces dossiers... sales ?

– Nous avons la majeure partie de ce que nous voulions. Et cela comprend, en effet, nombre de dossiers sales, comme vous dites.

– Où sont-ils ?

Elle lui tapota le bras en souriant.

– Je peux vous assurer qu'ils ne sont pas dans le même box que les dossiers propres.

– Mais vous les avez en votre possession ?

– En quelque sorte. Aimeriez-vous en voir un ou deux ?

Tarrance referma son livre en inspirant profondément.

– Assurément, dit-il en levant les yeux.

– C'est bien ce qu'il me semblait. Mitch m'a dit que nous vous remettrions un dossier sur Dunn Lane, Ltd., de vingt-cinq centimètres d'épaisseur. Copies de relevés de comptes, statuts de la société, procès-verbaux de séances, règlements, identité des administrateurs et des actionnaires, transferts de fonds, lettres de Nathan Locke à Joey Morolto, documents de travail, des centaines de morceaux de choix qui vous tiendront éveillés plusieurs nuits. Vous verrez, c'est extraordinaire. Mitch m'a dit que le seul dossier Dunn Lane devrait vous permettre de lancer trente inculpations.

Tarrance était suspendu à ses lèvres et il la croyait.

– Quand pourrai-je le voir? demanda-t-il posément, mais avec une impatience difficilement contenue.

– Dès que Ray sera sorti de prison. Vous n'avez pas oublié que cela fait partie du marché.

– Ah, oui, Ray!

– Hé oui! S'il ne retrouve pas la liberté, monsieur Tarrance, vous pouvez faire une croix sur le cabinet Bendini. Mitch et moi, nous empocherons notre petit million de dollars et nous disparaîtrons à jamais.

– Je m'en occupe.

– Vous avez intérêt à vous en occuper sérieusement.

C'était une menace et il le savait bien. Il reprit son livre et l'ouvrit sans même faire semblant de lire.

Abby sortit de sa poche une carte du cabinet Bendini, Lambert & Locke, qu'elle laissa tomber sur le livre. Au dos était inscrit le numéro de compte : 477DL-19584, Banque de l'Ontario, Freeport.

– Je vais aller reprendre mon siège à l'avant, pour ne plus rester au-dessus de ce moteur, dit-elle. Tout est bien clair pour mardi?

– Pas de problème, chère madame. Vous descendez à Indianapolis?

– Oui.

– Où allez-vous?

– Chez mes parents, dans le Kentucky. Nous nous sommes séparés, Mitch et moi.

Et elle regagna son siège.

Tammy faisait la queue sous la chaleur pour passer à la douane de l'aéroport de Miami. Avec ses sandales, son short et son dos nu, ses lunettes de soleil et son chapeau de paille, elle ressemblait au millier de touristes à l'air las qui revenait des plages ensoleillées des Antilles. Devant elle se tenait un couple de jeunes mariés chargés de sacs contenant de l'alcool et du parfum hors taxe et qui, à l'évidence, étaient en pleine scène de ménage. Derrière elle étaient posées deux valises de cuir flambant neuves et contenant assez de documents compromettants pour inculper une quarantaine d'avocats. Son employeur, avocat lui-même, lui avait conseillé d'acheter des valises munies de roulettes pour traverser plus facilement l'aéroport international de Miami. Afin de ne pas attirer l'attention, elle portait également un petit sac contenant des vêtements et une brosse à dents.

Toutes les huit ou dix minutes, le jeune couple avançait de quinze centimètres et Tammy suivait avec ses bagages. Une heure après avoir pris la file, elle arriva devant le comptoir.

— Rien à déclarer ? lança le douanier en avalant la moitié des syllabes.

— Non ! répondit-elle du tac au tac.

— Qu'est-ce qu'il y a là-dedans ? demanda-t-il en indiquant de la tête les grosses valises.

— Des papiers.

— Des papiers ?

— Oui, des papiers.

— Quel genre de papiers ?

Elle eut envie de répondre : « Du papier hygiénique. Je passe mes vacances à rafler des rouleaux de papier hygiénique. »

— Des documents juridiques, ce genre de choses. Je suis avocate.

— Je vois.

L'agent des douanes ouvrit le petit sac et regarda ce qu'il contenait.

— C'est bon... Suivant !

Elle commença à avancer en tirant prudemment ses valises qui, malgré les roulettes, avaient tendance à basculer en avant. Un porteur les saisit et les déposa sur un chariot.

— Vol Delta 282, pour Nashville, porte 44, hall B, annonça-t-elle en lui tendant un billet de cinq dollars.

Tammy arriva à Nashville avec armes et bagages le samedi, à minuit. Elle chargea le tout dans le coffre de sa Rabbit et quitta l'aéroport pour prendre la direction de Brentwood, un faubourg de la ville. Elle gara sa voiture sur la place de parking louée avec le deux-pièces dans lequel elle monta, l'une après l'autre, les deux pesantes valises.

Le mobilier de l'appartement vide consistait uniquement en un canapé-lit. Tammy déballa les valises dans la chambre et entreprit de répertorier les preuves. Mitch avait exigé une liste de tous les documents, tous les relevés de comptes, tout ce qui se rapportait aux différentes sociétés. Il lui avait dit qu'il passerait un jour en vitesse et il tenait à ce que tout soit en ordre.

Assise par terre, elle consacra deux heures à dresser l'inventaire des documents. Après trois voyages aller et retour à Grande Caïman, la pièce commençait à se remplir. Dès lundi, elle repartirait.

Tammy avait l'impression de n'avoir pas dormi plus de trois heures en quinze jours, mais Mitch lui avait dit que c'était extrêmement urgent. Que c'était une question de vie ou de mort.

Tarry Ross, alias Alfred, était assis dans le recoin le plus sombre du bar du Phœnix Park Hotel, à Washington. Il buvait du café en attendant l'homme avec qui il avait rendez-vous. La rencontre serait brève.

L'attente devenait insupportable et il se jura de ne pas rester plus de cinq minutes. Il porta la tasse à ses lèvres d'une main tremblante et renversa du café sur la table. Il baissa les yeux vers les éclaboussures en s'efforçant de ne pas regarder autour de lui.

L'homme apparut comme par enchantement et prit place à la table, le dos au mur. Il s'appelait Vinnie Cozzo. C'était un gangster de New York, de la famille Palumbo.

Vinnie remarqua la tasse tremblante et le café répandu sur la table.

– Détendez-vous, Alfred. Il fait assez sombre, vous ne risquez rien.

– Que voulez-vous ? murmura Alfred entre ses dents.

– Je veux boire.

– Pas le temps de boire. Je dois repartir.

– Du calme, Alfred. Du calme, mon vieux. Regardez, il n'y a que quatre pelés et un tondu dans la salle.

– Que voulez-vous ? répéta Alfred sans hausser la voix.

– Juste un petit renseignement.

– Cela va vous coûter cher.

– Comme d'habitude.

Un garçon s'avança jusqu'à la table et Vinnie commanda un Chivas à l'eau plate.

– Comment va mon vieux pote Denton Voyles ? demanda le mafioso.

– Allez vous faire foutre, Cozzo ! Je ne peux pas rester ! Il faut que je parte !

– Allons, calmez-vous ! J'ai juste besoin d'un renseignement.

– Faites vite, dit Alfred en fouillant la salle du regard.

Sa tasse était vide, la moitié du contenu répandu sur la table.

Le Chivas arriva et Vinnie en prit aussitôt une bonne rasade.

– Il y a un petit problème à Memphis et certains de nos amis sont assez inquiets. Avez-vous entendu parler du cabinet Bendini ?

Alfred secoua instinctivement la tête en signe de dénégation. Toujours répondre négativement, pour commencer. Puis, après de longues et minutieuses recherches, rapporter une réponse positive et détaillée. Bien sûr qu'il avait entendu parler du cabinet Bendini et de leur précieux contact. L'opération Blanchisserie. C'est Voyles qui avait choisi en personne le nom de code et il n'était pas peu fier de sa trouvaille.

– Il y a à Memphis un certain McDeere, Mitchell de son prénom, qui travaille pour cette société et que nous soupçonnons d'être de mèche avec vos petits copains. Vous voyez ce que je veux dire ? Nous pensons qu'il vend aux fédéraux des renseignements sur Bendini et nous voulons juste nous assurer que c'est vrai. C'est tout, ajouta-t-il en reprenant son verre.

Alfred l'avait écouté en s'efforçant de garder un visage impénétrable. Il connaissait le groupe sanguin de McDeere et son restaurant préféré à Memphis. Il savait que McDeere avait déjà rencontré Tarrance une demi-douzaine de fois et que, le lendemain, l'avocat serait millionnaire en dollars. C'était du gâteau.

– Je vais voir ce que je peux faire. Si nous parlions argent maintenant ?

– Je vais être franc, Alfred, dit Vinnie en allumant une cigarette, nous prenons cette affaire très au sérieux. Deux cent mille dollars en espèces.

De saisissement, Alfred lâcha sa tasse, puis sortit un mouchoir de sa poche et essuya frénétiquement ses lunettes.

– Deux cent mille ? En espèces ?

– C'est ce que je viens de dire. Combien avez-vous touché la dernière fois ?

– Soixante-quinze mille.

– Vous comprenez maintenant pourquoi l'affaire est sérieuse. Pouvez-vous nous apporter une réponse, Alfred ?

– Oui.

– Quand ?

– Donnez-moi quinze jours.

29

Une semaine avant l'échéance du 15 avril, la tension et l'excitation atteignirent leur maximum chez les bourreaux de travail de Bendini, Lambert & Locke, qui cravachaient dur. Et qui tremblaient de peur. La peur d'omettre une déduction ou un abattement qui coûterait un million de dollars à un gros client. La peur d'avoir à décrocher le téléphone pour annoncer audit client que sa déclaration d'impôts était terminée et qu'on était au regret de lui dire qu'il restait huit cent mille dollars à verser. La peur de ne pas avoir fini à temps, de devoir solliciter un délai et d'encourir des pénalités de retard et des intérêts. A 6 heures du matin, le parking était plein et les secrétaires travaillaient douze heures par jour. Les nerfs étaient à vif, les conversations rares et brèves.

Comme personne ne l'attendait à la maison, Mitch travaillait jour et nuit. Sonny Capps avait voué Avery aux gémonies, parce qu'il avait à verser quatre cent cinquante mille dollars au fisc... pour des revenus s'élevant à six millions. Avery s'en était pris à Mitch et ils s'étaient replongés ensemble dans les dossiers Capps en pestant à qui mieux mieux. Mitch était parvenu à trouver deux abattements discutables pour abaisser le montant de l'impôt à trois cent vingt mille dollars. Capps avait répliqué qu'il envisageait de changer de cabinet fiscal et qu'il en avait un en vue à Washington.

A six jours de l'échéance, Capps exigea un rendez-vous avec Avery, à Houston. Le Lear étant disponible, Avery décolla à minuit de Memphis. Mitch le conduisit à l'aéroport et écouta pendant le trajet mille instructions.

Il revint au bureau peu après 1 h 30. Trois Mercedes, une B.M.W. et une Jaguar étaient encore sur le parking. Le gardien ouvrit le porte de derrière et Mitch prit l'ascenseur jusqu'au quatrième étage. Comme d'habitude, Avery avait donné un tour de clé à la porte de son bureau en partant. Les portes des associés étaient toujours fermées à clé. Il entendit une voix venant du fond du couloir. Victor Milligan, le chef du service fiscalité, était en train de traiter son ordinateur de tous les noms. Les autres bureaux étaient fermés et plongés dans l'obscurité. En retenant son souffle, Mitch coula une clé dans la serrure de la porte d'Avery. La poignée tourna et il entra. Il alluma toutes les lumières et se dirigea vers la petite table où l'associé et lui avaient passé le plus clair de la journée et une partie de la nuit. Des piles de dossiers s'élevaient autour des sièges, des papiers étaient disséminés partout et les Notes du ministère des Finances s'entassaient sur la table. Mitch s'assit et reprit ses recherches pour Sonny Capps. D'après le dossier du F.B.I., Capps était un homme d'affaires qui faisait appel aux services de la société depuis au moins huit ans et qui n'intéressait pas les fédéraux.

Au bout d'une heure, les bruits de voix cessèrent et Milligan referma la porte de son bureau. Il descendit par l'escalier sans dire au revoir. Mitch fit rapidement la tournée du quatrième étage, puis du troisième pour s'assurer que tout était vide. Il était près de 3 heures du matin.

A côté des étagères tapissant un mur du bureau d'Avery se trouvaient quatre gros classeurs en chêne massif. Mitch les avait remarqués, mais n'avait jamais vu quiconque les ouvrir. Les dossiers en cours étaient rangés dans trois classeurs métalliques placés près de la fenêtre. C'est dans ces trois-là que fouillaient les secrétaires, accompagnées en général par les hurlements d'Avery. Il referma la porte du bureau et s'avança vers les classeurs de chêne qui, naturellement, étaient fermés à clé. Le choix de Mitch se limitait à deux petites clés, longues d'à peine deux centimètres. Il en essaya une, le premier classeur s'ouvrit.

L'inventaire, dressé par Tammy, des documents entreposés à Nashville lui avait permis de retenir le nom d'un certain nombre de sociétés des îles Caïmans alimentées par de l'argent sale qu'elles blanchissaient. Il fit défiler les dossiers du tiroir du haut et reconnut aussitôt plusieurs noms : Dunn Lane Ltd., Eastpointe Ltd., Virgin Bay Ltd., Inland Contractors Ltd., Gulf-South Ltd. Il trouva d'autres noms familiers dans les deux tiroirs du bas. Les dossiers étaient remplis d'actes divers, contrats de prêts consentis par différentes banques des îles Caïmans, hypothèques, cautions, ordres de virement et une infinité d'autres papiers. Mitch s'intéressa particulièrement à Dunn Lane et Gulf-South, Tammy ayant déjà reproduit quantité de documents relatifs à ces deux sociétés.

Il prit un dossier de Gulf-South bourré de bordereaux d'ordres de virement et d'actes de prêts de la Banque royale de Montréal, et l'emporta au photocopieur de l'étage qu'il mit en marche. En attendant que la machine soit prête, Mitch regarda autour de lui. Tout était plongé dans le silence. Il leva les yeux au plafond : aucune caméra en vue, comme il s'en était déjà assuré à plusieurs reprises. La touche portant : « Code d'accès » se mit à clignoter et il entra le numéro du dossier de Mme Lettie Plunk dont il avait la déclaration d'impôts sur son bureau. Il pouvait se permettre de faire quelques copies. Il plaça le contenu du dossier dans le bac d'alimentation automatique et, trois minutes plus tard, tout était fini. Cent-vingt-huit copies seraient portées au débit du compte de Lettie Plunk. Il rapporta dans le bureau sa brassée de documents et en prit une autre dans le classeur. Il entra cette fois le code d'accès de Greenmark Partners, une société immobilière de Bartlett, Tennessee. Une société tout à fait légale dont il avait la déclaration d'impôts sur son bureau et qui pouvait payer quelques copies. Quatre-vingt-onze, pour être précis.

Mitch avait rempli dix-huit déclarations de revenus qui, six jours avant l'échéance, attendaient d'être signées et expédiées. Les dix-huit clients se virent facturer automatiquement les copies des documents contenus dans les dossiers Dunn Lane et Gulf-South. Il avait noté les codes d'accès sur une feuille posée sur une table, à proximité du copieur. Après s'être servi des dix-huit codes, il en utilisa trois empruntés à des dossiers appartenant à Lamar et trois autres correspondant à des dossiers Capps.

Un fil électrique partait du copieur et traversait le mur pour aboutir à l'intérieur d'un placard où il était relié à trois autres fils venant des trois autres copieurs de l'étage. Ce fil, plus épais, traversait le plancher, suivait une plinthe et était raccordé à un ordinateur de la salle de facturation qui enregistrait et facturait automatiquement les copies faites à l'intérieur de la firme. Un petit fil gris, d'aspect anodin, partait de l'ordinateur et remontait jusqu'au quatrième étage, et au cinquième où un autre ordinateur enregistrait le code d'accès, le nombre de copies et l'emplacement de la machine utilisée.

Le 15 avril à 17 heures, le cabinet Bendini, Lambert & Locke ferma ses portes. A 18 heures, le parking était désert et les luxueuses automobiles se retrouvaient trois kilomètres plus loin, sur le parking d'Anderton's, un restaurant de fruits de mer réputé. Une salle y était réservée tous les ans, pour la soirée du 15 avril. Tous les collaborateurs et associés en activité étaient présents ainsi que les onze associés en retraite. Ces derniers étaient bronzés, frais et détendus; les associés en activité hagards, épuisés et pâles. Mais tout le monde était en veine de réjouissances, prêt à prendre la plus belle cuite de l'année. Ce soir-là, les règles de sobriété et de modération n'avaient plus cours : une autre règle maison interdisait aux juristes et aux secrétaires de travailler le 16 avril.

Des plats de crevettes et d'huîtres garnissaient les tables. Un énorme tonneau de chêne rempli de bière fraîche accueillait les convives à l'entrée. Dix caisses de bière étaient empilées derrière le tonneau et Roosevelt avait toutes les peines du monde à décapsuler les bouteilles assez vite pour satisfaire la demande. Quand la soirée serait plus avancée, il s'enivrerait comme les autres et Oliver Lambert appellerait un taxi pour le raccompagner chez lui où l'attendait Jessie Frances. C'était un rituel immuable.

Little Bobby Blue Baker, le cousin de Roosevelt, était au piano demi-queue et chantait d'une voix plaintive tandis que les avocats entraient l'un après l'autre. Il assurait l'animation musicale de la première partie de la soirée. Seulement de la première partie.

Dédaignant la nourriture, Mitch prit une canette de Moosehead glacée qu'il posa sur une table, près du piano. Lamar le suivit avec des crevettes. Ils observèrent leurs confrères qui retiraient, l'un après l'autre, veste et cravate, et faisaient honneur à la bière.

– Tu as réussi à tout finir à temps? demanda Lamar, la bouche pleine.

– Oui, j'avais fini les miens hier. J'ai travaillé avec Avery sur la déclaration de Sonny Capps jusqu'à 17 heures. C'est terminé.

– Combien?

– Deux cent cinquante mille.

– Aïe! s'écria Lamar en levant sa bouteille dont il vida la moitié d'un trait. Il n'a jamais payé autant.

– Non, et il est furieux. Mais je ne le comprends pas. Toutes ses affaires lui ont rapporté six millions et il est fou furieux parce qu'il n'a que cinq pour cent à payer.

– Qu'en pense Avery?

– Il est inquiet. Capps l'a obligé à se rendre à Houston la semaine dernière et cela ne s'est pas très bien passé. Il est parti un soir, à minuit, en prenant le Lear, et Capps l'attendait dans son bureau à 4 heures du matin. Il était fou de rage, il a tout mis sur le dos d'Avery en le menaçant de s'adresser ailleurs l'année prochaine.

– Il dit ça tous les ans. Tu reprends une bière?

Lamar partit sans attendre la réponse et revint avec quatre Moosehead.

– Comment va la mère d'Abby? demanda-t-il.

– Pour l'instant, ça va, répondit Mitch en prenant une crevette qu'il décortiqua soigneusement. On lui a enlevé un poumon.

– Et Abby, comment va-t-elle? poursuivit Lamar, le regard fixé sur le visage de son ami.

– Elle va bien, fit Mitch en prenant une autre bière.

– Écoute, Mitch, tu sais que nos enfants vont à l'école à St. Andrews. Là-bas tout le monde sait qu'Abby a pris un congé pour des raisons de convenance personnelle. Elle est déjà partie depuis quinze jours et nous sommes inquiets.

– Tout s'arrangera. Elle avait besoin de rester seule quelque temps, mais il n'y a pas de quoi s'inquiéter.

– Allons, Mitch ! Il y a lieu de s'inquiéter quand une femme quitte le domicile conjugal sans préciser quand elle reviendra. C'est du moins ce qu'elle a dit au directeur de l'école.

– C'est vrai, elle ne sait pas quand elle reviendra. Dans un mois à peu près. Elle a eu beaucoup de mal à supporter mes horaires de bureau.

Tous les juristes étant présents, Roosevelt ferma solennellement la porte, le brouhaha se fit encore plus intense. Bobby Blue demanda à la cantonade quelles chansons on voulait.

– As-tu envisagé de changer de rythme ? demanda Lamar.

– Non, pas vraiment. Pourquoi devrais-je le faire ?

– Je suis ton ami, Mitch, et je m'inquiète pour toi. Tu ne pourras pas gagner un million de dollars la première année.

Mais si, songea Mitch. J'ai gagné un million de dollars la semaine dernière. En dix secondes, le compte de Freeport était passé de la modeste somme de dix mille dollars à un million dix mille dollars. Un quart d'heure plus tard, ce compte était clos et l'argent en sécurité dans une banque suisse. Prodiges des transferts de fonds ! A cause de ce million de dollars, il assistait pour la première et la dernière fois de sa courte mais prometteuse carrière à la soirée du 15 avril. Et cet excellent ami, débordant de sollicitude, serait très vraisemblablement derrière les barreaux avant peu. Lui et toute l'assistance de cette salle, à l'exception de Roosevelt. A moins que Tarrance, grisé par son succès, n'inculpe Roosevelt et Jessie Frances, juste pour le plaisir.

Puis viendrait le temps des procès. « Moi, Mitchell Y. McDeere, je jure solennellement de dire la vérité, toute la vérité, rien que la vérité. Je le jure devant Dieu. »

Il prendrait place à la barre des témoins et accuserait son excellent ami Lamar dont la femme et les enfants, sanglotant doucement, seraient assis au premier rang du prétoire.

Mitch vida sa deuxième bouteille de bière et attaqua la troisième.

– Je le sais bien, Lamar, mais je n'ai pas l'intention de ralentir l'allure. Abby s'adaptera et tout ira bien.

– Puisque tu le dis... Kay aimerait que tu viennes dîner demain. Nous ferons griller une côte de bœuf et nous mangerons dans le patio. Qu'est-ce que tu en dis ?

– J'accepte, à une condition. Pas un mot sur Abby. Elle est partie voir sa mère malade et elle reviendra. D'accord ?

– Bien sûr. C'est d'accord.

Avery vint s'asseoir de l'autre côté de la table avec une assiette de crevettes qu'il commença à décortiquer.

– Nous étions justement en train de parler de Capps, dit Lamar.

– Vous n'avez pas un sujet de conversation plus agréable ?

Quand Avery eut décortiqué une demi-douzaine de crevettes, Mitch tendit prestement la main pour les saisir et les fourra toutes dans sa bouche.

Avery eut un regard triste et las. Il avait les yeux rougis par la fatigue. Il essaya vainement de trouver un commentaire approprié, puis se résigna à manger le reste de ses crevettes sans les décortiquer.

– Je regrette qu'on leur ait enlevé la tête, dit-il entre deux bouchées. C'est bien meilleur avec la tête.

Mitch prit deux autres poignées de crevettes et commença à les croquer.

– Moi, j'aime les queues, fit-il. C'est toujours ce que j'ai préféré.

– Vous plaisantez? lança Lamar en les regardant, bouche bée.

– Pas du tout, répondit Avery. Quand j'étais gamin, à El Paso, je prenais mon filet et je partais pêcher avec les copains. On mangeait les crevettes sur place, encore vivantes. Elles croquaient sous la dent.

– Des crevettes, à El Paso?

– Oui, il y en a des quantités dans le Rio Grande.

Lamar repartit chercher des bières. L'alcool et le bruit s'ajoutaient au mélange de fatigue et de tension nerveuse. Bobby Blue jouait Steppenwolf. Nathan Locke lui-même souriait et parlait haut, comme tout le monde. Roosevelt vida cinq nouvelles caisses de bière dans le tonneau.

A 22 heures, les chants commencèrent. Après s'être débarrassé de son nœud papillon, Wally Hudson grimpa sur une chaise, près du piano, et soutenu par un chœur enthousiaste, se lança dans un pot-pourri de chansons à boire australiennes. Le restaurant étant fermé, le bruit ne dérangeait personne. Kendall Mahan lui succéda. Il avait joué au rugby à Cornell et son répertoire de chansons paillardes était stupéfiant. Cinquante voix avinées et discordantes l'accompagnèrent dans l'allégresse.

Mitch s'excusa pour aller aux toilettes. Un serveur ouvrit la porte de service et il sortit sur le parking. De loin, les chants étaient plus agréables à entendre. Mitch commença à se diriger vers sa voiture, mais il rebroussa chemin et revint se poster près d'une fenêtre du restaurant. Debout dans l'obscurité, près de l'angle du bâtiment, il regarda et écouta. Kendall était au piano et entraînait le chœur des confrères dans un refrain obscène.

Des voix joyeuses, des voix d'hommes riches et heureux. Il les observa l'un après l'autre, assis autour des tables. Les visages étaient cramoisis, les yeux brillants. C'étaient ses amis, de bons pères de famille, avec femme et enfants, et ils participaient tous à une terrible conspiration.

L'année précédente, Joe Hodge et Marty Kozinski chantaient avec les autres.

L'année précédente, il n'était encore qu'un brillant étudiant de Harvard, convoité par plusieurs cabinets juridiques.

Aujourd'hui, il était millionnaire et, bientôt, sa tête serait mise à prix. Étonnant, tout ce qui peut se passer en un an.

Continuez à chanter, les gars.

Mitch pivota sur lui-même et s'éloigna de la fenêtre.

Vers minuit, la file des taxis commença à s'allonger sur Madison Street et les avocats les plus prospères de Memphis furent traînés ou transportés sur les banquettes arrière. Oliver Lambert, le plus lucide, comme de juste, supervisait l'évacuation dans quinze voitures de ses confrères incapables de tenir debout.

Au même moment, à l'autre bout de la ville, deux camionnettes Ford, marine et jaune, portant sur leurs flancs l'inscription : « Dustbusters », s'arrêtèrent devant la barrière du parking de Front Street. Dutch Hendrix ouvrit et fit signe de passer. Les deux véhicules reculèrent jusqu'à la porte de derrière et huit femmes en blouse bleue de l'entreprise de nettoyage de bureaux commencèrent à décharger des aspirateurs et des seaux remplis de produits d'entretien, puis des balais, des serpillières et des rouleaux de papier hygiénique. Elles pénétrèrent dans le bâtiment en discutant tranquillement à voix basse. Sous la direction et la surveillance des gardes qui patrouillaient dans les couloirs, les femmes de ménage nettoyèrent un étage après l'autre, en commençant par le quatrième.

Sans prêter attention aux gardes, elles s'affairaient à vider les corbeilles à papiers, à astiquer les meubles, à passer l'aspirateur et à récurer les toilettes. Une nouvelle recrue travaillait plus lentement que les autres. Elle prenait le temps de regarder autour d'elle, ouvrait des tiroirs ou des classeurs quand les gardes avaient le dos tourné.

C'était sa troisième nuit et elle commençait à connaître les lieux. En trouvant dès la première nuit le bureau de Tolar, au quatrième étage, elle avait esquissé un petit sourire.

Elle portait un vieux jean et des tennis en lambeaux. La tenue bleue de l'entreprise de nettoyage était trop grande, de manière à dissimuler sa silhouette et la faire paraître aussi forte que ses collègues. Sur sa poche de poitrine un nom était brodé : « Doris. »

Quand le deuxième étage fut presque terminé, un garde ordonna à Doris et à deux de ses collègues, Susie et Charlotte, de le suivre. Il glissa une clé dans une serrure du panneau de l'ascenseur qui descendit au sous-sol. Le garde ouvrit une lourde porte blindée et précéda les trois femmes dans une salle divisée en une douzaine de boxes contenant chacun un petit bureau couvert de papiers et dominé par un ordinateur de grandes dimensions. Il y avait des terminaux partout et des classeurs noirs étaient alignés le long des murs sans fenêtres.

— Tout le matériel est là-dedans, dit le garde en montrant un placard.

Les femmes sortirent un aspirateur et des produits d'entretien, et elles se mirent au travail.

— Ne touchez pas aux bureaux, ajouta sèchement le garde.

30

Mitch serra les lacets de ses Nike et alla s'asseoir sur le canapé, près du téléphone. Déprimé par l'absence de sa maîtresse depuis quinze jours, Cancan s'installa près de lui et essaya de trouver le sommeil. A 22 h 30 précises, le téléphone sonna : c'était Abby.

Il n'y eut pas de petits noms tendres, pas de « ma petite chérie, » de « mon amour, » de « mon cœur. » La conversation fut froide et guindée.

– Comment va ta mère ?

– Beaucoup mieux, merci. Elle se lève, elle marche, mais elle souffre encore. Le moral est excellent.

– Cela fait plaisir à entendre. Et ton père ?

– Comme d'habitude, toujours très occupé. Comment va le chien ?

– Il s'ennuie. Je crois qu'il est en train de craquer.

– Il me manque... Et le bureau ?

– Nous avons passé sans catastrophe le cap fatidique du 15 avril, tout le monde est de bien meilleure humeur. La moitié des associés sont partis en vacances dès le lendemain et tout est beaucoup plus calme.

– J'espère que tu es descendu à seize heures par jour.

Il hésita et décida de ne pas relever l'allusion. A quoi bon envenimer les choses ?

– Quand penses-tu revenir ?

– Je ne sais pas. Maman aura encore besoin de moi pendant une quinzaine de jours. Papa ne sert pas à grand-chose à la maison et la domestique ne suffit pas à s'occuper d'elle.

Elle s'interrompit, comme pour le préparer à une nouvelle désagréable.

– J'ai téléphoné à l'école, reprit-elle, je leur ai dit de ne pas compter sur moi jusqu'à la fin du semestre.

– Il reste deux mois jusqu'à la fin du semestre, dit-il sans paraître accuser le coup. Tu ne comptes pas revenir avant ?

– Au moins deux mois, Mitch. J'ai besoin de temps, c'est tout.
– Du temps pour faire quoi ?
– Ne recommençons pas, veux-tu ? Je n'ai pas envie de me disputer avec toi.
– Bon, bon, d'accord ! De quoi as-tu envie ?
Elle ne répondit pas, il y eut un long silence.
– A combien de kilomètres en es-tu, ces temps-ci ?
– A peu près trois. Je vais au stade en marchant et je fais huit tours de piste.
– Fais attention quand tu vas là-bas. C'est très mal éclairé.
– Merci.
Un nouveau silence, aussi long que le précédent.
– Il faut que j'y aille, dit-elle enfin. Maman est prête à se coucher.
– Tu m'appelleras demain soir ?
– Oui. A la même heure.
Elle raccrocha sans un « bonne nuit, » sans un « je t'aime, » sans un mot.

Mitch remonta ses chaussettes et rentra son sweat-shirt blanc dans son pantalon de jogging. Il sortit par la porte de la cuisine et s'éloigna en trottinant dans la rue obscure. Il y avait un collège, West Junior High School, à six pâtés de maisons de chez lui. Derrière les murs de brique des salles de classe et du gymnase se trouvait un terrain de base-ball et, plus loin, au bout d'une allée ténébreuse, un terrain de football ceinturé par une piste en cendrée très fréquentée par les joggeurs du quartier.

Mais pas à 23 heures, par une nuit sans lune. La cendrée était déserte et cela faisait l'affaire de Mitch. L'air était vif, et il couvrit les quatre premiers tours en huit minutes. Puis il en fit un cinquième en marchant. En passant devant les tribunes de la ligne d'arrivée, il aperçut du coin de l'œil une silhouette, mais il ne s'arrêta pas.
– Psitt !
Mitch s'immobilisa.
– Oui... Qui est là ?
– Joey Morolto, répondit une voix grave et râpeuse.
– Très drôle, Tarrance. La voie est libre ?
– Mais oui, la voie est libre. Laney fait le guet dans un car scolaire, armé d'une torche. Il a déjà fait le signal annonçant que tout allait bien. Mais si vous voyez clignoter une lumière rouge, repartez sur la piste et faites comme si vous étiez Carl Lewis.
Ils gagnèrent le sommet des tribunes et pénétrèrent dans la petite cabine de presse où ils trouvèrent des tabourets. De leur cage vitrée, plongée dans l'obscurité, ils devinaient le collège et les cars de ramassage scolaire parfaitement alignés le long de l'allée.
– Cet endroit est-il assez intime pour vous ? demanda Mitch.

– Ça ira. Qui est la fille ?

– Je sais que vous préférez les rencontres en plein jour, surtout lorsqu'il y a foule, dans un snack ou un magasin de chaussures, par exemple. Moi, je préfère des endroits plus discrets.

– Très bien. Qui est la fille ?

– Bonne idée, non ?

– Excellente. Qui est-elle ?

– Une employée.

– Où l'avez-vous trouvée ?

– Quelle importance ? Pouquoi posez-vous toujours des questions oiseuses ?

– Comment cela, oiseuses ? J'ai reçu aujourd'hui un coup de téléphone d'une femme que je n'ai jamais rencontrée et qui m'a dit qu'elle voulait absolument me parler de quelque chose se rapportant à l'immeuble Bendini. Elle m'a demandé d'entrer dans une cabine téléphonique, devant une épicerie, et d'être à l'heure. Elle avait dit qu'elle appellerait à 13 h 30, elle l'a fait à l'heure dite. Trois de mes hommes, dans un rayon de trente mètres autour de la cabine, surveillaient tous les mouvements des passants. Elle m'a demandé de venir ici à 22 h 45 précises et de boucler le secteur en attendant votre arrivée.

– Ça a marché, non ?

– Oui, jusqu'à présent. Mais qui est cette femme ? Ce que je veux dire, c'est que vous avez mis quelqu'un d'autre dans le bain et cela m'inquiète. Que sait-elle exactement ?

– Faites-moi confiance, Tarrance. Cette femme est mon employée, elle est au courant de tout. Si vous en saviez aussi long qu'elle, vous seriez en ce moment même en train de rédiger vos inculpations au lieu de me poser des questions oiseuses.

– Très bien, soupira Tarrance après un instant de réflexion. Dites-moi plutôt ce qu'elle sait.

– Elle sait que, depuis trois ans, la famille Morolto et ses complices ont réussi à faire passer à l'étranger plus de huit cents millions de dollars en espèces, qu'ils ont déposés dans différentes banques des Antilles. Elle connaît ces banques, les numéros des comptes, les dates et un tas d'autres choses. Elle sait que les Morolto contrôlent au moins trois cent cinquante sociétés basées aux Caïmans et que ces sociétés envoient régulièrement de l'argent blanchi aux États-Unis. Elle connaît les dates et les montants des mouvements de fonds. Elle connaît au moins une quarantaine de sociétés américaines contrôlées par des sociétés des îles Caïmans et appartenant aux Morolto. Elle sait énormément de choses, Tarrance. Elle est bien informée.

Incapable de dire un mot, Tarrance regardait droit devant lui, dans l'obscurité.

– Elle sait, poursuivit Mitch, qui semblait beaucoup s'amuser, comment ils changent l'argent sale en billets de cent dollars et comment ils lui font passer les frontières.

– Comment ?

– Par le Lear de la firme, bien sûr, mais aussi par petites quantités. Ils ont une armée de mules, composée de leurs hommes de main et de leurs amies, mais aussi d'étudiants et autres passeurs d'occasion. Ils donnent à chacun neuf mille huit cents dollars en espèces et leur achètent un billet d'avion pour les Caïmans ou les Bahamas. Au-dessous de dix mille dollars aucune déclaration n'est exigée. Les mules prennent l'avion comme des touristes normaux, les poches pleines d'argent liquide qu'ils vont déposer dans les banques. Cette somme paraît dérisoire, mais, si l'on imagine trois cents personnes faisant chacune vingt voyages par an, on arrive à un total assez impressionnant. On les appelle aussi les fourmis. Vous le saviez, vous ?

Tarrance hocha la tête en silence, comme s'il savait.

– Des tas de gens ont envie de passer gratuitement des vacances au soleil, avec un peu d'argent de poche, reprit Mitch. Et puis il y a les supermules. Ce sont des hommes des Morolto, des hommes de confiance, qui prennent un million de dollars, enveloppent soigneusement les billets dans du papier journal pour qu'ils échappent aux détecteurs des aéroports et les placent dans de grosses serviettes qu'ils gardent avec eux dans l'avion. Ils sont habillés comme à Wall Street. D'autres portent sandales et chapeau de paille et transportent l'argent dans leurs bagages à main. Vos hommes en appréhendent un de temps en temps, disons un sur cent, et la supermule va en prison. Mais elle ne parle jamais, n'est-ce pas, Tarrance ? Il arrive aussi qu'un de ces passeurs pense à tout l'argent qu'il a sur lui, se dise qu'il serait facile de le garder et de le dépenser tout seul, et il s'évanouit dans la nature. Mais la mafia n'oublie jamais et, même si cela prend un ou deux ans, elle le retrouve. L'argent aura disparu, bien entendu, mais la mule disparaît aussi. La mafia n'oublie jamais, Tarrance, et elle ne m'oubliera pas non plus.

Pour Tarrance, qui avait écouté en silence, le moment était manifestement venu de dire quelque chose.

– Vous avez votre million de dollars, non ?

– J'en suis ravi. Et il est presque temps de songer au versement suivant.

– Presque ?

– Oui, j'ai encore une ou deux choses à faire avec l'aide de cette femme. Nous allons essayer de faire sortir quelques documents supplémentaires de Front Street.

– Combien en avez-vous à l'heure actuelle ?

– Plus de dix mille.

Bouche bée, Tarrance considéra Mitch d'un air incrédule.

– Bon Dieu! D'où viennent-ils?

– Encore une de vos questions oiseuses.

– Dix mille documents, murmura Tarrance entre ses dents.

– Au moins dix mille. Relevés de comptes, procès-verbaux, statuts des sociétés, bordereaux de mouvements de fonds, notes à usage interne, correspondance de toute sorte. Des tas de choses passionnantes, Tarrance.

– Votre femme a mentionné la société Dunn Lane. Nous avons étudié les dossiers que vous nous avez déjà remis et qui nous ont beaucoup intéressés. Que savez-vous d'autre sur cette société?

– Beaucoup de choses. Créée en 1986 avec dix millions de dollars, virés d'un compte numéroté de la Banco de Mexico. Ces dix millions sont arrivés à Grande Caïman à bord du Lear privé d'un cabinet juridique de Memphis que nous connaissons bien. La somme était à l'origine de quatorze millions, mais, après avoir arrosé les douaniers et les banquiers des Caïmans, elle s'est trouvée réduite à dix. Quand la société a été enregistrée, le mandataire était un certain Diego Sánchez, un des vice-présidents de la Banco de Mexico. Le président était un homme charmant du nom de Nathan Locke, le secrétaire notre vieil ami Royce McKnight et le trésorier de cette petite société discrète s'appelait Al Rubinstein. Je ne sais pas qui c'est, mais je suis sûr que vous le connaissez.

– C'est un des hommes de confiance des Morolto.

– Quelle surprise! Vous voulez d'autres détails?

– Continuez.

– Après les dix millions de l'investissement initial, neuf millions supplémentaires ont été versés pendant les trois années suivantes. Une entreprise très lucrative. La société a effectué de nombreuses acquisitions sur le territoire des États-Unis. Plantations de coton au Texas, immeubles résidentiels à Dayton, bijouteries à Beverly Hills, hôtels à St. Petersburg et Tampa. La plupart des transactions ont été effectuées par des virements de fonds depuis quatre ou cinq banques des Caïmans. L'exemple typique de blanchiment de l'argent sale.

– Et vous disposez de toutes les preuves?

– Votre question est stupide, Tarrance. Si je n'étais pas en possession des documents, comment pourrais-je savoir tout cela? N'oubliez pas que l'on ne m'a toujours fait travailler que sur des dossiers propres.

– Combien de temps encore vous faut-il?

– Une quinzaine de jours. Nous continuons, mon employée et moi-même, à fureter partout dans l'immeuble de Front Street. Et les choses ne se présentent pas très bien. Il sera difficile de sortir des dossiers.

– D'où proviennent les dix mille documents que vous avez déjà ?

Mitch ne répondit pas. Il se leva d'un bond et se dirigea vers la porte de la cabine de presse.

– Nous avons décidé avec Abby de vivre à Albuquerque. C'est une ville assez importante, un peu à l'écart des grandes voies de communication. Vous pouvez commencer à préparer le terrain.

– Ne vous emballez pas ! Il y a encore beaucoup à faire !

– Je vous ai dit quinze jours, Tarrance. Dans quinze jours, je serai prêt à tout vous remettre et il faudra que je disparaisse aussitôt de la circulation.

– Pas si vite ! J'ai besoin de jeter un coup d'œil à vos documents.

– Vous avez la mémoire courte, Tarrance. Ma femme vous a promis un gros paquets de documents sur la société Dunn Lane dès que Ray se serait fait la belle.

– Je vais voir ce que je peux faire, grommela Tarrance, la tête tournée vers le stade.

Mitch s'avança vers lui et agita l'index devant son visage.

– Écoutez-moi, Tarrance, et écoutez-moi bien ! Je crains que nous ne nous soyons pas bien compris. Nous sommes aujourd'hui le 17 avril, dans deux semaines, ce sera le 1er mai. Comme convenu, je vous remettrai ce jour-là plus de dix mille documents compromettants et valables aux yeux de la justice, qui vous permettront de porter un coup terrible à l'une des plus puissantes familles de la mafia. Selon toute vraisemblance, cela me coûtera la vie, mais je me suis engagé à le faire. De votre côté, vous vous êtes engagé à faire sortir mon frère de prison. Je vous accorde une semaine. Si vous n'avez pas tenu parole d'ici au 24 avril, je disparaîtrai et vous pourrez faire une croix sur les Morolto et sur votre carrière.

– Que fera votre frère quand il sera sorti ?

– Décidément, vous avez le don de poser des questions stupides ! Que voulez-vous qu'il fasse ? Il foutra le camp loin d'ici ! Son frère, qui possède un million de dollars, est expert en blanchiment de l'argent sale et en transferts de fonds internationaux. Il aura quitté les États-Unis en douze heures et il ira chercher le million de dollars.

– Aux Bahamas ?

– Vous êtes vraiment bouché, Tarrance ! L'argent est resté moins de dix minutes aux Bahamas. On ne peut pas faire confiance à ces idiots corrompus.

– M. Voyles ne supporte pas les ultimatums. Cela le met dans tous ses états.

– Dites à M. Voyles qu'il peut aller se faire voir, qu'il prépare le demi-million suivant, car je suis presque prêt. Dites-lui de faire sortir mon frère, sinon le marché est rompu. Dites-lui ce que vous voulez, Tarrance, mais, si Ray n'est pas libre dans une semaine, vous n'entendrez plus jamais parler de moi !

Mitch sortit en claquant la porte et dévala les marches des tribunes.

– Quand nous revoyons-nous ? cria Tarrance qui l'avait suivi de loin.

Mitch commença à trottiner sur la cendrée.

– Mon employée vous appellera. Faites exactement ce qu'elle vous dira.

31

Les vacances annuelles de Nathan Locke à Vail, trois jours après l'échéance du 15 avril, avaient été annulées. Par DeVasher, sur ordre de Lazarov. Assis dans le bureau du cinquième étage, Locke et Lambert écoutaient le chef de la sécurité énumérer les éléments épars dont il disposait et s'efforcer, en vain, d'assembler les pièces du puzzle.

— Sa femme le quitte. Elle prétend qu'elle doit aller s'occuper de sa mère atteinte d'un cancer du poumon. Elle dit qu'elle en assez de la vie qu'il lui fait mener. Nous avions remarqué des frictions au fil des mois : elle se plaignait en particulier de ses heures de travail, mais rien ne laissait supposer que la situation fût si grave. Elle part donc voir sa mère en disant qu'elle ne sait pas quand elle reviendra. Sa mère malade, à qui on a enlevé un poumon, vous me suivez ? Eh bien, imaginez-vous que nous n'avons trouvé trace nulle part d'une Maxine Sutherland. Nous avons ratissé les hôpitaux du Kentucky, de l'Indiana et du Tennessee. Curieux, n'est-ce pas ?

— Allons, DeVasher, objecta Lambert, ma femme s'est fait opérer il y a quatre ans et elle a été admise à la clinique Mayo. Il n'y a pas, à ma connaissance, de loi qui impose de se faire opérer à moins de cent cinquante kilomètres de chez soi. C'est ridicule. N'oubliez pas que ce sont des gens connus et elle a peut-être préféré, par discrétion, se faire inscrire sous un faux nom. C'est une pratique courante, vous savez.

Locke approuva de la tête.

— Se sont-ils beaucoup parlé au téléphone ? demanda-t-il.

— Elle l'appelle tous les jours, ils bavardent de choses et d'autres. Du chien, de la malade, du bureau. Elle lui a dit hier soir qu'elle ne reviendrait probablement pas avant deux mois.

— A-t-elle déjà mentionné le nom de l'hôpital ? demanda Locke.

— Jamais. Elle fait très attention à ce qu'elle dit et elle n'a pas donné beaucoup de détails sur l'opération. Sa mère est censée être rentrée chez elle, si elle en est jamais sortie.

– Où voulez-vous en venir, DeVasher?

– Taisez-vous, Ollie, et laissez-moi finir! Imaginons simplement que tout cela ne soit qu'un subterfuge pour la mettre à l'abri aussi bien de nous que de ce qui va bientôt éclater. Vous me suivez?

– Vous supposez qu'il travaille avec eux? demanda Locke.

– Je suis payé pour faire ce genre de supposition, Nat. Oui, je suppose qu'il sait que les téléphones sont sur écoute et cela expliquerait pourquoi ils sont si prudents. Oui, je suppose qu'il l'a éloignée de Memphis pour la protéger.

– C'est tiré par les cheveux, murmura Lambert. Vraiment tiré par les cheveux.

DeVasher se mit à aller et venir derrière son bureau. Il lança un regard noir à Lambert, mais s'abstint de tout commentaire.

– Il y a une dizaine de jours, reprit-il après un silence, quelqu'un a fait un grand nombre de copies, très inhabituel, au quatrième étage. C'est d'autant plus curieux qu'il était 3 heures du matin. Or, d'après nos registres, il n'y avait que deux personnes dans le bâtiment à l'heure où les copies ont été faites : McDeere et Scott Kimble. Ni l'un ni l'autre n'avait rien à faire au quatrième. Sur les vingt-quatre codes d'accès utilisés, trois font partie des dossiers de Lamar Quin et trois sont ceux de Sonny Capps. Les dix-huit codes d'accès restants sont ceux des dossiers de McDeere, aucun n'a rien à voir avec Kimble. Quand Victor Milligan est parti, à 2 h 30, McDeere travaillait dans le bureau d'Avery, après l'avoir accompagné à l'aéroport. Avery pense avoir fermé sa porte à clé, mais il n'en est pas tout à fait certain. Il a oublié, ou McDeere avait un double de la clé. J'ai demandé à Avery de faire un effort pour se souvenir et il a la quasi-certitude d'avoir fermé en partant, mais il était épuisé et très pressé : il aurait pu oublier. En tout cas, il n'a jamais autorisé McDeere à retourner travailler dans son bureau. Il faut dire qu'ils avaient passé toute la journée sur la déclaration de revenus de Capps. Le copieur utilisé, le numéro onze, se trouve être le plus proche du bureau d'Avery. Je pense que nous pouvons raisonnablement supposer que les reproductions ont été faites par McDeere.

– Combien?

– Deux mille douze.

– Quels dossiers?

– Les dix-huit codes utilisés sont ceux des clients dont il a rédigé la déclaration de revenus. Je suis sûr qu'il serait capable de tout expliquer en disant qu'il avait fini son travail et qu'il faisait un double des documents. L'explication pourrait paraître légitime, mais ce sont les secrétaires qui se chargent de ce travail. Quelle idée de faire deux mille copies au quatrième étage, à 3 heures du matin, dans la nuit du 6 au 7 avril ? Combien d'entre vous avaient terminé les déclarations une semaine à l'avance ?

DeVasher cessa de marcher et fit face aux associés qui réfléchissaient. Il les sentait vaciller.

– Et ce n'est pas tout, reprit le chef de la sécurité. Cinq jours plus tard, la secrétaire de McDeere a utilisé les mêmes codes d'accès sur son propre copieur du deuxième étage. Elle a fait à peu près trois cents copies. Je ne suis pas spécialiste, mais ce nombre me paraît plus plausible. Qu'en dites-vous, messieurs ?

Ils hochèrent la tête d'un même mouvement, mais gardèrent le silence. Les avocats chevronnés, habitués à tourner et retourner une question en tous sens, gardèrent le silence. DeVasher eut un petit sourire de triomphe et reprit ses allées et venues derrière le bureau.

– Nous savons donc qu'il a fait deux mille copies sans explication valable. La question est maintenant de savoir ce qu'il a photocopié. S'il a eu recours à de faux codes d'accès pour se servir de la machine, que voulait-il donc reproduire ? J'avoue que je l'ignore. Tous les bureaux étaient fermés, sauf, bien entendu, celui d'Avery. J'ai donc interrogé notre ami Tolar. Il a dans son bureau plusieurs classeurs métalliques où il conserve les vrais dossiers. Les classeurs sont fermés à clé, mais McDeere, les secrétaires et lui-même avaient fouillé toute la journée dans ces classeurs. Il aurait pu oublier de les refermer avant d'aller prendre son avion. La belle affaire ! Pourquoi McDeere se serait-il amusé à photocopier de vrais dossiers ? Mais, comme tout le monde au quatrième étage, Avery a également dans son bureau les quatre classeurs en bois contenant les dossiers sensibles, que personne n'a le droit de toucher, pas même les autres associés. Ils sont mieux protégés que mes propres archives. Pour y avoir accès, McDeere avait besoin d'une clé. Avery m'a montré les siennes et m'a assuré qu'il n'avait pas ouvert ces classeurs depuis deux jours, donc avant le 7 avril. Il a parcouru les dossiers et m'a dit que tout semblait en ordre, mais il ne pouvait affirmer si quelqu'un y avait touché. Êtes-vous capables, en regardant un de vos dossiers, de savoir s'il a été copié ? Certainement pas... Et moi non plus. J'ai donc sorti les dossiers ce matin pour les expédier à Chicago et faire relever les empreintes digitales. Cela prendra une semaine.

– Il n'a pas pu copier ces dossiers-là, protesta Lambert.

– Qu'aurait-il copié d'autre, Ollie ? Tout était bouclé au quatrième et au troisième. Tout, sauf le bureau d'Avery. En supposant que McDeere voie Tarrance en cachette, qu'est-ce qui, dans le bureau d'Avery, pourrait l'intéresser sinon les dossiers secrets ?

– Vous supposez donc qu'il a les clés, dit Locke.

– Oui, je suppose qu'il en a fait faire un double.

– C'est incroyable ! lança Oliver Lambert avec un ricanement d'exaspération. Je n'en crois pas un mot.

– Et comment les aurait-il fait reproduire ? demanda Locke avec un vilain sourire.

– Bonne question et je n'ai pas de réponse. Avery m'a montré ses deux trousseaux. Onze clés en tout, dont il ne se sépare jamais, conformément à la règle maison. Comme tout bon juriste est censé faire. Pendant la journée, les clés restent dans sa poche. Quand il ne dort pas chez lui, il les met sous le matelas.

– Où est-il allé depuis un mois ? demanda l'homme aux yeux de jais.

– Ne nous occupons pas du voyage à Houston la semaine dernière pour aller voir Capps et qui est trop récent. Avant cela, il est parti deux jours à Grande Caïman. C'était le 1er avril.

– Je m'en souviens, glissa Lambert, très attentif.

– Un bon point pour vous, Ollie. Je lui ai demandé ce qu'il avait fait pendant les deux nuits et il m'a répondu qu'il avait travaillé. Il a reconnu être sorti prendre un verre un soir, mais m'a juré qu'il avait passé seul les deux nuits.

DeVasher enfonça une touche sur un magnétophone portable.

– Il ment, poursuivit-il. L'appel téléphonique que vous allez entendre a été donné le 2 avril, à 9 h 15, de l'appareil de la chambre de l'appartement A.

Première voix de femme :

« – Il est sous la douche. »

Seconde voix de femme :

« – Tout va bien ?

– Oui, ça va. Il est bien incapable de faire quoi que ce soit.

– Pourquoi avez-vous attendu si longtemps ?

– Il ne se réveillait pas.

– Est-ce qu'il se doute de quelque chose ?

– Non. Il ne se souvient de rien et je pense qu'il a mal partout.

– Combien de temps allez-vous rester là-bas ?

– Je vais attendre qu'il sorte de la douche pour lui dire au revoir. Mettons dix minutes, un quart d'heure.

– D'accord. Faites vite. »

DeVasher enfonça une autre touche et la bande s'arrêta.

– Je n'ai pas la moindre idée de l'identité de ces femmes, dit-il en se remettant à marcher, et je n'ai pas encore fait écouter la bande à Avery. Il m'inquiète, vous savez. Sa femme a engagé une procédure de divorce et il est en train de perdre les pédales. Il passe son temps à courir le jupon. C'est un grave manquement aux règles de sécurité et je pense que Lazarov va voir rouge.

– D'après ce qu'elle a dit, il aurait eu une terrible gueule de bois, fit doucement Locke.

– Cela ne fait aucun doute.

– Pensez-vous qu'elle ait fait faire un double des clés ? demanda Lambert.

DeVasher haussa les épaules et se laissa tomber dans son vieux fauteuil de cuir. Toute sa suffisance s'était envolée.

– Possible, dit-il, mais j'en doute. J'ai passé des heures à tourner et retourner le problème en tous sens. En supposant qu'il s'agisse d'une femme levée dans un bar, ils ont dû beaucoup boire et rentrer tard. Comment aurait-elle pu faire reproduire les clés en pleine nuit, sur cette île minuscule ? Je ne crois pas que ce soit possible.

– Mais elle avait une complice, objecta Locke.

– En effet, et là, je ne comprends pas. Peut-être avaient-elles l'intention de voler son portefeuille et cela n'a pas marché comme elles l'espéraient. Tolar a toujours sur lui deux mille dollars en espèces et, l'alcool aidant, qui sait ce qu'il a pu leur raconter ? Peut-être avait-elle prévu de prendre le fric au dernier moment et de s'enfuir à toutes jambes. Mais elle ne l'a pas fait et je ne sais pas pourquoi.

– Vous n'avez plus de suppositions ? demanda Lambert.

– Pas pour l'instant. J'adore faire des suppositions, mais, dans le cas présent, il faudrait imaginer que ces femmes ont subtilisé les clés, qu'elles ont réussi à les faire reproduire sur l'île, en pleine nuit, et que la première est revenue finir la nuit dans le lit d'Avery. Il faudrait encore imaginer qu'il y a un rapport avec McDeere et l'utilisation du copieur du quatrième étage. C'est trop, même pour moi.

– Je suis d'accord, dit Lambert.

– Et les documents de la réserve ? demanda Locke.

– J'y ai pensé, Nat. En fait, j'y pense tellement que je n'arrive plus à trouver le sommeil. Si cette femme était intéressée par les documents de la réserve, il doit y avoir un lien avec McDeere ou un autre fouineur. Et je n'arrive pas à trouver ce lien. En admettant qu'elle ait découvert la réserve, qu'aurait-elle pu faire des documents en pleine nuit, sachant qu'Avery dormait dans l'appartement ?

– Elle a pu les lire.

– Oui, il n'y a qu'un million de feuilles. N'oublions pas qu'il lui a fallu boire toute la soirée avec Avery, sinon il aurait eu la puce à l'oreille. Elle passe donc la moitié de la nuit à boire et à baiser, puis elle attend qu'il s'endorme et elle est brusquement saisie d'une envie irrépressible de descendre lire une montagne de relevés de comptes. C'est un peu gros, non ?

– Peut-être travaille-t-elle pour le F.B.I., suggéra Lambert.

– Impossible.

– Pourquoi ?

– C'est très simple, Ollie. Le F.B.I. n'agirait jamais ainsi, car la fouille ne serait pas légale et les preuves ne pourraient être admises par la justice. Et il y a une meilleure raison.

– Laquelle.

– Si elle était un agent fédéral, elle n'aurait pas utilisé le téléphone du duplex. Jamais un professionnel n'aurait commis cette imprudence. Non, je crois qu'il s'agissait d'une voleuse.

On présenta la théorie de la voleuse à Lazarov qui chercha toutes les failles possibles, mais ne put rien trouver de plus satisfaisant. Il donna l'ordre de changer les serrures des troisième et quatrième étages ainsi que celles du sous-sol de l'immeuble Bendini et des deux appartements de Grande Caïman. Il donna l'ordre de rechercher les serruriers de l'île – il ne devait pas y en avoir des centaines – pour savoir si l'un d'eux avait reproduit des clés dans la nuit du 1er au 2 avril. Offrez-leur de l'argent, dit-il à DeVasher. L'argent délie toutes les langues. Il donna également l'ordre de relever les empreintes digitales sur les dossiers qui se trouvaient dans le bureau d'Avery. DeVasher lui signala non sans fierté que des recherches étaient déjà en cours et que les empreintes de McDeere figuraient dans son dossier d'inscription au barreau de l'État.

Lazarov prononça également une suspension de six jours d'Avery Tolar. DeVasher objecta que cette mesure disciplinaire risquait d'alerter McDeere. Lazarov lui demanda donc d'ordonner à Tolar de se faire hospitaliser pour des douleurs dans la région cardiaque. Deux mois de repos : ordre de la faculté. Il lui recommanda de prévenir Tolar qu'il devait changer de comportement et fermer son bureau à double tour. Quant à McDeere, il assisterait dorénavant Victor Milligan.

– Vous m'avez dit que vous aviez un plan pour éliminer McDeere, glissa DeVasher.

– Ouais, j'en ai un, fit Lazarov avec un sourire, en se grattant le nez. Je crois que nous allons nous servir de l'avion. Nous allons l'envoyer aux îles Caïmans pour un petit voyage d'affaires et une mystérieuse explosion détruira l'appareil.

– Vous allez sacrifier les deux pilotes ?

– Oui, oui. Il faut que ça fasse vrai.

– L'explosion ne doit pas se produire trop près de l'île. La coïncidence pourrait éveiller les soupçons.

– C'est vrai, mais il faut qu'elle ait lieu au-dessus de la mer. Comme nous utiliserons un engin assez puissant, on ne retrouvera pas beaucoup de débris.

– Mais l'avion vaut très cher.

– Je sais, il faut d'abord que j'en parle à Joey.

– C'est vous le patron. Si nous pouvons vous donner un coup de main, faites-le-moi savoir.

– Bien sûr. Vous pouvez commencer à prendre des dispositions.

– Et votre informateur à Washington ? demanda DeVasher.

– J'attends. J'ai appelé New York ce matin et ils s'en occupent. Nous devrions être fixés dans une semaine.

– Cela nous simplifiera la tâche.

– Oui. Si la réponse est affirmative, il faudra l'éliminer dans les vingt-quatre heures.

– Je me mets tout de suite au travail.

L'immeuble était exceptionnellement calme pour un samedi matin. Une poignée d'associés et pas plus d'une douzaine de collaborateurs se promenaient en polo dans les couloirs. Il n'y avait pas une secrétaire en vue. Mitch ouvrit son courrier, dicta quelques lettres et repartit au bout de deux heures. Il était temps d'aller rendre visite à Ray.

Pendant cinq heures, il roula n'importe comment sur l'autoroute I 40, tantôt à soixante-dix kilomètres à l'heure, tantôt à cent quarante. Il s'arrêta à chaque station-service, à chaque aire de repos, en quittant la file de gauche au dernier moment. Il s'arrêta à la sortie d'un tunnel et attendit. Jamais il ne les vit. Jamais il ne remarqua un seul véhicule suspect. Il prit même le temps de regarder passer les semi-remorques. Rien. Personne ne l'avait suivi.

Son colis de livres et de cigarettes fut fouillé par un gardien qui lui indiqua le box numéro quatorze. Quelques minutes plus tard, Ray entra dans le parloir et vint s'asseoir de l'autre côté de la lourde grille.

– Où étais-tu passé ? demanda-t-il à son frère avec une pointe d'irritation. Tu es le seul être au monde qui s'intéresse encore à moi et ce n'est que la deuxième fois que tu viens en quatre mois !

– Je sais, Ray. C'était l'époque des déclarations de revenus et j'étais débordé de travail. Mais je t'ai écrit.

– Oui, deux mots une fois par semaine ! « Salut Ray. Tu dors bien ? Tu manges bien ? Tu te sens bien dans ta cellule ? Tu fais des progrès en grec ou en italien ? Moi, ça va. Abby est en pleine forme. Le chien est malade. Il faut que je me dépêche. Je passerai bientôt te voir. Je t'embrasse. Mitch. » Ce sont vraiment de longues missives que m'envoie mon cher frère.

– Les tiennes ne valent guère mieux.

– Que pourrais-je bien te raconter ? Que les matons vendent de la dope ? Qu'un copain a reçu trente et un coups de couteau ? Que j'ai vu un gamin se faire violer ? Allons, Mitch, qui cela intéresse-t-il ?

– Je ferai des efforts.

– Comment va maman ?

– Je ne sais pas. Je n'y suis pas retourné depuis Noël.

– Je t'avais demandé de vérifier que tout allait bien, Mitch. Elle m'inquiète, tu sais... Si cette ordure la tabasse, je veux que cela cesse. Si seulement je pouvais sortir d'ici, je m'en occuperais.

– Tu vas sortir.

C'était une affirmation qui ne laissait pas de place au doute. Mitch mit un doigt sur ses lèvres et hocha lentement la tête. Ray se pencha vers lui en s'appuyant sur les coudes et le regarda en ouvrant de grands yeux.

– *Español*, reprit Mitch à voix basse. *Hable despacio*. Parle lentement.

– *¿Cuándo?* demanda Ray avec un petit sourire.

– *La semana próxima.*

– *¿Qué día?*

– *Martes o miércoles*, répondit Mitch après un instant de réflexion. Mardi ou mercredi.

– *¿Qué tiempo?* A quelle heure?

Mitch haussa les épaules en souriant, puis il fit du regard le tour du parloir.

– Et comment va Abby? demanda Ray.

– Elle est dans le Kentucky depuis une quinzaine de jours, répondit Mitch. Sa mère est malade.

Il planta son regard dans celui de Ray et forma silencieusement avec les lèvres les mots : « Fais-moi confiance. »

– De quoi souffre-t-elle?

– On lui a enlevé un poumon. Un cancer... Elle a trop fumé toute sa vie. A propos, tu devrais t'arrêter.

– Oui, si je sors un jour d'ici.

– Il te reste encore sept ans, fit Mitch en souriant.

– Je sais, et toute évasion est impossible. De temps en temps, certains essaient, mais ils se font abattre ou reprendre.

– James Earl Ray a bien réussi à se faire la belle, non? demanda Mitch en hochant lentement la tête.

Ray sourit, les yeux fixés sur ceux de son frère.

– Mais on l'a rattrapé. Il font appel à une troupe de montagnards qui viennent avec leurs chiens de chasse et qui ne font pas de sentiment. Je ne crois pas qu'un seul évadé ait réussi à sortir vivant des montagnes.

– Si nous parlions d'autre chose, soupira Mitch.

– Bonne idée.

Deux gardiens se tenaient près d'une fenêtre, derrière la rangée des boxes des visiteurs. Ils regardaient une pile de photos cochonnes, prises au Polaroïd, qu'on avait essayé de faire passer en fraude à un détenu. Ils riaient grassement, sans prêter attention aux visiteurs. Du côté des détenus, un seul gardien allait et venait, une matraque à la main, l'air à moitié endormi.

– Quand puis-je espérer avoir des petits neveux et des petites nièces? demanda Ray.

– Peut-être dans quelques années. Abby aimerait avoir un garçon et une fille, et elle s'y mettrait maintenant, si j'étais d'accord. Mais je ne suis pas prêt.

Le gardien passa derrière Ray, mais sans tourner la tête. Les deux frères se regardèrent en essayant mutuellement de lire dans les yeux de l'autre.

– ¿*Adónde voy*? demanda vivement Ray. Où irai-je?
– Au Hilton de Perdido Beach. Je suis allé avec Abby aux îles Caïmans, le mois dernier. De merveilleuses vacances.
– Jamais entendu parler de ces îles. Où se trouvent-elles?
– Dans la mer des Caraïbes, au sud de Cuba.
– ¿*Qué es mi nombre*? Sous quel nom?
– Lee Stevens. Nous avons fait un peu de nage sous-marine. L'eau est chaude, délicieuse. La firme possède deux appartements donnant sur la plage de Seven Mile et je n'ai eu que l'avion à payer. C'était génial.
– Tu devrais m'apporter un guide touristique. Cela me ferait plaisir. ¿*Pasaporte*?
Mitch acquiesça de la tête avec un sourire. Le gardien revint et s'arrêta derrière Ray. Ils se lancèrent dans l'évocation du bon vieux temps, dans le Kentucky.

A la nuit tombante, Mitch gara la B.M.W. du côté le plus sombre d'un centre commercial de la banlieue de Nashville. Il laissa la clé sur le contact et referma la portière; il avait un double sur lui. Il se mêla aux acheteurs de Pâques, une foule grouillante qui se bousculait aux portes de Sears. Dès qu'il fut à l'intérieur du grand magasin, il se dissimula au fond du rayon des vêtements pour hommes et fit semblant de regarder les chaussettes et les cravates en surveillant la porte. Il ne remarqua rien d'anormal. Il sortit du grand magasin et s'engagea rapidement dans une rue piétonne très fréquentée où son regard fut attiré par un sweat-shirt noir, dans la vitrine d'une boutique. Il demanda sa taille, essaya le vêtement et décida de le garder. Tandis que la vendeuse lui rendait la monnaie, il chercha dans les pages jaunes le numéro d'une compagnie de taxis. En sortant, il prit un escalier mécanique qui montait dans une galerie marchande où il trouva une cabine téléphonique. Le taxi serait là dix minutes plus tard.
La nuit était tombée, avec cette fraîcheur caractéristique des nuits de printemps, dans le Sud. De l'intérieur d'un bar, Mitch surveillait l'entrée de la rue piétonne. Il était sûr de ne pas avoir été suivi. Dès qu'il vit le taxi, il se dirigea vers la voiture d'un pas dégagé.
– Brentwood, dit-il au chauffeur en s'enfonçant dans la banquette arrière. Résidence Savannah Creek, précisa Mitch vingt minutes plus tard.
Le chauffeur chercha un moment dans le groupe d'immeubles résidentiels avant de trouver le 480 E. Mitch lança un billet de vingt dollars sur le siège avant et descendit en claquant la portière. Derrière un escalier extérieur, il découvrit la porte du 480 E. Elle était fermée.
– Qui est là? demanda une voix de femme, inquiète, qui fit courir un frisson le long de la colonne vertébrale de Mitch.
– Barry Abanks, répondit-il.

La porte s'ouvrit et Abby lui sauta au cou. La bouche collée à celle de sa femme, il la souleva, franchit le seuil et referma la porte d'un coup de pied. Ses mains se promenaient partout sur le corps d'Abby et, en moins de deux secondes, son tricot était passé par-dessus sa tête, son soutien-gorge s'était envolé et sa jupe avait glissé jusqu'au sol. Ils s'embrassaient toujours. D'un seul œil, Mitch considéra avec appréhension le pauvre lit pliant de location, si fragile d'aspect. C'était cela ou la moquette. Il la déposa délicatement sur le lit et commença à se déshabiller.

Le lit était trop court, il grinçait. Le matelas, cinq centimètres de caoutchouc mousse enveloppés dans un drap, et le châssis métallique étaient inconfortables.

Mais les McDeere n'en avaient cure.

Quand il fit bien noir dans la rue piétonne et que la foule se fut éclaircie, un pick-up Chevrolet Silverado noir s'arrêta derrière la B.M.W. Un petit homme aux cheveux courts et à rouflaquettes en descendit, lança dans la rue un regard circulaire et enfonça un tournevis dans la serrure de la portière de la B.M.W. Quelques mois plus tard, quand il comparut devant le juge, il expliqua qu'il avait volé plus de trois cents véhicules dans huit États différents et qu'il était capable de forcer une serrure, et de mettre un moteur en marche plus vite que le juge ne le ferait avec les clés. Il lui fallait en moyenne vingt-huit secondes. Le juge ne fut pas impressionné par ses exploits.

Il arrivait aussi, quand la chance était avec lui, qu'il trouve une voiture sur laquelle un imbécile avait laissé les clés. Cela améliorait sensiblement sa moyenne.

Quelqu'un lui avait signalé la B.M.W. dont les clés étaient visibles de la rue. Le petit homme mit le contact en souriant. La Silverado démarra sèchement, suivie par la B.M.W.

Le Nordique bondit de sa camionnette et regarda les deux véhicules s'éloigner. Tout s'était passé trop vite, il n'avait pas pu réagir à temps. Le pick-up s'était juste arrêté quelques secondes en lui cachant la voiture. Et hop! la B.M.W. était partie! Volée! Sous son nez! Il donna un coup de pied dans la portière de la camionnette. Comment allait-il expliquer cela?

Il remonta dans son véhicule et attendit le retour de McDeere.

Au bout d'une heure de bonheur, la douleur de la séparation s'était atténuée. La main dans la main, ils firent le tour du petit appartement en échangeant mille baisers. Mitch découvrit pour la première fois dans la chambre ce qu'ils avaient nommé les Papiers Bendini. Il avait vu les notes et les résumés de Tammy, pas les véritables documents. La pièce ressemblait à une sorte d'échiquier géant, avec ses piles de papier blanc bien alignées. Sur deux des murs, Tammy avait punaisé de grandes feuilles blanches qu'elle avait recouvertes de notes, de listes et de diagrammes.

Un jour prochain, il passerait de longues heures dans cette pièce à étudier les documents et à les mettre en ordre. Mais pas cette nuit. Encore quelques minutes et il lui faudrait repartir.

Tout doucement, elle l'entraîna de nouveau vers le lit.

32

Le couloir du dixième étage, dans l'aile Madison de l'Hôpital baptiste, était presque vide. Mitch ne vit qu'un garçon de salle et un infirmier en train d'écrire sur son bloc-notes. Il était 22 h 30 et les visites se terminaient en principe à 21 heures. Il s'avança lentement dans le couloir, salua le garçon de salle, passa devant l'infirmier qui ne leva même pas la tête et frappa à la porte de la chambre.

– Entrez, dit une voix forte.

Il poussa la lourde porte et s'arrêta devant le lit.

– Bonsoir, Mitch, dit Avery. Vous n'allez jamais croire ce qui m'est arrivé.

– Que vous est-il arrivé ?

– Je me suis réveillé à 6 heures du matin avec des crampes d'estomac, du moins c'est ce qu'il me semblait. En prenant ma douche, j'ai ressenti une douleur fulgurante, là, dans l'épaule. Ma respiration est devenue difficile et j'ai commencé à transpirer. Je me suis dit : « Non, pas moi ! » Merde, j'ai quarante-quatre ans, je suis en forme, je fais de l'exercice, je mange sainement, même si je bois un peu trop. J'ai aussitôt appelé mon médecin qui m'a donné rendez-vous à l'hôpital. Il pense qu'il s'agit d'une petite crise cardiaque. Il espère qu'elle sera sans gravité, mais on va me faire des tas d'examens.

– Une crise cardiaque ?

– C'est ce qu'il a dit.

– Cela ne m'étonne pas, Avery. Ce que je trouve miraculeux, c'est que les membres de notre société parviennent à vivre jusqu'à cinquante ans.

– C'est à cause de Capps, Mitch. Cette crise cardiaque, je la lui dois. Il m'a appelé vendredi pour me dire qu'il avait trouvé un autre cabinet à Washington et pour me réclamer tous ses dossiers. C'est mon plus gros client, vous le savez bien : l'an dernier, je lui ai facturé près de quatre cent mille dollars d'honoraires, plus que le montant de ses impôts. Ce type accepte de payer des sommes exorbitantes, mais il devient fou furieux quand il s'agit de donner de l'argent au fisc. C'est grotesque!

– Il ne mérite pas qu'on risque sa vie pour lui.

Mitch chercha du regard un goutte-à-goutte, mais il n'y en avait pas. Pas plus que de tubage ni d'électrodes. Il prit place dans l'unique fauteuil et posa les pieds sur le lit.

– Vous savez que Jean a engagé une procédure de divorce, reprit Avery.

– J'en ai entendu parler. Ce n'est pas vraiment une surprise.

– La surprise, c'est qu'elle ne l'ait pas fait l'an dernier. Je lui ai proposé une petite fortune et j'espère qu'elle acceptera. Je ne veux pas que nous nous déchirions.

– Qu'en pense Lambert? demanda Mitch.

– En fait, c'est assez drôle. En dix-neuf ans, je ne l'avais jamais vu perdre son sang-froid. Eh bien, c'est arrivé! Il m'a dit que je buvais trop, que je courais le jupon et bien d'autres horreurs. Il m'a également dit que je mettais le cabinet dans l'embarras et m'a conseillé de voir un psychiatre.

Avery parlait lentement, d'un ton posé, puis, de temps en temps, sa voix se faisait bizarrement tremblante et voilée, pour reprendre juste après ses intonations normales. Il demeurait parfaitement immobile sur son lit, les draps remontés jusqu'au cou, mais son teint semblait frais.

– Je crois aussi que vous devriez voir un psychiatre, fit Mitch. Peut-être même deux.

– Je vous remercie. Ce qu'il me faut, c'est un mois au soleil. Le toubib a dit qu'il me signerait un arrêt de travail dans trois ou quatre jours et qu'il m'interdisait d'aller au bureau pendant deux mois. Soixante jours, Mitch. Interdiction d'aller au bureau, sous aucun prétexte.

– Quelle chance! Je crois que je vais avoir une petite crise cardiaque.

– Au rythme qui est le vôtre, vous avez toutes les chances.

– Vous voilà devenu médecin, maintenant?

– Non, mais j'ai la trouille. Et, quand on a la trouille, on commence à réfléchir. Aujourd'hui, pour la première fois de ma vie, l'idée de la mort m'a traversé l'esprit. Et, quand on ne pense pas à la mort, on n'apprécie pas la vie.

– Cela commence à devenir sinistre.

– Oui, je sais. Comment va Abby?

– Bien, du moins je suppose. Je ne l'ai pas vue ces temps-ci.

– Vous devriez aller la chercher et la ramener à la maison. Et aussi penser à la rendre heureuse, Mitch. Soixante heures par semaine, c'est déjà beaucoup. Si vous travaillez plus, vous allez briser votre ménage et vous tuer à la tâche. Elle veut des enfants, faites-lui des enfants! Si vous saviez comme je regrette de ne pas avoir vécu autrement.

– Allons, Avery! A quand votre enterrement? Vous avez quarante-quatre ans et vous venez d'avoir une alerte sans gravité. Vous n'êtes pas précisément un légume!

L'infirmier passa la tête dans l'embrasure de la porte et fixa sur Mitch un regard réprobateur.

– Les visites sont terminées, monsieur. Il faut partir maintenant.

– Bien sûr, dit Mitch en se levant. Je reviendrai vous voir dans deux jours, ajouta-t-il à l'adresse d'Avery en lui tapotant les pieds.

– Merci d'être venu et n'oubliez pas de saluer Abby de ma part.

La cabine de l'ascenseur était vide et Mitch appuya sur le bouton du seizième étage. Il sortit rapidement et s'élança quatre à quatre dans l'escalier, jusqu'au dix-huitième étage. Il reprit son souffle et poussa la porte du couloir. Au fond, loin des ascenseurs, Rick Acklin, aux aguets, faisait semblant de parler au téléphone. Il fit un signe de la tête à Mitch qui s'avança vers lui. Acklin indiqua du doigt une petite pièce qui faisait office de salle d'attente pour les visiteurs. Sombre et vide, elle ne contenait que deux rangées de chaises pliantes et un téléviseur éteint. Le seul éclairage provenait d'un distributeur de Coca. Assis à côté, Tarrance feuilletait une revue. Il portait un survêtement, des chaussettes bleu marine et des tennis blancs, bref, la tenue du joggeur.

Mitch s'installa à côté de lui, la tête tournée vers le couloir.

– Tout va bien, dit Tarrance. Ils vous ont suivi jusqu'au parking de l'hôpital, puis ils sont repartis. Acklin est dans le couloir et Laney fait le guet quelque part. Vous pouvez vous détendre.

– Je vois que vous avez reçu mon message.

– Très astucieux, McDeere. J'étais tranquillement assis à mon bureau, cet après-midi, et j'essayais de travailler sur autre chose que l'affaire Bendini... J'ai plusieurs dossiers, vous savez. D'un seul coup, ma secrétaire arrive et m'annonce qu'il y a au téléphone une femme qui désire me parler d'un certain Marty Kozinski. Je fais un bond, je décroche et, évidemment, je reconnais la voix de votre employée. Elle m'affirme que c'est urgent, comme toujours. Je lui dis que j'écoute son message, mais elle refuse de parler au téléphone. Elle m'oblige à tout laisser tomber et à me rendre séance tenante au Peabody où je dois attendre au bar. J'y vais et je m'installe dans un fauteuil en me disant que c'est une perte de temps stupide et que nos lignes téléphoniques sont sûres! Nous pouvons parler sans crainte au téléphone, Mitch! Je commande un café, puis le barman s'avance vers moi et me demande si je m'appelle Kozinski. Alors, je lui demande Kozinski qui, juste pour rire. On s'amuse comme des fous, non? L'air perplexe, il me répond Marty Kozinski et je lui dis que c'est bien moi. Vous ne pouvez pas savoir comme je me sentais bête, Mitch. Le barman m'informe qu'il y a une communication pour moi. Je vais la prendre au bar et votre employée m'annonce que Tolar a eu une crise cardiaque et que vous passerez à l'hôpital vers 23 heures. Vraiment très astucieux!

– Ça a marché, non ?

– Bien sûr, mais le résultat aurait été le même si elle m'avait parlé au bureau.

– Je préfère la méthode que j'ai choisie, elle est plus sûre. Et puis, cela vous permet de prendre l'air.

– Et comment ! A moi et à trois autres personnes.

– Écoutez, Tarrance, nous allons faire les choses à ma manière. Ma vie est en jeu, pas la vôtre.

– Bon, bon. Qu'est-ce que c'est que cet engin que vous conduisez ?

– Une Celebrity de location. Elle est belle, hein ?

– Qu'est devenue la petite voiture noire de l'avocat ?

– Je n'en étais pas très content ; il y avait trop de matériel à bord. Je l'ai garée samedi soir dans une rue piétonne, à Nashville, en laissant les clés dessus, quelqu'un l'a empruntée. J'adore chanter en voiture, vous comprenez, mais je chante comme une casserole. Depuis que j'ai passé mon permis, je chante en voiture, quand je suis seul. Mais je n'ai pas besoin de micros ni de tout un matériel d'enregistrement. Disons que j'en ai eu assez.

– Excellent, McDeere, fit Tarrance avec un petit sourire. Bien joué.

– Vous auriez dû voir la tête d'Oliver Lambert ce matin, quand j'ai posé le rapport de police sur son bureau. Il s'est mis à bredouiller et m'a dit qu'il était absolument navré. Moi, je faisais le type très triste de s'être fait voler sa voiture. Oliver m'a dit que l'assurance rembourserait et qu'ils allaient m'en acheter une autre. Puis il a ajouté qu'ils allaient me trouver une voiture de location en attendant. Quand je lui ai dit que j'en avais déjà loué une à Nashville, le samedi soir, il n'a pas sauté de joie. Évidemment, elle n'était pas aussi bien équipée. Il a appelé devant moi le concessionnaire B.M.W. pour savoir s'il était possible d'avoir un véhicule neuf. Quand il m'a demandé quelle couleur je préférais, je lui ai répondu que j'en avais assez du noir et que je voulais une voiture bordeaux, avec un intérieur chamois. J'étais passé au garage la veille pour regarder les voitures en exposition et je n'avais vu aucun modèle de cette couleur. Il a expliqué au téléphone ce que je voulais et, quand le garagiste lui a répondu qu'il n'avait rien en bordeaux, il m'a proposé le choix une noire, une bleu marine, une grise, une rouge ou une blanche. Rien à faire, c'est une voiture bordeaux que je veux ! Le garagiste lui a dit qu'il serait obligé de la commander, j'ai accepté. Lambert a raccroché et m'a demandé si j'étais sûr de ne pas vouloir une autre couleur. Non, bordeaux ou rien ! Il voulait discuter, puis il s'est rendu compte que ce serait ridicule. Et voilà comment, pour la première fois depuis dix mois, je peux chanter librement en voiture !

– Mais pourquoi avoir choisi une Celebrity ? Pour un type de votre standing, ça la fout mal !

– Cela ne me pose aucun problème.

Tarrance souriait toujours, sans parvenir à cacher son admiration.

– Je me demande comment réagiront vos voleurs quand ils vont découvrir tous ces micros en démontant la voiture.

– Ils les mettront en vente dans une boutique de matériel stéréo. Pour combien y en avait-il ?

– D'après nos spécialistes, c'était du matériel haut de gamme. Disons dix à quinze mille dollars. Je trouve cela très amusant.

Deux infirmières passèrent en parlant d'une voix forte, puis disparurent au fond du couloir et le silence retomba au dix-huitième étage. Acklin s'affaira devant le téléphone, comme s'il avait un autre coup de fil à donner.

– Comment va Tolar ? demanda Tarrance.

– En pleine forme. Quand j'aurai une crise cardiaque, j'espère qu'elle ne sera pas plus grave que la sienne. Il va rester quelques jours ici, puis il aura droit à deux mois de repos. Il n'y a vraiment pas lieu de s'inquiéter pour lui.

– Pouvez-vous entrer dans son bureau ?

– Pourquoi ? J'ai déjà photocopié tout ce qu'il y a.

Tarrance se pencha vers Mitch, avide d'entendre la suite.

– Mais je ne peux plus y entrer, poursuivit Mitch. Ils ont changé toutes les serrures du troisième et du quatrième étage ainsi que celles du sous-sol.

– Comment le savez-vous ?

– Grâce à ma complice, Tarrance. Dans le courant de la semaine dernière, elle a eu l'occasion de pénétrer dans tous les bureaux, y compris ceux du sous-sol. Elle a essayé toutes les portes, ouvert tous les tiroirs, regardé dans tous les classeurs. Elle a lu des lettres, feuilleté des dossiers et fouillé dans les corbeilles à papiers. Il faut dire qu'elle n'a pas trouvé grand-chose, il y a dix broyeurs à papier dans tout l'immeuble, dont quatre au sous-sol. Le saviez-vous ?

L'agent du F.B.I. écoutait de toutes ses oreilles en retenant son souffle.

– Comment a-t-elle pu... ?

– Pas de questions, Tarrance, je ne vous dirai rien.

– Elle travaille là-bas ! C'est une secrétaire ou une employée ! Elle vous aide de l'intérieur !

Mitch secoua la tête d'un air accablé.

– Brillante déduction, Tarrance ! Elle vous a appelé deux fois dans la journée. La première fois vers 14 h 15 et la deuxième une heure plus tard. Expliquez-moi comment une secrétaire pourrait appeler deux fois le F.B.I. de son lieu de travail, à une heure d'intervalle.

– Peut-être ne travaillait-elle pas aujourd'hui. Peut-être a-t-elle téléphoné de chez elle.

– Vous vous trompez, Tarrance, et cessez de vous perdre en conjectures. Ne gaspillez pas votre temps à vous interroger sur elle. Sachez qu'elle travaille avec moi et que nous vous remettrons ce que vous attendez.

– Qu'y a-t-il au sous-sol ?

– Une grande salle contenant douze boxes et douze bureaux ainsi que des centaines de classeurs. Des classeurs reliés à des ordinateurs. Je pense qu'il s'agit du centre de leurs activités de blanchiment de l'argent. Mon employée a remarqué sur les cloisons des boxes les noms et les numéros de téléphone d'une douzaine de banques des Antilles. Il n'y a pas grand-chose à glaner au sous-sol, ils ne laissent rien traîner. Mais elle a découvert une autre salle protégée par une porte blindée et bourrée d'ordinateurs plus gros que des réfrigérateurs.

– Ce doit être ce que nous cherchons.

– Certainement, mais ne rêvez pas trop. Il est impossible d'en sortir quoi que ce soit sans donner l'alerte. Impossible. Il n'y a, à mon avis, qu'un seul moyen de faire sortir les documents qui s'y trouvent.

– Je vous écoute.

– Un mandat de perquisition.

– N'y pensez plus ! Nous n'avons que des présomptions.

– Voici comment nous allons procéder, Tarrance. Je ne peux pas vous fournir tous les documents que vous voulez, mais je peux vous remettre ce qui vous sera nécessaire. J'ai plus de dix mille pièces en ma possession et, même si je n'ai pas eu le temps de tout parcourir, j'en ai vu assez pour savoir qu'en les montrant à un juge, vous pouvez obtenir un mandat de perquisition pour Front Street. Avec ce qui est en ma possession, vous avez de quoi déclencher une procédure d'accusation contre la moitié des juristes de la firme. Ces mêmes documents vous obtiendront votre mandat et vous pourrez lancer toutes les inculpations que vous voudrez. Il n'y a pas d'autre moyen de réussir.

Pour se dégourdir les jambes, Tarrance fit quelques pas vers la porte et passa la tête dans le couloir. Il était vide. Il revint vers le distributeur et s'y appuya en regardant par la fenêtre.

– Pourquoi ne sera-t-il possible d'établir un acte d'accusation que contre la moitié des juristes ?

– La moitié pour commencer. Plus un certain nombre d'associés en retraite. Vous trouverez parmi mes documents les noms de certains d'entre eux qui ont monté des sociétés bidon avec l'argent des Morolto. Il vous sera facile de les inculper. Lorsque vous serez en possession de l'ensemble des documents, vous aurez de quoi inculper ce beau monde d'association de malfaiteurs.

– Comment avez-vous mis la main sur tous ces documents ?

– J'ai eu de la chance, beaucoup de chance. J'ai imaginé que la firme ne commettrait pas l'imprudence de conserver aux États-Unis tous les textes relatifs aux sociétés des îles Caïmans et l'idée m'est venue qu'ils étaient peut-être là-bas. Par bonheur, j'avais vu juste et c'est aux Caïmans que nous les avons copiés.

– Qui « nous » ?

– Mon employée. Et une amie.

– Et où sont-ils maintenant ?

– Vous et vos questions ! Ils sont en ma possession, vous n'avez pas besoin d'en savoir plus.

– Je veux les documents du sous-sol de Front Street.

– Écoutez-moi bien, Tarrance. Je vous ai dit que vous ne pourriez mettre la main sur eux qu'avec un mandat de perquisition. Il est impossible de faire autrement. Vous comprenez ?

– Qui travaille au sous-sol ?

– Pas la moindre idée. Je suis dans cette boîte depuis dix mois et je n'ai vu personne. Je ne sais ni où ils garent leurs voitures, ni comment ils entrent et sortent. Ils sont invisibles. Je présume que les associés et ces mystérieux occupants du sous-sol se partagent le sale boulot.

– Quel genre de matériel y a-t-il en bas ?

– Deux copieurs, quatre broyeurs, des imprimantes à grande vitesse et un tas d'ordinateurs. Du matériel haut de gamme.

Tarrance réfléchit, le nez collé contre la vitre.

– Oui, cela se tient, fit-il enfin. Je me suis toujours demandé comment la firme, avec tous ses assistants, ses commis et ses secrétaires pouvait garder aussi bien le secret sur les activités des Morolto.

– L'explication est simple : tous ces employés ne savent rien, car ils ne travaillent que sur les dossiers réguliers. Les associés et les plus anciens collaborateurs, du fond de leurs vastes bureaux, s'ingénient à trouver des idées originales pour blanchir l'argent sale et les travailleurs du sous-sol se chargent de les mettre en pratique. Un système très efficace.

– Il existe donc beaucoup de clients légitimes ?

– Des centaines. N'oubliez pas que ce sont d'éminents juristes et que leur clientèle est triée sur le volet. C'est une couverture extraordinaire.

– Et vous m'affirmez, McDeere, que les documents dont vous disposez nous permettront de lancer des inculpations et d'obtenir des mandats de perquisition ? Vous avez ces documents... Ils sont en votre possession ?

– C'est ce que je vous ai dit.

– Sur le territoire des États-Unis ?

– Oui, Tarrance, les documents sont sur notre territoire. En fait, ils sont même tout près d'ici.

Tarrance commençait à s'agiter. Il se balançait d'un pied sur l'autre, faisait craquer ses jointures et sa respiration s'accélérait.

– Que pensez-vous pouvoir sortir d'autre de Front Street ?

– Rien, c'est trop dangereux. Ils ont changé les serrures et cela m'inquiète. Pourquoi décideraient-ils de changer les serrures du troisième et du quatrième étage, et non celles du premier et du deuxième ? Il se trouve que j'ai fait des photocopies au quatrième étage, il y a quinze jours, et je crois que ce n'était pas une bonne idée. J'ai un pressentiment. Il n'y aura plus rien en provenance de Front Street.

— Et votre complice ?

— Elle n'a plus accès aux bureaux.

La tête toujours tournée vers la fenêtre, Tarrance se rongeait les ongles en se balançant d'avant en arrière.

— Je veux ces documents, McDeere, et je les veux très vite. Demain, par exemple.

— Quand Ray doit-il s'évader ?

— Nous sommes lundi. Je pense que c'est prévu pour demain soir. Vous ne pouvez pas imaginer le savon que m'a passé Voyles. Il a été obligé de faire appel à toutes ses relations. Vous ne me croyez pas ? Il a appelé les deux sénateurs du Tennessee qui se sont rendus en personne à Nashville pour intervenir auprès du gouverneur. Je me suis fait engueuler comme du poisson pourri, McDeere, et tout cela à cause de votre frère !

— Il vous en sera reconnaissant.

— Que fera-t-il quand il sera libre ?

— Ça, c'est mon affaire. Votre rôle consiste à le faire sortir.

— Je ne vous garantis rien. Si jamais il lui arrivait quelque chose, ce ne serait pas de notre faute.

— Il faut que j'y aille, dit Mitch en se levant. Je suis sûr qu'on m'attend en bas.

— Quand nous revoyons-nous ?

— Elle vous appellera. Faites ce qu'elle vous dira.

— Allons, Mitch, on ne va recommencer ce petit jeu ! Elle peut me parler librement au téléphone. Je vous jure que c'est vrai ! Nous faisons en sorte que nos lignes soient sûres. Ne recommencez pas cela, je vous en prie !

— Quel est le prénom de votre mère, Tarrance ?

— Comment ? Doris...

— Doris ?

— Oui, Doris.

— Étrange coïncidence... Non, on ne peut pas prendre Doris. Comment s'appelait votre cavalière à la soirée de fin d'année, quand vous avez terminé vos études ?

— Euh ! je ne crois pas y être allé.

— Cela ne m'étonne pas. Alors, comment s'appelait la fille avec qui vous avez eu votre premier rendez-vous ?

— Mary Alice Brenner. C'était une bombe sexuelle et elle avait très envie de moi.

– Je n'en doute pas. Le prénom de mon employée sera donc Mary Alice. La prochaine fois que Mary Alice appellera, vous suivrez fidèlement ses instructions.

– Je m'en réjouis à l'avance.

– J'ai un service à vous demander, Tarrance. Je pense que Tolar est un simulateur et j'ai le sentiment que sa crise cardiaque a un rapport avec moi. Pouvez-vous demander à vos hommes de se livrer à une petite enquête à propos de cette prétendue alerte ?

– Bien sûr. Nous n'avons pas grand-chose d'autre à faire.

33

Le mardi matin, il n'était bruit dans les couloirs et les bureaux que de la santé d'Avery Tolar. Il allait bien; on lui faisait tous les examens; il n'y aurait pas de séquelles; le surmenage; la tension nerveuse; les responsables, c'étaient Capps et son divorce.

Nina apporta à Mitch un paquet de lettres à signer.

— M. Lambert aimerait vous voir, si vous n'êtes pas trop occupé. Il vient d'appeler.

— C'est parfait! Vous savez que j'ai rendez-vous avec Frank Mulholland à 10 heures?

— Bien sûr. Une secrétaire sait tout. Dans son bureau ou ici?

Mitch consulta son agenda et fit semblant de chercher. Bureau de Mulholland, à la Bourse du coton.

— Dans son bureau, fit-il avec une grimace.

— C'est déjà vous qui vous êtes déplacé la dernière fois, non? On ne vous a donc pas appris à l'école qu'il ne faut jamais, au grand jamais, se déplacer deux fois de suite sur le territoire de l'adversaire. C'est un manque de professionnalisme, un aveu de faiblesse.

— Me le pardonnerez-vous?

— Attendez que je le raconte aux autres. Toutes les filles vous trouvent si séduisant et si viril. Quand je vais leur dire que vous n'êtes qu'une lavette, elles seront bouleversées.

— Je sais ce qu'il faut faire pour les bouleverser.

— A propos, comment va la mère d'Abby?

— Bien mieux. J'irai la voir ce week-end.

— Lambert attend, insista Nina en prenant deux dossiers qui traînaient.

Oliver Lambert indiqua à Mitch le canapé et lui proposa un café. Très raide dans son fauteuil à oreillettes, il tenait sa tasse comme un vieux lord.

– Je m'inquiète pour Avery, commença-t-il.

– Je suis passé le voir hier soir, dit Mitch. Son médecin va l'obliger à prendre un congé de deux mois.

– Oui, c'est pour cette raison que je vous ai demandé de venir. Je veux que vous travailliez avec Victor Milligan pendant les deux mois d'absence d'Avery. Comme Milligan reprendra la plupart de ses dossiers, vous serez en terrain connu.

– Très bien. Victor et moi sommes de bons amis.

– Vous apprendrez beaucoup avec lui. C'est un génie de la fiscalité. Il lit deux livres par jour, vous savez?

Parfait, songea Mitch. Il devrait arriver à une moyenne de dix en prison.

– Oui, c'est un type très fort et il m'a déjà ôté une ou deux épines du pied.

– Je pense que vous vous entendrez bien. Essayez donc de passer le voir dans le courant de la matinée. Je voulais aussi vous dire qu'Avery avait des affaires en cours aux Caïmans. Vous savez qu'il y va souvent pour rencontrer certains banquiers. En fait, il devait partir demain, pour deux jours. Il m'a dit ce matin que vous connaissiez les clients et les comptes et il faut que vous le remplaciez.

Le Lear, les documents copiés, le duplex, la réserve, les comptes. Mille pensées traversèrent l'esprit de Mitch, mais quelque chose clochait.

– Aux îles Caïmans? Demain?

– Oui, c'est très urgent. Trois de ses clients ont besoin d'un bilan financier et d'un certain nombre d'autres documents. J'ai demandé à Milligan d'y aller, mais il doit se rendre à Denver demain matin. Avery m'a assuré que vous seriez tout à fait capable de vous débrouiller.

– Bien sûr, je peux me débrouiller.

– Parfait... Vous prendrez le Lear. Vous partirez vers midi et vous reviendrez vendredi soir, par un vol commercial. Cela vous pose des problèmes?

Oui, des tas de problèmes. Ray allait sortir de prison. Tarrance attendait sa livraison avec impatience. Il lui fallait récupérer un demi-million de dollars. Et il devait être prêt à disparaître d'un moment à l'autre.

– Aucun problème.

Mitch regagna son bureau et s'enferma à clé. Il enleva ses chaussures, s'allongea sur la moquette et ferma les yeux.

L'ascenseur s'arrêta au septième étage, Mitch grimpa quatre à quatre les deux volées de marches menant au neuvième. Tammy ouvrit la porte du petit bureau et la referma derrière lui.

– Vous avez regardé? demanda-t-il en se dirigeant vers la fenêtre.

– Bien sûr. Le garde du parking s'est avancé sur le trottoir et ne vous a pas quitté du regard jusqu'ici.

– De mieux en mieux! Même Dutch me surveille!

Il pivota sur ses talons et l'examina de la tête aux pieds.

– Vous avez l'air fatiguée, dit-il.

– Fatiguée? Je suis morte! Depuis trois semaines, j'ai fait office de gardienne, de secrétaire, de juriste, de banquière, de prostituée, de messagère et d'enquêteuse. J'ai fait neuf voyages aux Caïmans, acheté neuf paires de valises neuves et passé en fraude une tonne de documents. J'ai pris quatre fois la voiture pour aller à Nashville et dix fois l'avion. J'ai lu tellement de relevés de comptes et de documents en tout genre que je suis à moitié aveugle. Et quand devrait être venue l'heure d'un repos bien mérité, j'enfile ma blouse de l'entreprise de nettoyage et je vais jouer à la femme de ménage pendant six heures d'affilée. J'ai tellement de noms différents que j'ai été obligée de les écrire sur la paume de ma main pour ne pas me tromper...

– A propos, j'en ai un nouveau pour vous.

– Quelle surprise! Lequel?

– Mary Alice. Désormais, quand vous parlerez à Tarrance, vous serez Mary Alice.

– Attendez, je l'écris. Je n'aime pas ce type, il est désagréable au téléphone.

– J'ai une bonne nouvelle pour vous.

– Je suis avide de l'entendre.

– Vous pouvez quitter l'entreprise de nettoyage.

– J'ai envie de me rouler par terre et de pleurer de joie. Pourquoi cette décision?

– Cela ne sert plus à rien.

– Je vous le répète depuis une semaine. Houdini lui-même, s'il était encore vivant, ne parviendrait pas à subtiliser un dossier, à le copier et à le remettre en place sans se faire pincer.

– Avez-vous parlé à Abanks? poursuivit Mitch.

– Oui.

– A-t-il reçu l'argent?

– Oui, la somme a été virée vendredi.

– Est-il prêt à passer à l'action?

– C'est ce qu'il m'a affirmé.

– Parfait. Des nouvelles du faussaire?

– Je dois le voir dans l'après-midi.

– Qui est-ce?

– Un ancien taulard, un vieux copain de Lomax. D'après Eddie, il n'y a pas meilleur que lui pour fabriquer des documents.

– J'espère. Combien demande-t-il?

– Cinq mille. En espèces, naturellement. Passeports, permis de conduire et visas.

– Combien de temps lui faudra-t-il?

— Je ne sais pas. Quand en aurez-vous besoin?

Mitch alla s'asseoir sur le bord du bureau. Il inspira profondément et se mit à calculer.

— Aussi rapidement que possible, dit-il enfin. Je croyais pouvoir disposer d'une semaine, mais je n'en suis plus certain. Dites-lui de faire le plus vite possible. Pouvez-vous aller à Nashville ce soir?

— Avec grand plaisir. Je n'y suis pas allée depuis deux jours!

— Je veux un caméscope Sony, avec un trépied installé dans la chambre. Achetez une boîte de cassettes. Je veux également que vous restiez là-bas, à côté du téléphone, pendant les quelques jours qui viennent. Relisez encore une fois les papiers Bendini. Reprenez vos résumés.

— Vous voulez dire dans cet appartement?

— Oui, pourquoi?

— Je me suis déjà fait une hernie discale en dormant sur le canapé.

— C'est vous qui l'avez choisi.

— Que faisons-nous pour les passeports?

— Comment s'appelle votre faussaire?

— On l'appelle Doc. J'ai son numéro de téléphone.

— Donnez-le-moi et dites-lui que j'appellerai dans un ou deux jours. Combien d'argent vous reste-t-il?

— Je suis contente que vous me posiez la question. J'ai commencé avec cinquante mille dollars, mais j'en ai déjà dépensé dix en billets d'avion, chambres d'hôtel, bagages, locations de voiture et c'est loin d'être terminé. Et maintenant, vous me demandez d'acheter une caméra vidéo et de vous procurer des faux papiers. J'avoue que je n'aimerais pas perdre de l'argent dans cette aventure.

— Cinquante mille de plus, cela vous irait? demanda Mitch en se dirigeant vers la porte.

— C'est acceptable.

Avant de refermer la porte, il lui fit un clin d'œil. Il se demanda s'il la reverrait un jour.

La cellule, qui faisait à peine six mètres carrés, contenait une cuvette de W.C. et deux lits superposés. Celui du haut était inoccupé depuis un an. Allongé sur le lit du bas, des écouteurs sur les oreilles, Ray parlait tout seul dans une langue aux consonances bizarres. C'était du turc. Ray était prêt à parier tout son pécule qu'il était, à cet instant précis, le seul détenu de l'étage à écouter une cassette Berlitz en turc. Quelques paroles étouffées filtraient du couloir, mais la plupart des lumières étaient éteintes ce mardi soir, à 23 heures.

Un maton s'approcha de sa cellule.

— M. McDeere, murmura-t-il entre ses dents, à travers les barreaux.

Ray se dressa sur son séant, s'assit sur le bord du lit et enleva son casque, étonné.

– Le directeur veut vous voir.

Mon œil! songea Ray. Comme si le directeur pouvait attendre un détenu dans son bureau, à 11 heures du soir!

– Où m'emmenez-vous? demanda-t-il d'une voix inquiète.

– Mettez vos chaussures et suivez-moi.

Ray parcourut la cellule du regard et fit un rapide inventaire de ses possessions. En huit ans, il avait amassé un téléviseur noir et blanc, un gros lecteur de cassettes, deux cartons de bandes magnétiques et quelques dizaines de livres. Son travail à la blanchisserie lui rapportait trois dollars par jour, mais, après avoir payé ses cigarettes, il ne lui restait plus grand-chose. Tout ce qu'il possédait était devant lui.

Le gardien fit tourner la clé dans la serrure, entrouvrit la porte et éteignit la lumière.

– Suivez-moi et pas de blagues, dit-il. Je ne sais pas qui vous êtes, mais vos amis ont le bras long.

D'autres clés tournèrent dans d'autres serrures et ils débouchèrent dans une cour, sous un panier de basket-ball.

– Restez derrière moi, ordonna le gardien.

Ray fouilla du regard l'enceinte obscure. Le mur se dressait au loin, comme une montagne, derrière la cour et l'espace réservé à la promenade, qu'il avait arpenté des heures durant en fumant une tonne de cigarettes. Le mur d'enceinte paraissait infiniment plus haut de nuit. Tous les cinquante mètres se dressait un mirador bien éclairé, occupé par des hommes armés jusqu'aux dents.

Le gardien semblait détaché, indifférent. Il avança avec assurance entre deux constructions de parpaings en répétant à Ray de le suivre tranquillement. Ray s'efforçait de rester aussi calme que possible. Ils s'arrêtèrent à l'angle de l'un des bâtiments et le gardien regarda dans la direction du mur, encore distant de vingt-cinq mètres. Des projecteurs balayèrent lentement la cour et ils reculèrent pour se tapir dans l'ombre.

Ray se demanda pourquoi ils se cachaient et si les gardes des miradors étaient de leur côté. Il aurait aimé le savoir avant de tenter quelque chose de spectaculaire.

Le gardien tendit le doigt vers l'endroit précis où James Earl Ray et ses complices avaient franchi le mur, endroit célèbre pour les détenus de Brushy Mountain, et devant lequel la plupart s'arrêtaient avec admiration. Les détenus de race blanche, en tout cas.

– Dans cinq minutes, dit le gardien, quelqu'un va lancer une échelle de corde par-dessus le mur. Les barbelés ont été coupés en haut et vous trouverez une corde pour descendre de l'autre côté.

– Je peux vous poser des questions?

– Faites vite.

– Comment vais-je faire avec les projecteurs?

– Ils seront coupés. Vous pourrez profiter de l'obscurité.

– Et les gardes, là-haut ?

– Ne vous faites pas de bile, ils tourneront la tête.

– Vous êtes sûr de ce que vous dites ?

– Écoutez, mon vieux, j'ai déjà assisté à quelques évasions organisées de l'intérieur, mais là, c'est fou ! M. Lattemer en personne a réglé tous les détails... Regardez, il est là-haut, ajouta le gardien en levant le doigt vers le mirador le plus proche.

– Le directeur ?

– Oui. Pour s'assurer que tout se passera bien.

– Qui lancera l'échelle de corde ?

– Deux de mes collègues.

Ray s'essuya le front avec sa manche et prit une longue inspiration. Il avait la bouche sèche et ses genoux se dérobaient sous lui.

– Un type vous attend de l'autre côté, poursuivit le gardien à voix basse. Il est blanc et il s'appelle Bud. Faites exactement ce qu'il vous dira de faire.

Le faisceau des projecteurs balaya de nouveau la cour, puis ils s'éteignirent brusquement.

– Préparez-vous ! lança le gardien.

Un silence pesant tomba dans la cour obscure. Le mur n'était qu'une masse noire dans la nuit. Deux coups de sifflet très brefs venant du mirador le plus proche déchirèrent le silence. Ray s'apprêta à bondir.

Il distingua deux sihouettes qui sortaient de derrière un bâtiment et s'élançaient vers le mur d'enceinte. Elles se baissèrent pour ramasser dans l'herbe un objet qu'elles lancèrent par-dessus le mur.

– Vas-y, mon gars, fit le gardien. Cours !

La tête dans les épaules, Ray partit en courant. L'échelle de corde était en place. Les gardiens le prirent par les bras pour l'aider à monter sur le premier barreau. L'échelle se balançait tandis qu'il escaladait les étroits barreaux. La face supérieure du mur était large de soixante centimètres et un passage confortable avait été pratiqué dans le rouleau de barbelés qui le couronnait. Il se coula à travers sans toucher les bords de l'ouverture. La corde était à l'endroit prévu, il se laissa glisser le long du mur. A deux mètres cinquante du sol, il lâcha la corde et sauta. La danse des projecteurs n'avait pas repris.

L'espace dégagé dans lequel il se trouvait butait à une trentaine de mètres sur les premiers arbres d'une forêt dense.

– Par ici, fit posément une voix dans l'ombre.

Ray se dirigea vers la voix et découvrit Bud qui attendait dans le noir.

– Suivez-moi. En vitesse !

Ray obéit jusqu'à ce que le mur ne soit plus visible. Ils firent halte dans une petite clairière longée par un sentier.

– Je m'appelle Bud Riley, dit le guide de Ray en lui tendant la main. C'était amusant, non ?

– Je n'en reviens pas. Moi, c'est Ray McDeere.

Bud était un barbu costaud, coiffé d'un béret noir. Il portait des chaussures de l'armée, un jean et une veste de treillis. Il ne semblait pas avoir d'arme sur lui.

– Avec qui travaillez-vous? demanda Ray.

– Personne, répondit le barbu en lui offrant une cigarette. Je donne de temps en temps un coup de main au directeur, c'est tout. Il m'appelle souvent quand un détenu s'est évadé, mais c'est un peu différent. En général, je viens avec mes chiens. Je m'étais dit que ce serait bien d'attendre ici que les sirènes d'alerte se déclenchent. Juste pour que vous les entendiez. Elles seront un peu en votre honneur.

– Ce n'est pas indispensable. Je les ai déjà entendues.

– Oui, mais c'est différent de l'autre côté du mur. Vous verrez, c'est un son magnifique.

– Écoutez, Bud, je...

– Non, non, Ray, calmez-vous. Nous avons largement le temps. Ils ne vous poursuivront pas... enfin pas beaucoup.

– Comment cela, pas beaucoup?

– Eh bien, oui, ils sont obligés de faire toute une mise en scène, de réveiller tout le monde, comme pour une vraie évasion. Mais ils ne vous poursuivront pas. Je ne sais pas qui vous protège, mon gars, mais ce doit être quelqu'un de haut placé!

Le hurlement des sirènes fit sursauter Ray. Des traînées de lumière commencèrent à sillonner le ciel en tous sens, des voix leur parvenaient des miradors, étouffées par la distance.

– Vous voyez que cela valait la peine.

– Allons-y, fit Ray en se mettant en marche.

– Mon camion est sur la route, un peu plus loin. Je vous ai apporté des habits. Le directeur m'a donné votre taille, j'espère que ça vous plaira.

Bud était hors d'haleine quand ils arrivèrent au camion. Ray se changea rapidement et enfila le pantalon olive et la chemise de coton bleu marine.

– Très joli, Bud, dit-il.

– Vous n'avez qu'à jeter votre tenue dans les buissons.

Ils suivirent sur trois kilomètres une route sinueuse, puis retrouvèrent le bitume. Bud avait allumé la radio et écoutait Conway Twitty en silence.

– Où allons-nous, Bud? demanda enfin Ray.

– Le directeur m'a dit qu'il s'en fichait et même qu'il ne voulait pas le savoir. Il m'a dit que ce serait à vous de décider. Ce que je vous propose, c'est de rouler jusqu'à une ville où vous trouverez une gare routière. Après, vous vous débrouillerez.

– Jusqu'où pouvez-vous me conduire?

– J'ai toute la nuit, Ray. A vous de choisir.

– J'aimerais être assez loin du pénitencier avant de traîner dans une gare routière. Que diriez-vous de Knoxville ?

– Va pour Knoxville. Et de là, où irez-vous ?

– Je ne sais pas, mais il faut que je quitte le pays.

– Avec les amis que vous avez, cela ne devrait pas poser de problèmes. Mais faites gaffe quand même. Dès demain, votre photo sera accrochée au mur des bureaux de tous les shérifs, dans dix États.

Trois voitures dont les gyrophares lançaient des éclairs bleus débouchèrent au sommet d'une côte. Ray plongea sous le tableau de bord.

– Détendez-vous, Ray. Ils ne peuvent pas vous voir.

Ray se redressa et regarda par la vitre arrière disparaître les voitures de police.

– Et s'il y a des barrages de police ?

– Mais, non, Ray, il n'y aura pas de barrages. Faites-moi confiance.

Bud glissa la main dans une de ses poches et lança une liasse de billets de banque sur le siège.

– Cinq cents dollars. Remis de la main à la main par le directeur. Vous avez vraiment des amis sur qui vous pouvez compter. Ça, on peut le dire.

34

Le mercredi matin, Tarry Ross monta l'escalier jusqu'au quatrième étage du Phoenix Park Hotel de Washington. Il s'arrêta sur le palier pour reprendre son souffle. Des gouttes de sueur s'accrochaient à ses sourcils. Il enleva ses lunettes noires pour s'essuyer le front avec la manche de son pardessus. Une nausée lui vrilla l'estomac et il fut obligé de s'appuyer sur la balustrade de l'escalier. Il laissa tomber sa serviette vide sur le sol de ciment et s'assit sur la dernière marche. Il ne parvenait pas à maîtriser le tremblement de ses mains et il avait du mal à retenir ses larmes. Les doigts crispés, il lutta contre l'envie de vomir qui le prenait.

La nausée s'atténua, il commença à respirer plus librement. Du courage, mon vieux, du courage! Il y a deux cent mille dollars qui t'attendent au fond de ce couloir. Il suffit d'un peu de cran pour y aller et prendre l'argent. Tu pourras partir avec tout ce fric, mais, pour cela, il te faut du courage. Il inspira profondément et le tremblement de ses mains se calma. Allez, du cran!

Les jambes flageolantes, il réussit à atteindre la porte. Celle du fond du couloir, après les chambres. La huitième sur la droite. Il frappa en retenant son souffle.

Les secondes s'écoulèrent. Il regardait dans le couloir sombre avec ses lunettes noires et il ne voyait rien.

— Oui, dit une voix derrière la porte, à quelques centimètres de lui.

— C'est Alfred.

Quel nom ridicule! pensa-t-il. Je me demande d'où il vient.

La porte s'entrouvrit en grinçant et une tête apparut derrière la chaîne de sûreté. Puis la porte se referma avant de s'ouvrir toute grande et Alfred entra.

— Bonjour, Alfred, lança Vinnie Cozzo d'une voix chaleureuse. Voulez-vous un café?

– Je ne suis pas venu prendre le café, répliqua sèchement Tarry Ross.

Il posa la serviette sur le lit et se retourna vers Cozzo.

– Pourquoi êtes-vous toujours si nerveux, Alfred ? Détendez-vous donc. Vous ne risquez absolument rien.

– Taisez-vous, Cozzo ! Où est l'argent ?

Vinnie lui indiqua un sac de voyage en cuir et son sourire s'effaça.

– Qu'avez-vous à me dire, Alfred ?

Alfred fut pris d'une nouvelle nausée, mais parvint à garder l'équilibre. Les yeux baissés sur ses chaussures, il sentait son cœur s'affoler.

– Voilà, dit-il. L'homme qui vous intéresse, McDeere, a déjà touché un million de dollars. Un autre million va lui être versé incessamment. Il a déjà livré des documents sur le cabinet Bendini et prétend en détenir dix mille autres.

Une douleur fulgurante lui transperça les reins et il dut s'asseoir sur le bord du lit. Il enleva ses lunettes noires.

– Continuez, fit Cozzo d'un ton impérieux.

– McDeere a eu de nombreuses conversations avec nos agents au cours des six derniers mois. Il témoignera aux procès, puis il ira se cacher avec sa femme, sous la protection du Bureau.

– Où sont les autres documents ?

– Je n'en sais rien. Il ne veut pas encore le dire, mais il est prêt à les remettre. Maintenant, je veux mon argent, Cozzo.

Vinnie lança le sac de voyage sur le lit. Alfred l'ouvrit, puis fit de même avec sa serviette. Les mains tremblantes, il commença à piocher dans les liasses de billets.

– Deux cent mille ? demanda-t-il d'une voix étranglée.

– C'est ce qui était convenu, Alfred, répondit le mafioso en souriant. J'aurai encore du travail pour vous dans une quinzaine de jours.

– Pas question, Cozzo ! Je ne peux plus le supporter !

Il referma violemment la serviette et commença à se ruer vers la porte. Puis il s'arrêta et essaya de se calmer.

– Qu'allez-vous faire de McDeere ? demanda-t-il sans quitter la porte des yeux.

– A votre avis, Alfred ?

Il se mordit les lèvres, serra de toutes ses forces la poignée de la serviette et sortit. Un sourire aux lèvres, Vinnie se leva pour aller donner un tour de clé à la porte, puis sortit une carte de visite de sa poche et composa le numéro personnel de M. Lou Lazarov, à Chicago.

Tarry Ross suivait le couloir, complètement paniqué. Il ne distinguait pas grand-chose derrière ses lunettes noires. A la hauteur de la septième porte, près de l'ascenseur, une main énorme jaillit de la pénombre et le tira à l'intérieur d'une chambre. La main s'abattit avec violence sur sa joue, un poing s'enfonça dans son estomac. Puis un autre poing s'écrasa sur son nez et il se retrouva par terre, hébété, le visage en sang. La serviette lui fut arrachée des mains et vidée sur le lit.

On le poussa dans un fauteuil, la lumière s'alluma. Trois agents du F.B.I., ses collègues, braquaient sur lui des regards terribles. M. Voyles, le directeur, s'approcha en secouant la tête d'un air incrédule. L'agent aux battoirs menaçants se tenait tout près de lui. Un autre comptait l'argent sur le lit.

Voyles pencha la tête à quelques centimètres de son visage.

– Vous êtes un traître, Ross. La forme la plus méprisable du salaud. Je n'arrive pas à y croire.

Ross se mordit les lèvres et commença à sangloter.

– Qui est-ce ? demanda Voyles d'une voix vibrante.

Ses sanglots redoublèrent, mais il garda le silence.

Voyles prit de l'élan et sa main s'abattit avec violence sur la tempe du traître qui poussa un cri de douleur.

– Qui est-ce, Ross ? Parlez !

– Vinnie Cozzo, murmura-t-il entre deux sanglots.

– Je sais bien que c'est Cozzo ! Bordel de merde ! Je le sais ! Mais que lui avez-vous dit ?

Les larmes et du sang se mêlaient en coulant de ses yeux. Il se tortilla désespérément, mais il garda le silence.

Voyles recommença à le frapper, à coups redoublés.

– Tu vas parler, espèce de salopard ! Dis-moi ce que Cozzo voulait !

Il lui assena une autre gifle et Ross se plia en deux, la tête sur les genoux. Ses pleurs se calmèrent.

– Deux cent mille dollars, annonça une voix.

Voyles se laissa tomber à genoux et approcha la tête de l'oreille de Ross.

– C'est McDeere ? murmura-t-il. Je t'en prie, oh ! je t'en prie, dis-moi que ce n'est pas McDeere ! Dis-le-moi, Tarry, dis-moi que ce n'est pas McDeere !

Tarry Ross cala ses coudes sur ses genoux et continua de fixer le sol. Le sang formait une grosse tache sur la moquette.

– Tu ne garderas pas ton argent, Tarry. Tu vas te retrouver derrière des barreaux. Tu es une ordure, Tarry. Tu es un lâche méprisable et tout est fini pour toi. Qu'as-tu à gagner en gardant le silence ? Un peu de courage, que diable !

Voyles l'adjura doucement de faire son mea culpa.

– Dis-moi que ce n'est pas McDeere, Tarry. Je t'en prie, dis-moi que ce n'est pas lui !

Tarry Ross se redressa et s'essuya les yeux. Il prit une longue inspiration et s'éclaircit la gorge. Puis il se mordit les lèvres, plongea les yeux dans ceux de Voyles et hocha la tête.

DeVasher n'avait pas le temps d'attendre l'ascenseur. Il dévala l'escalier jusqu'au quatrième étage, tourna l'angle du couloir et pénétra en trombe dans le bureau de Locke. La moitié des associés s'y trouvaient déjà : Locke, Lambert, Milligan, MacKnight, Dunbar, Denton, Lawson, Banahan, Kruger, Welch et Shottz. Les autres avaient été convoqués d'urgence.

Une atmosphère de panique contenue régnait dans la pièce. DeVasher prit place au bout de la table de conférence et tout le monde se rapprocha.

— Messieurs, commença le chef de la sécurité, le moment n'est pas encore venu de prendre nos cliques et nos claques et de sauter dans le premier avion en partance pour le Brésil. Pas encore. Nous avons reçu ce matin la confirmation que McDeere a eu des entretiens avec les fédéraux, qu'on lui a déjà versé un million de dollars et promis un second, et qu'il détient des documents qui risquent de causer notre perte. Nos informations proviennent directement du F.B.I. Au moment où je vous parle, Lazarov est en route pour Memphis, accompagné d'une petite armée. Il semble que le mal n'ait pas encore été fait. D'après notre informateur – un membre éminent du F.B.I. –, McDeere aurait plus de dix mille documents en sa possession et il est prêt à les livrer. D'après ce que nous croyons savoir, il n'en aurait donné qu'un nombre limité. Il semble donc que nous ayons réagi à temps et nous allons peut-être limiter les dégâts. Les fédéraux détiennent déjà un certain nombre de documents, mais ils ne doivent pas avoir grand-chose, sinon nous les aurions déjà vus débarquer avec des mandats de perquisition.

DeVasher était le point de mire et, à l'évidence, il adorait cela. Il parlait avec un sourire condescendant en passant en revue les visages torturés par l'angoisse.

— Où est McDeere en ce moment ?

— Dans son bureau, répondit Milligan. Son départ pour Grande Caïman est prévu dans trois heures. C'est bien cela, Lambert ?

— Exact. Vers midi.

— Messieurs, l'avion n'atteindra pas sa destination. Le pilote fera une escale à La Nouvelle-Orléans, puis il redécollera à destination de l'île. Après une demi-heure de vol au-dessus du golfe du Mexique, son petit point lumineux disparaîtra des écrans radar, à jamais. Les débris de l'appareil seront éparpillés sur des kilomètres carrés et on ne retrouvera jamais les corps. C'est triste, mais inévitable.

— Le Lear ? demanda Denton.

— Hé oui, le Lear ! Nous achèterons un autre joujou.

— Je trouve que tout cela fait beaucoup de suppositions, DeVasher, intervint sèchement Locke. Nous supposons que les documents déjà en possession du F.B.I. ne présentent aucun danger pour nous. Or, il y a quatre jours, vous pensiez que McDeere avait mis la main sur les dossiers secrets d'Avery. Où est la vérité ?

— Les dossiers ont été examinés à Chicago et il est vrai qu'ils contiennent des documents compromettants, mais pas au point de leur permettre d'agir. Il n'y a pas, dans ce matériel, de quoi justifier des inculpations. Vous savez aussi bien que moi que les dossiers explosifs se trouvent dans l'île. Et au sous-sol, naturellement. Là où personne ne peut pénétrer. Nous avons vérifié l'état des dossiers cachés dans le duplex, tout avait l'air en ordre.

— Dans ce cas, insista Locke, d'où proviennent ces dix mille documents ?

— Je doute qu'il y en ait vraiment dix mille. N'oublions pas qu'il va essayer d'empocher un second million de dollars avant de prendre la poudre d'escampette. Il a probablement menti et il doit continuer à fureter dans tous les coins en espérant trouver autre chose. S'il en avait vraiment dix mille, pourquoi ne les aurait-il pas déjà remis aux fédéraux ?

— Alors, demanda Lambert, qu'avons-nous à craindre ?

— C'est la grande question, Ollie. Tout ce que nous savons, c'est qu'il a reçu un million de dollars. Comme il n'est pas idiot, il peut fort bien tomber sur quelque chose, si on lui laisse les mains libres. C'est ce qu'il faut éviter à tout prix. Lazarov m'a ordonné, je le cite, de « lui éparpiller la cervelle à tous les vents ».

— Il est absolument impossible à un nouveau venu de mettre la main sur autant de documents compromettants et de les reproduire, avança Kruger en quêtant du regard l'approbation de ses confrères.

Plusieurs têtes s'inclinèrent gravement, mais sans conviction.

— Pourquoi Lazarov vient-il nous voir ? demanda Dunbar, le chef du service immobilier, en prononçant le nom de Lazarov comme il aurait prononcé celui de Charles Manson.

— Votre question est stupide ! lança sèchement DeVasher en tournant vivement la tête vers l'imbécile qui l'avait posée. Nous devons tout d'abord régler son compte à McDeere en espérant qu'il n'y aura pas trop de grabuge. Il faudra ensuite s'occuper sérieusement de notre chère firme et opérer tous les changements nécessaires.

Locke se leva et tourna un regard noir vers Oliver Lambert.

— Assurez-vous que McDeere prend bien cet avion.

Tarrance, Acklin et Laney écoutaient dans un silence incrédule la voix amplifiée par le haut-parleur du téléphone. C'était la voix de Voyles qui, de Washington, leur expliquait en détail ce qui s'était passé. Il s'apprêtait à prendre un avion pour Memphis et semblait accablé.

— Il faut que vous le retrouviez, Tarrance. Et très vite. Cozzo ignore que nous sommes au courant pour Tarry Ross, mais cette ordure lui a révélé que McDeere était sur le point de nous remettre les documents. Ils peuvent l'éliminer à tout instant. Retrouvez-le, tout de suite ! Savez-vous où il est en ce moment ?

— A son bureau, répondit Tarrance.

— Bon. Faites-le venir. Je serai là dans deux heures et je veux lui parler dès mon arrivée. A plus tard.

Tarrance coupa la communication et composa aussitôt un numéro.

— Qui appelez-vous ? demanda Acklin.

— Le cabinet d'avocats Bendini, Lambert & Locke.

— Vous êtes devenu fou, Wayne ?

— Chut ! Écoutez. Pourrais-je parler à Mitch McDeere ? demanda Tarrance à la réceptionniste qui avait pris l'appel.

— Un instant, s'il vous plaît.

— Bureau de M. McDeere, dit la voix de la secrétaire.

— Il faut que je parle à Mitchell McDeere.

— Je regrette, monsieur, il est en réunion.

— Écoutez-moi, mademoiselle. C'est le juge Henry Hugo à l'appareil. M. McDeere devrait être dans ma salle d'audience depuis un quart d'heure. Nous l'attendons, c'est urgent.

— Je ne vois rien sur son agenda pour ce matin...

— C'est vous qui vous occupez de ses rendez-vous ?

— Euh ! oui, monsieur.

— Dans ce cas, c'est vous qui êtes responsable ! Passez-le-moi tout de suite !

Nina traversa le couloir et entra précipitamment dans le bureau de Mitch.

— J'ai le juge Hugo au téléphone, lança-t-elle. Il prétend que vous devriez être au tribunal en ce moment même. Je crois que vous feriez mieux de lui parler.

Mitch se leva d'un bond et saisit le combiné. Tout le sang s'était retiré de son visage.

— Oui ? dit-il.

— Monsieur McDeere, dit Tarrance, c'est le juge Hugo. Vous êtes en retard, monsieur McDeere. Nous vous attendons.

— Très bien, j'arrive.

Il décrocha sa veste et prit sa serviette en lançant un regard réprobateur à Nina.

— Je suis désolée, dit-elle. Il n'y a rien sur votre agenda.

Mitch sortit dans le couloir, dévala l'escalier, traversa le hall en courant et déboucha dans la rue. Il suivit le trottoir de Front Street, toujours au pas de course, et traversa le hall de la Bourse du coton. Dans Union Street, il prit la direction de l'est et gagna le Mail sans ralentir son allure.

La vue d'un homme jeune et bien habillé, portant une serviette et courant comme un fou est peut-être un spectacle banal dans certaines grandes villes, mais pas à Memphis. Mitch ne passa pas inaperçu.

Il se dissimula derrière l'étal d'un marchand de fruits pour reprendre son souffle. Personne ne le poursuivait. Il se prit à espérer en mordant dans une pomme que, si quelqu'un s'était lancé à sa poursuite, ce serait Tony la Tonne. Il n'avait guère de respect pour Wayne Tarrance. L'épisode du magasin de chaussures et le rendez-vous au Kentucky Fried Chicken, à Grande Caïman, étaient deux jolis fiascos. Le cahier contenant ses notes sur les Morolto aurait fait bâiller d'ennui le plus curieux des louveteaux. Mais l'idée de cet appel d'urgence, de ce signal de détresse était absolument géniale. Mitch savait depuis un mois que, si le juge Hugo appelait, il devait prendre la porte et s'enfuir sans se retourner. Cet appel signifierait qu'il s'était passé quelque chose de grave et que les méchants du cinquième étage s'apprêtaient à lui régler son compte. Il se demanda avec inquiétude où était Abby.

Quelques piétons marchaient le long d'Union Street. C'est un trottoir grouillant de monde qu'il lui aurait fallu! Il regarda le carrefour de Front Street et ne remarqua rien de suspect. Il avança un peu et, deux rues plus loin, entra d'un air détaché dans le hall du Peabody où il cherça un téléphone. Il en trouva un à l'entresol, dans un couloir partant des toilettes pour hommes. Il composa le numéro du Federal Bureau of Investigation, à Memphis.

– Pourrais-je parler à Wayne Tarrance, s'il vous plaît. C'est très urgent. De la part de Mitchell McDeere.

– Où êtes-vous, Mitch ? demanda Tarrance quelques secondes plus tard.

– Alors, Tarrance, que se passe-t-il ?

– Où êtes-vous ?

– J'ai réussi à sortir, monsieur le juge Hugo. Pour l'instant, je suis en sécurité. Que s'est-il passé ?

– Il faut que vous veniez tout de suite, Mitch.

– Il ne faut rien du tout, Tarrance. Et je ne viendrai pas avant d'avoir eu des explications.

– Eh bien, euh!... nous avons eu un petit problème. Il y a eu une petite fuite. Il faut que...

– Une fuite, Tarrance ? Vous avez dit une fuite ? Une petite fuite, cela n'existe pas! Expliquez-vous avant que je raccroche et disparaisse pour de bon. Vous êtes en train d'essayer de localiser cet appel, n'est-ce pas ? Attention, je raccroche!

– Non, Mitch, ne faites pas ça! Voilà... Ils sont au courant! Au courant de nos rencontres, de l'argent, des documents...

– C'est ce que vous appelez une petite fuite, Tarrance ? reprit Mitch après un silence. C'est tout le barrage qui a cédé, vous voulez dire. Parlez-moi de cette fuite et vite.

– C'est extrêmement pénible, Mitch, je voudrais que vous le sachiez. Voyles est accablé. C'est l'un des nôtres, haut placé, qui a trahi. Nous l'avons pris en flagrant délit ce matin, dans un hôtel de Washington. Il avait reçu deux cent mille dollars pour dire tout ce qu'il savait sur vous. Nous sommes encore bouleversés, Mitch.

– J'en suis très touché. Je compatis sincèrement à votre détresse et à votre peine, Tarrance. Je suppose que vous allez me demander de vous rejoindre tout de suite dans votre bureau pour nous consoler mutuellement.

– Voyles sera à Memphis à midi, Mitch. Il arrive avec son état-major et il tient à vous voir. Nous allons vous faire quitter Memphis.

– Je vois. Vous voulez que je me jette dans vos bras et que je me place sous votre protection ? Vous êtes un imbécile, Tarrance. Voyles aussi. Vous êtes tous des imbéciles. Et moi, je suis stupide de continuer à vous faire confiance. Êtes-vous en train de localiser cet appel, Tarrance ?

– Non !

– Vous mentez. Bon, je raccroche. Restez dans votre bureau et je vous rappellerai dans une demi-heure, d'une autre cabine.

– Non ! Écoutez-moi, Mitch ! Si vous ne venez pas nous rejoindre, vous êtes un homme mort !

– A tout à l'heure, Wayne. Restez près du téléphone.

Mitch raccrocha et regarda autour de lui. Il se dissimula derrière une colonne de marbre d'où il pouvait surveiller le hall. Des canards nageaient dans le bassin de la fontaine, le bar était désert. Un groupe de vieilles dames buvaient du thé en papotant autour d'une table. Un client était en train de prendre une chambre à la réception.

Le Nordique jaillit de derrière un arbre en pot et leva les yeux vers l'entresol.

– Là-haut ! cria-t-il à un complice, de l'autre côté du hall.

Le regard des deux hommes passait de Mitch à l'escalier menant à l'entresol. Le barman leva les yeux vers lui, puis les reporta successivement sur le Nordique et son acolyte. Les vieilles dames suivaient la scène, bouche bée.

Il y eut un bruit de pas précipités dans l'escalier. Mitch passa une jambe par-dessus la balustrade, laissa tomber sa serviette, passa l'autre jambe et sauta dans le vide. Il atterrit six mètres plus bas, sur la moquette du hall, les deux pieds bien à plat. Une vive douleur se propagea dans ses chevilles et ses cuisses. Son genou fléchit, mais il ne lâcha pas.

Derrière lui, près des cabines des ascenseurs, se trouvait une chemiserie à la vitrine décorée de cravates et des derniers modèles de Ralph Lauren. Mitch se rua dans la boutique en traînant la jambe. Un jeune vendeur attendait, plein d'espoir, derrière le comptoir de la boutique déserte. Une autre porte donnait sur Union Street.

– Cette porte est fermée ? demanda Mitch.

– Oui, monsieur.

– Vous voulez gagner mille dollars? Sans rien faire d'illégal?
Mitch compta rapidement dix billets de cent dollars et les posa sur le comptoir.
– Oui, monsieur. Oui, je pense...
– Rien d'illégal, vous avez ma parole. Je ne veux pas vous attirer d'ennuis. Ouvrez-moi cette porte et, quand deux hommes arriveront dans une vingtaine de secondes, dites-leur que je suis sorti par là et que j'ai sauté dans un taxi.
Le sourire du jeune vendeur s'élargit tandis qu'il ramassait les billets.
– D'accord, monsieur. Pas de problème.
– Où est la cabine d'essayage?
– Là-bas, monsieur, à côté des toilettes.
– Ouvrez la porte, ordonna Mitch en se glissant dans la petite pièce.
Il trouva un siège et se mit à frotter ses genoux et ses chevilles.
Le vendeur était en train d'arranger des cravates quand le Nordique et son acolyte pénétrèrent en trombe dans la boutique.
– Bonjour, lança joyeusement le jeune homme.
– Avez-vous vu un homme entrer ici? Taille moyenne, complet anthracite, cravate rouge?
– Oui, monsieur. Il vient de sortir en courant, par cette porte, et il a sauté dans un taxi.
– Un taxi! Merde!
La porte de la rue s'ouvrit et se referma, le silence se fit dans la boutique. Le vendeur s'avança vers un présentoir à chaussures, près de la cabine d'essayage.
– Ils sont partis, monsieur.
– Bien, dit Mitch en continuant à se masser les genoux. Allez à la porte deux minutes et revenez me dire si vous les avez vus.
– Ils sont partis, annonça le jeune homme deux minutes plus tard.
Mitch resta assis, mais il ébaucha un sourire en regardant la porte fermée.
– Parfait, dit-il. Je vais prendre une de vos vestes sport vert bouteille et une paire de chaussures de daim, blanches, taille quarante-deux. Voulez-vous m'apporter tout ça? Et continuez à surveiller la rue.
– Bien, monsieur.
Le jeune homme alla chercher en sifflotant la veste et les chaussures, qu'il fit passer sous la porte de la cabine. Mitch se débarrassa de sa cravate, se changea rapidement, puis se rassit.
– Combien vous dois-je? demanda-t-il sans ouvrir la porte.
– Voyons... Cinq cents.
– Très bien. Appelez-moi un taxi, voulez-vous, et prévenez-moi quand il sera arrivé.

Tarrance avait couvert au moins trois kilomètres autour de son bureau. L'appel venait du Peabody, mais Laney était arrivé trop tard. Il était revenu bredouille et attendait avec inquiétude, assis à côté d'Acklin. Quarante minutes après le premier appel, la voix de la secrétaire retentit dans l'interphone.

– Monsieur Tarrance? C'est McDeere.

Tarrance se jeta sur le combiné.

– Où êtes-vous?

– En ville, mais pas pour longtemps.

– Écoutez, Mitch, si vous restez seul, vous ne tiendrez pas deux jours. Ils vont faire venir assez d'hommes de main pour déclencher une rafle. Vous devez nous laisser vous aider.

– Je n'en suis pas sûr, Tarrance. Je ne sais pas pourquoi, mais j'ai le sentiment que je ne peux pas vous faire confiance en ce moment. Ce n'est peut-être qu'une impression.

– Je vous en prie, Mitch, ne commettez pas cette erreur!

– Je pense que vous aimeriez me persuader que vos hommes peuvent me protéger jusqu'à la fin de mes jours. C'est amusant, non? J'ai passé un marché avec le F.B.I. et j'ai failli me faire trucider dans mon propre bureau. C'est ce que vous appelez une protection?

Tarrance poussa un soupir suivi d'un long silence.

– Et les documents? Nous vous avons déjà versé un million de dollars.

– Vous déraillez, Tarrance. Vous m'avez versé un million pour mes dossiers propres. Vous les avez eus et, moi, j'ai eu mon million. Mais ce n'était qu'une partie du marché. Vous deviez également assurer ma protection.

– Donnez-nous ces foutus dossiers, Mitch. Ils sont cachés près d'ici, c'est vous-même qui me l'avez dit. Fichez le camp, si vous voulez, mais laissez-nous les dossiers.

– Ça ne marche pas, Tarrance. Si je disparais sur-le-champ, les Morolto essaieront peut-être de me retrouver, mais ce n'est pas sûr. Tant que vous n'aurez pas mes dossiers, il n'y aura pas d'inculpations. Si les Morolto ne sont pas inculpés, peut-être finiront-ils, si j'ai de la chance, par oublier ce qui s'est passé. Je leur ai flanqué une sacrée trouille, mais il n'y aura pas de dégâts irréparables. Peut-être même m'engageront-ils de nouveau, un de ces jours!

– Vous ne croyez pas un mot de ce que vous dites. Vous savez bien qu'ils vous traqueront jusqu'à ce qu'ils vous aient retrouvé. Et, si nous n'avons pas les dossiers, nous vous traquerons aussi. C'est aussi simple que ça, Mitch.

– Dans ce cas, je parierais plutôt sur les Morolto. Si vous êtes les premiers à me retrouver, c'est qu'il y aura eu une fuite. Une petite fuite.

– Vous perdez la tête, Mitch. Si vous croyez empocher votre million de dollars et finir paisiblement vos jours au soleil, vous n'êtes qu'un imbécile. Ils enverront leurs tueurs vous poursuivre à dos de chameau, à travers les déserts. Ne faites pas ça, Mitch.

– Adieu, Wayne. Ray vous transmet ses amitiés.

La communication fut coupée. Tarrance saisit le téléphone et le lança contre le mur.

Mitch regarda l'horloge de l'aéroport, puis composa un autre numéro. Tammy répondit.

– Bonjour, ma jolie. J'espère que vous ne m'en voudrez pas de vous réveiller.

– Ne vous inquiétez pas. Ce canapé est tellement confortable qu'il n'y a pas moyen de dormir. Que se passe-t-il ?

– De gros ennuis. Prenez un stylo et écoutez très attentivement. Je n'ai pas une seconde à perdre. Je suis en fuite et ils sont sur mes talons.

– Allez-y.

– D'abord, appelez Abby chez ses parents. Dites-lui de partir toutes affaires cessantes. Qu'elle ne prenne même pas le temps d'embrasser sa mère ni de faire une valise. Qu'elle saute dans sa voiture dès qu'elle a raccroché et parte en quatrième vitesse. Sans se retourner. Qu'elle prenne l'autoroute I 64 jusqu'à Huntington, en Virginie-Occidentale, et qu'elle se rende à l'aéroport. Elle prendra un vol à destination de Mobile. A Mobile, elle louera une voiture et suivra l'autoroute I 10 jusqu'à Gulf Shores, puis la Nationale 182 jusqu'à Perdido Beach, où elle prendra une chambre au Hilton, sous le nom de Rachel James. Et elle attendra. Vous avez noté ?

– Oui.

– Deuxièmement, il faut que vous preniez un avion pour Memphis. J'ai appelé Doc et les papiers ne sont pas prêts. Je l'ai traité de tous les noms, mais cela n'a rien changé. Il m'a promis de travailler toute la nuit et de terminer demain matin. Moi, je ne serai pas là, mais, vous, vous y serez pour prendre les documents.

– Bien, monsieur.

– Troisièmement, vous repartirez à Nashville par le premier avion. Vous resterez dans l'appartement, assise à côté du téléphone. Ne vous en éloignez sous aucun prétexte.

– D'accord.

– Quatrièmement, appelez Abanks.

– Très bien. Quels sont vos projets ?

– Je serai à Nashville, je ne peux pas vous dire quand. Bon, il faut que j'y aille. Tammy, n'oubliez surtout pas de dire à Abby que, si elle ne part pas tout de suite, elle risque de se faire tuer dans l'heure qui suit. Pas une minute à perdre !

– D'accord, patron.

Mitch se dirigea rapidement vers la porte 22 et prit le vol Delta de

10 h 04, à destination de Cincinnati. Il tenait à la main une revue dans laquelle il avait glissé un paquet de billets, des allers simples, tous payés avec sa MasterCard. Un pour Tulsa, vol American 233, départ à 10 h 14 ; un pour Chicago, vol Northwest 861, départ à 10 h 15 ; un pour Dallas, vol United 562, départ à 10 h 30 et un pour Atlanta, vol Delta 790, départ à 11 h 10. Tous les billets étaient au nom de Mitchell McDeere.

Le billet pour Cincinnati avait été payé en espèces, au nom de Sam Fortune.

Quand Lazarov pénétra dans le bureau directorial du quatrième étage, toutes les têtes se baissèrent. DeVasher le regarda avec la mine d'un enfant terrifié, redoutant d'être fouetté. Les associés contemplèrent leurs chaussures en serrant les fesses.

– Nous ne le trouvons pas, annonça DeVasher.

Lazarov n'était pas homme à crier ni à s'emporter. Il se glorifiait de garder son sang-froid dans les moments difficiles.

– Vous voulez dire qu'il est tout simplement sorti de son bureau et qu'il a quitté l'immeuble ? demanda-t-il d'un ton froid.

Il n'y eut pas de réponse. Ce n'était pas nécessaire.

– Très bien. Voici ce que nous allons faire, DeVasher. Envoyez tous vos hommes à l'aéroport et renseignez-vous auprès de toutes les compagnies. Où est sa voiture ?

– Sur le parking.

– De mieux en mieux. Il est parti à pied... Il a quitté, à pied, votre petite forteresse. Cela va beaucoup amuser Joey. Renseignez-vous auprès de toutes les agences de location de voitures. Et maintenant, combien avons-nous d'honorables associés dans cette pièce ?

– Seize.

– Formez des groupes de deux et envoyez-les dans les aéroports de Miami, La Nouvelle-Orléans, Houston, Atlanta, Chicago, Los Angeles, San Francisco et New York. Qu'ils arpentent les halls de ces aéroports, qu'ils s'y installent jour et nuit, qu'ils aient l'œil sur tous les départs des vols internationaux. Nous enverrons des renforts dès demain. Nos distingués avocats le connaissent bien et ils pourront le retrouver. Il y a peu de chances que cela réussisse, mais nous n'avons plus rien à perdre. Cela occupera nos respectables juristes, mais je suis au regret de leur dire que ces heures-là ne seront pas facturées. Et maintenant, où est sa femme ?

– A Danesboro, Kentucky. Chez ses parents.

– Allez la chercher. Ne lui faites pas de mal, ramenez-la.

– Faut-il commencer à détruire les documents ? demanda DeVasher.

– Attendons encore vingt-quatre heures. Envoyez quelqu'un à

Grande Caïman pour faire disparaître ceux qui s'y trouvent. Il n'y a pas de temps à perdre, DeVasher!

Le bureau directorial se vida rapidement.

Voyles tournait comme un fauve en cage dans le bureau de Tarrance en crachant des ordres. Une douzaine de ses subordonnés prenaient frénétiquement des notes.

– Surveillez les aéroports, renseignez-vous auprès de toutes les compagnies aériennes. Alertez tous nos bureaux dans toutes les grandes villes. Avertissez les douanes. Avons-nous une photo de lui?

– Nous n'en avons pas trouvé, monsieur.

– Trouvez-en une et plus vite que ça! Son portrait doit être placardé dès ce soir dans tous les bureaux du F.B.I. et des douanes! Ce petit salaud nous a filé entre les doigts!

35

Le car quitta Birmingham peu avant 14 heures. Assis au fond, très chic, Ray dévisageait les voyageurs qui montaient et prenaient place. Un taxi l'avait conduit dans un centre commercial de Birmingham. En une demi-heure, il avait acheté un Levi's délavé, une chemise de golf écossaise, à manches courtes, et des Reebok rouge et blanc. Il avait également pris le temps de manger une pizza et de se faire couper les cheveux très court. Il portait des lunettes d'aviateur et une casquette. Une petite femme grassouillette, au teint basané, vint s'asseoir à côté de lui.

– ¿ *De dónde es usted ?* lui demanda-t-il en souriant. D'où venez-vous ?

Le visage de la femme exprima une joie sans mélange et un large sourire découvrit sa bouche édentée.

– *México*, répondit-elle avec fierté avant d'ajouter avidement : ¿ *Habla español ?*

– *Sí.*

Ils baragouinèrent pendant deux heures tandis que le car roulait vers Montgomery. De temps en temps, sa voisine était obligée de répéter, mais Ray fut agréablement surpris par sa maîtrise d'une langue qu'il n'avait pas pratiquée depuis huit ans.

Les agents spéciaux Jenkins et Jones suivaient le car dans une Dodge Aries. Jenkins conduisait pendant que Jones dormait. Dix minutes après la sortie de Knoxville, ils avaient commencé à s'ennuyer ferme. On leur avait dit qu'il ne s'agissait que d'une filature de routine et que, s'ils perdaient le sujet, cela ne tirerait pas à conséquence. Mais il valait mieux ne pas le perdre.

Le départ du vol à destination d'Atlanta n'étant prévu que deux heures plus tard, Abby s'était réfugiée dans le coin le plus isolé d'une salle de bar obscure de l'aéroport d'Huntington : elle surveillait tout ce qui bougeait. Un petit sac de voyage était posé sur le siège voisin. Contrairement aux instructions pressantes de Mitch, elle avait pris le temps d'y jeter une brosse à dents, sa trousse de maquillage et quelques vêtements. Elle avait aussi laissé un message à ses parents, leur expliquant en quelques mots qu'elle devait rentrer précipitamment à Memphis, qu'il fallait qu'elle voie Mitch, que tout allait bien, qu'ils ne s'inquiètent pas et qu'elle les embrassait très fort. Elle n'avait pas touché à son café, se contentant de surveiller les voyageurs qui entraient et sortaient.

Elle ne savait pas si Mitch était encore en vie. Tammy lui avait confié qu'il avait très peur, mais qu'il maîtrisait la situation. Comme toujours. Tammy lui avait également dit que Mitch allait venir à Nashville et qu'elle-même devait partir à Memphis. Il y avait de quoi s'y perdre, mais Mitch savait ce qu'il faisait. Tout ce qu'Abby, elle, avait à faire, c'était se rendre à Perdido Beach et attendre.

Abby n'avait jamais entendu parler de Perdido Beach, elle était sûre que Mitch n'y avait jamais mis les pieds.

L'attente fut éprouvante. Toutes les dix minutes, un homme d'affaires à moitié ivre s'approchait et lui lançait une remarque de mauvais goût. Elle en envoya balader une bonne douzaine.

L'embarquement commença enfin et Abby prit son siège, côté couloir. Elle attacha sa ceinture et se détendit un peu. C'est à ce moment précis qu'elle la reconnut.

C'était une magnifique blonde aux pommettes hautes qui lui donnaient beaucoup de charme. Abby avait déjà vu ce visage, en partie seulement, car, cette fois aussi, les yeux étaient cachés. Le regard de la blonde se posa sur Abby, puis elle détourna les yeux en arrivant à sa hauteur et continua à suivre l'allée vers le fond de l'appareil.

Le bar des Naufrageurs! C'était la blonde du bar des Naufrageurs, celle qui essayait de surprendre leur conversation avec Abanks! Ils l'avaient retrouvée! Et, s'ils l'avaient retrouvée, où était donc Mitch? Que lui avaient-ils fait? Abby pensa au trajet entre Danesboro et Huntington, sur les routes sinueuses de montagne. Elle avait pourtant roulé comme une folle et ils n'avait probablement pas pu la suivre.

L'avion se mit à avancer lentement sur la piste, puis décolla.

Pour la deuxième fois en trois semaines, Abby regarda le soir tomber de l'intérieur d'un 727, sur la piste de l'aéroport d'Atlanta. La blonde était toujours là. L'escale dura une demi-heure, puis l'appareil redécolla à destination de Mobile.

De Cincinnati, Mitch prit un avion pour Nashville. Il arriva le mercredi, à 18 heures, après la fermeture des banques. Il trouva dans l'annuaire l'adresse d'une agence de location de véhicules utilitaires et sauta dans un taxi.

Il choisit un des plus petits modèles, une fourgonnette. Il paya en espèces, mais fut obligé de montrer son permis de conduire et d'utiliser une carte de crédit pour la caution. Si DeVasher parvenait à remonter jusqu'à l'agence de location de Nashville, tant pis. Il acheta vingt cartons d'emballage et prit la direction de l'appartement.

Il n'avait rien mangé depuis la veille au soir, mais la chance était avec lui. Tammy avait laissé un sac de pop-corn et deux bières. Il avala le tout gloutonnement. A 8 heures, il téléphona au Hilton de Perdido Beach et demanda à parler à Lee Stevens. La standardiste lui répondit qu'il n'était pas arrivé. Mitch s'allongea par terre et pensa à tout ce qui menaçait Abby. Peut-être avait-elle été assassinée chez ses parents. Il ne le saurait pas, car il ne pouvait pas les appeler.

Le canapé n'avait pas été replié et les draps pendaient et retombaient par terre. Tammy ne devait pas beaucoup aimer s'occuper du ménage. En regardant le petit lit, il songea à sa femme : cinq nuits plus tôt, ils s'étaient frénétiquement aimés sur ce canapé. Il espérait qu'elle était dans l'avion. Seule.

En entrant dans la chambre, il s'assit sur le carton qui contenait le caméscope et s'émerveilla en voyant les montagnes de documents. Tous les papiers soigneusement empilés formaient huit hautes colonnes. Tammy les avait consciencieusement divisés en deux : d'un côté, les banques des Caïmans, de l'autre les sociétés. Au-dessus de chaque pile était posé un bloc jaune sur lequel figurait le nom de la société, suivi de plusieurs pages de dates et de chiffres. Et de noms!

Même Tarrance s'y serait retrouvé. Un grand jury dévorerait avidement le tout, le procureur organiserait une conférence de presse et les jurés rendraient des verdicts de culpabilité. En masse.

L'agent spécial Jenkins décrocha le combiné et bâilla en composant le numéro du bureau de Memphis. Il n'avait pas fermé l'œil depuis vingt-quatre heures et Jones dormait dans la voiture.

– F.B.I., articula une voix masculine.
– Qui est à l'appareil? demanda Jenkins, juste pour faire une vérification de routine.
– Acklin.
– Salut, Rick, c'est Jenkins. Nous avons...
– Jenkins? Mais où étais-tu passé? Ne quitte pas!

L'agent fédéral n'avait plus envie de bâiller. Il parcourut du regard le hall de la gare routière. Une voix furieuse, celle de Wayne Tarrance, rugit dans l'écouteur.

– Où êtes-vous, Jenkins?
– A la gare routière de Mobile. Nous l'avons perdu.
– Comment cela, perdu? Comment a-t-il pu vous échapper?

Jenkins retrouva d'un coup toute son énergie et il rapprocha la bouche du microphone.

– Attendez un peu, Wayne. Nos instructions étaient de lui filer le train pendant huit heures pour savoir où il allait. Une filature de routine, c'est ce que vous m'aviez dit.

– Je n'arrive pas à croire qu'il vous ait échappé.

– Mais, Wayne, personne ne nous a demandé de le suivre jusqu'à la fin de nos jours. Vous m'aviez dit huit heures. Nous l'avons filé pendant vingt heures et il a disparu. Pourquoi en faire un drame ?

– Pourquoi n'avez-vous pas appelé plus tôt ?

– Nous avons appelé deux fois, à Birmingham et à Montgomery. C'était occupé les deux fois. Que se passe-t-il, Wayne ?

– Ne quittez pas.

La main de Jenkins se crispa sur le combiné et il attendit.

– Agent Jenkins ? demanda une autre voix.

– Oui.

– Voyles à l'appareil. Que s'est-il passé ?

Jenkins retint son souffle et lança un regard égaré autour de lui.

– Nous l'avons perdu, monsieur le directeur. Nous l'avons filé vingt heures et, quand il est descendu du car à Mobile, nous l'avons perdu dans la foule.

– Je vous félicite. Il y a combien de temps ?

– Vingt minutes.

– Bon, écoutez-moi. Il faut le retrouver. Son frère a pris notre argent et a disparu dans la nature. Appelez notre bureau, à Mobile, présentez-vous et dites-leur qu'un assassin en fuite se balade en liberté dans la ville. Ils doivent déjà avoir le portrait de Ray McDeere sur les murs de leur bureau. Comme sa mère habite à Panama City Beach, vous allez alerter nos bureaux entre cette partie de la côte et Mobile. Je vous envoie des renforts.

– Bien, monsieur. Je voudrais vous dire que je suis désolé, mais qu'on ne nous avait pas demandé de le suivre éternellement.

– Nous verrons cela plus tard.

A 22 heures, Mitch téléphona pour la deuxième fois au Hilton de Perdido Beach. Il demanda à parler à Rachel James ; elle n'était pas arrivée. Puis il demanda Lee Stevens ; on lui dit de patienter. Mitch s'assit par terre et attendit fébrilement. Il entendait les sonneries dans la chambre. A la douzième, on décrocha.

– Oui ? dit une voix sèche.

– Lee ? demanda Mitch.

– Oui, fit la voix après un silence.

– C'est Mitch. Toutes mes félicitations, mon vieux.

Ray se laissa tomber sur le lit et ferma les yeux.

– Tout a été facile, Mitch. Comment as-tu fait ?

– Je te le raconterai quand nous aurons le temps. Pour l'instant, une tripotée de types veulent ma peau et celle d'Abby. Nous sommes traqués.

– Par qui, Mitch ?

– Il me faudrait dix heures pour te raconter le premier chapitre. Nous verrons cela plus tard. Veux-tu noter un numéro de téléphone : 615-889-4380.

– Ce n'est pas à Memphis.

– Non, à Nashville. Je suis dans un appartement qui nous sert de centre d'opérations. Apprends ce numéro par cœur et, si je ne suis pas là, c'est une femme du nom de Tammy qui répondra.

– Tammy ?

– C'est une longue histoire... Fais simplement ce que je te dis. Cette nuit, Abby doit prendre une chambre dans ton hôtel, sous le nom de Rachel James. Elle arrivera dans une voiture de location.

– Abby va venir ici ?

– Vas-tu m'écouter, Ray ! Les cannibales sont à nos trousses, mais nous avons un peu d'avance sur eux.

– Sur qui ?

– Sur la mafia. Et sur le F.B.I.

– C'est tout ?

– Probablement. Je veux aussi te dire qu'il n'est pas impossible qu'Abby soit suivie. Il faut que tu la trouves et que tu ouvres l'œil pour t'assurer que personne ne lui file le train.

– Et s'il y a quelqu'un ?

– Appelle-moi, nous en parlerons.

– Pas de problème.

– Ne te sers du téléphone que pour appeler le numéro que je t'ai donné. Et nous ne pouvons pas parler longtemps.

– J'ai pourtant un tas de questions à poser à mon petit frère.

– J'ai les réponses, mais pas tout de suite. Surveille bien ma femme et appelle-moi dès qu'elle arrivera.

– Compte sur moi. Dis-moi... j'ai oublié de te remercier.

– *Adios.*

Une heure plus tard, Abby quitta la Nationale 182 pour s'engager sur l'allée menant au Hilton. Elle gara la Cutlass quatre portes, immatriculée dans l'Alabama, et passa nerveusement sous le portique de l'hôtel. Elle s'arrêta avant de pousser la porte, se retourna vers l'allée et entra.

Deux minutes plus tard, un taxi jaune de Mobile s'arrêta sous le portique. Ray le vit arriver. Une femme, assise à l'arrière, était penchée vers le chauffeur et lui parlait. Ils attendirent une minute. La femme sortit de l'argent de son portefeuille et régla la course, puis elle descendit et regarda le taxi s'éloigner. La première chose que Ray remarqua, c'est qu'elle était blonde. Un pantalon de velours collant mettait ses formes en valeur. Elle portait des lunettes noires, ce qui lui sembla bizarre, car il était près de minuit. La femme s'avança avec précaution jusqu'à la porte et attendit une minute avant d'entrer. Ray, qui ne l'avait pas quittée des yeux, se rapprocha du hall.

La blonde s'avança vers la réception où se trouvait un seul employé.

— Je voudrais une chambre pour une personne, l'entendit-il demander.

Le réceptionniste fit glisser une fiche sur le comptoir et la blonde inscrivit son nom.

— Cette dame qui vient juste de prendre une chambre, comment s'appelle-t-elle déjà? Je crois que c'est une vieille amie.

— Rachel James, répondit le réceptionniste après avoir feuilleté ses fiches.

— Oui, c'est bien ça. D'où vient-elle?

— Elle a donné une adresse à Memphis.

— Et quel est le numéro de sa chambre? J'aimerais passer lui dire bonjour.

— Je ne peux pas donner un numéro de chambre, madame, dit le réceptionniste.

La blonde sortit prestement deux billets de vingt dollars et les posa sur le comptoir.

— C'est juste pour lui dire bonjour.

— Chambre 622, dit l'homme en prenant les billets.

La femme régla le prix de sa chambre en espèces.

— Où sont vos téléphones? demanda-t-elle.

— Juste à l'angle de ce mur, répondit le réceptionniste.

Ray tourna l'angle du mur et découvrit quatre téléphones. Il décrocha le combiné de l'un de ceux du milieu et commença à parler tout seul.

La blonde choisit l'appareil le plus éloigné du sien et lui tourna le dos. Elle parla doucement et il ne put saisir que des bribes de ce qu'elle disait.

— ... pris une chambre... Numéro 622... Mobile... Un coup de main... Je ne peux pas... Une heure?... Oui... Faites vite...

Quand elle raccrocha, Ray haussa la voix devant son combiné.

Dix minutes plus tard, on frappa à la porte. La blonde sauta du lit, saisit son .45 et le glissa dans son pantalon, sous la chemise. Elle ne ferma pas la chaîne de sûreté et entrebâilla la porte.

Elle s'ouvrit avec violence et la projeta contre le mur. Ray bondit sur elle, prit son pistolet et la plaqua au sol. En pressant le visage de la femme contre la moquette, il enfonça le canon du pistolet dans son oreille.

— Si tu fais le moindre bruit, je te tue!

Elle cessa de se débattre et ferma les yeux. Mais elle garda le silence.

— Qui es-tu? demanda Ray.

Il enfonça un peu plus le canon de l'automatique dans l'oreille de la blonde, mais elle ne répondit pas.

– Pas un geste et pas un bruit, d'accord ? Cela me ferait tellement plaisir de te faire éclater la cervelle !

Il reprit son souffle, toujours à califourchon sur le dos de la femme. Il ouvrit le sac de voyage, en renversa le contenu sur la moquette et prit une paire de chaussettes de tennis.

– Ouvre la bouche, ordonna-t-il.

La blonde ne bougea pas. Ray fit tourner le canon du pistolet et, lentement, elle ouvrit la bouche. Ray y fourra les chaussettes, puis lui banda les yeux avec une chemise de nuit en soie, lui lia les pieds et les mains avec des collants, et déchira les draps en longues bandes de tissu. La femme se laissait faire sans bouger et, quand il eut terminé, elle ressemblait à une momie. Il la poussa sous le lit.

Le portefeuille contenait six cents dollars et un permis de conduire délivré dans l'Illinois, au nom de Karen Adair, résidant à Chicago et née le 4 mars 1962. Ray emporta le portefeuille et l'automatique.

Quand le téléphone sonna à 1 heure du matin, Mitch ne dormait pas. Il était plongé jusqu'au cou dans les relevés de comptes. Une lecture fascinante, autant que compromettante.

– Allô, dit-il prudemment.

– C'est le centre d'opérations ? demanda une voix derrière laquelle beuglait un juke-box.

– Où es-tu, Ray ?

– Dans une boîte qui s'appelle le Floribama. Juste à la frontière des deux États.

– Et Abby ?

– Elle est dans la voiture. Tout va bien.

Mitch eut un petit sourire de soulagement et il écouta Ray.

– Nous avons dû quitter l'hôtel. Une femme suivait Abby, une femme que vous aviez déjà repérée dans un bar des Caïmans... Abby est en train de m'expliquer toute l'histoire. Cette femme l'a donc suivie toute la journée et jusqu'à l'hôtel. Je l'ai mise hors d'état de nuire et nous sommes partis.

– Comment cela, hors d'état de nuire ?

– Elle n'a rien voulu dire, mais elle ne nous embêtera plus pendant un petit moment.

– Abby va bien ?

– Oui, mais nous sommes épuisés tous les deux. Que comptes-tu faire exactement ?

– Vous êtes à peu près à trois heures de route de Panama City Beach. Je sais que vous êtes très fatigués, mais vous ne pouvez pas rester là. Allez à Panama City Beach, débarrassez-vous de la voiture et prenez deux chambres au Holiday Inn. Appelle-moi quand vous serez arrivés.

– J'espère que tu sais ce que tu fais.

— Aie confiance, Ray.

— Bien sûr, mais je commence à me demander si je n'étais pas plus tranquille en prison.

— Tu ne peux pas y retourner, Ray. Nous disparaissons, ou nous sommes morts tous les trois.

36

Le taxi s'arrêta à un feu rouge, dans le quartier des affaires de Nashville, et Mitch descendit du véhicule. Les jambes raides et douloureuses, il traversa en boitillant le carrefour très fréquenté à cette heure matinale. La Banque du Sud-Est occupait un cylindre de verre de trente étages, sombre, presque noir, et se dressait légèrement à l'écart du carrefour, au cœur d'un dédale d'allées piétonnes, de fontaines et de pelouses bien entretenues.

Mitch franchit le tambour de l'entrée et déboucha dans un hall grouillant d'employés arrivant au travail. Il trouva le nom qu'il cherchait sur un grand panneau, dans l'atrium de marbre, et prit un escalier roulant jusqu'au troisième étage. Il poussa une lourde porte vitrée et pénétra dans un vaste bureau circulaire. Une femme séduisante, d'une quarantaine d'années, assise à un bureau de verre, le regarda approcher et l'accueillit sans un sourire.

– Je cherche M. Mason Laycook, dit-il.

– Asseyez-vous, dit-elle en lui indiquant un siège.

M. Laycook ne le fit pas attendre. Il apparut presque aussitôt et se montra aussi revêche que sa secrétaire.

– Je peux faire quelque chose pour vous ? demanda-t-il d'un ton pincé.

– Oui, répondit Mitch en se levant. J'ai une somme à transférer.

– Je vois. Avez-vous un compte dans notre établissement ?

– Oui.

– A quel nom ?

– C'est un compte numéroté.

Vous n'aurez pas de nom, monsieur Laycook. Vous n'en avez pas besoin.

-- Très bien. Suivez-moi, s'il vous plaît.

Dans le bureau sans fenêtres de Laycook des claviers et des moniteurs étaient alignés sur un meuble, derrière le bureau. Mitch prit un siège.

– Le numéro de ce compte, s'il vous plaît ?

– 214-31-35, répondit Mitch, qui le connaissait par cœur.

Laycook tapota son clavier, l'œil rivé sur un moniteur.

– C'est un compte Code Trois, ouvert par Mme T. Hemphill, dont l'accès est réservé à la titulaire et à une autre personne de sexe masculin, dont le signalement est le suivant : un mètre quatre-vingt-trois, quatre-vingts à quatre-vingt-cinq kilos, yeux bleus, cheveux bruns, âgé de vingt-cinq à vingt-six ans. Vous correspondez à cette description, monsieur.

Laycook continua de scruter son écran.

– Puis-je vous demander les quatre derniers chiffres de votre numéro de sécurité sociale ?

– 8585.

– Très bien, vous avez accès à ce compte. Et maintenant, que puis-je faire pour vous ?

– Je veux faire transférer des fonds d'une banque de Grande Caïman.

Le front plissé, Laycook prit un stylo dans sa poche.

– Quel établissement ?

– La Banque royale de Montréal.

– Quel type de compte ?

– Un compte numéroté.

– Je présume que vous connaissez le numéro.

– 499 DFH 2122.

Le banquier inscrivit le numéro et se leva.

– J'en ai pour un instant, dit-il en se dirigeant vers la porte.

Dix minutes s'écoulèrent. Mitch regardait la rangée d'écrans.

Laycook revint avec son supérieur hiérarchique, M. Nokes, un des vice-présidents de la banque. Nokes se présenta après être passé derrière le bureau. Les deux hommes avaient de la peine à contenir une certaine nervosité et ils considéraient Mitch d'un air soupçonneux. Nokes montra une petite feuille de listing.

– Monsieur, il s'agit d'un compte confidentiel, soumis à des conditions particulières, dit-il. Vous devez fournir certains renseignements avant que le virement puisse être effectué.

Mitch acquiesça d'un signe de tête confiant.

– La date et le montant des trois derniers dépôts, monsieur ?

Les deux hommes ne le quittaient pas des yeux, persuadés qu'il allait échouer.

Mitch fit encore une fois appel à sa mémoire. Il n'avait pas besoin de notes.

– Trois février de cette année : six millions et demi. Quatorze décembre dernier : neuf millions deux cent mille. Et huit octobre dernier : onze millions.

Laycook et Nokes regardèrent bouche bée la feuille de listing. Nokes parvint à esquisser un semblant de sourire professionnel.

– Très bien, monsieur. Il ne vous reste plus qu'à fournir le code secret.

Laycook était prêt, le stylo levé.

– Je vous écoute, monsieur.

Mitch sourit en décroisant les jambes.

– 72083.

– Et les conditions du transfert de fonds ?

– Dix millions de dollars virés immédiatement sur le compte 214-31-35, dans votre établissement. J'attends.

– Ce n'est pas nécessaire, monsieur.

– J'attends. Quand le virement sera effectué, j'aurai autre chose pour vous.

– Nous en avons pour une minute. Désirez-vous un café ?

– Non, merci. Mais auriez-vous un journal ?

– Certainement, monsieur, dit Laycook. Sur cette table.

Ils sortirent précipitamment et le pouls de Mitch reprit un rythme normal. Il ouvrit le *Tennessean* de Nashville et parcourut trois rubriques avant de trouver un entrefilet relatant l'évasion d'un détenu de Brushy Mountain. Pas de photos, peu de détails. Ils étaient en sécurité au Holiday Inn de Panama City Beach.

Personne n'avait encore retrouvé leur piste. Du moins, il l'espérait.

Quand Laycook revint, il était seul et plus cordial. Presque trop.

– Le virement a été effectué et l'argent est là. Que pouvons-nous faire d'autre ?

– Je veux le faire virer ailleurs. Du moins, la plus grande partie.

– Combien de transferts ?

– Trois.

– Le premier ?

– Un million de dollars à la Coast National Bank, à Pensacola, sur un compte numéroté, accessible à une seule personne. Race blanche, sexe féminin, une cinquantaine d'années. Je fournirai le code secret à la bénéficiaire.

– Est-ce un compte existant ?

– Non. Vous l'ouvrirez en effectuant le transfert.

– Très bien. Le deuxième transfert ?

– Un million de dollars à la Banque de Dane County, à Danesboro, Kentucky, sur n'importe quel compte au nom de M. ou Mme Harold ou Maxine Sutherland ou sur un compte commun. C'est un petit établissement, mais il est le correspondant d'United Kentucky, à Louisville.

– Très bien. Le troisième transfert ?

– Sept millions à la Deutschbank de Zurich. Compte numéro 772-03BL-600. Vous conservez le reste de l'argent chez vous.

– Cela prendra à peu près une heure, dit Laycook en écrivant fébrilement.

– Je vous téléphonerai dans une heure pour avoir confirmation.

– Très bien, monsieur.

– Merci, monsieur Laycook.

Chaque pas lui était douloureux, mais il n'y prenait pas garde. Il descendit par l'escalier mécanique, traversa le hall et quitta le bâtiment.

Au dernier étage de la Banque royale de Montréal, à Grande Caïman, une secrétaire du service des Transferts de fonds glissa une feuille de listing sous le nez pointu de Randolph Osgood. Elle avait entouré au stylo un mouvement de fonds inhabituel, d'un montant de dix millions de dollars. Inhabituel, parce que normalement l'argent de ce compte ne retournait pas aux États-Unis, mais aussi parce qu'il avait été viré dans un établissement avec lequel ils n'avaient jamais travaillé. Osgood étudia le listing et téléphona à Memphis. Une secrétaire l'informa que M. Tolar était en congé de maladie. Il demanda ensuite à parler à Nathan Locke, mais on lui répondit que M. Locke était absent. Et Victor Milligan? M. Milligan était également absent.

Osgood plaça la feuille de listing sur la pile des documents à traiter le lendemain.

Tout le long de la côte d'Émeraude de Floride et de l'Alabama, depuis les faubourgs de Mobile, en passant par Pensacola, Fort Walton Beach, Destin et jusqu'à Panama City, la nuit chaude de printemps avait été paisible. Un seul crime avait eu lieu sur le littoral. Une jeune femme avait été dévalisée, battue et violée dans sa chambre de l'hôtel Hilton, à Perdido Beach. Son ami, un blond au type nordique très marqué, avait découvert la victime dans sa chambre, ligotée et bâillonnée. L'homme s'appelait Aaron Rimmer et il venait de Memphis.

La nuit n'avait pourtant pas manqué d'animation. Une gigantesque chasse à l'homme avait été déclenchée dans la région de Mobile pour retrouver Ray McDeere, un assassin en fuite. L'évadé avait été vu à la gare routière de Mobile, peu après la tombée du jour. Sa photographie s'étalait à la une du quotidien du matin et, avant 10 heures, trois témoins s'étaient déjà présentés pour déclarer qu'ils avaient vu le suspect. Sa piste menait de la baie de Mobile à Foley, Alabama, puis jusqu'à Gulf Shores.

Comme le Hilton n'est distant que de quinze kilomètres de Gulf Shores, en suivant la Nationale 182, et comme le seul assassin en fuite se trouvait dans le voisinage de l'endroit où le seul crime de la nuit avait eu lieu, la conclusion était évidente. Le réceptionniste de nuit de l'hôtel identifia formellement Ray McDeere et le registre indiqua qu'il avait pris une chambre vers 21 h 30, sous le nom d'emprunt de Lee Stevens.

Il avait payé en espèces. La victime, arrivée plus tard, identifia également Ray McDeere.

Il revint à l'esprit du réceptionniste que ladite victime l'avait interrogé sur une autre cliente, une certaine Rachel James, arrivée quelques minutes plus tôt, et qui avait réglé cash le prix de sa chambre. Rachel James avait disparu dans le courant de la nuit sans se donner la peine de le signaler à la réception. Tout comme Ray McDeere, alias Lee Stevens. Un gardien de parking identifia à son tour le fugitif et déclara qu'il était arrivé dans une Cutlass blanche, quatre portes, accompagné d'une femme, entre minuit et 1 heure du matin. Il précisa que la femme conduisait et qu'elle semblait pressée. Ils avaient pris la Nationale 182, en direction de l'est.

De sa chambre d'hôtel, au sixième étage du Hilton, Aaron Rimmer donna un coup de fil anonyme au bureau du shérif du comté de Baldwin et conseilla à l'un de ses adjoints d'enquêter dans les agences de location de voitures de Mobile pour savoir si elles avaient eu pour cliente une certaine Abby McDeere. Voilà d'où vient votre Cutlass blanche, ajouta-t-il.

De Mobile à Miami, les recherches commencèrent pour retrouver la voiture louée chez Avis par Abby McDeere. L'enquêteur du bureau du shérif promit à Aaron Rimmer, l'ami de la malheureuse victime, de le tenir informé de tout ce qu'il apprendrait.

M. Rimmer attendait les nouvelles au Hilton où il partageait une chambre avec Tony Verkler. La chambre voisine était occupée par son patron, M. DeVasher. Au septième étage, quatorze de leurs amis attendaient impatiemment dans leur chambre.

Il fallut dix-sept voyages pour charger la fourgonnette ; à midi, tous les papiers Bendini étaient prêts à partir. Pour détendre les crampes de ses mollets, Mitch alla s'étendre sur le canapé et nota ses instructions pour Tammy. Il exposa en détail les différents mouvements de fonds et lui recommanda d'attendre une semaine avant de prévenir sa mère qui allait bientôt être millionnaire.

Puis il posa le téléphone sur ses genoux et s'apprêta à accomplir une corvée. Il appela la Banque de Dane County et demanda à parler à Harold Sutherland en précisant que c'était urgent.

– Allô ! lança son beau-père d'une voix aigre.

– Monsieur Sutherland, c'est Mitch. Avez-vous...

– Où est ma fille ? Comment va-t-elle ?

– Elle va bien et elle est avec moi. Nous allons partir à l'étranger quelques jours. Ou quelques semaines. Ou bien quelques mois.

– Je vois, répondit lentement le banquier. Et où comptez-vous aller ?

– Nous ne savons pas très bien. Nous allons nous balader un certain temps.

– Il s'est passé quelque chose de grave, Mitch ?

– Oui, de très grave. Mais je ne peux pas vous expliquer maintenant. Un de ces jours peut-être. Lisez attentivement les journaux. Vous y trouverez dans moins de quinze jours une histoire qui se passe à Memphis et qui fera les gros titres.

– Êtes-vous en danger ?

– Si l'on veut. Avez-vous reçu un virement inhabituel ce matin ?

– En effet. Quelqu'un a fait transférer ici un million de dollars, il y a une heure.

– Ce quelqu'un, c'est moi, et l'argent est pour vous.

– Je crois que vous me devez une explication, Mitch, reprit le banquier après un long silence.

– C'est vrai, mais je ne peux pas vous la donner pour l'instant. Si nous réussissons à quitter les États-Unis, vous aurez de nos nouvelles dans une semaine. Profitez bien de cet argent. Il faut que je file.

Mitch attendit une minute, puis il appela la chambre 1028, au Holiday Inn de Panama City Beach.

– Allô ! dit la voix d'Abby.

– Bonjour, chérie. Comment vas-tu ?

– Très mal, Mitch. La photo de Ray est en première page des journaux locaux. On a d'abord parlé de l'évasion et d'un témoin qui l'avait vu à Mobile. Et maintenant on vient d'annoncer à la télévision qu'il est le suspect numéro un d'un viol commis cette nuit.

– Quoi ? Où ?

– Au Hilton de Perdido Beach. Ray a surpris la blonde qui me suivait. Il a réussi à pénétrer dans sa chambre et l'a ligotée. Il a simplement pris son arme et son portefeuille, rien de méchant. Et maintenant, elle prétend avoir été tabassée et violée par Ray McDeere. Tous les flics de Floride sont à la recherche de la voiture que j'ai louée hier soir à Mobile.

– Où est-elle ?

– Nous l'avons laissée à un peu plus d'un kilomètre d'ici, dans un grand ensemble. J'ai peur, Mitch !

– Où est Ray ?

– Il est parti à la plage pour essayer de prendre des couleurs. Sur la photo du journal, qui est assez ancienne, il a les cheveux longs et un visage très pâle. Il a maintenant les cheveux en brosse et il va essayer de bronzer un peu, pour qu'il soit plus difficile de le reconnaître.

– Sous quel nom avez-vous pris les chambres ?

– Rachel James.

– Écoute, Abby, ne nous occupons plus de tout ça. Voici ce que vous allez faire. Sortez de l'hôtel dès que la nuit sera tombée et partez à pied en direction de l'est. A moins d'un kilomètre vous trouverez un petit motel, les Flots bleus. Vous n'avez qu'à longer tranquillement la plage, vous tomberez dessus. Prenez deux chambres contiguës et payez en espèces. Prends les chambres au nom de Jackie Nagel. Tu as compris ? Jackie Nagel. Donne ce nom, car c'est celui que je demanderai en arrivant.

– Et si nous ne pouvons pas avoir deux chambres contiguës ?

– Alors, tu trouveras un autre hôtel juste à côté et tout aussi minable, l'hôtel du Littoral. Tu y prendras deux chambres sous le même nom. Je quitterai Nashville vers 13 heures et je pense arriver une dizaine d'heures plus tard.

– Et si on retrouve la voiture ?

– Les flics la retrouveront et ils boucleront tout le secteur de Panama City Beach. Soyez très prudents. Essaie de trouver un drugstore quand la nuit sera tombée et achète de la teinture. Coupe-toi les cheveux très court et teins-les en blond.

– En blond !

– Roux, si tu préfères. Moi, cela m'est égal. Mais change de couleur et dis à Ray de ne pas sortir de sa chambre. Vous ne devez prendre aucun risque.

– Tu sais qu'il a un pistolet, Mitch.

– Dis-lui que je lui demande de ne pas s'en servir. Il y aura des milliers de flics dans le coin, dès ce soir, et il ne pourrait pas les tuer tous.

– Je t'aime, Mitch. Je t'aime et j'ai très peur.

– C'est normal d'avoir peur, mais garde ton sang-froid. Ils ne savent pas où vous êtes et ils ne peuvent vous attraper si vous vous déplacez. J'arriverai vers minuit.

Lamar Quin, Wally Hudson et Kendall Mahan étaient réunis dans la salle de conférences du troisième étage pour décider de l'attitude à adopter. En leur qualité de collaborateurs de longue date, ils savaient tout sur le cinquième étage et le sous-sol, sur Lazarov et Joey Morolto, sur Hodge et Kozinski. Ils savaient parfaitement qu'aucun des juristes recrutés par la firme ne l'avait jamais quitté.

Ils firent successivement le récit du jour où on leur avait appris la vérité. A quoi d'autre le comparer sinon à la triste révélation du mythe du père Noël ? Ils évoquèrent ce jour de tristesse et de crainte où Nathan Locke les avait convoqués dans son bureau pour leur parler du plus gros client de la société. Avant de leur présenter DeVasher. Ils étaient employés par la famille Morolto et on leur demandait de travailler dur, de profiter de leurs revenus confortables et de rester muets comme la tombe. Ils avaient bien envisagé de partir, mais jamais ces vagues projets n'avaient été mis à exécution. Ils avaient une famille et, à la longue, tout s'était estompé. Il y avait tellement de clients, tellement de travail parfaitement légal.

Les associés se chargeaient de la majeure partie du sale boulot, mais, au fil des ans, les collaborateurs jouaient un rôle plus actif dans la conspiration. Les associés leur avaient assuré qu'ils ne se feraient jamais prendre. Ils étaient trop habiles et trop fortunés. La couverture était parfaite. Les trois hommes assis à la table de conférence s'inquiétaient plus particulièrement de l'absence de tous les associés. Il n'en restait plus un seul à Memphis. Même Avery Tolar avait quitté l'hôpital et était introuvable.

Ils parlèrent ensuite de Mitch, en fuite et craignant pour sa vie. Si DeVasher mettait la main sur lui, c'était un homme mort et ils iraient à ses obsèques, comme ils l'avaient fait pour Hodge et Kozinski. Mais, si les fédéraux étaient plus rapides, ils entreraient en possession des documents et ce serait la fin de la firme et, bien entendu, leur propre fin.

Et si personne ne réussissait à l'attraper ? S'il parvenait à disparaître pour de bon ? Avec les documents, bien entendu. S'il se trouvait en ce moment même avec Abby sur une plage ensoleillée, en train de boire du punch et de compter son argent ? L'idée avait tout pour leur plaire et ils brodèrent quelque temps sur ce thème.

Ils prirent enfin la décision d'attendre jusqu'au lendemain. Si Mitch se faisait abattre, ils resteraient à Memphis. Si l'on perdait sa trace, ils resteraient aussi à Memphis. Si les fédéraux le retrouvaient, il ne leur resterait plus qu'à prendre leurs cliques et leurs claques.

– Sauve-toi, Mitch! Sauve-toi!

Les chambres du motel des Flots bleus étaient sordides, la moquette usée jusqu'à la trame après vingt ans de bons et loyaux services, et le couvre-lit parsemé de brûlures de cigarettes. Mais ce n'était pas le luxe qu'ils cherchaient.

Armé d'une paire de ciseaux, Ray dégageait délicatement les cheveux autour des oreilles d'Abby. Deux serviettes posées par terre étaient recouvertes d'une masse de cheveux noirs. Elle l'observait avec inquiétude dans le miroir placé près de l'antique téléviseur et multipliait les recommandations. C'était une coupe à la garçonne, avec les oreilles bien dégagées et une frange. Ray fit un pas en arrière et admira son œuvre.

– Pas mal, fit-il d'un air satisfait.

Elle lui sourit en chassant de la main les cheveux qui s'étaient déposés sur son bras.

– Et maintenant, il faut les teindre, dit-elle avec une pointe de tristesse avant d'aller s'enfermer dans la minuscule salle de bains.

Elle en ressortit une heure plus tard, blonde. D'un blond queue-de-vache. Ray s'était endormi sur le lit. Abby se baissa pour ramasser les dernières mèches sur la moquette sale et en remplit une corbeille en plastique. La bouteille de teinture vide et l'applicateur rejoignirent les cheveux dans la corbeille, elle referma le sac poubelle qui les contenait.

On frappa à la porte. Abby se figea sur place, l'oreille tendue, et s'assura que les rideaux étaient bien tirés. Elle tapa doucement sur les pieds de Ray. On frappa de nouveau. Ray se réveilla en sursaut et saisit l'automatique.

– Qui est là ? demanda-t-elle à mi-voix en se tournant vers la fenêtre.

– Sam Fortune.

Ray alla ouvrir la porte et Mitch entra. Il serra Abby dans ses bras et donna une longue accolade à son frère. Ils refermèrent la porte, éteignirent les lumières et s'assirent tous trois sur le lit, dans l'obscurité. Mitch gardait la main d'Abby au creux de la sienne. Ils avaient tant de choses à se dire qu'ils ne savaient par où commencer.

Un rai de lumière filtrant sous les rideaux rendait peu à peu visibles la coiffeuse et le téléviseur. Aucun bruit ne leur parvenait de l'extérieur. Le parking des Flots bleus était presque vide.

– Je pourrais trouver une explication à ma présence dans cette chambre, dit enfin Ray, mais pas vraiment à la vôtre.

– Il faut oublier pourquoi nous sommes ici, fit Mitch et ne plus penser qu'à une chose : partir et ne pas être rattrapés.

– Abby m'a tout raconté, dit Ray.

– Je ne suis pas au courant de tout, protesta Abby. Je ne sais même pas qui est à nos trousses.

– Je suppose qu'ils sont tous dans la région, fit Mitch. A mon avis, DeVasher et sa bande doivent se trouver à Pensacola. C'est l'aéroport le plus proche. Tarrance est quelque part sur la côte et il dirige les recherches organisées pour retrouver Ray McDeere, le violeur, et sa complice, Abby McDeere.

– Et maintenant, demanda Abby, que va-t-il se passer ?

– Ils vont retrouver la voiture, si ce n'est déjà fait. Cela leur permettra de resserrer le filet autour de Panama City Beach. D'après le journal, les recherches s'étendent entre Mobile et Miami. Pour l'instant, ils sont dispersés le long de la côte, mais, après avoir retrouvé la voiture, ils vont tous rappliquer. Il y a peut-être un millier de motels aussi minables que celui-ci le long de la chaussée des Merveilles. Rien d'autre sur vingt kilomètres que des motels, des résidences et des boutiques de souvenirs. Cela représente pas mal de monde, pas mal de touristes et, dès demain, nous serons trois d'entre eux, avec la panoplie complète du parfait touriste. Je pense que, même s'ils ont lancé une centaine d'hommes sur notre piste, nous disposerons de deux ou trois jours de répit.

– Mais quand ils auront la conviction que nous sommes ici, que ferons-nous ? demanda Abby.

– Vous avez fort bien pu abandonner la voiture et avoir filé dans une autre. Ils ne pourront jamais être certains que nous sommes sur la chaussée des Merveilles, mais c'est par là qu'ils commenceront. Seulement, ils n'emploieront pas les méthodes de la Gestapo, ils ne s'introduiront pas de force dans les chambres pour fouiller partout.

– DeVasher ne s'en privera pas, lui, fit observer Ray.

– Bien sûr, mais il y a trop d'hôtels et d'appartements. Ils vont établir des barrages, surveiller les magasins et les restaurants, interroger les employés des hôtels et leur montrer la photo de Ray. Toute la région va grouiller de flics quelques jours, mais, avec un peu de chance, nous leur filerons entre les doigts.

– Qu'est-ce que tu as comme voiture, Mitch ?

– Une fourgonnette.

– Je ne comprends pas pourquoi nous ne sautons pas tout de suite dans ta fourgonnette pour nous tirer. La voiture est à un kilomètre d'ici, elle va bientôt être retrouvée et nous savons qu'ils vont rappliquer en masse. Moi, je suis d'avis de prendre la tangente.

– Du calme, Ray. Ils sont peut-être en train d'établir des barrages routiers en ce moment même. Fais-moi confiance. Je t'ai sorti de prison, oui ou non ?

Ils perçurent le hurlement d'une sirène sur la chaussée des Merveilles et gardèrent le silence jusqu'à ce qu'elle se soit éloignée.

– En route, lança Mitch. Je n'aime pas cet endroit. Le parking est vide et trop près de la route. La fourgonnette est devant l'élégant motel des Mouettes où j'ai pris deux chambres ravissantes. Vous verrez, les cafards sont beaucoup plus petits. Nous allons commencer par une petite balade sur la plage, puis nous commencerons à décharger la fourgonnette. Le programme vous va-t-il ?

37

Le vendredi, avant l'aube, Joey Morolto et ses troupes d'assaut débarquèrent d'un DC-9 affrété spécialement à l'aéroport de Pensacola. Lazarov les attendait avec deux limousines et huit camionnettes de location. Il fit son rapport à Joey tandis que le convoi quittait Pensacola et prenait la Nationale 98. Une heure plus tard, ils arrivaient à Destin, dans la résidence Maubèche, en bordure de la chaussée des Merveilles, à une heure de Panama City Beach. Un vaste appartement, au douzième et dernier étage, avait été loué par Lazarov pour la modique somme de quatre mille dollars la semaine. Tarif hors saison. Le reste de l'étage et la totalité du onzième servaient à loger les hommes de main.

Joey aboyait des ordres avec la hargne d'un sergent instructeur. Le poste de commandement avait été établi dans la pièce principale de l'appartement dont les fenêtres donnaient sur la mer. Rien ne convenait à Joey. Il voulait un petit déjeuner et Lazarov avait envoyé deux camionnettes au ravitaillement dans un supermarché. Il voulait McDeere et Lazarov lui demandait d'être patient.

A l'aube, les troupes de la famille Morolto étaient en position et prêtes.

Cinq kilomètres plus loin, au bord de la plage et en vue de la résidence Maubèche, Denton Voyles et Wayne Tarrance étaient assis sur le balcon de leur chambre, au huitième étage du Hilton de Sandestin. Ils buvaient du café en regardant le soleil se lever et en élaborant une stratégie. La nuit n'avait pas été fructueuse : pas de trace de la voiture blanche, pas le moindre signe de Mitch. Les soixante agents du F.B.I. aidés de centaines de policiers locaux auraient au moins dû retrouver la voiture. Chaque heure qui passait augmentait la distance entre les McDeere et eux.

Un dossier sur une table basse contenait les mandats. Les charges retenues contre Ray McDeere étaient les suivantes : évasion, cambriolage et viol. Abby était simplement accusée de complicité. Pour Mitch, il avait fallu faire preuve de plus d'imagination : entrave à la justice et une accusation très floue d'extorsion de fonds.

Les mandats d'arrêt étaient signés et prêts à servir. Tarrance avait longuement parlé de leur contenu avec plusieurs dizaines de journalistes de la presse écrite et des stations de télévision de tout le sud-est des États-Unis. Entraîné à garder un visage de marbre et à détester la presse, Tarrance avait passé un mauvais moment avec les journalistes.

Mais il fallait donner de la publicité à cette affaire. C'était vital. Les autorités devaient mettre la main sur les McDeere avant la mafia.

Rick Acklin traversa la chambre au pas de course.

– On a retrouvé la voiture! lança-t-il en débouchant sur le balcon.

Voyles et Tarrance se levèrent d'un même mouvement.

– Où ?

– A Panama City Beach. Sur le parking d'un grand ensemble.

– Prévenez vos hommes! hurla Voyles. Rassemblez tout le monde. Faites cesser les recherches. Je veux tous les agents à Panama City Beach et nous allons mettre la ville sens dessus dessous. Demandez à la police locale les renforts dont elle dispose. Dites-leur d'établir des barrages sur toutes les routes et les chemins, à l'entrée et à la sortie de la ville. Relevez les empreintes digitales sur la voiture. A quoi ressemble ce bled ?

– C'est le même genre que Destin, répondit Acklin. Une route longeant la plage sur vingt kilomètres, bordée d'hôtels, de motels et de résidences.

– Que nos hommes commencent à visiter tous les hôtels. Le portrait-robot de la femme est-il prêt ?

– Il devrait l'être.

– Je veux que son portrait-robot, celui des deux frères et la photo de Ray soient entre les mains de chaque agent et de chaque flic. Je veux les voir marcher dans les rues en brandissant ces portraits-robots.

– Bien, monsieur.

– Combien de temps faut-il pour arriver à Panama City Beach ?

– A peu près cinquante minutes.

– Allez chercher ma voiture.

La sonnerie du téléphone réveilla Aaron Rimmer dans sa chambre du Hilton de Perdido Beach. C'était l'enquêteur du bureau du shérif de Baldwin. Il annonça à Rimmer qu'on venait de retrouver la voiture à Panama City Beach, à quinze cents mètres du Holiday Inn, sur la Nationale 98. Il prit des nouvelles de la malheureuse victime et réitéra ses vœux de prompt rétablissement.

Rimmer le remercia et, après avoir raccroché, appela Lazarov à la résidence Maubèche. Dix minutes plus tard, il filait en voiture vers l'est, accompagné de Tony, de DeVasher et de leurs quatorze acolytes. Il y avait trois heures de route jusqu'à Panama City Beach.

A Destin, Lazarov battit le rappel de ses troupes. Les hommes s'entassèrent dans les camionnettes qui prirent, elles aussi, la direction de l'est. La guerre éclair était déclenchée.

Il ne fallut que quelques minutes pour que l'intérêt général se reporte sur la fourgonnette de déménagement. Le sous-directeur de l'agence de location de voitures de Nashville, un certain Billy Weaver, ouvrit l'agence à l'heure matinale qui lui était habituelle, fit chauffer un café et parcourut le journal. La moitié inférieure de la première page était consacrée à Ray McDeere et à la chasse à l'homme organisée tout le long du littoral. Puis le nom d'Abby était mentionné ainsi que celui du frère du fugitif, Mitchell McDeere. Ce nom lui rappelait quelque chose.

Billy ouvrit un tiroir et feuilleta les fiches des véhicules sortis. Un McDeere avait en effet loué une fourgonnette le mercredi soir. Il avait signé Y. McDeere, mais le permis de conduire était établi au nom de Mitchell Y. McDeere, de Memphis.

N'écoutant que sa conscience, Billy appela son cousin au commissariat de police. Le cousin appela l'antenne du F.B.I. à Nashville et, un quart d'heure plus tard, les recherches se concentraient sur la fourgonnette.

C'est Tarrance qui prit l'appel radio tandis qu'Acklin conduisait. Voyles était assis à l'arrière. Une fourgonnette ? Pourquoi diable une fourgonnette ? Il avait quitté Memphis sans sa voiture, sans vêtements ni chaussures de rechange, sans même une brosse à dents. Et il n'avait pas donné à manger au chien. Alors, pourquoi une fourgonnette ?

La réponse était évidente : pour transporter les documents Bendini. Il avait quitté Nashville après avoir chargé les documents dans la fourgonnette ou il avait loué ce véhicule pour aller les chercher. Mais pourquoi à Nashville ?

Mitch se leva avec le soleil. Il contempla longuement, avidement le corps de sa femme aux cheveux blonds, mais parvint à chasser de son esprit tout désir... Plus tard. Il aurait le temps. Il laissa donc Abby dormir et contourna les piles de cartons pour aller dans la salle de bains. Après une douche rapide, il enfila un survêtement gris acheté à Montgomery, dans un supermarché. Il parcourut à petites foulées un kilomètre sur la plage et s'arrêta pour acheter un pack de Coca-Cola, des gâteaux et des chips, des lunettes de soleil, des casquettes et trois journaux.

Quand il revint, son frère attendait devant la fourgonnette. Ils montèrent dans la chambre de Ray et étalèrent les journaux sur le lit. C'était encore pire que ce qu'ils avaient imaginé. A la une des quotidiens de Mobile, Pensacola et Montgomery s'étalaient les portraits-robots de Mitch et de Ray ainsi que la photo de l'évadé! D'après le journal de Pensacola, le portrait-robot d'Abby n'avait pas été distribué. Comme tout portrait-robot, celui des deux frères était ressemblant pour partie. Il était difficile de poser sur eux un regard objectif. Mitch considéra longuement le sien en s'efforçant à l'impartialité. Les différents articles regorgeaient de citations fantaisistes d'un certain Wayne Tarrance, agent spécial du F.B.I. Tarrance déclarait ainsi que Mitchell McDeere avait été vu dans la région de Gulf Shores-Pensacola, que Ray et lui étaient armés jusqu'aux dents et extrêmement dangereux, qu'ils avaient juré de ne jamais se laisser prendre vivants, qu'une récompense allait être offerte pour leur capture et que toute personne ayant vu quelqu'un ressemblant de près ou de loin à l'un des frères était priée de prendre contact avec les autorités locales.

Les deux frères partagèrent les gâteaux et conclurent que les portraits-robots n'étaient pas ressemblants. La photo de Ray avec ses cheveux longs était même assez drôle. Ils passèrent dans la chambre voisine et réveillèrent Abby, puis ils commencèrent à déballer les papiers Bendini et à monter la caméra vidéo.

A 9 heures, Mitch appela Tammy en P.C.V. Elle avait les passeports et les autres faux papiers. Il lui demanda de les envoyer en exprès à Sam Fortune, motel des Mouettes, 16694 Nationale 98, Panama City Beach Ouest, Floride. Elle lui lut l'article parlant de leur trio, qui faisait la une du quotidien de Nashville. Il n'y avait pas de portraits-robots.

Il lui demanda d'aller poster les passeports, puis de quitter Nashville pour Knoxville où elle prendrait une chambre dans un grand motel. Elle l'appellerait dès son arrivée. Il lui donna le numéro de téléphone du motel des Mouettes. Chambre 39.

Les deux agents du F.B.I. frappèrent à la porte de la vieille roulotte déglinguée du 486, rue San Luis. Ainsworth leur ouvrit en caleçon et ils sortirent leur insigne.

– Qu'est-ce que vous me voulez? grogna Ainsworth.
– Connaissez-vous ces deux hommes? demanda un des agents en lui montrant le quotidien du matin.

Il se pencha pour examiner les photos.

– Je crois bien que ce sont les fils de ma femme. Mais je les ai jamais vus.

– Comment s'appelle votre femme?
– Eva Ainsworth.
– Où est-elle?
– Au travail, bougonna Ainsworth en continuant à parcourir la pre-

mière page du journal. Au Palais de la Gaufre. Alors, comme ça, ils seraient dans le coin ?

– Oui, monsieur. Vous ne les avez pas vus ?

– Certainement pas. Mais je vais quand même prendre mon fusil.

– Votre femme les a-t-elle vus ?

– Pas que je sache.

– Merci, monsieur Ainsworth. Nous avons reçu l'ordre de rester en faction dans votre rue, mais nous ne vous ennuierons pas.

– Bon... Ils sont fous, tous les deux. Moi, je l'ai toujours dit.

Quinze cents mètres plus loin, deux autres agents garèrent discrètement leur voiture sur le parking du Palais de la Gaufre et commencèrent leur planque.

A midi, toutes les grandes routes et les voies de moindre importance des environs de Panama City Beach étaient barrées. Sur la chaussée des Merveilles, d'autres barrages filtraient les voitures tous les six kilomètres. Les membres des forces de police locale faisaient la tournée des boutiques et montraient les portraits-robots. Ils en placardèrent dans les snacks, les pizzerias, les restaurants mexicains et les fast-foods. Ils demandèrent aux caissières et aux serveuses d'ouvrir l'œil. Les frères McDeere étaient dangereux.

Lazarov et ses hommes s'installèrent au Best Western, un hôtel à deux kilomètres à l'ouest du motel des Mouettes. Lazarov loua une salle de conférences et prit le commandement des opérations. Il envoya quatre de ses hommes dans une boutique et ils en revinrent avec un monceau de vêtements pour touristes, des chapeaux de paille et une pile de casquettes. Il loua deux Ford Escort qu'il fit équiper de radios réglées sur la fréquence de la police. Ils furent immédiatement informés de l'existence de la fourgonnette de location et participèrent aux recherches, mais pour leur propre compte. DeVasher dissémina stratégiquement les huit camionnettes le long de la chaussée des Merveilles. Des camionnettes à l'aspect anodin, garées sur des parkings, radio allumée.

Vers 14 heures, Lazarov reçut un appel d'urgence du cinquième étage de l'immeuble Bendini. Il apprit tout d'abord qu'un de leurs hommes, enquêtant aux îles Caïmans, avait trouvé un vieux serrurier qui, moyennant finance, s'était brusquement rappelé avoir reproduit onze clés dans la nuit du 1er avril, vers minuit. Onze clés groupées sur deux trousseaux. Le serrurier avait précisé que sa cliente, une belle Américaine, une brune aux très jolies jambes, l'avait payé en espèces et qu'elle était pressée. L'homme avait ajouté que la seule clé difficile à reproduire était celle d'une Mercedes et qu'il n'était pas sûr d'avoir fait du très bon travail pour celle-là. D'autre part, un banquier de Grande Caïman avait téléphoné pour signaler que le jeudi, à 9 h 33, dix millions de dollars avaient été transférés de la Banque royale de Montréal à la Banque du Sud-Est, à Nashville.

Entre 16 heures et 16 h 30, une animation frénétique régna sur la fréquence de la police. Un employé du Holiday Inn avait formellement reconnu Abby. C'était la femme qui avait payé deux chambres en espèces, le jeudi, à 4 h 17. Elle avait payé deux autres nuits d'avance, mais personne ne l'avait vue depuis que le ménage avait été fait dans les chambres, vers 13 heures. Il allait sans dire que les deux chambres n'avaient pas été occupées. La femme n'avait pas signalé son départ et les chambres étaient payées jusqu'au samedi. L'employé n'avait pas remarqué de complice de sexe masculin. Pendant une heure, l'hôtel grouilla de policiers, d'agents du F.B.I. et de truands à la solde des Morolto. Tarrance tint à interroger l'employé en personne.

Ils étaient là, quelque part à Panama City Beach! La présence de Ray et d'Abby était confirmée. On soupçonnait Mitch d'être avec eux, mais il n'y avait pas encore de certitude. Jusqu'au vendredi après-midi, à 16 h 58.

Coup de tonnerre! Un shérif adjoint remarqua en s'arrêtant sur le parking d'un motel minable le capot gris et blanc d'une camionnette. Il s'avança entre deux bâtiments et sourit en voyant la fourgonnette de location, cachée entre un bâtiment de deux étages et un grand conteneur à ordures. Il inscrivit tous les numéros figurant sur le véhicule et lança un appel radio.

En cinq minutes, le motel fut investi. Le propriétaire sortit au pas de course de son bureau et exigea des explications. Il regarda les portraits-robots et secoua négativement la tête. Cinq insignes du F.B.I. jaillirent devant ses yeux et il se montra beaucoup plus coopératif.

Accompagné d'une douzaine d'agents, il prit ses clés et ouvrit toutes les portes, l'une après l'autre. Il y avait quarante-huit chambres.

Sept seulement étaient occupées. Le propriétaire expliqua que c'était la morte-saison pour l'auberge de la Plage et que tous les petits motels de sa catégorie avaient du mal à joindre les deux bouts jusqu'à la fin mai.

Même le motel des Mouettes, six kilomètres à l'ouest, avait du mal à joindre les deux bouts.

Andy Patrick avait été condamné pour la première fois à l'âge de dix-neuf ans et avait purgé une peine de quatre mois pour émission de chèques sans provision. Ayant franchi le pas, il lui était devenu impossible de travailler honnêtement et, pendant les vingt ans qui suivirent, il mena une existence sans gloire de petit malfrat. Il parcourut le pays en commettant de menus larcins, en encaissant des chèques volés, en s'introduisant de-ci de-là dans des maisons. A vingt-sept ans, le petit homme fragile, qui se refusait à toute violence, avait été sévèrement tabassé par un gros shérif adjoint, un Texan arrogant. Dans l'aventure, il avait perdu un œil et ses dernières bribes de respect pour la loi. Il avait échoué à Panama City Beach six mois auparavant et avait réussi à trouver un boulot honnête à quatre dollars l'heure, comme réceptionniste de nuit au motel des Mouettes. Le vendredi soir, vers 21 heures, il regardait la télévision quand un gros shérif adjoint arrogant entra d'une démarche pesante et assurée.

– Il y a une chasse à l'homme par ici, annonça-t-il tout de go en posant les deux portraits-robots et la photo de l'évadé sur le comptoir crasseux. C'est eux qu'on cherche et on pense qu'ils sont dans le coin.

Andy étudia les portraits-robots. Celui de Mitchell McDeere lui parut familier et les rouages de son cerveau se mirent en marche.

Il leva son bon œil vers le gros shérif adjoint arrogant.

– Je ne les ai pas vus, mais comptez sur moi pour ouvrir l'œil.

– Ils sont dangereux, dit le gros shérif.

C'est toi qui es dangereux, songea Andy.

– Punaisez-moi ça sur ce mur, ordonna le représentant de la loi.

C'est vous, le patron ici ? songea Andy.

– Je regrette, dit-il, mais je n'ai pas l'autorisation de punaiser quoi que ce soit sur les murs.

Le gros shérif ouvrit la bouche, inclina la tête sur le côté et lança un regard terrible à Andy, derrière ses lunettes noires.

– Écoute-moi bien, avorton. L'autorisation, c'est moi qui te la donne.

– Je regrette, shérif, mais je ne peux rien punaiser sur les murs sans l'autorisation de mon patron.

– Et où est-il, ce patron ?

– Je ne sais pas. Sans doute dans un bistrot.

Le shérif prit délicatement les portraits-robots, passa derrière le comptoir et les fixa sur le panneau d'affichage. Ensuite, il se retourna vers Andy et le défia du regard.

– Je repasserai dans deux heures. S'ils n'y sont plus, je te colle au trou pour refus d'obéissance à un représentant de la loi dans l'exercice de ses fonctions.

– Ça ne marchera pas, répliqua Andy sans se démonter. On m'a déjà fait le coup, un jour, au Kansas. Alors, je sais de quoi je parle.

Les grosses joues du shérif adjoint s'empourprèrent et il grinça des dents.

– Tu es un petit malin, toi, hein ?

– Oui, shérif.

– Si tu les enlèves, je te promets que tu feras un petit séjour en prison.

– Je connais et ça n'a rien de si terrible.

Des lumières rouges et des sirènes se déclenchèrent sur la route, à quelques mètres d'eux et le gros shérif se retourna pour voir ce qui se pasait. Il marmonna quelques mots incompréhensibles et sortit de son pas pesant. Andy prit les portraits-robots et les jeta à la poubelle. Il regarda les voitures de police qui se croisaient à toute allure sur la route, puis il traversa le parking en direction du dernier bâtiment. Il frappa à la porte de la chambre 38.

Pas de réponse. Il frappa de nouveau.

– Qui est là? demanda une voix de femme.

– Le gérant, répondit Andy, fier d'utiliser ce titre.

La porte s'ouvrit, l'homme qui correspondait si bien au portrait-robot de Mitchell Y. McDeere sortit.

– Bonjour, monsieur. Que se passe-t-il?

– La police vient de passer, répondit Andy qui perçut sa nervosité. Vous voyez ce que je veux dire?

– Que voulait-elle? demanda Mitch avec une fausse candeur.

Ta peau, songea Andy.

– Ils ont juste posé des questions et m'ont montré des photos. Je les ai bien regardées, ces photos, vous savez?

– Ah! ah! fit Mitch.

– Ce sont de bonnes photos, poursuivit Andy tandis que le regard de McDeere se faisait plus dur. Le flic m'a dit qu'un des deux s'était évadé de prison. Vous voyez à qui je pense? J'ai fait de la prison, moi aussi, et je crois que tout le monde devrait s'évader. Vous comprenez?

McDeere lui adressa un sourire nerveux.

– Comment vous appelez-vous?

– Andy.

– J'ai un marché à vous proposer, Andy. Je vous donne mille dollars aujourd'hui et, demain, si vous ne reconnaissez encore personne, je vous donnerai encore mille dollars. Même chose pour le jour suivant.

Un marché honnête, songea Andy. Mais si ce type peut me filer mille dollars par jour, il doit pouvoir aller jusqu'à cinq mille. C'est la chance de ma vie.

– Pas question, dit-il d'un ton ferme. Cinq mille par jour.

– Marché conclu, dit McDeere sans hésiter une seconde. Je vais chercher l'argent.

Il entra dans la chambre et ressortit avec une liasse de billets de banque.

Andy prit les billets et regarda par-dessus son épaule.

– Je suppose que vous n'avez pas besoin des femmes de chambre.

– En effet, Andy. Excellente idée.

– Cinq mille de plus.

McDeere eut un instant d'hésitation.

– Voici ce que j'ai à vous proposer, dit-il. Vous recevrez demain matin un colis exprès adressé à Sam Fortune. Si vous me l'apportez et si vous tenez les femmes de chambre à l'écart, je vous donne cinq mille dollars de plus.

– Pas possible. Je ne fais que la nuit.

– Imaginons, Andy, que vous travaillez tout le week-end, jour et nuit, que vous éloignez les femmes de chambre et que vous m'apportez le colis. Est-ce que vous pouvez faire cela ?

– Bien sûr. Le patron passe son temps à picoler. Il ne demandera pas mieux que de me laisser travailler le week-end.

– Combien voulez-vous, Andy ?

Vas-y, songea Andy, n'hésite pas.

– Vingt mille dollars de plus.

– C'est d'accord, fit McDeere.

Avec un grand sourire, Andy fourra l'argent dans sa poche. Il repartit sans un mot et Mitch rentra dans la chambre 38.

– Qui était-ce ? demanda Ray avec inquiétude.

Mitch sourit en jetant un coup d'œil entre le store et la fenêtre.

– Je savais que nous finirions par avoir un coup de chance.

38

En complet noir et cravate rouge, Joey Morolto occupait la place d'honneur à la grande table de conférences de la salle Dunes du Best Western. Les vingt sièges autour de la table recouverte d'une enveloppe de plastique étaient réservés aux meilleurs de ses hommes. D'autres se tenaient debout, autour de la salle, des tueurs obtus, efficaces, sans états d'âme, qui avaient l'air de clowns avec leurs chemises aux tons criards, leurs bermudas flottants et leurs extravagants chapeaux de paille. Il aurait eu envie de sourire en les regardant, si les circonstances n'avaient été trop graves pour qu'il pût se le permettre. Joey Morolto écoutait.

A sa droite, Lou Lazarov, à sa gauche, DeVasher. Tout le monde suivait avec la plus grande attention les répliques des deux hommes pardessus la table.

– Ils sont là, je sais qu'ils sont là! lança théâtralement DeVasher en tapant du plat de la main sur la table à chaque syllabe.

– D'accord, dit Lazarov, ils sont là. Deux sont venus en voiture et l'autre avait une fourgonnette. Les deux véhicules, abandonnés et retrouvés, étaient couverts de leurs empreintes. Donc, ils sont bien là.

– Mais pourquoi à Panama City Beach? Pourquoi avoir choisi ce trou?

– Pour commencer, répondit Lazarov, il est déjà venu ici. A Noël, vous vous souvenez? Comme il connaît le coin, il s'est dit qu'avec tous les motels qui bordent la plage, l'endroit serait idéal pour se faire oublier un moment. Pas une mauvaise idée, d'ailleurs. Mais il n'a pas eu de chance. Un type en fuite ne doit pas s'encombrer de tant de bagages: un frère recherché sur toute la côte, et puis une femme, et enfin une fourgonnette probablement bourrée de documents. C'est bien une mentalité d'étudiant! Même en fuite, je ne me sépare pas de ceux qui m'aiment. Et puis, à ce qu'il paraît, son frère abuse d'une pauvre fille et voilà tous les flics d'Alabama et de Floride qui rappliquent. Vraiment pas de chance!

– Ne serait-il pas venu pour sa mère? suggéra Joey Morolto.

Lazarov et DeVasher inclinèrent la tête, comme pour saluer la question pertinente du grand homme.

– C'est une coïncidence, répondit Lazarov. Sa mère est une femme très simple qui sert des gaufres et n'est au courant de rien. Nous la surveillons depuis notre arrivée.

– Exact, fit DeVasher. Il n'y a pas eu de contact.

Morolto hocha la tête en prenant un air intelligent et alluma une cigarette.

– Nous savons qu'ils sont là, reprit Lazarov, mais les fédéraux et la police locale le savent aussi. Nous sommes soixante, eux plusieurs centaines. L'avantage est de leur côté.

– Vous êtes sûrs qu'ils sont tous trois ensemble? demanda Morolto.

– Absolument, répondit DeVasher. Nous savons que la femme et l'évadé ont pris une chambre le même soir à Perdido, qu'ils ont rapidement quitté l'hôtel et que, trois heures plus tard, elle est venue ici, au Holiday Inn, où elle a réglé en espèces le prix de deux chambres. Nous savons aussi que c'est elle qui a loué la voiture sur laquelle on a relevé les empreintes du taulard. Aucun doute. Nous savons encore que Mitch a loué sa fourgonnette le mercredi, à Nashville, qu'il a fait transférer, le jeudi matin, dans une banque de la même ville dix millions nous appartenant avant de disparaître. On a retrouvé la fourgonnette ici, il y a quatre heures. Oui, monsieur, ils sont tous les trois ensemble.

– S'il a quitté Nashville juste après le transfert de fonds, dit Lazarov, il a dû arriver dans la soirée. Quand on a découvert la fourgonnette, elle était vide, ce qui signifie qu'ils l'ont déchargée par ici avant de la cacher. Cela a dû se passer tard dans la nuit. Mais il faut bien qu'il dorment à un moment ou à un autre. A mon avis, ils sont restés cette nuit et ils avaient l'intention de filer ce matin. Mais, en se réveillant, ils ont trouvé leur portrait dans le journal, des flics qui courent dans tous les sens et toutes les routes barrées. Ils sont coincés.

– Pour s'échapper, fit observer DeVasher, il leur faut emprunter, louer ou voler un véhicule. Or, on ne retrouve aucune trace de leur passage dans les agences de location. La femme en a loué un à Mobile sous sa véritable identité; même chose pour la fourgonnette de Mitch. Ils ont utilisé leurs vrais papiers d'identité. On peut en conclure qu'ils ne sont peut-être pas si malins que cela.

Joey Morolto agita la main pour les faire taire.

– Bon, ça suffit! Ils sont ici, j'ai compris. Vous, vous êtes des génies et je suis fier de vous. Et maintenant, qu'allons-nous faire?

DeVasher prit la parole.

– La présence des fédéraux est très gênante. Ce sont eux qui mènent les recherches, nous ne pouvons rien faire qu'attendre.

– J'ai appelé Memphis, ajouta Lazarov. Les plus anciens collaborateurs du cabinet sont en route pour nous rejoindre. Ils connaissent très bien McDeere et sa femme, nous allons les poster sur la plage, dans les hôtels et les restaurants. Ils remarqueront peut-être quelque chose.

– On peut supposer que notre gibier se terre dans un des petits motels, dit DeVasher. S'ils ont donné de faux noms et payé en espèces, personne n'aura de soupçons. Ils ont pris des chambres au Holiday Inn, mais n'y sont restés que quelques heures. Je parie qu'ils ne sont pas allés loin.

– Il faut d'abord se débarrasser des fédéraux et des flics, lança Lazarov d'un ton décidé. Ils ne le savent pas encore, mais ils vont aller faire leur cirque ailleurs. Demain matin, à la première heure, nous pourrons commencer à faire du porte-à-porte. La plupart des motels ont moins de cinquante piaules et j'ai calculé que deux de nos hommes peuvent en fouiller un de fond en comble en une demi-heure. Cela prendra du temps, bien sûr, mais nous ne pouvons pas rester à ne rien faire. Quand les flics auront dégagé, peut-être les McDeere se sentiront-ils soulagés et commettront-ils une erreur.

– Ce que vous voulez, si j'ai bien compris, fit Joey Morolto, c'est que nos hommes se mettent à fouiller les chambres d'hôtel.

– Nous ne pourrons jamais pénétrer dans toutes les chambres, intervint DeVasher, mais il faut essayer.

Morolto se leva brusquement et son regard parcourut l'assistance.

– Et l'eau? demanda-t-il en posant successivement les yeux sur Lazarov et DeVasher.

Les deux hommes échangèrent un regard ahuri.

– Mais, oui, l'eau! s'écria Morolto. Nous n'avons pas pensé à l'eau!

Des regards angoissés firent précipitamment le tour de la table et revinrent se fixer sur Lazarov.

– Pardonnez-moi, monsieur. Je ne comprends pas.

Morolto approcha son visage à quelques centimètres de celui de Lazarov.

– Et l'eau, Lou? Nous sommes bien sur une plage, non? D'un côté, il y a la terre ferme, des routes, des voies ferrées, des aéroports, mais, de l'autre, il y a la mer et les bateaux. Il me semble évident qu'ils vont essayer de se procurer un bateau pour s'enfuir discrètement à la faveur de la nuit. Non?

Toutes les têtes s'agitèrent vigoureusement et DeVasher exprima le sentiment général.

– Oui, ça m'a l'air drôlement bien vu.

Lazarov bondit de son fauteuil et commença à rugir des ordres à l'adresse de ses lieutenants.

– Descendez sur les quais! Louez tous les bateaux de pêche que vous trouverez pour cette nuit et demain! Ne discutez pas le prix, ne répondez à aucune question, payez! Faites monter nos hommes à bord de ces bateaux et commencez à patrouiller sans vous éloigner de plus d'un kilomètre de la côte!

Le vendredi soir, peu avant 23 heures, Aaron Rimmer s'arrêta à la caisse d'une station Texaco, à Tallahassee, pour payer sa boisson gazeuse aux extraits végétaux et ses quarante-cinq litres d'essence. Il avait besoin de monnaie pour téléphoner. En sortant, il se dirigea vers la cabine près du portique de lavage. Il feuilleta les pages bleues de l'annuaire et appela le poste de police de Tallahassee en précisant que c'était urgent. Il commença ses explications et le standard le mit en communication avec un capitaine.

– Je vous appelle d'une station Texaco, lança Rimmer d'une voix vibrante d'excitation. Je voudrais signaler que j'ai vu les trois fugitifs que tout le monde recherche! Il y a à peine cinq minutes! Je suis sûr que ce sont eux!

– Quels fugitifs? demanda posément le capitaine.

– Les McDeere! Deux hommes et une femme! J'ai quitté Panama City Beach il y a moins de deux heures, j'ai vu leur photo dans le journal. C'est en m'arrêtant ici pour faire le plein que je les ai vus.

Rimmer expliqua où il était et, trente secondes plus tard, il vit déboucher la première voiture de police, un gyrophare sur le toit. Elle fut rapidement suivie par une, deux et trois autres. Les policiers firent monter Rimmer à bord d'une des voitures qui fila vers le poste sud. Le capitaine attendait avec impatience en compagnie d'un petit groupe d'hommes en uniforme. Rimmer fut escorté comme une célébrité jusqu'au bureau où les trois portraits-robots et la photo de Ray étaient étalés sur une table.

– Ce sont eux! s'écria-t-il. Je les ai vus, il y a à peine dix minutes. Dans un pick-up Ford vert, immatriculé dans le Tennessee, qui tractait une longue remorque à deux essieux.

– Où étiez-vous exactement? demanda le capitaine dont les hommes ne perdaient pas un mot de la conversation.

– A la pompe numéro 4. Je prenais de l'essence ordinaire sans plomb, quand mon attention a été attirée par ce pick-up qui arrivait tout doucement sur le parking. Ils se sont garés loin des pompes, la femme est descendue et elle est entrée dans la boutique.

Rimmer prit le portrait-robot d'Abby et l'étudia longuement.

– Ouais, fit-il, pas de doute, c'est bien elle. Elle a les cheveux beaucoup plus courts, mais bruns. Elle est ressortie tout de suite. Elle paraissait nerveuse et pressée de remonter en voiture. Comme j'avais rempli mon réservoir, je suis allé payer. Au moment où j'ouvrais la porte, le pick-up est passé à moins d'un mètre de moi et je les ai vus tous les trois.

– Qui conduisait? demanda le capitaine.

Rimmer se pencha sur la photo de Ray.

– Pas lui... Non, l'autre, dit-il en montrant le portrait-robot de Mitch.

– Pourrais-je voir votre permis de conduire? demanda un sergent.

Rimmer avait trois jeux de papiers d'identité sur lui. Il tendit au policier un permis de conduire au nom de Frank Temple, portant sa photographie et délivré dans l'Illinois.

– Quelle direction ont-ils prise? poursuivit le capitaine.

– Ils roulaient vers l'est.

Au même moment, cinq ou six kilomètres plus loin, Tony Verkler remit en place l'écouteur de la cabine téléphonique et repartit en souriant vers le Burger King.

Le capitaine était au téléphone, le sergent recopiait les indications du permis de conduire de Rimmer, alias Temple, et une dizaine de policiers discutaient avec animation quand un agent surgit dans le bureau.

– Nous venons de recevoir un appel! Les suspects ont été vus près d'un Burger King, à l'est de la ville. Même description. Ils étaient tous les trois dans un pick-up vert tractant une remorque. Le correspondant n'a pas voulu donner son nom, mais il a dit qu'il avait vu les photos dans le journal. Ils se sont arrêtés devant le comptoir extérieur et sont repartis avec trois plateaux-repas.

– Cette fois, ça ne peut être qu'eux! lança le capitaine, le visage illuminé par un grand sourire.

Le shérif de Bay County buvait à petites gorgées un café noir et fort dans un gobelet en plastique, ses bottes noires posées sur le bord de la table de conférences de la salle des Caraïbes du Holiday Inn. Des agents du F.B.I. allaient et venaient, échangeant à voix basse les dernières nouvelles. Le grand Denton Voyles, le directeur du F.B.I., le héros, était assis en face du shérif et étudiait un plan de la ville avec trois de ses sous-fifres. Denton Voyles à Dane County! Inimaginable! La salle était en effervescence, une véritable ruche. Des policiers de l'État de Floride entraient et sortaient, des sonneries de téléphone et des communications radio mêlaient leurs sons discordants autour du poste de commandement improvisé. Des shérifs adjoints, des membres des polices municipales de trois comtés traînaient partout, grisés par la traque, l'atmosphère électrique et la présence de tous ces agents du F.B.I.

Un policier entra en trombe, l'œil allumé par une excitation qu'il avait peine à contenir.

– Un appel de Tallahassee! Ils ont deux identifications positives à un quart d'heure d'intervalle. On les a vus tous les trois dans un pick-up vert, de marque Ford, immatriculé dans le Tennessee.

Voyles lâcha son plan et s'avança vers le messager.

– Où ont-ils été repérés? demanda-t-il dans un profond silence uniquement troublé par les conversations radio.

– La première fois dans une station Texaco, la seconde six kilomètres plus loin, devant un Burger King. Ils ont été vus à la caisse du drive-in. Les deux témoins sont formels et leurs descriptions concordent.

Voyles se tourna vers le shérif.

– Puis-je appeler Tallahassee pour avoir confirmation ? A propos, c'est loin d'ici ?

Les bottes noires retombèrent lourdement sur le sol.

– Une heure et demie, en suivant l'autoroute I 10.

Voyles fit signe à Tarrance de le suivre et ils entrèrent dans la pièce qui faisait office de bar tandis que le brouhaha reprenait dans la salle de conférences.

– Si les témoignages sont dignes de foi, fit posément Voyles, nous perdons notre temps ici.

– En effet, monsieur, cela semble sérieux. Un seul témoignage pourrait être un coup de chance ou un canular, mais deux, si proches l'un de l'autre, ne peuvent qu'être pris au sérieux.

– Mais comment diable ont-ils pu se glisser entre les mailles du filet ?

– Certainement grâce à cette femme, vous savez, celle qui aide McDeere depuis un mois. Je ne sais pas qui elle est ni où il l'a trouvée, mais je suis sûr qu'elle observe tout et qu'elle lui transmet ce qu'il a besoin de savoir.

– Croyez-vous qu'elle soit avec eux ?

– J'en doute, mais elle doit les suivre en restant à l'écart et en attendant les instructions de Mitch.

– Il est très fort, Wayne. Il a tout préparé depuis plusieurs mois.

– C'est manifeste.

– Dites-moi, vous m'avez bien parlé un jour des Bahamas ?

– Oui, monsieur. Le million de dollars que nous lui avons versé a été transféré dans une banque de Freeport. Mais il m'a avoué par la suite que l'argent n'y était resté que peu de temps.

– Pensez-vous qu'il y ait une chance que ce soit sa destination ?

– Comment savoir ? Il n'a pas le choix, il lui faut quitter les États-Unis. Le directeur du pénitencier m'a révélé que Ray McDeere parle couramment cinq ou six langues étrangères. Ils peuvent aller n'importe où.

– Je pense qu'il est temps de se mettre en route, dit Voyles.

– Faisons établir des barrages autour de Tallahassee. Ils ne nous échapperont pas longtemps si la description que nous avons du véhicule est exacte. Nous devrions les récupérer demain matin, au plus tard.

– Je veux que toutes les forces de police du centre de la Floride soient sur les routes dans une heure. Je veux des barrages partout. Et que les pick-up Ford soient systématiquement fouillés. Nos hommes resteront ici jusqu'à l'aube, puis nous nous mettrons en route.

– Bien, monsieur, dit Tarrance avec un petit sourire las.

Le bruit selon lequel les fugitifs auraient été vus à Tallahassee se répandit comme une traînée de poudre le long de la côte d'Émeraude. On commença à respirer plus librement à Panama City Beach. Les McDeere étaient partis. Pour des raisons qui leur appartenaient, ils avaient bifurqué vers l'intérieur des terres. Repérés et reconnus par deux témoins, ils étaient déjà loin, chaque minute qui passait les rapprochait de l'inéluctable affrontement qui aurait lieu au bord d'une route. Les policiers des villes du littoral rentrèrent chez eux. Quelques barrages furent maintenus jusqu'à la fin de la nuit et la situation n'évolua pas pendant les heures précédant le lever du jour. La chaussée des Merveilles resta bloquée à ses deux extrémités et les policiers locaux continuèrent à contrôler les permis de conduire sans y mettre trop de zèle. Toutes les routes vers le nord étaient libres : les recherches s'étaient déplacées à l'est.

Dans les faubourgs d'Ocala, Floride, près de Silver Springs, Tony Verkler sortit de son pas pesant d'un 7-Eleven, en bordure de la Nationale 40, et glissa une pièce de vingt-cinq cents dans la fente d'une cabine téléphonique. Il appela le poste de police de la ville pour signaler qu'il venait de voir les trois fugitifs que tout le monde recherchait vers Panama City Beach. Il déclara avoir vu leurs photographies la veille, dans un journal acheté à Pensacola, et affirma les avoir reconnus. On l'informa que tout le personnel en service s'était transporté sur les lieux d'un grave accident de la route et on lui demanda d'avoir l'amabilité de se présenter au poste de police où sa déclaration pourrait être enregistrée. Tony répondit qu'il était pressé, mais que, pour une affaire de cette importance, il acceptait.

Quand il arriva, le chef de la police, en jean et tee-shirt, les yeux rouges et gonflés, les cheveux en bataille, l'attendait avec impatience. Il conduisit Tony dans son bureau, le remercia de s'être déplacé et prit des notes tandis que le témoin lui racontait qu'il prenait de l'essence devant le 7-Eleven quand un pick-up Ford de couleur verte, tractant une remorque, s'était arrêté à côté de la boutique et qu'une femme en était descendue pour téléphoner. Tony expliqua qu'il voyageait de Mobile à Miami et que, en passant près de Panama City Beach, il avait remarqué le dispositif mis en place pour la chasse à l'homme. Il avait acheté les journaux, écouté la radio et connaissait toute l'histoire des McDeere. En allant payer son essence, il s'était dit qu'il avait déjà vu cette femme quelque part, puis il s'était souvenu des photos du journal. Il s'était donc avancé vers la vitrine pour se dissimuler derrière un présentoir à revues et avait regardé les hommes en prenant son temps. C'étaient bien eux, il n'y avait pas le moindre doute. La femme avait raccroché, repris sa place entre ses deux compagnons et le pick-up était reparti. Un Ford vert, immatriculé dans le Tennessee.

Le chef de la police le remercia et appela le bureau du shérif de Marion County. Tony sortit et regagna sa voiture dans laquelle Aaron Rimmer, allongé sur la banquette arrière, dormait à poings fermés.

Ils repartirent vers le nord, en direction de Panama City Beach.

39

Le samedi matin, à 7 heures, Andy Patrick regarda des deux côtés de la chaussée des Merveilles, puis traversa rapidement le parking pour frapper doucement à la porte de la chambre 39.

– Qui est là ? demanda la femme après quelques instants de silence.

– Le gérant.

La porte s'ouvrit et l'homme qui ressemblait au portrait-robot de Mitchell McDeere sortit. Andy ouvrit de grands yeux en voyant qu'il avait maintenant les cheveux très courts et d'un blond doré.

– Bonjour, Andy, dit Mitch en s'assurant d'un coup d'œil circulaire qu'il n'y avait personne sur le parking.

– Bonjour. Je me demandais un peu si vous étiez encore là.

McDeere hocha la tête sans répondre tout en continuant à surveiller les alentours.

– D'après ce que la télé a annoncé ce matin, poursuivit Andy, vous devriez avoir traversé la moitié de la Floride pendant la nuit.

– Je sais, dit Mitch. Ils doivent mijoter quelque chose.

– Ils ont dit à la télé, reprit Andy en poussant une pierre du pied, que trois personnes vous ont formellement reconnus cette nuit, à trois endroits différents. J'ai trouvé cela bizarre, parce que je suis resté là toute la nuit, à travailler et à faire le guet, et que je ne vous ai pas vus partir. Avant l'aube, j'ai traversé la route pour aller prendre un café dans un bistrot, juste en face, où il y a toujours des flics. Je me suis assis près d'eux et, d'après ce que j'ai entendu, on a arrêté les recherches dans la région. Ils ont dit que tous les agents du F.B.I. ont levé le camp après l'appel du troisième témoin, vers 4 heures du matin, et que la plupart des policiers locaux sont rentrés se coucher. Ils vont laisser les barrages sur la chaussée des Merveilles jusqu'à midi et après ils les lèveront. Le bruit court aussi que vous auriez reçu de l'aide de l'extérieur et que vous voudriez vous réfugier aux Bahamas.

McDeere écouta avec la plus grande attention en continuant à surveiller le parking.

– Qu'avez-vous entendu d'autre ?

– Ils parlaient d'une fourgonnette remplie de marchandises volées, retrouvée vide. Personne ne comprenait comment vous auriez pu charger ces marchandises dans une remorque et quitter la ville sous leur nez. Vous savez, ça leur en bouche un coin ! Moi, je n'ai rien dit, mais j'ai pensé que c'était la fourgonnette avec laquelle vous êtes arrivé le jeudi soir.

Absorbé par ses pensées, McDeere garda le silence. Mais il ne semblait pas inquiet.

– Vous n'avez pas l'air très content, poursuivit Andy en le regardant avec insistance. Si les flics s'en vont et si les recherches s'arrêtent, c'est plutôt bien pour vous, non ?

– Je peux vous confier quelque chose, Andy ?

– Bien sûr.

– Cela va devenir encore plus dangereux pour nous.

– Pourquoi ça ? demanda Andy.

– Les flics voulaient juste m'arrêter, Andy, mais il y a des gens qui veulent ma peau. Des tueurs professionnels. Ils sont nombreux, ils vont rester ici.

Andy plissa son œil valide et le fixa sur le visage de McDeere. Des tueurs professionnels ? Près de son motel ? Il fit un pas en arrière. Il avait envie de demander des détails, de savoir qui étaient ces hommes et pourquoi ils le traquaient, mais il savait bien qu'il n'obtiendrait pas de réponse. C'était peut-être sa chance.

– Pourquoi ne prenez-vous pas la fuite ?

– La fuite ? Comment pourrions-nous prendre la fuite ?

Andy poussa du pied une autre pierre et indiqua de la tête une Pontiac Bonneville 1971 garée derrière le bureau.

– Vous pourriez prendre ma voiture. Vous montez tous les trois dans le coffre et, moi, je vous fais sortir de la ville. Comme vous ne semblez pas avoir de problèmes d'argent, il vous suffira de prendre un avion et le tour sera joué.

– Et cela coûterait combien ?

Andy baissa les yeux sur ses chaussures en se grattant l'oreille. Ce type devait être un trafiquant de drogue, les cartons devaient être bourrés de coke et de billets de banque, et il devait avoir les Colombiens aux fesses.

– Cela vous reviendrait cher, dit-il. Pour l'instant, à cinq mille dollars par jour, je ne suis qu'un innocent employé de motel, pas très observateur. Je suis hors du coup, si vous préférez. Mais, si je vous fais sortir de la ville dans ma propre voiture, je deviens votre complice et je cours le risque d'être inculpé, envoyé en taule et tout le bordel. Je connais, je suis déjà passé par-là. Vous comprenez pourquoi ce sera très cher.

– Combien, Andy?

– Cent mille.

McDeere n'eut pas la moindre réaction. Il demeura impassible et tourna simplement la tête vers la plage et l'océan. Andy comprit tout de suite qu'il y avait une chance que cela marche.

– Laissez-moi le temps de réfléchir, Andy. Pour l'instant, continuez à ouvrir l'œil. Maintenant que les flics sont partis, les tueurs vont avoir le champ libre. Si vous remarquez quoi que ce soit de suspect, prévenez-nous. Nous allons rester dans les chambres.

Andy regagna la réception du motel. McDeere aurait dû accepter sa proposition avec enthousiasme, mais il y avait les cartons, les marchandises volées. C'est pour cette raison qu'ils ne voulaient pas partir.

Le petit déjeuner, gâteaux rassis et boissons sucrées tièdes, était dégueulasse. Ray mourait d'envie de boire une bière bien fraîche, mais il était trop risqué de retourner au libre-service. Ils expédièrent le repas en regardant les informations du matin. De temps en temps, une station locale montrait les portraits-robots des fugitifs. Cela leur fit très peur au début, puis ils finirent par s'habituer.

Mitch éteignit le téléviseur peu après 9 heures et reprit sa place par terre, au milieu des cartons. Il saisit une pile de documents et donna le signal à Abby qui filmait avec la caméra vidéo. La déposition se poursuivit.

Lazarov attendit que les femmes de chambre prennent leur service, puis il dissémina ses troupes le long du front de mer. Les tueurs travaillant par deux frappaient aux portes, regardaient par les fenêtres, parcouraient silencieusement les couloirs mal éclairés. La plupart des petits établissements n'employaient que deux ou trois femmes qui connaissaient toutes les chambres et tous les clients. Les truands procédaient d'une manière simple et qui marchait presque à tous coups. L'un d'eux abordait une femme de chambre et lui tendait un billet de cent dollars en montrant les portraits-robots. Si elle résistait, il continuait à lui offrir de l'argent jusqu'à ce qu'elle devienne coopérative. Quand elle répondait qu'elle ne les reconnaissait pas, il lui demandait si elle avait remarqué une fourgonnette de déménagement, une chambre remplie de cartons, deux hommes et une femme au comportement louche ou quelque chose d'anormal. Quand la femme ne lui était d'aucun secours, l'homme lui demandait quelles chambres étaient occupées et il allait frapper aux portes.

C'est Lazarov qui leur avait ordonné de commencer par les femmes de chambre, d'entrer par la plage, de ne pas s'approcher de la réception et de se faire passer pour des flics. Si jamais ils tombaient sur les fuyards, il fallait les liquider sans perdre un instant et sauter sur un téléphone.

DeVasher disposa quatre camionnettes de location le long de la route. Lamar Quin, Kendall Mahan, Wally Hudson et Jack Aldrich, au volant, scrutaient tous les véhicules qui passaient. Ils étaient arrivés en pleine nuit, à bord d'un avion privé, en compagnie de dix autres collaborateurs de la société. Les anciens amis et confrères de Mitch se mêlaient aux touristes dans les boutiques de souvenirs et les cafés tout en espérant secrètement ne pas se trouver nez à nez avec lui. Les associés avaient été rappelés des différents aéroports où ils avaient été expédiés et, dès le milieu de la matinée, ils déambulaient sur la plage ou inspectaient les piscines et les halls des hôtels. Nathan Locke tenait compagnie à Joey Morolto. Tous les autres, affublés de casquettes de golf et de lunettes de soleil, avaient été placés sous les ordres du général DeVasher. Seul Avery Tolar manquait à l'appel. Depuis sa sortie de l'hôpital, il n'avait pas donné signe de vie. En comptant les trente-trois avocats, Joey Morolto disposait de près d'une centaine d'individus pour mener sa chasse à l'homme.

Au motel des Flots bleus, un gardien prit le billet de cent dollars, regarda attentivement les portraits-robots et déclara qu'il croyait avoir vu la femme et l'un des hommes prendre une chambre le jeudi, en début de soirée. Plus il regardait le portrait d'Abby, plus il avait la conviction que c'était bien la même femme. Il accepta deux autres billets et alla vérifier sur le registre de la réception. Il confirma à son retour que la femme était inscrite sous le nom de Jackie Nagel et qu'elle avait pris deux chambres, payées en espèces, pour le jeudi, le vendredi et le samedi. D'autres billets allèrent rejoindre les premiers dans sa poche et il conduisit les deux tueurs jusqu'aux chambres en question. Après avoir vainement frappé aux deux portes, il les ouvrit et fit entrer ses nouveaux amis. Les chambres n'avaient pas été occupées le vendredi soir. Sur un coup de téléphone, cinq minutes plus tard, DeVasher commença à les passer au peigne fin pour découvrir des indices. Il ne trouva rien, mais les recherches furent immédiatement limitées à une portion du littoral de six kilomètres de long, entre les Flots bleus et l'hôtel de la Plage où la fourgonnette avait été retrouvée.

Les camionnettes assurèrent le transport des troupes. Tous les avocats se répandirent sur le front de mer et dans les restaurants, les tueurs continuèrent à frapper aux portes.

Andy signa le reçu Federal Express à 10 h 35 et examina le colis destiné à M. Sam Fortune. Il avait été expédié par Doris Greenwood, 4040 Poplar Avenue, à Memphis, Tennessee. Aucun numéro de téléphone n'était indiqué. Andy était persuadé que le contenu du colis était précieux et il envisagea fugitivement la possibilité d'un profit supplémentaire. Mais il avait déjà été payé pour le remettre au destinataire. Il regarda des deux côtés de la rue et sortit, le paquet à la main.

Après de longues années de vie dans l'ombre, Andy s'était inconsciemment habitué à marcher rapidement dans l'obscurité et à raser les murs. Ne jamais être à découvert. Au moment où il débouchait sur le parking, il vit deux hommes bizarrement accoutrés frapper à la porte de la chambre 21. Comme elle était inoccupée, il flaira immédiatement quelque chose de louche. Les deux hommes portaient des bermudas blancs identiques descendant presque jusqu'au genou, mais il était difficile de savoir précisément où s'arrêtait le bermuda et où commençaient des jambes d'un blanc cadavérique. L'un portait des chaussettes sombres et des mocassins usagés; l'autre, des sandales de mauvaise qualité. Il semblait souffrir des pieds. Des panamas blancs ornaient leur tête de brute.

Après six mois sur la chaussée des Merveilles, Andy était capable de repérer du premier coup d'œil un faux touriste. Celui qui avait déjà frappé à la porte leva le bras pour recommencer et Andy distingua dans son dos la bosse faite par une grosse arme à feu.

Il recula sans bruit et regagna son bureau, puis il appela la chambre 39 et demanda à parler à Sam Fortune.

– Sam à l'appareil.

– C'est Andy, à la réception. Ne regardez pas dehors, mais il y a deux types à la dégaine très louche qui frappent aux portes, de l'autre côté du parking.

– Des flics?

– Je ne pense pas. Ils ne sont pas passés par ici.

– Où sont les femmes de chambre? demanda Sam.

– Le samedi matin, elles n'arrivent pas avant onze heures.

– Parfait. Nous allons tout éteindre. Surveillez-les et prévenez-moi quand ils seront partis.

De la fenêtre d'un petit bureau obscur, Andy observa les deux hommes qui passaient de porte en porte. Ils frappaient, attendaient et voyaient de rares portes s'entrouvrir, car onze seulement des quarante-deux chambres étaient occupées. Il n'y eut pas de réponse à la 38 ni à la 39. Les deux hommes repartirent vers la plage et disparurent. Des tueurs professionnels! Dans son motel!

De l'autre côté de la chaussée des Merveilles, sur le parking d'un golf miniature, Andy remarqua deux autres faux touristes discutant avec le conducteur d'une camionnette blanche. Ils gesticulaient et la conversation semblait animée.

Il appela Sam Fortune.

– Voilà, ils sont partis. Mais il y en a partout.

– Combien?

– J'en vois deux autres, juste en face. A mon avis, vous feriez mieux de filer en vitesse.

– Calmez-vous, Andy. Ils ne nous trouveront pas si nous restons dans les chambres.

– Vous ne pourrez pas rester indéfiniment. Mon patron ne va tarder à revenir.

– Nous allons bientôt partir, Andy. Avez-vous reçu le colis ?

– Il est là.

– Très bien. Il faut que je le voie. A propos, Andy, si vous nous apportiez quelque chose à manger. Vous pourriez peut-être faire un tour en face et nous rapporter quelque chose de chaud.

Andy était gérant, pas coursier. Mais, pour cinq mille dollars la journée, le motel des Mouettes pouvait assurer le service des chambres.

– D'accord. J'en ai pour cinq minutes.

Wayne Tarrance décrocha le combiné et se laissa tomber en travers du lit de sa chambre, au Ramada Inn d'Orlando. Il était épuisé, furieux et ne pouvait plus supporter Denton Voyles. Il était 13 h 30. Il appela Memphis, mais la secrétaire n'avait rien à lui dire, sinon que Mary Alice avait téléphoné et qu'elle voulait lui parler. Ils avaient réussi à déterminer le lieu de l'appel : un téléphone public à Atlanta. Mary Alice avait dit qu'elle rappellerait à 14 heures pour savoir si Wayne – elle avait dit Wayne – avait donné de ses nouvelles. Tarrance donna le numéro de sa chambre et raccrocha. Mary Alice, à Atlanta. Les McDeere à Tallahassee, puis à Ocala. Puis plus de McDeere ni de pick-up Ford vert immatriculé dans le Tennessee et tractant une remorque. L'oiseau s'était encore envolé.

Dès la première sonnerie, Tarrance décrocha le récepteur avec lassitude.

– Mary Alice ? dit-il d'une voix éteinte.

– Mon petit Wayne ! Comment avez-vous deviné ?

– Où est-il ?

– Qui ? demanda Tammy avec un petit rire.

– McDeere... Où est-il ?

– Vous savez, Wayne, vous avez brûlé pendant un certain temps, puis vous vous êtes fait embarquer sur une fausse piste. Je dois vous avouer que vous êtes maintenant loin du but.

– Mais ils ont été formellement reconnus par trois témoins en quatorze heures.

– Vous devriez mener une petite enquête, Wayne. Mitch m'a dit il y a quelques minutes qu'il n'a jamais mis les pieds à Tallahassee et jamais entendu parler d'Ocala. Il n'a jamais conduit un pick-up Ford vert de sa vie ni tracté une remorque. On peut dire que vous avez mordu à l'hameçon, Wayne.

Tarrance se pinça les ailes du nez et poussa un long soupir.

– Alors, Orlando vous plaît ? poursuivit Tammy. Vous devriez aller faire un tour à Disneyworld pendant que vous êtes sur place.

- Où est-il passé ?
- Du calme, Wayne, du calme. Vous les aurez, vos documents.
- Ah! bon? fit Tarrance en se mettant sur son séant. Quand ?
- Vous savez, nous pourrions exiger de recevoir avant le reste de l'argent. Au fait, j'appelle d'un taxiphone et ce n'est pas la peine de chercher l'origine de cet appel. Mais nous ne céderons pas à la cupidité. Vous aurez vos documents dans les vingt-quatre heures, si tout se passe bien.
- Où sont-ils ?
- C'est moi qui vous rappellerai, Wayne. Si vous restez à ce numéro, j'appellerai toutes les quatre heures, jusqu'à ce que Mitch m'indique où sont les documents. Mais si vous ne répondez plus à ce numéro, je ne saurai peut-être pas où vous joindre. Alors, ne bougez pas.
- Entendu. Vous croyez qu'il est encore aux États-Unis ?
- Je ne pense pas. Il doit déjà être au Mexique. Son frère parle espagnol, vous savez ?
- Je sais.
Tarrance s'allongea sur le lit et affirma qu'il s'en foutait complètement. Du moment qu'il avait les documents, les McDeere pouvaient bien vivre où ils voulaient.
- Ne bougez pas, Wayne, et reposez-vous. Vous devez être crevé. Je vous appellerai entre 5 et 6 heures.
Tarrance posa le combiné sur la table de nuit et s'endormit aussitôt.

Le filet cessa de se resserrer le samedi après-midi, quand la police de Panama City Beach enregistra la plainte du quatrième propriétaire de motel. Des agents se rendirent à l'hôtel des Brisants où le propriétaire, furieux, leur signala que des hommes armés harcelaient la clientèle. D'autres agents commencèrent à patrouiller sur le front de mer et, peu après, toutes les forces de police fouillaient les motels à la recherche de tueurs fouillant les motels à la recherche des McDeere. La côte d'Émeraude était au bord de la guerre civile.
Fatigués, souffrant de la chaleur, les hommes de DeVasher furent obligés d'opérer individuellement. Ils se disséminèrent le long du front de mer et abandonnèrent les recherches dans les motels. Ils se prélassèrent dans des fauteuils autour de piscines ou s'allongèrent sur la plage, s'abritant du soleil, protégés par des lunettes noires, pour surveiller les allées et venues des touristes.
A l'approche du crépuscule, l'armée de truands, de malfrats, de tueurs et de juristes se fondit dans la pénombre et attendit. Si les McDeere devaient sortir de leur cachette, ils le feraient de nuit. Une armée silencieuse se mit en embuscade.

DeVasher avait posé ses avant-bras musclés sur la balustrade du balcon de sa chambre. Il contemplait la plage déserte et le soleil qui disparaissait à l'horizon. Aaron Rimmer franchit la baie vitrée et s'immobilisa derrière lui.

— Nous avons retrouvé Tolar, annonça-t-il.

— Où ? demanda DeVasher sans tourner la tête.

— A Memphis, caché dans l'appartement de sa petite amie.

— Il était seul ?

— Oui. Après l'avoir refroidi, ils ont maquillé le meurtre en cambriolage qui a mal tourné.

Ray examina pour la centième fois les jeux de faux papiers : passeports, visas, permis de conduire, extraits de naissance. Les photos des passeports de Mitch et d'Abby étaient récentes, et leurs cheveux bruns et abondants. Leur blondeur toute nouvelle ne durerait qu'un temps. Celle du passeport de Ray était une photo de Mitch prise à Harvard et légèrement retouchée, avec des cheveux longs, une barbe naissante et une allure d'étudiant ahuri. Un examen méticuleux permettait de constater que les yeux, le nez et les pommettes offraient une certaine ressemblance, mais rien d'autre. Les pièces d'identité étaient établies au nom de Lee Stevens, Rachel James et Sam Fortune, tous domiciliés à Murfreesboro, Tennessee. Doc avait fait du bon travail.

Abby rangea le caméscope dans son carton. Le trépied était replié et appuyé contre le mur. Quatorze vidéocassettes étiquetées étaient empilées sur le téléviseur.

Après seize heures d'enregistrement, la déposition sur cassettes vidéo était arrivée à son terme. Sur la première cassette, Mitch, face à la caméra, à côté de la coiffeuse, au milieu des piles de documents, avait levé la main droite et juré de dire la vérité. Grâce aux notes, aux résumés et aux organigrammes de Tammy, il avait méthodiquement passé en revue les relevés de comptes, établissant l'existence de plus de deux cent cinquante comptes secrets dans onze banques différentes des îles Caïmans. Certains portaient le nom d'un titulaire, la plupart un simple numéro. Grâce à des copies de listings, il avait été en mesure de reconstituer l'historique de ces comptes. Dépôts, mouvements de fonds, retraits. Au bas de chacun des documents utilisés, il avait inscrit au marqueur noir ses initiales, MM, suivies du numéro de la pièce à conviction. MM1, MM2, MM3, etc. Après la pièce à conviction MM1485, il avait établi que neuf cent millions de dollars étaient dissimulés dans les banques des Caïmans.

Après l'analyse des comptes, il s'était attaché à reconstituer la structure de l'empire financier. En vingt ans, les statuts de plus de quatre cents sociétés avaient été déposés aux îles Caïmans par les Morolto et leurs avocats richissimes et corrompus. Un grand nombre de ces sociétés possédaient tout ou partie des autres et utilisaient les banques comme siège social et adresse permanente. Mitch avait rapidement compris qu'il ne détenait qu'une partie des archives et émis l'hypothèse devant la caméra que le reste des documents se trouvait au sous-sol de l'immeuble de Memphis. Il avait également précisé, à l'intention des jurés, qu'il faudrait, à une petite armée d'enquêteurs des services fiscaux, au moins un an pour reconstituer dans son intégralité l'empire des Morolto. Il avait longuement expliqué en quoi consistait chaque pièce à conviction avant de la numéroter au marqueur et de la classer. Abby filmait tandis que Ray surveillait le parking et étudiait les faux papiers.

Mitch avait exposé pendant six heures consécutives les différentes méthodes utilisées par les Morolto et leurs hommes de loi pour blanchir l'argent sale. Celle qui, de loin, avait leur préférence consistait à bourrer de cet argent l'avion du cabinet Bendini en faisant monter deux ou trois juristes à bord de l'appareil pour justifier le voyage. Avec les flots de drogue qui se déversent sur le territoire des États-Unis par les voies terrestre, aérienne et maritime, les services des douanes ne s'intéressent pas de près à ce qui quitte le pays. La combine était parfaite. L'argent transporté à l'aller revenait blanchi. Dès que l'appareil se posait à Grande Caïman, le juriste accompagnant la marchandise arrosait les douaniers et le banquier concerné. Sur certains voyages, le montant des pots-de-vin pouvait atteindre vingt-cinq pour cent de la valeur de la cargaison.

Quand l'argent avait été déposé sur des comptes, le plus souvent anonymes et numérotés, sa trace devenait presque impossible à suivre, un grand nombre de ces transactions coïncidant avec d'importantes opérations financières des sociétés. L'argent était en général déposé sur l'un des comptes numérotés, au nombre d'une douzaine, que Mitch avait baptisés les « supercomptes. » Il avait fourni les numéros de ces comptes ainsi que le nom des établissements où ils étaient ouverts. Quand de nouvelles sociétés étaient créées, l'argent des super-comptes était transféré sur les comptes de ces sociétés, souvent à l'intérieur du même établissement. Dès que l'argent sale était devenu propriété d'une société ayant une existence juridique aux Caïmans, le processus du blanchiment était engagé. La méthode la plus simple et la plus courante consistait à acquérir des biens aux États-Unis. Les transactions étaient effectuées par les juristes de Memphis et l'argent transféré directement d'une banque à l'autre. Il arrivait fréquemment que la société des Caïmans rachète une autre société des Caïmans qui contrôlait elle-même une société panaméenne contrôlant à son tour un holding danois. Les Danois rachetaient une fabrique de roulements à billes à Tolède et viraient l'argent de la transaction depuis la filiale d'une banque de Munich. L'argent était devenu d'une propreté impeccable.

Mitch avait achevé sa déposition avec la pièce à conviction MM4292. Ce témoignage de seize heures était amplement suffisant. Il serait certes irrecevable, mais le but serait atteint. Tarrance et ses amis pouvaient montrer les cassettes à un grand jury qui déclencherait une procédure d'inculpation contre une trentaine de juristes du cabinet Bendini. Ils pouvaient également montrer les cassettes à un magistrat fédéral qui délivrerait des mandats de perquisition.

Mitch avait honoré ses engagements. Il ne témoignerait pas en chair et en os aux procès, mais il n'avait reçu qu'un million de dollars et s'apprêtait à remettre plus que ce qui avait été convenu. Épuisé physiquement et mentalement, il s'assit dans l'obscurité sur le bord du lit. Abby se reposait dans un fauteuil, les yeux fermés.

— C'est une bière bien fraîche qu'il nous faudrait, fit Ray en jetant un coup d'œil à travers le store.

— Laisse tomber! répliqua sèchement Mitch.

— Calme-toi, petit frère, dit Ray en tournant vers lui un regard étonné. Il fait nuit et le libre-service n'est qu'à une centaine de mètres. Je peux y aller tout seul.

— Laisse tomber, Ray. Ce n'est pas la peine de courir des risques inutiles. Nous partons dans quelques heures et, si tout se passe bien, tu boiras autant de bière que tu veux jusqu'à la fin de tes jours.

Ray n'écoutait plus. Une casquette de base-ball vissée sur le front, il fourra quelques billets dans sa poche et tendit la main pour prendre l'automatique.

— Ray, laisse cette arme!...

Ray glissa le pistolet sous sa chemise et sortit sans bruit. Il longea rapidement l'arrière des motels et des boutiques, prenant soin de rester sur le sable, mettant à profit les zones d'ombre et rêvant d'une bière fraîche. Arrivé derrière le libre-service, il s'assura rapidement que personne ne regardait et s'avança vers la porte d'entrée. La glacière se trouvait au fond du magasin.

Sur le parking du libre-service, le visage dissimulé sous un chapeau de paille, Lamar Quin bavardait avec un groupe d'adolescents. En voyant Ray entrer dans le magasin, il eut l'impression de l'avoir déjà vu quelque part. Il y avait dans la démarche de cet homme une sorte de nonchalance vaguement familière. Lamar s'avança jusqu'à la vitrine et lança un coup d'œil en direction de la glacière. Les yeux de l'homme étaient protégés par des lunettes de soleil, mais les lignes du nez et des pommettes ne lui étaient pas inconnues. Lamar se glissa discrètement dans le magasin et prit un sachet de chips. Il attendit à la caisse que l'homme qui n'était pas Mitchell McDeere mais qui lui ressemblait vienne se placer derrière lui pour payer ses bières.

C'était Ray. Ce ne pouvait être que lui. Derrière les lunettes de soleil, le visage était légèrement hâlé et les cheveux trop courts, mais c'étaient la même taille, le même poids, la même démarche.

– Ça va? demanda Lamar d'un ton détaché.

– Bien, et vous?

La voix aussi ressemblait à celle de Mitch. Lamar paya et ressortit. Il laissa discrètement tomber son paquet de chips dans une poubelle à côté d'une cabine téléphonique, puis se dirigea d'un pas vif vers la boutique de souvenirs voisine pour continuer à chercher les McDeere.

40

Un vent frais se leva sur le front de mer à la tombée de la nuit. Le soleil disparut très vite et il n'y eut pas de lune pour prendre sa place. Une couche nuageuse, lointaine et d'aspect inoffensif, assombrit le ciel et noircit l'eau.

C'était l'heure où les pêcheurs se rassemblent sur la jetée Dan Russell, au milieu de la chaussée des Merveilles. Par petits groupes de trois au quatre, tout au long de la construction de béton, ils fixaient silencieusement leur bouchon ballotté par les vaguelettes, à six mètres en contrebas. Immobiles, penchés sur le garde-fou, ils crachaient de loin en loin et échangeaient quelques mots avec un ami. La caresse du vent, la tranquillité du lieu, le mouvement de l'eau avaient plus d'importance que les rares poissons qui mordaient à leur hameçon. C'étaient des vacanciers du Nord qui, chaque année, passaient la même semaine dans le même motel et se retrouvaient chaque soir sur la jetée pour pêcher dans l'obscurité et admirer la mer. Près d'eux étaient posés des seaux d'appât et des glacières remplies de bières.

Il arrivait parfois dans le courant de la nuit qu'un non-pêcheur ou un couple d'amoureux s'aventurent sur la jetée pour gagner son extrémité, à cent mètres de la plage. Ils contemplaient les flots quelques minutes, puis se retournaient pour admirer le clignotement des lumières festonnant le front de mer. Ils regardaient en passant le dos des pêcheurs immobiles, qui n'avaient même pas conscience de leur présence.

Les pêcheurs n'eurent pas conscience de la présence d'Aaron Rimmer derrière eux, vers 23 heures. Rimmer marcha jusqu'au bout de la jetée en fumant une cigarette dont il jeta le mégot dans l'océan. Puis son regard se perdit le long de la plage et il songea aux milliers de chambres d'hôtel et d'appartements derrière toutes ces lumières.

La jetée Dan Russell était la première des trois que comptait Panama City Beach. C'était la plus récente, la plus longue et la seule qui fût entièrement en béton. Les deux autres, plus anciennes, étaient en bois. Au milieu de la jetée s'élevait une construction de brique contenant une boutique d'articles de pêche, un snack-bar et des toilettes qui, seules, étaient ouvertes la nuit.

La jetée se trouvait à peu près à huit cents mètres à l'est du motel des Mouettes. A 23 h 30, Abby sortit de la chambre 38, longea discrètement la piscine mal entretenue et commença à marcher sur la plage. Elle portait un short, un chapeau de paille blanc et un blouson au col remonté jusqu'aux oreilles. Elle marchait lentement, les mains enfoncées dans les poches de son short, comme une vraie amoureuse du bord de mer, perdue dans la contemplation de l'océan. Cinq minutes plus tard, Mitch sortit de la chambre et suivit le même chemin. Il marchait en gardant la tête tournée vers l'océan. Deux joggeurs s'approchèrent, soulevant des gerbes d'eau en parlant en phrases hachées. Sur une ficelle passée autour de son cou et glissée sous la chemise de coton noir de Mitch était attaché un sifflet, en cas de besoin. Ses poches, bourrées à craquer, contenaient soixante mille dollars en espèces. La tête toujours tournée vers l'océan, il regardait du coin de l'œil Abby qui marchait devant lui. Quand Mitch eut parcouru deux cents mètres sur la plage, ce fut au tour de Ray de quitter la chambre 39. Il ferma la porte et garda la clé. Autour de sa taille était enroulée une corde de nylon noir, de douze mètres, sous laquelle il avait glissé l'automatique. Un gros blouson enveloppait le tout. Andy avait demandé deux mille dollars supplémentaires pour les vêtements et les accessoires.

Ray avança sur la grève déserte. Il voyait Mitch devant lui, mais distinguait à peine la silhouette d'Abby.

Il était près de minuit, la plupart des pêcheurs avaient déjà replié leurs gaules. Abby vit un petit groupe à côté des toilettes. Elle s'avança d'un pas nonchalant vers le bout de la jetée où elle s'accouda sur le garde-fou pour contempler l'immensité ténébreuse du golfe du Mexique.

Les points rouges de balises lumineuses piquetaient l'océan à perte de vue. A l'est des lumières bleues et blanches délimitaient un chenal en une ligne presque continue. Une lumière jaune clignotait au loin, sur un navire rapetissé par la distance. Abby était seule au bout de la jetée.

Mitch se dissimula dans un fauteuil de plage, à l'abri d'un parasol replié, près de l'entrée de la jetée. Il ne voyait plus Abby, l'océan s'étendait juste devant ses yeux. Quinze mètres plus loin, Ray, assis dans l'ombre, sur un muret de brique, laissait pendre ses jambes. Ils attendaient en regardant leur montre.

A minuit, Abby ouvrit nerveusement son blouson et en sortit une grosse torche électrique. Elle baissa les yeux vers l'eau et serra la torche.

Elle la cala contre son estomac, la protégea avec son blouson, la dirigea vers le large et appuya à trois reprises sur le bouton. L'ampoule verte s'alluma trois fois. Serrant toujours la torche, elle fouilla du regard l'océan.

Pas de réponse. L'attente sembla durer une éternité. Deux minutes plus tard, elle refit le signal. Trois éclairs verts ; pas de réponse. Elle inspira profondément.

– Calme-toi, Abby, calme-toi, murmura-t-elle entre ses dents. Il est là, quelque part.

Elle recommença une troisième fois, mais il n'y eut toujours pas de réponse.

Mitch fouillait aussi l'obscurité du regard. Du coin de l'œil, il aperçut une silhouette venant de l'ouest qui marchait vite, puis se mit à courir. L'homme franchit d'un bond les marches de la jetée : c'était le Nordique. Mitch se lança à sa poursuite aussi vite que ses jambes le pouvaient.

Aaron Rimmer passa derrière les pêcheurs, contourna la petite construction de brique et s'arrêta pour observer la femme au chapeau blanc qui se tenait à l'extrémité de la jetée. Elle était penchée et serrait quelque chose contre elle. Il vit trois éclairs verts et s'avança silencieusement vers elle.

– Abby !

Elle pivota et commença à hurler. Rimmer bondit sur elle et la poussa avec violence contre le garde-fou. Mitch jaillit des ténèbres et se jeta la tête la première dans les jambes du Nordique. Les trois corps s'effondrèrent sur le béton. Mitch sentit l'arme contre les reins du Nordique. Il lança un grand coup de coude, mais manqua sa cible. Rimmer se retourna et écrasa un poing vicieux sur l'œil gauche de Mitch tandis qu'Abby se dégageait à coups de pied et s'écartait en rampant. Mitch était à moitié aveugle et étourdi. Rimmer se releva rapidement et chercha son arme, mais il n'eut pas le temps de la saisir. Chargeant comme un bélier furieux, Ray projeta le Nordique contre le garde-fou. Puis il lui assena une série de quatre directs foudroyants sur le nez et les yeux, chaque coup faisant gicler le sang. Le noble art tel qu'on l'apprenait en prison. Le Nordique tomba les quatre fers en l'air, Ray l'acheva par des coups de pied à la tête.

Ray récupéra son arme et la tendit à Mitch qui s'efforçait d'accommoder avec son œil droit. Abby regardait de l'autre côté de la jetée. Personne.

– Refais le signal, dit Ray en déroulant sa corde.

Abby se retourna vers le large, protégea la torche, tâtonna pour trouver le bouton et commença à l'actionner frénétiquement.

– Que veux-tu faire de lui ? murmura Mitch en regardant Ray dérouler sa corde.

– Deux possibilités : soit je lui éclate la cervelle, soit je le noie.

– Mon Dieu! s'écria Abby.

– Surtout pas de coups de feu, souffla Mitch.

– Je te remercie, dit Ray.

Il prit une petite portion de corde qu'il noua autour du cou du Nordique et commença à tirer. Mitch tourna le dos et se plaça entre le corps inerte et sa femme.

– Je regrette de devoir faire ça, marmonna Ray, mais nous n'avons pas le choix.

Il n'y eut aucune résistance, aucun mouvement de l'homme sans connaissance. Au bout de trois minutes, Ray souffla bruyamment.

– Il est mort, annonça-t-il.

Il attacha l'autre extrémité de la corde à un montant du garde-fou, poussa le corps par-dessous et le fit descendre doucement dans l'eau.

– Je passe devant, dit Ray en se glissant sous le garde-fou et en commençant à descendre le long de la corde.

A deux mètres cinquante au-dessous du tablier de la jetée une entretoise de métal était reliée à deux des épaisses colonnes de béton dont les pieds étaient plongés dans l'eau. La planque idéale. Abby suivit Ray qui lui saisit les jambes pour l'aider à descendre. Mitch, qui ne voyait toujours que d'un œil, perdit l'équilibre et faillit prendre un bain forcé.

Ils réussirent enfin à grimper tous les trois sur l'entretoise, à trois mètres au-dessus de l'eau noire et froide. Trois mètres au-dessus des poissons, des anatifes et du cadavre du Nordique. Ray sectionna la corde pour permettre au corps de descendre au fond. Il ne remonterait qu'un ou deux jours plus tard.

Comme trois chouettes juchées sous un toit, ils regardèrent les lumières des balises et celles du chenal, dans l'attente d'un Messie marchant sur les eaux. Le seul bruit était le clapotis des vagues sous la jetée, et les déclics précipités du bouton de la torche.

Puis des voix leur parvinrent, inquiètes, appelant et cherchant quelqu'un. D'un seul coup, elles se turent.

– Alors, petit frère, murmura Ray, que faisons-nous maintenant ?

– Le plan B, répondit Mitch.

– Qu'est-ce que c'est que ça ?

– Nous partons à la nage.

– Très drôle, fit Abby sans cesser d'envoyer ses signaux lumineux.

Une heure s'écoula. L'entretoise était certes bien située, mais elle manquait singulièrement de confort.

– Avez-vous remarqué ces deux bateaux, là-bas ? demanda doucement Ray.

Il indiqua deux petits bateaux qui, à un bon kilomètre en mer, ne cessaient depuis une heure d'aller et venir lentement sans s'éloigner de la plage.

– Je pense que ce sont des bateaux de pêche, dit Mitch.

– Qui s'amuserait à pêcher à 1 heure du matin? demanda Ray.

Ils réfléchirent tous trois, en silence. Aucune explication ne leur venait à l'esprit.

Abby fut la première à apercevoir le Messie.

– Là-bas! dit-elle en montrant quelque chose à une cinquantaine de mètres en mer.

C'était un objet noir, posé sur l'eau et avançant lentement dans leur direction. Puis ils perçurent un bruit semblable à celui d'une machine à coudre.

– Continue les signaux! ordonna Mitch.

L'objet flottant se rapprocha : un homme dans une petite embarcation.

– Abanks! souffla Mitch, sans oser crier.

Le bourdonnement cessa.

– Abanks! répéta Mitch.

– Où êtes-vous donc? lança une voix dans la nuit.

– Par ici! Sous la jetée! Dépêchez-vous, bon Dieu!

Le bourdonnement du moteur s'amplifia et Abanks immobilisa sous la jetée un canot pneumatique. Les trois fugitifs se laissèrent joyeusement tomber dans le canot. Ils s'étreignirent calmement, puis firent de même avec Abanks qui lança le moteur de cinq chevaux et mit le cap au large.

– Où étiez-vous? demanda Mitch.

– En croisière, répondit Abanks d'un air dégagé.

– Pourquoi êtes-vous en retard?

– Si je suis en retard, c'est parce que j'ai dû éviter tous ces bateaux de pêche chargés d'abrutis déguisés en touristes et jouant aux pêcheurs.

– A votre avis, demanda Abby, ce sont les hommes de Morolto ou des agents du F.B.I.?

– L'un ou l'autre, puisque ce sont des abrutis.

– Qu'est-il donc arrivé à votre lumière verte?

– La pile est morte, répondit Abanks en montrant la torche posée près du moteur.

Le navire était une goélette de douze mètres qu'Abanks avait achetée à la Jamaïque pour deux cent mille dollars seulement. Un ami attendait près de l'échelle de coupée et les aida à monter à bord. Il s'appelait George, George tout court, et parlait anglais avec un débit rapide. Abanks se portait garant de sa loyauté.

– Si vous voulez, dit Abanks, il y a du whisky dans le bar.

Ray y alla tandis qu'Abby s'enroulait dans une couverture et s'étendait sur une banquette. Mitch resta sur le pont pour admirer son nouveau bateau en attendant que George et Abanks hissent le canot pneumatique à bord.

– Partons d'ici, dit Mitch quand ils eurent terminé. Pouvez-vous lever l'ancre?

– Comme vous voulez, répondit George.

Mitch regarda une dernière fois les guirlandes de lumières qui longeaient le rivage. Puis il descendit et se versa une rasade de whisky.

Wayne Tarrance avait dormi tout habillé, en travers de son lit. Il n'avait pas bougé depuis le dernier appel, six heures plus tôt. Le téléphone sonna sur la table de chevet et il réussit à trouver l'appareil à la quatrième sonnerie.

– Allô! fit-il d'une voix lente.

– Bonjour, Wayne. Je vous réveille?

– Naturellement.

– Les documents sont à vous, Wayne. Chambre 39, motel des Mouettes, Nationale 98, Panama City Beach. Le type de la réception s'appelle Andy et il vous ouvrira la chambre. Maniez les documents avec précaution. Notre ami a tout étiqueté soigneusement et il y a seize heures d'enregistrement sur cassettes. Allez-y doucement.

– J'ai une question, dit Tarrance.

– Je vous écoute. Tout ce que vous voulez.

– Où vous a-t-il trouvée? Sans vous, il n'y serait jamais arrivé.

– Oh! merci, Wayne. Il m'a trouvée à Memphis. Nous sommes devenus amis et il m'a offert beaucoup d'argent.

– Combien?

– Quelle importance, Wayne? Sachez seulement que je n'aurai plus besoin de travailler. Il faut que je vous laisse maintenant. J'ai passé de bons moments avec vous.

– Où est-il?

– Au moment où nous parlons, il est dans un avion à destination de l'Amérique du Sud. Mais ne perdez pas votre temps à essayer de le retrouver. Je vous adore, Wayne, mais vous ne seriez même pas capable de mettre la main sur lui à Memphis. Adieu.

Et elle raccrocha.

41

Le dimanche, au lever du jour, la goélette filait toutes voiles dehors vers le Sud, sous un ciel limpide. Abby était profondément endormie dans la cabine de propriétaire, Ray ronflait sur une banquette, dans un état comateux provoqué par le whisky, et Abanks se reposait quelque part.

Sur le pont, Mitch buvait du café froid en écoutant George lui exposer les rudiments de la navigation à voile. Agé d'une bonne cinquantaine d'années, avec de longs cheveux grisonnants, décolorés par le soleil, la peau tannée, c'était un petit bonhomme tout en nerfs qui ressemblait beaucoup à Barry Abanks. Australien de naissance, il avait fui sa patrie vingt-huit ans auparavant, après le hold-up le plus fructueux de l'histoire du pays. Avec son unique associé, il avait partagé en deux parts égales un butin de onze millions de dollars en espèces et en pièces d'argent, puis chacun était parti de son côté. George avait récemment entendu dire que l'associé était mort.

George n'était pas son vrai prénom, mais c'est celui qu'il utilisait depuis vingt-huit ans et il avait oublié l'autre. Il avait découvert les Antilles à la fin des années soixante. Après avoir fait le tour des milliers de petites îles encore sauvages où l'anglais était la langue la plus utilisée, il avait décidé de s'y installer à vie. George avait placé son argent dans plusieurs banques des Bahamas, du Honduras britannique, de Panamá et bien entendu de Grande Caïman. Il s'était bâti une maison à Petite Caïman, en bordure d'un bout de plage désert et avait passé vingt et une années de sa vie à faire le tour des îles sur une goélette de dix-huit mètres. Pendant l'été et le début de l'automne, il ne s'éloignait guère de chez lui, mais, d'octobre à juin, il vivait à bord de son navire, cabotant d'une île à l'autre. Il avait déjà débarqué sur trois cents îles ou îlots des Antilles. Il lui était même arrivé de passer deux années d'affilée aux Bahamas.

– Les îles se comptent par milliers, expliqua-t-il à Mitch, personne ne vous retrouvera jamais si vous vous déplacez souvent.

– Et vous, lui demanda Mitch. Est-ce que vous êtes encore recherché ?

– Je n'en sais rien. Je ne peux quand même pas téléphoner en Australie pour me renseigner, mais j'en doute.

– Quel serait, à votre avis, l'endroit le plus sûr pour se cacher ?

– Sur votre navire. C'est un joli petit bâtiment et, quand vous aurez appris à le manœuvrer, vous y serez chez vous. Trouvez-vous donc une petite île quelque part, Petite Caïman ou Caïman Brac, par exemple, qui sont encore assez sauvages, et faites-vous construire une maison, comme je l'ai fait. Mais il vous faudra rester la majeure partie du temps sur la goélette.

– Combien de temps faut-il pour oublier que l'on est traqué ?

– Oh ! j'y pense toujours, vous savez. Mais cela ne m'inquiète plus. Combien avez-vous réussi à emporter ?

– A peu près huit millions de dollars, répondit Mitch.

– Joli ! Vous avez assez d'argent pour faire ce que bon vous semble, alors oubliez donc ceux qui vous en veulent. Vous pourrez vous déplacer d'une île à l'autre jusqu'à la fin de vos jours. Il y a des situations moins enviables, vous savez.

Ils naviguèrent vers Cuba, puis contournèrent l'île et mirent le cap sur la Jamaïque. Les McDeere observaient George et prenaient un grand intérêt à ses leçons. Après vingt ans de navigation dans les Antilles, il avait acquis une vaste expérience et une patience infinie. Ray, le linguiste de la bande, enregistrait des termes tels que spinnaker, proue, poupe, barre, safran, winch, drisse, hauban, tangon, écoute, main courante... Ray ingurgitait le vocabulaire et Mitch s'initiait à la technique.

Abby restait cloîtrée dans sa cabine, parlant peu et ne souriant guère. La vie en mer n'était pas celle dont elle avait rêvé. Sa maison lui manquait et elle se demandait ce que celle-ci allait devenir. Peut-être M. Rice continuerait-il à tondre la pelouse et à arracher les mauvaises herbes ? Elle regrettait les rues ombragées, les jardins bien entretenus et les bandes de gamins à bicyclette. Elle pensait à son chien et priait pour que M. Rice l'adopte. Elle s'inquiétait pour ses parents qui vivaient dans la crainte et elle tremblait pour leur sécurité. Quand les reverrait-elle ? Probablement pas avant plusieurs années. Elle aurait pu le supporter, si elle avait eu la certitude qu'ils ne risquaient rien.

Elle se sentait incapable de dépasser en pensée ce présent qui lui pesait. L'avenir lui paraissait inconcevable.

Dès la deuxième journée de sa nouvelle vie, elle se mit à écrire avec frénésie, à ses parents, à Kay Quin, à M. Rice et à quelques amis. Elle savait parfaitement que les lettres ne seraient jamais postées, mais cela lui faisait du bien de laisser courir les mots sur le papier.

Mitch l'observait d'un air préoccupé, mais ne lui demandait rien. En fait, il n'avait rien à dire. Peut-être fallait-il laisser passer un peu de temps pour qu'ils puissent se parler.

A la fin du quatrième jour de mer, le mercredi, ils arrivèrent en vue de Grande Caïman. Ils commencèrent par longer lentement la côte et mouillèrent à un mille du rivage. La nuit venue, Barry Abanks leur fit ses adieux. Les McDeere le remercièrent avec simplicité et il s'éloigna dans son canot pneumatique. Il comptait aborder à cinq kilomètres de Boden Town, dans un autre club de plongée, et demander à l'un de ses instructeurs de venir le chercher. Abanks saurait s'il se passait quelque chose de louche, mais il était confiant.

La propriété de George à Petite Caïman était une modeste maison de bois peinte en blanc, flanquée de deux dépendances. Elle se trouvait à quatre cents mètres de la mer, nichée au creux d'une crique. Aucune autre maison n'était visible aux alentours. Une indigène, Fay, vivait dans la plus petite des dépendances et entretenait les lieux.

Les McDeere s'installèrent dans la maison. Il leur fallait réfléchir à la manière dont ils allaient repartir de zéro. Ray, l'évadé, arpentait interminablement les plages en parlant tout seul. Il était dans un état euphorique, mais ne pouvait le montrer. Il partait tous les jours en mer avec George, plusieurs heures, et ils buvaient du scotch en explorant les îles. En général, ils étaient ivres au retour.

Abby passa les premiers jours dans une petite chambre donnant sur la crique. Elle continua à écrire des lettres et commença à rédiger un journal intime. Elle dormait seule.

Deux fois par semaine, Fay prenait le minibus Volkswagen pour aller chercher des provisions et le courrier au village. Elle revint un jour avec un colis expédié par Barry Abanks. Il contenait un autre colis envoyé à Abanks par Doris Greenwood et posté à Miami. Mitch ouvrit nerveusement la grande enveloppe servant d'emballage et en sortit trois quotidiens, deux d'Atlanta et un de Miami.

La une des journaux était consacrée à la mise en accusation des juristes de la firme Bendini. Cinquante et un membres en activité ou en retraite avaient été inculpés ainsi que trente et un membres présumés de la famille Morolto, de Chicago. Le procureur fédéral avait promis d'autres inculpations, affirmant qu'il ne s'agissait jusqu'alors que de la partie visible de l'iceberg. F. Denton Voyles, le directeur du F.B.I., avait déclaré de son côté que c'était un coup fatal porté aux organisations criminelles du pays. Il fallait que cela serve d'avertissement aux hommes de loi et aux hommes d'affaires qui pourraient être tentés de toucher à l'argent sale.

Mitch referma les journaux et se promena longuement sur la plage. Il trouva de l'ombre sous un bouquet de palmiers et se laissa tomber sur le sable. Un des quotidiens d'Atlanta avait donné la liste des juristes inculpés et il l'avait lue du premier au dernier nom. Des noms qu'il avait vu défiler sans aucun plaisir. Il plaignait presque Nathan Locke. Presque. Et que dire de Wally Hudson, Kendall Mahan, Jack Aldrich et enfin de Lamar Quin ? Il revoyait leur visage. Il connaissait leur femme et leurs enfants. Mitch tourna la tête vers l'océan étincelant et pensa à Lamar et à Kay. Il les aimait et les haïssait en même temps. Ils avaient contribué à l'attirer dans les filets de la firme. Ils n'étaient pas innocents. Mais c'étaient ses amis. Quel gâchis ! Peut-être Lamar ne purgerait-il qu'une peine de deux ans avant de bénéficier d'une mesure de libération conditionnelle ? Peut-être Kay et les enfants réussiraient-ils à survivre à ce drame. Peut-être...

– Je t'aime, Mitch.

Abby se tenait derrière lui, à quelques mètres, une carafe et deux tasses à la main. Il lui sourit et lui fit signe de venir s'asseoir.

– Qu'est-ce qu'il y a dans ta carafe ?

– Du punch, répondit-elle. C'est Fay qui l'a préparé pour nous.

– Il est fort ?

Elle vint s'asseoir tout près de lui, sur le sable chaud.

– Il n'y a presque que du rhum. J'ai dit à Fay que nous étions obligés de nous soûler et elle a dit qu'elle m'approuvait.

Il la serra contre lui en buvant à petites gorgées. Ils suivirent des yeux une barque de pêche.

– As-tu peur, Mitch ?

– Je suis terrifié.

– Moi aussi. Ce qui nous arrive est complètement dingue.

– Mais nous avons réussi, Abby. Nous sommes sains et saufs. Et le plus important, c'est que nous sommes ensemble.

– Mais de quoi demain sera-t-il fait ? Et les jours suivants ?

– Je ne le sais pas plus que toi, Abby, mais je me dis que cela pourrait être pire. Mon nom pourrait figurer dans ce journal, au milieu de la liste de tous les inculpés. Ou nous pourrions être morts. Il y a quand même des sorts moins enviables que de passer sa vie à naviguer aux Antilles, avec huit millions de dollars en banque.

– Crois-tu que mes parents risquent quelque chose ?

– Je ne pense pas. Je ne vois pas ce que Morolto aurait à gagner en leur faisant du mal. Non, Abby, ils ne risquent rien.

Elle versa une nouvelle rasade de punch et l'embrassa sur la joue.

– Ça va aller, Mitch. Tant que nous sommes ensemble, je peux tout supporter.

– Abby, dit-il lentement, le regard fixé sur l'océan. J'ai une confession à te faire.

– Je t'écoute.

– Au fond de moi-même, je n'ai jamais vraiment voulu devenir avocat.

– C'est vrai ?

– Oui. J'ai toujours rêvé en secret d'être marin.

– Vraiment ? Et as-tu déjà fait l'amour sur une plage ?

Mitch hésita une fraction de seconde.

– Euh ! non.

– Alors, finis ton verre, matelot. Il est peut-être temps de songer à faire un bébé.

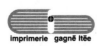

imprimerie gagné ltée

Michael Crichton
LE PARC JURASSIQUE
Les dinosaures sont de retour!

«Ce *Parc jurassique* est un parc d'attractions, occupant toute une île au large du Costa Rica, conçu par un richissime Américain, John Hammond, sorte de docteur Folamour, en vue de gagner encore plus de milliards de dollars en présentant au public fortuné de *vrais* dinosaures. Ces « animaux » effrayants mais fascinants ont tout simplement été clonés en laboratoire avec les séquenceurs et les ordinateurs les plus performants, à partir de fragments d'ADN des races éteintes, récupérés dans du sang absorbé par des insectes ensuite vitrifiés dans de l'ambre...

Unité de lieu : l'île ; unité de temps : l'espace d'un week-end pendant lequel Hammond a convié quelques spécialistes... Unité d'action : l'inéluctable engrenage qui mène à la catastrophe.

L'ouvrage de Michael Crichton est bâti avec la technique d'un thriller absolument parfait. On ne peut lâcher le livre une fois commencé. Et l'on comprend que Steven Spielberg soit en train de le porter à l'écran...»

Bernard Cassen / Le Monde diplomatique

Nelson DeMille
LE VOISIN

Aussi grand que Robert Ludlum et Ken Follett aux États-Unis, Nelson DeMille réussit, avec Le Voisin, *un superbe roman de mœurs sur l'affrontement de deux mondes : l'aristocratie américaine et les nouveaux riches du crime.*

«Un thriller rare, qui allie l'élégance du style à un humour percutant à travers une galerie de portraits aussi réjouissants qu'attachants.»

Larry Collins